Toutes nos histoires infinies

REBECCA YARROS

Toutes nos histoires infinies

ROMAN

Traduit de l'anglais (États-Unis)
par Ariane Maksioutine

TITRE ORIGINAL
The Things We Leave Unfinished

ÉDITEUR ORIGINAL
Entangled Publishing, LLC

© Rebecca Yarros, 2021. Tous droits réservés.

Pour la traduction française
© City Éditions, 2024

Le Code de la propriété intellectuelle interdit les copies ou reproductions destinées à une utilisation collective. Toute représentation ou reproduction intégrale ou partielle faite par quelque procédé que ce soit, sans le consentement de l'auteur ou de ses ayants droit ou ayants cause, est illicite et constitue une contrefaçon sanctionnée par les articles L335-2 et suivants du Code de la propriété intellectuelle.

Pour Jason

*Pour les jours où les éclats d'obus
remontent à la surface et nous rappellent
qu'après cinq déploiements
et vingt-deux années d'uniforme
nous sommes les chanceux, mon amour.
Nous sommes le coup de foudre.*

1
Georgia

Mon tendre Jameson,
Ceci n'est pas notre fin. Mon cœur restera toujours auprès de toi, où que nous soyons. Le temps et la distance ne sont que des désagréments pour un amour comme le nôtre. Qu'il s'agisse de jours, de mois ou même d'années. Je t'attendrai. Nous t'attendrons. Tu me trouveras là où le ruisseau contourne le bosquet de trembles oscillant sous le vent, comme nous l'avons rêvé tous les deux, patientant avec le fruit de notre amour. Cela me tue de te quitter, mais je le ferai pour toi. Je nous garderai en sécurité. Je t'attendrai chaque seconde, chaque heure, chaque jour du reste de ma vie, et si cela ne suffit pas, alors l'éternité, car je t'aimerai à tout jamais, Jameson.
Reviens-moi, mon amour.
Scarlett

Georgia Ellsworth. Je frottai ma carte de crédit du bout du pouce, regrettant de ne pas pouvoir effacer les lettres par ce simple geste. Six années de mariage, et la seule chose avec laquelle je repartais, c'était un nom qui n'était même pas le mien.

Et dans quelques minutes, il ne m'appartiendrait plus.

— Numéro quatre-vingt-dix-huit ? appela Juliet Sinclair de derrière la vitre en plexiglas de son box, comme si je n'étais pas la seule à attendre qu'on me refasse mon permis, et comme si je n'étais pas là à poireauter depuis une heure.

J'avais atterri à Denver le matin même, roulé jusqu'à Poplar Grove tout l'après-midi, et je n'étais pas encore rentrée chez moi – voilà à quel point j'étais pressée d'effacer de ma vie les dernières traces de Damian.

Avec un peu de chance, perdre son nom rendrait le fait de le perdre lui et six années de ma vie un peu moins douloureux.

— Ici, lança-t-elle.

Je rangeai ma carte de crédit et gagnai sa vitre.

— Où est ton numéro ? demanda-t-elle, la main tendue, avec un sourire satisfait qui n'avait pas vraiment changé depuis le lycée.

— Je suis toute seule, ici, Juliet.

L'épuisement faisait vriller chaque nerf de mon corps. Si je pouvais me débarrasser de cette corvée au plus vite, histoire d'aller me rouler en boule dans le gros fauteuil du bureau de grand-mère et ignorer le monde pour le restant de ma vie…

— Les règles veulent que…

— Oh, je t'en prie, Juliet, intervint Sophie d'un air blasé tout en entrant dans le box. J'ai les papiers de Georgia, de toute façon. Va prendre une pause ou je ne sais quoi.

— Très bien. (Juliet s'écarta du comptoir, laissant sa place à Sophie, qui avait été diplômée l'année avant nous.) Contente de t'avoir revue, Georgia, ajouta-t-elle avec un sourire beaucoup trop mielleux.

— Moi aussi.

Puis je lui adressai le sourire forcé que j'avais fini par maîtriser ces dernières années et qui me maintenait en un seul morceau pendant que le reste de ma vie se désintégrait autour de moi.

— Désolée, fit Sophie en plissant le nez avant d'ajuster ses lunettes. Elle... Enfin, elle n'a pas beaucoup changé. Bref, tout semble être en ordre.

Elle me rendit les documents que mon avocat m'avait donnés la veille, avec ma nouvelle carte de sécurité sociale, que je glissai dans l'enveloppe. L'ironie de l'image ne m'échappa pas : ma vie s'était effondrée, et pourtant, la manifestation physique de cette dissolution était solidement maintenue par une agrafe parfaitement plantée à quarante-cinq degrés.

— Je n'ai rien lu de la décision, hein... dit-elle pour me rassurer.

— C'est paru dans *Celebrity Weekly* ! gazouilla Juliet quelque part derrière elle.

— Tout le monde ne lit pas ces torche-culs ! répliqua Sophie par-dessus son épaule, puis elle m'adressa un sourire peiné. Nous sommes tous très fiers de la façon dont tu as gardé la tête haute... dans cette histoire.

— Merci, Sophie, répondis-je en ravalant la boule qui s'était formée dans ma gorge.

La seule chose qui était pire que l'échec de mon mariage – mariage dont tout le monde avait tenté de me dissuader –, c'était de voir mon malheur et mon humiliation s'étaler sur chaque site Internet et chaque magazine qui approvisionnait les amateurs de potins se repaissant de tragédies personnelles au nom d'un plaisir coupable. Garder la tête haute et la bouche fermée quand les caméras étaient braquées sur moi était exactement ce qui m'avait valu le surnom de « Reine de Glace » ces six derniers mois, mais si c'était le prix à payer pour conserver ce qu'il me restait de dignité, je l'acceptais sans ciller.

— Alors... je peux te dire « Bienvenue à la maison » ? Ou tu ne fais que passer ?

Elle me tendit un petit document qui ferait office de permis temporaire, en attendant que je reçoive le nouveau par courrier.

— Non, je rentre pour de bon.

Ma réponse aurait tout aussi bien pu être diffusée sur la radio locale. Juliet s'assurerait que tout le monde à Poplar Grove soit au courant avant l'heure du dîner.

— Alors, bienvenue à la maison ! répondit Sophie avec un sourire radieux. J'ai entendu dire que ta mère était en ville, aussi.

Mon ventre se noua aussitôt.

— Ah bon ? Je... je ne suis pas encore passée à la maison.

« J'ai entendu dire » signifiait que ma mère avait été vue soit dans l'une de nos deux supérettes, soit au pub. La deuxième option était beaucoup plus plausible. Enfin, peut-être était-ce une bonne...

Stop. Ne va pas plus loin.

Penser que ma mère puisse être ici pour m'aider ne se terminerait qu'en amère déception. Elle voulait forcément quelque chose. Je m'éclaircis la voix.

— Comment va ton père ?

— Très bien ! Ils pensent que cette fois, c'est la bonne. (Son expression s'assombrit aussitôt.) Je suis vraiment désolée de ce qui t'est arrivé, Georgia. Je ne peux même pas imaginer, si mon mari... (Elle secoua la tête.) Bref, tu ne méritais pas ça.

— Merci.

Mes yeux se posèrent sur son alliance.

— Tu diras bonjour à Dan pour moi.

— Entendu.

Je sortis dans la lumière de fin d'après-midi qui conférait une lueur rassurante et légèrement rockwellienne à Main Street et poussai un soupir de soulagement. J'avais récupéré mon nom, et la ville était exactement comme dans mes souvenirs. Des familles se promenaient, profitant de ce beau temps d'été, et des amis discutaient avec en toile de fond les Rocheuses. Poplar Grove disposait d'une population plus petite que son altitude, assez grande pour exiger une demi-douzaine de feux rouges, et tellement unie que la vie privée était une denrée rare. Oh, et nous avions une excellente librairie.

On pouvait remercier ma grand-mère, pour ça. Enfin, c'était mon arrière-grand-mère, mais je l'avais toujours appelée comme ça.

Je jetai les papiers sur le siège avant de ma voiture de location puis marquai un instant de pause. Ma mère était probablement à la maison – je ne lui avais jamais demandé de me rendre sa clé, après l'enterrement. Soudain, je n'étais plus si pressée de rentrer. Ces derniers mois m'avaient vidée de toute compassion, de toute force et même de tout espoir. Je n'étais pas certaine de pouvoir faire face à ma mère quand il ne semblait me rester que de la colère.

Mais j'étais de retour chez moi, là où je pourrais recharger mes batteries jusqu'à être de nouveau entière.

Recharger. C'était exactement ce que j'avais besoin de faire avant de voir ma mère. Je traversai la rue pour rejoindre The Sidetable, la fameuse boutique que ma grand-mère avait montée avec l'une de ses plus proches amies. Selon le testament qu'elle avait laissé, j'étais désormais bailleuse de fonds. J'étais… tout.

Ma poitrine se comprima à la vue du panneau « À vendre » devant l'ancienne animalerie de Mr Navarro. Cela faisait un an que grand-mère m'avait appris sa mort, et c'était un bien immobilier de premier ordre, sur Main Street. Pourquoi aucune boutique n'avait ouvert à la place ? Poplar Grove connaissait-il des difficultés ? Cette éventualité me tordit le ventre comme si je venais d'avaler du lait avarié. J'entrai dans la librairie.

Ça sentait le parchemin et le thé, le tout mêlé à une pointe de poussière et de ce doux parfum familier qu'était mon chez-moi. Je n'avais jamais été capable de trouver quelque chose d'un tant soit peu proche de cet effluve rassurant, dans les boutiques que j'avais parcourues quand je vivais à New York. Le chagrin me picota les yeux dès que l'odeur me frappa les narines. Cela faisait six mois que grand-mère nous avait quittés, et elle me manquait terriblement. Elle avait laissé un trou si grand dans ma poitrine que je ne savais pas comment je faisais pour tenir debout.

— Georgia ?

Mrs Rivera resta un instant bouche bée avant de me gratifier d'un énorme sourire, derrière son comptoir, le téléphone calé entre son oreille et son épaule.

— Tu veux bien patienter une petite minute, Peggy ?

— Bonjour, Mrs Rivera, dis-je en lui rendant son sourire et en saluant de la main ce visage familier et accueillant. Ne raccrochez pas pour moi. Je viens en coup de vent.

— Quel bonheur de te voir ! (Elle jeta un coup d'œil vers le téléphone.) Non, pas toi, Peggy. Georgia est là ! (Ses yeux bruns chaleureux trouvèrent de nouveau les miens.) Oui, cette Georgia-là !

Je la saluai de nouveau tandis qu'elle reprenait sa conversation puis partis vers la section « Romance », où grand-mère avait un meuble entier réservé aux livres qu'elle avait écrits. J'attrapai son dernier roman publié et ouvris la jaquette afin de pouvoir contempler son visage.

Nous avions les mêmes yeux bleus, mais elle avait arrêté de teindre ses cheveux qui avaient un jour été noir corbeau autour de son soixante-quinzième anniversaire, un an après que ma mère m'avait jetée sur le pas de sa porte pour la première fois.

Sur cette photo, elle portait ses plus belles perles et un chemisier en soie, alors que dans la vraie vie, on ne la voyait qu'en salopette, en général tachée de la terre du jardin, et avec un chapeau de paille assez grand pour masquer tout le comté, mais son sourire était le même. J'attrapai un livre plus ancien, simplement pour voir une deuxième version de ce sourire.

Le carillon de l'entrée tinta, et un instant plus tard un homme armé d'un téléphone portable se mit à parcourir la section « Littérature générale », juste derrière moi.

— « Une Jane Austen des temps modernes », murmurai-je en lisant la citation qui figurait sur la couverture.

Je n'avais jamais cessé d'être impressionnée par le fait que ma grand-mère, l'âme la plus romantique que j'aie jamais connue, ait passé la plus grande partie de sa vie seule, à écrire des livres sur l'amour quand elle n'avait pu l'expérimenter qu'une poignée d'années. Même quand elle avait été mariée à grand-père Brian, ils n'avaient eu que dix ans avant que le cancer ne l'emporte. Peut-être les femmes de ma famille étaient-elles maudites, en matière d'histoires de cœur...

— Qu'est-ce que c'est que cette merde ? lança l'homme derrière moi.

Mes sourcils se dressèrent, et je jetai un coup d'œil par-dessus mon épaule. Il tenait un livre de Noah Harrison, sur lequel – allez savoir pourquoi – deux personnages étaient l'un en face de l'autre, leurs lèvres s'effleurant presque. Un classique.

— Étant donné que j'avais autre chose à faire que de regarder mes e-mails dans les Andes, oui, c'est la première fois que je vois le nouveau.

Il prit alors un autre Harrison, la rage exsudant de tout son corps. Il mit les deux romans côte à côte : deux couples différents, même pose. Je préférais clairement m'en tenir à ma sélection.

— Le problème, c'est qu'ils sont identiques, tiens ! Tu peux me dire ce qui clochait avec l'ancien ? Oui, je suis énervé ! Je viens de me taper dix-huit heures de vol, et au cas où tu aurais oublié j'ai coupé court à mes recherches juste pour être ici. Je te dis qu'ils sont identiques ! Attends, je vais te le prouver. Mademoiselle ?

— Oui ?

Je pivotai légèrement et levai les yeux pour me retrouver nez à nez avec les deux couvertures. Niveau bulle personnelle, j'avais connu mieux.

— Vous voyez une différence ?

— Non. Ils sont totalement interchangeables.

Je remis le livre de grand-mère sur son étagère et lui murmurai mentalement un petit au revoir, comme je le faisais chaque fois que j'ouvrais un de ses romans, en librairie. Le manque se ferait-il un jour moins douloureux ?

— Voilà ! Parce qu'ils ne sont pas censés se ressembler ! aboya le type.

J'espérais qu'il s'adressait à la pauvre âme qui se trouvait à l'autre bout du fil, car si c'était à moi qu'il parlait sur ce ton, ça n'allait pas se passer comme ça.

— Pour sa défense, tous ses bouquins se ressemblent, marmonnai-je.

Oups. C'était sorti avant que j'aie le temps de m'autocensurer. Il faut croire que mon filtre était aussi HS que mes émotions.

— Désolée... ajoutai-je en me tournant vers lui.

Je relevai alors la tête jusqu'à découvrir deux sourcils bruns dressés d'étonnement, au-dessus de deux yeux aussi bruns. *Ouah.*

Mon cœur piétiné eut un soubresaut – comme toutes les héroïnes des bouquins de grand-mère. C'était l'homme le plus charmant que j'aie jamais vu, et en ma toute nouvelle qualité d'ex-épouse de réalisateur, j'avais pourtant vu défiler pas mal de monde.

Je t'arrête tout de suite, ma belle. Tu es immunisée contre les beaux mecs, me prévint aussitôt la partie logique de mon cerveau, mais j'étais bien trop occupée à le dévorer du regard pour écouter.

— Ils ne se ressemblent pas... commença-t-il avant de cligner des yeux. Je te rappelle.

Puis il passa les deux livres dans une main pour raccrocher et empocher son téléphone.

Il avait à peu près le même âge que moi – fin de la vingtaine, peut-être début de la trentaine –, faisait au moins un mètre quatre-vingts, et sa tignasse noire qui lui donnait l'air de sortir tout juste du lit retombait sur une peau couleur olive avant de rejoindre ces sourcils bruns toujours dressés et ces yeux d'un marron incroyable. Il avait un nez aquilin, des lèvres délicieusement charnues qui ne servaient qu'à me rappeler le temps passé sans être embrassée, et son menton portait l'ombre d'une légère barbe. Son visage était tout en lignes nettes et précises, et au vu des muscles de ses avant-bras, j'aurais parié l'intégralité de la librairie qu'il fréquentait régulièrement les salles de muscu... et probablement les chambres à coucher.

— Excusez-moi... Vous venez de dire qu'ils se ressemblaient tous ? me demanda-t-il d'une voix lente.

Je clignai des yeux. *Ah oui, les livres.* Je me giflai mentalement pour avoir perdu le fil de mes pensées devant un joli minois. Cela faisait à peine vingt minutes que j'avais récupéré mon nom, et je n'étais pas près de me réintéresser à un homme. De toute façon, il n'était même pas du coin. Avec ou sans dix-huit heures de vol, ses fringues haut de gamme puaient le sur-mesure, et les manches de sa chemise de lin blanc étaient roulées dans ce style casual qui n'avait absolument rien de casual. Les hommes de Poplar Grove ne s'embarrassaient pas de pantalons à mille dollars et n'avaient pas l'accent new-yorkais.

— Bah oui, plus ou moins. Un garçon rencontre une fille, ils tombent amoureux, il leur arrive une tuile et quelqu'un meurt, répondis-je avec un haussement d'épaules, pas peu fière de ne pas sentir mes joues brûler. Ajoutez à cela un conflit judiciaire, un peu de sexe insatisfaisant mais assez poétique, et peut-être une scène sur la plage, et vous avez le tableau complet. Si c'est votre truc, vous pouvez prendre l'un comme l'autre.

— Insatisfaisant ? (Ses sourcils se rapprochèrent tandis que son regard balayait les deux livres, avant de revenir sur moi.) Il n'y a pas *toujours* quelqu'un qui meurt.

Bon, apparemment, il avait déjà lu du Noah.

— D'accord, quatre-vingts pour cent du temps. Allez-y, vous verrez par vous-même. C'est pour ça qu'il est là, ajoutai-je en désignant le panneau « Littérature générale », et non ici, conclus-je en pivotant vers le panneau « Romance ».

Il resta bouche bée l'espace d'une milliseconde.

— Ou peut-être que ses histoires vont au-delà du sexe et des attentes irréalistes...

Pardon ? Là, son charme perdit quelques points. Je me dressai sur mes ergots.

— La romance, ce n'est pas *du sexe et des attentes irréalistes*. Il s'agit d'amour et du fait de braver l'adversité par le biais de ce qu'on peut considérer comme une expérience universelle.

C'était ce que m'avaient appris grand-mère ainsi que les milliers de romans d'amour que j'avais dévorés ces vingt-huit dernières années.

— Et apparemment, de sexe *satisfaisant*, ajouta-t-il en haussant un sourcil.

J'intimai à ma peau de ne pas réagir à la manière dont ses lèvres semblaient caresser ce mot.

— Écoutez, si vous n'aimez pas le sexe, ou que vous êtes mal à l'aise à l'idée qu'une femme puisse embrasser sa sexualité, cela en dit plus sur vous que sur ce style de littérature, non ? répliquai-je en inclinant la tête. Ou alors, ce sont les *happy ends* qui ne vous plaisent pas ?

— Je n'ai absolument rien contre le sexe, les femmes qui embrassent leur sexualité ou encore les *happy ends*, grommela-t-il.

— Dans ce cas, ces livres ne sont définitivement pas pour vous, parce que la seule chose qu'ils embrassent, c'est la tristesse universelle, mais si c'est ce qui vous branche...

Tu remiseras ton costume de Reine de Glace au placard une prochaine fois... Voilà que j'étais en train de débattre avec un parfait inconnu, en pleine librairie.

Le type secoua la tête.

— Ce sont des histoires d'amour. C'est écrit ici.

Il brandit une couverture sur laquelle... ma grand-mère avait écrit une phrase. Sa *fameuse* phrase. Celle que son éditeur lui avait réclamée si souvent qu'elle avait fini par céder, et elle ne lui avait pas laissé d'autre choix que celui de se débrouiller avec ce qu'elle avait proposé.

— « Personne n'écrit des histoires d'amour comme Noah Harrison », lus-je à voix haute, un sourire titillant mes lèvres.

— On peut dire que Scarlett Stanton est une autrice plutôt respectée, dans cette branche, non ? déclara-t-il avec un sourire atrocement sexy. Si elle dit que c'est une histoire d'amour, alors c'en est une.

Comment un homme aussi sublime pouvait-il se révéler aussi pénible ?

— Scarlett Stanton était *sans aucun doute* l'autrice de romances la *plus* respectée de sa génération.

Puis je secouai la tête, rangeai le livre de grand-mère à sa place et tournai les talons avant d'arracher les yeux de ce type qui osait parler d'elle comme s'il la connaissait.

— Donc je peux suivre ses recommandations sans crainte ? Si je veux lire une histoire d'amour. Ou peut-être n'approuvez-vous que celles qui sont écrites par des femmes ? lança-t-il derrière moi.

Sérieusement ? Je pivotai au bout de l'allée pour lui faire face, cédant à mon agacement.

— Ce que vous ne voyez pas, dans cette citation, c'est le reste.

— Comment ça ?

Deux rides apparurent entre ses sourcils.

— Ce n'était pas la citation originale. (Je levai les yeux vers le plafond, essayant de me remémorer les mots exacts.) Qu'est-ce que c'était... Oui, voilà : « Personne n'écrit de fictions pénibles et déprimantes travesties en histoires d'amour comme Noah Harrison. » L'éditeur l'a coupée pour la promo.

Aïe. Tu étais vraiment obligée ? J'entendais presque la voix de grand-mère, dans ma tête.

— Pardon ?!

C'était peut-être lié au fait qu'il ait bougé sous les lumières fluorescentes, mais il me semblait avoir pâli.

— Écoutez, ça arrive tout le temps, soupirai-je. Je ne sais pas si vous avez remarqué, mais ici, à Poplar Grove, tout le monde connaissait Scarlett

Stanton, et elle n'était pas du genre à avoir sa langue dans sa poche. (*Il faut croire que c'est génétique.*) Si ma mémoire est bonne, elle a également dit qu'il avait un don pour la description et... qu'il adorait l'allitération. (C'était la plus gentille chose qu'elle ait dite.) Ce n'était pas sa plume qui la dérangeait – juste ses histoires.

Un muscle se mit à tressauter sur la mâchoire du type.

— Eh bien, j'aime l'allitération, dans mes histoires d'amour, déclara-t-il en prenant la direction de la caisse avec ses deux bouquins. Merci pour votre recommandation, Miss...

— Ellsworth, répondis-je automatiquement.

Un léger frisson me traversa quand ce nom franchit mes lèvres. *Plus maintenant.*

— Bonne lecture, Mr...

— Morelli.

Je hochai la tête puis m'éloignai, sentant son regard me suivre jusqu'à la sortie pendant que Mrs Rivera s'occupait de ses achats.

Moi qui n'avais voulu qu'un peu de paix... Le pire, dans cette prise de bec, c'était qu'il avait peut-être raison, et que les livres de grand-mère étaient vraiment irréalistes. L'unique *happy end* dont je pouvais témoigner était celui de ma meilleure amie, Hazel, et vu qu'elle n'en était qu'à sa cinquième année de mariage, il était un peu tôt pour établir un verdict final.

Cinq minutes plus tard, j'entrai dans notre rue et passai devant Grantham Cottage, la maison en location la plus proche dont grand-mère était propriétaire. Elle avait l'air inhabitée, ce qui était la première fois depuis... toujours.

Poplar Grove n'étant situé qu'à une heure de Breckenridge, les locations ne restaient jamais longtemps inoccupées.

Merde. Tu n'as pas appelé le gestionnaire immobilier. Cela faisait certainement partie de la dizaine de messages vocaux que je n'avais jamais écoutés, ou peut-être du millier d'e-mails que je n'avais pas lus. Au moins mon répondeur avait-il cessé d'accepter de nouveaux messages, mais les e-mails continuaient à s'entasser. Il fallait que je me ressaisisse. Le reste du monde se fichait bien que Damian m'ait brisé le cœur.

Je me garai devant la maison dans laquelle j'avais grandi. Il y avait déjà une voiture de location au centre de l'allée semi-circulaire.

Ce doit être maman. Cette fatigue constante enfla pour me submerger.

Je laissai mes valises dans la voiture mais récupérai mon sac à main avant de gagner la porte d'entrée de cette maison coloniale vieille de soixante-dix ans. *Il n'y a plus de fleurs.* Des plantes vivaces apparaissaient ici et là, toutes plus ou moins desséchées, mais il n'y avait plus ces éclats de couleurs vives, dans les massifs qui bordaient généralement l'allée, à cette saison.

Ces dernières années – quand elle avait été trop fragile pour passer beaucoup de temps agenouillée dehors –, j'avais pris régulièrement l'avion pour aider grand-mère à faire ses plantations. Ce n'était pas comme si je manquais à Damian quand je m'absentais... et aujourd'hui, je sais pourquoi.

— Il y a quelqu'un ? appelai-je en entrant dans le vestibule.

Mon ventre se noua lorsque une vague d'air empestant le tabac me frappa. Elle osait *fumer* dans la maison de grand-mère ?! Le plancher semblait ne pas avoir été serpillé depuis l'hiver, et il y avait une épaisse couche de poussière sur le guéridon. grand-mère serait folle si elle voyait sa maison dans cet état. Qu'était-il arrivé à Lydia ? J'avais demandé au comptable de continuer à payer la femme de ménage.

Les portes donnant sur le salon s'ouvrirent, et ma mère apparut, élégamment vêtue. Son sourire Colgate s'estompa quand elle me vit, puis il réapparut.

— Gigi !

Elle ouvrit grand les bras et me gratifia de la rapide étreinte-tape sur le dos qui définissait assez bien notre relation. Et je détestais ce surnom...

— Maman ? Qu'est-ce que tu fais ici ? lui demandai-je avec tact afin de ne pas provoquer une crise.

Elle se crispa puis s'écarta avec un sourire chancelant.

— Eh bien... je... je t'attendais, pour tout te dire, chérie. Je sais que perdre ton arrière-grand-mère a été terrible, et tu viens en plus de perdre ton mari. Je me suis dit que tu aurais sûrement besoin d'aller te réfugier dans un endroit sûr.

Elle me jaugea de haut en bas avec un air débordant de pitié, m'agrippant légèrement les épaules, puis elle termina son examen avec un sourcil dressé.

— Tu as vraiment l'air plus bas que terre. Je sais que c'est dur, pour l'instant, mais je te jure que ce sera plus facile, la prochaine fois.

— Je n'ai pas envie qu'il y ait une prochaine fois, admis-je dans un murmure.

— Comme nous tous.

Son regard s'adoucit – elle ne m'avait jamais regardée comme ça.

Je sentis mes épaules s'affaisser, et les murailles que je m'étais forgées au fil des ans se fêlèrent. Peut-être ma mère s'était-elle racheté une conduite ? Peut-être commençait-elle un nouveau chapitre ? Cela faisait des années que nous n'avions pas *vraiment* passé de temps ensemble ; peut-être venions-nous d'atteindre un stade où nous pourrions enfin...

— Georgia ? demanda un homme par la porte ouverte. Il est là ?

Je dressai les sourcils, perplexe.

— Christopher, vous voulez bien m'accorder une minute ? Ma fille vient juste d'arriver.

Ma mère le gratifia de ce sourire à un million de dollars qui avait piégé ses quatre premiers maris, puis elle prit ma main et m'attira vers la cuisine avant que je ne puisse voir qui se trouvait dans le salon.

— Maman, qu'est-ce qui se passe ? Et ne t'avise pas de me mentir.

S'il te plaît. Sois honnête.

Son expression vacilla, me rappelant que sa capacité à tout bouleverser en un battement de cils était aussi puissante que son indisponibilité émotionnelle. Elle excellait dans les deux domaines

— Je suis en train de conclure un marché, dit-elle lentement, comme si elle pesait ses mots. Tu n'as pas à t'inquiéter, Gigi.

— Arrête de m'appeler comme ça. Tu sais que je déteste ce surnom.

Gigi était une petite fille qui passait beaucoup trop de temps à guetter les feux des voitures, derrière sa fenêtre, et j'avais grandi.

— Un marché ? répétai-je en l'observant d'un air méfiant.

— Ça s'est fait alors que j'attendais que tu rentres à la maison. Est-ce si difficile à croire ? Tu ne vas tout de même pas me faire un procès pour essayer d'être une bonne mère ?

Elle dressa le menton et se mit à battre des paupières, les lèvres légèrement pincées, comme si je l'avais blessée. Mais je ne mordrais pas à l'appât.

— Comment ça se fait que cet homme connaisse mon nom ?

Je savais que quelque chose clochait, dans cette histoire.

— Tout le monde le connaît, grâce à Damian.

Elle déglutit et tapota son impeccable chignon banane couleur ébène – geste qui la trahit. Elle mentait.

— Je sais que tu as mal, reprit-elle, mais je suis convaincue que tu peux encore le récupérer, si on joue les bonnes cartes.

Elle cherchait à me distraire. Je la contournai et entrai dans le salon avec un sourire.

Deux hommes bondirent sur leurs pieds. Ils portaient chacun un costume, mais celui qui était apparu à la porte du vestibule semblait avoir vingt bonnes années de plus que l'autre.

— Désolée pour mon impolitesse. Je suis Georgia Ells... (*Bon sang !* Je m'éclaircis la voix.) Georgia Stanton.

— Georgia ? répéta le plus âgé des deux en pâlissant. Christopher Charles, ajouta-t-il lentement, son regard pivotant vers la porte, où ma mère venait de faire son apparition.

Le nom de l'homme fit aussitôt *tilt*. L'éditeur de grand-mère. Il avait été son directeur éditorial lorsqu'elle avait écrit son dernier roman, dix années plus tôt, à l'âge de quatre-vingt-onze ans.

— Adam Feinhold. Ravi de faire votre connaissance, Miss Stanton, déclara son acolyte.

L'un comme l'autre passaient de ma mère à moi, blancs comme des linges.

— Maintenant que les présentations sont faites... Tu dois avoir soif, Gigi. Allons te chercher quelque chose à boire, suggéra ma mère en fonçant vers moi, la main tendue.

Je l'ignorai et allai m'installer dans le gros fauteuil disposé entre les canapés, me repaissant de son confort familier.

— Je peux savoir en quel honneur l'éditeur de mon arrière-grand-mère a fait toute cette route jusqu'au Colorado ?

— Ils sont ici pour commander un livre, bien sûr.

Ma mère s'assit avec précaution sur l'accoudoir du canapé le plus proche de moi et se mit à lisser sa robe.

— Quel livre ? demandai-je directement à Christopher et Adam.

Ma mère avait beaucoup de talents, mais l'écriture n'en faisait pas partie, et j'avais assisté à suffisamment de signatures de contrats pour savoir que les éditeurs ne sautaient pas dans un avion pour le plaisir.

Devant l'air hagard des deux hommes qui se dévisageaient, je répétai ma question.

— Quel. Livre ?

— Il me semble qu'il n'a pas encore de titre, répondit Christopher d'une voix lente.

Chaque muscle de mon corps se verrouilla. Il n'y avait qu'un seul livre auquel grand-mère n'avait pas donné de titre et qu'elle n'avait pas vendu. *Non... Maman n'oserait tout de même pas...*

L'éditeur déglutit puis jeta un coup d'œil à ma mère.

— Il ne nous reste plus que quelques signatures à apposer et à récupérer le manuscrit. Vous savez que Scarlett n'affectionnait pas les ordinateurs, et il était hors de question de laisser quelque chose d'aussi précieux que la seule copie originale existante aux dieux de la poste.

Ils échangèrent un rire gêné, et ma mère ne tarda pas à se joindre à eux.

— Quel livre ? répétai-je, m'adressant cette fois à ma mère, le ventre noué.

— Son premier... et son dernier. (La supplication dans ses yeux était évidente ; je détestais la manière dont elle parvenait à me taillader le cœur.) Celui sur grand-père Jameson.

Je crus que j'allais vomir. Là, devant eux, sur le tapis persan que grand-mère aimait tant.

— Il n'est pas terminé, parvins-je à articuler.

— Bien sûr que non, ma chérie. Mais je me suis assurée qu'ils engagent la crème de la crème pour y apporter la touche finale, répondit-elle avec un ton sirupeux qui n'aidait en rien à dissiper ma nausée. Tu ne penses pas que grand-mère Scarlett aurait aimé voir ses dernières paroles publiées ?

Et là, elle me fit son fameux sourire. Celui qui paraissait ouvert et bienveillant aux yeux des autres mais qui dissimulait la menace de représailles si j'osais l'embarrasser en public.

Elle m'avait suffisamment donné l'exemple pour que je la gratifie d'un des miens.

— Ce que je pense, maman, c'est que si grand-mère avait eu envie de faire publier ce livre, elle aurait terminé de l'écrire.

Comment pouvait-elle faire une chose pareille ? Négocier un contrat pour ce livre-*là*, dans mon dos ?

— Je ne suis pas d'accord, riposta-t-elle en haussant les sourcils. Elle disait que ce livre était son testament, Gigi. Elle n'a jamais pu surmonter les émotions que provoquait son écriture pour le terminer, et je pense que c'est à nous de le faire pour elle. Tu ne crois pas ?

— Non. Et vu que je suis l'unique ayant droit de son testament, l'exécutrice testamentaire de ses droits littéraires, il n'y a que mon avis qui compte, déclarai-je, décidant d'annoncer la vérité aussi impassiblement que possible.

Ma mère abandonna ses artifices et me dévisagea avec un air profondément choqué.

— Georgia, tu ne refuserais tout de même pas...

— Donc vous vous appelez toutes les deux Georgia ? intervint Adam d'une voix qui partait dans les aigus.

Je clignai des yeux, les pièces du puzzle s'assemblant soudain, avant de m'esclaffer.

— Je n'y crois pas !

Elle ne faisait pas que négocier un contrat dans mon dos... Elle se faisait passer pour moi.

— Gigi... me supplia-t-elle.

— Elle vous a dit qu'elle s'appelait Georgia Stanton ? hasardai-je en captant soudain toute l'attention des deux messieurs.

— Ellsworth, mais oui, confirma Christopher, les joues brusquement cramoisies.

— C'est faux. Elle s'appelle Ava Stanton Thomas Brown O'Malley... Ou, attends, c'est toujours Nelson ? Je ne me souviens plus si tu as déjà changé... lançai-je à ma mère avec un air faussement innocent.

Elle bondit sur ses pieds, le regard jetant des éclairs.

— Dans la cuisine. Maintenant.

— Si vous voulez bien nous excuser un instant, dis-je avec un bref sourire à l'intention des pauvres éditeurs dupés, puis je la suivis, très curieuse d'entendre son explication.

— Je t'interdis de me gâcher cette opportunité ! siffla-t-elle tandis que nous gagnions la pièce où grand-mère faisait de la pâtisserie tous les samedis.

Il y avait de la vaisselle partout, et une odeur rance planait dans l'air.

— Où est passée Lydia ? demandai-je en désignant le capharnaüm.

— Je l'ai mise à la porte. Elle se mêlait de ce qui ne la regardait pas, déclara ma mère avec un haussement d'épaules.

— Depuis quand est-ce que tu vis ici ?

— Depuis l'enterrement. J'attendais que tu...

— Arrête tes mensonges. Tu as viré Lydia parce que tu savais qu'elle te verrait chercher ce manuscrit et qu'elle me le dirait. (Une haine sourde circulait désormais dans mes veines.) Comment as-tu pu faire ça ? lâchai-je, la mâchoire serrée.

— Gigi... souffla-t-elle en laissant retomber ses épaules.

— Je déteste ce surnom depuis que j'ai huit ans. Encore une fois, arrête de m'appeler comme ça. Tu croyais vraiment t'en tirer en te faisant passer pour moi ? Ils ont des avocats, maman ! Tu aurais forcément dû, un jour ou l'autre, prouver ton identité !

— Ça fonctionnait très bien, jusqu'à ce que tu débarques.

— Et Helen ? Ne me dis pas que tu leur as proposé le manuscrit sans prévenir l'agente de grand-mère ?

— Je comptais l'appeler dès que j'avais une offre officielle. Je te le jure. Ils sont simplement venus chercher le manuscrit pour y jeter un coup d'œil.

Je secouai la tête, blasée par tant de... Je n'avais même pas de mots.

Elle poussa un gros soupir, comme si c'était moi qui lui brisais le cœur, et ses yeux se mirent à enfler de larmes.

— Pardonne-moi, Georgia. J'étais désespérée. Je t'en supplie, fais ça pour moi. L'avance me permettrait de me remettre sur pied...

— Sérieusement ? crachai-je avec un regard noir. C'est une histoire d'argent ?

— Qu'est-ce que tu crois ? répliqua-t-elle en plaquant les mains sur le plan de travail en granite. Ma propre grand-mère m'a retirée de son testament pour *toi*. C'est *toi* qui as tout eu. Et moi, je me suis retrouvée sans rien !

La culpabilité se mit à titiller les zones vulnérables de mon cœur, ces éclats minuscules qui vivaient dans le déni, qui n'avaient jamais vraiment compris que toutes les mères ne voulaient pas être des *mamans*, et que la mienne était de celles-là. Oui, grand-mère l'avait déshéritée, mais ce n'était pas à cause de moi.

— Il n'y a rien à leur donner, maman. Elle n'a jamais terminé ce livre, et tu sais pourquoi. Elle a dit qu'elle l'avait écrit pour la famille.

— Elle l'a écrit pour *mon* père ! Et je fais partie de la famille ! Je t'en supplie, Georgia, insista-t-elle en balayant les lieux d'un geste de la main. Tout ça est à toi. Donne-moi juste *une* chose ; je suis même prête à partager avec toi.

— Ce n'est pas une question d'argent.

Même moi, je n'avais pas lu ce livre, et elle voulait le remettre aux mains d'étrangers ?

— Dit celle qui a des millions sur son compte en banque.

J'agrippai le bord de l'îlot central et inspirai profondément dans l'idée de calmer les battements de mon cœur, d'apporter un tant soit peu de logique à une situation qui n'en avait aucune. Étais-je stable financièrement parlant ? Oui. Mais les millions de grand-mère étaient destinés aux œuvres caritatives – comme elle l'avait souhaité, et ma mère n'avait rien d'une œuvre caritative.

En revanche, elle était le dernier membre de ma famille encore en vie.

— Je t'en prie, chérie. Écoute au moins ce qu'ils ont à proposer. C'est tout ce que je te demande. Tu peux faire ça pour moi ? m'implora-t-elle d'une voix tremblante. Tim m'a quittée. Je suis... ruinée.

Sa confession parla directement à mon âme de femme fraîchement divorcée. Nos regards se croisèrent, avec leur teinte identique de ce que grand-mère appelait le « bleu Stanton ». Elle était tout ce que j'avais, et peu importait le nombre d'années ou de thérapeutes qui étaient passés par là, je n'avais jamais réussi à me défaire du besoin de la satisfaire. De lui prouver ma valeur.

L'argent n'était tout simplement pas le catalyseur que j'avais envisagé.

Mais cela pointait du doigt son caractère *à elle*, pas le mien.

— J'écouterai, rien de plus.

— C'est tout ce que je te demande, opina-t-elle avec un sourire reconnaissant. Je suis vraiment restée pour toi, tu sais, ajouta-t-elle dans un murmure. Je suis tombée sur ce livre par hasard.

— Allons-y.

Avant que je commence à te croire.

Les deux hommes répétèrent les conditions qu'ils avaient exposées à ma mère avec une pointe de désespoir. Je le voyais dans leurs yeux : la mine d'or que représentait le tout dernier livre de Scarlett Stanton était en train de leur filer entre les doigts. Ils avaient compris que ce n'était pas acquis.

— Je vais devoir contacter Helen. Vous vous souvenez sûrement de l'agente de grand-mère ? déclarai-je lorsqu'ils eurent terminé. Et vous pouvez d'ores et déjà oublier les droits d'exploitation. Vous savez ce qu'elle en pensait.

Grand-mère ne supportait pas les adaptations audiovisuelles.

L'expression de Christopher se crispa.

— Et où est Ann Lowell ? ajoutai-je, faisant référence à celle qui avait été l'éditrice de grand-mère pendant plus de vingt ans.

— Elle a pris sa retraite l'année dernière, répondit Christopher. Adam, ici présent, est le meilleur de notre équipe, et il a engagé sa meilleure plume pour terminer... un tiers du roman, c'est bien ça ? conclut-il en interrogeant ma mère du regard.

Celle-ci confirma d'un hochement de tête.

Elle l'avait lu ? Le goût amer de la jalousie me recouvrit la langue.

— C'est le meilleur, surenchérit Adam tout en jetant un coup d'œil à sa montre. Il a vendu des millions d'exemplaires, il a un style incroyable et est encensé par la critique. Mieux encore : c'est un fan absolu de Scarlett Stanton. Il a lu tout ce qu'elle a écrit au moins deux fois, et il a libéré les six prochains mois pour se consacrer à ce projet afin qu'on puisse le sortir au plus vite.

Il tenta de me gratifier d'un sourire rassurant, mais c'était peine perdue.

— Vous avez engagé un *homme* pour terminer le livre de grand-mère ? dis-je avec un regard sceptique.

Adam déglutit.

— C'est vraiment le meilleur. Je vous jure. Et votre mère voulait le rencontrer, pour être certaine de notre choix... Il est là, justement.

Je me mis à cligner des yeux, surprise que ma mère ait été aussi méticuleuse, et choquée à l'idée que l'écrivain... *Non*.

— Je ne me souviens même pas de la dernière fois où il a dû faire son autopromotion, commenta Christopher avec un ricanement.

Mes pensées s'effondrèrent dans un puits sans fond, comme une ligne de dominos. *Impossible*.

— Il est là ? demanda ma mère en se tournant vers la porte avant de lisser sa jupe.

— Il vient de se garer, répondit Adam avec un geste vers son Apple Watch.

— Reste assise, Georgia. Je vais accueillir notre invité, s'empressa-t-elle de déclarer avant de bondir de son fauteuil et de courir vers la porte, nous abandonnant dans un silence pesant seulement rompu par le tic-tac régulier de la vieille horloge comtoise.

— J'ai rencontré votre mari à un gala, l'année dernière, commenta Christopher avec un sourire crispé.

— Mon *ex*-mari, le corrigeai-je.

— Exact, fit-il en grimaçant. J'ai personnellement trouvé qu'on en avait beaucoup trop fait autour de son dernier film.

C'était à peu près le cas pour tous les films que Damian avait réalisés – hormis les adaptations des livres de ma grand-mère –, mais je n'avais pas envie d'aller sur ce terrain.

Un rire rauque résonna dans le vestibule, et je sentis les poils de ma nuque se hérisser.

— Il est là ! annonça gaiement ma mère en ouvrant grand les portes vitrées.

Je me levai pour accueillir le nouveau venu. Quand je vis de qui il s'agissait, je parvins je ne sais comment à rester debout.

Son sourire charmeur s'étiola, et il me dévisagea comme s'il avait vu un fantôme.

Quant à moi, je crus une nouvelle fois que j'allais vomir.

— Georgia Stanton, je vous présente... commença Christopher.

— Noah Harrison.

Noah – l'étranger de la librairie – confirma d'un hochement de tête.

Je me fichais bien de savoir que cet homme était beau à se damner. S'il voulait le manuscrit de grand-mère, il allait devoir me passer sur le corps.

2
Noah

Scarlett, ma douce Scarlett,
J'espère que tu ne trouveras cette lettre que lorsque tu seras au beau milieu de l'Atlantique, trop loin déjà pour changer d'avis – je sais à quel point ton esprit si beau est également têtu. Je sais que je t'ai poussée à partir, mais l'idée de ne pas te voir pendant des mois, voire des années, me brise le cœur. La seule chose qui me fait tenir, c'est de savoir que tu seras en sécurité. Ce soir, avant de me glisser hors de notre lit pour écrire cette lettre, j'ai essayé de tout me remémorer à ton sujet. Le parfum de tes cheveux et la douceur de ta peau. La lumière de ton sourire et la façon dont tes lèvres se plissent quand tu me taquines. Tes yeux, ces sublimes yeux bleus qui me scient les jambes à tous les coups. Il me tarde de les voir s'accorder au ciel du Colorado. Tu es forte, mon amour, et plus courageuse que je ne le serai jamais. Je ne pourrais jamais entreprendre ce que tu vis à cette heure. Je t'aime, Scarlett

Stanton. Je t'ai aimée dès notre première danse, et je t'aimerai pour le restant de ma vie. Accroche-toi à cela, tant qu'un océan nous sépare. Embrasse William pour moi. Protège-le, couve-le, et avant même que j'aie le temps de te manquer, je serai de nouveau à la maison avec vous, là où il n'y aura plus de sirènes, plus de bombes, plus de missions, plus de guerre... seulement notre amour.
À très bientôt,
Jameson

Stanton. La sublime et ignoble femme de la librairie était Georgia Stanton. Les dieux étaient contre moi.

Pour la première fois depuis des années, j'étais bouche bée.

Je n'avais jamais vécu ce moment au sujet duquel j'avais tant écrit, celui où un regard suffit pour *savoir*. Puis elle s'était retournée, un livre de mon autrice préférée à la main, le fixant comme s'il détenait les réponses à la tristesse dans ses yeux, et soudain, j'étais en plein dans ce moment... Jusqu'à ce que je me rende compte de ce qu'elle était en train de dire.

Personne n'écrit de fictions pénibles et déprimantes travesties en histoires d'amour comme Noah Harrison. Ses paroles corrodaient mon esprit comme si elle les avait marquées au fer rouge.

— Noah ? intervint Chris en désignant le dernier fauteuil vide, cherchant de toute évidence à rompre le silence.

— Oui, bien sûr, marmonnai-je, mais j'avançai vers elle. Ravi de faire officiellement votre connaissance, Georgia.

Sa poignée de main était chaleureuse, contrairement à ses yeux bleu cristal. Il m'était impossible d'ignorer ce sentiment, cette attirance immédiate, même en sachant qui elle était. C'était plus fort que moi. Tout à l'heure, ses paroles m'avaient cloué le bec, ce qui ne me ressemblait pas du tout. Et voilà que j'étais de nouveau à court de mots.

Elle était magnifique, vraiment. Ses cheveux tombaient en vagues d'un noir si profond qu'il scintillait presque de bleu, et le contraste avec sa délicate peau couleur ivoire m'invoquait un bon millier de références à Blanche-Neige. *Oublie, Morelli. Cette nana ne veut rien avoir à faire avec toi.*

Mais *moi*, j'avais envie d'elle. J'avais l'intime sensation de connaître cette femme ; je le sentais dans chaque fibre de mon être.

— Vous achetez souvent vos propres livres ? lança-t-elle en haussant un sourcil tandis que je lui lâchais la main.

Un des muscles de ma mâchoire se mit à tressauter. Évidemment, c'était tout ce qu'elle avait retenu.

— Étais-je censé les reposer et vous laisser penser que votre avis m'avait influencé ?

— Je dois reconnaître que vous savez aller au bout des choses, répliqua-t-elle, et un coin de ses lèvres délicieuses s'étira. Mais ça aurait pu rendre cet instant un peu moins gênant, reprit-elle.

— Je pense que ça l'est devenu dès que vous avez dit que tous mes livres se ressemblaient.

Et que le sexe y était insatisfaisant. Il ne m'aurait fallu qu'une nuit pour lui montrer précisément à quel point elle se trompait.

— C'est le cas.

Bon, au moins, elle assumait. Il faut croire que je n'étais pas la seule tête de mule, ici.

L'autre femme lâcha un hoquet de stupeur, et Chris et Adam se mirent à échanger des murmures, me rappelant qu'il ne s'agissait pas d'une visite de courtoisie.

— Noah Harrison, déclarai-je en me présentant à celle qui m'avait fait entrer.

Puis j'observai ses traits et son grain de peau. Était-ce... sa mère ?

— Ava Stanton, répondit-elle avec un sourire aveuglant. Je suis la mère de Georgia.

— Même si on pourrait facilement les prendre pour des sœurs, ajouta Chris avec un gloussement.

Je me retins de lever les yeux au ciel.

Georgia, elle, ne s'en priva pas, ce qui me fit ravaler un sourire.

Chacun se rassit à sa place. Mon fauteuil était juste en face de celui de Georgia. Elle s'y enfonça et croisa les jambes, parvenant je ne sais comment à avoir l'air à la fois détendue et princière dans un jean et une chemise noire moulante.

Attends une petite minute... Quelque chose fit *tilt* au fin fond de mon cerveau. Je l'avais déjà vue quelque part – pas simplement à la librairie. Des images de cette femme en tenue de gala me revinrent à l'esprit. Nous étions-nous déjà croisés ?

— Bien, Noah... Si tu expliquais à Georgia – et à Ava, bien sûr – pourquoi elles devraient te confier sans hésiter le chef-d'œuvre inachevé de Scarlett Stanton ? me demanda Chris d'un ton pressant.

— Pardon ? hoquetai-je d'un air hagard.

J'étais venu récupérer le manuscrit. Point. C'était la seule condition à laquelle j'avais accepté de prendre sur moi et de me pointer ici. Je voulais être le premier à le lire.

Adam s'éclaircit la voix et me gratifia d'un regard implorant.

Il est sérieux ?

— Noah ? insista-t-il avec des yeux ronds comme des soucoupes, avant de donner un coup de menton vers les deux femmes.

Bon, apparemment, oui. J'hésitais entre éclater de rire et le railler gentiment.

— Parce que je promets de ne pas le perdre ? dis-je d'une voix qui monta dans les aigus, transformant l'évidence en interrogation.

— Voilà qui est rassurant, commenta Georgia.

Je la fusillai du regard.

— Noah, je peux te voir dans le vestibule ? suggéra Adam.

— Je vais nous chercher à boire ! proposa Ava en se levant aussitôt.

Georgia détourna les yeux tandis que je franchissais les portes du salon derrière Adam pour rejoindre l'entrée voûtée.

La maison était plutôt modeste, au vu de ce que je savais sur les Stanton, mais le détail des moulures et la rambarde de l'escalier incurvé témoignaient de la qualité de l'ouvrage et du bon goût de l'ancienne propriétaire. À l'image de sa plume impeccable et captivante, qui s'était révélée détaillée sans tomber dans le style ampoulé, la maison paraissait féminine sans toutefois afficher ces affreux papiers peints aux motifs floraux. Tout était dans la discrétion et l'élégance... ce qui ne manquait pas de me rappeler Georgia, à l'exception du tempérament.

— On a un problème.

Adam fit courir ses mains dans ses cheveux châtains tout en m'adressant un regard que je n'avais vu qu'une seule fois : le jour où ils avaient trouvé une coquille sur l'une de mes couvertures, déjà partie à l'impression.

— Je t'écoute, dis-je en croisant les bras.

C'était l'un de mes amis les plus proches, et en sa qualité d'éditeur new-yorkais, il avait la tête sur les épaules. S'il pensait que nous avions un problème, c'était sérieux.

— La mère nous a fait croire qu'elle était sa fille.

— Comment ça ?

Certes, ces deux femmes étaient très belles, mais Ava faisait facilement vingt ans de plus.

— Elle a fait croire que c'était elle qui avait les droits.

Mon estomac menaça de faire remonter mon déjeuner. Je comprenais, maintenant – c'était la mère qui me voulait pour ce livre... pas Georgia. *Bordel.*

— Tu es en train de me dire que le contrat pour lequel on a bossé pendant des semaines est foutu ?

Ma mâchoire se contracta. Je n'avais pas seulement libéré du temps pour ce projet ; j'avais effacé ma vie *entière* pour lui, j'étais revenu du Pérou pour lui. Je voulais ce foutu bouquin, et l'idée qu'il me glisse entre les doigts était inconcevable.

— Si tu n'arrives pas à convaincre Georgia Stanton que tu es l'auteur idéal pour terminer ce livre, alors oui, c'est exactement ce que je suis en train de te dire.

— Merde.

Je vivais pour les challenges, je passais mon temps libre à pousser mon corps et mon esprit à leurs limites, à coups de varappe et d'écriture. Ce livre était mon Everest mental, quelque chose qui me sortirait de ma zone de confort. Maîtriser la voix d'un autre auteur, en particulier quelqu'un d'aussi encensé que Scarlett Stanton, ne serait pas qu'une prouesse professionnelle. J'y mettais des enjeux personnels.

— Bien résumé, lança Adam.

— Je l'ai croisée, un peu plus tôt. Elle déteste mes livres.

Ce qui n'augurait rien de bon pour moi.

— J'ai cru comprendre, oui. S'il te plaît, dis-moi que tu ne t'es pas comporté comme le salaud que tu sais si bien être ? soupira-t-il avec un regard méfiant.

— « Salaud », c'est tout relatif.

— Super, lâcha-t-il d'une voix débordante de sarcasme.

Je me frottai la zone entre les sourcils, l'esprit en surchauffe, cherchant comment faire changer d'avis une femme qui s'était fait une idée sur ma plume bien avant notre rencontre. J'avais toujours réussi à obtenir ce que je voulais en travaillant dur ou en usant de mes charmes, et ce n'était pas dans ma nature d'abandonner.

— Si tu veux, je te laisse une minute ou deux pour reprendre tes esprits, et tu reviens avec un miracle, d'accord ?

Puis il me tapota l'épaule et me laissa seul dans l'entrée, tandis qu'Ava s'affairait dans la cuisine.

Je récupérai mon téléphone dans ma poche arrière et composai le numéro de la seule personne capable de me donner un avis objectif.

— Qu'est-ce que tu veux, Noah ? lança la voix d'Adrienne par-dessus la cacophonie que provoquaient ses enfants, en arrière-plan.

— Comment convaincre quelqu'un qui déteste mes livres que je ne suis pas nul à chier ? demandai-je tout bas en me tournant vers les portes du bureau.

— Sérieusement ? Tu m'appelles juste pour que je regonfle ton ego ?

— Ce n'est pas une blague.

— Tu ne t'es jamais soucié de ce que pensaient les gens. Qu'est-ce qui se passe ? ajouta-t-elle d'une voix plus douce.

— C'est ridiculement compliqué, et j'ai environ deux minutes pour trouver une solution.

— Très bien. Bon, déjà, tu n'es pas nul à chier. L'adoration de millions de lecteurs te le prouve largement.

Le bruit de fond s'estompa, comme si elle avait fermé une porte.

— C'est logique que tu dises ça ; tu es ma sœur.

— Et j'ai détesté au moins onze de tes livres, répliqua-t-elle gaiement.

Je lâchai un ricanement.

— Nombre curieusement précis, tout de même.

— Il n'y a rien de curieux à ça. Je peux te dire exactement lesquels...

— Tu ne m'aides pas, là, Adrienne.

J'examinai la petite collection de photos disposée sur le guéridon, mêlée à une variété de vases en verre. Celui qui avait la forme d'une vague semblait avoir été soufflé main, et il était posé à côté du cliché d'un jeune garçon, certainement pris à la fin des années quarante. Une autre photo paraissait immortaliser un bal de débutantes... celui d'Ava, peut-être ? Il y avait aussi celle d'une enfant qui devait être Georgia, dans un jardin. Même petite, elle avait l'air sérieuse et un peu triste, comme si le monde l'avait déjà déçue.

— Quelque chose me dit que confier à Georgia Stanton que ma propre sœur n'aime pas mes livres ne va pas vraiment m'aider.

— Ce sont tes intrigues que j'ai détestées, pas ton écrit... (Elle s'arrêta net.) Attends, tu as dit « Georgia Stanton » ?

— Oui.

— Sans déconner...

— Il doit me rester trente secondes.

Chaque battement de cœur me donnait l'impression d'être un compte à rebours. Comment la situation avait-elle pu si mal tourner aussi vite ?

— Je peux savoir ce que tu fais avec l'arrière-petite-fille de Scarlett Stanton ?

— Tu te souviens de la partie *compliquée* de cette conversation ? Et comment tu sais qui est cette fille ?

— Comment ne pas le savoir ?

Ava surgit alors dans le vestibule, armée d'un petit plateau sur lequel elle avait disposé des verres de ce qui ressemblait à de la limonade. Elle me gratifia d'un sourire puis se faufila à travers les portes entrouvertes du salon. Le temps me manquait.

— Bon. Scarlett Stanton a laissé un manuscrit inachevé, et c'est cette *Georgia* – qui déteste mes livres – qui décidera si je peux le terminer ou non.

Ma sœur hoqueta de surprise.

— Dis quelque chose.

— OK, OK. (Elle sombra dans le silence ; je pouvais presque entendre les rouages tourner dans son cerveau.) Dis-lui que sous aucun prétexte Damian Ellsworth n'aura le droit de réaliser, produire une adaptation ou même de s'approcher de ce livre.

Je plissai le front, perplexe.

— On ne parle pas du tout de droits d'exploitation...

Par ailleurs, ce type était mauvais. Je l'avais déjà écarté de plusieurs de mes projets.

— Enfin, si c'est un Scarlett Stanton terminé par *toi*, ça risque d'être énorme, Noah ! Tu te rends compte ?

Je ne pouvais pas la contredire. Scarlett avait figuré parmi les meilleures ventes du *New York*

Times à chacune de ses sorties, et ce pendant quarante ans.

— Mais qu'est-ce que Damian Ellsworth a à voir avec les Stanton ?

— Tiens, je sais donc des choses que tu ignores ! Ça fait tout drôle...

— Adrienne, grommelai-je.

— Attends, laisse-moi savourer ça un instant... gazouilla-t-elle.

— Je vais perdre ce contrat.

— Bon, dit comme ça... (Je l'imaginais parfaitement en train de lever les yeux au ciel.) Ellsworth est – et c'est frais de cette semaine – l'ex-mari de Georgia. Il réalisait *La Mariée d'hiver*...

— Le livre de Stanton ? Celui qui parle d'un type piégé dans un mariage dépourvu d'amour ?

— Précisément. Bref, il s'est fait surprendre avec Paige Parker en plein tournage – ironique, pas vrai ? Les preuves sont attendues d'un jour à l'autre. Tu ne fais jamais les courses ? Georgia fait la couverture de tous les journaux à scandale depuis six mois. On l'appelle la « Reine de Glace », parce qu'elle est restée de marbre tout du long. Et il y a la référence au film, bien sûr...

— Tu plaisantes ?

C'était un cruel clin d'œil à la première épouse glaciale de l'histoire qui, si mes souvenirs étaient bons, mourait avant que le héros et l'héroïne vivent leur *happy end*. *La vie a de drôles de façons d'imiter l'art...*

— Non. C'est vraiment triste. Au début, elle faisait en sorte d'éviter les médias, mais aujourd'hui... c'est absolument partout.

— Putain, grommelai-je en serrant les dents.

Aucune femme ne méritait ça. Mon père m'avait appris qu'un homme n'avait qu'une parole, et les vœux étaient *justement* des paroles. Il y avait une raison si je ne m'étais jamais marié. Je ne faisais pas de promesses que j'étais incapable de tenir, et je n'avais jamais été avec une femme pour laquelle j'étais prêt à renoncer à toutes les autres.

— OK. Merci, Adrienne, dis-je tout en regagnant le salon.

— Bonne chance. Et... Noah ?

— Oui ?

Je m'arrêtai, la main sur la poignée en laiton.

— Accepte ce qu'elle te dira.

— Quoi ?

— Ce n'est pas de toi qu'il s'agit, mais de son arrière-grand-mère. Laisse ton ego énorme à la porte, tu veux ?

— Je n'ai pas de...

— Si, frangin.

Je lâchai un hoquet outré. Il n'y avait aucune honte à assumer d'être le meilleur dans mon domaine, mais la romance n'était pas mon style de prédilection.

— Autre chose ? lançai-je avec sarcasme – ma sœur était douée pour mettre en lumière tous vos défauts.

— Hmmm... Tu devrais lui parler de maman.

— Non.

Ça, c'était hors de question.

— Noah, je t'assure, comment ne pas avoir un faible pour un homme qui aime assez sa mère pour lui faire la lecture ? Ça la fera craquer, crois-moi. En revanche, n'essaie pas de la draguer.

— Je n'ai pas l'intent...

— Je te connais par cœur, me coupa-t-elle en riant. Et je t'aime, mais j'ai vu des photos de Georgia Stanton, et elle est *beaucoup* trop bien pour toi.

Sur ce point, je ne pouvais qu'être d'accord avec elle.

— Sympa. Merci, et moi aussi, je t'aime. On se voit le week-end prochain.

— Rien d'extravagant, hein !

— Ce que j'offre à ma nièce pour son anniversaire ne regarde qu'elle et moi. À plus.

Je raccrochai avant de réapparaître dans le salon. Tous les visages, à l'exception de celui de Georgia, se tournèrent vers moi, chacun plus chargé d'espoir que le précédent.

Je retournai à mon fauteuil en prenant tout mon temps, m'arrêtant pour examiner la photo qui avait capté l'attention de Georgia.

Il s'agissait de Scarlett Stanton, assise à un grand bureau, ses lunettes perchées sur son nez, tapant sur la machine à écrire avec laquelle elle avait rédigé tous ses livres. Adossée sur le côté du bureau, par terre, Georgia était en train de lire. Elle devait avoir dix ans.

C'est *elle* qui possédait les droits du livre de son arrière-grand-mère... pas sa mère, qui était pourtant la petite-fille de Scarlett, ce qui cachait des histoires familiales qui allaient bien au-delà de mon entendement.

Au lieu de m'asseoir, je restai debout derrière mon fauteuil, les mains posées sur les accoudoirs, dos à la cheminée. J'étudiai alors Georgia comme une falaise que j'étais déterminé à grimper, cherchant le bon itinéraire, le meilleur chemin.

— Bien, déclarai-je en la regardant droit dans les yeux, ignorant tous les autres. Vous n'aimez pas mes livres, c'est un fait.

Elle dressa un sourcil et inclina légèrement la tête.

— Ce n'est pas un souci, car de mon côté, *j'adore* ceux de Scarlett Stanton. Tous, sans exception. Contrairement à ce que vous vous imaginez, je ne déteste pas la romance. Je les ai tous lus deux fois, même plus pour certains. Elle avait une plume unique, un style incroyable et viscéral, et une façon de susciter des émotions qui m'a toujours retourné.

— Sur ce point, nous sommes d'accord, commenta Georgia, sa voix ne portant pour une fois aucune trace d'ironie.

— Aucun auteur n'arrive à la cheville de votre arrière-grand-mère, dans cette catégorie, mais je ne confierais à personne d'autre ce manuscrit. Et pourtant, j'en connais pas mal. C'est *moi* qu'il vous faut. *Moi* qui saurai rendre justice à ce livre. Tous les autres, avec un tel niveau d'exigence, voudront le transformer ou y apporter leur patte. Pas moi, promis-je.

— Vraiment ? souffla-t-elle en remuant dans son fauteuil.

— Si vous me laissez le terminer, ce sera son livre à *elle*. Je travaillerai d'arrache-pied pour m'assurer que le lecteur ait l'impression que c'est *elle* qui a écrit la deuxième moitié. Vous serez incapable de voir la différence.

— Le dernier tiers, me corrigea Ava.

— Bien sûr, aucun souci.

Mes yeux n'avaient pas quitté le regard inébranlable de Georgia. Comment Ellsworth avait-il pu se comporter comme ça avec elle ? Elle était d'une beauté stupéfiante, presque douloureuse, avec des formes là où il en fallait et un esprit aussi acéré que sa langue. Aucun homme un tant soit peu sensé ne tromperait une femme pareille.

— Je sais que vous doutez, mais je m'acharnerai jusqu'à vous convaincre.

Reste concentré sur la partie pro.

— Parce que vous êtes doué, c'est ça ? lança-t-elle d'une voix chargée de sarcasme.

Je réprimai un sourire.

— Parce que je suis *vraiment* doué, oui.

Elle me sonda du regard, l'horloge du salon marquant les secondes, puis elle secoua la tête.

— Non.

— Non ?

Mes yeux se mirent à flamboyer, et ma mâchoire se verrouilla.

— Non. Ce livre est beaucoup trop personnel...

— Il l'est pour moi aussi.

Merde. Bon, c'était pile ou face, désormais. Je lâchai le fauteuil et me frottai la nuque.

— Écoutez, ma mère a eu un grave accident de voiture, quand j'avais seize ans, et... j'ai passé tout l'été à son chevet, à lui lire les livres de votre arrière-grand-mère. (J'omis de préciser que c'était une partie de la punition imposée par mon père.) Même les passages *satisfaisants*, ajoutai-je, un sourire étirant mes lèvres devant son air surpris. *C'est* personnel, pour moi.

Son regard changea, s'adoucissant un instant, puis elle dressa le menton.

— Vous seriez prêt à ne pas faire apparaître votre nom ?

Sa question me mit un coup au cœur. Cette fille n'y allait décidément pas par quatre chemins.

Oublie ton ego. Adrienne avait toujours été la plus rationnelle de nous deux, mais suivre son conseil, à cet instant, était sûrement aussi douloureux que si je passais mon âme à la râpe à fromage.

Était-ce le rêve de toute une vie de voir mon nom accolé à celui de Scarlett Stanton ? Bien sûr. Mais ça allait bien au-delà, en vérité. Ce n'était pas un mensonge : cette femme avait été l'une de mes idoles, et à ce jour, elle était toujours l'autrice préférée de ma mère… avant son propre fils.

— Si ne pas faire apparaître mon nom est nécessaire pour vous assurer que je suis là pour le livre, et non pour la gloire, alors c'est d'accord, répondis-je lentement, afin de bien lui faire comprendre que j'étais sérieux.

Son regard trahit sa surprise, et ses lèvres s'entrouvrirent.

— Vous en êtes certain ?

— Oui.

Ma mâchoire se contracta une fois. Deux fois. C'était un peu comme ne pas parler d'une de mes ascensions, finalement… Je *saurais* que je l'avais fait, même si j'étais le seul. Au moins serais-je le premier à poser les mains sur ce manuscrit, avant même Adam ou Chris.

— Mais j'aimerais avoir la permission d'en parler à ma famille, étant donné que c'est déjà fait.

Un éclat de rire illumina son visage, mais elle se reprit très vite.

— Si, et je dis bien *si* je vous laisse le terminer, j'exige que l'acceptation finale du manuscrit me revienne.

Mes doigts s'enfoncèrent dans le tissu du fauteuil.

Adam se mit à bafouiller.

Chris marmonna un juron.

Ava passait de sa fille à moi, comme en plein match de tennis.

Malgré tout cela, j'avais toujours l'impression que Georgia et moi étions les seules personnes dans la pièce. Quelque chose se passait entre nous – une connexion. Je l'avais ressenti à la librairie, et c'était plus fort encore à cet instant. J'ignorais si c'était le challenge, l'attirance, la proximité du manuscrit ou autre chose, mais c'était bien là, aussi évident qu'un courant électrique.

— Nous pouvons tout à fait envisager une contribution éditoriale, mais les vingt derniers contrats de Noah lui ont toujours concédé l'acceptation finale du manuscrit, intervint Adam tout bas, conscient que c'était l'une de mes limites.

Une fois que je savais où une histoire allait, je laissais les personnages m'y emmener et n'autorisais personne à venir semer la pagaille.

Mais ce n'était pas mon histoire. C'était l'héritage de son arrière-grand-mère.

— Entendu. J'accepte d'être le commandant en second du bateau.

Cela allait à l'encontre de tous mes principes, mais je le ferais.

Chris et Adam me dévisageaient, bouche bée.

— *Exceptionnellement*, ajoutai-je à l'intention de mon équipe éditoriale – mon agent me tuerait si je lançais cette nouvelle mode.

Lentement, très lentement, Georgia s'enfonça dans son fauteuil.

— Je dois d'abord le lire, puis m'entretenir avec Helen – l'agente de grand-mère.

Je confirmai d'un hochement de tête mais jurai intérieurement. Moi qui voulais être le premier à le lire…

— Je suis au B&B Roaring Creek. Je laisserai l'adresse à…

— Je sais où il se trouve.

— Très bien. J'y serai jusqu'à la fin de la semaine. Si nous établissons un contrat avant, je rapporterai le manuscrit et les lettres à New York et me mettrai directement au travail.

C'était une bonne chose que j'aime la varappe, parce qu'il y avait un sacré paquet de falaises à grimper, dans le coin, en attendant qu'elle se décide. Ça me faisait mal de l'admettre, mais cette affaire ne dépendait désormais plus de moi.

— C'est d'accord. Et vous pourrez y mettre votre nom.

Mon cœur effectua un saut périlleux. Apparemment, j'avais réussi le test.

Chris, Adam et Ava poussèrent un soupir collectif.

Les yeux de Georgia s'ouvrirent alors grands, et elle se tourna brusquement vers sa mère.

— Attendez.

Chaque muscle de mon corps se verrouilla.

— Quelles lettres ?

3

Juillet 1940

Middle Wallop, Angleterre

C'était là un problème qu'elle aurait dû prévoir. Scarlett balaya la plateforme du regard, scrutant une dernière fois, pour être bien sûre, sa sœur l'imitant, à côté d'elle. La gare n'était pas très remplie, pour un dimanche après-midi, et l'évidence était là : Mary avait oublié de venir les chercher, comme promis. C'était décevant, mais prévisible.

— Elle ne devrait plus tarder, tenta de la rassurer Constance avec un sourire forcé.

Sa sœur avait toujours été la plus optimiste des deux.

— Allons voir dehors, suggéra Scarlett en passant son bras sous le sien, puis elles soulevèrent leurs petites valises.

Elles n'avaient eu que deux jours de congé, mais le temps semblait toujours s'étirer pour Scarlett quand elles étaient à la maison.

Obtenir une permission n'était pas simple – en particulier quand on avait leur rang – dans la Women's Auxiliary Air Force[1], mais comme d'habitude, leur père avait tiré des ficelles que ni l'une ni l'autre n'appréciaient. Des ficelles qu'il tirait souvent, comme si ses filles étaient ses petites marionnettes.

D'une certaine manière, elles l'étaient.

Quand le baron et la baronne Wright exigeaient leur présence, elles n'avaient d'autre choix que d'obéir, uniforme ou non. Mais ces mêmes ficelles étaient celles qu'il avait tirées pour leur assurer d'être affectées au même endroit, et pour cela, Scarlett lui était infiniment reconnaissante. Par ailleurs, passer un week-end entier à écouter sa mère essayer d'organiser sa vie n'avait rien de bien méchant si cela permettait à Constance de voir Edward. Sa sœur était tombée amoureuse du fils d'un ami de la famille, des années plus tôt. Ils avaient tous grandi ensemble durant leurs étés passés à Ashby, et elle n'aurait pas pu être plus heureuse pour sa sœur. Au moins l'une d'elles aurait-elle droit au bonheur...

Son chapeau la protégeait du soleil tandis qu'elles quittaient la gare, mais il n'y avait pas grand-chose à faire contre cette chaleur étouffante de fin juillet, en particulier lorsqu'on était affublé d'un uniforme.

— Je ne sais pas pourquoi, mais j'ai toujours l'espoir qu'elle soit un peu plus ponctuelle, commenta Constance d'une voix calme, tout en regardant les gens passer.

Constance était peut-être considérée comme la plus réservée des deux en public, mais elle

---

[1]. Force féminine auxiliaire de la Royal Air Force.

ne cachait jamais ses opinions à Scarlett. Leur mère, elle, était tout simplement convaincue qu'elle n'avait pas d'opinion.

— Il y avait un bal, hier soir, dit Scarlett en adressant à sa sœur un regard entendu, puis elle soupira. On ferait mieux de commencer à marcher si on veut pouvoir pointer à temps.

Elles n'avaient pas d'autre choix.

— Oui, très bien.

Elles récupérèrent leurs valises et entamèrent la longue route en direction de leur base. C'était une chance qu'elles aient toutes les deux voyagé léger, car elles avaient à peine gagné le virage que Scarlett était déjà exténuée, accablée par la nouvelle que sa mère lui avait apprise.

— Il est hors de question que je l'épouse, déclara-t-elle en dressant fièrement le menton, sans cesser d'avancer.

— Tu te sens mieux ? l'interrogea Constance, ses sourcils noirs se hissant sur son front. Tu as gardé ça pour toi toute la journée. Je crois bien que c'était le trajet le plus calme que j'aie jamais vécu.

— Il est hors de question que je l'épouse, répéta Scarlett en crachant viscéralement chaque mot.

Cette simple idée lui retournait l'estomac. Une passante plus âgée lui adressa un regard empli de reproches, en l'entendant.

— Bien sûr, répondit Constance, mais elles savaient aussi bien l'une que l'autre que ce ne serait pas si facile.

C'étaient les seules années où les deux sœurs pouvaient mener leur propre existence, et uniquement parce qu'elles se trouvaient en plein milieu d'une guerre. Autrement, elle serait sans aucun doute déjà mariée au plus offrant.

— Il est ignoble, reprit Scarlett en secouant la tête.

Parmi tout ce que ses parents lui avaient demandé en vingt ans, c'était de loin le *pire*.

— C'est vrai, concéda Constance. Je n'arrive pas à croire qu'il soit resté tout le week-end. Tu as vu comme il s'est empiffré ? Et je ne parle pas de son père... S'il y a des rations, c'est pour une raison, tout de même !

Sa corpulence ne gênait pas tant Scarlett que ce qu'il en faisait. Épouser Henry Wadsworth reviendrait à signer son arrêt de mort. Non pas à cause de sa réputation de coureur de jupons et de la honte qu'elle en éprouverait – c'était plutôt prévisible. Mais même sa mère, pourtant experte pour gérer les scandales, n'avait pas réussi à cacher Alice, la fille de leur gouvernante, suffisamment vite ce matin-là. Elle avait vu les marques sur le corps de la jeune femme.

Non seulement son père avait ignoré ce geste évident de maltraitance, mais il avait fait asseoir Scarlett juste à côté d'Henry, au petit déjeuner.

Pas étonnant qu'elle n'ait rien pu avaler.

— Ça m'est égal que ce fichu titre leur passe sous le nez. Je ne l'épouserai pas, déclara-t-elle en serrant plus fort sa valise.

Ils ne pouvaient pas l'y obliger – pas légalement. Mais ils avaient lancé le mot « devoir », comme si épouser cet ogre sauverait le roi lui-même des serres des nazis. Son amour pour le roi et son pays suffisait pour qu'elle risque sa vie afin de garantir leur avenir, mais là, il ne s'agissait ni du roi ni du pays.

Il s'agissait tout simplement d'argent.

— Tout ce qu'il veut, c'est le titre, dit Scarlett, qui fulminait, tandis qu'elles sortaient du village pour entamer la route qui menait à la Royal Air Force de Middle Wallop. Il s'imagine qu'il peut s'imposer à coups de billets !

— Et il a raison, commenta sa sœur en plissant le nez. Mais il ne t'a pas encore fait sa demande ; peut-être se trouvera-t-il un autre titre à acheter en hissant ses grosses fesses sur l'échelle sociale ?

Scarlett s'esclaffa en l'imaginant grimper à une échelle, la main vissée sur sa ceinture de pantalon pour l'empêcher de tomber, mais son rire s'évanouit presque aussitôt.

— Ça n'a pas vraiment d'importance, pour l'instant, n'est-ce pas ? À quoi bon prévoir un temps qui n'arrivera peut-être jamais ?

D'abord, elles devraient survivre à cette guerre.

Constance secoua la tête, le soleil faisant scintiller ses cheveux noir corbeau.

— Tu as raison. Mais un jour, ça aura toute son importance.

— Ou peut-être pas... Peut-être que tout sera différent.

Scarlett jeta un regard à l'uniforme qu'elle avait porté toute cette année. Durant ce laps de temps, quasiment toute sa vie avait changé. Elle avait beau être étriquée et en nage, elle ne l'aurait troqué pour rien au monde.

— Comment ? souffla Constance en lui poussant gentiment l'épaule, un sourire radieux aux lèvres. Vas-y, raconte-moi l'une de tes histoires...

— Maintenant ?

Elle leva les yeux au ciel, sachant déjà qu'elle céderait. Elle ne pouvait rien lui refuser.

— C'est le moment idéal ! répondit sa sœur en brandissant le bras vers la route poussiéreuse. Nous avons au moins quarante minutes devant nous.

— Toi aussi, tu pourrais me raconter une histoire, fit Scarlett pour la taquiner.

— Les tiennes sont toujours nettement meilleures.

— Ce n'est pas vrai !

Elle s'apprêtait à se lancer quand une voiture ralentit à leur approche, lui laissant assez de temps pour apercevoir son insigne avant que le véhicule ne s'arrête : 11 Group Fighter Command.

L'un des nôtres.

— Vous voulez que je vous dépose quelque part, les filles ? proposa le conducteur.

Un Américain. Elle pivota brusquement la tête vers l'homme, les sourcils dressés par la surprise. Elle savait qu'il y avait quelques Américains avec l'escadrille 609, mais elle n'en avait jamais rencontré en chair et en os – *Oh mon Dieu.*

Elle tituba légèrement, Constance la rattrapant par le coude avant qu'elle ne se ridiculise en tombant.

Ressaisis-toi. C'est à croire que tu n'as jamais vu de bel homme avant. Pour sa défense, il surpassait cette description, et ce n'étaient pas seulement ses cheveux châtains ou cette mèche qui lui tombait sur le front, mèche qu'elle brûlait de remettre à sa place. Ce n'étaient même pas ce menton carré ou la petite bosse sur son nez – probablement due à une fracture. Ce qui la déstabilisait, c'étaient le sourire qui étirait ses lèvres et la lueur dans ses yeux couleur de mousse alors qu'il inclinait la tête... comme s'il avait conscience de ce que son apparition avait provoqué en elle.

Scarlett hoqueta, mais c'était comme si elle venait d'aspirer la foudre, l'électricité asséchant aussitôt sa bouche avant de faire des cabrioles dans son ventre et d'accélérer les battements de son cœur.

— Ça ira, merci, parvint-elle à articuler tout en reportant son regard sur la route.

Il était hors de question qu'elle fasse entrer sa sœur dans la voiture d'un inconnu, peu importait ce que disait l'insigne... n'est-ce pas ? La dernière chose dont elle avait besoin, c'était de perdre la tête pour quelque chose d'aussi fugace qu'une attirance physique. Elle l'avait vu chez quasiment toutes les femmes avec lesquelles elle avait servi : l'attirance, puis l'affection, puis la souffrance. Même Mary avait perdu deux hommes, dans la 609, ces derniers mois. Non, merci.

Constance lui donna un discret coup de coude, toujours silencieuse.

— Enfin, il doit bien y avoir cinq kilomètres jusqu'à la base et... quoi, quasiment un kilomètre de plus jusqu'aux baraquements des femmes ? insista l'homme en se penchant sur le siège passager, son véhicule avançant au ralenti pour coller à leur rythme. Vous êtes en train de fondre !

Un filet de sueur courut sur la joue de Constance, comme pour confirmer ses propos. Scarlett commençait à hésiter.

— Vous êtes deux, et moi, je suis tout seul. Si ça peut vous mettre à l'aise, installez-vous toutes les deux à l'arrière.

Même sa voix était séduisante, basse et rauque, comme le sable qui vous râpait les pieds, à la plage.

Constance lui donna un nouveau coup de coude.

— Aïe ! gronda Scarlett, puis elle remarqua les cernes qui lui mangeaient les yeux, après la longue soirée qu'elle avait passée avec Edward.

Elle soupira, puis adressa à l'Américain ce qu'elle espérait être un sourire naturel.

— Merci. Si vous pouviez nous déposer aux baraquements, ce serait parfait.

Il la gratifia d'un sourire électrisant, et elle sentit son cœur faire une nouvelle cabriole. *Oh, non.* Elle allait avoir des soucis... au moins pour les six kilomètres à venir. Après cela, il pourrait en causer à une autre fille, ça lui serait égal.

Il s'arrêta sur le bas-côté puis sortit de la voiture pour les rejoindre. Il était grand, avec des épaules larges qui précédaient une taille fuselée, sous le pantalon ceinturé de la RAF. Son insigne de poitrine – des ailes argentées – annonçait son rang de pilote, et Scarlett en savait suffisamment sur ces hommes pour rester sur ses gardes.

Selon les autres filles, ils étaient imprudents, passionnés, et ne faisaient que passer dans votre vie... la leur étant en général très courte.

Il posa leurs valises dans le coffre. Scarlett ignora superbement le sourire de connivence de sa sœur, qui les observait tour à tour.

— N'y pense même pas, grommela-t-elle.

— Pourquoi pas ? Toi, tu y penses, et tu as bien raison, répliqua Constance alors que l'Américain refermait le coffre.

— Mesdames, dit-il en ouvrant la portière, le regard fixé sur Scarlett.

Constance se coula en premier sur la banquette arrière.

— Merci, lieutenant, dit Scarlett en se baissant, puis elle s'installa aux côtés de sa sœur.

— Stanton, compléta-t-il avant de s'incliner pour lui tendre la main. Vous feriez mieux de connaître mon nom. Jameson Stanton.

Scarlett lui serra la main, gênée. Sa poigne était ferme et douce à la fois.

— Officier adjoint de section Scarlett Wright, et voici ma sœur, Constance, qui est également officier adjoint de section.

— Excellent, dit-il avec un sourire. Ravi de faire votre connaissance, mesdames.

Son regard passa sur Constance, qu'il salua d'un bref hochement de tête et d'un sourire, avant de libérer la main de Scarlett.

Celle-ci se sentait légèrement troublée quand il ferma la portière et s'installa derrière le volant, son regard croisant le sien dans le rétroviseur tandis qu'il se remettait en route.

Il ne savait pas vraiment comment définir cette nuance de bleu, mais ses yeux étaient captivants, et il était bel et bien captivé. Ils étaient de la couleur de l'eau de certaines plages de Floride qu'il avait vues en vacances. Plus bleus que le ciel de son cher Colorado. Ils étaient... à deux doigts de provoquer un accident, s'ils continuaient à le distraire. Il se gratta la gorge et se concentra sur la route.

— Vous n'avez pas eu l'air surpris d'entendre que nous étions sœurs, remarqua Constance.

— Pourquoi ? Ça en surprend certains ? demanda-t-il en plaisantant.

Constance faisait peut-être quelques centimètres de moins que Scarlett et avait les mêmes yeux bleus perçants, mais les siens étaient dénués du feu qui le poussait à constamment revenir au rétroviseur.

— Notre père, j'imagine...

Jameson s'esclaffa.

— Devinez laquelle de nous est l'aînée, suggéra-t-elle alors.

— Scarlett, répondit-il du tac au tac.

— Qu'est-ce qui vous fait dire ça ? lança celle-ci d'un air de défi en inclinant légèrement la tête.

— Vous cherchez à la protéger.

Une lueur de surprise traversa les yeux de la jeune femme, et un léger sourire étira ses lèvres.

— Elle n'a que onze mois de plus, mais elle se comporte comme si c'étaient onze ans, confia Constance, qui faisait mine de se lamenter.

Cette fois, le sourire de Scarlett fut franc, et elle secoua la tête. Bon Dieu qu'elle était belle...

Qui donc osait laisser une femme pareille rentrer à pied ? Il se renfrogna.

— Alors, qu'est-il arrivé à votre chauffeur ? J'imagine que vous n'aviez pas prévu de marcher jusqu'à la base ?

— Elle a sûrement perdu la notion du temps, gronda Scarlett d'un ton qui le conduisit à se féliciter de ne pas être celui qui avait oublié de venir les chercher.

Pas un homme, donc. Il classa cette information dans un coin de sa tête.

— Il semblerait que nous ayons surestimé la capacité de notre amie à se souvenir d'un rendez-vous, ajouta Constance. J'aime beaucoup votre accent. Vous êtes d'où ?

— Du Colorado, répondit-il, le mal du pays le frappant aussitôt. Je n'y ai pas mis les pieds depuis plus d'un an, mais il est toujours dans mon cœur.

Tout lui manquait, là-bas. Les montagnes et les lignes nettes qu'elles découpaient contre le ciel. L'air frais qui lui emplissait les poumons. Ses parents et leurs repas du dimanche. Mais plus rien de tout cela n'existerait pour très longtemps s'ils ne gagnaient pas cette guerre.

— Vous êtes avec la 609 ? demanda Scarlett avec le même accent que sa sœur, celui qui criait « argent et éducation ».

— Depuis quelques mois, oui.

Il était arrivé en France seulement pour qu'on lui dise qu'on avait besoin de lui en Angleterre, et il ne faisait pas figure d'exception. Ils étaient plusieurs dans ce cas, dans la 609, et les Britanniques les avaient accueillis à bras grands ouverts après qu'ils avaient témoigné de leurs aptitudes dans les airs.

— Et vous deux ?

Il luttait contre lui-même pour ne pas rouler plus lentement, pour ne pas faire durer un peu plus ce trajet afin de voir Scarlett sourire de nouveau, même s'il savait que cet arrêt le mettrait certainement en retard. Son ventre se noua quand leurs regards se croisèrent l'espace d'une milliseconde dans le rétroviseur, avant qu'elle ne détourne le sien.

— Nous sommes affectées aux opérations de secteur, répondit Constance tout en interrogeant sa sœur du regard, ne comprenant pas son silence.

— Ça fait une petite année, ajouta Scarlett.

Deux sœurs. Toutes les deux officiers. Le même poste. Au même endroit. Jameson était prêt à parier que papounet avait de l'argent ou de l'influence. Sûrement les deux. *Attends un peu... les opérations de secteur ?* Il aurait misé sa solde du mois qu'elles étaient traceuses.

— Vous déplacez beaucoup de drapeaux ?

Scarlett haussa un sourcil, et Jameson sentit tout son corps se crisper.

— Vous pensez vraiment que nous autres pilotes ne sommes pas au courant ?

Elles lui sauvaient la peau, rien de moins. Les traceuses étudiaient tous les mouvements aériens à l'aide d'opératrices et de la radiogoniométrie, puis elles composaient la carte que lui-même suivait quand les raids aériens avaient lieu. C'était également un job top secret.

— Je ne vois absolument pas de quoi vous parlez, répondit Scarlett avec un léger sourire.

Non seulement elle était sublime, mais elle était en plus intelligente, et le fait qu'elle demeure dans le flou – alors qu'il était convaincu d'avoir raison – forçait son respect. Il était intrigué. Attiré. Et dans un pétrin pas possible, car il ne lui restait plus que quelques minutes avec elle.

Lorsqu'ils franchirent le portail, son ventre était un vrai sac de nœuds, et le compteur kilométrique avait des airs de compte à rebours. Cela faisait presque un mois qu'il était là, et il ne l'avait jamais vue. Quelles étaient les chances qu'il la revoie un jour ?

Propose-lui quelque chose.

L'idée ne le quittait pas tandis qu'il se garait devant les baraquements des femmes – que les Anglais appelaient « huttes ». La base était encore en construction, mais au moins leurs logements étaient-ils terminés.

Les filles descendirent avant qu'il ne puisse leur ouvrir la porte, ce qui ne le surprit pas. Les Anglaises qu'il avait rencontrées depuis qu'il avait atterri dans ce pays avaient appris à se débrouiller seules pour tout un tas de choses, depuis que le Royaume-Uni était entré en guerre, un an plus tôt.

Il sortit leurs valises du coffre mais ne lâcha pas celle de Scarlett quand elle tenta de la récupérer.

Leurs doigts se frôlèrent.

Son cœur fit un saut périlleux.

Elle se raidit mais ne retira pas sa main.

— Vous seriez d'accord pour que je vous emmène dîner ? lui demanda-t-il avant qu'il ne soit tenté de se dégonfler – ce dont il n'avait pas particulièrement eu à se soucier ces derniers temps, mais quelque chose chez cette femme avait le pouvoir de le rendre muet.

Elle ouvrit grand les yeux, et ses joues s'empourprèrent.

— Oh. Eh bien...

Elle jeta un bref regard à sa sœur, qui s'efforçait vainement de dissimuler un sourire.

Scarlett ne lâcha pas sa valise. Lui non plus.

— C'est un oui ? demanda-t-il avec un sourire qui manqua de la faire vaciller.

Gros soucis ! se mit à crier une voix dans sa tête. Mais pour la première fois de sa vie, elle n'avait pas envie de les éviter.

— Stanton ! lança un autre pilote en approchant, Mary à son bras et le visage recouvert de traces de rouge à lèvres.

Au moins cette question était-elle résolue...

Mary lâcha un hoquet avant de faire une grimace.

— Oh là là ! Je suis tellement désolée ! Je savais bien que j'avais oublié quelque chose !

— Ne t'inquiète pas. Ça a l'air d'avoir profité à tout le monde, commenta Constance avec un sourire malicieux, sa bague de fiançailles scintillant au soleil.

Scarlett jeta un regard noir à sa sœur avant qu'un petit coup sec ne lui rappelle qu'elle se tenait toujours sur la chaussée, sa valise suspendue entre elle et Jameson. Qu'est-ce que c'était que ce prénom, d'ailleurs ? Préférait-il cela à James ? Jamie, peut-être ?

— Content de te voir, Stanton ! Je peux profiter de ta voiture pour rejoindre l'aérodrome ? demanda l'autre pilote tout en se dénouant de Mary.

— Bien sûr. Dès qu'elle aura répondu à ma question, déclara Jameson en regardant Scarlett droit dans les yeux.

Quelque chose lui disait qu'il avait toujours été aussi direct. Ce quelque chose lui disait également de ne pas céder.

— Scarlett... insista Constance.

— Pardon, quelle était la question, déjà ?

L'avait-il posée à quelqu'un d'autre pendant qu'elle était occupée à le dévisager ? Ses joues étaient en feu.

— Accepteriez-vous que je vous emmène dîner ? répéta alors Jameson. Pas ce soir, car j'ai un vol de prévu. Mais un soir de la semaine ?

Les lèvres de Scarlett s'entrouvrirent. Elle n'avait pas accepté de rendez-vous depuis le début de la guerre.

— Je suis désolée, mais je ne fréquente pas d'hommes comme vous, parvint-elle à répondre d'une voix rauque.

Constance laissa échapper un soupir de frustration qui aurait pu, à lui seul, chasser tous les nuages du ciel.

— D'hommes comme moi ? l'interrogea Jameson d'un air amusé. Des Américains, vous voulez dire ?

— Non ! répliqua-t-elle du tac au tac. Enfin, même si aucun Américain ne m'a jamais proposé de sortir avec lui, naturellement...

— Naturellement.

Ce sourire ravageur était de retour, et elle sentit ses genoux se remettre à trembler. Cet homme était décidément beaucoup trop beau.

— Des pilotes. Voilà ce que je veux dire, reprit-elle en désignant d'un coup de menton les ailettes sur son uniforme. Je ne fréquente pas de pilotes.

De tous les postes dans la Royal Air Force, les pilotes étaient les plus nomades, et la géographie n'était pas le seul problème. Ils avaient également tendance à tomber comme des mouches, à une cadence insoutenable.

— Dommage, commenta-t-il en faisant claquer sa langue.

Scarlett tira sur sa valise, qu'il finit par libérer.

— Dommage pour moi, sans aucun doute, dit-elle en le pensant du fond de son âme.

Elle ne devait pas accepter. Mais cela ne signifiait pas qu'elle n'en avait pas *envie*. Le désir vibrait en elle comme une cloche, assourdissante pour résonner avec davantage de douceur plus elle restait là à le regarder.

Tous les Américains étaient-ils aussi beaux que lui ? Certainement pas.

— Non, je veux dire que c'est dommage que je doive démissionner. J'adore voler, reprit Jameson, un coin de sa bouche s'étirant encore. Je me demande s'ils ont besoin d'autres officiers au commandement de secteur ?

Son compagnon pilote soupira.

— Arrête de flirter, on va être en retard.

Scarlett étudia Jameson, un sourcil dressé.

— Laissez-moi vous emmener dîner, répéta-t-il, cette fois d'une voix plus douce.

— Stanton, il faut vraiment qu'on y aille. On est déjà en retard...

— Une petite seconde, Donaldson, tu veux ? Allez, Scarlett, il faut vivre, vous savez ?

Ses yeux restaient rivés aux siens, faisant à chaque instant tomber un peu plus ses défenses.

— Vous êtes du genre insistant, lui reprocha-t-elle en se raidissant.

— C'est l'une de mes plus grandes qualités.

— Cela ne me donne pas très envie de connaître les moins grandes, marmonna-t-elle.

— Oh, elles vous plairont aussi, répliqua-t-il avec un clin d'œil.

Seigneur... Cela suffit à balayer presque tout ce qui lui restait de raison. Elle serra les lèvres pour s'empêcher de bégayer et pria pour que ses joues brûlantes ne la trahissent pas.

— Vous comptez vraiment rester là jusqu'à ce que j'accepte de venir dîner avec vous ?

Il sembla y réfléchir un instant, et elle dut résister au besoin de s'approcher de lui.

— Vous êtes toujours là, vous aussi. Je me dis donc qu'il y a des chances que vous ayez envie de dîner avec moi.

Oh que oui, elle en avait envie. Elle voulait le revoir sourire, mais elle ignorait si elle survivrait à un autre de ces clins d'œil.

— Stanton ! brailla Donaldson.

Jameson l'observait comme s'il se trouvait devant une scène de théâtre, attendant impatiemment de voir ce qui se passerait ensuite.

— Bon, si tu n'y vas pas, j'irai à ta place... commença Constance en s'avançant pour faire sortir Scarlett de sa transe.

— J'irai dîner avec vous, lâcha alors celle-ci, grommelant intérieurement contre le petit sourire satisfait de sa sœur.

— Vous avez l'intention de me faire rendre mes insignes avant ? demanda-t-il en souriant, et elle sentit une nouvelle décharge électrique lui traverser le ventre.

— Vous le feriez ? dit-elle d'un air provocateur.

Il inclina la tête sur le côté.

— Si cela me permettait d'aller dîner avec vous... c'est tout à fait possible, oui.

— Stanton, grimpe dans cette foutue voiture !

— Vous feriez mieux d'y aller, déclara-t-elle en réprimant un sourire.

— Pour l'instant, dit-il en reculant, les yeux brillants. Mais je vous revois très vite, Scarlett.

Il lui adressa un nouveau sourire et grimpa à bord.

Ils démarraient une seconde plus tard, disparaissant au bout de la route, en direction du terrain d'aviation.

— Merci pour ton aide, sœurette, lança Scarlett d'un air faussement blasé tandis qu'elles gagnaient leur hutte.

— Je t'en prie, répliqua Constance, pas du tout décontenancée.

— Tu es censée être la timide du duo, je te rappelle.

— Oui, mais vu que tu semblais avoir volé mon rôle, j'ai décidé de prendre le tien. C'est plutôt amusant d'être celle qui ose tout dire, déclara-t-elle d'un air songeur, un sourire aux lèvres, avant de franchir la porte.

Scarlett lâcha un petit renâclement mais suivit tout de même sa fripouille de sœur, qui semblait avoir pris un malin plaisir à jouer les entremetteuses.

Je vous revois très vite, Scarlett. Oui, elle allait au-devant de gros soucis... s'il survivait aux vols de patrouille de ce soir-là. Sa poitrine se comprima à l'éventualité bien trop probable qu'il ne revienne pas. Cardiff avait été bombardée la semaine précédente, et les manœuvres de patrouille devenaient de plus en plus dangereuses avec l'avancée des nazis. Cet étau qui lui enserrait le cœur était précisément la raison pour laquelle elle s'était jusqu'ici interdit de fréquenter un pilote, mais elle ne pouvait pas faire grand-chose d'autre que retourner travailler et attendre de voir si Jameson reviendrait.

4

Juillet 1940

Middle Wallop, Angleterre

Le soleil s'insinuait entre les feuilles du chêne gigantesque pour venir tacheter la peau de Scarlett, allongée sur un épais plaid, profitant pleinement de sa première journée de congé depuis quasiment une semaine. Non pas qu'elle déteste être occupée ; il y avait une certaine urgence, au travail, qu'elle trouvait totalement addictive.

Mais qu'elle appréciait cette journée miraculeusement plus fraîche, cette petite brise et ce bon livre...

— J'ai terminé ! déclara Constance en agitant un bout de papier plié derrière la table de pique-nique où elle était toujours assise.

— Ça ne m'intéresse pas, commenta Scarlett, tournant la page afin de pouvoir s'immerger plus encore dans les mésaventures d'Emma.

Ses choix littéraires étaient une cible de plus des critiques de sa mère, un autre exemple de la manière dont elle échouait à répondre à ses exigences impossibles.

— Ce que maman a à dire ne t'intéresse pas ?
— Pas si ça a un rapport avec monsieur l'Opportuniste.
— Tu veux que je te la lise ? suggéra Constance en se penchant vers sa sœur, un bras pressé sur le banc pour ne pas tomber.
— Pas particulièrement, non.

Constance poussa un lourd soupir, puis pivota de nouveau.

— Très bien.

Scarlett pouvait presque sentir le goût de sa déception, qui planait autour d'elle.

— Et si tu me parlais de l'autre lettre, plutôt, trésor ?

Puis elle leva les yeux de son livre pour voir ceux de Constance s'illuminer.

— Edward dit qu'il a adoré ce moment passé ensemble, et qu'il espère pouvoir encore faire correspondre sa prochaine permission à la nôtre.

Scarlett se dressa sur ses coudes.

— Tu peux toujours le retrouver à Ashby. Vous adorez l'un comme l'autre cet endroit.

Elle aussi aimait ce petit domaine, mais son affection n'était rien comparée à ce que Constance éprouvait pour ce lieu où elle était tombée amoureuse d'Edward.

— C'est vrai, soupira sa sœur tout en faisant courir ses doigts sur l'enveloppe. Mais ça fait beaucoup trop de route. C'est plus simple de le retrouver à Londres.

Elle porta le regard au loin, comme si elle pouvait voir la brigade de son cher et tendre de là. Puis ses yeux s'ouvrirent grand, et elle pivota brusquement vers Scarlett.

— Tu es magnifique, lâcha-t-elle. Essaie de te détendre.

— Pardon ?

Le front de Scarlett se plissa davantage en voyant sa sœur rassembler les quelques affaires qu'elle avait posées sur la table.

— Tes cheveux, ta robe, tout est parfait !

Son chargement plaqué contre sa poitrine, Constance balança ses jambes de l'autre côté du banc.

— Je vais... ailleurs !

— Tu quoi ?!

— Je crois qu'elle essaie de nous accorder un peu d'intimité.

Le regard de Scarlett virevolta vers la voix profonde dont elle avait rêvé toute la semaine. Jameson Stanton approchait.

Son cœur se mit à galoper. Elle avait vérifié la liste des victimes quotidiennement, mais le fait de le voir en personne était un véritable soulagement, après le bombardement de Brighton la nuit précédente.

Il portait sa tenue de pilote, à l'exception des gants et de la veste de survie jaune, et la douce brise qu'elle aimait tant jouait dans ses cheveux. Elle passa en position assise et lutta contre le besoin de lisser sa jupe.

C'était une jupe toute simple, bleue et à carreaux, avec une ceinture, un décolleté tout à fait décent et des manches qui lui tombaient aux coudes, mais comparée à l'uniforme rigide et fonctionnel qu'elle portait lorsqu'ils s'étaient vus la première fois, elle avait l'impression d'être nue. Au moins ne s'était-elle pas déchaussée.

— Lieutenant, parvint-elle à articuler.

— Laissez-moi vous aider, dit-il en tendant une main. Ou peut-être pourrais-je me joindre à vous ? ajouta-t-il avec un sourire lent qu'elle ressentit dans chaque fibre de son être.

Cette simple pensée lui fit monter le rouge aux joues. C'était une chose d'annoncer à sa mère qu'elle était une femme moderne, mais c'en était une autre d'agir en conséquence.

— Ce ne sera pas nécessaire.

Sa main tremblait quand elle saisit la sienne. Il l'aida à se mettre debout d'un geste fluide, et elle se retint de tituber en posant une paume sur son torse musculeux. Il n'y avait définitivement rien de flasque sous ses doigts.

— Merci, dit-elle en s'empressant de reculer d'un pas pour rompre cette connexion. À quoi dois-je cet honneur ?

Elle se sentait exposée, submergée. Tout en lui était trop. Ses yeux étaient trop verts, son sourire trop charmant, son regard trop pénétrant. Elle ramassa son livre et le plaqua contre sa poitrine, comme s'il pouvait faire office de bouclier.

— J'espérais pouvoir vous emmener dîner.

Il ne fit aucun geste, mais l'air entre eux était chargé de suffisamment de courant pour qu'elle ait l'impression qu'ils avançaient l'un vers l'autre, et qu'à défaut de prudence, ils finiraient par entrer en collision.

— Ce soir ? couina-t-elle.

— Ce soir, confirma-t-il en faisant de son mieux pour garder le regard rivé sur son visage et non sur les courbes de son corps.

La Scarlett en uniforme lui avait coupé le souffle, mais la retrouver allongée sous un arbre dans cette robe ? Il aurait presque besoin de réanimation. Ses cheveux étaient retenus par une épingle de manière assez ample, aussi brillants et noirs que la semaine précédente, mais sans la casquette pour les cacher. Ses yeux, qui l'observaient en clignant, étaient immenses et encore plus bleus que dans son souvenir.

— Tout de suite, à vrai dire.

Puis il sourit, tout simplement parce qu'il était incapable de résister. Elle semblait avoir cet effet sur lui. Il avait souri toute la semaine en prévision de ce dîner, espérant que Mary – la copine actuelle de Donaldson – ne se serait pas trompée et que Scarlett serait bien libre.

Ses douces lèvres s'entrouvrirent sous l'effet de la surprise.

— Vous voulez aller dîner maintenant ?

— Oui, maintenant, assura-t-il sans se départir de son sourire, ses yeux tombant sur le livre qu'elle serrait à s'en briser les phalanges. *Emma* peut venir avec nous, si vous voulez.

— Je...

Elle tourna la tête vers la gauche, en direction des baraquements des femmes.

— Elle est libre ! lança Constance du porche.

Scarlett la fusilla du regard, et Jameson dut se mordre les lèvres pour ne pas éclater de rire.

— Et elle s'apprête à tuer sa sœur ! répliqua-t-elle tout haut.

— Vous avez besoin d'aide pour enterrer le corps ? proposa Jameson avec un sourire en coin quand elle braqua de nouveau les yeux sur lui.

Si vous avez l'intention de tuer votre sœur, bien sûr. Entre nous, je préférerais de loin vous emmener dîner, mais si vous y tenez, je suis tout à fait capable de creuser, si c'est ce qu'il faut pour passer du temps avec vous.

Un sourire lent et réticent étira les lèvres de Scarlett, et il sentit son ventre se nouer, comme en plein milieu d'un piqué.

— Vous voulez aller dîner habillé comme ça ? lança-t-elle en désignant sa tenue de vol.

— Ça fait partie du plan.

Elle inclina la tête d'un air curieux.

— Très bien. Je vous confie ma soirée, lieutenant.

Il se retint de justesse de brandir les mains en l'air. De justesse.

— Vous êtes complètement fou, commenta Scarlett tandis que Jameson l'attachait sur le siège avant du biplan.

D'un geste rapide, il serra le harnais qui donnait une drôle de forme à sa robe, même s'il avait tiré une couverture sur ses cuisses. Vu l'efficacité avec laquelle ses mains s'affairaient autour de sa taille, quelque chose lui disait que plus d'une fille s'était vue touchée ainsi sans aucun obstacle.

— C'est vous qui êtes entrée, riposta-t-il en attachant le casque sous le menton de Scarlett.

— Parce que cette idée était tellement ridicule que j'étais convaincue que vous plaisantiez !

C'était forcément une plaisanterie. Dans un instant, il la ferait quitter le cockpit et rirait de sa réaction.

— Je ne plaisante jamais avec le vol. Bien, j'ai branché la radio sur la fréquence d'exercice, donc nous pourrons nous entendre. Tout va bien ?

— Vous êtes vraiment sérieux, n'est-ce pas ? souffla-t-elle en écarquillant les yeux.

Il laissa son pouce errer sur son menton et perdit soudain toute trace d'humour.

— C'est votre dernière chance de faire marche arrière. Si vous voulez descendre, je vous détache.

— Et si je ne veux pas ? répliqua-t-elle d'un air de défi en haussant un sourcil.

— Alors je vous embarque.

Son regard tomba sur les lèvres de Scarlett, et les joues de la jeune femme s'embrasèrent. Son cœur trépignait d'impatience à l'idée qu'il l'embrasse.

— Je croyais que vous m'emmeniez dîner ?

— Pour cela, nous avons besoin de cet avion.

Son pouce caressa la peau juste sous sa lèvre, envoyant un délicieux frisson dans sa colonne vertébrale.

— Et qu'est-ce qui se passera si on se fait prendre ? demanda-t-elle, sachant que la Royal Air Force ne prêtait pas ses avions aux pilotes pour qu'ils sortent leurs copines – non qu'elle se considère comme sa copine, bien sûr.

Il haussa les épaules, son sourire diabolique déclenchant une véritable cavalcade dans sa poitrine.

— J'imagine qu'ils me renverront au pays.

— Et ce serait si pénible ? répliqua-t-elle d'un air moqueur. D'être renvoyé chez vous ?

Le regard de Jameson s'égara un dixième de seconde, et son expression changea.

— Je ne suis pas certain qu'ils me laisseraient rentrer, en vérité.

— Pourquoi donc ? souffla-t-elle, son esprit d'aventure faiblissant soudain.

— Pour cause de trahison, dit-il en désignant l'écusson RAF sur son épaule. Eh oui, être renvoyé chez moi serait une véritable punition. Je suis ici parce que je l'ai choisi, pas parce que je le dois. Et vous ? ajouta-t-il d'une voix plus douce.

— Je suis exactement là où je veux être.

Elle avait oublié que les Américains qui volaient avec eux risquaient leur propre citoyenneté. Quel luxe ce serait de choisir ses propres combats, et pourtant, c'était ce que Jameson avait fait.

— Alors allons-y avant que quelqu'un nous voie.

Après un sourire totalement désarmant, il disparut sur le siège derrière elle.

Quelques instants plus tard, le moteur se mit à gronder, l'hélice à tourner, et Scarlett sentit tous les os de son corps vibrer tandis qu'ils quittaient leur emplacement, au milieu des autres appareils, fonçant tout droit vers la piste. Dieu merci, le moteur était assez bruyant pour couvrir les martèlements de son cœur.

En seconde place après avoir rejoint la WAAF contre l'avis de ses parents, c'était la chose la plus illicite qu'elle ait jamais faite. *Ce sera peut-être la chose la plus illicite que tu feras jamais.* Elle garda cette pensée tout près de son cœur, là où ses mains agrippaient férocement le harnais. Ils bifurquèrent à droite.

— Prête ? lança-t-il dans la radio.

Elle hocha la tête, les lèvres plissées en une ligne nerveuse. Elle allait vraiment faire ça, s'envoler dans l'inconnu avec un pilote américain qu'elle venait tout juste de rencontrer. Si ce n'était pas de l'imprudence à l'état pur, alors qu'est-ce qui l'était ?

Le bourdonnement du moteur monta dans les aigus tandis que l'appareil fonçait sur la piste bosselée, accélérant à l'image de son rythme cardiaque, et elle avait beau voir les champs défiler de chaque côté, elle était incapable de distinguer où le tarmac s'arrêtait. C'était de la folie. Une folie grisante et terrifiante à la fois. Le vent lui piquait les yeux, qu'elle cligna fiévreusement avant d'enfiler ses lunettes au moment où ils quittaient terre.

Tout, à l'exception de son estomac, partit en orbite. Oui, son estomac était définitivement resté au sol... Alors qu'ils gagnaient de l'altitude, Scarlett s'efforça de contrôler sa respiration et de détendre chacun de ses muscles, au moins le temps de tout assimiler.

Cette expérience consumait ses sens. Le grondement du moteur était légèrement étouffé par son casque, et le vent lui glaçait la peau, mais ce fut la vue qui lui coupa littéralement le souffle. Le soleil s'accrochait encore au ciel, mais elle savait qu'il ne tarderait pas à plonger sous l'horizon. C'était comme si tout, sous leurs pieds, était devenu miniature... ou qu'eux-mêmes étaient devenus des géants. Quoi qu'il en soit, c'était incroyable. Elle tenta de graver chaque sensation dans sa mémoire afin de pouvoir tout consigner plus tard et de s'assurer de ne jamais risquer d'oublier. Mais alors qu'elle terminait tout juste d'établir la liste des mots dont elle pourrait user pour décrire le paysage qui s'étalait sous leurs yeux, ils regagnèrent le sol.

— Accrochez-vous, ma belle, dit Jameson via la radio, et elle sentit son cœur se mettre à cavaler.

Il manœuvrait l'appareil comme si c'était une partie de lui, comme si voler dans les airs était aussi simple que lever la main.

La terre ferme s'offrit à eux, et il atterrit, la faisant tressauter sur le sol cahoteux. Elle ne connaissait pas cet endroit, mais il avait de toute évidence vu son lot d'avions, si l'on en croyait les longues traînées qui marquaient l'herbe.

Le moteur se tut dans un dernier gargouillement. Jameson apparut à sa gauche, les joues rougies par le vent et les doigts enfoncés dans ses cheveux.

— Je peux vous aider ? proposa-t-il en désignant son harnais.

— Si je refuse, vous me donnerez à manger directement dans l'avion ? lui demanda-t-elle avec un sourire taquin.

— Tout à fait, répondit-il du tac au tac.

Elle déglutit, la gorge soudain sèche face à l'intensité de son regard.

— Je veux bien. Pour le harnais, je veux dire. Elle commença à tirer sur son casque.

— Si vous me permettez.

Il écarta délicatement ses doigts, et elle inclina le menton pour lui faciliter la tâche. Il détacha le casque en deux temps trois mouvements, et elle le retira tandis qu'il passait au harnais.

— Je suis complètement décoiffée, dit-elle d'un ton rieur en désignant ses pauvres boucles maltraitées.

Sa mère aurait probablement fait une attaque si elle l'avait vue dans un état pareil.

— Vous êtes très belle.

Une drôle de sensation se déploya dans le cœur de Scarlett, et leurs regards se croisèrent tandis que la dernière boucle de son harnais s'ouvrait. Il le pensait vraiment.

La sensation s'intensifia. Mon Dieu, qu'était-ce donc que cela ? L'air était saturé de désir, envahissant ses poumons à chacune de ses inspirations.

— Vous avez faim ? l'interrogea-t-il en rompant le silence, mais pas la tension ambiante.

— Je suis affamée, répondit-elle.

Il sentit sa poitrine se comprimer face à son regard, mais il se détourna et tendit la main, lui laissant ce qu'il pouvait d'intimité pour lisser sa robe que le harnais avait fripée. Il l'aida ensuite à quitter le cockpit, puis il sauta de l'arrière de l'aile avant de lui tendre de nouveau les bras.

— Je vous rattraperai, lui promit-il.

— J'espère bien.

Un sourire aux lèvres, elle longea l'aile, une main plaquée au fuselage. Puis elle sauta dans ses bras, se retenant à ses épaules.

Les mains agrippées à ses hanches, Jameson la fit lentement glisser sur l'herbe. Il parvint à garder son regard rivé au sien et à ne pas le laisser s'égarer sur sa délicieuse silhouette, mais son pouls s'accéléra quand il sentit à quel point elle était parfaite sous ses mains, douce et chaude, svelte sans être maigre. Ce vol et les heures de préparation en avaient valu la peine, ne serait-ce que pour cet instant.

— Merci, dit-elle quand il la lâcha, le souffle court.

Ses cheveux étaient balayés par le vent, et le casque leur avait donné une drôle de forme, mais ces légères imperfections la rendaient tangible. Accessible. L'officier tirée à quatre épingles qui lui avait tapé dans l'œil avait disparu, laissant la place à une femme qui était bien partie pour lui taper dans le cœur.

Il cligna des yeux à cette pensée – il n'était pas du genre à espérer le coup de foudre, mais il croyait à l'attirance, à l'alchimie, et même à cette chose insignifiante qu'on appelait destin, et il avait bien l'impression que ces trois éléments étaient là.

— Où sommes-nous ? demanda-t-elle tandis qu'il la guidait sur le sentier battu.

— Un tout petit peu au nord du village.

Il l'escorta alors vers la zone qu'ils avaient défrichée avec le pick-up, la veille.

Scarlett lâcha un hoquet d'admiration, les mains plaquées sur la bouche ; Jameson ne put réprimer un sourire. Il y avait une petite table avec trois chaises, installées spécialement pour le dîner. Il avait même réussi à emprunter une vraie nappe. L'expression de Scarlett, à cet instant, le pur plaisir dans ses yeux... cela valait largement tous les services qu'il devait désormais à une demi-douzaine de types de la 609.

— Comment avez-vous fait cela ? souffla-t-elle en avançant vers la table.

— Magie.

Elle lui jeta un regard faussement blasé par-dessus son épaule, et il s'esclaffa.

— Bon... je dois peut-être quelques faveurs à certains de mes camarades. *Beaucoup* de faveurs. (Il inclina la tête alors qu'elle se tournait vers la première chaise.) Il est possible que je n'aie pas de nuit libre pour un moment.

— Et vous avez fait tout ça pour moi ? l'interrogea-t-elle en le laissant tirer la chaise.

— Oh, j'avais deux ou trois autres noms sur ma liste, au cas où vous auriez décidé de me repousser...

— Ça aurait été tellement dommage de gâcher tant d'efforts, répliqua-t-elle d'un ton pince-sans-rire. Mary vous aurait peut-être suivi.

Il s'immobilisa, la main sur la chaise, cherchant à analyser son ton. Cela faisait quelques mois qu'il volait aux côtés des Anglais, mais il était toujours incapable de deviner quand ils plaisantaient.

— Si vous voyiez votre tête ! dit-elle avec un éclat de rire dont le tintement était aussi beau que celle qui l'émettait. Alors, dites-moi, on attend quelqu'un ? ajouta-t-elle en désignant la troisième place.

— J'ai invité Glenn Miller, répliqua-t-il en tirant la chaise pour révéler la plus précieuse de ses possessions.

— Vous avez un phonographe ? souffla-t-elle, bouche bée.

— Oui.

Il souleva le couvercle et alluma son petit appareil portatif, le silence s'emplissant soudain des notes du Glenn Miller Orchestra.

Scarlett l'étudiait avec une expression qu'il hésitait à qualifier d'émerveillement, mais qui lui plaisait en tout cas beaucoup. Il avait eu raison de décider d'y aller en douceur, parce qu'en s'asseyant en face d'elle, son cœur lui donna l'impression d'être piétiné par un millier de chevaux.

Il n'avait jamais été aussi nerveux pour un rendez-vous.

Et il n'avait jamais non plus dû autant insister pour en obtenir un.

— Bon, ne vous emballez pas ; c'est un simple pique-nique, dit-il en attrapant le panier posé au centre de la table.

— Sérieusement ? Vous n'auriez pas pu faire un peu plus d'efforts ? commenta-t-elle avec un pincement de lèvres, mais, saisissant cette fois la touche d'humour, Jameson se contenta d'un grand sourire et les servit.

Il avait prévu de la charcuterie, du fromage, et une bouteille de vin assez onéreuse pour laquelle il n'avait clairement pas eu de ticket de rationnement.

— C'est vraiment charmant de votre part, murmura Scarlett.

— C'est vous qui apportez tout le charme. Le reste n'est qu'un peu de préparation, répliqua-t-il, puis ils se mirent à manger.

Elle s'était déjà rendue à des fêtes, et même à des rendez-vous amoureux, avant la guerre, mais rien ne se rapprochait un tant soit peu de ce moment. Les efforts que Jameson avait fournis étaient tout bonnement incroyables. Il y avait eu une seconde de flottement quand il l'avait taquinée avec sa liste de prétendantes, mais elle refusait de s'y attarder et de gâcher cette soirée.

Il était inutile de chercher un parachute : elle avait déjà sauté.

— Alors, combien de faveurs devez-vous pour le phonographe ? demanda-t-elle.

Ce genre d'appareils portatifs étaient difficiles à obtenir, et hors de prix, par-dessus le marché, et elle savait ce que touchaient les officiers de la RAF.

— Je dois simplement revenir en vie.

Il avait dit cela d'un ton tellement détaché qu'elle ne saisit pas.

— Pardon ?

— C'est ma mère qui me l'a donné à mon départ, l'année dernière, expliqua-t-il d'une voix plus sombre. Elle m'a dit qu'elle avait mis un peu d'argent de côté pour mon mariage, mais que, je lui avais alors annoncé assez brutalement – et elle a bien insisté sur ce point – que je partais pour ce que mon père appelait « une mission vouée à l'échec ».

Scarlett sentit son cœur s'effondrer en voyant une ombre traverser ses yeux.

— Il n'était pas d'accord ?

— Il n'était pas d'accord quand mon oncle Vernon m'a appris à voler. Il méprisait très clairement ma décision d'user de mes aptitudes ici. Il était convaincu que je cherchais simplement à le provoquer, termina-t-il en haussant les épaules.

— Était-ce le cas ?

La brise, qui faisait danser le sommet des brins d'herbe, décrocha une autre mèche de ses cheveux, qu'elle s'empressa de caler derrière son oreille.

— En partie, admit Jameson avec un éclair de sourire conciliant. Mais j'imagine que cette guerre ne fera que s'étendre si on n'y met pas un terme, et je n'aurais pas supporté de rester là-bas, dans le Colorado, à la regarder gagner notre seuil sans rien faire.

Son poing se crispa sur sa fourchette, et Scarlett se pencha par-dessus la table pour poser la main sur la sienne. Ce contact envoya un léger frisson à travers tout son corps.

— Pour ma part, je suis heureuse que vous ayez décidé de venir à nous.

Ce choix singulier lui en disait plus sur le caractère de Jameson que l'auraient fait un millier de belles paroles.

— Et moi, je suis heureux que vous ayez décidé de venir ce soir, dit-il d'une voix douce.

— Moi aussi.

Ils restèrent un moment ainsi, à se dévisager, puis il retira sa main avec une caresse.

— Dites-moi quelque chose sur vous. N'importe quoi.

Elle plissa le front, essayant de chercher quelque chose qui maintiendrait son intérêt, maintenant qu'elle avait décidé que c'était important pour elle.

— Je pense qu'un jour j'aimerais devenir romancière.

— Alors vous devriez le faire, déclara-t-il, comme si c'était aussi simple que cela – peut-être l'était-ce, pour un Américain ; elle l'enviait tellement.

— L'espoir fait vivre, commenta-t-elle avant de reprendre d'une voix plus douce : Ma famille ne partage pas cette opinion, et en ce moment même nous sommes en conflit quant à qui devrait décider de mon avenir.

— Comment ça ?

— En gros, mon père dispose d'un titre qu'il n'a pas envie de voir s'éteindre. Il refuse d'accepter que le monde change.

— Un titre ? (Des rides se formèrent entre ses sourcils.) Un titre dont on hérite, c'est ça ?

— Oui. Moi, je ne demande qu'à y renoncer, mais lui a d'autres projets. J'espère pouvoir le faire changer d'avis avant la fin de la guerre, ajouta Scarlett en vain ; il semblait toujours soucieux. De toute façon, ce n'est pas comme s'il restait grand-chose. Mes parents ont quasiment tout dépensé. Ce titre est tout à fait futile, et il n'a aucune importance. On peut changer de sujet ?

— Bien sûr.

Il posa ses couverts sur l'assiette, puis il mit un disque de Billie Holiday et lui tendit la main alors que les premières notes de *The Very Thought of You* retentissaient.

— Dansez avec moi, Scarlett.

— D'accord.

Elle était incapable de résister. Cet homme était magnétique, beau à se damner et d'un charme déraisonnable.

Il l'enveloppa de ses bras, et il se mirent à balancer en rythme sur la musique, face au soleil couchant. Scarlett se sentit fondre lorsqu'il la tira un peu plus vers lui. Sa tête se calait à la perfection au creux de son épaule, et le tissu rêche de sa combinaison ne servait qu'à lui rappeler que tout cela était bien réel.

Comme ça aurait été facile de s'abandonner à lui pour un moment, d'oublier tout ce qui faisait rage autour d'eux et qui ne tarderait pas à les rattraper, de revendiquer quelque chose – quelqu'un – pour elle-même.

— Est-ce que quelqu'un vous attend, à la maison ? l'interrogea-t-elle, détestant la façon dont sa voix était montée dans les aigus, vers la fin.

— Non. Personne à la maison, et personne ici. Juste mon petit tourne-disque. (Sa voix rieuse vibra contre son oreille.) Et j'adore la musique, mais on ne peut pas vraiment parler de relation monogame.

— Donc vous ne faites pas virevolter toutes les filles que vous rencontrez après un dîner au coucher du soleil ? dit-elle en inclinant légèrement la tête en arrière.

Il dressa la main, prenant son menton entre son pouce et son index.

— Jamais. Je savais que je serais sacrément chanceux si j'arrivais à dîner avec vous. Alors je me suis dit que ça avait intérêt à être parfait.

Elle laissa tomber son regard sur ses lèvres.

— Ça l'était. Ça l'est.

— Bien, souffla-t-il en hochant lentement la tête. Maintenant, j'ai tout de prêt pour la prochaine femme que je trouverai au bord de la route.

Elle repoussa son torse en lâchant un petit rire, mais il la retint par le poignet et la fit revenir vers lui, approchant dangereusement sa bouche de la sienne.

Oui. Elle voulait l'embrasser, savoir le goût qu'il avait, sentir ses lèvres répondre aux siennes.

— Vous êtes prête ?

Ses doigts s'écartèrent dans le creux de son dos pour l'attirer encore plus contre lui.

— Prête ? répéta-t-elle tout en se hissant sur la pointe des pieds.

— Quelque chose me dit que vous manquez d'expérience, murmura-t-il avant de se pencher un peu plus vers elle.

— C'est vrai.

Elle avait dit cela dans un souffle, incapable de plus. On ne l'avait embrassée qu'une seule fois, alors elle pouvait à peine parler d'expérience.

— Ce n'est rien ; nous prendrons notre temps, lui promit-il tout en posant la main sur sa joue. Je n'ai pas envie que vous preniez peur, quand je vous passerai les commandes.

Elle ignora ce qui devait être un américanisme et étira le cou, mais il recula. Il avait... reculé ? Elle était là, la bouche ouverte comme un poisson, et il l'observait avec un grand sourire.

— Allons-y, mon apprentie. Rendons ce petit vol légitime, déclara-t-il en lui tendant la main.

Elle se mit à cligner des yeux.

— Apprentie ?

Elle ne saisissait décidément plus rien de ce qu'il disait. Il l'attira alors contre lui, ses mains s'enroulant autour de sa nuque avant de s'engouffrer dans ses cheveux, puis il avança les lèvres jusqu'à ce qu'elles se trouvent à quelques centimètres à peine des siennes.

— Si vous saviez à quel point j'ai envie de vous embrasser, Scarlett...

Ses genoux la lâchèrent officiellement.

Bien, au moins étaient-ils sur la même longueur d'onde.

— Mais si nous ne partons pas tout de suite, nous perdrons l'horizon, et ce sera beaucoup plus difficile pour vous de maintenir l'appareil à l'horizontale lorsque vous piloterez.

Elle lâcha un hoquet, et il effleura ses lèvres des siennes, promesse fugace d'un baiser qui la laissa profondément frustrée.

— Lorsque je piloterai ? s'exclama-t-elle.

— Bien sûr ! À quoi servent les vols d'entraînement, d'après vous ? (Il prit sa main et la tira doucement.) Venez, vous allez adorer. C'est addictif.

— Et mortel.

Il pivota vers elle puis la souleva afin de la déposer sur l'aile. Elle sentait vibrer chaque partie de son corps qui était en contact avec le sien.

— Je ne laisserai rien vous arriver, promit-il. Il va falloir me faire confiance.

Elle hocha lentement la tête.

— Très bien. Je peux le faire.

5

Georgia

Ma chère Constance,
Te quitter aujourd'hui est la chose la plus difficile que j'aie jamais eu à faire. Si ça n'avait tenu qu'à moi, je ne serais jamais partie. Je serais restée à tes côtés jusqu'au bout de cette guerre, comme nous nous l'étions promis. Mais nous savons l'une comme l'autre que je ne peux faire autrement. Mon cœur hurle face à tout ce que nous avons perdu ces derniers jours, face à pareille injustice. Je t'ai un jour promis que je ne laisserais jamais notre père mettre la main sur William, et je compte bien tenir cette promesse.
J'aimerais pouvoir te garder en sécurité, toi aussi. Nos vies sont aujourd'hui tellement différentes de ce que nous nous étions imaginé. J'aimerais t'avoir avec moi, et que nous puissions emprunter ce chemin main dans la main. Tu as été ma boussole, toutes ces années, et j'ignore si je serai capable de ne pas me perdre sans toi, mais comme je te l'ai promis ce matin en te disant adieu, je ferai de

mon mieux. Je t'ai avec moi dans mon cœur, à tout jamais. Je te vois dans les yeux bleus de William – nos yeux – et son doux sourire. Tu as toujours été destinée au bonheur, Constance, et je suis profondément désolée que mes choix t'aient privée de nombreuses occasions de le trouver. Il y aura toujours une place pour toi à mes côtés.
Je t'aime de tout mon cœur,
Scarlett

— Et ça se termine comme ça, dis-je à Hazel tandis que nous regardions ses petits patauger au milieu de leur piscine miniature, dans son patio. En tant que lectrice, c'est le moment le plus sombre. Il faut forcément un troisième acte, non ? Mais en tant qu'arrière-petite-fille... repris-je en secouant la tête, ... je comprends pourquoi elle n'a jamais pu l'écrire.

J'avais terminé le manuscrit à six heures du matin mais avais attendu que l'horloge sonne sept heures pour appeler Hazel, et je n'avais débarqué chez elle qu'à midi, après une petite sieste bien méritée. Elle était ma meilleure amie depuis la maternelle – l'année où ma mère m'avait laissée devant chez grand-mère pour la deuxième fois –, et notre amitié avait survécu en dépit des chemins totalement différents que nos vies respectives avaient empruntés.

— Donc le livre est basé sur sa propre vie ? (Elle se pencha en avant et agita le doigt devant son fils, dans sa piscine gonflable.) Non, Colin, tu ne prends pas le ballon de ta sœur. Rends-le tout de suite.

Le petit blond au visage espiègle, qui ressemblait trait pour trait à sa mère, rendit le ballon de plage à sa petite sœur avec une très claire réticence.

— Oui. Le manuscrit s'arrête juste avant qu'elle ne parte pour les États-Unis – c'est en tout cas ce qu'indiquent les lettres. Quant à elles...

J'expirai lentement, cherchant à évacuer la douleur qui me comprimait la poitrine. Cet amour, ce n'était pas ce que j'avais connu avec Damian, et je commençais à comprendre pourquoi grand-mère s'était tant opposée à notre mariage.

— Ils s'aimaient tellement... Tu te rends compte que ma mère a découvert toute une boîte de leur correspondance pendant la guerre et qu'elle ne m'en a jamais parlé ?

J'étirai les jambes devant moi, posant un de mes pieds nus sur la margelle de la piscine.

— Mouais... dit Hazel avec une grimace. C'est ta mère, hein.

Puis elle se hâta d'avaler quelques gorgées de son thé glacé.

— C'est vrai.

Mon soupir provint du tréfonds de ma carcasse. Hazel faisait de son mieux pour ne pas se montrer négative vis-à-vis de ma mère, alors que c'était probablement la seule personne au monde que j'autoriserais à se lâcher, parce qu'elle avait vu le pire d'elle. C'était ça, le souci, avec ma mère : il n'y avait que moi qui avais le droit de la critiquer.

— Ça fait quoi d'être à la maison ? m'interrogea-t-elle. Non pas que je ne sois pas hyper heureuse que tu sois rentrée, hein ! Parce que je le suis.

— Tu es juste contente d'avoir quelqu'un à qui tu peux confier tes enfants les yeux fermés, dis-je pour la taquiner.

— Bon, j'avoue... Non mais sérieusement, ça se passe comment ?

— C'est compliqué. (J'observai ses enfants patauger dans l'eau qui leur arrivait à mi-mollet tout en réfléchissant à ma réponse.) Si je ferme les yeux, je peux faire comme si ces six dernières années n'étaient jamais arrivées. Je ne suis jamais tombée amoureuse de Damian. Je n'ai jamais rencontré sa... fiancée.

— Mais non ! hoqueta Hazel. Il est fiancé ?!

— Oui, si l'on en croit les dix-sept SMS que j'ai reçus aujourd'hui. Encore heureux que j'aie demandé à ce qu'on me foute la paix...

La future Mrs Damian Ellsworth était désormais une petite blonde de vingt piges dotée d'une poitrine beaucoup plus généreuse que celle qui remplissait mon raisonnable bonnet C. Je haussai les épaules.

— Je m'y attendais un peu, vu qu'elle devrait accoucher d'un jour à l'autre.

Ça ne soulageait pas la douleur, mais ce n'était pas comme si je pouvais changer quoi que ce soit à ce qui était arrivé.

— Je suis navrée, souffla Hazel. Il ne t'a jamais méritée.

— Tu sais que ce n'est pas vrai – en tout cas, au début. (Je remuai mes doigts dépourvus de bagues à l'intention de sa petite Danielle, deux ans, qui me sourit de toutes ses dents.) Il voulait des enfants. Je ne lui en ai pas donné. Finalement, il a trouvé quelqu'un qui le pouvait.

Est-ce que ça fait un mal de pu... commençai-je avant de me rattraper à temps avec une grimace. (Hazel ne me le pardonnerait jamais si ses gamins se mettaient à dire des gros mots à cause de moi.) ... qu'il n'ait pas tout à fait attendu la fin de notre mariage pour coucher avec sa tête d'affiche ? Ou que ça se soit passé sur le tournage d'un film adapté d'un des romans de grand-mère ? Évidemment, mais nous savons toutes les deux que ce n'était pas la première à aller faire un tour dans sa caravane, et que ce ne sera pas la dernière. Je ne lui envie rien.

J'avais servi de tremplin à sa carrière. J'avais juste refusé de me l'avouer, toutes ces années.

— Et puis, tu sais aussi bien que moi que nous ne nous aimions plus depuis longtemps.

L'amour s'était éteint au rythme des liaisons de Damian, que je faisais mine de ne pas voir, m'évidant peu à peu jusqu'à ce qu'il ne me reste plus que ma fierté à laquelle m'accrocher.

— Pas de souci, tu peux te la jouer zen. Je le détesterai assez pour nous deux, commenta Hazel en secouant la tête. Si Owen osait me faire un truc pareil...

Son expression s'assombrit aussitôt.

— Ça n'arrivera pas, lui assurai-je. Ton mari est dingue de toi.

— Il n'est peut-être pas aussi dingue des dix kilos que je n'ai toujours pas perdus depuis la naissance de Danielle. (Elle fit remuer son ventre, et je levai les yeux au ciel.) Mais pour ma défense, il commence lui aussi à avoir une petite bedaine, alors on est sur un pied d'égalité. C'est toujours mon dentiste sexy rien qu'à moi, mais avec une bedaine, dit-elle avec un petit sourire.

— Moi, je te trouve parfaite, et le centre d'apprentissage est incroyable ! Je suis passée devant en allant en ville.

Son sourire s'élargit.

— C'est un travail de longue haleine rendu possible par une donatrice très généreuse, commenta-t-elle avant de siroter son thé, m'observant par-dessus ses lunettes de soleil.

— Il nous faudrait plus de Darcy dans ce monde, déclarai-je avec un petit haussement d'épaules.

— Dit celle qui a un faible pour Hemingway.

— J'ai un faible pour les artistes mélancoliques.

— En parlant d'artistes mélancoliques, tu ne m'avais pas dit que Noah Harrison était beau à mouiller sa petite culotte ! lança-t-elle en envoyant valser le dos de sa main sur mon épaule. Je ne devrais pas avoir à le traquer sur Internet pour savoir ça ! Je *veux* des détails !

Oui, c'était exactement ce qu'il était. Mes lèvres s'entrouvrirent au souvenir de l'intensité de ses yeux sombres. J'entrerais sûrement en combustion spontanée s'il me touchait... même si cette éventualité était improbable. Damian m'en avait assez raconté sur lui ces dernières années pour que je sache que Noah était lui aussi un sale prétentieux.

— J'étais légèrement occupée à digérer le fait que ma mère ait essayé de vendre le manuscrit dans mon dos, me défendis-je. Et en toute honnêteté, ce type est un sale arrogant qui s'est spécialisé dans le sadisme émotionnel. Damian a plus d'une fois tenté d'acheter les droits de certains de ses livres.

Même s'il était peut-être temps, au vu de la situation, que je commence à remettre en question tout ce que Damian m'avait jamais dit.

— Bon... On peut au moins s'accorder sur le fait que c'est un sadique émotionnel *canon* ?

Un coin de ma bouche s'étira malgré moi.

— Oui, on peut. Parce qu'il est *vraiment* canon. (Une vague de chaleur remonta le long de ma nuque à la simple évocation de son physique.) Ajoute à cela son succès, et son ego est presque trop gros pour passer la porte – tu aurais dû l'entendre, à la librairie... Mais oui, on ne peut le nier : cet homme est un dieu.

Et je ne parlais même pas de l'intensité avec laquelle il m'avait toisée. Il maîtrisait le regard de braise à la perfection.

— Génial. Tu comptes lui donner ce que je pense ? souffla-t-elle en haussant les sourcils d'un air entendu. Moi, à ta place, je n'hésiterais pas une seconde.

Je levai les yeux au ciel.

— Si par « ce que je pense », tu veux parler du manuscrit et des lettres, je n'ai pas encore pris ma décision. (Une boule se forma dans ma gorge, et je me massai le front.) J'aurais aimé pouvoir demander à grand-mère ce qu'elle voulait, mais j'ai l'impression de déjà le savoir. Si elle avait voulu voir ce livre terminé, elle l'aurait fait elle-même.

— Pourquoi elle ne l'a pas fait ?

— Un jour, elle m'a dit qu'elle préférait laisser les personnages avec toutes leurs possibilités, mais elle n'en parlait pas beaucoup, et je n'ai jamais insisté.

— Dans ce cas, pourquoi la réponse n'est pas évidente ? demanda-t-elle d'une voix douce.

— Parce que c'est quelque chose que ma mère veut et que je peux le lui donner.

J'esquissai un sourire quand Danielle renversa une tasse d'eau sur mes orteils.

— En espérant que tu ne te fasses pas manipuler, grommela Hazel avant de soupirer. Tu vas le faire, pas vrai ?

Il n'y avait aucun jugement dans sa voix, juste de la curiosité.

— Oui, je crois bien.

— Je comprends pourquoi. Grand-mère comprendrait aussi.

— Elle me manque, soufflai-je d'une voix brisée, la gorge nouée. Il y a tellement de fois où j'aurais eu besoin d'elle, ces six derniers mois. Et c'est comme si elle l'avait deviné... Toutes ces livraisons de colis et de fleurs qu'elle avait préparées pour moi... (La première était tombée le jour de mon anniversaire, puis à la Saint-Valentin, et ainsi de suite.) Mais tout s'est effondré, depuis sa mort : mon mariage, la société de production, mon association caritative... tout.

La société de production avait été un coup dur. Damian et moi l'avions montée ensemble, mais l'abandonner avait été le seul moyen pour moi d'avancer. Perdre la fondation et tous les efforts que j'y avais fournis ne faisait que souligner l'évidence : j'avais cruellement besoin de quelque chose pour occuper mes journées. Un emploi, du bénévolat... quelque chose. Je ne pouvais pas passer mon temps à nettoyer la maison, surtout maintenant que Lydia était revenue.

— Hé, murmura Hazel en me forçant à la regarder dans les yeux. Je comprends que tu aies quitté cette boîte. Tu détestais le monde du cinéma, mais l'asso allait au-delà de son réseau. C'est ton sang, ta sueur et tes larmes que tu y as mis. Aujourd'hui, tu peux décider toute seule de ce que tu feras de ton avenir. Reprends la sculpture. Souffle du verre. Sois heureuse.

— Mes avocats sont en train de finaliser les documents pour que je puisse injecter cet argent dans des associations. (La seule condition concernant la fortune de grand-mère était que je la donne aux œuvres caritatives de mon choix.) Et ça fait... des années que je n'ai pas fait de verrerie.

Mes doigts s'enroulèrent sur mes genoux. Dieu que cette chaleur me manquait... la magie que je parvenais à provoquer en transformant les éléments, à leur état le plus vulnérable, pour en faire quelque chose d'unique et de sublime. Mais j'avais abandonné tout cela pour lancer la société de production au moment de mon mariage.

— Je dis simplement que je sais que grand-mère n'a pas jeté tes pinces...

— On appelle ça des cannes.

— Tu vois, ça ne fait pas si longtemps que ça... Où est la fille qui a passé tout un été à Murano, qui a été prise dans l'école d'art qu'elle convoitait et qui a eu droit à sa propre exposition à New York ?

— Il n'y en a eu qu'une, dis-je en dressant un doigt. J'ai vendu ma pièce préférée, ce soir-là. C'était juste avant le mariage, tu te souviens ? J'avais mis des mois à la réaliser. (Elle se trouvait d'ailleurs toujours dans l'entrée d'une entreprise de Manhattan.) Je t'ai dit que j'étais retournée la voir ? Pas souvent, juste les jours où j'avais l'impression que la vie de Damian avait englouti la mienne. Je m'asseyais sur le banc et la regardais tout en cherchant à retrouver les sensations que cette passion faisait naître en moi.

— Alors fais-en une autre. Fais-en cent ! Tu es la seule à pouvoir t'imposer quoi que ce soit, désormais, même si je ne refuserais pas si tu voulais faire un peu de bénévolat au centre.

— Ce n'est pas comme si j'avais un four, un banc ou même un atelier… (Je marquai un instant de pause, repensant à la boutique de Mr Navarro qui était à vendre, puis je secouai la tête.) En tout cas, pas de souci pour donner un coup de main pour ton programme d'apprentissage de la lecture. Dis-moi quand tu as besoin de moi.

— Parfait. Tu as conscience que Noah Harrison va transformer ce livre en drame ultime ? lança-t-elle en dressant un sourcil.

— J'y compte bien.

Cette histoire ne pouvait pas se terminer autrement.

Trois jours plus tard, je fus prise d'un sursaut quand on sonna à la porte. Le moment était venu.

— J'y vais ! lança ma mère, dont les talons claquaient déjà vers l'entrée.

Cela m'allait très bien de la laisser gérer, car la peur m'avait clouée dans le fauteuil du bureau de grand-mère, à me demander pour la millième fois si j'avais bien fait de dire à Helen d'envoyer le contrat final.

Trois jours. C'était tout ce qu'il leur avait fallu pour négocier les détails. Helen m'avait assuré que le contrat était plus que juste, et nous n'abandonnions rien que grand-mère n'aurait cédé, y compris les droits d'exploitation – elle n'avait fait d'exception que pour Damian, de son vivant, et il n'allait certainement pas mettre la main sur ceux-là. Pour tout dire, c'était le meilleur contrat de toute la carrière de grand-mère, ce qui était l'une des raisons pour lesquelles mon ventre était ainsi noué.

L'autre raison venait d'entrer dans la maison.

J'entendis sa voix à travers la porte – une voix profonde et pleine d'assurance, teintée d'excitation. À force de réflexion, je m'étais rendu compte qu'il était le seul à pouvoir y arriver. Son ego était justifié dans ce domaine. Il était expert en fins déchirantes, et cette histoire en avait très clairement une.

— Elle est dans le bureau, dit ma mère en ouvrant l'une des doubles portes massives en bois de cerisier qui avaient coupé grand-mère du reste du monde quand elle écrivait.

Noah Harrison emplissait le seuil, mais j'avais l'impression qu'il consumait toute la pièce. Il avait cette aura pour laquelle les autres hommes payaient des milliers de dollars en cours de théâtre afin d'avoir une chance d'être pris dans l'un des films de Damian. L'aura que ces acteurs *devaient* avoir parce qu'ils jouaient des rôles que grand-mère avait composés dans ses livres.

— Mademoiselle Stanton, dit-il tout bas en glissant les mains dans ses poches, ses yeux voyant beaucoup plus que ce que j'aurais aimé.

Je détournai le regard, calai une mèche de cheveux derrière mon oreille et fis taire la zone de mon cerveau qui faillit le reprendre. *Tu n'es plus Mrs Ellsworth. Il serait temps que tu t'y fasses.*

— Si vous vous apprêtez à écrire l'histoire de grand-mère, je pense que vous pouvez m'appeler Georgia.

Je me forçai alors à reporter mon attention sur lui et notai, à ma plus grande surprise, qu'il n'avait pas le regard vissé sur les étagères de livres rares ou encore sur la fameuse machine à écrire que grand-mère n'avait jamais lâchée, au milieu du bureau. Non, il était toujours fixé sur moi.

Moi. Comme si j'étais quelque chose d'aussi rare et précieux que les trésors qui remplissaient cette pièce.

— Georgia, reprit-il lentement, comme s'il se délectait de mon prénom. Dans ce cas, vous pouvez m'appeler Noah.

— C'est vraiment Morelli, n'est-ce pas ?

Je connaissais déjà la réponse, ainsi que tout ce qui avait trait à sa carrière jusqu'à aujourd'hui. Helen avait pris soin de combler toutes les lacunes que j'avais à son sujet lors de notre fâcheuse rencontre à la librairie. Hazel avait pris le relais concernant le défilé de femmes dans la vie de l'auteur.

— Oui. Harrison est mon nom de plume, admit-il avec un sourire à peine perceptible.

Beau à mouiller sa petite culotte. La description d'Hazel résonnait sous mon crâne, et mes joues s'embrasèrent. Depuis combien de temps n'avais-je pas ressenti une véritable attirance pour un homme ? Et pourquoi donc fallait-il que ce soit cet homme-*là* ?

— Eh bien je vous en prie, asseyez-vous, Noah Morelli. J'attends simplement qu'ils me renvoient le contrat, dis-je en désignant les deux fauteuils en cuir qui faisaient face au mien.

— J'ai signé ma partie avant de venir. Ils sont certainement en train de vérifier tous les détails.

Il opta pour le fauteuil de droite.

— L'un de vous souhaiterait-il quelque chose à boire ? proposa ma mère, à la porte, de sa meilleure voix d'hôtesse.

Coup de chance, elle était irréprochable depuis lundi. Attentionnée. Douce. C'était à peine si je la reconnaissais. Elle avait même promis de rester jusqu'à Noël, me jurant que c'était pour moi qu'elle était revenue à Poplar Grove, en premier lieu.

— Attention – elle ne sait que servir des sodas et des martinis, dis-je d'un ton faussement discret.

— J'ai entendu, Georgia Constance Stanton, me gronda-t-elle gentiment.

— Vraiment ? La dernière fois, elle m'a servi une super limonade, rétorqua Noah avec un petit rire qui révéla deux rangées de dents bien droites et blanches – mais pas à l'excès.

Bon, je l'admets, je cherchais la moindre imperfection, à ce stade. Même son incapacité à donner un *happy end* à ses romances n'était plus un défaut, c'est dire si j'étais désespérée.

— Et je peux tout à fait recommencer, renchérit ma mère.

Dix ans plus tôt, j'aurais juré que son comportement guilleret et maternel était tout ce que je désirais. Aujourd'hui, il ne faisait que me rappeler les efforts que nous devions fournir l'une comme l'autre pour ne serait-ce qu'interagir *normalement*.

— Ce serait merveilleux, Ava, répondit Noah sans toutefois détourner le regard.

— Même chose pour moi, maman. Merci.

Puis je la gratifiai d'un petit sourire qui s'évanouit dès qu'elle referma la porte.

— Je me fiche de cette limonade, mais j'ai bien cru que vous alliez vous luxer la mâchoire à force de serrer les dents, commenta-t-il avant de caler une jambe sur l'autre et de s'enfoncer dans le fauteuil, le menton entre son pouce et son index. Vous êtes toujours aussi tendue en présence de votre mère ? Ou c'est le contrat qui vous met dans cet état ?

Il était observateur, exactement comme grand-mère. C'était peut-être un truc d'écrivain.

— Ça fait… une semaine.

Non, ça faisait une année, si j'étais honnête avec moi-même. Ça avait commencé avec le diagnostic de la maladie de grand-mère et son refus de suivre un traitement, puis il y avait eu l'enterrement, et j'avais découvert Damian avec…

— Donc, c'est Morelli, repris-je en mettant un terme à la spirale infernale de mes pensées qui menaçait de me faire dangereusement sombrer. Je préfère, avouai-je.

Oui, ce nom lui allait très bien.

— Moi aussi, entre nous.

Il me gratifia de ce sourire public, celui que tout le monde, à New York, affichait à des événements auxquels on ne voulait pas vraiment assister mais où on devait à tout prix se montrer. Ces jolis sourires étaient l'une des nombreuses raisons pour lesquelles j'avais fui cette ville – ils se muaient généralement en médisances dès que vous aviez le dos tourné.

Son expression s'adoucit, comme s'il avait senti mes défenses se hérisser.

— Mais mon premier agent trouvait qu'Harrison faisait plus…

— Américain de base ?

Je tapotai le pavé tactile, priant pour que le contrat arrive avant que l'un ou l'autre n'ait l'occasion de devenir désobligeant, comme ça avait été le cas dans la librairie.

— Vendeur, reprit-il en se penchant vers moi. Et je ne vais pas mentir : l'anonymat peut parfois sauver la vie.

Je grimaçai.

— Ou mener à des discussions gênantes en pleine librairie…

— Seraient-ce des excuses ? lança-t-il avec un sourire narquois évident.

— Certainement pas, répliquai-je. Je maintiens tout ce que j'ai dit. Je n'aurais tout simplement pas donné mon opinion aussi librement si j'avais su à qui je m'adressais.

Le plaisir dansait dans ses yeux.

— Une femme honnête. Voilà qui change.

— J'ai toujours été honnête. (Je rafraîchis de nouveau la page.) Les seuls qui savaient écouter sont morts, et tous les autres n'entendent que ce qu'ils veulent. Ah, le voilà !

Je soupirai de soulagement et ouvris l'e-mail. J'avais fini par maîtriser le sujet, après que grand-mère avait mis tous ses droits dans une fiducie littéraire et m'avait désignée comme son exécutrice testamentaire cinq ans plus tôt, si bien qu'il ne me fallut que quelques minutes pour vérifier tout ce qui n'était pas standard. Aucun changement n'avait été opéré ; j'avais bien le même contrat qu'Helen m'avait envoyé pour avoir mon aval un peu plus tôt.

En gagnant la zone de signature, sous celle de Noah, j'agrippai le stylet puis me figeai. Je ne faisais pas que transmettre l'une de ses œuvres – je lui remettais sa vie.

— Vous saviez qu'elle a écrit soixante-treize romans ? l'interrogeai-je.

Noah haussa les sourcils.

— Oui. Et tous sauf un ont été tapés sur cette machine à écrire, ajouta-t-il en désignant d'un coup de menton le bloc de métal datant de la Seconde Guerre mondiale qui mangeait toute la partie gauche du bureau. (Il poursuivit en me voyant incliner la tête.) Elle est tombée en panne en 1973, pendant qu'elle écrivait *La Force du duo*, alors elle a utilisé le modèle le plus proche qu'elle ait pu trouver le temps que celle-ci parte en réparation en Angleterre.

J'étais bouche bée.

— Je suis incollable, Georgia, je vous l'ai dit. (Il posa le menton sur le bout de ses doigts, son demi-sourire nettement plus dangereux que celui dont il m'avait gratifiée un peu plus tôt.) Je suis un fan.

— Très bien.

J'avais les yeux fixés sur le stylet, le cœur battant la chamade. À cet instant, le choix m'appartenait toujours, mais dès que j'aurais apposé ma signature sur cette ligne, l'histoire de grand-mère deviendrait celle de Noah.

Tu as toujours l'acceptation finale.

— J'ai conscience de la valeur de ce que vous vous apprêtez à me confier, dit-il alors d'une voix basse et sérieuse.

Mon regard bondit vers lui.

— Je sais également que vous ne m'aimez pas, mais ne vous inquiétez pas, je me suis investi de la mission personnelle de vous faire changer d'avis.

Un sourire plein d'autodérision apparut le temps d'un éclair avant qu'il ne l'efface, passant ses doigts sur ses lèvres tout en observant le bureau d'un air admiratif.

L'énergie dans la pièce s'altéra, ce qui permit à mes épaules de se détendre un peu tandis qu'il reportait ses yeux sombres sur moi.

— Je ferai ça bien, me promit-il. Et si je me plante, c'est vous qui aurez le dernier mot, de toute façon.

Seul le léger tressautement d'un muscle sur sa mâchoire trahissait sa nervosité.

— Vous disposez également d'un droit de rétractation si, en lisant le manuscrit, vous pensez ne pas être à la hauteur.

J'aurais parié que c'était un joueur de poker hors pair, mais j'avais appris à repérer le bluff à des kilomètres à la ronde dès mes huit ans. Coup de chance pour lui, il disait la vérité. Il était convaincu de pouvoir terminer ce livre.

— Je ne m'en servirai pas. Quand je m'engage, je m'engage.

Exceptionnellement, je m'autorisai à être rassurée par la confiance de quelqu'un d'autre. *L'arrogance, pas la confiance. L'arrogance...*

Mon regard se posa sur l'unique photo que grand-mère gardait sur son bureau, juste à côté du presse-papiers que je lui avais sculpté à Murano. On la voyait avec grand-père Jameson, tous les deux en uniforme, si fous l'un de l'autre que mon cœur pleurait face à ce qu'ils avaient eu... et perdu. Je n'avais jamais aimé Damian comme ça. Je n'étais même pas sûre que grand-mère avait aimé grand-père Brian comme ça non plus.

Ce que j'avais sous les yeux, c'était le véritable amour.

J'apposai ma signature sur le contrat et appuyai sur « Envoyer », pour le transmettre à l'éditeur tandis que ma mère réapparaissait avec les boissons, un sourire jusqu'aux oreilles.

Elle nous tendit notre limonade, et je sortis deux sous-verres du tiroir du bureau. La condensation n'était pas spécialement à craindre, à quasiment trois mille mètres d'altitude, mais il était hors de question que je fasse courir le moindre risque à ce bois.

— Tu as signé ? demanda-t-elle d'une voix calme, mais elle nouait ses mains si fort que ses doigts étaient tout blancs.

Je confirmai d'un hochement de tête ; elle se décrispa aussitôt.

— Oh, bien. Donc c'est tout bon ?

— L'éditeur doit encore signer, mais oui, répondis-je.

— Merci, Georgia.

La lèvre inférieure tremblant légèrement, elle agrippa mon épaule et la caressa du bout du pouce avant de s'écarter en me gratifiant de deux petites tapes.

— Pas de quoi, maman, soufflai-je, la gorge nouée.

— J'espère que ça ne vous dérange pas, mais j'aimerais attendre quelques minutes encore, intervint Noah. Christopher m'a dit qu'ils signeraient immédiatement, et je préférerais que le marché soit officiellement conclu avant de vous prendre le manuscrit.

— Naturellement, répondit ma mère tout en rejoignant la porte. Je dois avouer, Noah, que vous allez parfaitement bien devant le bureau de grand-mère. Ça fait plaisir d'avoir de nouveau quelqu'un doté de votre espèce de génie créatif à la maison.

Votre espèce de génie créatif ? Mon estomac se tordit.

— Eh bien, c'est un honneur d'être dans le bureau de Scarlett Stanton, dit-il par-dessus son épaule. Je suis sûr que vous avez toutes les deux été beaucoup inspirées par cette pièce.

Ma mère plissa le front.

— C'est drôle que vous disiez ça, parce que Georgia a justement fréquenté une espèce d'école d'art sur la côte Est. Non pas qu'elle ait fait quoi que ce soit de son diplôme, mais nous sommes tous très fiers.

Une vague de chaleur remonta le long de ma nuque pour embraser mes joues, et je sentis le poids des multiples nœuds de mon estomac menacer de le retourner.

— Ce n'était pas une *espèce* d'école d'art, maman. C'était l'École de design de Rhode Island. C'est l'équivalent d'Harvard pour l'art, lui rappelai-je. Et mon diplôme ne m'a peut-être pas servi, mais ma spécialisation dans les médias et la technologie m'a franchement aidée à faire décoller ma société de production.

Bon sang, étais-je retombée à l'âge de la maternelle ? C'était clairement l'effet que je me faisais.

— Je ne sous-entendais rien du tout. Je pense juste que tu as abandonné l'idée de gagner ta vie, dit-elle avec un sourire rassurant.

Je pinçai les lèvres et me contentai d'un hochement de tête. Ce n'était ni le lieu ni le moment de me disputer avec elle. *Je gérais un fonds de bienfaisance d'une valeur de vingt millions de dollars, mais en effet, ce n'est rien du tout.*

Elle referma la porte derrière elle, et Noah m'observa d'un air curieux.

— Dois-je m'en mêler ?

— Non, laissez tomber. (Je rafraîchis ma messagerie d'un geste un peu trop vigoureux, faisant en sorte d'éviter à tout prix son regard.) N'hésitez pas à faire le tour de la pièce pour vous imprégner d'elle, lui proposai-je en cliquant de nouveau.

— Merci.

Il arpenta le bureau en silence les dix minutes suivantes, pendant que je cliquais si fiévreusement sur le pavé tactile qu'on aurait pu croire que je cherchais à communiquer en morse.

— Vous êtes sur beaucoup de photos, commenta-t-il, penché sur la collection de photos de grand-mère.

— C'est elle qui m'a élevée.

C'était la réponse la plus simple, à la fois à la question qu'il avait posée et à celle qu'il avait gardée pour lui. Il m'étudia un moment, puis reprit son inspection.

— Ah, enfin, marmonnai-je en ouvrant la notification m'informant que le contrat avait été accepté.

Je récupérai la clé USB que j'avais préparée ces derniers jours et allai la lui donner.

— Tenez. Le marché est conclu.

— Qu'est-ce que c'est ? m'interrogea-t-il, visiblement perplexe.

— Ce sont le manuscrit, les lettres, et quelques photos, répondis-je en posant la clé dans sa paume. Maintenant, vous avez tout.

Ses doigts s'enroulèrent autour, mais je vis tout son corps se contracter.

— Je veux le vrai manuscrit.

— Ça tombe bien, il est ici, répliquai-je en désignant sa main. J'ai tout scanné, et avant que vous ne cherchiez à discuter, les chances que vous quittiez cette maison avec l'original de grand-mère sont de zéro. Même elle faisait une copie, qu'elle envoyait ensuite à l'éditeur.

— Mais je ne suis pas l'éditeur. Je suis dorénavant l'auteur qui va terminer le manuscrit d'origine.

Un muscle de sa mâchoire tressautait. De toute évidence, il n'avait pas l'habitude de perdre.

— Vous aviez l'intention de le taper là-dessus ? dis-je en désignant la machine à écrire. Pour garder le côté authentique ?

Son regard s'étrécit.

— C'est bien ce que je me disais. Les originaux ne bougent pas d'ici, point final.

Les originaux ne quittaient jamais la maison, et ce n'était pas son joli minois qui allait changer quelque chose à la règle. Nos regards bataillèrent en silence, mais il finit par hocher la tête.

— J'entamerai ma lecture ce soir et vous appellerai pour vous faire part de mon avis lorsque j'aurai terminé. Une fois que nous nous serons accordés sur la direction à donner à l'intrigue, je commencerai à écrire.

Je le raccompagnai jusqu'à la porte, incapable de me défaire de cette nervosité qui me comprimait la poitrine.

— Vous avez dit connaître la valeur de ce que je viens de vous confier.

— Tout à fait.

Nos regards entrèrent en collision, l'électricité – l'alchimie, l'attirance, quel que soit son nom – qui circulait entre nous suffisant à me donner la chair de poule.

— Montrez-vous à la hauteur.

Ses yeux noirs furent traversés d'une lueur de défi.

— Je leur donnerai la fin heureuse qu'ils méritent.

Ma main se crispa sur la poignée.

— Dommage. C'est la seule chose que vous ne puissiez pas faire.

6
Août 1940

Middle Wallop, Angleterre

Le cœur de Scarlett se serra en voyant Jameson faire tournoyer Constance sur la petite piste de danse du pub du coin. Il prenait ainsi soin de sa sœur parce qu'il savait à quel point elle était précieuse aux yeux de Scarlett, ce qui ne pouvait que la pousser à l'apprécier davantage.

Trop, trop tôt, trop vite... c'était tout cela à la fois, mais elle était incapable de ralentir la cadence.

— Tu es en train de tomber amoureuse, pas vrai ? lança l'un des amis américains de Jameson – Howard Reed, si elle se souvenait bien –, de l'autre côté de la table, un bras enlaçant Christine, une autre traceuse qui dormait dans la même hutte qu'elle.

Christine jeta un coup d'œil par-dessus le journal qu'elle était en train de lire. Les gros titres suffisaient à convaincre Scarlett de détourner le regard.

— Je... je ne sais pas, répondit-elle malgré ses joues brûlantes qui la trahissaient.

Elle partageait avec Jameson chaque moment libre dont ils disposaient, et entre ses heures de vol à lui et son planning à elle, ces moments étaient rares. Cela ne faisait que trois semaines qu'elle le connaissait, et pourtant, elle était incapable de se rappeler à quoi ressemblait le monde avant lui. Il y avait désormais deux ères dans sa vie : avant Jameson, et après Jameson. Elle rangeait « Après Jameson » dans la même catégorie que « Après la guerre ». Les deux étaient des concepts trop obscurs pour qu'elle perde du temps à les examiner, en particulier maintenant. Depuis que la bataille d'Angleterre, comme l'avait baptisée Churchill, avait éclaté quelques semaines plus tôt et que les Allemands s'étaient mis à bombarder différents terrains d'aviation partout dans le pays, les moments qu'ils passaient ensemble avaient pris le goût amer et indéniable du désespoir – ils ressentaient l'urgence de profiter de tout ce qu'ils avaient tant qu'ils le pouvaient.

Leur rythme de travail s'était également intensifié. Leur emploi du temps était éreintant, et Scarlett se retrouvait à placer des drapeaux pour les propres patrouilles de Jameson sur le tableau, marquant sa localisation et retenant son souffle tandis que les opératrices radio leur donnaient des informations toutes les minutes. Elle le voyait chaque fois qu'un drapeau de la 609 bougeait, même si ce n'était pas sur sa section.

— Il est pas mal accro aussi, commenta Howard avec un grand sourire.

La chanson prit fin, mais il n'y avait pas de groupe à applaudir, juste un disque à changer.

Jameson escorta Constance à travers la marée d'uniformes jusqu'à la table.

— Danse avec moi, Scarlett, dit-il en lui tendant la main avec un sourire qui la dépouilla de toutes ses barrières.

— Bien sûr.

Elle échangea sa place avec sa sœur puis se coula dans les bras de Jameson tandis qu'un air plus langoureux débutait.

— Je suis content d'avoir pu te voir ce soir, souffla-t-il dans ses cheveux.

— Je déteste le fait que ce ne soit que pour quelques heures.

Elle posa sa joue sur son torse et inhala son odeur. Il sentait toujours le savon et l'après-rasage, le tout mêlé à un relent de métal qui semblait coller à sa peau même entre deux patrouilles.

— Je prendrai quelques heures avec toi le mercredi soir dès que je le pourrai, promit-il tout bas.

Elle sentait les battements forts et réguliers de son cœur tandis qu'ils ondulaient sur la piste. Il n'y avait qu'ici qu'elle se sentait en sécurité ou sûre de quoi que ce soit. Rien, dans ce monde, n'était comparable aux bras de Jameson autour d'elle.

— J'aimerais juste pouvoir rester là, comme ça, soupira-t-elle, dessinant des cercles langoureux sur l'épaule de son uniforme.

— C'est possible.

Il écarta les doigts dans le creux de son dos, sans toutefois s'aventurer plus bas, contrairement à ce que faisaient beaucoup d'autres soldats qui dansaient autour d'eux.

Jameson était tellement respectueux que c'en était frustrant. Il ne l'avait même pas embrassée – pas vraiment, même s'il s'était souvent suffisamment rapproché pour faire cavaler son cœur... avant de déposer un simple baiser sur son front.

— Pour quinze minutes encore, marmonna-t-elle, puis tu devras repartir patrouiller.

— Et toi, tu as du travail, si je ne me trompe pas.

Elle poussa un nouveau soupir tout en détachant les yeux du couple voisin, qui avait décidé de s'embrasser à pleine bouche.

— Pourquoi est-ce que tu ne m'as pas embrassée ? lui demanda-t-elle alors d'une voix douce.

Le rythme de Jameson faiblit l'espace d'un dixième de seconde, puis il saisit son menton entre son pouce et son index avant d'approcher délicatement son visage du sien.

— Pas *encore*.

Elle plissa le front.

— Pourquoi je ne t'ai pas *encore* embrassée, reprit-il pour clarifier.

— Ne joue pas avec les mots.

— Je ne joue pas, souffla-t-il en caressant sa lèvre inférieure de la pulpe du pouce. Je veux juste m'assurer que tu saches que ça ne s'est pas *encore* passé.

Elle leva les yeux au ciel.

— Bien. Alors pourquoi tu ne m'as pas *encore* embrassée ?

Tout autour d'eux, le monde changeait si vite qu'elle ne savait plus à quoi s'attendre. Les bombes pleuvaient, les avions s'écrasaient, et pourtant, Jameson se comportait comme s'ils avaient des années devant eux – alors qu'elle ne savait même pas s'ils avaient quelques jours.

Il jeta un coup d'œil au couple à leur gauche. Pas étonnant qu'elle remette en question sa lenteur d'escargot.

— Parce que tu n'es pas une simple fille dans un pub, répondit-il alors qu'ils se remettaient à danser, sa main posée délicatement sur sa joue. Parce que nous n'avons été seuls qu'une fois, et je n'ai pas envie que notre premier baiser ait lieu devant un public.

Pas s'il l'embrassait comme il comptait le faire.

— Oh... souffla-t-elle, les yeux écarquillés.

— Oui, oh.

Un sourire étira lentement les lèvres de Jameson. Si elle avait connaissance de la moitié des pensées qui lui traversaient la tête à son sujet, elle aurait certainement fait une demande de transfert.

— Je sais également que ton monde a beaucoup plus de règles que le mien, alors je fais de mon mieux pour n'en rompre aucune.

— Pas tant que ça, en vérité.

Elle mordilla sa lèvre inférieure, comme si elle avait besoin d'y réfléchir.

— Ma douce, il y a une véritable aristocrate sous cet uniforme.

À sa connaissance, entre le peu qu'elle avait accepté de lui confier sur sa famille et les détails que Constance avait été plus que ravie de lui donner, l'existence que Scarlett menait en tant qu'officier de la WAAF était à des années-lumière de son style de vie d'avant guerre. Elle cligna des yeux, surprise.

— Ce sont mes parents, les aristocrates.

— Et où est la différence ? lança-t-il en riant.

— Eh bien, je n'ai pas de frère, donc le titre deviendra vacant après le décès de mon père, répondit-elle avec un haussement d'épaules. Constance et moi sommes considérées comme égales aux yeux de la loi. Alors à moins que l'une de nous ne décline le titre, aucune n'en héritera. Nous avons toutes les deux décidé de ne pas le décliner, ce qui est plutôt brillant, quand on y réfléchit.

Un coin de sa bouche s'étira en un sourire malicieux, et Jameson regretta aussitôt de ne pas être seul avec elle.

— Vous avez décidé de vous battre pour ce titre ?

Ces histoires de noblesse anglaise étaient si éloignées de son domaine d'expertise qu'il ne chercha même pas à faire mine de comprendre.

— Non.

Elle glissa une main sur son épaule, la passa sur le col de son uniforme puis la coula dans sa nuque. Son contact électrisait chacune de ses terminaisons nerveuses.

— Nous avons décidé de *ne pas* nous battre, simplement en ne le déclinant pas. Aucune de nous n'en veut. Constance est fiancée à Edward, qui héritera bientôt de son propre titre, ce qui va très bien à nos parents, évidemment. Quant à moi, je n'en veux tout bonnement pas, dit-elle en secouant la tête. Nous nous sommes juré que nous agirions ainsi, plus jeunes. Regarde. (Elle dressa la main pour révéler une fine cicatrice, sur sa paume.) Nous avons fait ça dans les règles de l'art.

Il inclina légèrement la tête tout en absorbant ses paroles.

— Qu'est-ce que tu veux, alors, Scarlett ?

Le disque changea, et le tempo accéléra, mais ils n'y prêtèrent pas attention. Ils continuaient à onduler tranquillement sur la piste, à leur propre rythme.

— Là, tout de suite, je veux danser avec toi, répondit-elle en caressant sa nuque du bout des doigts.

— Je peux t'accorder ça.

Bon sang, ce regard lui coupait le souffle à chaque fois. Elle aurait pu lui demander la lune, il aurait sauté à bord de son Spitfire pour foncer tout droit dans la stratosphère si c'était pour qu'elle le regarde comme elle le faisait à cet instant.

Quand le morceau fut terminé, ils quittèrent à contrecœur la piste de danse et rejoignirent la table, main dans la main.

— Sept heures et quart, commenta Constance avec une petite grimace. Il est temps d'y aller, non ?

Elle se leva et tendit sa casquette à Scarlett.

— Oui, confirma celle-ci. Surtout qu'on doit déposer Jameson et Howard au terrain d'aviation. (Elle pivota vers Christine, qui était toujours plongée dans son journal.) Christine ?

La jeune femme sursauta.

— Oh, désolée. Je lisais cet article sur le dernier bombardement, dans le Sussex.

Il n'en fallut pas plus pour plomber l'ambiance. Les doigts de Jameson serrèrent un peu plus ceux de Scarlett.

— Bon, je pense que je vais conduire, histoire de te laisser terminer, suggéra-t-il avec un sourire tendu.

Christine opina du chef, et ils rejoignirent tous ensemble la voiture. Ce soir-là, ni lui ni Howard n'avaient réussi à réserver la voiture de leur compagnie, mais Scarlett s'en était chargée.

— Vous êtes sûres que ça ne vous dérange pas de nous déposer au terrain ? demanda-t-il tout en lui ouvrant la portière côté passager.

— Pas du tout, répondit-elle, puis elle s'assit tout en prenant soin de laisser courir sa main sur sa taille. Ça me donne dix minutes de plus avec toi. Qui sait quand j'en aurai d'autres.

Il hocha la tête et referma la portière, regrettant qu'elle n'ait pas demandé à Constance, Christine ou même Howard de conduire à sa place – il aurait beaucoup aimé la serrer tout contre lui sur la banquette arrière. Mais il prit le volant et entama la route qui les séparait du terrain d'aviation. C'était toujours à ce moment-là que l'atmosphère changeait entre eux, tous deux se préparant mentalement à ce que les prochaines soirées qu'ils ne passeraient pas ensemble leur prévoyaient.

Le soleil commençait à se coucher plus tôt, maintenant qu'ils étaient en plein cœur du mois d'août, mais Jameson bénéficierait encore de pas mal de lumière pour décoller, dans une heure.

— Et si on mettait de la musique ? proposa Constance en rompant le silence.

— La radio est cassée, répondit Scarlett. L'un de nous va devoir chanter...

Jameson sourit en secouant la tête. Cette fille était douée du sens de l'humour, et il ne s'en lassait pas.

— Je peux vous faire la lecture ! suggéra Howard, et Jameson entendit le journal passer de main en main. Je parie cinq dollars que je peux endormir tout le monde avant qu'on arrive au terrain d'aviation, avec ce truc. (Ses sourcils se dressèrent, dans le rétroviseur.) Sauf toi, Stanton. Tu as intérêt à rester réveillé.

— Pas de souci, répondit Jameson tandis qu'ils gagnaient l'entrée de la base.

Une fois le portail franchi, il prit la main de Scarlett, riant du ton mondain dont usait Howard pour lire un article qui parlait de la pénurie de provisions.

— Je crois qu'il va vraiment réussir à m'endormir, chuchota Scarlett.

Jameson lui pressa la main.

— « Courant au secours de nos troupes, le dirigeant de Wadsworth Shipping en personne, George Wadsworth... », poursuivait Howard.

Scarlett se crispa soudain.

— « ... qui a plus d'une union à célébrer, une source confirmée ayant déclaré que son fils aîné, Henry, s'apprête à demander en fiançailles la fille aînée du baron Wright et de son épouse... »

Scarlett lâcha un hoquet puis plaqua sur sa bouche la main que Jameson ne tenait pas.

— Mon Dieu, souffla Constance.

Jameson sentit la terre s'ouvrir sous ses pieds, et son estomac menaça de se vider. *Impossible.*

Le regard sombre d'Howard croisa le sien dans le rétroviseur, et il sut qu'il ne se trompait pas.

— Il doit tout de même y avoir plus d'une famille Wright dans le pays, marmonna Christine en arrachant le journal des mains d'Howard. « ... Henry, s'apprête à demander en fiançailles la fille aînée du baron Wright et de son épouse, Scarlett... »

Elle se tut tout en jetant un regard vers le siège passager.

— Je t'en prie, continue, cracha Jameson.

Qu'est-ce que c'était que cette histoire ? L'avait-elle pris pour un idiot ? Ou était-ce lui qui avait été idiot depuis le début ?

— Hmmm... « Scarlett, reprit-elle alors, qui sert actuellement dans la Women's Auxiliary Air Force de Sa Majesté. Les deux filles Wright ont rejoint le combat l'année dernière et ont été nommées officiers. » (Le journal émit un bruissement.) Le reste parle des munitions, termina-t-elle à voix basse pile quand il se garait au bout de la parcelle qui faisait face à l'arrière des trois hangars.

— On dirait bien que tu as perdu cinq dollars, Howard, parce que tout le monde est parfaitement réveillé, commenta Jameson en coupant le moteur avant d'ouvrir la portière d'un geste brusque.

Elle était déjà en couple et s'apprêtait à se *fiancer*. Pendant qu'il tombait amoureux d'elle, elle s'était servie de lui pour quoi ? Pour s'amuser un peu ? Il jeta un regard à la piste, à sa gauche, prêt à décoller, prêt à quitter la terre ferme pour quelques heures.

Jameson claqua la portière, et le bruit sortit Scarlett de son état de choc. Elle sauta du véhicule, mais il avait quasiment rejoint le hangar quand elle le rattrapa enfin.

— Jameson ! Attends !

Comment avaient-ils pu faire une chose pareille ? Informer le *Daily* qu'elle et Henry allaient se fiancer quand elle avait clairement dit à sa mère qu'elle ne le voulait pas ? C'étaient *eux* qui étaient derrière cela, pas simplement George. Ça sentait leur intervention à plein nez, et elle refusait que ses parents arrachent Jameson de sa vie.

— Attendre quoi, Scarlett ? cracha-t-il en accélérant le pas, ses yeux sombres habituellement pleins de chaleur lui glaçant le cœur. Attendre que tu épouses un type plein aux as ? C'était pour ça que tu voulais savoir pourquoi je ne t'avais pas encore embrassée ? Tu craignais peut-être de ne pas avoir assez de temps pour me rouler dans la farine ?

Il continuait d'avancer, ses longues jambes l'éloignant d'elle à chaque pas.

— Ce n'est pas ce que tu crois ! Je ne suis *pas* fiancée ! répliqua-t-elle en courant. Écoute-moi !

Elle plaqua les mains sur son torse et s'arrêta, l'obligeant à l'imiter ou à lui marcher dessus. Il s'immobilisa, mais le regard qu'il lui jeta lui fit aussi mal que s'il avait choisi la deuxième option.

— Est-ce que tu comptes te fiancer à lui ?

— Non ! s'écria-t-elle en secouant fiévreusement la tête. Mes parents veulent que j'épouse Henry, mais je ne le ferai pas. Ils cherchent à me forcer la main.

Elle ne le leur pardonnerait jamais. *Jamais*.

— Te forcer la main ?

Un muscle de sa mâchoire se mit à trembler. Le cerveau de Scarlett tournait à plein régime pour trouver un moyen de lui faire comprendre.

— Oui !

Elle se fichait de savoir si elle se donnait en spectacle, ou encore où les autres étaient passés. Elle se fichait de qui entendrait ce qu'elle avait à dire, tant que *lui* l'écoutait.

— Ce n'est pas vrai, dit-elle.

— C'est dans le journal !

Il fit un pas en arrière et entremêla ses mains par-dessus sa casquette.

— Parce qu'ils s'imaginent que publier cette annonce m'obligera à accepter, par honte ou par devoir !

— Est-ce que ce sera le cas ? dit-il sur un ton de défi.

— Non !

Elle sentit sa poitrine se comprimer à l'idée qu'il puisse ne pas la croire.

Il détourna les yeux, de toute évidence tiraillé, et elle ne pouvait pas lui en vouloir. Ses parents et les Wadsworth l'avaient mise dans un sacré pétrin.

— Jameson, je t'en supplie. Je te jure que je ne compte pas épouser Henry Wadsworth.

Elle préférerait encore mourir.

— Mais tes parents le veulent, eux ?

Elle confirma d'un hochement de tête.

— Et ce Wadsworth le veut aussi ?

— Le père d'Henry est convaincu que le titre – et donc le siège à la Chambre des lords – reviendra à Henry si nous nous marions, et si ce n'est à Henry, alors à notre premier fils, ce qui n'arrivera pas car...

— *Votre* premier fils ? répéta-t-il en plissant les yeux. Maintenant, tu envisages d'avoir des enfants avec ce type ?

De toute évidence, elle n'avait pas choisi la meilleure approche pour lui faire comprendre la situation.

— Bien sûr que non ! Rien de tout cela n'a d'importance, car je ne compte pas l'épouser !

Un bourdonnement se mit à résonner sous son crâne, comme si son esprit tirait les rideaux pour lui épargner la douleur inévitable que provoquerait la perte de cet homme.

— Si tu crois à leur combine, alors tu les laisses gagner. Moi, je refuse de jouer leur jeu.

— C'est facile de perdre un combat dont on ignore faire partie.

Au moins la regardait-il de nouveau, mais l'accusation dont débordaient ses yeux lui fit monter les larmes. Il avait l'air d'un homme trahi, et d'une certaine manière, il l'avait été.

— J'aurais dû t'en parler, murmura-t-elle.

— En effet. Quel genre de parents cherchent à forcer leur fille à épouser un homme dont elle ne veut pas ?

Il passa les mains sur sa nuque, comme s'il avait besoin de les tenir occupées.

— Des parents qui ont déjà vendu quasiment toutes leurs terres et provoqué leur propre ruine financière. (Elle laissa tomber ses bras, sous le regard écarquillé de Jameson.) Un titre n'est pas forcément synonyme de compte en banque bien rempli.

Le bourdonnement se faisait de plus en plus sourd.

— Stanton ! Reed ! On doit y aller ! cria quelqu'un derrière eux.

— Leur ruine financière, répéta-t-il en secouant la tête. Tu veux dire que... tes parents ont l'intention de te vendre ?

— En gros, oui.

Jameson ne chercha pas à dissimuler son écœurement. Il n'en fallut pas plus à Scarlett pour monter sur ses grands chevaux.

— Ne me regarde pas comme ça. Vous autres Américains vous imaginez avoir échappé au système des fortunes familiales, mais à la place du roi et de la noblesse, vous avez les Astor et les Rockefeller.

— Nous ne vendons pas nos filles, répliqua-t-il d'un air perplexe.

— Je peux te nommer au moins trois héritières américaines qui ont été mariées de cette manière, rien que ces dix dernières années.

Puis elle croisa les bras sur sa poitrine.

— Donc tu défends cette tradition ? riposta Jameson.

Howard fit irruption à côté d'eux avant de pivoter pour leur faire face et de courir en marche arrière.

— Stanton ! Amène-toi ! Tout de suite !

— Non, ce n'est pas ce que je veux dire ! balbutia Scarlett, décontenancée.

Le bourdonnement passa à un grondement plus grave. *Un avion approche.* La patrouille qui précédait celle de Jameson était de retour, ce qui signifiait qu'il ne lui restait que quelques secondes pour ne pas le perdre.

— Jameson, je n'épouserai pas Henry. Je te le jure.

— Pourquoi ? l'interrogea-t-il, puis son regard se leva vers le ciel et se plissa avant même qu'elle n'ait le temps de répondre.

— Parmi tout un tas de raisons, parce que c'est *toi* que je veux, espèce de Yankee !

Elle avait l'impression d'avoir complètement déraillé, après avoir crié ainsi en public, mais elle était incapable de se contrôler, et il ne l'écoutait même plus.

— Ce sont les nôtres ? demanda Howard en désignant les appareils que Jameson n'avait toujours pas quittés des yeux.

L'escadrille perça les nuages bas, et Scarlett sentit aussitôt son ventre se nouer. Ce n'étaient pas des Spitfire.

Les sirènes antiaériennes se mirent à hurler, mais c'était trop tard.

Le bout de la piste explosa dans un bruit assourdissant qu'elle sentit vibrer à travers tout son corps. La fumée et les débris emplissaient l'atmosphère tandis qu'une seconde déflagration retentissait, plus forte et plus proche.

— À terre ! cria Jameson en la plaquant contre lui avant de tourner le dos au souffle et de se jeter au sol.

Les genoux de Scarlett percutèrent violemment le bitume.

À cinquante mètres devant eux, le hangar explosa.

7

Noah

Ma chère Scarlett,
Tu me manques, mon amour. Le son de ta voix au téléphone n'est rien à côté du fait de te tenir dans mes bras. Cela ne fait que quelques semaines, et pourtant, j'ai l'impression de ne pas avoir pu t'écrire pendant une éternité. Bonne nouvelle, je crois nous avoir trouvé une maison tout près. J'ai conscience que ce déménagement est très difficile pour toi, et si tu préfères rester aux côtés de Constance, nous pouvons toujours ajuster nos projets. Tu as déjà tant abandonné pour moi, et voilà que je te demande de recommencer. Je te promets que lorsque cette guerre sera terminée, je saurai me rattraper. Je te jure que je ne te demanderai plus jamais de te sacrifier pour moi.
Mon Dieu, que ta peau sur la mienne me manque, le matin, ainsi que ton magnifique sourire quand je rentre le soir. Pour l'instant, il n'y a qu'Howard pour m'accueillir, même s'il n'est pas souvent là depuis qu'il

a rencontré une fille du coin. Avant que tu ne me poses la question, non, il n'y a aucune fille du coin pour moi. Il n'y a qu'une beauté aux yeux bleus qui détient mon cœur et mon avenir, et je ne dirais pas qu'elle est du coin étant donné qu'elle se trouve à des heures d'ici.
Je brûle d'impatience à l'idée de te serrer de nouveau dans mes bras.
Je t'aime,
Jameson

Le rythme qui martelait mes écouteurs collait à celui de mes pas sur les chemins de Central Park tandis que je me faufilais au milieu des touristes pas franchement pressés. Ce jour de fête du Travail semblait les avoir fait sortir en masse, avec leurs bananes solidement accrochées à la taille. Le temps était humide, l'air moite et poisseux, mais au moins était-il rempli d'oxygène du niveau de la mer.

Mon temps de course avait été misérable durant toute la semaine passée dans le Colorado. Pendant mes recherches, au Pérou, j'étais resté le plus souvent à deux mille mètres d'altitude, à l'exception des différentes ascensions que j'avais entreprises, mais Poplar Grove culminait huit cents mètres plus haut. Je devais toutefois admettre qu'en dépit du manque brutal d'oxygène l'air des Rocheuses m'avait paru plus pur et plus fluide. Non pas que le Colorado batte New York dans un quelconque autre domaine. Certes, les montagnes étaient belles, mais c'était également le cas des gratte-ciel de Manhattan, et rien n'était comparable au fait de vivre au cœur même du monde. J'étais chez moi.

Le seul problème, c'était que ma tête n'était pas là, et elle ne l'était pas depuis que l'avion m'avait redéposé ici deux semaines plus tôt. Elle était partagée entre l'Angleterre de la Seconde Guerre mondiale et le Poplar Grove d'aujourd'hui, même sans oxygène. Le manuscrit s'achevait sur un tournant décisif de l'intrigue, où l'histoire pouvait soit sombrer dans un chagrin d'amour cataclysmique, soit renaître des tréfonds du doute pour atteindre une apogée extatique qui transformerait même le type le plus maussade en gros romantique.

Si je me satisfaisais en temps normal de jouer les maussades, Georgia était intervenue et avait volé mon rôle, ne me laissant d'autre choix que d'endosser celui du romantique. Et cette histoire en exigeait une sacrée dose. C'était également le cas des lettres qu'avaient échangées Scarlett et Jameson. En plein cœur de la guerre, ils avaient trouvé le véritable amour. Ils n'avaient même pas pu supporter d'être séparés un peu plus de quelques semaines. Je n'étais moi-même pas certain d'être resté *avec* une femme aussi longtemps. J'aimais ma petite bulle.

Au dixième kilomètre, je n'étais pas plus capable de comprendre les exigences ridicules de Georgia que je ne l'avais été quand j'avais quitté sa maison deux semaines plus tôt – et la femme qui se cachait derrière ces exigences était toujours autant un mystère. Généralement, je courais jusqu'à ce que mes pensées s'organisent d'elles-mêmes, ou qu'un pivot dramatique me vienne. Mais comme tous les deux jours, depuis mon retour, je me mis à marcher avant d'arracher mes écouteurs dans un geste de pure frustration.

— Dieu merci, haleta Adam. Je croyais que tu… allais enchaîner… sur un autre kilomètre. Je n'aurais… pas pu suivre, parvint-il à conclure entre deux inspirations tout en s'arrêtant à mon niveau.

— Elle ne veut pas que ça se termine bien, grommelai-je en coupant la musique qui pulsait dans mon téléphone.

— Oui, je suis au courant, me fit-il remarquer en posant les mains sur le sommet de son crâne. Pour tout te dire, je pense que tu me l'as répété quasiment chaque jour depuis ton retour.

— Et je compte continuer jusqu'à ce que je comprenne quelque chose à tout ça.

Nous gagnâmes un banc, près d'une fourche formée par le sentier, et nous arrêtâmes pour nous étirer brièvement, comme le voulait notre routine.

— Super. J'ai hâte de lire le résultat, quand ce sera le cas, dit-il, les mains sur les genoux, plié en deux, essayant de retrouver un tant soit peu de souffle.

— Je t'ai dit qu'on devrait courir plus souvent.

Il ne se joignait à moi qu'une fois par semaine.

— Et moi, je t'ai dit que tu n'étais pas mon seul auteur. Bon, je peux savoir quand tu comptes m'envoyer la partie Stanton du manuscrit ? C'est complètement dingue, ce revirement.

— Dès que j'aurai fait la mienne, répondis-je en esquissant un sourire. Ne t'inquiète pas, tu l'auras dans les délais.

— Sérieusement ? Tu vas me faire attendre trois mois ? Tu es vraiment cruel. Je suis blessé, se lamenta-t-il en plaquant une main sur son cœur.

— Je sais que c'est puéril, mais j'ai envie de voir si tu es capable de deviner où la plume de Scarlett s'arrête et où la mienne commence.

Cela faisait trois ans que la rédaction d'un roman ne m'avait pas autant excité, et j'en avais écrit six, durant tout ce temps. Mais celui-ci... j'avais confiance en lui, et Georgia me maintenait une main dans le dos.

— Elle se trompe, tu sais.

— Georgia ?

— Elle ne comprend pas ce qui fait la marque de son arrière-grand-mère. Scarlett Stanton est la garantie d'un *happy end*. Ses lecteurs s'attendent à ça. Georgia n'est pas une écrivaine. Elle ne comprend pas, et elle se trompe.

Si j'avais appris une chose, ces deux dernières années, c'était qu'il ne fallait certainement pas décevoir les lecteurs.

— Et qu'est-ce qui te convainc à ce point que c'est toi qui as raison ? Tu es infaillible ? lança-t-il avec un peu plus qu'une pointe de sarcasme dans la voix.

— En matière d'intrigue, oui. Je peux assurer sans trop me mouiller que je suis infaillible. Et ne va pas me parler d'ego. Je suis capable de revenir en arrière s'il le faut, donc c'est plus une question de confiance.

Je m'étirai sur le côté et le gratifiai d'un grand sourire.

— Désolé de remettre ta *confiance* en question, mais si c'était le cas, tu n'aurais pas besoin d'un éditeur, si ? Tu as besoin de moi, donc tu n'es pas infaillible.

Je décidai d'ignorer la vérité indéniable de son argument.

— Au moins, toi, tu lis mon livre avant de suggérer des changements. Elle ne me laisse même pas lui faire part de mon idée !

— Et *elle*, elle en a une ?

Je le dévisageai d'un air perplexe.

— Tu lui as posé la question ? insista-t-il en dressant les sourcils. Personnellement, je serais heureux de te faire part de mes suggestions, mais vu que tu ne m'as même pas encore montré la partie existante...

— Pourquoi je lui poserais la question ? Je ne demande jamais de retour avant d'avoir terminé quelque chose. (Cela gâchait le processus, et mon instinct ne m'avait jusqu'ici jamais fait défaut.) Je n'arrive pas à croire que j'ai signé un contrat qui accorde l'acceptation finale à quelqu'un qui n'est même pas dans le monde du livre.

Et pourtant, je signerais de nouveau, rien que pour le défi que cela représentait.

— Tu as beau avoir fréquenté tout un tas de femmes, tu n'y comprends vraiment rien, hein ? soupira-t-il d'un air blasé.

— Je comprends très bien les femmes, fais-moi confiance. Et puis, tu peux parler, toi ! Tu as eu, quoi, *une* relation ces dix dernières années ?

— Parce que je l'ai épousée, crétin ! répliqua-t-il en me montrant son alliance. Je ne parle pas du fait que tu aies sauté toutes les New-Yorkaises. La bouteille de lait qui se trouve dans mon frigo à l'heure actuelle est plus ancienne que la durée moyenne de tes relations, et elle est encore loin de la date de péremption. C'est beaucoup plus difficile de véritablement connaître et comprendre une femme que d'en charmer mille et une autres. Et c'est plus gratifiant, aussi. (Il regarda sa montre.) Il faut que je retourne au bureau.

Là, il venait de toucher un point sensible.

— Ce n'est pas vrai. Pour mes relations.

Bon, la plus longue avait duré six mois, avait exigé beaucoup d'espace personnel et s'était terminée comme elle avait commencé : elle comme moi partagions de l'affection, mais aussi la conscience que nous ne tiendrions jamais la route. Je ne voyais pas de raison de m'impliquer émotionnellement avec quelqu'un auprès de qui je ne voyais aucun avenir.

— OK, alors je vais préciser ma pensée : je ne pense pas que tu comprennes Georgia Stanton, reprit Adam en étirant ses jambes. Je dois t'avouer que je trouve ça plutôt marrant de te voir galérer avec une femme qui ne tombe pas automatiquement à tes pieds.

— Les femmes ne tombent pas à mes pieds. (J'avais juste de la chance que celles qui m'intéressaient ressentent en général la même chose.) Et il n'y a rien de difficile à comprendre : l'arrière-petite-fille d'une célèbre autrice épouse l'élite d'Hollywood, puis elle se fait remplacer par la dernière mannequin en vue, plus jeune évidemment, et rentre chez elle avec ses millions pour signer un nouveau contrat qui lui fera empocher de nouveaux millions.

Était-elle sublimissime ? Totalement. Mais j'avais aussi l'impression qu'elle jouait les difficiles pour la simple beauté du geste. Je commençais à me demander si gérer Georgia ne serait finalement pas plus compliqué que d'achever l'écriture de ce livre.

— Ouah. Tu es tellement à côté de la plaque que c'en est presque drôle, commenta-t-il en terminant de s'étirer, puis il attendit que j'aie moi aussi fini. Tu sais des choses sur son ex ? demanda-t-il alors avec un regard pénétrant.

— Oui. C'est Damian Ellsworth, réalisateur acclamé par la critique, résident de SoHo, si je ne me trompe pas. (Je m'arrêtai devant un stand de nourriture et nous achetai deux bouteilles d'eau.) Ce type m'a toujours mis mal à l'aise.

Je débordais peut-être de confiance, mais lui était clairement le roi des snobs.

— Et pour quel film est-il le plus connu ? m'interrogea Adam après m'avoir remercié et avoir ouvert sa bouteille.

— Sûrement *Les Ailes d'automne*, répondis-je tandis que nous reprenions notre marche, malgré le froid glacial.

Adam jeta un regard par-dessus son épaule puis s'arrêta.

— Exact. Et ? dit-il avec un geste de la main pour encourager ma réflexion.

— Scarlett n'a jamais vendu ses droits d'exploitation, articulai-je lentement. Jusqu'à il y a six ans, en tout cas.

— Bingo. Et elle a vendu les droits de seulement dix livres pour presque rien à une société de production toute fraîche et totalement inconnue qui appartenait à...

— Damian Ellsworth. Bordel de merde.

— On peut dire ça comme ça. Tu comprends, maintenant ?

Nous venions de gagner la sortie du parc, et nous jetâmes nos bouteilles vides avant d'émerger sur le trottoir bondé.

Ellsworth avait largement dix ans de plus que Georgia, mais il avait seulement réussi à s'immiscer dans la machine hollywoodienne... *Putain.* Oui, au moment de leur union.

— Il s'est servi de son mariage avec Georgia pour approcher Scarlett.

L'enfoiré.

— On dirait bien, confirma Adam. Ces droits lui ont déroulé le tapis rouge, et il lui reste encore cinq de ces films à réaliser. Il est tranquille pour des années. Et dès qu'il a compris que les allers-retours à la clinique de la fertilité ne donnaient rien, il s'est trouvé quelqu'un d'autre.

Je tournai brusquement la tête vers lui, une drôle de sensation dans le ventre.

— Ils avaient du mal à avoir des enfants, et il a mis une autre femme en cloque ?

— Si l'on en croit *Celebrity Weekly*. Ne me regarde pas comme ça. Carmen aime lire ce torchon, et je m'ennuie quand je fais tremper mes gambettes dans la baignoire. Des gambettes que tu mets à rude épreuve, je te rappelle.

Alors là, on atteignait un autre niveau d'ordure. Georgia avait lancé la carrière de ce type, et il ne l'avait pas seulement trompée : il l'avait anéantie émotionnellement et publiquement.

— Je commence en effet à comprendre pourquoi un *happy end* ne la tente pas.

— Et le pire, c'est qu'elle était copropriétaire de la société de production, mais elle a abandonné ses droits au moment du divorce, continua Adam tandis que nous traversions la rue. Elle lui a tout laissé.

Je plissai le front, stupéfait. On parlait quand même d'un sacré paquet d'argent.

— Tout ? Mais c'est lui le fautif, dans l'histoire !

Comment pouvait-on trouver cela un tant soit peu juste ?

Adam haussa les épaules.

— Ils se sont mariés dans le Colorado. Ils ont eu droit à un divorce sans égard à la faute, et elle lui a tout laissé sans discuter – c'est en tout cas ce que j'ai lu.

— Qui fait ce genre de chose ?

— Quelqu'un qui veut tourner la page au plus vite.

Nous traversâmes la dernière rue, qui nous mena au quartier où se trouvaient les bureaux de mon éditeur, mais Adam s'arrêta devant la porte de l'immeuble voisin.

— Et vu que quasiment toute la fortune de Scarlett va dans une fiducie littéraire destinée aux œuvres caritatives, les millions dont tu as parlé n'appartiennent pas vraiment à Georgia. Je sais que tu aimes tes petits voyages de recherche, mais tu devrais te servir un peu plus de Google, mon pote.

— Putain...

Je m'étais planté sur toute la ligne.

— Alors, on se sent con, hein ? lança Adam en me plaquant une main dans le dos.

— Peut-être, oui, admis-je.

— Et attends, tu ne sais pas encore que le bouquin que tu t'apprêtes à finir n'est pas listé dans la fiducie littéraire...

Je braquai le regard sur lui.

— ... et qu'elle a tout de même demandé à la compta de transférer l'intégralité de la première avance sur le compte en banque de sa mère, termina-t-il avec un sourire narquois.

— Bon, là, j'ai vraiment l'air d'un con, dis-je en me frottant le visage.

Elle ne toucherait donc rien de ce contrat.

— Génial. J'en rajoute une couche ? Suis-moi.

Il nous fit entrer dans l'immeuble. Le vestibule était voûté jusqu'au premier étage au moins, et sur les côtés, des escalators précédaient les cages d'ascenseur, laissant le centre totalement ouvert pour mettre en avant une sculpture massive de verre toute en verticalité.

Elle était bleu marine à la base, les arêtes laissant échapper des filets d'écume qui formaient des bulles, comme si les vagues venaient se rompre sur une plage invisible. Un peu plus haut, le bleu se muait en turquoise et les arêtes perdaient leur texture mousseuse. Puis le turquoise adoptait des dizaines de nuances de vert tandis que la sculpture se mettait à faire des torsades – des branches, de plus en plus étroites au fil de l'étirement de l'œuvre, qui faisait deux fois ma taille.

— Qu'est-ce que tu en penses ? lança Adam avec un sourire que j'avais envie de lui faire ravaler.

— C'est spectaculaire. Et la lumière est hyper bien réfléchie. Elle met en valeur la couleur et les détails.

Je lui jetai un coup d'œil en coin, sachant pertinemment que ce petit détour avait une raison cachée.

— Regarde la notice, dit-il sans se départir de son sourire insupportable.

J'avançai et lus l'étiquette avant d'écarquiller les yeux.

— Georgia Stan... Quoi ?!

C'était *Georgia* qui avait fait ça ? J'examinai l'œuvre d'un œil nouveau ; c'était difficile à admettre, mais les mots me manquaient.

— Ce n'est pas parce qu'elle n'écrit pas qu'elle n'est pas créative. Bon, tu es impressionné ? Au moins un petit peu ? demanda Adam en me rejoignant.

— Juste un petit peu, dis-je lentement. Enfin, peut-être beaucoup.

Je posai de nouveau les yeux sur la notice et lus la date. *Il y a six ans.* Coïncidence ?

— Bien. Mon travail est terminé.

Elle n'avait pas simplement fréquenté une école d'art. C'était une véritable artiste.

— Elle refuse de m'écouter, Adam. Elle m'a raccroché au nez les deux fois où je l'ai appelée. J'essaie d'établir une intrigue pour pouvoir m'y mettre sérieusement, mais dès que je commence à lui parler de la fin, elle fait la morte. Elle ne veut pas collaborer ; elle veut juste que les choses soient faites à sa façon.

— Ça me rappelle vaguement quelqu'un... Et toi, est-ce que tu l'écoutes ? Ce n'est pas simplement ton livre, cette fois, mon pote ; c'est le sien aussi, et pour quelqu'un qui aime les sources primaires, tu t'obstines à ignorer celle que tu as sous les yeux. C'est elle, ton experte ès Scarlett Stanton.

— Pas faux.

— Voyons, Noah... Je ne t'ai jamais vu reculer devant un défi. Tu es plutôt du genre à courir après. Prends ton téléphone et use de ce charme légendaire pour mettre un pied dans son monde. Et apprends à écouter. Bon, je te laisse ; j'ai une douche à prendre avant ma réunion.

Puis il s'éloigna en direction de la porte à tambour.

— J'ai déjà essayé, pour le charme !

Et cela ne m'avait mené nulle part, ce qui était professionnellement agaçant et personnellement... frustrant, surtout si l'on prenait en compte le fait que j'étais attiré par elle à plus de mille kilomètres de distance.

— Pas si tu l'as seulement appelée deux fois.

— Comment tu savais que c'était là, ça ? lançai-je à travers le vestibule.

— Google !

Puis il dressa deux doigts et disparut à l'extérieur du bâtiment, m'abandonnant avec la preuve que je n'avais pas été le seul génie créatif dans le bureau de Scarlett, ce fameux jour.

Je décidai alors de me lancer dans les recherches – non pas sur la bataille d'Angleterre, mais sur Georgia Stanton.

Mon regard oscillait entre mon téléphone – qui attendait, tout à fait inoffensif, sur mon bureau – et le numéro que j'avais griffonné sur le calepin posé à côté. Une semaine de plus était passée, et si j'avais imaginé l'intrigue qui me paraissait être la meilleure pour les personnages, je n'avais pas encore commencé à écrire. Où était l'intérêt si Georgia exigeait ensuite que je modifie tout ?

Use de ce charme légendaire...

Je composai le numéro puis rejoignis les immenses fenêtres du bureau de mon appartement, qui donnaient sur Manhattan. Allait-elle répondre ? Cette inquiétude était tout à fait inédite pour moi. Non pas que je parte du principe qu'une femme décrocherait à tous les coups en voyant mon numéro, mais en général, cela m'était égal.

Pose-lui des questions sur son arrière-grand-mère. Sur elle. Arrête de l'agresser et commence à la traiter comme une partenaire. Imagine que c'est une de tes copines de fac et non une collègue ou une fille qui te plaît. Ça avait été les conseils d'Adrienne, puis elle avait pris soin d'ajouter que je n'avais jamais eu de partenaire dans ma vie car j'avais le besoin maladif de tout contrôler.

Je détestais ça, quand elle avait raison.

— Noah, que me vaut cet honneur ? lança Georgia, à l'autre bout de la ligne.

— J'ai vu votre sculpture.

Bonne entrée en matière.

— Pardon ?

— Celle de l'arbre qui s'élève de l'océan. Je l'ai vue. Elle est incroyable.

Mes doigts se crispèrent sur le téléphone. À en croire Internet, c'était également la dernière qu'elle avait produite.

— Oh. (Moment de silence.) Merci.

— Je ne savais pas que vous étiez sculptrice.

— Oh, oui... Je l'ai été, il y a longtemps. Ça, c'était avant, dit-elle avec un rire forcé. En ce moment, je passe mes journées dans le bureau de grand-mère, à trier des montagnes de paperasse.

Sujet clos. *Bien noté*. Je réprimai donc mon envie de creuser – en tout cas, pour l'instant.

— Ah, la paperasse... Ma façon préférée d'occuper mes soirées, dis-je pour plaisanter.

— Eh bien, vous seriez au paradis, ici, car c'est un bazar sans nom, grommela-t-elle.

— J'adore quand vous me parlez comme ça...

Merde. Avec une grimace, je calculai mentalement combien me vaudrait un procès pour harcèlement sexuel. Mais qu'est-ce qui me prenait, bordel ?

— Pardon, je ne sais pas d'où c'est sorti.

Ça m'apprendra à la traiter comme une copine de fac.

— Ce n'est rien, répondit-elle en riant, et ce son me frappa en pleine poitrine comme un train de marchandises – son rire était merveilleux, et il m'arracha mon premier sourire depuis plusieurs jours. Bon, maintenant que je sais ce qui vous excite...

J'entendis en fond sonore un grincement que je reconnus. Elle venait de s'enfoncer dans son fauteuil.

— Ce n'est rien, je vous assure, répéta-t-elle tandis que son rire se calmait. Vous aviez besoin de quelque chose ? Parce que dès l'instant où je vous entends parler de *happy end*, je retourne à mes papiers.

Je grimaçai puis retirai mes lunettes pour me mettre à jouer avec l'une des branches.

— Nous pourrons y venir plus tard. J'essayais simplement d'ajouter quelques détails personnels, et je me demandais si votre arrière-grand-mère avait une fleur préférée.

Je pressai les paupières d'un air désespéré. *Tu es le pire des ringards, Morelli.*

— Oh, dit-elle d'une voix plus douce. Oui, elle adorait les roses. Elle a un immense jardin, à l'arrière de la maison, envahi de roses thé. Enfin, elle *avait* un jardin... Désolée, j'ai encore du mal à m'y faire.

— Ça demande du temps. (J'arrêtai de faire tourner mes lunettes et les posai sur mon bureau.) Il m'a fallu à peu près un an, après la mort de mon père, et pour être honnête, ça me fout les jetons quand ça m'arrive d'oublier qu'il nous a quittés. Et puis, le jardin est toujours là ; il est à vous, désormais.

Je jetai un coup d'œil à la photo de mon père et moi, debout à côté de la Jaguar de 1965 que nous avions passé une année à restaurer : elle serait toujours à lui, même si elle était aujourd'hui à mon nom.

— C'est vrai. J'ignorais que votre père était mort. Je suis désolée.

— Merci. (Je m'éclaircis la voix et reportai le regard sur la ligne d'horizon.) C'était il y a quelques années, et j'ai fait de mon mieux pour que ça ne fasse pas les gros titres. Tout le monde cherche à creuser mon passé afin de voir s'il y a une raison pour que toutes mes histoires aient... (*Tais-toi.*) ... une fin poignante.

— Et il y en a une ?

On m'avait posé cette même question au moins cent fois, et je répondais en général quelque chose du genre : « Je pense que les livres devraient refléter la vraie vie », mais ce coup-ci, je pris le temps d'y réfléchir.

— Pas de tragédie particulière, si c'est ce que vous cherchez à savoir. (Un sourire étira mes lèvres.) Je viens d'une famille de la classe moyenne typique. Mon père était mécanicien. Ma mère enseigne toujours. J'ai grandi avec les barbecues, les matchs des Mets et une sœur pénible que j'ai fini par apprécier. Déçue ?

La plupart des gens l'étaient. Ils s'imaginaient que j'avais grandi dans un orphelinat ou quelque chose d'aussi terrible.

— Pas du tout. Ça m'a l'air plutôt parfait, à vrai dire, commenta-t-elle tout bas.

— Quand j'écris, j'entre dans l'histoire, et la première chose que je vois chez un personnage, ce sont ses failles. La deuxième, c'est comment ces failles mèneront à sa rédemption... ou à sa destruction. C'est plus fort que moi. L'histoire se joue dans ma tête, et je n'ai plus qu'à la coucher sur le papier. (Je reculai et m'appuyai sur le bord de mon bureau.) Tragique, émouvant, poignant... c'est comme ça, je n'y peux rien.

— Hmmm.

Je pouvais presque la voir réfléchir à mes propos, la tête inclinée sur le côté. Ses yeux se plisseraient légèrement, puis elle hocherait la tête, comme pour accepter cette façon de penser.

— Grand-mère disait qu'elle voyait ses personnages comme des gens complexes au passé difficile qui vont tout droit vers la collision. Elle voyait leurs failles comme quelque chose à surmonter.

Je hochai la tête, comme si elle pouvait me voir.

— Oui. En général, elle se servait de ces failles pour leur donner une leçon d'humilité tout en prouvant leur dévotion de la manière la plus inattendue. Elle était vraiment douée pour ça.

C'était une chose que je ne maîtrisais pas encore – la rédemption ultime, le geste bouleversant. Mes histoires y parvenaient presque... juste avant que cette saleté de destin ne coupe l'herbe sous le pied à mes personnages.

— Oui, c'est vrai. Elle aimait... l'amour.

Je haussai les sourcils.

— Raison pour laquelle cette histoire a besoin de préserver cela, lâchai-je avant d'esquisser une grimace. (Un ange passa, puis un deuxième.) Georgia ? Vous êtes toujours là ?

Je savais que je l'entendrais raccrocher d'un instant à l'autre.

— Vous avez raison, dit-elle alors.

Il n'y avait pas de colère, dans sa voix, mais pas plus de flexibilité.

— L'amour est au cœur de cette histoire, mais ce n'est pas une romance. C'est pour ça que je vous l'ai confiée, Noah. Vous n'écrivez pas de romances, vous vous souvenez ?

Je clignai des yeux, saisissant enfin l'ampleur du fossé qui nous séparait.

— Mais je vous ai dit que je traiterais cette histoire comme telle...

— Non, vous m'avez dit que grand-mère était meilleure que vous dans ce genre. Vous m'avez promis que vous feriez ça bien. Je savais que cette histoire avait besoin d'une fin *poignante*, alors j'ai accepté que vous vous en chargiez. J'étais convaincue que vous seriez le plus à même de capturer ce qu'elle a véritablement vécu après la guerre.

— Putain...

Ce n'était pas l'Everest, c'était la lune, et tout cela reposait sur un affreux malentendu. Nos objectifs n'avaient jamais été les mêmes.

— Noah, si j'avais voulu que ce livre soit une romance, vous ne pensez pas que j'aurais demandé à Christopher de me recommander un autre auteur ?

— Pourquoi vous ne m'avez pas dit ça dans le Colorado ? l'interrogeai-je, la mâchoire crispée.

— Mais je l'ai fait ! Dans le hall d'entrée, je vous ai dit que la seule chose que vous ne pouviez pas faire était de leur donner une fin heureuse, et vous ne m'avez pas écoutée. Vous vous êtes contenté de me jeter un regard narquois avant de vous en aller.

— Parce que je pensais que vous me taquiniez !

— Eh bien vous vous trompiez !

— Je viens de le comprendre, oui ! (Je me pinçai l'arête du nez, cherchant un moyen d'avancer dans l'impasse évidente où nous nous trouvions.) Vous voulez vraiment que l'histoire de votre arrière-grand-mère soit triste et lugubre ?

— Elle n'était pas triste. Et ce n'est pas une romance !

— Ça devrait l'être. Nous pouvons lui donner la fin qu'elle mérite.

— Avec quoi, Noah ? Vous voulez terminer l'histoire de sa vraie vie avec une jolie petite fiction où ils courent l'un vers l'autre au beau milieu d'un champ, les bras grands ouverts ?

— Pas exactement. (*Allez, lance-toi.* C'était l'occasion ou jamais.) Essayez de l'imaginer en train de marcher sur une longue route sinueuse flanquée de pins, clin d'œil à la manière dont ils se sont rencontrés. Dès l'instant où il la voit...

J'avais toute la scène en tête ; c'était sublime.

— Vous ne pourriez pas faire plus cliché ?

— *Cliché ?!* (Je crus que j'allais m'étouffer. Je préférais encore qu'on me qualifie de sale type.) Je sais ce que je fais. Laissez-moi le faire !

— Vous savez pourquoi je n'arrête pas de vous raccrocher au nez ?

— Éclairez-moi, je vous en prie.

— Parce que vous vous fichez de ce que je vous dis, et que ça nous épargne une immense perte de temps.

Puis elle raccrocha.

— Bordel ! grondai-je en prenant soin de contrôler ma rage et de ne pas jeter mon téléphone à l'autre bout de la pièce.

Je ne me fichais *pas* de ce qu'elle disait. J'étais juste nul pour lui laisser les rênes, ce qui était une fois de plus un problème que je ne semblais pas avoir qu'avec cette femme.

Écrire était tellement plus facile que d'interagir dans la vraie vie. Les gens ne terminaient peut-être pas mes romans – ce qui revenait plus ou moins à me raccrocher au nez –, mais je n'avais aucune idée du nombre de personnes qui avaient abandonné leur lecture avant la fin. Moi, j'avais donné mon point de vue, c'était tout ce qui comptait. Si le lecteur refermait le bouquin d'un air écœuré, ce n'était pas face à moi.

Je me frottai le visage et lâchai un sifflement de pur agacement. J'avais enfin rencontré quelqu'un qui avait de plus gros problèmes de contrôle que moi.

— Un conseil, peut-être, Jameson ? lançai-je aux pages du manuscrit et de la correspondance que j'avais imprimées. D'accord, tu as réussi à continuer à communiquer en pleine zone de combat, mais tu n'as pas non plus eu à faire tomber les défenses de Scarlett par téléphone, hein !

Je m'accordai un moment pour m'immerger dans l'histoire, pour véritablement théoriser ce que Georgia me demandait, mais imaginer Scarlett apprendre à lâcher prise et à avancer, se condamnant fictivement à ce qui ne ressemblerait qu'à une demi-vie, paraissait beaucoup trop lourd, même pour moi.

Trois mois. C'était tout ce que j'avais pour non seulement convaincre Georgia que Scarlett et Jameson avaient besoin de terminer cette histoire ensemble et heureux, mais aussi pour écrire tout ça avec le style et la voix de quelqu'un d'autre. Un regard au calendrier me fit me rendre compte qu'il me restait en vérité moins de trois mois. Je lâchai un juron.

Je devais changer de tactique, ou il y avait une grande possibilité que je ne tienne pas une deadline pour la première fois de toute ma carrière.

8

Août 1940

Middle Wallop, Angleterre

Une vague de chaleur frappa le visage de Jameson tandis que le hangar numéro deux s'embrasait. L'explosion les fit décoller comme s'ils n'étaient rien d'autre que de vulgaires bouts de papier, mais il parvint à garder les bras enveloppés autour de Scarlett. Son dos prit le plus gros de l'impact, vidant ses poumons de tout oxygène alors que Scarlett atterrissait au-dessus de lui.

Il roula sur le flanc, s'efforçant de la protéger avec son corps autant qu'il le pouvait, les bombes s'enchaînant en l'espace de quelques battements de cœur furieux. Il avait vu au moins vingt pilotes mourir ces derniers mois, leur décès n'étant rien d'autre qu'une nouvelle photo punaisée au mur.

Pas Scarlett. Pas Scarlett.

Il lâcha un juron. La guerre venait finalement lui prendre un être qui lui était cher, ce qu'il avait justement voulu éviter en voyageant jusqu'en Europe. De toute son existence, il n'avait jamais eu autant envie d'abattre un avion ennemi.

Les oreilles sifflant atrocement, il se redressa sur les coudes et fouilla les yeux bleu cristal, sous son corps, ce qu'il espérait être les dernières bombes tombant non loin de là.

— Ça va ?

Il y avait de grandes chances qu'ils tentent une nouvelle attaque, d'autant que les hangars un et trois tenaient encore debout. Scarlett hocha la tête en clignant des yeux.

— Il faut que tu y ailles !

C'était lui qui hochait la tête, désormais.

— Alors vas-y ! cria-t-elle.

Il pouvait faire beaucoup plus pour la protéger dans les airs qu'en lui servant de bouclier au sol. Il se releva péniblement, puis l'aida à son tour. Une silhouette bougea à leur gauche, et une vague de soulagement envahit tout son corps quand il vit Howard se redresser lentement.

Son ami portait toujours sa casquette.

— Va au hangar numéro un ! lui cria Jameson.

Howard opina du chef et partit en courant.

Jameson prit le visage de Scarlett entre ses mains. Il y avait tellement de choses à dire, mais il n'avait pas le temps de le faire.

— Sois prudent, Jameson ! exigea-t-elle en l'implorant du regard.

Il déposa un baiser brûlant sur son front et pressa les paupières. Puis il vérifia par-dessus son crâne que la voiture n'avait pas été touchée, et il retrouva un peu plus de souffle en voyant Constance derrière le volant, Christine à ses côtés.

— *Toi*, sois prudente, lui ordonna-t-il en plongeant dans ses yeux une dernière fois.

Puis il s'arracha à elle et courut vers le hangar numéro un, s'obligeant à mettre en sourdine son inquiétude pour sa sûreté.

Les genoux tremblants, Scarlett regarda Jameson dépasser en courant les flammes qui avaient remplacé le hangar numéro deux. Elle avait plus peur pour lui que pour elle-même, mais celle qu'elle ressentait pour sa sœur rivalisait parfaitement. *Mon Dieu, Constance.*

Elle pivota sur ses talons et s'élança vers la voiture, manquant plusieurs fois de se prendre les pieds dans les débris éparpillés sur sa route.

Constance agitait fiévreusement les bras tout en regardant vers le ciel. Elle était en vie. Jameson était en vie.

Pour l'instant, c'était tout ce à quoi elle pouvait se raccrocher.

Scarlett ouvrit violemment la portière et se jeta sur la banquette arrière avant de refermer tout aussi brusquement.

Constance n'eut besoin d'aucune instruction ; elle était déjà en train de faire marche arrière.

— Dis-moi que tu vas bien ! cria-t-elle par-dessus son épaule tout en manœuvrant, puis elle passa la première.

— Oui, ça va. Et vous ? demanda Scarlett tandis que ses mains se mettaient à trembler.

Elle agrippa ses genoux puis siffla. Lorsqu'elle releva les paumes, elles étaient couvertes de sang.

— Aussi bien qu'on puisse l'être au vu de la situation, répondit Christine avec un sourire vacillant.

— Bien, souffla Scarlett.

En voyant que le bas de sa jupe affichait déjà des taches de sang, elle marmonna un juron et s'essuya les mains sur le tissu de son uniforme.

— Plus vite, Constance. Jameson sera sur le tableau.

Scarlett avait de l'énergie à revendre, malgré sa veille, et avait même enchaîné une autre mission en remplaçant une traceuse qui n'était pas venue. Constance refusait de la quitter, mais sa fatigue était palpable, et Scarlett finit par la faire s'allonger sur un lit de camp dans la salle de repos afin qu'elle dorme un peu. Quatre heures plus tard, elles seraient de nouveau toutes les deux de service.

Elle reprit alors le chemin du tableau.

Celui-ci était recouvert de balises suivant les raids qui bombardaient à cette heure les terrains d'aviation de la RAF partout en Angleterre, y compris celui qui se trouvait ici même. Les mouvements rapides des traceuses se faisaient dans le plus grand silence tandis que les officiers de contrôle, au-dessus d'elles, décidaient des manœuvres à suivre, relayaient leurs ordres et parlaient directement aux pilotes.

Pendant des heures, elle écouta la voix dans son casque, déplaçant les balises.
Numéro de code.
Taille estimée du raid.
Altitude.
Coordonnées.
Flèche.
Toutes les cinq minutes, la localisation des avions était mise à jour, et une nouvelle flèche marquait la direction du raid, changeant de couleur à chaque salve d'informations.
Rouge. Bleu. Jaune.
Rouge. Bleu. Jaune.
Rouge. Bleu. Jaune.
Elle restait concentrée sur sa tâche, sachant pertinemment que si elle laissait son esprit s'égarer, elle serait incapable d'accomplir pleinement son devoir. Sans elle et les femmes qui l'entouraient, les officiers de contrôle ne pourraient pas relayer les coordonnées aux pilotes qui se trouvaient dans le ciel.

Sans elle, Jameson pilotait à l'aveugle. Elle avait essayé de surveiller les drapeaux jaunes de la 609, fixés au-dessus des balises et qui signalaient dans quels raids ils étaient engagés, mais elle manquait de temps pour s'occuper d'une autre section que la sienne.

À la quatrième heure, elle aurait dû faire une pause, mais sa remplaçante n'était pas arrivée. Elle s'efforça de ne pas réfléchir aux pires raisons possibles.

À la huitième heure, cette fameuse pause aurait dû prendre fin. Quatre heures de service, quatre heures de pause – c'était la règle.

À la neuvième heure, Constance prit le contrôle de la section à sa droite.

À la dixième heure, Constance plaça une balise dans la section de Scarlett, comme elle l'avait fait un nombre incalculable de fois, les trajets des avions évoluant sur le tableau. Mais cette fois, elle prit une demi-seconde pour chercher le regard de sa sœur.

La balise portait un drapeau de la 609.

Jameson.

Scarlett sentit son ventre se nouer. Elle ne lui avait pas parlé depuis le bombardement du hangar. Elle avait prié pour qu'il soit revenu sain et sauf – peut-être même se reposait-il, à cette heure, mais le nœud dans son ventre lui disait qu'il était avec son escadrille, engagé dans un combat qui les opposait à une trentaine d'appareils allemands.

Toutes les cinq minutes, elle revenait à cette balise, la déplaçant le long du littoral et faisant passer la flèche à la couleur suivante. Toutes les cinq minutes, elle s'accordait une prière, souhaitant de toute son âme qu'il survive à cette nuit.

Même s'il choisissait de ne pas la croire au sujet d'Henry.

Même si elle ne devait jamais le revoir.

Il fallait qu'elle sache qu'il allait bien.

Par chance, on ne lui avait pas demandé d'assister l'officier de contrôle, car elle aurait alors entendu les voix des pilotes via la radio. Cela l'aurait rendue folle d'entendre le rapport des pertes subies.

À la douzième heure, ses bras tremblaient d'épuisement. Le drapeau de la 609 avait disparu de sa section, les manœuvres ralentissant. Le tableau serait sans aucun doute de nouveau rempli d'ici quelques heures. Les raids venaient par vagues, chacune plus meurtrière que ce qu'ils pouvaient se permettre de perdre.

Deux autres postes de radiogoniométrie avaient été détruits.

Elle avait perdu le compte du nombre de bases de la RAF qu'ils avaient bombardées.

Combien d'attaques encore pouvaient subir les terrains d'aviation ? Combien de soldats encore pouvaient-ils perdre ? Combien de pilotes...

— Tu es prête ? lui demanda Constance tandis qu'elles franchissaient le seuil de la salle des opérations.

— Oui, répondit-elle, la gorge sèche après toutes ces heures passées sans parler.

— Tes pauvres genoux... souffla sa sœur d'un air soucieux.

Scarlett baissa les yeux sur la jupe propre que son officier de section lui avait demandé d'enfiler, la sienne étant déchirée et pleine de sang ; elle vit ses genoux tout abîmés.

— Ce n'est rien.

— On va te faire couler un bain, lui proposa Constance avec un sourire tremblant, puis elle glissa son bras sous le sien. Christine, ça ne te dérange pas de conduire ?

— Aucun problème.

— Officier adjoint de section Wright ? lança une voix féminine et haut perchée, à l'autre bout du petit vestibule.

Les deux femmes firent volte-face pour découvrir leur officier de section qui venait vers elles.

— Scarlett, précisa-t-elle en lui faisant signe d'approcher.

Celle-ci tapota gentiment l'épaule de sa sœur puis rejoignit l'officier de section Gibson au milieu du vestibule.

— Madame ?

— Je voulais vous féliciter d'avoir su garder votre sang-froid, cette nuit. Peu de femmes auraient été capables de servir douze heures d'affilée, et encore moins après avoir été... victimes d'un raid.

Elle pinçait les lèvres, mais les yeux de son aînée débordaient de douceur.

— Je n'ai fait que mon travail, madame, répondit Scarlett.

Certains hommes faisaient beaucoup plus qu'elle, dans des circonstances bien pires. Elle leur devait au moins de faire de son mieux.

— En effet.

Puis elle la congédia d'un hochement de tête, mais Scarlett devina l'ombre d'un sourire sur ses lèvres avant que sa supérieure ne pivote sur ses talons.

Elle rejoignit Constance à la porte, puis les deux sœurs gagnèrent l'extérieur. Scarlett cligna des yeux, agressée par le soleil en dépit de sa casquette. La lumière du petit matin ne lui avait jamais paru aussi brutale.

Dans un hoquet, elle avisa alors la grande silhouette qui se tenait au milieu de la route, en uniforme.

— Jameson, murmura-t-elle, ses genoux menaçant de la lâcher face à la vague de soulagement qui la submergea.

Il couvrit la distance qui les séparait, la dévorant des yeux. Elle allait bien. Il avait fait deux missions, cette nuit, ne s'arrêtant que pour se ravitailler, avant de repartir, et il n'avait cessé de s'inquiéter pour elle.

— Le problème, quand on travaille pour les services secrets, c'est que personne ne peut me confirmer que tu es bien arrivée, lâcha-t-il d'une voix nouée par les sanglots, mais cela lui était égal.

— Oui, c'est vrai.

Elle le mangeait du regard, elle aussi, hantée par le même besoin d'être rassurée : ils étaient tous les deux en vie.

Sa sœur passa de l'un à l'autre avant d'annoncer :
— Je t'attends à la voiture.
— Je la raccompagne, déclara Jameson, incapable de détacher les yeux de Scarlett. Enfin, si tu acceptes.

Elle hocha la tête, et Constance s'éclipsa.

Seuls quelques centimètres les séparaient, et il savait que ce qu'il dirait ensuite réduirait ou agrandirait ce fossé. Il fallait donc choisir les bons mots. Il prit sa main et lui fit quitter la chaussée pour traverser l'herbe rase, jusqu'à ce qu'ils soient cachés à l'ombre d'un immense chêne.

Quand elle leva la tête vers lui, ses yeux bleus étaient chargés d'inquiétude. D'inquiétude, de soulagement, et du même désir qu'il éprouvait chaque fois qu'il la regardait.

Peut-être qu'à cet instant le meilleur moyen d'expression se passait de mots.

Il prit son visage entre ses mains et l'embrassa.

Enfin. Elle avait l'impression d'avoir attendu toute sa vie cet homme, ce baiser, ce moment, et il était enfin là. Elle ne ressentit aucune hésitation, ne laissa échapper aucun hoquet de surprise quand il caressa sa bouche de la sienne dans un tendre baiser.

Elle fit remonter les mains sur son torse, les posant juste au-dessus de son cœur. Puis elle lui rendit son baiser, se dressant sur la pointe des pieds pour mieux se donner à lui. C'était comme s'il venait de jeter une allumette dans un tas de petit bois – elle s'était embrasée.

Le baiser s'intensifia, et Jameson fit jouer sa langue sur sa lèvre inférieure avant de la mordiller. *Oui.* Elle en voulait plus. Lorsqu'elle s'ouvrit à lui, sa langue vint caresser la sienne, goûtant aux trésors de sa bouche.

Il était vraiment doué.

Une vague de chaleur se mit à lui chatouiller l'épine dorsale, incendiant sa peau et effaçant toute trace de bon sens. Elle fourra les mains dans son uniforme et s'abandonna entièrement, l'attirant plus encore contre elle, même si elle les sentait vaciller vers l'arrière. Son dos percuta l'arbre, mais elle ne réagit pas. Jameson avait un goût de pomme, mais aussi quelque chose de plus profond, de plus sombre. Plus. Elle en voulait plus.

Elle voulait l'embrasser chaque jour du reste de sa vie.

Le grognement qu'il poussa résonna à travers tout son corps quand elle décida d'explorer sa bouche comme il l'avait fait avec la sienne, mordillant sensuellement sa lèvre inférieure.

— Scarlett, susurra-t-il, puis son baiser redoubla d'intensité, et il enroula une main autour de sa taille pour la serrer plus fort.

Mais ça ne suffisait pas. Elle voulait sentir chacun de ses souffles, chacun de ses battements de cœur ; elle voulait vivre *dans* ce baiser, où il n'y avait ni bombes ni raids, rien qui puisse l'arracher de ses bras.

Elle saisit sa nuque des deux mains et se cambra contre lui tandis qu'il déposait de délicats baisers au coin de ses lèvres. Elle sentait un désir pur et vorace lui ronger le ventre, et elle planta ses ongles dans sa peau, électrisée par cette sensation. Jameson dessinait un chemin de baisers ardents sur sa nuque, et elle inclina la tête pour mieux s'abandonner à lui.

Il atteignit le col de son uniforme et, avec un nouveau grognement, revint sur sa bouche. Leur baiser était comme une spirale incontrôlable qui menaçait de l'emporter tout entière. Elle ne s'était jamais sentie aussi consumée par une autre personne, ne s'était jamais autant donnée à quelqu'un. Dans cet élan de passion, elle prit alors conscience qu'elle avait été trop hésitante, trop prudente pour l'admettre jusqu'ici : Jameson était le seul qu'elle voudrait de cette manière. Agrippant ses hanches de ses mains puissantes, il ralentit le rythme de leur baiser jusqu'à ce que ce ne soit plus que de douces caresses entre leurs lèvres.

— Jameson, murmura-t-elle tandis qu'il posait son front contre le sien.

— Quand j'ai vu ces bombes pleuvoir sur nous, je n'ai pas su comment te protéger, grogna-t-il en serrant plus fort sa taille.

— Tu ne le peux pas, souffla-t-elle. Il n'y a rien que nous puissions faire pour assurer la survie l'un de l'autre.

Du bout des doigts, elle caressait le creux de sa nuque.

— Je le sais, et ça me tue.

— Je ne l'épouserai pas, déclara-t-elle en sentant son ventre se nouer. Je veux que tu le saches. J'ai passé toute la nuit à suivre l'avancée des raids, et l'idée de te perdre... L'idée de te savoir là-haut en t'imaginant je ne sais quoi... (Elle secoua la tête.) Je ne l'épouserai pas.

— Je sais. (Il la gratifia d'un nouveau baiser tendre.) J'aurais dû te laisser t'expliquer. J'ai cru que je n'allais jamais me remettre du choc.

— Ça ne s'arrêtera pas là, le prévint-elle. Si mes parents ont été capables de ça, ils iront plus loin. Il y aura d'autres rumeurs, d'autres articles, plus de pression encore. Tant que tu connais la vérité, je peux faire face.

Il hocha la tête et déglutit, une expression peinée traversant son visage avant qu'il ne reporte les yeux sur elle. L'intensité qu'elle découvrit dans son regard lui coupa le souffle.

— Je suis amoureux de toi, Scarlett Wright. J'ai fait tout mon possible pour lutter, pour y aller plus lentement, pour te donner le temps et l'espace dont tu avais besoin. Mais cette guerre ne nous donnera pas ce temps, et après la nuit dernière, je refuse de le cacher. Je suis amoureux de toi.

Scarlett sentait son cœur palpiter follement.

— Moi aussi, je suis amoureuse de toi.

Quel était l'intérêt de fermer les yeux sur ces sentiments ? De ne pas s'abandonner, quand tous deux ignoraient s'ils seraient en vie le lendemain ?

Le sourire qui illumina le visage de Jameson faisait écho au sien, et pour la première fois depuis ce qui lui paraissait être une éternité, Scarlett s'autorisa à laisser ce bonheur irradier en elle, se répandre dans chaque fibre de son être. Mais maintenant qu'ils s'étaient avoué leur amour, qu'allaient-ils en faire ?

— J'ai entendu dire que les Américains allaient avoir leur propre escadrille, murmura-t-elle.

Une autre escadrille serait synonyme de transfert.

— Oui, moi aussi, soupira-t-il, et un muscle de sa mâchoire se mit à tressauter.

— Qu'allons-nous faire ? demanda Scarlett d'une voix brisée.

— Nous allons affronter tout ça : tes parents, la guerre, toute la Royal Air Force, déclara-t-il avec un sourire bref. Nous le ferons ensemble. Tu m'appartiens, Scarlett Wright, et je t'appartiens. Dorénavant, nous n'avons plus de secrets l'un pour l'autre.

Elle hocha la tête puis déposa un tendre baiser sur ses lèvres.

— Très bien. Maintenant, ramène-moi avant que nous ne fassions quelque chose qui risque de nous mener tous les deux à la cour martiale.

— Oui, madame, dit-il avec un grand sourire.

Elle savait que ce qui les attendait pouvait anéantir cette émotion inédite et puissante qui lui envahissait la poitrine. Mais à cet instant, ils étaient en sécurité, ils étaient ensemble, et ils étaient amoureux.

9
Georgia

Mon tendre Jameson,
Nous voilà de nouveau contraints de nous écrire. Je donnerais n'importe quoi pour aller au-delà du papier, tendre le bras sur les longs kilomètres qui nous séparent simplement pour te toucher, pour sentir ton cœur qui bat. Combien de fois encore cette guerre nous séparera-t-elle avant de nous permettre d'être heureux ? Je sais que nous avons de la chance, que nous avons été affectés au même endroit plus longtemps que la plupart des gens, mais je fais preuve d'impatience quand il s'agit de toi, et rien ne peut remplacer ce que j'éprouve lorsque tes bras m'enveloppent. Mais ne t'inquiète pas, les miens ne serrent que l'autre Mr Stanton, et il illumine un peu plus chaque jour qui nous voit séparés...

Je lançai un regard noir à mon téléphone pour peut-être la milliardième fois, cette semaine-là. Pile quand je pensais que Noah comprendrait, qu'il intégrerait enfin le simple fait que je ne céderais pas, il avait rappelé et suggéré une nouvelle conclusion à l'eau de rose pour l'histoire de grand-mère. Et chacune était pire que la précédente.

Comme celle d'aujourd'hui.

— J'ai mal entendu ? Vous voulez le faire surgir d'un gros cadeau de Noël ?

J'écartai le téléphone de mon oreille et jetai un coup d'œil à l'écran, m'assurant que c'était bien Noah au bout du fil. Oui, c'était son numéro, et sa voix grave et sexy – aussi douloureux cela soit-il pour moi de l'admettre – qui me débitait une histoire ridicule.

— Exactement. Visualisez juste...

— Vous avez complètement perdu la tête, et à ce rythme, je risque aussi de perdre la m... (Je plissai les yeux.) Ce n'est pas votre vraie fin, n'est-ce pas ? Aucune de vos suggestions ne l'est.

— Je ne vois pas de quoi vous parlez. C'est la célébration de l'amour et de l'espoir.

Il était sérieux. Il avait même l'air vexé.

— C'est ça. Vous me balancez vos suggestions les plus atroces pour m'avoir à l'usure et me faire réfléchir à votre véritable idée, pas vrai ?

Je terminai de me préparer un thé puis pris la direction du bureau de grand-mère – mon bureau.

— Pour tout dire, j'avais une idée plus... poignante, également.

Il y eut un bruit, comme s'il venait de se jeter sur son canapé – ou son lit. Non pas que je m'autorise à penser à son lit. Certainement pas.

— Très bien. Je vous écoute.

Je posai ma tasse sur un sous-verre et allumai mon ordinateur. J'avais repoussé un maximum de choses durant mon divorce, ce qui signifiait que j'avais eu six mois de correspondance relative à la succession de grand-mère à traiter, à mon retour, mais j'avais quasiment fini.

— Bon, ils sont sur un paquebot, en plein milieu de l'Atlantique, convaincus qu'ils s'en sont tirés, et *bam !* un U-Boot les fait couler.

Ma mâchoire se décrocha.

— Euh... c'est... sombre.

Mais au moins cherchait-il à coller à mon point de vue.

— Attendez ! Donc, le bateau coule, Jameson les dirige vers un canot de sauvetage, mais il n'y a pas assez de place pour tous les deux. Scarlett est déchirée entre prendre cette dernière place, pour sauver William, et fendre la foule en proie à la panique pour trouver un autre canot.

Je plissai le front. *Attends une minute...*

— Il faudrait ajouter un peu d'action pour faire haleter le lecteur, mais dans le tableau final, ils se retrouvent tous les deux dans l'eau. Jameson fait alors grimper Scarlett sur ce qu'il reste des débris...

— C'est pas vrai ! Vous n'allez tout de même pas me faire la fin de *Titanic* ! m'écriai-je d'une voix si aiguë que je grimaçai.

— Hé, vous vouliez quelque chose de triste !

— Incroyable. C'est toujours aussi compliqué de travailler avec vous ?

— Je l'ignore, car je ne travaille avec personne d'autre qu'Adam, qui n'a pas le droit d'émettre la moindre suggestion avant que j'aie terminé. (Son ton se durcit.) Bon, vous êtes prête à discuter de véritables options ?

— Du genre ? Il débarque en avion et atterrit devant chez eux ? Oh, non, je sais ! Il sprinte à travers le port pour la rattraper avant qu'elle n'embarque sur un bateau, style comédie romantique avec un petit twist des années quarante ? (Je tapai mon mot de passe avec beaucoup trop de virulence.) C'est non à tout ça.

— Je pensais plutôt à un chiot tout mignon qui aurait une clé accrochée à son collier... lâcha-t-il en optant pour le sarcasme.

— Raaah !

Puis je raccrochai.

La tête de ma mère surgit derrière la porte.

— Tout va bien ? demanda-t-elle, tout sourire.

— Oui. C'est juste ce... (Mon téléphone se remit à sonner.) Noah, dis-je avec un profond soupir en voyant son nom apparaître sur mon écran. Quoi ? aboyai-je en décrochant.

— Vous savez à quel point c'est puéril de raccrocher au nez de quelqu'un avec qui vous avez accepté de travailler ? lança-t-il d'un air si détaché que cela ne fit qu'attiser ma frustration.

— La satisfaction que j'en tire vaut largement ce qui pourrait être vu comme un manque de maturité.

Ou peut-être me réjouissais-je simplement du fait de *pouvoir* raccrocher. C'était la première fois depuis six ans que je n'étais à la disposition de personne.

— Donc, pour reprendre : et si nous terminions dans un magnifique verger, où ils seraient en train de pique-ni...
— Noah.
— Mais là, Jameson se fait piquer par une abeille – non, des dizaines d'abeilles, et il est allergique...
— On n'est pas dans le film *My Girl* !
Les sourcils de ma mère se décrochèrent presque de son crâne.
— Vous avez raison. Alors discutons de la manière dont nous pourrions leur donner véritablement un *happy end* qui saura plaire aux lecteurs.
— Au revoir, Noah, dis-je avant de raccrocher.
— Georgia ! hoqueta ma mère.
— Quoi ? Je lui ai dit au revoir. Ne t'inquiète pas. Il rappellera demain, et ça recommencera tout pareil.
Cela faisait des semaines que nous tournions en rond.
— Tout se passe bien, avec le livre ? m'interrogea-t-elle en s'asseyant dans le fauteuil où s'était installé Noah.
La situation était encore un peu tendue entre nous, mais je partais du principe qu'elle le serait toujours. Et je devais admettre que c'était assez agréable de l'avoir ici. Savoir qu'elle avait prévu de rester jusqu'à Noël avait apaisé la tension et m'avait même donné l'espoir que nous trouvions un équilibre. Après tout, nous étions tout ce que l'autre avait, depuis que grand-mère était partie.
— Il n'est toujours pas d'accord avec moi pour la fin, dis-je en me frottant l'arête du nez.
— C'est ça qui bloque tout ?

Je rouvris les yeux et la découvris en train de regarder la photo encadrée de grand-mère et son fils William alors que celui-ci avait une vingtaine d'années. Je ne l'avais jamais connu – il était mort quand ma mère avait seize ans.

J'étais née moins d'un an plus tard.

— En tout cas, ça le bloque *lui*, étant donné qu'il refuse de commencer tant que nous ne sommes pas tombés d'accord sur ce qui devrait se passer à la fin. (Je ne m'étais jamais autant réjouie d'une clause de contrat.) Si je l'écoutais, ce serait le monde des Bisounours.

Ma mère se tourna vers moi, le front plissé.

— Comme le reste des livres de grand-mère, donc.

— Certes.

Je jetai un coup d'œil à ma montre ; il me restait vingt minutes avant ma réunion téléphonique avec mes avocats.

— Et tu trouves que c'est mal ?

Je fis pivoter le fauteuil à roulettes pour récupérer l'épais dossier que mon équipe juridique avait passé en revue la semaine précédente.

— Je pense que ce n'est pas ce qui correspond à cette histoire.

— Mais c'est lui, l... commença ma mère avant de pincer les lèvres.

— Vas-y, je t'en prie, dis-je en ouvrant le dossier.

— Eh bien... C'est lui, l'expert, Gigi. Pas toi.

Ce satané surnom me figea en plein geste.

— Il est peut-être expert pour inventer ses propres histoires, mais entre Noah Harrison et moi, quand il s'agit de grand-mère, je dirais que c'est *moi*, l'experte.

Puis je me remis à compulser mon dossier.

— Je trouve juste que c'est un peu ridicule de mettre le contrat en veille parce que vous avez des divergences créatives, tu ne trouves pas ? (Elle croisa les jambes, le front de plus en plus plissé.) Ne serait-ce pas mieux de mettre ça derrière vous afin que tu puisses vraiment t'occuper de ta vie ?

— Maman, le contrat est signé. Ça fait un mois, maintenant.

On ne parlait que de ça, dans les journaux, d'ailleurs... bonjour la discrétion. Helen répondait à des dizaines d'appels au sujet des droits subsidiaires. Je n'avais jamais été aussi heureuse d'être partie de New York. Ici, au moins, je pouvais faire suivre les e-mails ou refuser les appels de gens qui, je le savais, ne voulaient qu'avoir accès au manuscrit.

À New York, il m'était même impossible d'aller au petit coin lors d'un cocktail sans que quelqu'un du métier vienne me poser des questions sur grand-mère. Mais étant donné que j'accompagnais toujours Damian, peut-être n'assistais-je tout simplement pas aux bons cocktails...

— Donc, ce petit... conflit avec Noah Harrison ne bloque pas le contrat ? reprit ma mère en se penchant en avant.

— Non. Le marché est conclu.

— Alors pourquoi l'avance n'a toujours pas été virée ?

Je braquai les yeux sur elle.

— Quoi ?

Elle se mit à remuer dans son fauteuil, le visage marqué de rides d'inquiétude.

— Je croyais que la maison d'édition était censée payer l'avance une fois le contrat signé ?

— Oui, mais l'argent n'est pas remis en une fois. Ils ont besoin de temps.

Mon estomac se noua, ce que je décidai d'ignorer. Ma mère faisait de son mieux, et je devais lui donner une chance. Tirer des conclusions hâtives ne ferait que ternir de nouveau notre relation.

— Comment ça, l'argent n'est pas remis en une fois ?

Les sonnettes d'alarme se mirent à résonner sous mon crâne, mais il n'y avait rien d'autre que de la pure curiosité dans son regard. Peut-être s'intéressait-elle enfin à tout cela ?

— L'avance est divisée en trois. Une partie à la signature, une partie à la remise du manuscrit et une partie à la publication du livre.

— En trois, répéta-t-elle en haussant les sourcils. Intéressant. C'est toujours comme ça que ça se passe ?

— Tout dépend du contrat, dis-je avec un haussement d'épaules. La première partie ne devrait plus tarder. Tu peux surveiller ton compte en banque. Si ça n'arrive pas, dis-le-moi, et je demanderai à Helen de se renseigner.

— OK, je vais faire ça, me promit-elle avant de se lever. On dirait que tu t'apprêtes à travailler, alors je vais te laisser tranquille et voir ce que Lydia nous a laissé pour dîner.

Je remuai dans mon fauteuil, mal à l'aise.

— Maman ?

— Hmmm ? fit-elle en pivotant sur le seuil.

— Je suis contente que tu sois là, dis-je avant de déglutir pour essayer de déloger cette satanée boule, dans ma gorge.

— C'est normal que je sois là, Gi… (Elle se reprit en grimaçant.) Georgia. Tu sais, ça m'a beaucoup aidée d'être entourée, après mon premier divorce. (Son sourire s'étiola.) Il m'a pris quelque chose de précieux, et c'est ton arrière-grand-mère qui m'a remise sur pied et m'a rappelé qui j'étais. Une Stanton. C'est la seule fois où j'ai eu du mal à tirer un trait, crois-moi. (Ses doigts commençaient à blanchir, sur la poignée de la porte.) N'abandonne jamais ton nom, Georgia. Il y a du pouvoir à être une Stanton.

Mon écran s'illumina. L'équipe juridique.

— Ton nom ? C'est ça, ce que ton premier divorce t'a pris ?

Dis que c'est moi. Que c'est moi que ça t'a coûté.

— Non. C'est moi qui ai été assez naïve pour le lui donner, mais j'avais vingt ans. Il m'a pris l'espoir. (Elle désigna mon téléphone.) Tu ferais mieux de décrocher.

Un léger mouvement des doigts, et elle était partie.

Très bien.

Je décrochai et portai le téléphone à mon oreille.

— Georgia Stanton.

Deux jours plus tard, Hazel et moi sortions du Poplar Pub après nous être payé un déjeuner auquel j'avais à peine touché. Plus rien ne semblait avoir de goût. Je ne voyais la nourriture que comme un moyen de subsister.

— Alors, on en est à combien ? lança Hazel tandis que nous longions Main Street.

Avec l'accalmie de la saison touristique et les enfants qui avaient repris le chemin de l'école, nous jouissions d'une paix que nous ne retrouverions qu'après la saison de ski, pour ces quelques semaines qui précédaient les vacances d'été.

— Je ne tiens pas vraiment le compte, tu sais.

Noah appelait. Noah argumentait. Je raccrochais. C'était aussi simple que ça.

— Tu as à peine touché à ton déjeuner, remarqua-t-elle en m'examinant par-dessus ses lunettes de soleil avant de coincer une boucle derrière son oreille.

— Je n'avais pas faim.

— Hmmm, marmonna-t-elle, les yeux plissés. Bon, je pensais aller chez Margot pour une petite pédicure, étant donné que tu m'as aidée à classer tous les cahiers d'exercices du centre en un temps record et que la mère d'Owen garde les enfants pour l'après-midi. Qu'est-ce que tu en dis ?

— Fais-toi plaisir. Tu mérites bien de te faire chouchouter.

Avec un sourire, je m'écartai pour laisser passer Mrs Taylor et son mari. C'était quelque chose qui m'avait manqué – le simple fait de reconnaître quelqu'un dans la rue. New York grouillait toujours d'activité, sa marée de piétons composée uniquement d'inconnus fonçant droit devant.

— Toi aussi.

— Oh.

Nous passâmes devant ma crèmerie préférée, et la boulangerie Grove Goods, dont les roulés à la cannelle du jeudi embaumaient toute la rue. Ma voiture était à un pâté de maisons.

— Georgia… soupira-t-elle, puis elle m'attrapa le coude tandis que nous nous arrêtions devant la librairie. Tu as l'air un peu plus à l'ouest que d'habitude, aujourd'hui.

Il était inutile de cacher quoi que ce soit à Hazel.

— Tout va bien quand je suis occupée, ce que j'ai été jusqu'ici. Entre le déménagement, le ménage, le contrat du livre, les papiers de grand-mère… Tout ça m'a permis de rester concentrée sur ce que j'avais à faire, mais désormais… (Je poussai un soupir et observai cette ville que j'aimais tant.) Rien, ici, n'a changé. Les bâtiments, les odeurs…

— Et c'est une bonne chose ? demanda mon amie en hissant ses lunettes sur son crâne.

— C'est super. C'est juste que *moi*, j'ai changé, et j'ai besoin de voir où est ma place. C'est difficile à expliquer… C'est comme si j'avais la bougeotte.

— Tu sais ce qui aiderait ? lança-t-elle avec un sourire espiègle.

— Je te jure, si tu dis « une pédicure »…

— Tu devrais te taper Noah Harrison.

— C'est ça, oui, dis-je en renâclant.

Ma température s'éleva à cette simple idée. *Ça suffit.*

— Je ne plaisante pas ! File à New York pour le week-end, règle cette histoire de bouquin et tire un bon coup. (Elle fit un grand sourire à Peggy Richardson, qui nous doublait et qui, au vu de son air ahuri, avait tout entendu.) On appelle ça faire d'une pierre deux coups. Salut, Peggy ! conclut-elle en lui faisant un signe de la main.

Celle-ci ajusta la bandoulière de son sac et poursuivit son chemin comme si de rien n'était.

— Tu es incroyable, commentai-je en levant les yeux au ciel.

— Allez, quoi ! Si tu ne le fais pas pour toi, fais-le pour *moi*. Tu as vu cette photo de lui à la plage que je t'ai envoyée hier ? On pourrait tout faire, sur des tablettes pareilles...

Puis elle glissa son bras sous le mien, et nous nous remîmes en route d'un pas délibérément lent.

— J'ai vu la *trentaine* de photos que tu m'as envoyées...

En effet, Noah avait des abdos à tomber, et la peau qui s'étirait sur les muscles de son torse et de son dos était sublimement tatouée. Selon l'article qu'elle m'avait fait suivre, il en avait un pour chaque livre écrit.

— Et ça ne te donne pas envie de te le taper ? Parce que dans ce cas, je le mets sur ma liste d'amants potentiels tout de suite ! Je suis même prête à dégager Scott Eastwood pour lui.

— Je n'ai jamais dit que je n'en avais pas envie... (Je grimaçai et pressai les paupières.)

Écoute, même si lui le voulait, je n'ai jamais été du genre à coucher avec le premier venu, et il est hors de question que le type qui termine le livre de grand-mère me serve de Kleenex. Point.

— Mais tu en as envie, répliqua-t-elle, les yeux pétillants. Et bien sûr qu'il en a envie, lui aussi – tu es canon. Tu es divorcée, et pour rappel je sais très bien que Damian ne te satisfaisait pas, de ce côté-là.

— Hazel ! sifflai-je en jetant un regard derrière moi – par chance, nous étions seules.

— Bah quoi, c'est vrai ! Et je me préoccupe juste de toi. Je sais que tu as un faible pour les types sombres et créatifs. Tu as vu ces tatouages ? Il dégage cette vibe classique de bad boy, et tu en connais beaucoup, toi, des auteurs bad boys ?

— Il y en a tout un tas à travers le monde.

— Ah oui ? Comme qui ?

— Euh... Hemingway ? lançai-je en clignant des yeux.

Mauvais choix.

— Il est mort. Fitzgerald aussi. Dommage.

— Je te suis pour une pédicure si tu acceptes de passer à autre chose.

— Très bien, déclara-t-elle avec un grand sourire. Pour l'instant. Mais je pense quand même que tu devrais te le taper.

Je secouai la tête – c'était une idée purement ridicule – et vis Dan Allen derrière la vitrine de la boutique de Mr Navarro.

— Dan est vraiment agent immobilier ?

Il doit être en train de préparer le mandat de vente.

— Oui. Il nous a aidés à trouver notre maison, l'année dernière, répondit Hazel avant de faire signe à Dan, qui nous avait surprises en train de l'observer.

— Ça ne te dérange pas qu'on prenne cinq petites minutes avant la pédicure ?

Je jetai un nouveau regard aux larges vitrines qui flanquaient la porte, m'imaginant la lumière qui s'y déverserait dans quelques heures, lorsque le soleil de l'après-midi viendrait les frapper.

— Pas de problème.

Je poussai la lourde porte en verre et entrai dans la boutique. Disparus, les aquariums géants et les sacs de foin pour hamsters. Même les étagères n'étaient plus là. L'espace était vide à l'exception de Dan, qui nous accueillit avec un sourire charismatique qui n'avait pas changé depuis le lycée.

— Georgia ! Ça fait tellement longtemps ! Sophie m'a dit qu'elle t'avait vue en ville.

Il s'avança vers nous et nous serra la main tour à tour.

— Salut, Dan. (Mon regard contourna sa silhouette dégingandée pour se poser au fond de la boutique.) Désolée de débarquer comme ça, mais j'étais curieuse de voir l'intérieur.

— Oh, tu cherches un espace commercial ?

— Non... je suis juste curieuse.

Cherchais-je quelque chose ? Était-ce même réalisable ?

— Elle est curieuse, répéta Hazel avec un grand sourire.

Il passa alors en mode agent immobilier, s'épanchant sur la généreuse superficie tout en nous faisant longer le seul meuble qui restait, le comptoir en verre sur lequel j'avais payé mon premier poisson rouge.

— Comment ça se fait que ça ne soit pas encore vendu ? demandai-je alors qu'il ouvrait la porte de derrière qui menait à une réserve. Mr Navarro nous a quittés il y a quoi, un an ?

— Ça fait environ six mois que la boutique est sur le marché, mais la réserve... Bref, je vais te montrer.

Il alluma une lampe de poche, et nous le suivîmes dans une immense pièce brute.

— Ouah.

Il y avait deux grandes portes de garage, un sol et des murs de ciment, et quelques rangées de lumières fluorescentes qui pendaient de hauts plafonds.

— Il y a plus d'espace ici que dans la boutique, ce qui avait plu à Mr Navarro, car ça lui permettait de ne pas empiéter sur l'allée de madame avec sa passion pour les voitures de collection...

Oui. C'était le lieu idéal pour un four. À allumer juste en journée, peut-être. Un four de réchauffage, bien sûr. L'alcôve était idéale pour un four de recuisson. J'examinai ensuite le plafond. Il était haut, mais des évacuations de bonne taille ne feraient pas de mal.

— Je connais cet air, commenta Hazel derrière moi.

— Il n'y a aucun air, répondis-je, visualisant déjà l'endroit idéal pour installer un banc.

— Combien ils en veulent ? demanda mon amie.

Le prix me fila un coup sur la tête. Si on ajoutait les frais de démarrage, j'y laisserais quasiment toutes mes économies. Le simple fait d'y penser était le signe d'une grande naïveté, et pourtant c'était exactement ce que j'étais en train de faire. Après avoir demandé à Dan de m'appeler s'il obtenait une offre, nous partîmes faire notre petite pédicure.

Hazel envoya un message à sa mère pour lui proposer de nous rejoindre ; je fis la même chose avec la mienne, mais elle ne répondit pas. Il faut dire qu'elle dormait beaucoup, en ce moment.

Mes orteils arborant la teinte Rose Corail d'Été, je m'arrêtai dans le garage, les parties logique et créative de mon cerveau déjà en guerre, listant toutes les raisons pour lesquelles je ne devrais même pas songer à acheter la boutique. Cela faisait des années que je n'avais pas mis les pieds dans un atelier. Lancer son entreprise était quelque chose de risqué. Et si je me plantais de manière aussi spectaculaire que pour mon mariage ? *Au moins, ça ne fera pas la une des journaux.*

Je me débarrassai de mes clés, qui tombèrent sur le plan de travail de la cuisine en tintant.

— C'est toi, Gigi ? appela ma mère de l'entrée.

Je levai les yeux au ciel et partis dans sa direction.

— Oui, c'est moi. J'ai une idée de dingue. Oh, et je t'ai envoyé un SMS, tout à l'heure, pour te proposer une pédicure...

Ma mère souriait, sa coiffure et son maquillage impeccables, ses valises posées à ses pieds, en rang, comme des canetons. Son sac à main de grand couturier se balançait sur son épaule.

— Oh, parfait ! J'espérais pouvoir te voir avant de partir.

— Partir où ?

Je croisai les bras sur ma poitrine et me frottai la peau afin de chasser la chair de poule qui venait de l'envahir. Il n'y avait rien à faire contre le haut-le-cœur, malheureusement.

— Ian a appelé, et il se trouve qu'il a un petit souci, alors je fais un saut à Seattle pour l'aider, déclara-t-elle en sortant son téléphone de sa poche.

Ian. Mari numéro quatre. Celui qui aimait les jeux d'argent.

Les pièces s'assemblèrent pour former un puzzle que j'aurais franchement préféré m'épargner.

— L'avance est tombée, pas vrai ? dis-je d'une voix faible qui trahissait parfaitement ce que je ressentais.

— Contente que tu poses la question ! Oui ! s'exclama-t-elle, rayonnante. Vu que je ne voulais pas que tu te tracasses inutilement, j'ai dit à Lydia de s'assurer que la maison soit remplie de provisions.

Des provisions. D'accord.

— Quand est-ce que tu rentres ?

C'était une question ridicule, mais je devais la poser.

Elle arracha le regard de son téléphone, croisant le mien dans un éclair de culpabilité.

— Tu ne rentres pas.

C'était un constat, pas une question.

— C'est vexant que tu penses ça, commenta-t-elle avec un air peiné.
— Pourquoi ? Tu comptes rentrer ?
— Eh bien... pas tout de suite. Ian va avoir besoin que je veille un peu sur lui, et c'est peut-être l'occasion de ranimer la flamme. Il y a toujours eu cette électricité entre nous ; elle n'a jamais disparu, marmonna-t-elle en triturant son téléphone. J'ai appelé un Uber. Ils lambinent ici !
— C'est une petite ville.
Je balayai le vestibule des yeux, des portes-fenêtres qui donnaient sur le salon aux photos encadrées sur les murs. Tout pour ne pas la regarder elle. La bile m'avait envahi la gorge, et mon cœur hurlait tandis que les fils fragiles que j'y avais méticuleusement cousus cédaient les uns après les autres.
— Oh oui, j'ai remarqué, dit-elle en secouant la tête.
— Et Noël, alors ?
— Les plans changent, chérie. Mais tu es de nouveau d'aplomb, et dès que tu te sentiras prête à affronter le reste du monde, tu retourneras à New York, Gigi. Tu croupiras si tu restes ici. Comme tous les autres. (Elle balayait ses applications du doigt.) Ah, sept minutes ! Enfin !
— Ne m'appelle pas comme ça.
Ses yeux se braquèrent sur moi.
— Quoi ?
— Je t'ai déjà dit que je détestais ce surnom. Arrête de l'utiliser.

— Oh, excuse-moi, après tout, je ne suis que ta mère, répliqua-t-elle avec un regard chargé de sarcasme.

— Tu as conscience qu'il ne fera que vider ton compte en banque pour mieux te jeter ensuite ?

C'était exactement ce qu'il avait fait la première fois, moment qu'avait choisi grand-mère pour la retirer de son testament.

Les yeux de ma mère n'étaient plus que deux fentes.

— Tu n'en sais rien. Tu ne le connais pas.

— Mais *toi*, tu devrais le connaître.

Un tic nerveux faisait tressauter un muscle sur ma mâchoire, et j'accueillis volontiers la rage qui inondait ma poitrine, enveloppant comme du Kevlar mon cœur en pleine hémorragie. Je l'avais crue, comme une pauvre naïve de cinq ans. J'avais cru qu'elle serait là pour moi, cette fois, même si ce n'était que pour quelques mois.

— Je ne comprends pas ce qui te rend si mauvaise, dit-elle en secouant la tête, comme si c'était moi qui distribuais les coups. Je suis restée pour toi, ai pris soin de toi, et maintenant, je mérite d'être heureuse, comme toi.

— Comme moi ? répétai-je en faisant courir mes mains sur mon visage. Je ne suis *pas* comme toi.

Son expression s'adoucit.

— Oh, mon petit cœur... Tu es partie à la fac, et qu'est-ce que tu as trouvé ? Un homme seul et plus âgé pour s'occuper de toi. Tu as peut-être été diplômée, mais sois honnête : ce n'était pas le savoir que tu cherchais. Tu étais à la chasse au mari, exactement comme moi au même âge.

— C'est faux, rétorquai-je. J'ai rencontré Damian sur le campus alors qu'il cherchait des idées de lieux de tournage.

De la pitié. Oui, c'était bien de la pitié qui exsudait de son regard.

— Oh, chérie, et tu ne penses pas que le fait de t'appeler Stanton avait quelque chose à voir avec son intérêt ?

Je dressai fièrement le menton.

— Il ne le savait pas quand on s'est rencontrés.

— C'est ce dont tu te persuades, commenta-t-elle en jetant un nouveau coup d'œil à son téléphone.

— C'est vrai !

Ça l'était forcément. Ou les huit dernières années de ma vie étaient un mensonge.

Ma mère inspira profondément et leva les yeux vers le ciel, comme priant pour un peu de patience.

— Ma pauvre, pauvre Georgia... Plus vite tu accepteras la vérité, plus vite tu seras heureuse.

Un éclair de couleur apparut derrière le carreau de la porte. Son chauffeur était arrivé.

— Et de quelle vérité s'agit-il, maman ?

Elle partait de nouveau. Combien de fois avais-je vécu cette scène ? J'avais arrêté de tenir le compte à partir de treize ans.

— Lorsqu'on a quelqu'un comme ton arrière-grand-mère dans la famille, c'est quasiment impossible de s'extraire de son ombre, dit-elle en inclinant la tête. Il savait. Ils savaient tous.

Il faut que tu apprennes à t'en servir à ton avantage.

Sa voix doucereuse était à des années-lumière de la brutalité de ses paroles.

— Je ne suis pas toi, répétai-je.

— Peut-être pas encore, admit-elle tout en attrapant une première valise. Mais tu le deviendras.

— Laisse ta clé.

C'était terminé. C'était la dernière fois qu'elle débarquait dans ma vie pour disparaître une fois qu'elle avait obtenu ce qu'elle voulait.

— Laisser ma clé ? hoqueta-t-elle. Celle de la maison de ma grand-mère ? De la maison de mon *père* ? Tu es beaucoup de choses, Georgia, mais tu n'es pas cruelle.

— Je ne plaisante pas.

— Tu sais à quel point ça me fait du mal ? dit-elle en plaquant une main sur sa poitrine.

— Laisse. Ta. Clé.

Battant des paupières pour contenir ses larmes, elle arracha la clé de son anneau puis la laissa tomber dans le vase en cristal, sur le guéridon de l'entrée.

— Heureuse ?

— Non, soufflai-je en secouant la tête.

Je doutais d'être de nouveau heureuse un jour.

Je restai là, figée dans le vestibule où elle m'avait abandonnée tellement de fois, la regardant batailler avec ses valises sans lui proposer mon aide.

— Je t'aime, dit-elle en attendant ma réponse sur le seuil.

— Bon vol, maman.

Elle se hérissa et ferma la porte.

La maison était plongée dans le silence.

J'ignore combien de temps je restai là, à regarder une porte qui, je le savais très bien, ne se rouvrirait sur elle que lorsqu'elle en aurait de nouveau besoin. Sachant que je n'avais jamais été ce qu'elle voulait, et me reprochant d'avoir baissé la garde et d'avoir cru qu'il en était autrement. L'horloge comtoise marquait le temps, dans le salon, parvenant à stabiliser les battements de mon cœur. C'était un pacemaker vieux de cent ans.

Jusqu'ici, chaque fois qu'elle m'avait abandonnée, j'avais eu les bras de grand-mère pour me consoler.

La solitude n'était pas un mot assez rude pour décrire ce que je ressentais.

Je me repris alors et me tournai en direction de la cuisine avant d'être interrompue par un coup à la porte.

J'étais peut-être naïve, mais je n'étais pas bête. Ma mère avait oublié quelque chose, et ce n'était pas moi. Elle n'avait pas abandonné ses plans. Elle n'avait pas soudainement changé d'avis.

Malgré tout, cette satanée lueur d'espoir se mit à renaître dans ma poitrine tandis que j'ouvrais la porte.

Deux yeux sombres comme le péché m'observaient de toute leur hauteur, sous un sourcil haussé, et sa bouche s'étira en un lent sourire narquois.

Noah Harrison était devant chez moi.

— Essayez un peu de me raccrocher au nez, maintenant.

Je claquai la porte à son joli petit minois arrogant et gaga de romance.

10

Septembre 1940

Middle Wallop, Angleterre

Jameson était né pour piloter le Spitfire. C'était un appareil agile, sensible, et il formait comme une extension de son propre corps, ce qui était un avantage certain au combat.

La Grande-Bretagne produisait-elle des avions à un rythme effréné ? Oui. Mais ce dont ils avaient surtout besoin, c'était de pilotes capables de tenir douze heures dans un cockpit pour les combats aériens.

Les Allemands avaient plus d'expérience, plus d'heures de vol, plus d'atouts dans leur manche et cumulaient plus de victoires en combat aérien de manière générale. Par chance, les avions nazis n'avaient pas une autonomie de vol importante, sinon la RAF aurait perdu la bataille d'Angleterre, un peu plus d'un mois auparavant.

Mais ce n'était pas terminé pour autant.

Cette journée avait été la plus difficile. Il s'était à peine reposé entre deux missions, et ce sur des terrains qui n'étaient pas les siens. Londres était attaquée. Toute cette satanée île l'était. Cela faisait déjà une semaine, mais ce jour-là, le ciel était envahi de fumée et d'avions. L'assaut nazi ne semblait pas connaître de fin. Ils étaient frappés par des vagues entières de bombardiers et leurs escortes de chasseurs.

Les veines crépitant d'adrénaline, il se concentra sur un avion ennemi, quelque part en direction du sud-est de Londres, fonçant droit vers sa queue avec une totale maîtrise de son appareil. Plus il était proche, plus cela lui était facile de toucher sa cible. Mais cela augmentait le risque de tomber avec elle. L'ennemi cabra violemment, les poussant presque à la verticale tandis que Jameson le pourchassait à travers une épaisse masse nuageuse. Son ventre se noua.

Il n'avait que quelques secondes.

Son moteur crachotait déjà, perdant de la puissance.

S'il se retournait complètement, il perdrait tout contrôle. Contrairement à ce Messerschmitt, il n'avait pas d'injection de carburant sous le capot. Le carburateur de son petit Spitfire avait de grandes chances de le mener à la mort.

— Stanton ! cria Howard, dans la radio.

— Allez, allez… grogna Jameson, le pouce en suspens au-dessus de la gâchette.

Dès l'instant où le chasseur apparut dans sa ligne de mire, Jameson tira.

— Oui ! Je l'ai eu ! hurla-t-il tandis qu'un panache de fumée jaillissait du Messerschmitt, son propre moteur lâchant un dernier hoquet d'avertissement.

Il cabra violemment sur la gauche, manquant de près le fuselage du chasseur ennemi, qui tombait en piqué. Il équilibra alors son appareil, pantois, puis redescendit à travers les nuages, laissant le moteur et les battements de son cœur retrouver un rythme normal. Une seconde de plus, et il aurait noyé le moteur et rejoint le Messerschmitt pour former un énième cratère dans la campagne anglaise.

Deux appareils ennemis abattus. Encore trois, et il deviendrait un as de la chasse.

Un avion apparut sur son flanc, et il jeta un coup d'œil à gauche pour voir Howard secouer la tête.

— Je vais dire à Scarlett que tu as fait ça... le prévint-il par le biais de la radio.

— Ne t'avise pas de le faire, répliqua Jameson tout en regardant brièvement la photo qu'il avait coincée dans le cadre de l'altimètre.

Elle avait été prise juste après que les deux sœurs avaient rejoint la WAAF et on y voyait Scarlett en train de rire. Constance la lui avait donnée après le refus de Scarlett, qui avait déclaré qu'il savait suffisamment à quoi elle ressemblait sans avoir à emmener sa photo en pleine bataille. Bien sûr qu'il savait à quoi elle ressemblait. C'était pour ça qu'il aimait autant la regarder.

— Alors toi, ne t'avise pas de recommencer, lança Howard.

Jameson renâcla, sachant qu'ils en reparleraient forcément autour de leur prochaine bière. Scarlett avait assez de soucis pour qu'il évite de lui faire peur avec ce qu'il faisait dans les airs. Tant qu'il lui revenait, la manière dont il y parvenait importait peu, lui semblait-il.

Surtout qu'il devait partir pour la base de Church Fenton dans quelques jours et qu'il n'avait pas encore trouvé de solution pour qu'elle le suive. L'Eagle Squadron, composé d'autres pilotes américains qui servaient dans la RAF, venait de voir le jour.

Il allait être transféré.

— *Sorbo leader*, lança la radio. Ici le commandement. Nous avons plus de quarante-cinq appareils en approche sur Kinley. Cap 270.

— Bien reçu, répondit leur lieutenant-colonel.

Ils repartaient au cœur de la bataille.

Deux jours. Cela faisait deux jours que Scarlett n'avait pas eu de nouvelles de Jameson. Elle savait que son escadrille s'était ravitaillée ailleurs, durant ce qui avait été les deux jours les plus longs de toute sa vie. Les raids aériens de la mi-septembre l'avaient usée jusqu'à la moelle, aussi bien dans la salle des opérations que dans son cœur.

Au moins une vingtaine d'appareils s'étaient mués en véritables cercueils pour leur pilote.

Les bombardements de la veille l'avaient poussée à passer la plus grande partie de la journée dans un abri antiaérien, lorsqu'elle n'était pas de service. Elle avait été incapable de penser à autre chose qu'à Jameson. Où était-il ? Était-il en sécurité ? Avait-il été blessé… ou pire ?

Aujourd'hui, elle l'attendait, et elle n'était pas seule. Il y avait peut-être une dizaine de femmes dans leur petit groupe, toutes fréquentant un pilote, toutes rassemblées sur le bout de bitume qui séparait le parking des deux hangars restants, sur le terrain d'aviation. C'était plus ou moins à cet endroit que Jameson et elle s'étaient trouvés lorsque le hangar désormais anéanti avait explosé un mois plus tôt.

Un grondement de moteur se mit soudain à résonner, et son cœur s'emballa.

Ils étaient là.

Elle redressa les épaules quand les Spitfire atterrirent, regrettant de ne pas porter son uniforme à la place de sa robe bleue à carreaux. Une femme en uniforme était censée maîtriser ses émotions, et à cet instant, elle en était incapable. Elle avait les nerfs à vif.

Il se passa encore vingt bonnes minutes avant que les premiers pilotes n'apparaissent sur le bitume, toujours affublés de leur tenue de vol. Elle en reconnut quelques-uns, en particulier les trois autres Américains qui partiraient avec Jameson dans deux petits jours. Elle aurait dû être préparée à son ordre de transfert. Après tout, la RAF était la force la plus mobile de Grande-Bretagne, mais la nouvelle lui avait tout de même fait l'effet d'une gifle.

Elle regardait les pilotes affluer, l'estomac noué.

Alors, elle le vit.

Elle courut vers lui, coupant à travers l'herbe pour dépasser ses camarades.

Lorsqu'il l'aperçut, il s'écarta de la foule juste avant qu'elle ne le rejoigne, la soulevant dans les airs alors qu'elle se jetait dans ses bras.

— Scarlett, ma Scarlett, souffla-t-il dans sa nuque, les bras noués autour de sa taille.

— Je t'aime, murmura-t-elle, les pieds en suspens au-dessus du sol, les bras tremblant légèrement tandis qu'elle le serrait de toutes ses forces, la mesure de son soulagement secouant son corps d'une violente vague d'émotions.

— Bon Dieu que je t'aime, moi aussi.

Un bras vissé autour d'elle, il prit son visage de l'autre main et l'écarta suffisamment pour plonger son regard dans le sien.

— Je n'ai jamais eu aussi peur de ma vie, dit-elle, la vérité s'échappant de ses lèvres avec tant de facilité, alors même qu'elle l'avait cachée à sa sœur ces deux derniers jours.

— Il n'y avait pas de raison, dit-il en souriant avant de déposer un baiser sur sa bouche.

Elle se sentit fondre contre lui, lui rendant son baiser en dépit des gens qui les entouraient. Aujourd'hui, le roi lui-même aurait pu les regarder ; cela lui aurait été égal.

Jameson la serrait délicatement mais l'embrassa avec passion pendant un long moment, puis il finit par effleurer ses lèvres et s'écarter. Pour le plus grand plaisir de Scarlett, il ne la posa pas par terre. C'était le seul homme qui parvenait à la faire se sentir délicate, mais pas petite.

— Épouse-moi, dit-il, ses yeux brillant de bonheur.

Elle le fixa d'un air perplexe.

— Pardon ?

— Épouse-moi. (Ses sourcils se dressèrent pour accompagner le coin de ses lèvres.) J'ai passé la totalité de cette semaine à chercher un moyen de nous faire rester ensemble, et j'ai trouvé. Épouse-moi, Scarlett.

Venait-il de lui demander sa main ? Elle avait beau l'aimer de toutes ses forces, c'était trop tôt, trop imprudent, et cela ressemblait beaucoup trop à une solution purement pratique. Sa bouche s'ouvrit et se referma plusieurs fois, mais l'espace de quelques secondes profondément gênantes, elle fut incapable d'articuler le moindre mot.

— Repose. Moi, finit-elle enfin par lâcher.

Il la serra plus fort.

— Je ne peux pas vivre sans toi.

— Cela ne fait que deux mois que tu vis avec moi, répliqua-t-elle, puis elle plissa les lèvres et intima à son idiot de cœur de bien vouloir se taire.

— J'aurais *adoré* pouvoir vivre avec toi pendant deux mois, murmura-t-il, sa voix adoptant ce ton grave et rauque face auquel elle ne répondait plus de rien.

— Tu as très bien compris.

Elle entrelaça ses doigts derrière sa nuque, tout à fait consciente qu'il n'avait toujours pas fait ce qu'elle lui avait demandé, à savoir la reposer.

— Nous pourrions passer le reste de nos vies ensemble, reprit Jameson d'une voix douce. *Une* maison. *Une* table de salle à manger... *un* lit.

— Tu n'es quand même pas en train de me suggérer que nous nous mariions au plus vite parce que tu aimerais m'avoir dans ton lit ? répliqua-t-elle en arquant un sourcil.

Non pas qu'elle n'ait pas songé à lui de cette manière. Bien au contraire, cela lui était arrivé. Fréquemment. Trop fréquemment selon son sens moral et pas assez selon les femmes avec qui elle vivait.

Jameson l'observait, les yeux pétillant d'amusement.

— Eh bien, non, même s'il est très intéressant de constater quelle partie du mobilier a capté ton intérêt. Si je voulais simplement t'avoir dans mon lit, je pense que tu l'aurais déjà compris. (Son regard tomba sur ses lèvres.) Je veux t'épouser parce que c'est une évidence. Peu importe que nous nous fréquentions encore une année, Scarlett, nous finirons par nous marier, j'en suis certain.

— Jameson...

Ses joues s'empourprèrent, même si elle s'en voulait de ressentir autant de plaisir à entendre ces mots.

— Si nous le faisons maintenant, nous ne serons pas séparés.

— Ce n'est pas aussi simple.

Le cœur de Scarlett était en conflit avec sa raison. Il y avait quelque chose de profondément romantique à fuir pour épouser l'homme qui lui avait fait tourner la tête et qu'elle ne connaissait que depuis deux mois. Mais elle y voyait également de la naïveté.

— Si, ça l'est, lui assura-t-il.

— Dit celui qui ne perdra pas son travail.

Il y avait environ une dizaine de raisons qui lui venaient à l'esprit pour justifier que c'était une épouvantable suggestion, mais c'était celle-ci qui lui paraissait la plus évidente.

Jameson se mit à cligner des yeux, perplexe, puis il la reposa lentement par terre.

— Qu'est-ce que tu veux dire ?

Elle lui prit la main, et ils avancèrent vers la voiture.

— Il n'y a pas de place pour moi à Church Fenton. Crois-moi, je me suis renseignée. Et si je t'épouse, ajouta-t-elle avec un petit sourire, je n'ai pas la garantie d'avoir un autre poste. Nous serions tout de même séparés, à moins que je ne quitte la WAAF pour raisons familiales.

L'expression de Jameson se décomposa.

— La seule chose que j'ai aimée, dans ce que tu viens de dire, c'est « si je t'épouse ».

— Je sais.

Elle devait admettre que cela lui plaisait beaucoup, à elle aussi.

Leur situation était sans issue. Même si elle envisageait de faire quelque chose d'aussi irréfléchi, elle ne pouvait pas abandonner Constance. Elles avaient dit qu'elles iraient au bout de cette guerre ensemble. Mais si Constance était prête à demander un transfert...

— Tu aimes ton travail, n'est-ce pas ? lança-t-il sur un ton de défaite.

— Oui. Je fais quelque chose d'utile.

— C'est vrai, avoua-t-il. Alors, qu'est-ce qu'on fait ? (Puis il leva sa main et y déposa un baiser.) Dans deux jours, je serai à l'autre bout du pays.

— Alors nous ferions mieux de profiter du temps qu'il nous reste.

Elle avait mal au cœur, aussi bien à cause de l'amour qu'elle ressentait pour lui que de l'angoisse à l'idée de ce qui les attendait.

— Je ne t'abandonnerai pas, dit-il en se tournant vers elle pour la soulever de nouveau dans les airs. Je ne serai peut-être pas là physiquement, mais ça ne veut pas dire que nous ne serons pas ensemble. D'accord ?

Elle hocha la tête.

— Dans ce cas, j'espère que nous sommes aussi doués l'un que l'autre pour écrire des lettres.

De tous les endroits où elle aurait adoré aller en permission pour le week-end – par exemple Church Fenton –, la maison londonienne de ses parents était bien la dernière chose sur sa liste. Pour être honnête, elle ne figurait même pas sur la liste.

La seule raison pour laquelle elle avait accepté de venir, c'était parce qu'ils lui avaient promis d'arrêter de raconter des histoires ridicules à la presse. Et c'était également l'anniversaire de sa mère.

Chaque fois qu'elle revenait, elle se rendait toujours plus compte qu'elle n'était pas la même fille que celle qui était partie d'ici. Peut-être que la Scarlett serviable et docile qu'elle avait été au début de cette guerre était une victime de plus de la bataille d'Angleterre ?

Ils avaient gagné, et les Allemands avait arrêté leurs assauts après ces terribles journées de mi-septembre, même si les bombardements étaient encore douloureusement fréquents.

Cela faisait plus d'un mois que Jameson était parti, et même s'il lui écrivait deux fois par semaine, il lui manquait avec une férocité qui échappait aux mots. Chaque fragment de son être souffrait le martyre lorsqu'elle pensait à lui. La logique voulait qu'elle ait fait le bon choix, mais la vie était si... incertaine, et il y avait des parties d'elle qui en voulaient à cette logique et l'encourageaient à sauter dans un train.

Retrouve-moi à Londres le mois prochain. Nous prendrons des chambres séparées. Je me fiche de savoir où je dors, tant que je peux te voir. Je meurs à petit feu, ici, Scarlett. Les mots de sa dernière lettre résonnaient sous son crâne.

— Il te manque, remarqua Constance tandis qu'elles descendaient l'escalier.

— C'en est insupportable, admit-elle.

— Tu aurais dû dire oui. Tu aurais dû t'enfuir et l'épouser. À vrai dire, tu devrais le faire maintenant. Tout de suite, souffla sa sœur en l'encourageant du regard.

— Et t'abandonner ? répliqua Scarlett avant de glisser son bras sous le sien. Jamais de la vie.

— J'épouserais Edward si je le pouvais, mais après Dunkerque... Il veut toujours attendre que la guerre soit terminée. Et puis, tu sais, je préférerais te voir heureuse.

— Je serai tout à fait heureuse le mois prochain, lorsque je me servirai de mes quarante-huit heures de permission pour le retrouver ici, à Londres, murmura-t-elle – elle avait beaucoup de mal à contenir son excitation. Enfin, pas *ici*. Je ne suis pas sûre que nos parents approuveraient...

— Quoi ?! s'exclama Constance, les yeux brillant de joie. Mais c'est merveilleux !

— Et toi, alors ? Ce ne serait pas une nouvelle lettre d'Edward que j'ai vue ? commenta Scarlett en gratifiant sa sœur d'un petit coup de hanche.

— Si !

— Venez vous asseoir, les filles, tonna leur mère tandis qu'elles entraient dans la salle à manger faiblement éclairée.

Les fenêtres étaient camouflées pour empêcher toute lumière de passer à travers la nuit, comme l'ordonnait le couvre-feu, mais cela ne faisait que rendre les journées tout aussi moroses.

— Oui, mère, répondirent-elles à l'unisson, chacune prenant sa place à la table indécemment longue.

Leur père apparut, vêtu d'un costume impeccable. Il sourit à chacune de ses filles, puis à sa femme, avant de s'asseoir en bout de table. L'atmosphère était taiseuse, comme d'habitude, la discussion tournant autour de banalités.

— Vous êtes contentes d'être en permission, les filles ? demanda leur père quand ils eurent terminé le plat principal – le poulet avait été une véritable surprise, au vu du rationnement actuel.

— Oh que oui, répondit Constance avec un grand sourire.

— Je confirme, ajouta Scarlett, et les deux sœurs échangèrent un sourire complice.

Ses parents n'étaient pas au courant, pour Jameson. Elle finirait par devoir leur en parler, mais pas le jour de l'anniversaire de sa mère.

— J'aimerais bien vous avoir un peu plus souvent à la maison, fit remarquer celle-ci, son sourire dissimulant mal la tristesse dans sa voix. Mais au moins vous reverra-t-on le mois prochain !

— Justement, il y a des chances que nous ne puissions pas revenir vous voir aussi souvent, avoua Scarlett.

Désormais, elle passerait chacune de ses permissions auprès de Jameson.

Sa mère braqua le regard sur elle.

— Oh, mais tu n'as pas le choix. Nous avons tellement d'arrangements à faire avant l'été !

Scarlett sentit son ventre se nouer, mais elle parvint à prendre son verre d'eau et à boire quelques gorgées. *Ne tire pas de conclusions hâtives.*

— Des arrangements ? répéta-t-elle.

Sa mère se pencha légèrement en arrière, comme si cette question la surprenait.

— Un mariage, ça demande des arrangements, Scarlett. Ce n'est pas magique. Il a fallu un an à lady Vincent pour préparer celui de sa fille.

Scarlett jeta un regard angoissé à sa sœur. Leur avait-elle parlé de la demande de Jameson ?

Constance secoua imperceptiblement la tête, s'enfonçant déjà dans sa chaise.

Mon Dieu. Ses parents avaient-ils toujours l'intention de la marier à Henry ?

— Et je peux savoir qui se marie ? demanda-t-elle en se raidissant.

Ses parents échangèrent un regard qui ne laissait plus de place au doute, et le cœur de

Scarlett se brisa. Son père s'éclaircit alors la voix.

— Écoute, nous t'avons laissée t'amuser, d'accord ? Tu as rempli ton devoir vis-à-vis du roi et de la patrie, et même si tu connais mon point de vue sur cette guerre, j'ai respecté ton choix.

— L'apaisement n'était *pas* la solution à l'hostilité allemande ! répliqua-t-elle.

— S'ils avaient simplement négocié quelque chose d... commença son père en secouant la tête, puis il inspira un bon coup, la mâchoire crispée de nervosité. Il est temps de remplir ton devoir vis-à-vis de ta famille, Scarlett.

Son ton ne laissait aucune place aux malentendus ou à l'argumentation. La jeune femme sentit une rage glaciale s'infiltrer dans ses veines.

— Juste pour que les choses soient claires, père, vous associez mon devoir vis-à-vis de cette famille au mariage ?

Toutes leurs manières de penser étaient de la vieille école.

— Naturellement. Que pourrais-je vouloir dire d'autre ? répondit-il en haussant ses sourcils argentés.

Constance déglutit et posa les mains sur ses genoux.

— C'est ce qu'il y a de mieux à faire, ma chère, ajouta sa mère. Tu ne manqueras de rien une fois que les Wadsworth...

Non.

— Je manquerai d'*amour*. (Elle arracha sa serviette de ses genoux et la posa sur la table.) Il m'a semblé avoir été très claire, en août, lorsque je vous ai demandé d'arrêter de raconter des mensonges aux journaux.

— C'était peut-être prématuré, mais ce n'étaient certainement pas des mensonges, riposta sa mère avec un mouvement de recul, comme si elle venait d'être insultée.

— Permettez-moi de clarifier les choses : je n'épouserai *pas* ce monstre. Je le refuse.

— Tu quoi ? souffla sa mère, incrédule. Tu te marieras cet été !

— Dans ce cas, ce ne sera pas Henry Wadsworth que j'épouserai.

Même son nom lui laissait un sale goût dans la bouche.

— Tu as quelqu'un d'autre en tête ? lâcha alors son père d'une voix chargée de sarcasme.

— En effet, répondit-elle en dressant fièrement le menton.

Peu importait que ce soit l'anniversaire de sa mère. Cela ne pouvait de toute évidence plus attendre. Ils ne pouvaient pas continuer à planifier sa vie ainsi.

— Je suis amoureuse d'un pilote, un Américain, et si je décide de me marier, ce sera avec *lui*. Vous devrez trouver autre chose pour renflouer les caisses.

— Un Yankee ?!

— Oui.

— C'est hors de question ! gronda son père en plaquant les mains sur la table dans un bruissement de vaisselle.

Mais Scarlett ne cilla pas, contrairement à sa sœur, qui tressauta de surprise.

— Je ferai ce que je veux. Je suis une adulte, désormais, déclara-t-elle en se levant. Et officier de la Women's Auxiliary Air Force. Je ne suis plus une enfant qui doit obéir à tous vos ordres.

— Tu serais prête à faire ça ? À nous ruiner ? intervint sa mère d'une voix chargée de sanglots. Des générations de sacrifices ont été faits, et toi, tu refuses de t'y plier ?

Elle savait exactement comment faire réagir ses filles, mais Scarlett décida d'ignorer la culpabilité. Épouser Henry ne ferait que repousser l'inévitable. Le mode de vie auquel s'accrochaient désespérément ses parents se désintégrait. Et ce n'était pas son sacrifice qui empêcherait cela.

— Si la ruine plane sur vous, je peux vous assurer que je n'en suis pas la cause. (Puis elle inspira profondément, espérant encore pouvoir leur faire comprendre.) J'aime Jameson. C'est un homme bon. Un homme honorable…

— Je refuse de voir ce titre, l'héritage de cette famille, aller aux mains de la progéniture d'un sale Yankee ! tonna son père en se levant à son tour.

Scarlett garda la tête haute et les épaules droites, heureuse d'avoir passé toute cette année à travailler dans l'environnement le plus stressant qu'on puisse imaginer, à perfectionner l'art de rester calme en pleine tempête.

— Là où vous faites erreur, c'est que vous vous imaginez que je veux votre fichu *titre*. La fortune ou la politique ne me tentent pas. Vous vous accrochez à une chose pour laquelle je n'ai aucun intérêt.

Sa voix était douce et pourtant faite d'acier. Le visage de son père rosit légèrement, avant de passer à une teinte cramoisie. Ses yeux semblaient à deux doigts de sortir de leurs orbites.

— Que Dieu m'en soit témoin, Scarlett : si tu te maries sans ma permission, je ne te considérerai plus comme ma fille.

— Non ! hoqueta sa mère.

— Je suis sérieux. Tu n'hériteras de rien ! aboya-t-il en plantant un doigt rageur vers elle. Ni d'Ashby, ni de cette maison. De rien !

Le cœur de Scarlett ne se brisa pas – cela aurait été trop simple. Non, il se déchira, lentement, tirant sur les fibres de son âme. Elle ne représentait donc que si peu pour lui...

— Alors nous sommes d'accord, dit-elle tout bas. Je suis libre de faire ce que je veux, tant que j'en accepte les conséquences, ce qui inclut *ne pas* hériter de ce que je ne veux pas.

— Scarlett ! s'écria sa mère, mais elle ne baissa pas les yeux ni ne cilla, malgré les tentatives de son père pour la faire plier du regard.

— Et si j'ai un fils, poursuivit-elle, lui aussi sera libéré de cette obligation que vous chérissez plus que le bonheur de votre propre fille.

Son père écarquilla les yeux. La seule chose qu'il avait voulue, dans sa vie, était un fils. Elle ne lui donnerait jamais le sien.

— Scarlett, ne fais pas ça. Tu dois épouser ce Wadsworth, exigea-t-il. Le garçon qui naîtra de cette union sera le prochain baron Wright !

Il semblait avoir oublié que si Constance avait elle aussi un fils, les choses ne seraient pas si simples.

— À vous entendre, on croirait un ordre, commenta-t-elle en poussant sa chaise sous la table avant d'en agripper le dossier.

— *C'est* un ordre. Tu n'as pas le choix.

— Je n'obéis qu'aux ordres de mes supérieurs, et si je me souviens bien vous avez choisi de ne pas servir une guerre que vous n'avez jamais approuvée.

La glace, dans ses veines, imprégnait désormais sa voix.

— Cette visite est terminée, siffla son père, les dents serrées.

— Tout à fait d'accord. (Elle embrassa la joue de sa mère en quittant la salle à manger.) Joyeux anniversaire, mère. Je suis navrée de ne pas pouvoir vous donner ce que vous désirez.

Puis elle gagna sa chambre, où elle enfila son uniforme à la hâte avant de ranger sa robe dans sa valise. En redescendant l'escalier, elle découvrit Constance qui l'attendait devant la porte, vêtue elle aussi de son uniforme, sa valise à la main.

— Ne nous fais pas cela ! la supplia sa mère en jaillissant du salon.

— Je n'épouserai pas Henry, répéta Scarlett. Comment pouvez-vous exiger une chose pareille ? Vous m'imaginez épouser un homme que je déteste ? Un homme qui, on le sait, violente les femmes ? Tout ça pour quoi ? termina-t-elle d'une voix plus douce.

— C'est ce que veut ton père. C'est ce dont la famille a besoin, répondit sa mère en dressant le menton. Nous n'avons plus de domestiques. Nous avons vendu la plus grosse partie des terres d'Ashby. Nous avons économisé, ces dernières années. Nous faisons tous des sacrifices.

— Mais dans ce cas précis, c'est *moi* que vous voulez sacrifier, et je le refuse. Au revoir, mère.

Puis elle quitta la maison avec une inspiration tremblante. Constance la suivit, refermant la porte derrière elle.

— Bien. Il va nous falloir acheter de nouveaux billets de train, étant donné que les nôtres étaient pour demain.

Elle ne méritait pas sa sœur, mais elle l'enlaça très fort.

— Que dirais-tu de demander un transfert ?

11

Noah

Scarlett, ma Scarlett,
Ce soir, tu me manques plus que ce que les mots peuvent exprimer. J'aimerais pouvoir voler jusqu'à toi, ne serait-ce que pour quelques heures. La seule chose qui me fait avancer est de savoir que tu seras avec moi très bientôt. Des soirs comme celui-ci, je m'échappe en nous imaginant dans les Rocheuses, à la maison et en paix. J'apprendrai à William à camper et à pêcher. Tu pourras écrire... tu pourras faire ce que tu veux. Et nous serons heureux. Tellement heureux. Nous avons bien droit à un peu de tranquillité, tu ne penses pas ? Non pas que je regrette de m'être porté volontaire pour cette guerre. Après tout, elle m'a mené à toi...

Elle m'avait claqué la porte au nez.
À *moi*, la porte au nez.
J'inspirai profondément, notant la brûlure particulière dans mes poumons qui accompagnait toujours la haute altitude. De toutes les

situations que j'avais envisagées pendant mon vol, celle-ci n'en avait pas fait partie.

La solution m'était venue pendant que je relisais les lettres de Scarlett et Jameson. Il avait réussi à faire tomber ses défenses parce qu'il avait été là, présent, s'accrochant à cette fameuse valise, à Middle Wallop. Alors j'avais fait la mienne et étais monté dans un avion.

Je me calmai, levai la main et frappai de nouveau. À ma grande surprise, elle ouvrit.

— Comme je le disais, essayez de me raccrocher au...

Mais les mots se figèrent dans ma gorge. Quelque chose n'allait pas. Georgia avait l'air... vraiment mal, comme si elle venait d'apprendre le genre de nouvelles pour lesquelles on doit d'abord s'asseoir. Elle était aussi belle que d'habitude, bien sûr, mais sa peau était pâle, ses traits tirés et ses yeux – ces yeux d'un bleu exquis – étaient vides.

— Est-ce que tout va bien ? l'interrogeai-je d'une voix douce, le ventre soudain noué.

Elle me regarda droit dans les yeux l'espace d'une seconde.

— Qu'est-ce que vous voulez, Noah ?

Non, ça n'allait clairement pas.

— Je peux entrer ? Je vous promets de ne pas parler du livre.

Le besoin immédiat et urgent de réparer ce qui n'allait pas me comprima le poitrine.

Georgia me regarda d'un air perplexe, mais elle hocha la tête et ouvrit la porte en grand.

— Venez, on va vous préparer quelque chose à boire.

Est-ce que ça avait quelque chose à voir avec Damian ?

Elle hocha de nouveau la tête puis me précéda dans le couloir qui menait à une luxueuse cuisine. Je dus me retenir de poser ma main dans le creux de son dos, ou de lui proposer un câlin. *Un câlin ?*

Je n'étais jamais allé aussi loin dans la maison, mais la cuisine correspondait à ce que j'avais vu du reste. La décoration était d'inspiration toscane, avec des placards aux teintes fauves et des plans de travail d'un granite plus sombre. Le bois arborait des sculptures, sans que cela soit poussé à l'excès. L'électroménager était digne d'une cuisine professionnelle. La seule chose qui ne semblait pas à sa place, c'était le tableau, sur le mur, auquel étaient punaisés des dessins légèrement décolorés.

— Et si vous vous asseyiez ? lui suggérai-je en désignant les tabourets alignés contre l'îlot central.

— Ce n'est pas moi qui suis censée vous proposer ça ? lâcha-t-elle en détournant le regard.

— Faisons comme si nous avions échangé nos rôles, pour le moment.

Je gagnai la cuisinière, remarquant la bouilloire déjà placée sur le brûleur de gauche. À mon grand soulagement, Georgia s'assit, posant ses avant-bras sur le granite.

Je laissai tomber les clés de ma voiture de location dans ma poche droite, remplis la bouilloire d'eau et la reposai sur la gazinière avant d'allumer le feu. La traque commençait.

J'ouvris trois placards avant de trouver celui que je cherchais.

— Vous avez une préférence ?

Elle leva les yeux vers la réserve de thé méticuleusement organisée.

— Earl Grey.

Il y avait un pot de miel en forme d'ours à côté du thé ; je décidai de suivre mon instinct et de le poser sur l'îlot central, lui aussi.

— Vous n'en prenez pas ? demanda Georgia en découvrant l'unique sachet de thé.

— Je suis plutôt team chocolat, admis-je.

— Mais vous faites du thé.

— On dirait que vous en avez besoin.

Deux rides apparurent entre ses yeux.

— Mais pourquoi vous... commença-t-elle avant de secouer la tête.

— Pourquoi je quoi ? dis-je en plaquant les paumes sur l'îlot central, face à elle.

— Laissez tomber.

— Pourquoi je *quoi* ? répétai-je. Pourquoi je prendrais soin de vous, c'est ça ?

Son regard pivota vers moi.

— Parce que, contrairement à la croyance populaire, je ne suis pas un si gros connard que ça, et on dirait que votre chien vient de mourir. (J'inclinai la tête.) Et ma mère et ma sœur me botteraient le cul si je ne faisais rien, ajoutai-je avec un haussement d'épaules.

Une lueur de surprise traversa son regard.

— Pourquoi elles le sauraient ?

— Je fais en sorte de mener le plus gros de mon existence comme si ma mère pouvait découvrir tout ce que j'ai fait. (Un coin de ma bouche s'étira vers le haut.) En réalité, elle y arrive quasiment toujours, et ses leçons durent des heures. Des *heures*. Quant au reste… disons qu'il vaut mieux qu'elle ne l'apprenne jamais.

Je plissai le front, prenant enfin conscience du silence ambiant.

— Où est la vôtre ? En général, c'est elle qui s'assure que vous restiez hydratée.

Elle lâcha un renâclement.

— Non, c'était de vous qu'elle s'occupait. Elle sait parfaitement que je peux me débrouiller toute seule. (Elle noua ses doigts devant elle et les serra si fort qu'ils devinrent très vite blancs.) Et à l'heure actuelle, elle doit être quasiment arrivée à l'aéroport.

Mon ventre se tordit. Vu son ton, j'aurais mis ma main à couper qu'Ava était la raison pour laquelle Georgia avait l'air si ébranlée.

— C'était un voyage programmé ?

Elle s'esclaffa, mais il n'y avait rien de gai dans ce rire.

— Oh oui. Je dirais même qu'il était programmé depuis bien longtemps.

Avant que je ne puisse l'interroger davantage, la bouilloire se mit à siffler. Je la retirai de la gazinière, puis m'aperçus que je n'avais pas cherché de tasse.

— Placard de gauche, deuxième étagère, dit Georgia.

— Merci.

J'attrapai une tasse puis laissai le thé infuser.

— C'est moi qui devrais vous remercier.

J'écarquillai les yeux.

— Nous avons échangé nos rôles, vous vous souvenez ?

J'eus alors droit à un sourire. Il était à peine visible et ne dura que l'espace d'une demi-seconde, mais il semblait sincère.

— Vous le prenez avec du lait ? demandai-je tout en faisant glisser la tasse et le miel vers elle.

— Mon Dieu, non ! (Elle retourna l'ours à miel et versa une bonne cuillerée de liquide ambré dans son thé.) grand-mère vous dirait que c'est un sacrilège.

— Ah oui ? lançai-je, espérant qu'elle développerait.

Georgia opina du chef, glissa de son tabouret et fit le tour de l'îlot central pour ouvrir le tiroir juste derrière moi.

— Oh que oui. (Elle prit une petite cuillère et retourna s'asseoir avant de remuer son thé.) D'ailleurs, elle préférait le sucre. Le miel, ce n'était que pour moi. Peu importait combien de temps je m'absentais, elle en gardait toujours de côté. Elle avait toujours une place pour moi.

Une vague de nostalgie traversa ses traits.

— Elle doit vous manquer.

— Chaque jour qui passe. Et vous, votre père vous manque, j'imagine ?

— Affreusement. Ça s'est amélioré avec le temps, mais je donnerais n'importe quoi pour le faire revenir.

À bien y réfléchir, je n'avais jamais entendu parler des hommes de la famille Stanton.

— Et le vôtre ? demandai-je alors.

— Je n'ai pas de père, répondit-elle d'un air si détaché que je me mis à cligner des yeux, perplexe. Enfin, j'en ai un, bien sûr – j'en *avais* un. Je ne suis pas le produit de l'Immaculée

Conception, ajouta-t-elle tout en mettant sa petite cuillère dans le lave-vaisselle. C'est juste que je ne l'ai jamais rencontré. Lui et ma mère étaient au lycée quand je suis née, et elle n'a jamais abandonné son nom de famille.

Une autre pièce du puzzle que représentait Georgia Stanton se mit en place. Elle n'avait jamais connu son père. C'était Scarlett qui l'avait élevée. Qui était donc Ava, dans le tableau ?

— Vous êtes sûr de ne rien vouloir boire ? Ça me fait tout drôle de vous voir les mains vides alors que vous avez préparé quelque chose pour moi.

— Tout n'est pas censé avoir de contrepartie, dis-je d'une voix douce devant son regard plein d'attentes.

Elle se raidit et me tourna le dos pour foncer vers le réfrigérateur.

— D'expérience, il y a toujours une contrepartie. (Elle sortit une bouteille d'eau puis referma la porte.) À vrai dire, il y a très peu de gens qui n'attendent rien de moi. (Elle posa la bouteille devant moi et retourna s'asseoir.) S'il vous plaît, buvez. Après tout, vous n'avez pas fait toute cette route jusqu'au Colorado simplement parce que votre sixième sens vous a dit que j'avais besoin d'une bonne tasse de thé.

Vous voulez quelque chose, vous aussi.

Son regard l'avait dit, même si ses lèvres n'avaient rien prononcé. Oui, elle avait raison. Mon cœur me donna l'impression de tomber en chute libre.

Je répondis par un hochement de tête, et nous bûmes quelques instants en silence.

— Qu'est-ce que vous faites ici ? Non pas que ce thé ne me fasse pas plaisir, ou même la simple distraction. C'est juste que je ne vous attendais pas.

Elle se pencha en avant, réchauffant ses mains autour de la tasse.

— J'ai promis que je ne parlerais pas du livre.

Livre ou non, j'étais content d'être ici, content de la voir dans des circonstances qui ne touchaient pas le côté pro. Cette femme ne m'était pas sortie de la tête de tout le mois.

— Vous tenez toujours vos promesses ? lança-t-elle en plissant les yeux.

— Oui. Sinon, je n'en ferais pas.

Et cette leçon m'avait coûté très cher.

— Même aux femmes de votre vie ? insista-t-elle en inclinant la tête. J'ai vu quelques photos...

— Vous vous êtes renseignée sur moi ?

Je vous en prie, dites oui. Pour ma part, mon historique était rempli de recherches sur Georgia Stanton.

— Ma meilleure amie n'arrête pas de m'envoyer des photos et des articles. Elle pense, et ce sont ses mots, que je devrais vous sauter dessus, ajouta-t-elle avec un haussement d'épaules.

Elle quoi ? Je pressais ma bouteille d'eau si fort que je finis par la broyer.

— Vraiment ? dis-je en m'efforçant de repousser toutes les images que cette phrase avait fait surgir dans mon cerveau.

— C'est drôle, non ? Surtout au vu de la parade de femmes auxquelles vous faites des *promesses*.

Puis elle m'adressa un sourire mielleux en battant des cils. J'éclatai de rire avant de secouer la tête.

— Georgia, les seules choses que je promets aux femmes, c'est l'heure à laquelle je les récupère et ce qu'elles peuvent espérer lorsqu'elles sont avec moi. Des jours. Des nuits. Des semaines. Je trouve que cela évite beaucoup de malentendus et beaucoup de drames, si tout le monde sait dans quoi il s'embarque. Et en dépit de ce que vous pensez de ma plume, je n'ai jamais reçu une seule plainte pour *insatisfaction*.

Puis je revissai ma bouteille d'eau vide, repoussant au maximum toutes les choses que j'aurais envie de lui *promettre*, à elle.

— C'est si romantique, commenta-t-elle en levant les yeux au ciel, mais ses joues arboraient clairement une teinte rosée.

— Je n'ai jamais prétendu l'être, vous vous souvenez ? répliquai-je avec un petit sourire avant de m'adosser au plan de travail.

— Ah oui, la librairie. C'est vrai. Donc, vous n'avez jamais rompu de promesse ? répéta-t-elle d'un air incrédule.

Mon expression s'assombrit.

— Pas depuis mes seize ans, quand j'ai oublié d'emmener ma petite sœur manger une glace après le lui avoir promis. (Je grimaçai, le bruit des moniteurs de l'hôpital résonnant sous mon crâne.) C'est ma mère qui l'a fait, et c'est là qu'elle a eu l'accident dont je vous ai parlé.

Georgia écarquilla les yeux.

— Adrienne – ma sœur – n'a rien eu. Mais ma mère... Il y a eu beaucoup d'opérations. Après cela, je me suis fait la promesse de ne jamais m'engager à moins d'être sûr de pouvoir assumer.

J'avais également écrit l'ébauche de mon premier livre l'été suivant.

— Vous n'avez jamais dépassé une deadline ?
— Non.

Même si cela risquait de changer, si elle ne se décidait pas à communiquer avec moi au sujet de ce fameux bouquin.

La curiosité faisait scintiller ses yeux bleu cristal. J'aurais pu écrire tout un roman rien que sur eux. D'une certaine manière, c'était déjà fait, étant donné que Scarlett et elle avaient les mêmes.

— Vous avez toujours tenu vos résolutions du Nouvel An ?

— Je n'en fais jamais, admis-je avec un grand sourire, comme s'il s'agissait d'un plaisir coupable.

Elle coinça sa lèvre inférieure entre ses dents.
Bordel. Comme j'aurais aimé libérer cette pauvre petite lèvre à l'aide des miennes. La bouteille émit un nouveau craquement, dans ma main.

— Vous n'avez jamais posé de lapin à une femme ?

— Je dis toujours que je ferai de mon mieux pour être présent, et c'est ce que je fais. Je ne promets jamais à une femme que je la retrouverai à moins d'être déjà sur place.

Toutes celles qui sortaient avec moi savaient que si j'étais plongé dans l'écriture, il y avait de fortes chances qu'elles aient droit à un message annulant notre rendez-vous. Je l'envoyais des heures à l'avance, tout de même, mais la fiction était ma priorité. Toujours.

— Je ne suis pas vraiment fiable quand j'ai une deadline à respecter. Enfin, sauf pour mon éditeur, bien sûr.

— Vous êtes plus du genre à jouer sur les mots, répliqua-t-elle en sirotant son thé.

Je faillis m'étouffer.

— Non, je suis plus du genre à définir les attentes, et à les satisfaire, voire à les outrepasser.

Nos regards se croisèrent, et cette décharge d'électricité me frappa de nouveau. Georgia fit claquer sa langue.

— Vous déjeunez toujours avec votre mère ?

— Une fois par semaine, sauf si je suis en promo, en voyage de recherche ou encore en vacances. Parfois, ajoutai-je après un instant de réflexion, elle me force à ne la voir qu'une fois toutes les deux semaines.

Un demi-sourire apparut sur mes lèvres malgré moi.

— Elle vous *force* ?

— Oui. Elle préfère que je passe moins de temps chez elle et plus de temps à me trouver une femme.

Georgia fut tellement surprise qu'elle manqua de recracher son thé.

— Une femme. (Elle reposa sa tasse.) Et comment ça se passe, jusqu'ici ?

— Je vous tiendrai au courant, répliquai-je en m'arrachant un air sérieux.

225

— Avec plaisir. Vraiment, je risquerais de faire des insomnies si vous ne me fournissiez pas le détail de votre vie sentimentale...

Je m'esclaffai et secouai la tête. Cette femme ne manquait décidément pas d'humour.

— Vous auriez bien plu à grand-mère, dit-elle alors tout bas. Elle n'était pas une grande fan de vos livres, c'est vrai, mais vous, elle vous aurait apprécié. Vous avez pile le bon mélange d'arrogance et de talent. Et puis, il faut ajouter que vous êtes bel homme. Et elle était loin d'être insensible à la gent masculine.

Elle se mit alors à se frotter la nuque – longue et gracieuse, exactement comme le reste de sa personne.

— Vous me trouvez bel homme, commentai-je avec un grand sourire et un air faussement innocent, ce qui lui fit lever les yeux au ciel.

— De tout ce que je viens de dire, c'est ce que vous avez retenu, bien sûr.

— Eh bien, si vous aviez ajouté « sexy », « charmant », « bien membré » ou « doté d'un corps d'Apollon », j'aurais retenu tout ça, mais vous ne l'avez pas fait, alors je me contente de ce que j'ai.

Je jetai ma bouteille d'eau dans la poubelle de recyclage, au bout de l'îlot central.

Ses joues adoptèrent une teinte un peu plus soutenue de rose. Mission accomplie. Elle avait été si pâle, jusqu'ici, que je commençais à me demander si j'allais revoir ce feu un jour.

— Concernant les deux derniers, j'aurais du mal à confirmer, dit-elle en allant mettre sa tasse dans le lave-vaisselle.

— Votre amie ne vous a donc pas montré tous les articles... dis-je pour la taquiner.

J'aimais son côté maniaque. Non pas que j'aie le droit d'aimer quoi que ce soit chez elle, y compris la manière dont son short moulait à la perfection ses jolies petites fesses, mais je ne pouvais pas m'en empêcher. Comment avaient-elles échappé à mon attention, la dernière fois ? Ou encore ces jambes interminables ? *Tu avais des choses plus importantes en tête.*

— Mais les deux premiers sont corrects ? demandai-je, mon regard suivant le creux de sa nuque tandis qu'elle retournait s'asseoir.

— Tout dépend si vous m'agacez ou non, répondit-elle en haussant une épaule.

— Et là, tout de suite ?

Elle m'examina de la tête aux pieds, puis des pieds à la tête, prenant bien soin de s'arrêter sur mon short cargo et ma chemise NYU. *J'aurais mis l'Armani si j'avais su que j'aurais droit à un test.*

— Je vous mettrais un sept, déclara-t-elle avec, encore une fois, un air impassible.

Pas mal. Je me composai une expression incrédule.

— Et quand je vous agace ?

— Votre cote sombre tristement dans les valeurs négatives.

J'éclatai de rire. Bon sang, depuis combien de temps une femme ne m'avait-elle pas fait rire autant en quelques minutes seulement ?

Elle posa les mains sur l'îlot central, et son énergie changea soudain.

— Dites-moi ce que vous faites vraiment là, Noah.

— J'ai promis...
— Alors quoi ? Vous allez rester dans ma cuisine et me faire du thé ? répliqua-t-elle en pointant le menton vers moi d'un air accusateur. Je sais que vous êtes ici pour le livre.

Je pris le temps de l'examiner, notant l'accentuation de la couleur sur ses joues et la lueur dans ses yeux. Elle était quasiment revenue à ce que je considérais comme son état *normal*, mais en toute honnêteté, je n'avais pas vraiment de point de comparaison, concernant Georgia Stanton. J'avançais à l'aveugle.

— Ça vous dirait de sortir ? proposai-je.
— Qu'est-ce que vous avez en tête ?
Elle avait l'air plus que sceptique.
— Vous avez une bonne assurance décès ?

— Non, déclara-t-elle une demi-heure plus tard, le regard vissé sur la falaise qui s'étirait sur une trentaine de mètres au-dessus de nous.
— C'est sympa, dis-je en désignant deux types, tout sourires, qui remballaient leur équipement. Regardez comme ils se sont amusés.
— Si vous vous imaginez que je vais escalader ce truc, vous avez complètement perdu la tête.

Elle remonta ses lunettes de soleil sur le sommet de son crâne pour que je puisse voir qu'elle ne plaisantait pas.

— Je n'ai pas dit qu'il fallait tout grimper. Il y a une voie moins compliquée par ici.

Elle ne s'élevait que sur une grosse dizaine de mètres, et ma nièce aurait pu la faire les yeux fermés, mais je n'en fis bien sûr pas part à Georgia.

— Vous cherchez à me tuer ? murmura-t-elle tandis que les deux types passaient à côté de nous.

— Nous sommes équipés, dis-je tout en tapotant l'anse de mon sac à dos. J'ai apporté un harnais supplémentaire. (Je jetai un regard à sa tenue.) Vos chaussures ne sont pas tout à fait ce que je recommanderais, mais elles feront l'affaire jusqu'à ce que nous vous trouvions une paire plus adaptée.

Son regard s'étrécit.

— Lorsque vous m'avez dit d'enfiler une tenue confortable pour aller faire de la randonnée, j'ai bêtement pensé que nous allions faire de la *randonnée* ! gronda-t-elle en désignant son corps moulé dans des vêtements de sport.

— C'est ce que nous avons fait, répliquai-je. Nous avons marché quasiment un kilomètre pour arriver jusqu'ici.

— Vous jouez sur les mots, une fois de plus ! aboya-t-elle en posant les mains sur ses très jolies hanches.

Arrête de regarder ses hanches, bordel.

— De quoi avez-vous peur ? lui demandai-je en faisant pivoter ma casquette des Mets pour relever mes lunettes de soleil.

— De tomber, tiens ! lança-t-elle en pointant le doigt vers le haut. C'est une peur plutôt réaliste lorsqu'on envisage de *grimper* un truc pareil !

— Voyez ça comme de la randonnée verticale…

— N'importe quoi, dit-elle en pointant cette fois son doigt sur moi.

— Je plaisantais, pour l'assurance décès. Je ne vous laisserai pas tomber.

Jamais. Elle avait été déçue bien trop souvent déjà.

— Bien sûr... grommela-t-elle d'une voix pleine de sarcasme. Et comment vous comptez vous y prendre pour empêcher ça ?

— Je serai votre assureur. Je contrôlerais la corde si vous deviez tomber. Vous voyez, on enfile le harnais par-dessus...

— Je peux savoir ce que vous faites avec un deuxième harnais, au juste ? Vous vous baladez partout aux États-Unis en espérant brancher des grimpeuses ?

Puis elle croisa les bras sur sa poitrine.

— Non.

Je ne pus m'empêcher de me demander si cette possibilité l'agaçait. Certes, cela ferait de moi un pur enfoiré, mais l'idée que Georgia puisse se comporter ainsi par jalousie était plutôt agréable.

— Je le prends pour moi, au cas où le premier casserait. J'aime grimper, donc j'apporte mon équipement dès que je vais quelque part où il y a des montagnes... comme le *Colorado*.

— Comment avez-vous su que cet endroit existait ? me demanda-t-elle avec toujours autant d'hostilité.

— Je l'ai découvert à mon dernier passage.

Elle inclina la tête.

— Vous savez, quand vous m'avez fait poireauter pendant des jours le temps de décider si j'étais assez bon pour...

— Vous avez promis !

Son doigt menaçant était de nouveau braqué sur moi.

Je serrai les dents et inspirai par le nez durant trois longues secondes.

— Georgia, je ne vous forcerai pas à escalader cette falaise...

— Comme si vous le pouviez.

— ... mais je vous promets que si vous choisissez de grimper, je ne vous laisserai pas tomber.

Je plantai mes yeux dans les siens pour m'assurer qu'elle sache que j'étais sérieux.

Ma meilleure amie pense que je devrais vous sauter dessus. Mon cerveau avait des airs de disque rayé depuis qu'il avait enregistré cette phrase.

— Parce que vous contrôlez la gravité, peut-être ? lança-t-elle en clignant des yeux.

Bon Dieu, je n'avais jamais rencontré de femme plus frustrante de toute ma vie.

— Parce que je vais...

Elle me rappela à l'ordre d'un regard.

— Si vous *vouliez* grimper, soupirai-je, je passerais d'abord et fixerais la corde là-haut. J'ai exploré la piste, la première fois que je suis venu.

Ses sourcils retrouvèrent leur forme normale.

— Et qu'est-ce qui vous empêcherait de tomber, *vous* ?

Je retirai mon sac à dos et le secouai.

— J'ai des mousquetons. Nous ne sommes pas non plus dans le parc national de Yosemite. Les lieux sont fréquentés. Et lorsque vous grimperez, je vous maintiendrai par la corde, si bien que si vous deviez glisser, vous ne feriez que pendre dans le vide jusqu'à retrouver un point d'appui.

— Je *quoi* ? hoqueta-t-elle.

Je levai mon sac à dos.

— Vous seriez attachée à un bout de la corde, et moi à l'autre.

Elle recula d'un pas.

— Vous ne risquez rien, lui promis-je.

Elle secoua la tête, la mâchoire crispée.

— Georgia, dis-je alors, semblant comprendre quelque chose. Si vous ne voulez pas grimper parce que vous avez le vertige, que vous souhaitez éviter de vous abîmer les mains ou que vous n'avez juste *pas* envie, ce n'est pas grave.

— Je le sais, ça.

Mais son regard montrait que *non*, elle ne le savait pas. Quoi ? Elle croyait vraiment que j'allais la faire grimper là-haut de force, en dépit de ses supplications ?

— Bien, soufflai-je, peiné pour elle. Mais si vous ne voulez pas grimper parce que vous pensez que je vais vous laisser tomber, alors c'est autre chose. Je vous promets que je ne vous laisserai pas tomber. (Je faisais en sorte de parler de la voix la plus sérieuse possible, en espérant qu'elle saisirait la sincérité de mes paroles.) Je suis vraiment bon, vous savez.

Elle déglutit puis jeta un coup d'œil au sac à dos.

— Je vous connais à peine.

— Et voilà, encore des articles qui ne sont jamais arrivés jusqu'à vous... Vous pouvez chercher mon parcours en escalade, si le réseau est bon. Google vous dira que je suis un grimpeur émérite, et je ne fais pas que des choses faciles.

Elle plissa le front.

— Je n'ai jamais dit le contraire.

Mon ventre se noua.

— Donc ce n'est pas mon manque d'adresse qui vous inquiète, articulai-je lentement.

Elle détourna le regard et dansa d'un pied sur l'autre.

— Vous pourriez être un tueur en série, suggéra-t-elle en levant les mains, du sarcasme plein la voix.

Elle se sert de l'humour pour dévier le sujet.

— Ce n'est pas le cas.

— Vous tuez un sacré paquet de gens dans vos livres, quand même.

Puis elle leva les yeux vers la montagne.

— Pas par homicide. Et qui parle de livres, maintenant, hein ?

Je ne pus réprimer un sourire de satisfaction.

— Par ailleurs, trois autres grimpeurs sont là, dis-je en désignant un groupe, à la moitié de la paroi rocheuse. Si je devais vous assassiner en plein jour, il y a de fortes chances qu'ils me balancent aux flics.

Elle les observa en silence.

— Vous ne voulez pas vous lancer, hein ? demandai-je tout bas.

Elle secoua la tête, les lèvres pincées et les yeux toujours rivés sur les autres grimpeurs.

Son refus piquait un peu. Ça n'aurait pas dû me heurter ainsi, je le savais, mais c'était comme ça.

— Vous voulez faire le reste de la piste à pied ?

Elle braqua les yeux sur moi d'un air surpris.

— Vous pouvez grimper ; ça ne me dérange pas de regarder.

— Je ne suis pas venu ici pour moi.

Je l'avais emmenée ici en espérant que l'air frais l'aiderait à chasser ce qui lui pesait sur le cœur. Elle grimaça.

— Je n'ai pas envie que vous vous priviez pour moi. Allez-y, tout va bien.

Elle m'encouragea d'un hochement de tête, s'arrachant un sourire si forcé que c'en était presque comique.

— Je préfère marcher avec vous. Venez, répondis-je en désignant la piste, puis je renfilai mon sac à dos.

— Vous êtes sûr ?

— Absolument.

— Ce n'est pas vous. (Elle inspira un coup sec puis posa de nouveau les yeux sur la paroi rocheuse.) Le dernier homme qui m'a promis de me protéger a lâché la corde et m'a laissée tomber, souffla-t-elle. Mais je suis sûre que vous êtes déjà au courant. Tout le monde l'est.

Si j'avais été ce fameux tueur en série, Damian Ellsworth aurait été ma première victime.

— Et avec ce qui s'est passé aujourd'hui... (Elle secoua la tête, les coins de ses lèvres tremblotant.) Disons simplement que ce n'est pas une journée propice à la confiance. Allons-y.

Elle s'arracha un nouveau sourire puis s'élança sur la piste.

Elle n'a pas confiance en toi. Je réprimai un juron en me rendant compte que c'était pour cette même raison qu'elle refusait de me laisser terminer le livre comme je le désirais.

Ce n'était qu'une question de confiance.

Je redressai les épaules avant de lui emboîter le pas, ne pouvant m'empêcher de sourire devant l'ironie de la situation. J'avais passé la majeure partie de ma vie à m'assurer de tenir parole, et voilà que c'était remis en question par une femme tellement désabusée que même moi, je ne pouvais me sortir du trou qu'un autre avait creusé.

Par chance, j'excellais en escalade.

— Alors, vous êtes ici pour combien de temps ? m'interrogea-t-elle tout en avançant.

— Jusqu'à ce que j'aie terminé le livre, répondis-je, mes poumons me brûlant de plus en plus. Et étant donné que ma deadline n'est que dans deux mois et demi, je serai sûrement dans les parages pendant tout ce temps.

— Quoi ? Vraiment ?

— Vraiment.

Deux petites rides se creusèrent entre ses sourcils.

— Alors, où est-ce que vous logez ?

— J'ai loué une petite maison, tout près, déclarai-je avec un sourire satisfait.

— Ah ?

— Oui. Elle s'appelle Grantham Cottage.

Georgia s'arrêta en plein milieu de la piste. Je pivotai sur mes talons et poursuivis en marche arrière, savourant le mélange de surprise et d'horreur sur ses traits.

— Comme je vous l'ai dit, essayez un peu de me raccrocher au nez, *voisine*.

Son expression valait largement la galère que cela avait été de me dénicher une location.

12

Novembre 1940

Kirton in Lindsey, Angleterre

Cela faisait tout drôle à Jameson d'être entouré d'autres Américains, maintenant qu'il était dans l'Eagle Squadron 71. Il avait un peu l'impression d'être à la maison, sauf que c'était loin d'être le cas.

— Ils sont tous si jeunes, marmonna Howard tout en regardant les nouvelles recrues.

Ils prenaient leur première bière tous ensemble. C'était une tradition anglaise qu'il avait été plus qu'heureux de conserver, car pour lui, cela allait au-delà de la simple camaraderie. C'était le moment propice pour s'expliquer quand il y avait un problème.

— La plupart ont le même âge que nous, répliqua Andy en s'adossant à l'un des murs de leur toute nouvelle salle de repos.

Ils avaient eu la chance de dénicher un ensemble de fauteuils pour compléter ceux en osier éparpillés dans la pièce. Mais les trois hommes étaient à l'écart, et pas seulement physiquement.

— Pas vraiment, dit Jameson. Pas dans leur tête.

Tous les trois savaient ce qu'était un combat. La guerre n'était plus une chose idéalisée, une chose à glorifier. Ces petits nouveaux n'étaient que des gamins. Le Canada venait tout juste de les parachuter ici ; ils avaient réussi à quitter les États-Unis dans l'espoir de rejoindre les Eagles.

Du jour au lendemain, ceux qui – comme Jameson – s'étaient considérés comme des bleus pendant la bataille d'Angleterre étaient désormais des vétérans. Ces Américains fraîchement débarqués étaient tous pilotes, mais la plupart travaillaient pour le commerce. Ils avaient transporté des marchandises, et parfois même des gens. Ils avaient arrosé des cultures. Ils avaient fanfaronné devant des foules.

Mais ils n'avaient jamais fait tomber un homme du ciel.

Certains l'avaient fait, et ils avaient déjà perdu un de leurs hommes, qui avait rejoint l'escadrille 64. Jameson ne pouvait pas lui en vouloir. Cela faisait six semaines qu'ils n'avaient plus eu une seule mission au profit d'un entraînement non-stop. Le sentiment de leur inutilité faisait croître leur frustration. On avait besoin d'eux dans le ciel.

C'était du grand n'importe quoi.

— Peut-être bien qu'Art a eu raison de partir, grommela Howard avant de vider la moitié de son verre.

— Tu lis dans mes pensées, commenta son acolyte.

Puis il baissa les yeux sur sa bière intacte. Elle n'avait pas le goût satisfaisant de celles qui suivaient une mission. Tout ça lui paraissait... faux, comme s'ils faisaient semblant d'être des pilotes de guerre.

Au moins leur unité avait-elle été relocalisée à Kirton in Lindsey la semaine précédente. C'était toujours un pas de plus vers le mode opérationnel. Malheureusement, ils avaient transféré les Buffalo avec eux.

Cet appareil américain n'était pas fait pour la haute altitude, et ce n'était pas le pire de ses défauts. Le moteur surchauffait régulièrement, les commandes du cockpit n'étaient pas fiables, et il manquait de l'armement auquel ils étaient habitués. Certes, les petits nouveaux appréciaient le cockpit ouvert et aéré, mais ils n'avaient jamais piloté de Spitfire.

Son Spitfire manquait à Jameson presque autant que Scarlett.

Bon Dieu qu'elle lui manquait. Cela faisait presque deux mois qu'il ne l'avait pas vue, et il avait l'impression de perdre tout doucement la boule. S'ils n'avaient pas été relocalisés, il aurait déjà fait le voyage jusqu'à Middle Wallop – oui, il avait désespérément besoin de plonger dans ses yeux bleus. Elle avait passé sa permission d'octobre avec ses parents, ce qu'il comprenait parfaitement, mais selon sa lettre, ça ne s'était pas bien déroulé. Il détestait la pression que lui imposait son amour pour lui. C'était injuste qu'elle soit forcée de choisir entre sa famille et lui, mais il mentirait s'il n'admettait pas être fou de joie à l'idée d'être l'heureux élu.

Sans missions de combat, il avait plus de temps libre, ce qui signifiait qu'elle ne lui sortait quasiment jamais de la tête. De deux lettres par semaine, il était passé à trois, voire quatre parfois. Il écrivait comme s'il lui parlait directement, comme si elle était là, avec lui, à l'écouter lui dire combien elle lui manquait. Combien il la désirait. Il lui racontait des anecdotes de son enfance et faisait de son mieux pour dépeindre le tableau de sa vie dans sa petite ville natale.

Le simple fait de s'imaginer l'emmener à Poplar Grove lui arracha un sourire. Sa mère l'adorerait. Scarlett était une femme franche. Elle ne mâchait pas ses mots et ne mentait jamais. Et elle n'était ni pudique ni aguicheuse. Elle gardait ses émotions comme elle protégeait sa sœur – on n'y avait accès que lorsqu'on avait prouvé sa valeur.

Parfois, il avait l'impression de devoir encore prouver la sienne.

— Hé, Stanton ! lança l'un des types avec un fort accent de Boston. C'est vrai que tu t'es dégoté une petite Anglaise ?

— Oui, grommela-t-il en serrant son verre plus fort.

— Tu peux me dire où ça se trouve ? répliqua l'autre, la mine exagérément curieuse, et le petit groupe s'esclaffa.

— Ne fais pas attention à lui, marmonna Howard.

— Je l'ai trouvée sur le bord de la route, répondit Jameson d'un ton pince-sans-rire.

— Et elle a des copines ? On ne cracherait pas sur un peu de compagnie, nous aussi, si tu vois ce que je veux dire...

— Bon, tu as carte blanche, finalement, soupira Howard en lui plaquant la main sur l'épaule.

— Comment va Christine, au fait ? demanda Jameson avec un semblant de sourire.

— Elle est loin. Très loin.

— Oui, elle a des copines ! lança alors Jameson à l'autre abruti. Aucune d'entre elles ne voudrait de toi, mais elle en a.

— Oh ! braillèrent les petits nouveaux, et le type rougit.

— Elle ne doit pas être bien exigeante si elle est avec toi, Stanton, lui assena-t-il.

Du calme. Ce ne sont que des crétins qui en sont encore à mesurer celui qui a la plus longue. Andy leva les yeux au ciel, et Howard termina sa bière.

— Elle est clairement trop bien pour moi, confirma Jameson d'une voix songeuse. Mais elle ne ferait qu'une bouchée de toi, Boston. Prends garde.

Howard se pencha soudainement en avant, crachant sa bière par terre. Toutes les têtes se tournèrent vers lui tandis qu'il essuyait son menton et désignait la porte, de l'autre côté de la pièce.

— Et elle est ici.

Jameson tourna vivement la tête vers l'entrée, et son cœur s'arrêta. Scarlett se tenait sur le seuil, son manteau replié sur son bras. C'était une image qui semblait sortir tout droit du paradis.

Ses cheveux noirs et brillants étaient tirés en arrière, touchant à peine le col de son uniforme. Elle avait les joues roses, et ses lèvres esquissaient un sourire tout juste contenu et... bon sang, il distinguait le bleu de ses yeux de l'autre bout de la pièce. Elle était là. Sur sa base. Dans sa salle de repos. Elle était *là*.

Il était déjà au centre de la salle avant même d'avoir songé à bouger, abandonnant sa bière sur la table la plus proche. En quelques foulées, il était à sa place, là où il se sentait le mieux, se repaissant de la chaleur de sa peau, une main sur sa nuque et l'autre sur sa taille.

— Tu es là, murmura-t-il, stupéfait.

Elle lui souriait. Ce n'était pas un rêve. Elle était bien réelle.

— Je suis là, répondit-elle d'une voix tout aussi douce.

Il laissa alors tomber son regard sur sa bouche et la serra plus fort, le désir menaçant de le consumer. Il avait besoin de son baiser plus que de son prochain souffle, mais il était hors de question qu'il fasse ça ici. Pas devant cet abruti qui avait tant besoin de *compagnie*.

— Pour combien de temps ? demanda-t-il, son ventre se nouant soudain à l'idée qu'elle ne serait sûrement là que pour quelques heures.

Il l'aurait retrouvée à mi-chemin s'il avait su. Il voulait passer le plus de temps possible à ses côtés.

— À ce sujet... (Son sourire se fit soudain espiègle.) Tu as une minute ?

— J'ai toute la vie.

Ce qu'il lui avait offert... et qu'elle avait refusé, mais il faisait un effort incroyable pour ne pas y penser.

— Parfait. (Elle s'écarta de ses bras et lui prit la main, puis elle se tourna vers les nouveaux.) Boston, c'est ça ?

— Euh, oui.

Le type se leva, frottant sa nuque d'un geste embarrassé, les joues aussi rouges que des tomates.

— Ah. Eh bien, espérons tous que la Women's Auxiliary Air Force ne sera jamais intégrée aux forces de Sa Majesté. Il serait dommage que je vous rétrograde officiellement, sous-lieutenant.

Puis elle le gratifia d'un sourire poli, que Jameson savait être tout à fait sarcastique. Il ne parvint pas à retenir un petit rire. Le sourire de Scarlett redevint sincère lorsqu'elle aperçut Howard.

— Contente de te revoir, Howie.

— Plaisir partagé, Scarlett.

Jameson la guida le long du couloir puis ouvrit la porte qui donnait sur la salle de réunion vide. Il l'attira à l'intérieur, ferma et verrouilla la porte, puis jeta son manteau sur le bureau le plus proche et l'embrassa passionnément.

Scarlett ne défaillit pas ; elle s'éveillait sous ses doigts. Elle enroula ses bras autour de sa nuque et se cambra contre lui, cherchant à le toucher autant que possible, la langue de Jameson se mêlant à la sienne. Il émit un grognement dans sa bouche et intensifia son baiser, balayant ces atroces semaines de séparation à coups de langue et de mordillements.

Il n'y avait qu'avec Jameson qu'elle s'autorisait à *ressentir*, tout simplement. Le besoin, le désir, la douleur, le manque qui lui tailladait le cœur... elle s'y abandonnait entièrement. Toutes les autres facettes de sa vie étaient savamment contrôlées. Jameson piétinait les règles avec lesquelles elle avait grandi et la faisait voyager dans un monde d'émotions aussi vivant et coloré qu'il l'était lui.

L'urgence du désir martelait chaque cellule de son corps. *Plus. Plus près. Plus profond.*

Comme s'il avait perçu son empressement, ou le partageait, il agrippa ses hanches et la souleva afin qu'ils soient au même niveau. Elle enfonça les mains dans ses cheveux tout en se laissant porter jusqu'à la table, où il la posa sans interrompre leur baiser.

Elle n'avait jamais été aussi heureuse de porter une jupe, ce qui permit aisément à Jameson de se nicher entre ses cuisses qui palpitaient de désir. Elle lâcha un hoquet, et il inclina la tête, prenant sa bouche comme s'il avait besoin de la revendiquer de nouveau, comme si elle pouvait disparaître à tout moment.

— Tu m'as manqué, dit-il contre ses lèvres.

— Toi aussi, tu m'as manqué, souffla-t-elle d'une voix rauque tout en essayant de refréner son cœur affolé.

Même s'ils n'avaient partagé que ce moment, tout ce qu'elle avait fait pour venir jusqu'ici avait valu la peine.

Jameson dessina un chemin de baisers le long de sa nuque puis se mit à suçoter sa peau, juste au-dessus du col de son chemisier. Elle inspira profondément en sentant sa langue lui chatouiller la peau. Dieu que c'était bon... Des frissons de plaisir lui parcouraient l'échine, terminant leur course au creux de ses reins en feu. Jameson embrasait la brise de novembre qui lui collait à la peau depuis son arrivée, ce matin. Elle ne pourrait jamais avoir froid dans ses bras.

Il déboutonna son uniforme et glissa les mains à l'intérieur pour caresser sa taille par-dessus son doux chemisier blanc. Ses pouces effleurèrent ses côtes, chatouillant sa peau quelques centimètres à peine sous sa poitrine, et elle se cambra, le pressant d'aller plus loin.

Il l'embrassa de nouveau et l'attira un peu plus contre lui.

Elle hoqueta, sentant le désir de Jameson à travers les couches de tissu qui recouvraient leurs corps. Il avait envie d'elle. Au lieu de se dérober, elle se mit à rouler des hanches.

Il aurait pu lui arriver n'importe quoi, ces sept dernières semaines – et à elle aussi. Aujourd'hui, Scarlett l'avait rien que pour elle, et elle en avait assez de se mentir, de lutter contre la vitesse ou l'intensité de leur connexion. Elle le prendrait de toutes les manières dont il voudrait se donner.

— Je t'ai pour combien de temps ? demanda-t-il, son souffle titillant le creux de son oreille juste avant que ses lèvres ne prennent le relais.

— Pour combien de temps aimerais-tu m'avoir ?

Elle resserra sa prise autour de sa nuque.

— Pour toujours.

Il crispa les mains sur ses hanches tout en faisant courir ses dents sur la peau délicate de son lobe d'oreille. Dieu que c'était difficile de réfléchir lorsqu'il faisait cela...

— Tant mieux, parce que j'ai été réaffectée ici, parvint-elle à articuler.

Jameson se figea, puis il s'écarta lentement, les yeux écarquillés.

— Ça ne te fait pas plaisir ? demanda-t-elle, son cœur s'arrêtant soudain à cette possibilité.

S'était-elle fourvoyée ? Et si ces lettres ne signifiaient rien pour lui ? Et s'il était déjà passé à autre chose, mais qu'il n'avait pas eu le cœur de le lui dire ? Toutes les filles de Middle Wallop lui avaient fait comprendre qu'elles auraient payé cher pour être à sa place ; ça devait être forcément la même chose ici.

— Tu es là... comme là, *là* ? dit-il en fouillant son regard.

— Oui. Constance et moi avons demandé à être mutées, et ils ont accepté il y a quelques jours seulement. Je ne voulais pas te donner de l'espoir au cas où ce serait refusé, mais quand j'ai eu la réponse, je me suis dit que j'arriverais avant une lettre. Tu es déçu ? insista-t-elle, sa voix montant dans les aigus.

— Certainement pas ! (Il sourit, et Scarlett sentit la tension dans sa poitrine s'évaporer.) Je suis surpris, mais c'est une surprise incroyable ! (Il l'embrassa passionnément.) Je t'aime, Scarlett.

— Moi aussi, je t'aime. Dieu merci, parce que je ne me serais pas vue retourner à Middle Wallop.

Elle essayait de garder un air impassible, mais elle en était incapable. Avait-elle un jour été aussi heureuse dans sa vie ? Elle n'en était pas certaine.

— Je ne sais pas combien de temps la 71 va rester là, admit-il en caressant ses joues de la pulpe du pouce. Les escadrilles n'arrêtent pas de bouger, et on parle déjà d'une nouvelle délocalisation.

Le simple fait d'y penser le rendait malade. La réaffectation de Scarlett n'était qu'un pansement sur une hémorragie. Mais il était vraiment heureux d'avoir du temps avec elle, aussi court soit-il.

— Je sais. (Elle lui prit la main et déposa un baiser dans sa paume.) Je m'y suis préparée.

— Pas moi. Ces mois sans toi ont été insupportables. (Il plaqua son front contre le sien.) J'ignorais à quel point je t'aimais jusqu'à ce que j'aie à me réveiller, jour après jour, en sachant qu'il n'y avait aucune chance que je te voie sourire, ou que je t'entende rire – ou même me crier dessus, tiens !

Il avait été comme incomplet, pensant à elle constamment, quoi qu'il fasse. Il avait été si distrait qu'il était surpris de ne pas avoir planté d'avion, même s'il pouvait piloter ces Buffalo les yeux fermés.

— Ça a été horrible, admit-elle en laissant tomber son regard sur ses lèvres, puis sur les lignes de son uniforme. Tes bras me manquaient, et aussi la manière dont mon cœur bondit chaque fois que je te vois. (Elle fit courir ses doigts sur les lèvres de Jameson.) Tes baisers, également, et même ta façon de me taquiner.

— Il faut bien que quelqu'un te fasse rire, dit-il en mordillant la pulpe de son pouce.

— Et tu y arrives très bien. (Son sourire faiblit.) Je n'ai pas envie de passer un autre mois comme ça, et encore moins deux.

La mâchoire de Jameson se crispa.

— Comment pourrons-nous l'éviter quand ils décideront, dans quelques mois, que la 71 doit aller ailleurs ?

— J'ai une idée. (Le regard de Scarlett s'étrécit.) Mais cela nécessiterait que tu me répètes ton idée à toi, ajouta-t-elle en pressant les lèvres.

— Mon idée ? Eh bien, je... je t'ai demandé de m'... (Il la dévisagea alors, bouche bée.) Scarlett, es-tu en train de dire...

Son regard cherchait frénétiquement le sien.

— Je ne dirai rien tant que tu ne m'auras rien demandé.

Elle sentit son cœur s'affoler, priant pour qu'il n'ait pas changé d'avis, pour qu'elle n'ait pas misé tout son bonheur et traîné sa sœur de l'autre côté de l'Angleterre pour se voir éconduite.

— Attends ici, dit-il, le regard fiévreux, puis il recula en dressant un doigt. Ne bouge pas un muscle !

Il disparut alors de la pièce. Scarlett déglutit et serra les genoux avant de réarranger sa jupe. Il n'avait certainement pas parlé de ces muscles-*là*.

N'importe qui aurait pu faire irruption ; il fallait tout de même qu'elle soit présentable.

Les cliquetis mécaniques de l'horloge étaient sa seule compagnie dans le silence, et elle fit ce qu'elle put pour calmer les battements affolés de son cœur.

Jameson resurgit dans la pièce, la main agrippée à l'encadrement de la porte pour ralentir sa course. Il retrouva alors son équilibre et ferma derrière lui avant de la rejoindre.

— Ça va mieux ? demanda-t-elle.

Il hocha la tête, enfonçant nerveusement ses mains dans ses cheveux avant de s'agenouiller devant elle et de lui tendre un anneau, qu'il tenait entre le pouce et l'index.

Scarlett lâcha un hoquet de surprise.

— Je sais que je ne suis pas ce que tu t'étais imaginé en pensant au mariage. Je n'ai pas de titre – je n'ai même pas de pays, à l'heure actuelle, dit-il en grimaçant. Mais tout ce que j'ai t'appartient, Scarlett. Mon cœur, mon nom, mon être : tout est à toi. Et je te promets que je passerai chaque jour de ma vie à mériter le privilège de ton amour, si tu m'y autorises. Me feras-tu l'honneur d'être ma femme ?

Il plissa légèrement le front, mais il y avait tellement d'espoir dans ses yeux que c'était presque douloureux pour elle de voir qu'elle l'avait fait douter de sa réponse.

— Oui, souffla-t-elle, ses lèvres tremblantes devenant petit à petit souriantes. Oui, je le veux, répéta-t-elle en hochant fiévreusement la tête.

Elle savait à quoi ressemblait la vie sans lui, et elle ne voulait plus jamais ressentir cela. Son travail, sa famille, cette guerre – ils affronteraient tout ensemble, désormais.

— Dieu merci. (Il se redressa et la souleva dans ses bras.) Scarlett, ma Scarlett, souffla-t-il contre sa joue.

Elle l'enlaça de toutes ses forces, se repaissant de cet instant. Elle ignorait comment, mais ils réussiraient à le faire durer.

Il la reposa et glissa la bague à son annulaire gauche. C'était un magnifique solitaire serti dans une bague en filigrane doré. Il lui allait à la perfection.

— C'est sublime, Jameson. Merci.

— Je suis content que cette bague te plaise. Je l'ai choisie quand nous étions à Church Fenton, en espérant te faire changer d'avis. (Il l'embrassa tendrement puis lui prit la main.) On peut encore trouver le commandant, en faisant vite.

— Quoi ?

Mais Jameson avait déjà récupéré son manteau et la guidait dans le couloir.

— Il nous faut la permission du commandant. Celle de l'aumônier, aussi, dit-il, les yeux brillant d'excitation.

— Nous avons tout le temps pour ça, répliqua-t-elle en riant.

— Oh que non. Il est hors de question que je prenne le risque de te voir de nouveau changer d'avis. Attends ici juste une seconde.

Il disparut dans une autre pièce, l'abandonnant dans le couloir. Quelques instants plus tard, il était de retour avec sa veste et son chapeau.

— Nous ne nous marierons pas ce soir, s'empressa de dire Scarlett.

Ce serait de la folie pure.

— Pourquoi pas ? souffla-t-il d'un air déçu.

Elle posa une main sur sa joue.

— Parce que j'aimerais sortir de ma valise la robe que j'ai achetée. Ce n'est pas grand-chose, mais j'aimerais la porter.

— Oh, bien sûr, dit-il en hochant la tête. Évidemment. Et ta famille ?

Le rouge monta aux joues de Scarlett.

— Constance est désormais ma seule famille.

— Plus pour longtemps. (Il l'attira délicatement contre lui.) Tu m'auras, moi, ainsi que ma mère et mon père, et mon oncle, aussi.

— Et c'est tout ce dont j'ai besoin. Il va nous falloir trouver un endroit où loger, également. Il est hors de question que je passe ma nuit de noces entourée de toute ton escadrille, ajouta-t-elle avec un regard sans équivoque.

— On est d'accord ! s'exclama-t-il en blêmissant. Nous pourrons aller voir le commandant et l'aumônier demain, si ça te va.

Elle confirma d'un hochement de tête.

— Je vais sortir ma robe, mais pas grand-chose d'autre.

Un vrombissement d'anticipation se mit à circuler dans tout son corps.

— Je vais nous trouver un petit chez-nous, déclara Jameson en posant son front contre le sien.

— Et ensuite, on se marie, murmura-t-elle.

— Ensuite, on se marie.

13

Georgia

Mon tendre Jameson,
Tu me manques. J'ai besoin de toi. Rien, ici, n'est pareil sans toi. Constance pense que nous réussirons à déplacer le rosier, mais je ne suis pas sûre que ce soit une bonne idée. Pourquoi déraciner quelque chose qui est heureux là où il est ? Ce qui n'est pas mon cas. Je flétris, ici, sans toi. Je m'occupe, bien évidemment, mais tu n'es jamais loin de mes pensées. Prends soin de toi, mon amour, je t'en supplie. Je ne peux respirer dans ce monde sans toi. Sois prudent. Nous nous retrouverons très vite.
Ta Scarlett qui t'aime de tout son cœur

— Comment ça, il s'est *pointé comme ça* ? lança Hazel, dont les sourcils touchèrent presque le plafond, ses yeux verts écarquillés.

— De tout ce que je t'ai raconté sur ce qui s'est passé hier, c'est ça qui te surprend ? répliquai-je en l'examinant par-dessus mon café.

— Ma chérie, tu sais que je t'aime, mais le fait que ta mère taille la route dès l'instant où l'avance est tombée n'a franchement rien de surprenant. Espérais-je qu'elle tiendrait sa promesse et resterait jusqu'à Noël ? Bien sûr. Je croisais les doigts pour qu'elle se soit racheté une conduite, mais à ce stade, je crois que tout l'argent qu'elle vient de toucher ne suffirait pas. Je pensais juste que tu m'aurais appelée quand... Colin, trésor, ne touche pas à ça.

Elle se précipita vers mon coin petit déjeuner, où ses enfants étaient en train de jouer, et referma le premier placard.

— Ne t'inquiète pas. C'est exactement pour ça que grand-mère remplissait toujours ces placards de jouets.

La plupart étaient plus vieux que moi.

— Je sais, mais je n'ai pas envie qu'ils... (Elle surprit mon regard blasé.) Bon. OK pour celui-ci, mais on laisse les autres placards de tatie Georgia tranquilles, d'accord ?

Elle rouvrit la porte et retourna s'asseoir à côté de moi, autour de l'îlot central.

— Je t'assure que je voulais simplement passer voir comment tu allais, et pas saccager ta maison.

— Arrête, dis-je en levant les yeux au ciel. Tu as bien fait. Ce n'est pas comme si j'avais mille choses à faire...

Puis je reculai légèrement pour observer les enfants jouer, un sourire aux lèvres.

— Alors, il est... là ? reprit Hazel en levant sa tasse de café.

— Il a loué Grantham Cottage.

— Il a *quoi* ?!

Sa tasse, qu'elle oublia soudainement, cogna le plan de travail en granite dans un bruit sourd.

— Tu as entendu.

Je pris une nouvelle gorgée revigorante. Toute la caféine du monde ne pourrait me venir en aide, aujourd'hui, mais j'étais décidée à essayer.

— Mais c'est... souffla-t-elle en se penchant vers moi, comme si on pouvait nous entendre. Juste à côté !

— En effet. J'ai même appelé l'avocat fiduciaire, hier soir. Il m'a confirmé que le gestionnaire immobilier l'avait mis en location, comme j'en avais donné l'ordre. Alors, ajoutai-je en plissant le nez, il est possible que j'aie demandé si je pouvais annuler le bail, ce à quoi il a répondu que ne pas apprécier Noah ne constituait pas une raison légale.

Hazel me dévisageait, bouche bée.

— Tu veux bien dire quelque chose ? l'implorai-je quand le silence se fit douloureusement gênant.

— Oui. Pardon.

Elle secoua la tête puis jeta un coup d'œil à ses enfants.

— Détends-toi ; ils ne vont nulle part.

— Tu n'as pas idée de la vitesse à laquelle ils se déplacent. Hier, Dani a effectué l'équivalent d'un kilomètre en trois minutes, je te jure. (Elle croisa les jambes et m'étudia du regard.) Bon, l'Apollon est donc tout près.

— L'*écrivain* est... Je ne sais même pas si on peut dire « tout près », à ce stade.

En gros, le cottage était situé *sur* la propriété – voilà à quel point il était proche, ce qui expliquait en partie pourquoi grand-mère ne l'avait jamais vendu. Elle disait qu'il valait mieux choisir ses voisins plutôt que de se retrouver avec une fouine.

Hazel plissa les yeux.

— D'ailleurs, il est censé arriver d'un instant à l'autre afin qu'on puisse reprendre notre activité favorite, à savoir s'engueuler. Il a emménagé ici pour pouvoir se prendre la tête avec moi, tu te rends compte ? Qui fait ça, au juste ? me récriai-je avant d'avaler une nouvelle gorgée de café.

— Quelqu'un qui sait à quel point tu es têtue et...

— Tais-toi.

— Tu sais que c'est vrai. Moi, je trouve qu'il a gagné des points en ayant décidé de prendre l'avion plutôt que de se contenter de te rappeler. Et puis, ajouta-t-elle avec un haussement d'épaules, ça facilite largement la suggestion que je t'ai faite l'autre jour, au sujet de vider toute ta frustration *sur* lui...

Traîtresse.

— Tu es de quel côté, au juste ?

— Du tien, toujours. Je ne l'ai même pas ajouté à ma liste d'amants potentiels !

— Bien. Alors il ne gagne aucun point. Il n'y a pas de points à amasser.

Je vidai ma tasse et allai la déposer dans l'évier. Quand je me retournai, Hazel m'examinait toujours, la tête inclinée sur le côté.

— Quoi ?

— Il te plaît, commenta-t-elle en sirotant son café.

— P-pardon ? balbutiai-je, le ventre soudain noué.

— Tu as très bien entendu.

— Retire tout de suite ce que tu viens de dire ! aboyai-je, comme lorsque nous avions sept ans.

— Tu portes de *vrais* vêtements. Un jean, un chemisier que tu as dû repasser, et tu as lâché tes cheveux. Il te plaît, conclut-elle avec un grand sourire.

— Je commence à regretter de t'avoir laissée entrer.

Mon téléphone vibra, et je l'arrachai de l'îlot central avant qu'Hazel ne puisse voir l'écran. C'était un SMS de Noah.

NOAH : J'arrive. Vous avez besoin de quelque chose ?

Cela aurait été puéril de répliquer : « Oui, que vous mettiez dans un avion votre joli petit cul un peu trop insistant à mon goût, direction New York. »

— Il ne me plaît *pas*, lançai-je à Hazel tout en tapant ma réponse.

GEORGIA : Entrez directement. La porte n'est pas fermée à clé.

— Et il arrive, ajoutai-je en calant ma hanche contre le plan de travail.

Ce n'est pas parce que je m'étais réveillée en me sentant... humaine qu'il me plaisait. Cela signifiait simplement que je m'étais préparée pour une réunion d'affaires. Mon téléphone vibra de nouveau.

— Les enfants, on y va ! Tatie Georgia attend un ami, déclara Hazel en appelant Colin et Dani.

NOAH : Vous ne pouvez pas laisser ouvert comme ça. Ce n'est pas prudent.

Je renâclai. *Pas prudent, mes fesses.*

      GEORGIA : Dit le type qui escalade
                            des montagnes.

Je reposai mon téléphone sur le plan de travail et poussai un soupir.

— Il ne me plaît pas, répétai-je.

— Très bien, déclara Hazel en hochant légèrement la tête avant de poser sa tasse dans l'évier. Mais il faut que tu saches que ce n'est pas grave si c'est le cas.

Je me hérissai. Ce n'était *pas* le cas.

— Rends-le-moi ! brailla Colin.

— C'est à moi ! rétorqua Danielle d'une voix perçante.

Hazel et moi pivotâmes en même temps, mais la petite nous passa entre les jambes à la vitesse de l'éclair, son frère sur ses talons.

— Bordel, grommela mon amie, qui partait déjà au pas de course.

— Vous ne pouvez pas laisser votre porte... *Woooooh !* lança la voix de Noah, dans l'entrée.

Avant que nous ayons le temps de sortir de la cuisine, Noah arrivait déjà vers nous, un gamin hilare sous chaque bras. *Non*, je n'accordais aucune attention à la taille de ses biceps. Ni au dessin de sa bouche ou au sex-appeal dégoulinant de son sourire. C'était inhumain d'être aussi canon dès le matin.

— Vous voyez ce qui arrive quand on laisse sa porte ouverte ? dit-il en agitant légèrement les petits. Toutes sortes de bêtes sauvages peuvent entrer.

Dani se mit à rugir, ce qui ne fit qu'intensifier le sourire de Noah.

Non. Non. Non. On ne craque pas, on ne fond pas. On ne fait rien du tout. Interdit !

— Hé, les mioches, vous n'êtes pas censés parler à un inconnu, grognai-je.

— Mais ce n'est pas ton ami, tatie Georgia ? répliqua Colin.

Voilà ce que c'était de grandir dans une petite ville. Ces enfants n'étaient jamais tombés nez à nez avec un inconnu.

— Oui, *tatie Georgia*, seriez-vous en train de dire que nous ne sommes pas amis ? me demanda Noah avec de grands yeux tristes.

Je levai les miens au ciel tandis qu'il reposait les enfants et tendait la main à Hazel.

— Bonjour. Noah Morelli. J'imagine que ces bouilles d'ange sont à vous.

Avec une entrée en matière pareille, Hazel tomba évidemment aussitôt sous son charme.

Il lui a donné son vrai nom.

— Bonjour, Noah. Moi, c'est Hazel, la meilleure amie de Georgia. Vous êtes doué avec les enfants !

— Ça, c'est grâce à ma sœur. Meilleure amie, hein ? reprit-il alors en m'adressant un sourire sournois. Celle qui lui envoie des articles ?

Que la terre s'ouvre sous mes pieds. Tout de suite.

— Je plaide coupable, répondit-elle, son sourire s'agrandissant davantage.

— Dites, vous avez un conseil ou deux à me donner pour m'aider à lui faire entendre raison ? lança-t-il en me désignant d'un coup de menton.

— Bien sûr ! Il suffit de la laisser s... (Elle surprit mon regard assassin et se crispa.) Non, navrée, Noah. Je suis dans son équipe. Les enfants, on décampe.

« Désolée », articula-t-elle silencieusement à mon intention tout en courant vers sa progéniture, qui avait repris ses quartiers dans le coin petit déjeuner.

— Je m'occuperai de ranger, ne t'inquiète pas, lançai-je par-dessus mon épaule.

Elle avait assez de travail comme ça sans avoir à nettoyer ma maison. Ce n'était pas comme si j'avais grand-chose d'autre à faire, aujourd'hui. Et elle avait eu besoin de ce moment de pause.

— Au fait, tu ne dois pas aller ouvrir le centre ?

— Je déteste laisser... Oh punaise, je vais être en retard ! (Elle embarqua un enfant sous chaque bras et partit au galop, s'arrêtant juste pour déposer un baiser sur ma joue.) Merci pour le café.

— Travaille bien, dis-je tout en glissant une banane dans son sac à main XXL.

— Ravie d'avoir fait votre connaissance, Noah, cria-t-elle en franchissant l'entrée.
— Plaisir partagé !
La porte se referma dans un bruit sourd.
— Une banane ? demanda-t-il d'un air curieux.
— Elle n'oublie jamais de donner un petit déjeuner à ses enfants, mais elle est trop occupée pour se nourrir elle-même, répondis-je avec un haussement d'épaules tandis que mon téléphone vibrait.

HAZEL : Je lui accorde dix gros points
pour avoir su gérer les petits.

— Traîtresse, marmonnai-je avant de fourrer mon téléphone dans mon jean sans m'embêter à répondre.
— Bien, dit Noah en enfonçant les mains dans ses poches.
— Bien. Je n'ai encore jamais programmé de dispute...
L'air entre nous aurait pu crépiter en raison de toute l'électricité dont il était chargé.
— C'est ainsi que vous appelez ça ? demanda-t-il avec un sourire suffisant.
— Vous diriez quoi, vous ?
Je profitai de ce qu'il y réfléchissait pour mettre les tasses au lave-vaisselle.
— Comme ça, de but en blanc... Une promenade préméditée dans l'idée de découvrir un chemin mutuellement bénéfique afin que nous puissions surmonter nos différends personnels et professionnels pour atteindre un but commun.

— Les écrivains... marmonnai-je. Bien, promenons-nous jusqu'au bureau, dans ce cas.

Son regard se mit à pétiller.

— J'ai une meilleure idée. Allons marcher le long du ruisseau.

Je haussai un sourcil. Il leva aussitôt les mains.

— Pas d'escalade, promis. Je parle du ruisseau qui se trouve au bout de votre jardin. Celui des lettres... ? Mon cerveau tourne mieux quand je suis sur mes deux pattes. Et puis, ça retire pas mal d'objets fragiles de l'équation, si jamais vous décidiez de me jeter quelque chose à la figure...

— Très bien, soupirai-je, blasée. Je vais chercher mes chaussures.

Quand je réapparus dans la cuisine, vêtue de chaussures de randonnée et d'un tee-shirt plus propice à la balade, il avait rangé tous les jouets que les enfants d'Hazel avaient laissés traîner. Même moi, je devais admettre, à contrecœur, qu'il marquait des points.

Écrivain mélancolique ? Check.

Corps de rêve ? Check.

Doué avec les enfants ? Double check.

Ma poitrine me donna l'étrange impression d'être toute comprimée, soudain. Ça n'annonçait décidément *rien* de bon.

— Vous n'étiez pas obligé, mais merci, lui dis-je tandis que nous gagnions le patio.

— Ce n'est rien... Ouah.

Il se figea sur place, un regard admiratif braqué sur le jardin que grand-mère avait tant aimé.

— C'est un jardin à l'anglaise, naturellement, expliquai-je tout en empruntant le petit sentier entre les haies taillées.

L'automne s'était installé, faisant apparaître des nuances orangées et dorées partout sauf dans la serre.

— Naturellement, dit-il en s'abreuvant du paysage, le regard passant d'une plante à l'autre.

— Vous cherchez à tout mémoriser ?

— Comment ça ?

— Grand-mère me disait qu'elle mémorisait chaque lieu qu'elle visitait. Ce à quoi il ressemblait, les odeurs qu'il dégageait, les sons qu'elle percevait, les plus petits détails qu'elle pouvait insérer dans une histoire et qui donneraient l'impression au lecteur qu'il était là, lui aussi. C'est ce que vous faites ?

— Je n'ai jamais vu ça de cette manière, mais oui, confirma-t-il. C'est vraiment beau.

— Merci. Elle l'adorait, même si elle se plaignait de ne pas pouvoir maintenir en vie certaines de ses plantes préférées à cette altitude.

Nous gagnâmes le portillon de derrière, où une haie de plantes à feuillage persistant nous séparait de la nature sauvage du Colorado. Je tournai la poignée en fer forgé et passai de l'autre côté.

— Elle disait que cela la faisait se sentir plus proche de sa sœur.

— C'est Constance qui lui a appris le jardinage, n'est-ce pas ?

— Oui.

C'était à la fois étrange et rassurant de savoir que quelqu'un d'autre avait lu le manuscrit de grand-mère, connaissait cette partie de sa vie aussi intimement que moi, désormais.

— Bon sang... C'est tout aussi sublime, souffla Noah en contemplant les trembles, devant nous.

— C'est chez moi.

J'inspirai un bon coup, sentant mon âme se poser, comme elle le faisait toujours face à ce paysage. Nous étions nichés dans une vallée, au cœur des monts Elk qui s'élevaient devant nous, leurs sommets déjà couronnés des premières neiges.

Le pré derrière la maison de grand-mère arborait des teintes d'or bruni, à la fois dans l'herbe haute qui avait cédé au cycle de l'automne et dans les feuilles des trembles qui flanquaient chacun de ses côtés.

— C'est ma saison préférée. Je ne dis pas que l'automne à New York ne me manque pas – ce serait mentir. Mais ici, il n'y a pas de rivalité de couleurs. Aucune guerre entre les arbres pour savoir lequel aura les feuilles les plus colorées. Ici, les montagnes se transforment en or, comme si elles s'étaient toutes mises d'accord. Je trouve ça vraiment paisible.

J'avançai sur le chemin qui avait été creusé dans le pré bien avant ma naissance.

— Je comprends pourquoi vous avez eu envie de revenir, admit Noah. Mais j'ai un faible pour l'automne à New York.

— Et pourtant, vous vous apprêtez à le passer ici.

Nous gagnâmes le ruisseau qui traversait la propriété de grand-mère – ma propriété. Il n'avait pas grand-chose à voir avec ceux de la côte Est. Il devait faire trois mètres de largeur et même pas un de profondeur. Mais l'eau était différente, dans les Rocheuses. Elle n'était pas fluide. Elle n'était ni lisse ni prévisible. Ici, elle pouvait couler en un filet, et lorsque vous vous y attendiez le moins, elle envoyait un jet si puissant qu'il détruisait tout sur son passage. C'était comme tout le reste, dans les montagnes : dangereusement magnifique.

— J'ai fait ce que j'avais à faire, déclara Noah avec un haussement d'épaules, puis nous tournâmes pour longer le ruisseau. New York vous manque ?

— Non.

— Réponse plutôt rapide.

— Question plutôt facile, répliquai-je en coinçant mes pouces dans les poches arrière de mon jean. Bon, j'imagine que c'est là qu'on commence à se disputer pour le livre ?

— Ce n'est pas moi qui persiste à parler de dispute. Et si nous y allions en douceur ? Posez-moi une question personnelle. Tout ce que vous voulez. (Il releva ses manches, révélant une ligne d'encre, sur son avant-bras, qui ressemblait à la pointe d'une épée.) Je répondrai si vous faites de même.

Bon, cela semblait assez facile.

— N'importe quoi ?

— N'importe quoi.

— C'est quoi, l'histoire derrière ce tatouage ? dis-je en désignant son avant-bras.

Il suivit mon regard.

— Ah, celui-ci, ça a été mon premier.

Il remonta encore sa manche, autant que le tissu le permettait, pour révéler la lame d'une épée qui servait de pointe à un compas. J'avais vu suffisamment de photos pour savoir qu'il recouvrait toute son épaule, même si je n'en distinguais que la base, à cet instant.

— Je l'ai fait faire la semaine qui a précédé la parution de *Déclin d'Avalon*. J'ai inséré une parabole du roi Arthur dans la quête du personnage, qui recherchait son...

— Amour perdu, oui. Je l'ai lu. (Je manquai de défaillir face au lent sourire dont il me gratifia, et m'empressai de me reconcentrer sur le sentier.) Vous vous faites tatouer pour chacun de vos livres ?

— D'abord, ça fait *deux* questions, et oui, mais les autres sont plus petits. Quand *Avalon* est sorti, je pensais qu'il y avait des chances que ce soit mon seul livre. À mon tour.

— OK, soufflai-je, me préparant mentalement à parler de la toute dernière aventure de Damian.

— Pourquoi avez-vous arrêté la sculpture ?

Quoi ? Je ralentis le pas, mais il se cala sur mon rythme.

— Damian m'a demandé de faire une pause et de l'aider à faire décoller Ellsworth Productions, ce qui avait du sens, à l'époque. Nous venions tout juste de nous marier, et j'étais convaincue de l'aider pour nous construire un avenir. Et puis, ça restait de l'art, sauf que c'était sa forme d'art à lui...

Je haussai les épaules en repensant à la gamine naïve de vingt-deux ans que j'avais été.

— Puis la pause s'est transformée en arrêt total, et cette partie de moi s'est juste... (Les mots adéquats me manquaient toujours quand j'abordais ce sujet.) ... éteinte. Comme un feu que j'aurais oublié d'alimenter. Les flammes étaient si fragiles que je ne les remarquais même plus, puis il n'en est resté que des cendres, et à ce moment-là, c'était le reste de ma vie qui s'était embrasé. Il n'y a pas beaucoup de place pour la créativité lorsqu'on se concentre principalement sur le fait de respirer.

Je sentais son regard sur moi, mais je me refusais à le croiser. J'inspirai un bon coup et m'arrachai un sourire.

— Mais je crois que ça me revient peu à peu. (Je pensai à la boutique de Mr Navarro, et à ce que cela me coûterait d'en faire quelque chose.) Bref, ça fait une question, et je vous en dois une autre, alors allez-y.

— Pourquoi ne me faites-vous pas confiance pour cette histoire ?

Je sentis mon corps se crisper.

— Je ne fais confiance à *personne* pour ce livre, et c'était également le cas de grand-mère. Ce n'est pas facile de savoir que quelqu'un s'apprête à romancer ce qui est vraiment arrivé à votre famille. Ce n'est pas n'importe quelle histoire, pour moi.

— Alors pourquoi l'avoir vendue ? Simplement pour faire plaisir à votre mère ? (Ses sourcils bruns se froncèrent.) C'est vraiment la seule raison pour laquelle vous avez donné votre accord ?

Était-ce le cas ? J'observais l'eau du ruisseau dévaler devant mes pieds, prenant le temps de réfléchir à sa question. Il méritait en tout cas un autre point, car il ne me pressait aucunement pour obtenir à tout prix une réponse.

— C'était cinquante-cinquante, finis-je par déclarer. Oui, je voulais lui faire plaisir. Je voulais pouvoir lui donner quelque chose qu'elle voulait, vu... que ça n'arrive pas souvent.

Il me jeta un regard perplexe.

— Nous avons une relation compliquée. Disons simplement que si vous, vous mangez avec votre famille une fois par mois, ma mère et moi ne dînons ensemble, grosso modo, qu'une fois par *an*. (C'était une manière délicate de définir notre relation, mais je n'étais pas non plus chez le psy.) Et d'un autre côté, j'ai regardé grand-mère travailler sur ce livre par intermittence, jusqu'à l'hiver où je me suis mariée.

— C'est là qu'elle s'est arrêtée ?

— Je ne sais pas trop, étant donné que je suis partie à New York à ce moment-là. Mais je revenais tous les deux mois, et je ne l'ai plus jamais revue travailler dessus. William – mon grand-père – était la seule personne à qui elle avait accepté de le montrer, et c'était dans les années soixante, avant qu'elle n'écrive les derniers chapitres. Après la mort de William – un accident de voiture –, elle n'y a plus touché pendant dix ans. Mais ce manuscrit était important pour elle, alors elle a fini par le ressortir. Elle voulait faire les choses bien.

— Laissez-moi en faire autant, murmura Noah tandis que nous nous approchions du coude du ruisseau.

— C'est ce que j'espérais, puis vous avez commencé à me parler de fin mielleuse...

— Parce que c'est sa signature ! (Je le sentis se raidir à côté de moi.) Les auteurs ont un contrat avec leurs lecteurs, une fois qu'ils obtiennent le statut qu'avait votre arrière-grand-mère. Elle a écrit soixante-treize romans qui ont donné à ses lecteurs la joie ultime d'un *happy end*. Vous pensez honnêtement qu'elle allait changer son fusil d'épaule pour celui-ci ?

— Oui, déclarai-je en hochant vigoureusement la tête. Je pense que la vérité de ce qui s'est passé était trop difficile à écrire, et que le fantasme que vous voulez créer l'était encore plus, parce que cela ne faisait que lui rappeler ce qu'elle ne pouvait pas avoir. Même les années qu'elle a passées mariée à grand-père Brian n'étaient pas... Enfin, vous avez lu ce qu'elle avait avec grand-père Jameson. C'était quelque chose de rare. Si rare que ça arrive, quoi, une fois par génération ?

— Peut-être, admit-il d'une voix plus douce. C'est le genre d'amour dont les livres parlent, Georgia. Le genre d'amour qui donne envie aux gens de croire qu'il les attend quelque part, eux aussi.

— Dans ce cas, demandez à grand-père Jameson comment ça se termine. Elle a dit qu'il serait le seul à le savoir, et il est plutôt difficile à joindre... (Je posai de nouveau les yeux sur le sentier. Le ruisseau entamait sa douce courbe, suivant la topographie de mon jardin.) Vous avez réfléchi à l'endroit où on devrait le trouver, en librairie ? l'interrogeai-je alors en tentant une autre approche afin de lui faire comprendre mon point de vue.

— Comment ça ?
— Portera-t-il votre nom ou le sien ?

J'arrêtai de marcher, et il se tourna vers moi. Le soleil faisait scintiller ses cheveux.

— Les deux, comme vous l'avez dit. Vous voulez connaître également le budget marketing ? dit-il pour me taquiner, ce qui lui valut un regard noir.

— Vous avez vraiment envie d'abandonner la littérature générale et d'être catalogué dans la section... *romance* ? Parce que le type que j'ai croisé à la librairie le mois dernier aurait crié au scandale.

Il cligna des yeux, l'air légèrement vaincu.

— Hmmm. Vous n'aviez pas visualisé jusque-là, hein ? Vous ne voyiez que la tête de gondole, à sa sortie...

— Est-ce que ça a vraiment de l'importance ? rétorqua-t-il en frottant sa courte barbe dans un geste de frustration.

— Oui. Ce que je vous demande de faire vous maintiendra dans une section qui n'a rien à voir avec... (J'inclinai la tête d'un air songeur.) Qu'est-ce que vous aviez dit, déjà ? « Du sexe et des attentes irréalistes » ?

Un juron échappa de ses lèvres.

— Je n'arriverai pas à vous faire oublier ça, hein ?

Il pivota vers les arbres puis marmonna quelque chose qui ressemblait à « *insatisfaisant* ».

— Non. Vous voulez continuer à me parler d'une fin romantique ? Parce que c'est dans les romances que ce livre sera classé si je cède. Le nom de grand-mère dépasse le vôtre. Vous êtes peut-être célèbre, mais vous n'êtes pas Scarlett Stanton.

— Je me fous de savoir dans quelle section les livres sont rangés.

Nos regards se croisèrent l'espace de quelques secondes tendues.

— Je ne vous crois pas.

— Vous ne me connaissez pas, dit-il en baissant la tête.

Je sentis mes joues chauffer et mon pouls s'accélérer. Je voulais avoir cette dispute au téléphone, afin de pouvoir y mettre un terme et piétiner ces exaspérants élans d'émotions que Noah réussissait toujours à faire naître en moi.

J'aimais être engourdie. L'engourdissement m'assurait la sécurité. Noah était beaucoup de choses, mais sûr, non.

J'arrachai mon regard du sien.

— Qu'est-ce que c'est ? demanda-t-il alors en se penchant légèrement en avant.

Je suivis son regard.

— Le kiosque.

Je calai derrière mes oreilles mes cheveux, que la brise ne cessait de faire voler, puis dépassai Noah afin de pénétrer dans le bosquet de trembles. De l'espace. J'avais besoin d'espace.

Le bruit des feuilles mortes qu'on écrasait derrière moi me fit comprendre qu'il m'avait suivie, alors je continuai. Une quinzaine de mètres plus loin, en plein cœur du bosquet, un kiosque avait été fabriqué entièrement avec les troncs des trembles. Je grimpai les marches, faisant courir amoureusement mes doigts sur la rambarde, qui avait été poncée et remplacée au fil des ans, à l'image du sol et du toit. Mais la charpente, elle, était d'origine.

Noah apparut à mes côtés, pivotant lentement afin de pouvoir embrasser les lieux du regard. Le kiosque faisait plus ou moins la taille de notre salle à manger, mais il formait un cercle. J'étudiai Noah, m'attendant à ce qu'il se mette à critiquer cet espace réduit et rustique que j'avais tant aimé, enfant.

— C'est incroyable, dit-il tout en marchant vers le garde-corps. Depuis combien de temps est-il ici ?

— Grand-mère l'a construit dans les années quarante avec le père et l'oncle de grand-père Jameson. Ils l'ont terminé avant le VE Day[1]. (Je m'adossai à l'un des troncs.) Chaque été, elle faisait installer un bureau ici, afin de pouvoir écrire. Et moi, je jouais en la regardant travailler, ajoutai-je en souriant à ce souvenir.

Quand il se tourna vers moi, son expression s'était adoucie. La tristesse imbibait son regard.

— C'est là qu'elle l'attendait.

J'enroulai mes bras autour de ma taille et hochai la tête.

— Plus jeune, j'étais convaincue que leur amour composait une partie de ce kiosque, que

---

[1]. Jour de la victoire, le 8 mai 1945.

c'était pour ça qu'elle l'avait inlassablement fait réparer, et jamais reconstruire.

— Vous n'y croyez plus ?

Il s'approcha suffisamment pour que je sente sa chaleur irradier sur mon épaule.

— Non. Je pense qu'elle y a mis son chagrin et sa mélancolie. Ce que je comprends, maintenant que je suis plus âgée. L'amour ne dure pas, contrairement à cet endroit. (Mon regard passa d'un tronc à l'autre, un million de souvenirs défilant dans ma tête.) C'est quelque chose de trop délicat, de trop fragile.

— Dans ce cas, on parle de passion éphémère, et pas d'amour, dit-il tout bas.

Un autre élan – du désir, cette fois – se logea au centre de ma poitrine et l'embrasa.

— En tout cas, ça n'est jamais à la hauteur de notre idéal… C'est comme un mirage qui nous donne l'illusion de laper de l'eau, alors que ce n'est que du sable. Mais cet endroit ? Il est solide. Le chagrin, la mélancolie, la douleur qui vous rongent après que vous avez raté votre chance… tout cela compose de solides bases. Ce sont les émotions qui résistent au passage du temps.

Je sentis de nouveau son regard sur moi, mais j'étais toujours incapable de le croiser, pas avec tout ce que je lui avais jeté à la figure.

— Je suis désolé qu'il ne vous ait pas aimée comme vous le méritiez.

Je tressaillis.

— N'allez pas croire tout ce que vous lisez dans les magazines.

— Je ne lis pas les magazines. Je sais ce que signifient des vœux de mariage, et j'en ai appris suffisamment sur vous pour savoir que vous aviez pris les vôtres très au sérieux.

— Ça n'a pas d'importance.

Je recalai machinalement mes cheveux derrière mes oreilles, son regard réchauffant ma peau comme s'il y avait posé les doigts.

— Vous saviez que nos cerveaux étaient biologiquement programmés pour conserver davantage les souvenirs douloureux ? lança-t-il alors.

Je secouai la tête, un frisson me traversant, maintenant que nous étions à l'ombre. Noah combla le bref espace qui nous séparait, m'offrant sa chaleur. Cet homme devait être un vrai fourneau, si on se référait à son bras.

— C'est vrai, poursuivit-il. C'est notre manière de nous protéger : se souvenir de quelque chose de douloureux afin de ne pas répéter la même erreur.

— Un mécanisme de défense, en somme.

— Exactement. (Il tourna la tête vers moi.) Ça ne veut pas dire que nous ne devons pas recommencer. Ça signifie simplement que nous devons surmonter la douleur que notre cerveau refuse de lâcher.

— Et la définition de la folie ? demandai-je en inclinant la tête, croisant enfin son regard. Ce serait répéter la même chose, encore et encore, en espérant un résultat différent, j'imagine ?

— Ce n'est jamais la même chose. Il existe un million de variantes pour une même situation. Aucun individu n'est identique à un autre. Le moindre changement dans une rencontre peut donner des résultats tout à fait différents. J'aime voir les possibilités comme un arbre. Peut-être choisissons-nous un chemin... dit-il en tapotant le tronc le plus proche. Mais le destin nous jette toutes les branches à la figure, et ce qui nous semble être un choix tout simple, à gauche ou à droite, devient un autre choix, puis un autre, jusqu'à ce que les possibilités de ce qui aurait pu être soient illimitées.

— En gros, si je n'avais pas découvert que Damian m'avait trompée, je serais encore avec lui ? Enfin... s'il n'y avait pas de bébé, peut-être, ajoutai-je d'une voix morose avant de m'interdire de continuer sur cette voie.

— Peut-être, mais vous êtes sur une branche différente, maintenant, parce que vous l'avez décidé. Et peut-être que cette autre branche existe dans le royaume fictif des possibilités, mais dans celui-ci, vous êtes ici, avec moi. (Son regard se posa un dixième de seconde sur mes lèvres.) Je suis désolé qu'il ait tout gâché, mais je ne suis pas désolé que vous l'ayez découvert. Vous méritez mieux.

— Grand-mère ne voulait pas que je l'épouse, avouai-je en passant sur l'autre jambe tout en restant connectée à lui. Elle voulait pour moi ce qu'elle avait vécu avec grand-père Jameson. Elle aimait grand-père Brian, bien sûr...

— Il lui a fallu quarante ans pour tourner la page. A-t-elle finalement trouvé le bonheur ?

Je confirmai d'un hochement de tête.

— Oui. Si l'on en croit ce qu'elle disait. Mais je ne l'ai jamais vraiment poussée à m'en parler. Ça me semblait toujours trop douloureux. Damian l'a fait, une fois ou deux – il n'avait aucune délicatesse. Quoi qu'il en soit, même mariée à grand-père Brian, elle venait écrire ici, comme si elle attendait toujours Jameson, après toutes ces années...

— C'était une romantique comme on n'en fait plus. Regardez cet endroit... dit-il en examinant le kiosque. Ne percevez-vous pas leur présence ? Ne les imaginez-vous pas heureux, dans un autre royaume de possibilités ? Sur une autre branche, où la guerre ne les détruira pas ?

Je déglutis tout en songeant à grand-mère – pas à la manière dont je me souvenais d'elle, mais à ce qu'elle dégageait sur la photo du bureau : une femme follement amoureuse.

— Moi, j'y arrive, reprit Noah. Je les imagine créer une petite piste d'atterrissage dans le pré pour qu'il puisse voler, et je les vois avec cinq ou six enfants. Je vois la façon dont il la regarde, comme si elle était la raison pour laquelle les saisons changent et le soleil se lève. Jusqu'à ce qu'ils aient cent un ans.

C'était une année de plus que ce qu'avait vécu grand-mère, et même si je savais que c'était déraisonnable, j'aurais aimé qu'elle la fête. De toutes les années de mon vivant, c'était celle où j'avais eu le plus besoin d'elle.

Noah pivota, consumant l'espace devant moi, me regardant avec une telle intensité que je devais lutter avec moi-même pour ne pas détourner les yeux. Il voyait trop de choses, me faisait me sentir trop exposée. Mais mon corps, lui, se fichait bien de cette proximité. Mon cœur battait à tout rompre, mon souffle s'emballait, mon sang bouillonnait.

— Je les vois marcher main dans la main devant le coucher du soleil, volant quelques minutes rien que pour eux – une fois les enfants au lit, bien sûr. Je la vois lever les yeux de sa machine à écrire pour le regarder approcher, sachant pertinemment qu'il attendra qu'elle ait terminé. Je les vois rire, vivre, se battre – toujours de manière passionnée, mais juste. Ils veillent l'un sur l'autre parce qu'ils ont conscience de ce qu'ils ont, ils savent à quel point c'est rare, la chance qu'ils ont eue de survivre à tout cela avec un amour intact. Ils sont toujours follement attirés l'un par l'autre, ils font toujours l'amour comme si c'était la dernière fois – un amour sauvage, pur et tendre.

Sa main se posa sur ma joue, chaude et ferme. Je lâchai un hoquet de surprise, mon pouls redoublant de vitesse à son contact.

— Georgia, ne le voyez-vous pas ? C'est dans chaque veine de ces arbres. Cet endroit n'est pas un mausolée ; c'est une promesse, un sanctuaire dédié à cet amour.

— C'est une jolie histoire, murmurai-je en regrettant que ça n'ait pas été leur destin... ou le mien.

— Alors laissez-les l'avoir.

Je m'écartai puis traversai le kiosque afin de prendre un peu de distance. Noah tissait des mots pour former un monde dans lequel j'avais envie de vivre, mais c'était son talent, son travail. Pas la réalité.

— Ce n'était pas ce qu'elle voulait, ou elle l'aurait écrite de cette manière. Elle lui aurait donné la même fin que dans ses autres livres, déclarai-je. Vous croyez toujours que c'est une histoire avec des personnages qui vous parlent et qui choisissent leurs propres branches. Ce n'est pas le cas. C'est la chose la plus autobiographique qu'elle ait jamais écrite, et vous ne pouvez pas changer le passé. (La douleur dans ma poitrine se faisait de plus en plus intense.) Ce que vous m'avez décrit explique que vous soyez si bon dans votre domaine, mais ce n'est pas ce qu'elle voulait.

Je quittai alors le kiosque, le regard vissé sur la cime des arbres.

— Ce qu'elle voulait, ou ce que vous voulez *vous*, Georgia ? lança-t-il du haut des marches, de la frustration plein la voix.

Je fermai les yeux et pris une longue inspiration, puis encore une autre, avant de me tourner vers lui.

— Ce que je veux n'a jamais compté que pour une seule personne, et elle est morte. C'est tout ce que je peux lui donner, Noah. Honorer ce qu'elle a vécu – ce qu'ils ont perdu.

— Vous choisissez la facilité. Ce n'est pas vous.

— Je peux savoir ce qui vous fait croire que vous me connaissez ? répliquai-je.

— Vous avez sculpté un arbre qui sort de l'eau !

— Et ? dis-je en croisant les bras.

— Que ce soit conscient ou inconscient, il y a des morceaux de moi dans chaque histoire que je raconte, et j'imagine que c'est la même chose pour vous avec la sculpture. Cet arbre ne prend pas racine dans la terre. Il ne devrait pas pouvoir pousser, et c'est pourtant le cas. Et n'allez pas vous imaginer que je n'ai pas remarqué la lumière. Elle le traverse pour mettre en valeur ses racines. Pour quelle autre raison l'auriez-vous appelé *Volonté indomptable* ?

Il se souvenait du nom de mon œuvre ? Je secouai la tête.

— Ce n'est pas de moi qu'il s'agit. Mais d'elle. D'eux. Emballer tout ça avec un joli ruban – des retrouvailles émues sur le quai d'une gare, Scarlett courant à son chevet, que sais-je encore ? – dévalorisera ce qu'elle a vécu. Le livre se termine ici, Noah. Dans ce kiosque, Scarlett attendant un homme qui ne lui est jamais revenu. Point.

Il leva les yeux vers le ciel, comme s'il priait pour qu'on lui envoie de la patience. Le feu dans son regard s'était légèrement calmé lorsqu'il posa de nouveau celui-ci sur moi.

— Si vous vous entêtez, cela engendrera forcément des critiques négatives – et la déception de ses fans, qui me lapideront pour avoir gâché l'héritage de Scarlett Stanton. C'est de ça que les gens se souviendront, pas de son histoire d'amour, pas de la centaine d'autres livres que je pourrais écrire ensuite.

Je me hérissai. *Sa carrière*. Évidemment.

— Dans ce cas, faites jouer la clause de retrait et disparaissez.

Sur ce, je m'éloignai sans même un regard en arrière. J'avais vu assez d'expressions déçues dans ma vie pour ne pas y ajouter la sienne.

— Je n'irai pas plus loin que mon cottage. Je suis là pour deux mois et demi, je vous rappelle !

— Bon courage pour traverser le ruisseau avec ces chaussures ! lançai-je alors par-dessus mon épaule.

14
Novembre 1940

Kirton in Lindsey, Angleterre

Le pub était envahi d'une marée d'uniformes, du comptoir à la porte. Il avait fallu une semaine à Jameson pour trouver une maison à proximité de la base, en échange d'une part plutôt importante de sa solde, mais depuis la veille, ils avaient un foyer. Tout du moins tant que la 71 restait à Kirton.

Et depuis cet après-midi, Scarlett était sa femme.

Sa femme. Elle avait conscience, bien sûr, de l'imprudence d'un mariage aussi rapide, mais cela lui était égal. Cet homme magnifique, au sourire radieux et au charme indéniable, était désormais son mari.

Les battements de son cœur s'accélèrent quand leurs regards se croisèrent à travers la pièce bondée. *Son mari.* Elle jeta un coup d'œil à l'horloge, se demandant combien de temps encore ils devraient rester à ce repas organisé pour l'occasion, car elle n'avait faim que de lui.

Et ils étaient enfin mariés.

— Je suis tellement contente pour toi, dit Constance en pressant légèrement la main de sa sœur, sous la table.

— Merci. (Le sourire de Scarlett semblait être imprimé sur ses traits, depuis qu'elle était arrivée à Kirton.) C'est à des années-lumière de ce dont nous avions rêvé petites, mais je serais incapable de l'imaginer autrement, maintenant.

Le mariage, qui avait eu lieu dans l'après-midi et s'était tenu en présence de leurs plus proches amis et de quelques pilotes de la 71, avait été modeste mais parfait. Constance avait composé un petit bouquet de fleurs, et si la robe de Scarlett n'était pas celle provenant de l'héritage familial qu'elle avait toujours imaginé porter, la manière dont Jameson l'avait regardée lui disait qu'elle était belle quand même.

— Moi aussi, confirma Constance. Mais je pourrais dire la même chose de toutes les facettes de notre vie. Rien ne ressemble à ce que j'aurais pu imaginer il y a deux ans.

— C'est vrai. Peut-être est-ce mieux, d'un certain point de vue...

Scarlett ne comprenait que trop bien sa sœur, et même si la période d'avant-guerre lui manquait – celle où ils ne connaissaient pas encore les bombardements, le rationnement et la mort quotidienne –, elle ne regrettait aucune décision qui l'avait menée à Jameson.

Quelque part, elle avait trouvé un miracle au cœur du maelström, et il lui avait peut-être fallu un moment pour comprendre ce qu'elle avait, mais maintenant que c'était le cas, elle se battrait comme une lionne pour le garder – pour garder Jameson.

— Je suis désolée que nos parents ne soient pas venus, murmura sa sœur. J'y ai cru jusqu'au dernier moment.

Le sourire de Scarlett s'étiola à peine. Elle avait su que sa lettre n'aurait pas de réponse.

— Oh, ma douce Constance, si romantique… C'est toi qui aurais dû te marier sur un coup de tête, pas moi.

Scarlett regarda de l'autre côté du pub, n'arrivant toujours pas à croire que Jameson était à elle. Quelle ironie que la plus pragmatique des deux sœurs ait été celle qui avait pris une telle décision ! Elle arrivait à peine à y croire, et pourtant, elle était là, à célébrer son mariage – dans un pub, par-dessus le marché.

Oui, cela n'avait rien à voir avec ce qu'elle s'était imaginé, enfant. Et pourtant, c'était encore mieux. Par ailleurs, qui était-elle pour nier l'évidence, quand il avait fallu un milliard d'événements distincts pour la mener jusqu'à Jameson ?

— Peut-être suis-je idéaliste, commenta Constance avec un haussement d'épaules. Mais je n'arrive toujours pas à croire qu'ils refusent de te voir heureuse. J'ai toujours pensé que leurs menaces n'étaient que cela… des menaces.

— Ne leur en veux pas, souffla Scarlett. Ils se battent pour la seule façon de vivre qu'ils connaissent. À bien y réfléchir, ils se comportent un peu comme des animaux blessés. Et je refuse d'être triste aujourd'hui. C'est tant pis pour eux.

— Tu as raison. Je ne t'ai jamais vue si heureuse, si belle. L'amour te va bien.

— Tu t'en sortiras ? lui demanda Scarlett en pivotant légèrement sur sa chaise pour faire face à sa sœur. Notre maison ne se trouve qu'à quelques minutes de la base, mais...

— Arrête, la coupa Constance. Tout ira bien pour moi.

— Je sais. C'est juste que je ne me souviens même pas de la dernière fois où nous avons été séparées.

Peut-être quelques jours ici et là, mais ça n'avait jamais été bien long.

— Nous continuerons à nous voir au travail.

— Ce n'est pas ce que je voulais dire, soupira Scarlett.

Maintenant qu'elle était mariée, elle suivrait Jameson lorsque la 71 finirait inévitablement par quitter Kirton. La formation des nouveaux pilotes ne pouvait durer éternellement.

— Nous nous en préoccuperons le moment venu. Pour l'instant, la seule chose qui change, c'est l'endroit où tu dors, répondit sa sœur en inclinant la tête. Et où tu manges, et où tu passes ton temps libre. Et, bien sûr, avec *qui* tu partages ton lit, ajouta-t-elle avec un regard espiègle.

Scarlett leva les yeux au ciel mais sentit ses joues rougir en voyant Jameson approcher, dans sa tenue de cérémonie. Elle fit tourner son alliance autour de son doigt, s'assurant que ce n'était pas un rêve. Ils l'avaient fait.

— C'était la dernière, déclara Jameson avec un sourire, son regard courant le long de la nuque de Scarlett pour tomber sur la robe simple et chic qu'elle avait choisie.

Il aurait pu l'épouser dans son uniforme, ou même vêtue d'un peignoir – cela lui était égal. Il l'aurait prise pour femme vêtue de n'importe quelle manière.

— Ça fait une heure et demie que je tiens la même pinte en espérant que personne ne le remarquera, dit-il en posant son verre sur la table.

— Tu aurais pu en boire plus d'une. C'est jour de fête, commenta Scarlett, dont le verre était encore plein.

— Je préfère avoir les idées claires.

Un sourire se dessina sur son visage. Il était hors de question qu'il soit ivre la première fois qu'il pourrait la toucher. Il avait bien failli la balancer sur son épaule et l'embarquer dans leur nouvelle maison la veille, mais il avait préféré attendre. L'anticipation le tuait de la manière la plus douce qui soit.

— Ah oui ?

Bon Dieu, ce sourire manquait chaque fois de le faire tomber à genoux...

— Et si je vous ramenais à la maison, Mrs Stanton ? dit-il en lui tendant une main.

— Mrs Stanton, répéta Scarlett, les yeux pétillant de joie, ses doigts venant frôler les siens.

— Eh oui, c'est comme ça que tu t'appelles, maintenant.

Le simple fait d'entendre Scarlett prononcer son nom faisait cavaler son cœur.

Ils saluèrent la compagnie et, quelques minutes plus tard, Jameson garait l'une des voitures de l'escadrille devant ce qui était leur nouveau foyer.

Il la fit sortir et la souleva aussitôt de terre.

— Tu es à moi.

— Et toi à moi, répondit-elle en entrelaçant ses doigts derrière sa nuque.

Il l'embrassa tendrement, caressant ses lèvres des siennes tout en avançant sur le trottoir, ne relevant la tête que lorsqu'ils gagnèrent les marches.

— Ma valise, souffla-t-elle.

— J'irai la chercher plus tard. Je veux que tu voies la maison.

Scarlett était de service lorsque Jameson l'avait visitée, la veille. Son ventre se noua soudain.

— Ça va te changer, la prévint-il.

Il en avait appris assez sur sa famille pour savoir que cette petite maison faisait probablement la taille de l'une des salles à manger des Wright. Elle l'embrassa.

— À moins que tu ne me demandes de la partager avec onze autres femmes, ce sera mille fois mieux que tout ce que j'ai connu l'an passé.

— Bon Dieu que je t'aime…

— Tant mieux, parce que tu es coincé avec moi, maintenant.

Il éclata de rire puis parvint, sans savoir comment, à déverrouiller la porte, qu'il poussa sans toutefois lâcher Scarlett, qu'il garda dans ses bras pour franchir le seuil.

— Bienvenue chez vous, Mrs Stanton, déclara-t-il en la posant enfin.

Mrs Stanton. Il ne se lasserait jamais de le dire.

Scarlett balaya brièvement l'intérieur du regard. L'entrée donnait sur un modeste salon qui, par chance, était déjà meublé. Un escalier divisait l'espace, avec la salle à manger à droite, qui contenait une petite table et des chaises, et la cuisine qui donnait à l'arrière de la maison.

— C'est charmant, dit-elle en s'imprégnant des lieux. *Non*, c'est parfait.

Elle avança, faisant courir sa main sur la table de la salle à manger, et Jameson la suivit dans la cuisine. Scarlett blêmit alors, son sourire disparaissant tandis que son regard passait du four à la petite table, puis au plan de travail. L'horreur émanait de chaque trait de son visage.

— Qu'est-ce qu'il y a ? souffla Jameson.

Manquait-il quelque chose ? Voilà, il aurait dû attendre pour trouver mieux, il le savait !

Elle se tourna vers lui, les yeux écarquillés.

— Ce n'est peut-être pas le meilleur moment pour te l'annoncer, mais… je ne sais pas cuisiner.

— Tu ne sais pas cuisiner, répéta-t-il lentement, sidéré, pour s'assurer qu'il avait bien entendu.

— Absolument pas. Je pense pouvoir trouver comment allumer le four, mais c'est tout.

— Bien. Mais la cuisine te paraît acceptable ?

Il tenta d'assimiler l'angoisse que cette confession avait provoquée chez Scarlett, en vain.

— Bien sûr ! s'empressa-t-elle de dire pour le rassurer. Elle est tout à fait charmante ! C'est juste que je ne sais pas vraiment ce que j'en ferai. Je n'ai jamais appris à cuisiner, à la maison, et depuis que je suis partie, je mange au mess des officiers, avoua-t-elle en se mordillant la lèvre.

Le soulagement de Jameson était si intense qu'il ne put s'empêcher d'éclater de rire en venant l'envelopper de ses bras.

— Oh, Scarlett, ma Scarlett... (Il déposa un baiser sur le sommet de son crâne et s'enivra de son odeur.) Je n'irais pas jusqu'à dire que je suis un chef étoilé, mais je sais faire cuire un œuf et du bacon sur un feu de camp. Je pense donc pouvoir nous nourrir jusqu'à ce qu'on trouve une solution.

— Si toutefois on parvient à trouver de vrais œufs, marmonna-t-elle en l'enlaçant à son tour.

— C'est vrai.

En sa qualité de pilote, un régime principalement composé d'œufs et de bacon améliorait ses chances de survie à un amerrissage, et on l'en nourrissait à une telle régularité qu'il avait presque oublié à quel point ces denrées étaient rares.

— J'ai appris à repasser mes tenues, cette année, et à faire la lessive, mais concernant les tâches domestiques, c'est à peu près tout ce que je sais faire, murmura Scarlett contre son torse. Je crains que tu n'aies fait une mauvaise affaire en m'épousant.

Il lui souleva délicatement le menton et déposa un tendre baiser sur ses lèvres.

— J'ai obtenu plus que je n'aurais jamais pu l'imaginer, en t'épousant. Nous nous en sortirons ensemble.

Ensemble. Elle l'aimait tellement qu'elle en avait mal au cœur.

— Montre-moi le reste de la maison.

Il lui prit la main et la guida dans le petit escalier qui menait à l'étage.

— La salle de bains, dit-il en désignant la porte ouverte sur un espace fonctionnel, puis il poussa celle qui se trouvait à sa droite. Le propriétaire a parlé de débarras, mais je ne sais pas vraiment ce qu'il voulait dire, étant donné que c'est plus un rectangle qu'autre chose…

Scarlett s'esclaffa en examinant la pièce minuscule.

— C'est juste une deuxième chambre, plus petite. (On n'aurait pu y mettre qu'un petit lit et une commode… ou un berceau.) C'est une chambre d'enfant, ajouta-t-elle d'une voix timide.

Jameson braqua le regard sur elle, les narines frémissantes.

— C'est ce que tu veux ? Des enfants ?

Scarlett sentit son cœur tressauter.

— Je n'ai pas… (Elle s'éclaircit la voix et refit une tentative.) Si tu me demandes si je veux un enfant aujourd'hui, la réponse est non. Il y a beaucoup trop d'incertitudes en ce moment, et il naîtrait dans un monde où nous ne pourrions même pas garantir sa sécurité.

Les enfants avaient été évacués de quasiment toutes les cibles militaires – y compris Londres –, et l'idée d'en perdre un dans un bombardement lui était insupportable.

— Je suis d'accord.

De la pulpe du pouce, il caressait le dos de sa main d'un geste rassurant, mais l'inquiétude marquait toutefois son expression. Scarlett posa alors la main sur sa joue.

— Mais si tu me demandes si je veux porter un jour tes enfants, alors ma réponse est un grand oui.

Elle n'imaginait rien de mieux qu'une petite fille aux yeux verts, ou un garçon doté du sourire de son papa, quand tout cela serait terminé.

— Après la guerre, souffla-t-il en inclinant la tête, puis il déposa un baiser au creux de sa paume, envoyant un frisson de plaisir le long de son bras.

— Après la guerre, répéta-t-elle, ajoutant cela à la longue liste des choses à accomplir plus tard, à une date non définie et qui ne viendrait peut-être jamais.

— Mais tu as conscience qu'il y a toujours un risque, n'est-ce pas ? dit Jameson, un muscle de sa mâchoire se mettant à tressauter.

— Oui, susurra-t-elle en faisant courir ses doigts sur sa nuque. C'est un risque que je suis prête à prendre si cela veut dire que je peux te toucher.

Elle suivit la ligne de son col, caressa le nœud de sa cravate puis descendit jusqu'au premier bouton de sa veste. Le regard de Jameson s'assombrit quand il la prit par la taille pour l'attirer tout contre lui.

— J'ai attendu toute ma vie de te toucher.

— Il y a encore une pièce que tu ne m'as pas montrée... murmura-t-elle.

La chambre. *Leur* chambre.

Son cœur se mit à cavaler et son corps à brûler contre celui de son mari. Elle était peut-être vierge, mais les histoires qu'elle avait entendues des filles avec lesquelles elle avait travaillé cette année avaient suffi pour lui apprendre ce qui allait se passer, ce soir.

Elle avait l'impression d'avoir attendu toute sa vie ce moment, cette nuit, cet homme. C'était sa récompense pour avoir patienté, pour avoir ignoré tous les autres pilotes, avec leurs propositions et leurs sourires enjôleurs. Peut-être avait-elle clamé haut et fort que c'était sa morale qui l'avait empêchée de franchir cette ligne, mais en regardant Jameson, elle savait qu'elle l'avait attendu, lui, tout simplement.

— En effet, dit-il, son regard tombant sur ses lèvres. Je veux que tu saches que c'est toi qui décides. Je brûle peut-être de te toucher, mais je ne le ferai pas si tu n'es pas à l'aise. Je n'ai pas envie que tu sois effrayée, et les seuls tremblements que je veux ressentir sous mes doigts sont ceux de ton désir, pas de ta peur...

La peur était à des années-lumière de ce qu'elle ressentit en se dressant sur la pointe des pieds pour l'embrasser, l'interrompant avec sa bouche. Ils avaient attendu suffisamment longtemps.

— Je n'ai pas peur. Je sais que tu ne me feras jamais de mal. J'ai envie de toi, termina-t-elle dans un murmure en entrelaçant ses doigts dans son cou.

Il l'embrassa passionnément, caressant sa langue avec la sienne en une exploration langoureuse qui ne fit qu'accroître son désir. Il lui prit la bouche comme s'il avait toute la nuit, et aucune autre idée derrière la tête. Comme si ce baiser était le point culminant, et non le préambule.

Chaque fois qu'elle tentait d'accélérer la cadence, il ralentissait leurs baisers, la serrant contre lui de ses mains fermes.

— Jameson, susurra-t-elle en ouvrant le premier bouton de sa veste.

— Tu t'impatientes ?

Il sourit contre sa bouche, levant la main pour l'enrouler autour de sa nuque, plongeant les doigts dans ses cheveux.

— Oui, dit-elle en ouvrant le bouton suivant.

— J'essaie de prendre mon temps pour toi, hoqueta-t-il entre deux baisers légers qui la firent se cambrer pour en réclamer davantage, tirant sur la ceinture de son pantalon.

— Arrête, gronda-t-elle alors en plaquant ses lèvres sur son cou.

Il poussa un grognement et l'embrassa avec plus de fougue encore, la prenant par la taille et la soulevant du sol, balayant officiellement le petit jeu de patience auquel il s'était adonné. Ce baiser était charnel, possessif, sauvage, et tout ce dont elle avait rêvé depuis qu'elle lui avait fait face, devant l'aumônier.

Sans cesser de s'embrasser, ils longèrent le petit couloir qui menait à leur chambre, où Jameson la reposa au sol en la faisant langoureusement glisser contre son corps.

— Si jamais tu veux changer quelque chose... dit-il en désignant la pièce.

Elle y jeta un bref regard. Des meubles fonctionnels, des rideaux bleu clair assortis au linge de lit tout neuf qui recouvrait un grand lit.

— C'est parfait.

Elle avait à peine terminé qu'elle lui dévorait de nouveau la bouche.

Il reçut le message et retira enfin sa veste. Celle-ci atterrit quelque part, mais Scarlett ne se soucia même pas de regarder où. Elle était déjà occupée à dénouer sa cravate d'un geste expert que le quotidien, avec son propre uniforme, lui avait appris. D'une main délicate, Jameson lui tira la tête en arrière pour exposer sa gorge. Une vague de chaleur la traversa alors, de plus en plus intense à chaque caresse de ses lèvres. Lorsqu'il atteignit le col de sa robe, juste au-dessus de sa poitrine, elle était incapable de contrôler les battements de son cœur.

Elle commença à ouvrir la chemise de son mari, qui avait trouvé les boutons qui fermaient sa robe, dans son dos. Il les défit un à un, sans cesser de l'embrasser. Puis il la fit tourner et déposa une ligne de baisers dans son dos, caressant chaque bout de peau qu'il exposait. Il gagna le creux de ses reins et la fit de nouveau pivoter vers lui.

Elle le découvrit à genoux, la chemise ouverte jusqu'à la taille, l'observant avec un regard embrumé du même désir que celui qui courait dans ses veines à elle. Elle était nerveuse, mais elle décida de repousser l'angoisse et retira un bras de sa robe, puis l'autre, maintenant le tissu au-dessus de sa poitrine l'espace de quelques battements de cœur affolés, avant de trouver le courage de la laisser tomber au sol.

La robe glissa dans un bruissement de satin, la révélant vêtue de rien d'autre que les sous-vêtements et les bas de soie pour lesquels elle avait économisé deux mois de solde. Mais l'expression de Jameson, à cet instant, valait largement le sacrifice. Son regard était suffisamment brûlant pour réchauffer sa peau.

— Tu es absolument sublime, Scarlett.

Il avait l'air sonné, étonné et... affamé.

Elle sourit, et il lui agrippa les hanches pour l'attirer vers lui, embrassant la peau sensible de son ventre. Après avoir passé un an à porter des tenues imposées qui lui donnaient l'impression d'être un rouage dans une énorme machinerie, Scarlett se sentait à cet instant complètement et entièrement *femme*. Elle plongea les doigts dans les cheveux de Jameson pour ne pas flancher sous sa bouche qui explorait son corps.

Il se leva puis se débarrassa de sa chemise et du gilet de corps qu'il portait dessous. Scarlett sentit sa bouche saliver à la vue de son torse nu, de la peau lisse qui s'étirait sur ses membres musculeux. Le ventre de Jameson se crispa lorsqu'elle se mit à tracer les lignes de ses abdominaux du bout des doigts, mémorisant ses creux et ses bosses.

Elle dressa la tête pour croiser son regard interrogateur, comme si cet homme avait quoi que ce soit à craindre... Il était taillé comme toutes les statues qu'elle avait vues dans sa vie, sauf que lui irradiait de chaleur.

— Alors ? souffla-t-il en haussant un sourcil.

— Tu feras l'affaire, répliqua-t-elle d'un ton pince-sans-rire, luttant pour garder son sérieux.

Il lâcha un ricanement puis la couvrit de baisers jusqu'à lui faire tout oublier. Leurs mains fureteuses firent tomber le reste de leurs vêtements au sol. Scarlett hoqueta quand il lui empauma un sein, puis elle se sentit fondre lorsqu'il fit courir son pouce sur son mamelon tout dur.

— Tu es parfaite, murmura-t-il contre ses lèvres, puis il la fit s'allonger sur leur lit.

Se faisant dévorer du regard, il s'installa au-dessus d'elle, ses cheveux tombant sur son front. Chaque partie de son être était parfaite. Il était tellement plus grand qu'elle, et infiniment plus fort, mais Scarlett ne s'était jamais sentie autant chérie.

— Je t'aime, Jameson.

Elle repoussa ses boucles, simplement pour les voir de nouveau tomber. De toutes les sensations qui assaillaient son corps – du contact de ses cuisses puissantes contre les siennes au filet d'air frais qui courait sur sa poitrine –, la vague d'amour – un amour déchaîné – dans son cœur était la plus intense.

— Je t'aime aussi, lui répondit-il. Plus que ma propre vie.

Elle se cambra pour l'embrasser, inspirant profondément tandis que leurs corps se touchaient entièrement pour la première fois. Jameson effleura des lèvres la zone juste sous son oreille, puis il descendit le long de son corps, lentement, explorant méthodiquement ses courbes avec ses lèvres et ses mains.

Il prit son mamelon dans sa bouche. La poigne de Scarlett se fit plus forte, dans ses cheveux, tandis que sa langue se déchaînait. Chaque zone qu'il touchait semblait s'embraser : la courbe de ses hanches, le creux de son ventre, le sommet de ses cuisses. Il en faisait une torche vivante, attisait un désir qu'elle avait jusqu'ici ignoré. Ses mains lui faisaient tellement de bien que tout son corps commençait à avoir mal.

Il remonta pour l'embrasser de nouveau, et Scarlett mit tout ce qu'elle ressentait dans ce baiser, les mots lui manquant. Elle caressa les lignes musculeuses de son dos, et Jameson l'embrassa plus sauvagement encore, grognant dans sa bouche avant de s'arracher à elle, hoquetant du même souffle saccadé que son amante.

— J'oublie jusqu'à mon nom lorsque tu me touches, dit-il en se relevant sur un coude, son autre main cheminant jusqu'à son ventre.

— C'est pareil pour moi.

Puis elle fit de nouveau glisser ses doigts légèrement tremblants sur sa nuque.

— Tant mieux.

Le regard toujours vissé au sien, il passa sa main entre ses cuisses, l'empaumant délicatement.

— Tout va bien ?

Elle hoqueta et hocha la tête, roulant des hanches, cherchant la pression, la friction, tout ce qui soulagerait cette douleur.

Les muscles des épaules de Jameson se crispèrent un instant, puis ses doigts se posèrent *là*, caressant son entrejambe, point central de son désir. Le premier effleurement déclencha un élan de plaisir si intense qu'elle le ressentit jusqu'à la pointe des doigts. Le deuxième fut encore meilleur.

— Jameson ! cria-t-elle en enfonçant ses ongles dans sa peau tandis qu'il revenait à ce point, encore et encore, faisant bouger ses doigts, submergeant ses sens.

— Tu es incroyable, souffla-t-il dans un baiser. Tu es prête pour plus ?

— Oui.

Si tout ce qu'il faisait était comme cela, elle en voudrait toujours plus.

Il fit glisser sa main jusqu'à son sexe, continuant à la caresser de la pulpe du pouce, ne faisant qu'accroître la pression. Puis il plongea un doigt en elle. Elle verrouilla d'instinct les muscles en lâchant un gémissement et en roulant des hanches.

— Ça va ? demanda-t-il, le front plissé d'inquiétude et de retenue.

— Plus, souffla-t-elle en l'embrassant.

Il grogna, et un deuxième doigt se joignit au premier, l'écartant tout doucement. Le plaisir rattrapait largement la légère brûlure qu'elle éprouvait en s'accommodant à lui. Puis ses doigts se mirent à remuer en elle, allant et venant tandis que son pouce s'affolait sur son bouton enflé, l'excitant toujours plus, jusqu'à ce qu'elle monte si haut qu'elle savait qu'elle s'écroulerait s'il s'arrêtait.

— Je... je...

Elle serra les cuisses, la tension l'engloutissant tel un tsunami.

— Oui, c'est parfait. Dieu que tu es belle, Scarlett...

La voix de Jameson parvenait à la faire rester sur terre, même si elle avait perdu tout contrôle sur son corps.

Il modifia la pression, remuant les doigts, et la vague la frappa pour éclater en un million de particules étincelantes. Elle s'envola en criant son nom, le plaisir si délicieusement aveuglant que le monde autour d'eux disparut pour laisser toute la place à l'extase, qui la frappa encore, et encore, jusqu'à ce que ses muscles se liquéfient. Alors, elle se laissa mollement retomber sur les draps.

Son corps entier vibrait de satisfaction quand elle le sentit retirer sa main et bouger légèrement pour laisser la place à son membre gonflé.

— C'était... hoqueta-t-elle, luttant pour trouver une description adéquate. C'était extraordinaire.

— Et ça ne fait que commencer, dit-il en souriant, mais sa retenue se lisait dans la crispation de sa mâchoire.

Bien. Elle leva les genoux afin qu'il puisse mieux se nicher entre ses cuisses. Il lui agrippa les hanches mais resta en suspens au-dessus d'elle, la regardant intensément.

— Je vais bien, lui assura-t-elle.

Elle allait mieux que bien.

Il se détendit légèrement, puis l'embrassa à en perdre le souffle, jouant avec sa main pour rallumer le feu en elle, titillant ses mamelons, caressant ses hanches, cherchant cette zone hypersensible entre ses cuisses. Elle lui rendait ses baisers, sentant cette même spirale refaire surface en elle, caressant avidement son torse et ses épaules.

Quand elle se cambra contre lui, il inspira un coup sec.

— Dis-moi si je te fais mal.

Puis il posa son front contre le sien.

— Je peux le supporter, lui promit-elle tout en faisant courir ses doigts sur ses côtes, jusqu'à ses hanches et la courbe ferme de ses reins, où elle se cramponna pour mieux le plaquer à son corps. Fais-moi l'amour.

— Scarlett, grogna-t-il, ses muscles se raidissant sous ses doigts.

— Je t'aime, Jameson.

— Moi aussi, je t'aime. Bon Dieu...

Son bassin se crispa, et il la pénétra lentement, centimètre par centimètre, à coups de reins délicats, jusqu'à être pleinement en elle. Alors, il s'enfonça encore, écartant son passage étroit dans un élan presque douloureux afin qu'elle l'accueille entièrement. Ils haletaient tous les deux quand il s'arrêta, laissant le temps au corps de Scarlett de s'ajuster.

— Tout va bien ? souffla-t-il d'une voix plus rauque que jamais.

— Plus que bien, répondit-elle avec un sourire tremblant tandis que la brûlure se calmait et que ses muscles se détendaient.

— Tu as un goût de paradis, mais en mieux. En plus chaud, dit-il, les dents serrées.

Elle remua légèrement, cherchant à voir ce que cela faisait de l'avoir en elle.

— Bon Dieu. Scarlett. Ne fais pas ça... (Il plissa le front comme s'il était à l'agonie.) Accorde-toi un instant.

— Je vais bien.

Puis elle lui sourit et recommença.

Jameson lâcha un grognement, se retirant lentement pour replonger en elle. La brûlure était toujours présente, mais ce n'était rien comparé au plaisir indescriptible de son membre allant et venant en elle.

— Encore, murmura-t-elle.

Un sourire espiègle étira les lèvres de Jameson, qui s'exécuta, les faisant tous les deux gémir, cette fois. Puis il instaura un rythme, la pénétrant à coups de reins lents et profonds qui faisaient monter chaque fois un peu plus la tension. Chaque va-et-vient lui faisait plus de bien que le précédent. Ils tanguaient ensemble, comme une seule âme écartelée entre deux corps, partageant le même espace, le même air, le même cœur.

— Jameson...

Elle sentit la vague revenir et se crispa, cambrant les hanches pour se fondre en lui tandis qu'il plongeait plus vite et plus fort.

— Oui, hoqueta-t-il contre ses lèvres.

Puis il fit glisser sa main entre leurs corps et se mit à la titiller pour la faire passer de l'autre côté, la propulsant dans un kaléidoscope de jouissance et de couleurs alors qu'elle s'abandonnait de nouveau dans ses bras.

Elle baignait encore dans les affres de son extase quand elle le sentit plonger en elle avec tout ce qu'il avait, puis se crisper en hurlant son nom, trouvant à son tour la libération.

Ils ne formaient plus qu'un amas de membres luisants et d'euphorie. Jameson roula sur le flanc, l'embarquant avec lui, chacun luttant pour retrouver son souffle. Il se mit à tracer des cercles langoureux dans son dos, les battements de cœur de Scarlett se calmant peu à peu.

Elle se sentait épuisée, complètement vidée. Ses lèvres s'étirèrent en un sourire.

— Si j'avais su que tu étais capable de *ça*, nous n'aurions pas attendu.

Il éclata d'un rire qui résonna dans son torse pour vibrer ensuite dans sa poitrine.

— Je suis content que nous ayons attendu. C'est le plus beau jour de ma vie, Mrs Stanton.

— Pour moi aussi. (Son cœur bondit à la mention de son nouveau nom. Elle était véritablement sienne.) J'aurais seulement aimé que nous ayons le temps pour une lune de miel.

Malheureusement, ils seraient tous les deux de service dès le lendemain matin.

— Chaque nuit de notre existence sera une lune de miel, répondit-il en caressant sa joue. Je passerai le reste de ma vie à te rendre délicieusement et merveilleusement heureuse.

— C'est déjà le cas. (Elle posa les yeux sur ses propres doigts, qui dessinaient les contours des muscles du bras de Jameson.) Quand est-ce qu'on recommence ?

Son désir pour lui n'avait fait qu'enfler.

— Tu as mal ? souffla-t-il, de l'inquiétude plein le regard.

— Non.

Ses muscles la tiraillaient un peu, mais elle n'avait pas mal.

— Alors tout de suite.

Puis il l'embrassa et reprit tout de zéro.

15

Noah

Scarlett, ma Scarlett,
Comment vas-tu, mon cœur ? Penses-tu pouvoir apporter le rosier ici ? Je ne supporte pas l'idée que Constance et toi ayez fait tous ces efforts pour finalement l'abandonner. Je te promets que lorsque nous serons dans le Colorado, je t'offrirai un jardin que tu n'auras jamais plus à déplacer, ainsi qu'un endroit à l'ombre pour écrire lorsqu'il fera beau. Je bâtirai ton bonheur de mes deux mains. Dieu que tu me manques... J'espère que je nous trouverai un logement dans les jours qui viennent, parce que je commence à devenir fou, ici, sans toi. Embrasse notre petit garçon pour moi.
Je t'aime de toute mon âme,
Jameson

Faites jouer la clause de retrait.
Il était hors de question que ça se passe comme ça. J'avais signé un contrat stipulant que je terminerais ce livre, et c'était ce que je

comptais faire. Mais tenir parole impliquait de me rapprocher de la seule femme qui me donnait envie de l'embrasser sauvagement alors qu'elle me rendait chèvre.

C'était un terrain dangereux, mais j'étais incapable de me contrôler. Georgia m'avait rendu aussi accro à elle que je l'étais à ce foutu bouquin. Ces deux-là étaient si intimement liés que je ne pouvais pas les séparer. Elle était aussi têtue que Scarlett l'avait été la première fois que Jameson l'avait rencontrée, mais, contrairement à lui, je n'avais pas Constance pour m'aider.

Contrairement à Scarlett, Georgia avait déjà vu sa confiance et son cœur être brisés.

Concernant Georgia, je pédalais dans la semoule, et concernant le livre, j'étais dans une impasse.

Elle avait raison. Scarlett n'était pas un personnage ; c'était une *vraie* personne qui avait *vraiment* aimé Georgia. Étant donné ce que j'avais vu de sa mère et de son sale enfoiré d'ex, en effet, Scarlett avait probablement été la seule personne au monde qui l'avait véritablement et inconditionnellement aimée.

C'était ce que je me rappelais, debout devant sa porte d'entrée, armé d'un dernier argumentaire et d'une brassée de ce que j'espérais être de la bonne volonté. Cela faisait deux semaines que j'étais dans le Colorado, j'avais grimpé deux *fourteeners* plutôt faciles, et depuis la veille, je disposais de deux intrigues prêtes à être développées. Dans quelques jours, il ne me resterait plus que deux mois pour accomplir mon travail.

— Bonjour, dit-elle avec un sourire gêné en ouvrant la porte.

— Merci d'avoir accepté de me voir.

Un jour, je finirais par m'habituer à ces yeux qui me coupaient chaque fois le souffle, mais ce jour n'était pas venu. Elle avait relevé ses cheveux, ce qui révélait la longue ligne de sa nuque. J'avais envie d'y faire courir mes lèvres puis de… *Stop. Ça suffit.*

— Je vous en prie, entrez.

Elle s'écarta pour me laisser passer.

— Tenez, c'est pour vous, dis-je en lui tendant délicatement la motte enveloppée de mousseline afin qu'elle ne se pique pas avec les épines de la plante qui trônait au-dessus. C'est un rosier thé anglais qui s'appelle… Scarlet Knight. Je me suis dit que vous aimeriez l'avoir dans votre jardin.

C'était probablement le cadeau le plus étrange que j'avais jamais fait, mais quelque chose me disait que même un joli petit écrin n'émouvrait pas cette femme.

— Oh ! Merci.

Et avec un véritable sourire, elle s'empara de la plante en l'observant d'un œil expert. Je connaissais bien cet air. Ma mère avait le même.

— C'est très gentil à vous.

— Je vous en prie.

Mon regard passa sur le guéridon du vestibule et tomba sur le vase. Ses bords affichaient la même texture écumeuse que l'œuvre que j'avais vue à New York.

— C'est vous qui l'avez fait, n'est-ce pas ?

Son attention passa du rosier au vase.

— Oui, juste après mon retour de Murano. J'y ai passé un été en apprentissage, après ma première année.

— Ouah. C'est remarquable.

Comment quelqu'un capable de faire *ça* pouvait arrêter ? Et quel genre de type épousait une femme brûlant d'un feu pareil pour systématiquement l'étouffer ?

— Merci. C'est vrai que je l'aime beaucoup, dit-elle, une vague de mélancolie balayant ses traits.

— Ça vous manque ? La sculpture ?

— Dernièrement, oui, répondit-elle avec un hochement de tête. J'ai trouvé l'endroit idéal pour un studio, mais je ne peux pas me le permettre financièrement.

— Vous devriez vous lancer. Je suis sûr que vous n'auriez aucune difficulté à vendre vos œuvres. Je serais même votre premier client !

Son regard se braqua sur moi, et *bam !* cette connexion indescriptible qui m'avait tenu éveillé toute la nuit était de nouveau là.

— Je vais le mettre dans la serre.

— Je vous accompagne, proposai-je en ravalant la boule de nerfs qui s'était logée dans ma gorge, comme si j'avais de nouveau seize ans.

— OK.

Nous traversâmes la cuisine pour gagner la porte de derrière, mais au lieu d'aller tout droit en direction du jardin, elle tourna à gauche, me faisant longer le patio qui menait à la serre. Quand je pénétrai dans l'abri tout en verre, la vague d'humidité qui me frappa suffit presque à me donner le mal du pays. La taille des fleurs qui s'y trouvaient, à l'image de leur variété, était impressionnante. Le sol se composait de pavés mangés par la mousse, et il y avait même une petite fontaine au centre, barrant le passage à tout potentiel bruit en provenance du monde extérieur avec son filet d'eau.

— C'est vous qui l'entretenez ? l'interrogeai-je tandis qu'elle posait le rosier sur une table de rempotage.

— Mon Dieu, non, répondit-elle en ricanant. Je connais peut-être deux ou trois petites choses sur les plantes, mais c'était grand-mère, la vraie jardinière. J'ai engagé un professionnel il y a cinq ans, quand elle a enfin commencé à ralentir la cadence.

— À quatre-vingt-quinze ans, ajoutai-je.

— On ne pouvait pas l'arrêter. (Son sourire fut instantané et eut pour effet d'agir comme un étau autour de mon cœur.) Elle était fâchée contre moi sous prétexte que je m'inquiétais pour sa santé. Je lui ai simplement répondu que je la déchargeais du fardeau que cela représentait de tout arroser pour lui faire gagner du temps.

— Vous vous inquiétiez pour sa santé, déclarai-je alors, le coin de mes lèvres s'étirant légèrement.

— Elle avait quatre-vingt-quinze ans. Vous auriez réagi différemment ? (Elle posa le rosier sur la table.) Je le rempoterai plus tard.

— Je peux attendre.

Ou repousser ce que je m'apprêtais à lui proposer. J'ignorais comment, mais Georgia avait réussi à faire ce que les études et les deadlines m'avaient toujours interdit : me transformer en procrastinateur.

— Vous êtes sûr ?

— Tout à fait. Et, je n'y connais pas grand-chose en rosiers, mais il me semblait que celui-ci était plus fait pour l'extérieur... ?

C'était tout du moins ce que la photo avait laissé entendre, sur le site Internet.

— Oui, c'est généralement le cas, mais nous sommes presque en octobre. Ça m'embêterait de le mettre en terre alors que son petit système racinaire n'aura jamais le temps de se développer avant les premières gelées.

Elle ouvrit la grande armoire, à côté de la table, et en sortit un pot ainsi qu'un assortiment de petits sacs.

— Vous êtes en train de dire que c'est un mauvais cadeau ? dis-je pour la taquiner en souriant jaune.

Merde. Pourquoi n'avais-je pas pensé à ça ?

Ses joues rosirent légèrement.

— Non, je dis simplement qu'il va devoir vivre dans la serre jusqu'au printemps.

— Je peux vous aider ?

— Ça ne vous dérange pas de vous salir ? demanda-t-elle en avisant mon pantalon de sport et mon tee-shirt à manches longues des Mets.

— J'adore ça, quand c'est sale, répondis-je avec un grand sourire.

Elle haussa les épaules et releva ses manches.

— Donnez-moi de la terre de rempotage, alors.

Je relevai les miennes et trottai jusqu'à l'armoire, beaucoup plus profonde qu'elle n'en avait l'air. J'y découvris au moins trois sacs différents, tout en bas.

— C'est lequel ?

— Celui où il y a écrit « terre de rempotage ».

— C'est écrit sur tous, répliquai-je en me tournant vers Georgia, qui arborait une expression amusée.

Elle se pencha à côté de moi et effleura mon bras tout en désignant le sac bleu, sur la gauche.

— Celui-ci, s'il vous plaît.

Nos regards se croisèrent, et les quelques centimètres qui nous séparaient se chargèrent d'électricité. Elle était assez près pour que je l'embrasse – non pas que j'aie l'intention de faire quelque chose d'aussi irréfléchi, mais j'en avais sacrément envie.

— Je m'en occupe, soufflai-je, mon regard tombant sur ses lèvres.

— Merci.

Puis elle s'écarta, le rouge passant de sa nuque à ses joues. Je ne la laissais pas indifférente non plus, mais cela, je l'avais deviné dès l'instant où nos regards s'étaient croisés, à la librairie. Ça ne signifiait pas pour autant qu'elle avait envie d'agir.

Je récupérai le sac, le déchirai et en versai une bonne quantité dans le pot, selon ses instructions.

— C'est parfait, dit-elle en ajoutant plusieurs poignées de terre tirée des autres sacs plus petits qui nous entouraient, avant de mélanger le tout.

— Ça a l'air sacrément compliqué.

C'était fascinant de la regarder choisir parmi les différents terreaux.

— Ça ne l'est pas, dit-elle avec un haussement d'épaules, puis elle planta le rosier à mains nues. Les plantes sont beaucoup plus faciles à comprendre que les gens. Si vous savez avec quelle plante vous travaillez, alors vous savez de quel pH elle a besoin. Si elle aime la terre bien drainée ou saturée. Si elle préfère l'azote ou a besoin d'une dose de calcium. Aime-t-elle le plein soleil ? La mi-ombre ? L'ombre ? Les plantes vous disent d'emblée ce dont elles ont besoin, et si vous le leur donnez, elles poussent. Elles sont prévisibles.

Elle tapota délicatement la terre puis se lava les mains dans l'évier installé à côté de la table.

— Les gens peuvent être prévisibles aussi, commentai-je en allant reposer le sac de terre à moitié vide dans l'armoire. Si vous savez comment quelqu'un a été blessé, vous avez une idée de la manière dont il réagira à certaines situations.

— C'est vrai, mais ça vous arrive souvent de savoir ce qui a blessé une femme avant d'entamer une relation avec elle ? Ce n'est pas comme si nous nous baladions avec des étiquettes sur le front...

Je m'adossai à la table tout en la regardant remplir l'arrosoir.

— J'aime bien cette idée. Attention : narcissique. Attention : impulsif. Attention : écoute Nickelback.

Elle éclata de rire, et un frisson traversa ma poitrine, mon être exigeant d'entendre de nouveau ce son.

— Que dirait la vôtre ? lança-t-elle.
— Vous d'abord.
— Hmmm... (Elle coupa le robinet puis arrosa le rosier.) Attention : problèmes de confiance, déclara-t-elle en dressant un sourcil.

Oui, je n'aurais pas dit mieux.

— Attention : a toujours raison, annonçai-je à mon tour.

Elle ricana tout en vidant l'arrosoir.

— Je suis sérieux. J'ai beaucoup de mal à admettre que j'ai tort, même en mon for intérieur. J'ai également un énorme besoin de tout contrôler.

— Eh bien, vous portez un tee-shirt des Mets, alors vous avez au moins choisi la bonne équipe new-yorkaise.

Elle sourit et reposa l'arrosoir sur la table.

— J'ai grandi dans le Bronx, répondis-je. Il n'y a pas d'autre équipe. Je n'arrive pas à me mettre en tête que vous avez vécu à New York.

Les photos que j'avais glanées sur Internet montraient une Georgia ultra-sophistiquée, pas cette jardinière au chignon branlant et au jean troué. Bon, je n'aurais pas dû regarder son jean, et encore moins la manière dont celui-ci moulait ses fesses... C'était pourtant le cas.

— Du jour de mon mariage à celui où vous et moi nous sommes rencontrés, pour tout vous dire. (Son sourire s'estompa, et elle croisa les bras.) Alors, de quoi étiez-vous venu me parler ? J'imagine que vous ne vous êtes pas embêté à commander ce rosier juste pour me le livrer ? J'ai vu l'étiquette.

Bien. Le moment était apparemment venu de se lancer.

— C'est exact, dis-je en me grattant la nuque. J'aimerais établir un marché avec vous.

— Quel genre de marché ?

Son regard s'étrécit. Ça avait été rapide.

— Le genre de marché où je suis plus gagnant que vous, je l'avoue.

Une lueur de surprise traversa son regard.

— Au moins, vous êtes honnête. Allez-y, je vous écoute.

— Je pense que nous avons tous les deux besoin de sortir de notre zone de confort concernant cette collaboration et ce livre. Je n'ai pas l'habitude que quelqu'un me dicte la fin de mes histoires, et encore moins une histoire tout entière, étant donné que les deux tiers sont déjà écrits et que vous ne me faites pas confiance pour le reste.

Elle inclina légèrement la tête, sans chercher à nier.

— À quoi pensez-vous ?

— Je prendrai le temps d'apprendre à connaître Scarlett – pas seulement le personnage qu'elle s'est composé dans le livre, mais la vraie femme. Ensuite, j'écrirai deux fins. La première sera celle que je veux, la deuxième, celle pour quoi je suis connu – en gros, celle que vous voulez. Vous pourrez choisir entre les deux.

Je m'efforçais de dompter mon ego pour faire taire le type prétentieux au possible qui sommeillait en moi.

— Et en échange, je dois… ? souffla-t-elle en dressant un sourcil.

— Faire de l'escalade. Avec moi. C'est une histoire de confiance.

Doucement. Vas-y doucement.

— Vous me demandez de remettre ma vie entre vos mains ?

Elle se mit à danser d'un pied sur l'autre, de toute évidence mal à l'aise.

— Je vous demande de me remettre celle de Scarlett, ce qui d'après moi commence avec la vôtre.

Parce qu'elle estimait davantage l'existence de son arrière-grand-mère. C'était ce que m'avaient appris notre petit tour au kiosque et mes recherches sur Internet. Georgia était ultra-protectrice vis-à-vis de Scarlett, alors qu'elle avait laissé son mari gâcher leur mariage sans vraiment lui faire subir de conséquences.

— Et la décision finale me revient toujours ? demanda-t-elle en plissant le front.

— À cent pour cent. Mais vous devez accepter de lire les deux fins avant de trancher.

Je la convaincrais, d'une manière ou d'une autre. Il fallait simplement que j'arrive à la faire lire à ma façon.

— Marché conclu.

16
Février 1941

Kirton in Lindsey, Angleterre

— Bonjour ! lança Scarlett à Constance en arrivant pour son service du matin.

— Trop de bruit... marmonna Eloise, qui n'était à Kirton que depuis un mois, en grimaçant derrière sa tasse de chocolat chaud.

— Quelqu'un a traîné un peu trop tard avec les garçons, hier soir, expliqua Constance en tendant à sa sœur une tasse fumante de café.

On pouvait probablement dire la même chose de la plupart des membres de la 71 et de la WAAF, ce matin, ainsi que d'un bon pourcentage des filles célibataires de la ville de Kirton. Scarlett faisait également partie de ceux qui n'avaient pas assez dormi, mais c'était pour des raisons bien différentes. Après ce qu'ils avaient tous les deux estimé comme un laps de temps acceptable, Jameson l'avait ramenée chez eux pour qu'ils célèbrent leur mariage en toute intimité, même si sa façon de lui faire l'amour avait été sauvage et désespérée.

Depuis la veille, la 71 était officiellement prête pour des missions de défense. La formation et ces mois de sécurité relative étaient terminés. La seule chose à célébrer, dans son esprit, était le fait que l'unité de Jameson ait enfin été équipée des Hurricane et débarrassée de ces encombrants Buffalo que son mari détestait tant. Mais son Spitfire lui manquait toujours.

Scarlett adressa un sourire compatissant à Eloise.

— Plus d'eau, moins de cacao.

Elle termina de ranger ses affaires et passa son bras sous celui de Constance tout en se dirigeant vers la porte.

— Tu es restée longtemps avec eux, trésor ?

— Juste assez pour raccompagner plusieurs filles, répondit sa sœur avant de jeter un regard plein de sous-entendus à Eloise, qui leur avait emboîté le pas.

— Ce qui était totalement inutile, commenta la jolie petite blonde. Est-ce que je me suis amusée ? Sans aucun doute. Mais je ne suis pas folle au point de finir dans un coin sombre avec un pilote. Il est hors de question que je me fasse briser le cœur alors que... (Elle s'interrompit en grimaçant.) Je ne voulais pas dire que tu es folle, Scarlett... Tu es mariée, c'est différent...

Celle-ci haussa les épaules.

— Oui, et c'était quand même complètement fou de ma part. Nous savons tous les deux que nous n'avons aucune garantie. Je me ronge les sangs chaque fois que Jameson part voler. Et ces derniers mois, il n'a fait que s'entraîner, mais désormais...

Son cœur se serra, mais elle s'arracha un sourire.

— Tout ira bien, souffla Constance en lui pressant la main, et elles continuèrent en direction de la salle de briefing.

Scarlett opina du chef, mais son ventre était tout noué. Elle traçait quotidiennement la route d'appareils qui avaient disparu de leurs radars et finissaient en miettes simplement parce qu'ils n'avaient pas vu qu'un lieu sûr était à proximité. Elle traçait les raids, les pertes, et changeait les nombres, tout cela en sachant que Jameson serait bientôt de retour au combat.

— Et ne te fais pas de souci pour ta sœur, ajouta Eloise en donnant un petit coup de coude à Constance. Elle est complètement folle de son capitaine. Elle passe quasiment toutes ses nuits à lui écrire.

Le rose monta aux joues de Constance.

— Quand est-ce qu'Edward aura sa prochaine permission ? demanda Scarlett avec un grand sourire.

Rien n'aurait pu lui faire plus plaisir que de voir sa sœur aussi heureuse et épanouie qu'elle.

— Dans quelques semaines, répondit-elle d'un air mélancolique, puis elle soupira sur le seuil de la salle de briefing, qui était déjà à moitié pleine.

Un éclair de surprise traversa le visage de Scarlett lorsque ses yeux tombèrent sur quelqu'un.

— Mary ?

Celle-ci tourna brusquement la tête vers elle.

— Scarlett ? Constance ?

Les deux sœurs longèrent au pas de course la grande table pour enlacer leur amie. Cela faisait quatre mois qu'elles ne s'étaient pas vues, depuis qu'elles avaient quitté Middle Wallop, mais elles avaient l'impression qu'une existence entière était passée.

— Vous êtes resplendissantes, les filles ! s'exclama Mary en étudiant ses amies du regard.

— Merci, répondit Scarlett. Toi aussi.

Ce n'était pas un mensonge, mais il y avait quelque chose de... différent chez Mary. Le feu qui brûlait dans ses yeux semblait s'être éteint, et quelques nuits de repos ne lui auraient de toute évidence pas fait de mal. Le cœur de Scarlett se serra aussitôt. Elle ignorait ce qui avait envoyé leur amie ici, mais ce n'était certainement rien de bon.

— Tu parles qu'elle est resplendissante... Elle est mariée, maintenant ! s'exclama avec enthousiasme Constance en donnant un petit coup de coude à sa sœur. Montre-lui !

— Bon, d'accord.

Scarlett leva les yeux au ciel d'un air faussement blasé en tendant sa main gauche. Mais elle ne voulait pas s'attarder sur elle ; elle s'inquiétait sincèrement pour Mary.

— Mon Dieu. (Le regard de leur amie passa de la bague aux yeux de Scarlett.) Tu t'es mariée ? Avec qui ? (Elle avait à peine posé la question que la réponse lui vint comme une évidence.) Stanton ! souffla-t-elle avec de grands yeux. L'Eagle Squadron est toujours là, n'est-ce pas ?

— Oui et oui, répondit Scarlett, incapable de dompter le sourire qui lui étirait les lèvres.

— Je suis contente pour vous. Vous êtes vraiment faits l'un pour l'autre, tous les deux.

— Merci, murmura-t-elle, toujours convaincue qu'il y avait une raison à l'apparition soudaine de Mary. Mais dis-nous plutôt ce que tu fais ici !

L'expression de leur amie s'assombrit alors.

— Oh. Michael... C'était un pilote que j'ai commencé à fréquenter après votre départ. (Elle se mit à cligner des yeux puis dressa le menton.) Il est mort en plein raid, la semaine dernière, termina-t-elle d'une voix tremblante.

— Oh non, Mary ! Je suis tellement désolée... souffla Constance en posant une main délicate sur l'épaule de son amie.

Scarlett s'efforça de repousser la boule qui venait de se loger dans sa gorge. C'était le troisième amant que Mary perdait depuis... Elle se raidit, incapable d'y croire.

— Ils n'ont tout de même pas...

Elle secoua la tête. Non, ils n'avaient quand même pas été aussi cruels...

— Dit que je portais la guigne et décidé de m'envoyer ailleurs ? (Leur amie esquissa un sourire fragile puis se gratta la gorge.) Que voulais-tu qu'ils fassent d'autre ?

— Tout sauf ça ! s'exclama Constance, sidérée. Ce n'est pas ta faute !

— Bien sûr que ça ne l'est pas, confirma Scarlett en la guidant vers une chaise vide. Ils sont tellement superstitieux que c'en est ridicule. Je suis sincèrement navrée que tu l'aies perdu...

— C'est le risque qu'on prend quand on tombe amoureuses d'eux, pas vrai ?

Mary posa les mains sur ses genoux et se mit à fixer le vide. Scarlett s'assit à sa droite, Constance à sa gauche.

— C'est vrai, oui, admit-elle.

— Bonjour mesdames, annonça l'officier de section Cartwright en apparaissant dans la pièce avec son uniforme impeccable qui n'affichait pas un pli. Vous pouvez vous asseoir.

Les chaises se mirent à grincer sur le sol, les femmes se rassemblant autour de la table de conférence. À Middle Wallop, Scarlett les aurait quasiment toutes connues. Mais le fait de vivre avec Jameson ne l'avait fait qu'en rencontrer une poignée, ici, à Kirton. Elle ne connaissait plus les rumeurs qui circulaient dans les huttes, les discours excités avant les bals, les discussions jusqu'au bout de la nuit...

Elle faisait partie du groupe tout en en étant étrangement exclue. Elle n'aurait abandonné Jameson pour rien au monde, mais une partie d'elle pleurait la compagnie des autres femmes.

— Courrier ! aboya Cartwright, et une jeune commise se leva au bout de la table, appelant leurs noms et faisant glisser des enveloppes sur le bois verni.

— Wright.

Les deux sœurs pivotèrent vers la jeune femme, qui venait d'envoyer une lettre dans leur direction.

Stanton, pas Wright, dut se rappeler Scarlett en voyant que l'enveloppe était adressée à Constance. De toute façon, qui lui aurait écrit ?

Ses parents n'avaient pas daigné répondre à la lettre qu'elle leur avait envoyée après son mariage, même si Constance recevait toujours des nouvelles régulières de leur mère.

Elle ne parlait jamais de Scarlett.

Les épaules de Constance s'affaissèrent quand elle ouvrit l'enveloppe aussi discrètement que possible.

— C'est notre mère.

Scarlett lui pressa brièvement la main.

— Tu en auras peut-être une demain.

Elle ne savait que trop bien ce que cela faisait d'attendre une lettre de l'homme que l'on aimait. Constance hocha la tête puis fit passer l'enveloppe sous la table.

Scarlett se redressa, cachant sa sœur à l'œil de lynx de Cartwright afin qu'elle ne la surprenne pas en train de lire en plein briefing.

— Bien, maintenant que cela est réglé, commença leur supérieure, vous avez toutes dû lire les nouvelles règles distribuées lors du briefing de la semaine dernière. Je suis fière d'annoncer que nous n'avons pas eu un seul retard depuis que la règle de la demi-heure a été mise en place. Félicitations, mesdames. Y a-t-il des questions au sujet des changements de règles de la semaine dernière ?

— Est-ce vrai que la 71 s'apprête à être délocalisée ? demanda une fille au bout de la table.

Le cœur de Scarlett se figea. *Non. Pas si tôt.* Sa tête se mit à tourner devant cette éventualité. Ils n'avaient pas eu assez de temps, et elle ne pouvait pas demander indéfiniment des faveurs pour partir avec Jameson – si toutefois son escadrille était affectée dans une base qui disposait d'un centre d'opérations. L'officier de section Cartwright poussa un soupir de frustration.

— Soldat de deuxième classe Hensley, je ne vois pas ce que cela a à voir avec les nouvelles règles.

La jeune femme s'empourpra.

— Ça... changerait le point d'origine des appareils, sur le tableau ?

Il y eut un grognement général.

— Excellente tentative, mais non, répliqua Cartwright en balayant ses officiers des yeux avant de s'arrêter brièvement sur Scarlett. Même si je sais que beaucoup parmi vous se sont prises d'affection – en dépit de nos mises en garde – pour des membres de l'Eagle Squadron, je vous rappelle que vous n'avez pas à savoir où cette unité sera envoyée maintenant qu'elle est pleinement opérationnelle.

Une bonne dizaine de soupirs désespérés emplirent la salle de briefing, mais celui de Scarlett n'en faisait pas partie. Elle était trop occupée à dompter la dévastation émotionnelle qui menaçait pour soupirer comme une jeune femme éprise du premier venu.

— Mesdames, grogna Cartwright. Je pourrais en profiter pour vous rappeler votre devoir de vertu, mais je ne le ferai pas.

Évidemment, elle venait de le faire.

— Je me contenterai donc de dire que les rumeurs ne sont que des rumeurs. Si nous nous accrochions au moindre *peut-être* qui nous tombe dans les oreilles, nous serions à cette heure en route pour Berlin, et j'attends de vous que...

Scarlett entendit alors sa sœur se mettre à suffoquer, à côté d'elle, serrant si fort la lettre qu'elle s'attendait presque à voir ses ongles ressortir de l'autre côté du papier.

— Constance ? murmura-t-elle, son cœur se figeant en découvrant l'horreur sur ses traits.

Le cri de sa sœur envahit la pièce, traversant la cage thoracique de Scarlett pour saisir son cœur de sa main glacée.

Elle lui attrapa le poignet, mais son cri s'était déjà transformé en gémissement lugubre, et de violents sanglots lui secouaient les épaules.

— Trésor ? souffla-t-elle tout en faisant pivoter le visage de sa sœur vers le sien.

Les larmes ne coulaient pas simplement sur ses joues ; elles formaient un flot continu, comme si ses yeux n'étaient plus que deux fontaines.

— Il est... *mort*, hoqueta-t-elle entre deux sanglots. Edward... est mort. Il y a eu... un bombardement.

Les larmes venaient plus vite et plus fort.

Edward. Les paupières de Scarlett se fermèrent l'espace d'un instant. Comment le garçon aux yeux bleus qui avait grandi avec elles pouvait-il les avoir quittées ? Il était un élément essentiel de leur vie, autant que leurs propres parents.

C'était l'âme sœur de Constance.

Scarlett prit sa sœur dans ses bras.

— Je suis tellement désolée, ma chérie... Tellement désolée...

— Officier adjoint de section Stanton, faut-il faire sortir votre sœur de cette pièce ou est-elle capable de se contrôler ? aboya Cartwright.

— J'aimerais m'occuper d'elle en privé, si vous nous permettez de sortir, répondit Scarlett en se hérissant.

Elle avait beau être insensible, leur supérieure avait raison. Un tel étalage ne pouvait être toléré, aussi justifié soit-il. Constance serait cataloguée d'hystérique et vue comme quelqu'un de non fiable. Plusieurs filles avaient été affectées ailleurs, disparaissant du jour au lendemain, après avoir été incapables de contenir leurs émotions.

Cartwright plissa les yeux mais hocha la tête.

— Tiens bon encore un tout petit instant, murmura Scarlett en implorant sa sœur avant de passer un bras autour de ses épaules et de l'aider à se mettre debout. Marche avec moi.

Elle la fit alors quitter la salle de briefing aussi rapidement qu'elle en fut capable sans les faire tomber. Le couloir était par chance désert, mais pas assez privé à ses yeux.

Elle ouvrit une porte qui donnait sur une pièce plus petite – la réserve – et tira sa sœur à l'intérieur. Elle verrouilla la porte avant de s'adosser contre le seul mur vide, serrant Constance contre son cœur. Lorsque ses genoux cédèrent, Scarlett se laissa glisser au sol avec elle, la berçant tendrement, Constance semblant étouffer sous les sanglots.

— Je suis là, avec toi, susurra-t-elle dans ses cheveux.

Si elle avait pu faire quoi que ce soit pour lui retirer cette douleur, elle n'aurait pas hésité.

Pourquoi elle ? Pourquoi Constance, quand c'était l'amour de Scarlett qui risquait sa vie jour après jour ? Sa vision s'embruma.

C'était une chose dont elle ne pouvait pas protéger sa sœur. Elle ne pouvait rien faire d'autre que la serrer fort. Les larmes se mirent à couler de ses paupières, laissant des marques humides et glaciales sur leur passage.

De longues minutes plus tard, Constance s'était suffisamment calmée pour parvenir à parler.

— C'est sa mère qui l'a dit à la nôtre, expliqua-t-elle, la lettre toujours en boule dans son poing. C'est arrivé le lendemain de son dernier courrier. Ça fait presque une semaine qu'il est mort ! (Ses épaules s'affaissèrent tandis qu'elle se nichait davantage contre le cœur de sa sœur.) Je ne peux pas... dit-elle en secouant la tête.

Un coup sourd résonna à la porte.

— Ne bouge pas, souffla Scarlett, puis elle se leva, s'essuya les joues et gagna la porte.

Elle releva le menton en découvrant l'officier de section Cartwright de l'autre côté, puis elle sortit, refermant la porte derrière elle afin de laisser à Constance autant d'intimité que possible.

— Qui est mort ? demanda sa supérieure de ce ton brusque dont se targuaient les militaires.

— Son fiancé.

Elle repoussa chaque émotion qui lui nouait la gorge. Plus tard, elle pourrait tout ressentir. Plus tard, elle pourrait se nicher dans les bras de Jameson et pleurer l'ami qu'elle avait perdu

– l'amour qu'on venait de refuser à sa sœur. Plus tard... mais pas tout de suite.

— Toutes mes condoléances, répondit Cartwright en déglutissant, puis elle balaya le couloir des yeux, comme si elle aussi avait besoin de se ressaisir, avant de relever le menton. Bien que les circonstances de votre naissance vous fassent toutes deux bénéficier d'une certaine... clémence, je manquerais à tous mes devoirs si je ne vous mettais pas en garde : elle ne peut pas se permettre de nouveau une telle scène.

— Je comprends.

Non, elle ne comprenait pas, mais elle avait assisté à suffisamment de leçons sur la stabilité émotionnelle pour savoir qu'elles n'étaient pas visées personnellement. C'était ainsi.

— Plus jamais, insista Cartwright tout bas en dressant les sourcils.

— Cela ne se reproduira pas, promit Scarlett.

— Bien. Il faut avoir une main sûre et un cœur solide pour se tenir devant ce tableau, officier adjoint de section. Des vies sont en jeu. Nous ne pouvons pas nous permettre de perdre un homme parce que nous sommes bouleversées d'en avoir perdu un autre. Si l'officier de section...

— Ça. Ne se. Reproduira. Pas, répéta Scarlett en redressant les épaules, le regard fixé sur celui de sa supérieure.

— Bien. (Elle observa brièvement la porte, dont l'épaisseur ne suffisait pas à camoufler les pleurs de Constance.) Emmenez-la dans ses quartiers – non, mieux : emmenez-la chez vous. Je demanderai à Clarke et Gibbons de vous remplacer. Assurez-vous qu'elle soit calmée avant de la faire sortir d'ici.

Scarlett n'avait jamais vu Cartwright faire preuve d'autant de compassion, et même si ce n'était pas grand-chose, elle lui en était reconnaissante.

— Oui, madame.

— Elle en trouvera un autre. C'est la vie.

Puis elle pivota sur ses talons et disparut.

Scarlett se coula discrètement dans la réserve, refermant la porte derrière elle et se laissant tomber au sol pour reprendre sa sœur dans ses bras.

— Qu'est-ce que je vais faire... ?

Constance lui brisait un peu plus le cœur à chaque sanglot. À chaque larme.

— Respirer, répondit-elle en lui caressant le dos. Pendant quelques minutes, tu vas te contenter de respirer, d'accord ?

Si elle-même avait perdu Jameson... *Ne pense pas à ça. Tu ne peux pas te permettre de laisser ce genre d'idées te ronger.*

— Et ensuite ? demanda Constance. Je *l'aime*. Comment suis-je censée vivre sans lui ? Ça fait trop mal...

Scarlett luttait pour garder le contrôle, pour s'armer de la force dont Constance aurait besoin.

— Je ne sais pas. Mais pour l'instant, on respire. Ensuite, on verra.

Peut-être que d'ici là, la réponse lui serait venue.

— Est-ce que c'est vrai ? demanda Scarlett en laissant tomber son manteau sur une chaise, dans la cuisine, plus d'un mois plus tard.

— Content de te voir aussi, ma chérie, répondit Jameson avec un sourire avant de retourner les pommes de terre dans la poêle.

— Je suis sérieuse, insista-t-elle en croisant les bras.

Il songea un instant à envoyer balader les pommes de terre et à manger sa femme à la place, mais son regard inquisiteur le fit changer d'avis. Il ne s'agissait pas d'une simple rumeur dont elle lui parlait comme ça. Elle savait. Il lâcha un juron. Bon sang, les nouvelles allaient vite...

— Je peux prendre ça pour un oui ?

Ses yeux brillaient d'une telle colère que Jameson s'attendait presque à voir des flammes en jaillir. Il retira la poêle du feu puis se tourna vers sa magnifique femme au regard assassin.

— Embrasse-moi d'abord.

— Pardon ? répliqua-t-elle en dressant un sourcil.

Il l'enveloppa de ses bras et l'enlaça, savourant la sensation de son corps contre le sien. Cela faisait cinq mois qu'ils étaient mariés. Cinq mois incroyablement heureux et presque normaux, si l'on pouvait parler ainsi en pleine guerre, et tout s'apprêtait à changer. Tout sauf ce qu'il ressentait pour elle.

Il aimait Scarlett plus encore que le jour où il l'avait épousée. Elle était attentionnée, forte, intelligente et vive, et lorsqu'il posait ses mains sur elle, ils s'embrasaient tous les deux.

Mais cette vie... il s'était désespérément accroché à cette nouvelle normalité qu'ils s'étaient composée rien que pour eux.

— Embrasse-moi, lui ordonna-t-il de nouveau en baissant la tête. Je t'ai à peine croisée ces derniers jours. Cela fait une semaine que nous n'avons pas dîné ensemble, avec nos emplois du temps. Aime-moi d'abord.

— Je t'aime toujours.

Son regard s'adoucit, et elle l'embrassa tendrement.

Le cœur de Jameson se mit à bondir, comme il le faisait chaque fois. Il l'embrassa lentement, totalement, sans toutefois s'enflammer. Il n'avait pas l'intention de la distraire avec le sexe, et de toute façon il savait qu'elle ne céderait pas. Encore un instant – c'était tout ce dont il avait besoin.

Il s'écarta alors doucement afin de pouvoir plonger dans ses yeux.

— On nous envoie à Martlesham Heath.

Ces yeux de cristal qu'il aimait tant s'emplirent d'incrédulité.

— Mais c'est...

— Le Groupe 11, termina-t-il à sa place. Nous sommes opérationnels. Ils ont besoin de nous là-bas.

C'était là que se jouait le plus gros de l'action. Il prit son visage entre ses mains et lutta contre le déchirement qui était en train de dévaster son cœur – cela ressemblait trop à ce qu'il avait éprouvé à Middle Wallop, lorsqu'ils avaient été forcés de se séparer.

— Nous trouverons une solution.

— Mary m'a dit qu'Howard lui avait confié que tu allais partir, mais...

Elle secoua la tête, semblant sortir de sa torpeur. Elle se dégagea alors de ses bras, le laissant enlacer le vide.

Bordel, Howard.

— Scarlett, ma chérie...

— Nous trouverons une solution ?! cracha-t-elle en s'agrippant au dos de la chaise avant d'inspirer un bon coup. Quand ?

— Dans quelques semaines, répondit-il en baissant les bras.

— Non. Quand l'as-tu appris ?

— Tout juste ce matin.

Dans sa tête, il était en train de couvrir d'injures Howard pour l'avoir dit à Mary avant qu'il n'ait pu voir Scarlett.

— Je sais que c'est compliqué, mais je me suis renseigné sur les logements familiaux sur la base, avant mon vol...

— Quoi ?! s'écria-t-elle d'une voix suraiguë.

Il savait que c'était là l'avertissement qu'il avait dépassé les bornes. Sa femme ne perdait quasiment jamais son sang-froid.

— J'ai conscience de m'avancer en imaginant que tu serais prête à demander un nouveau transfert, en particulier avec Constance qui...

Survit à peine. Sa belle-sœur était devenue un véritable fantôme depuis qu'elle avait perdu Edward, et il savait que Scarlett ne la quitterait jamais et qu'il n'y avait également aucune garantie que Constance accepte de partir.

— Quoi qu'il en soit, tous les logements sont pris. Il faudrait donc qu'on vive en dehors de la base, comme en ce moment. Mais je peux commencer à chercher quelque chose.

— *Prête à demander un nouveau transfert*, répéta Scarlett, le regard jetant des flammes. Qu'est-ce qui te fait penser que je *peux* être transférée là-bas, Jameson ? Il n'y a pas... Je ne peux pas... balbutia-t-elle en se frottant l'arête du nez.

Elle ne pouvait pas le lui dire, parce que son travail exigeait plus d'habilitations que le sien. Bien sûr, il savait ce qu'elle faisait – il n'était pas né de la dernière pluie –, mais lorsqu'elle rentrait le soir, elle ne lui racontait pas pour autant où se trouvaient les autres salles de commandement tactique, ou encore les stations radar. Trop en savoir était dangereux pour un pilote, qui pouvait facilement finir aux mains ennemies. Et il faisait bon savoir où elle travaillait actuellement ; les opérations de secteur étaient – *bon sang, mais oui !*

— Il n'y a pas d'opérations de secteur à Martlesham, dit-il tout bas.

Elle confirma d'un hochement de tête.

— Ce que Constance et moi faisons, la formation que ça implique... (Elle croisa son regard, et la douleur qu'il y vit planta ses serres dans son âme.) Le commandement risque de ne pas accepter de nous faire devenir chauffeuses ou mécaniciennes. Nous sommes ce que nous sommes.

Elle était aussi, sinon plus, essentielle que lui à leur mission.

— Tu es remarquable.

Son ventre se noua quand il comprit qu'une situation déjà difficile s'apprêtait à devenir impossible. La simple idée de se réveiller sans elle, de ne pas rire aux éclats devant leur repas cramé, de s'endormir les bras vides pendant des semaines suffisait à faire hurler de protestation son cœur. À quoi cela allait-il ressembler ?

— Tu parles, répliqua-t-elle. Je suis juste hautement formée et agile de mes doigts, ce qui n'est pas vraiment à notre avantage, au vu de la situation. Martlesham est à des heures d'ici. Ils nous ont retiré quasiment toutes nos permissions, et tu n'en auras pas beaucoup non plus. Nous ne nous verrons jamais.

Ses épaules s'affaissèrent, et elle baissa la tête. Jameson combla la distance entre eux, le cœur en larmes. Il l'attira contre son torse.

— Nous trouverons une solution. Mon amour pour toi n'a pas diminué lorsque la moitié de l'Angleterre nous séparait. Quelques heures, ce n'est rien.

Et pourtant, il n'en était pas convaincu. Il ne demanderait donc pas l'autorisation de vivre à l'extérieur de la base, mais elle était également trop loin pour qu'il demande une permission de nuit, sauf s'il prenait quarante-huit heures. Et Scarlett avait raison : l'époque où les permissions étaient distribuées facilement était révolue. Il pourrait se passer des mois entre deux visites, selon la tournure que prendrait la guerre.

Il grommela un nouveau juron. Ils avaient tellement eu peur de se perdre, durant ce fameux raid, à Middle Wallop... Si quelque chose arrivait à Scarlett... Il eut une montée de bile.

— Tu pourrais toujours aller dans le Colorado.

Elle se raidit dans ses bras puis le dévisagea comme s'il avait perdu la tête.

— Je sais que tu ne le feras pas, reprit-il d'une voix douce avant de caler derrière son oreille une mèche de cheveux rebelle. Je sais que ton sens du devoir ne t'y autorisera pas, et que tu ne quitteras jamais Constance, mais je serais un mari médiocre si je ne te demandais pas d'y aller, de te mettre à l'abri.

— Je ne sais pas si tu as remarqué, mais je ne suis pas américaine.

Puis elle posa les mains sur le tee-shirt qui recouvrait le torse de son mari. Ni l'un ni l'autre ne cuisinaient en uniforme. Ils avaient appris cette leçon assez tôt dans leur mariage, au détriment de deux vestes autrement parfaites.

— Je ne sais pas si tu as remarqué, mais tu n'es plus exactement britannique non plus. (Dieu merci, la WAAF ne voyait aucun inconvénient à engager des citoyens étrangers.) Il semblerait que nous soyons l'un comme l'autre entre deux pays, en ce moment.

Scarlett lâcha un petit rire.

— Et je peux savoir comment tu espères me faire aller dans ton pays ? Tu m'emmènes en avion et tu me parachutes au-dessus du Colorado ? dit-elle pour le taquiner en déposant un baiser sur son menton.

— Ce n'est pas une si mauvaise idée...

Il la gratifia d'un grand sourire. Il adorait qu'elle soit capable de toujours apporter un peu de légèreté aux situations les plus pénibles.

— Plus sérieusement, reprit-elle, oublions cette éventualité, car ça n'en est pas une. Tu ne peux même pas aller dans ton pays sans te faire arrêter, aujourd'hui.

— À vrai dire… (Il inclina la tête, le cerveau en ébullition.) … je n'ai jamais renoncé à ma citoyenneté. Je n'ai jamais juré allégeance au roi non plus, donc on ne peut pas me considérer comme un traître. Ai-je brisé les lois de la neutralité ? Oui. Serais-je envoyé en prison si je rentrais chez moi ? Probablement. Mais je suis toujours américain.

Il jeta un coup d'œil à la veste de son uniforme, posée sur une chaise, l'aigle scintillant sur son épaule droite.

— Toi, tu n'as violé aucune règle, et tu es ma femme. Tu as droit à la citoyenneté américaine. Il faudrait simplement te faire faire un visa.

Un élan d'espoir se mit à palpiter dans sa poitrine. Il existait une solution pour la faire sortir de cette guerre – pour s'assurer qu'elle y survive.

Scarlett s'esclaffa tout en s'écartant de ses bras.

— Bien sûr. Pour ton information, cela prend un an, si ce n'est plus, d'après ce que j'ai lu dans les journaux. La guerre pourrait être terminée lorsque je l'obtiendrai. Et puis, tu as raison. Je ne quitterai pas mon pays – même si ce n'est techniquement plus le mien – alors qu'il a besoin de moi, et je n'abandonnerai pas Constance. Nous nous sommes juré de traverser cette épreuve ensemble, et c'est ce que nous ferons.

Elle prit sa main et déposa un baiser sur son alliance.

— Et je ne te quitterai pas non plus, Jameson. Pas si j'ai le choix. Quelques heures ne sont rien comparées à des milliers de kilomètres d'océan.

— Mais tu serais en sécur…

— Non. Nous en rediscuterons lorsque la guerre sera terminée ou que les circonstances auront drastiquement changé. En attendant, ma réponse est non.

Jameson soupira.

— Évidemment, je suis tombé sur une femme obstinée.

Pourtant, il aurait été incapable de l'aimer autrement.

— *Obstinée et têtue*, le corrigea-t-elle avec un petit sourire. Si tu comptes citer Austen, fais-le bien. (Elle pinça les lèvres.) À quelle distance maximale peut-on vivre à l'extérieur d'une base, avec les autorisations officielles ?

— Tout dépend du commandant.

Certains étaient compatissants et pensaient que les pilotes avaient tendance à être plus fiables s'ils vivaient avec leur famille, sur la base ou à l'extérieur. D'autres n'en avaient strictement rien à faire.

— Et de ton côté ? demanda-t-il.

— Obtenir une autorisation est aujourd'hui quasiment impossible. Toutes les autres femmes vivent dans les huttes ou sont parquées dans les anciens logements familiaux, répondit-elle d'un air sombre.

— Mais aucune d'elles n'est mariée à quelqu'un qui travaille sur la même base, fit-il remarquer.

Bientôt, Scarlett ferait partie de ce triste groupe de femmes mariées mais forcées de vivre loin de leur époux. Elle se mordilla la lèvre ; Jameson pouvait presque voir les rouages tourner dans son cerveau.

— Je peux savoir ce qui se trame dans cette jolie petite tête, Scarlett Stanton ?

Elle braqua le regard sur lui.

— Je ne peux pas t'accompagner, mais il y a une toute petite chance que je puisse être affectée plus près de Martlesham.

Jameson s'efforça de garder la tête froide, mais il en était incapable.

— Je suis prêt à miser sur la plus petite chance qui soit plutôt que d'imaginer passer des mois entiers sans te voir.

— Si seulement les affectations dépendaient de toi, mon chéri... Et vu que je ne suis plus reconnue comme la fille de mon père, je ne peux pas tirer les ficelles que j'ai tirées pour venir ici. (Elle entrelaça ses doigts derrière sa nuque.) Mais j'essaierai.

Le soulagement dénoua la boule qui s'était logée dans la gorge de Jameson, sans toutefois la faire disparaître entièrement.

— Dieu que je t'aime...

— Si je n'arrive pas à me faire affecter ailleurs et qu'il ne nous reste que quelques semaines, nous ferions mieux d'en profiter un maximum, déclara-t-elle, puis elle désigna d'un coup de menton la cuisinière et les pommes de terre abandonnées. Oublie le dîner et emmène-moi au lit.

— Nous n'avons pas besoin de lit.

Il la posa alors sur la table de la cuisine et l'embrassa passionnément. Elle avait raison : s'il ne leur restait que quelques semaines, il était hors de question qu'il en perde une seule seconde.

17

Georgia

Jameson,
Oh, mon amour. Je ne pourrai jamais regretter de t'avoir choisi. Tu es le souffle dans mes poumons et les battements de mon cœur. Tu étais mon choix avant même que je sache qu'il y avait un choix à faire. Je t'en prie, ne t'inquiète pas. Ferme les yeux et imagine-nous dans cet endroit dont tu m'as parlé, là où le ruisseau forme un coude. Nous y serons bientôt, et encore plus vite, je serai de nouveau dans tes bras. Nous t'y attendrons. Toujours. De toute notre âme.
Scarlett

— C'était la pire idée de l'histoire des idées ! hurlai-je à Noah, cinq mètres au-dessus de lui, accrochée à une paroi sur laquelle je n'avais rien à faire.

Il avait attendu une semaine avant de me forcer à remplir ma part du marché, mais cela ne rendait pas les choses plus faciles.

— C'est en effet ce que vous clamez toutes les cinq minutes depuis que vous avez commencé à grimper. Il y a une prise violette sur votre gauche.

— Je vous déteste, crachai-je en attrapant toutefois la prise.

Il m'avait emmenée dans une salle d'escalade située à une demi-heure de route – je n'étais donc pas en train de pendre du flanc d'une montagne, mais quand même. J'étais peut-être bien harnachée, mais c'était lui qui tenait l'autre bout de la corde.

— J'aurais cru que vous maîtrisiez mieux les métaphores, vu votre métier. « Remettez votre vie entre mes mains, Georgia », grommelai-je en essayant au mieux de l'imiter. « Regardez comme je suis doué en escalade et si charmant, Georgia. »

— Au moins, vous me trouvez charmant.

— Je vous déteste !

Je posai le pied sur la prise suivante, les bras tremblants. La cloche située à dix mètres au-dessus de ma tête n'était qu'en seconde place, derrière Noah, sur la liste des choses que je haïssais, à cet instant. J'avais le vertige. Je détestais sentir cette faiblesse, dans mon propre corps, depuis que j'avais arrêté d'en prendre soin. Et je détestais *vraiment* ce type incroyablement craquant qui se trouvait tout en bas avec la corde.

— Si c'est plus simple, je peux demander à Zach de me remplacer puis grimper pour vous guider moi-même, lui proposa Noah.

— Quoi ?! (Je lui jetai un regard noir, ainsi qu'au type qui se tenait à côté de lui.) Je ne connais pas *Zach*. Et il a l'âge d'être au lycée !

— Je suis en année sabbatique, en fait, répondit l'employé en me faisant un petit signe de la main.

— Vous n'aidez pas, là, entendis-je Noah lui chuchoter. Zach travaille ici, et votre mort lui causerait probablement de gros soucis d'un point de vue professionnel. Je pense donc que vous pouvez lui faire confiance.

— N'y pensez même pas ou je vous balance mes chaussures à la tronche, Morelli !

Je fermai les yeux l'espace d'une seconde puis les fixai droit devant, sur la roche grise et texturée du mur d'escalade. Regarder en bas ne faisait qu'empirer les choses.

— Au moins, vous m'estimez plus que quelqu'un d'autre, lança Noah pour plaisanter.

— Tout juste !

J'attrapai la prise verte, au niveau de ma main droite, puis posai le pied sur celle qui semblait logiquement suivre et me hissai un peu plus haut.

— Et je vous déteste encore plus pour ça ! déclarai-je en en agrippant une autre.

— Mais vous grimpez, constata-t-il.

Je réitérai l'opération, continuant à monter.

— Je ne vois vraiment pas comment ça va régler nos soucis d'intrigue, étant donné que je compte vous tuer dès que je reposerai un pied par terre.

Je n'étais plus qu'à quelques mètres de cette satanée cloche. Dès que j'appuierais dessus, je serais libre.

— Je suis prêt à prendre le risque, lança-t-il.

Je ne pouvais m'empêcher de remarquer la force avec laquelle il tenait la corde. C'était rassurant, car je devais être à huit bons mètres du sol, désormais.

— Vous savez, si vous détestez à ce point, je ne vous oblige pas à respecter votre part du marché. J'ai proposé ça pour que vous appreniez à me faire confiance, pas à me détester.

Les yeux rivés sur la cloche au sommet, je m'élevai de trente bons centimètres, puis de trente autres.

— Taisez-vous, grognai-je. J'y suis presque.
— Je vois ça.

Je crus déceler de la fierté dans sa voix, et lorsque je baissai les yeux, son sourire me confirma que je ne me trompais pas. J'étais loin d'être heureuse, mais je devais admettre me sentir... autonome. Capable. Forte.

Enfin, peut-être pas si forte que ça. Mes bras et mes jambes tremblaient de fatigue tandis que j'agrippais la dernière prise et grimpais les derniers centimètres par la simple force de ma volonté.

Dring. Dring. Dring.

— *Yes !* s'exclama Noah.

Je sentais les vibrations de la cloche jusque dans le tréfonds de mon âme. Elles étaient assez puissantes pour annihiler les idées préconçues avec lesquelles j'avais débarqué ici, à savoir que c'était impossible. Assez puissantes pour éveiller des parties de moi endormies avant la dernière infidélité de Damian.

Peut-être même avant que je le rencontre.

Juste parce que je le pouvais, je refis tinter la cloche un dernier coup. Cette fois, ce n'était pas un geste désespéré pour qu'on me fasse descendre à tout prix, pour être libérée de ce marché que j'avais accepté, ou encore validée par la personne qui m'avait poussée à faire cela.

C'était un geste de victoire.

Je savais bien que ce n'était pas l'Everest. Je me trouvais à un peu plus de dix mètres du sol, sur un mur d'escalade, dans un environnement professionnel, sécurisée par des cordes, un harnais et une assurance.

Mais cela n'empêchait pas d'avoir le cœur gonflé d'un féroce sentiment de fierté.

Je pouvais encore faire des choses difficiles.

Grand-mère était partie, Damian m'avait trahie, et ma mère avait une fois de plus fait ses valises, mais moi, j'étais toujours là. Et j'étais toujours cramponnée à ce mur.

Et même si une partie de moi avait envie de tuer Noah, je savais que c'était grâce à lui que j'étais là. Il était la raison pour laquelle j'avais recommencé à prêter attention à ma vie. La raison pour laquelle j'avais hâte de me réveiller le matin, depuis quelque temps.

Ce n'était pas que je vivais pour lui, mais il me donnait simplement envie de vivre. De me battre. De prouver ma valeur. De m'imposer là où, avant, je m'en remettais aux émotions des autres et optais pour le chemin le moins conflictuel possible.

Peut-être ma vie avait-elle pris feu, mais c'était de là que je tirais mon éclat : de ce point de fusion où je pouvais façonner ce qui n'avait pas été consummé pour lui conférer une nouvelle beauté. J'avais envie de me remettre à sculpter. Je voulais faire plier le verre à ma volonté. Je voulais avoir une autre chance d'être heureuse, ce qui me poussa à poser de nouveau les yeux sur Noah. Je voulais... descendre immédiatement ! Punaise, qu'est-ce que c'était haut !

— Bon, comment je descends, au juste ?
— C'est moi qui vous fais descendre.
— Pardon ?!

Je tentai un nouveau regard vers lui. *Bordel de...* En fait, c'était *vraiment* l'Everest. J'avais l'impression que Noah était à des millions de kilomètres. *On repassera pour l'autonomie, ma belle.* Je voulais en finir avec ce truc, et tout de suite.

— C'est moi qui vous fais descendre, répéta-t-il en articulant, comme si j'avais simplement mal compris, et non fait une attaque.

— Et comment ça marche, exactement ? demandai-je en serrant les prises au point d'en faire blanchir mes doigts.

— Il n'y a rien de plus facile. Vous vous asseyez dans le harnais, puis vous descendez le long du mur avec vos pieds pendant que moi, je gère la corde.

Je me mis à cligner des yeux avant de regarder une nouvelle fois en bas.

— Je suis juste censée m'asseoir et me fier à vous pour que vous ne me fassiez pas tomber sur les fesses ?

— Exactement, déclara-t-il avec un grand sourire auquel je ne trouvai, pour la première fois, absolument rien de charmant.

— Et si la corde casse ?

Son sourire s'estompa.

— Et s'il y avait soudain un tremblement de terre ?

— C'est prévu ?!

Mes biceps hurlaient de protestation pendant que je restais là, perchée en haut de ce satané mur comme un lézard.

— Vous pensez vraiment que je vais vous laisser tomber ?

— Cela vous faciliterait franchement la tâche pour terminer le bouquin.

— Ce n'est pas complètement faux, admit-il, et je suis sûr que l'anecdote de votre mort ferait exploser les ventes.

— Noah !

Cette situation n'avait absolument rien de drôle, mais c'était plus fort que lui : il fallait qu'il me provoque.

— Les chances qu'il y ait un tremblement de terre sont beaucoup plus grandes que celles que je vous laisse tomber. (Je crus déceler de l'agacement dans sa voix, mais en risquant un nouveau coup d'œil vers lui, je ne vis que de la patience.) Je ne laisserai rien vous arriver, Georgia. Il faut que vous me fassiez confiance. Je vous tiens.

— Je ne peux pas simplement descendre comme je suis montée ?

Ça ne devait pas être si compliqué.

— Bien sûr, si c'est ce que vous voulez, répondit-il d'une voix légèrement déçue.

— Oui, murmurai-je pour moi-même. Je vais faire ça.

Ça ne pouvait pas être plus difficile que le fait de grimper jusque-là, n'est-ce pas ?

Les muscles en feu et assaillis de petits tremblements continus, je posai le pied sur la prise la plus proche.

— Vous voyez ? Ce n'est pas si mal, marmonnai-je.

La corde tendue me soutenait tandis que je déplaçais mes mains, puis mon pied gauche. Une seconde plus tard, je poussai un cri suraigu en sentant mon pied glisser. Je plongeai alors dans le vide, mais sur quelques centimètres seulement, car la corde stoppa net ma chute et je me retrouvai suspendue dans les airs, parallèle au mur.

— Tout va bien ? demanda Noah d'une voix légèrement nerveuse.

Je pris une longue inspiration, puis une autre, intimant à mon cœur de battre à une cadence acceptable, et non dramatique. Le harnais me mordait légèrement la peau, juste sous les fesses, mais en dehors de ça, j'allais très bien.

— Un peu gênée, dus-je admettre, les joues déjà rouge pivoine, mais sinon, ça va.

— Vous voulez toujours descendre comme vous êtes montée ? s'enquit Noah sans une once de jugement.

Je tendis péniblement les bras vers les prises situées juste en face de moi. La vérité, c'était que s'il comptait me laisser tomber, il l'aurait déjà fait.

— Donc je suis juste censée m'asseoir dans le harnais ? demandai-je en priant silencieusement pour qu'il ne soit pas du genre à mettre « Je vous l'avais dit » à toutes les sauces.

— Appuyez vos pieds contre le mur, ordonna-t-il.

Je les dressai légèrement et obtempérai.

— Les deux mains sur la corde.

Encore un ordre. Mais j'obéis, évidemment.

— Très bien. Maintenant, je vais vous faire descendre, et je veux que vous restiez assise comme ça et que vous marchiez sur le mur. C'est bon pour vous ?

Il parlait d'une voix forte et calme à la fois – ce qui reflétait son caractère. Que fallait-il pour décontenancer un type comme Noah ? J'avais bien conscience de l'avoir agacé deux ou trois fois, mais même lors de nos plus sérieux accrochages, je ne l'avais jamais vu perdre son sang-froid. En tout cas, pas comme Damian l'avait si souvent fait lorsque les choses n'allaient pas dans son sens – en hurlant et en claquant les portes.

— C'est bon ! criai-je en lui adressant un sourire tremblant.

— Je ne veux pas vous prendre par surprise, donc on va compter jusqu'à trois. Tout doucement, OK ?

Je confirmai d'un hochement de tête.

— Un, deux, trois, énuméra-t-il, puis il donna suffisamment de mou à la corde pour que j'entame la descente. Super. Maintenant, on y va tranquillement.

D'un geste lent et sûr, il se mit à faire courir la corde entre ses doigts. En quelques secondes à peine, j'avais saisi l'idée. Défier la gravité avait quelque chose d'excitant, en particulier quand je décidai d'imiter un autre grimpeur, à quelques mètres de là, qui descendait en faisant des petits bonds.

En approchant du sol, je jetai un regard à la cloche que je venais de faire sonner. Elle paraissait si haute, et pourtant, j'étais montée jusque-là.

Tout ça parce que Noah avait été déterminé à gagner ma confiance – et il y était arrivé.

Quand mes pieds touchèrent terre, j'étais extatique.

— C'était incroyable !

Je me jetai sur Noah pour l'enlacer, et il me serra contre lui en me faisant décoller du sol.

— C'est vous qui avez été incroyable, me corrigea-t-il.

Il me soulevait si facilement, comme si je ne pesais rien, et il sentait si bon que je dus faire un effort surhumain pour ne pas enfouir mon nez dans le creux de son cou et me repaître de son odeur. C'était une combinaison unique du bois de santal et du cèdre de son parfum, mêlés à du savon et à une touche de transpiration. Il sentait comme un homme était censé sentir, et cela naturellement. Damian aurait payé des milliers de dollars pour sentir comme Noah.

Arrête de les comparer.

Je m'écartai légèrement, juste assez pour pouvoir plonger dans ses yeux.

— Merci, murmurai-je.

Son léger sourire était la chose la plus sexy que j'aie jamais vue.

— Pourquoi me remerciez-vous ? demanda-t-il, son regard ne cessant de revenir sur mes lèvres. C'est vous qui avez fait tout le travail.

Merde. Il n'était vraiment pas du genre à lancer « Je vous l'avais dit », et cela ne me faisait que l'apprécier davantage. Le désirer davantage.

L'énergie entre nous se transforma, devint presque palpable, comme si nous étions connectés par davantage que cette simple corde. Il y avait quelque chose entre nous, et peu importait les efforts que je déployais pour faire comme si de rien n'était, ou encore la fréquence de nos disputes, cette sensation ne faisait que grandir.

Son regard s'embrasa, et sa poigne se fit plus ferme autour de ma taille. Il n'y avait plus que quelques centimètres entre nos lèvres...

— Vous avez terminé ? demanda une petite voix.

Je me mis à battre des paupières et découvris une fillette qui ne devait pas avoir plus de sept ans.

— Je voulais faire cette voie, si c'est bon pour vous ? souffla-t-elle avec un regard plein d'espoir.

— Bien sûr, répondis-je.

Noah me reposa et détacha mon harnais de la corde d'un geste maîtrisé et efficace. *Mon Dieu, ses bras pourraient-ils être plus sexy ?* Les muscles de ses biceps enflaient sous les manches courtes de son maillot de sport. Heureusement que le tissu était extensible, ou il l'aurait probablement déjà déchiré.

— Merci, répétai-je alors qu'il se détachait à son tour de la corde.

— Je n'y suis pour rien. Je n'ai fait qu'assurer votre sécurité.

Le timbre rauque de sa voix réchauffa tout mon corps.

— Je vais t'assurer ! retentit une autre voix.

Une fille qui avait l'âge d'être au lycée avait pris la place de Noah, et la petite s'était déjà attachée à la corde.

— OK, j'y vais ! déclara-t-elle, puis elle s'élança sur le mur comme si elle avait été mordue par une araignée radioactive.

— C'est une blague... marmonnai-je en la regardant grimper jusqu'à la cloche en quelques minutes alors que ça m'avait demandé une demi-heure.

Noah ricana.

— Encore un peu d'entraînement, et vous serez aussi douée qu'elle, m'assura-t-il, ce qui lui valut un regard franchement sceptique. Vous n'êtes pas tombée une seule fois en montant, fit-il remarquer, puis il approcha lentement sa main de ma joue, me laissant une chance de me dégager – ce que je ne fis pas. C'est génial.

Il saisit une mèche de mes cheveux humides qui s'était échappée de ma queue-de-cheval et la coinça derrière mon oreille.

— Je n'ai jamais eu de difficultés pour atteindre ce que je veux, répondis-je d'une voix douce. C'est la chute qui pose problème.

Et c'était exactement ce qui se passait entre nous. C'était une chose de plaisanter avec Hazel sur une éventuelle relation Kleenex, mais c'en était une autre d'apprécier *bien plus* que le corps de cet homme, même si ce corps, en soi, était splendide. Ce serait beaucoup trop facile de tomber amoureuse de Noah Morelli.

— Je vous ai retenue.

Il ne fit aucun sourire suffisant, aucun haussement de sourcils séducteur, mais la vérité était assez enivrante. Oui, il m'avait retenue.

— En effet, soufflai-je.

— Vous voulez en faire une autre ? proposa-t-il, les coins de sa bouche s'étirant légèrement vers le haut.

J'éclatai de rire.

— Même si j'en avais envie, je ne pense pas que mes bras seraient d'accord. J'ai l'impression d'avoir de la compote à la place, commentai-je en les levant en guise de preuve, comme s'il pouvait voir la fatigue dans mes muscles.

— Je vous les masserai plus tard, me promit-il, et ce petit sourire charmant réapparut.

Je lâchai un hoquet en imaginant sentir ses mains sur ma peau.

— Vous voulez apprendre à assurer ? suggéra-t-il en interrompant mon petit fantasme.

— J'ai les bras en compote, je vous rappelle.

— Ce n'est pas un souci. C'est le harnais qui fait tout le travail.

— Vous me confieriez votre vie ? m'enquis-je, faisant de mon mieux pour ne pas dévorer des yeux ses longs cils, ou encore le dessin de sa lèvre inférieure.

— Je vous confie déjà ma carrière. Me concernant, c'est plus ou moins la même chose, donc oui.

Son regard intense brûlait clairement de défi, et cela me fit l'effet d'un coup au cœur exceptionnellement douloureux, et pourtant si agréable.

Il avait vraiment tout risqué pour ce livre. Il avait quitté une ville qu'il adorait et décidé de vivre ici jusqu'à ce qu'il soit terminé.

À cet instant, je devinai deux choses sur Noah Morelli.

La première, c'était que sa priorité était et serait *toujours* sa carrière. Tout le reste passerait après.

La deuxième, c'était que lui et moi opérions aux opposés du spectre de la confiance. Il donnait d'abord la sienne, puis attendait le résultat. Pour ma part, je ne la donnais que lorsqu'elle était méritée. Et il avait plus que mérité la mienne.

Il était temps que je recommence à me faire confiance, à moi aussi.

— Je vous suis.

Quand il m'eut déposée chez moi, je sortis mon téléphone et appelai Dan. Dans l'heure, j'avais soumis une offre pour la boutique de Mr Navarro.

Je reprenais ma vie en main.

18

Mai 1941

North Weald, Angleterre

Cela faisait presque huit semaines, et la lumière n'était toujours pas revenue dans les yeux de Constance. Scarlett ne pouvait pas la forcer, elle ne pouvait pas la conseiller, elle ne pouvait rien faire d'autre qu'assister, impuissante, au deuil de sa sœur. Pourtant, elle avait tout de même exigé que Constance demande à être transférée avec elle à North Weald. C'était la chose la plus égoïste qu'elle ait jamais faite, mais elle ne savait pas comment être simultanément une épouse et une sœur, si bien que toutes les deux souffraient, désormais.

Même si ses parents l'ignoraient depuis qu'elle avait épousé Jameson en dépit de leur avis, ils avaient apparemment gardé leur différend privé, car leur demande de transfert à North Weald avait été approuvée.

Cela faisait un mois qu'elles étaient là, et même si Scarlett louait une maison en dehors de la base, pour les nuits où Jameson parvenait à obtenir une autorisation de sortie, Constance avait choisi de loger avec les autres membres de la WAAF, dans les huttes.

Pour la première fois de sa vie, Scarlett avait vécu une semaine entière complètement seule. Pas de parents. Pas de sœur. Pas de WAAF. Pas de Jameson. Il était à un peu plus d'une heure de route, à Martlesham Heath, mais il rentrait... à la maison – si elle pouvait appeler cet endroit ainsi – chaque fois qu'il en avait l'autorisation. Entre son inquiétude au sujet de Constance et la peur que quelque chose arrive à Jameson, Scarlett vivait dans l'angoisse permanente.

— Tu n'es pas obligée de faire ça, dit-elle à sa sœur en s'agenouillant sur l'herbe que le printemps tout frais avait libérée du gel. C'est peut-être encore un peu tôt.

— S'il meurt, tant pis, répliqua Constance en haussant les épaules, puis elle continua à creuser avec la petite pelle, préparant le sol pour un rosier qu'elle avait récupéré dans le jardin de leurs parents lors de sa permission du week-end. Il vaut mieux essayer, non ? Qui sait combien de temps nous resterons ici ? Peut-être Jameson sera-t-il envoyé ailleurs. Peut-être que ce sera nous. Ou peut-être juste moi. Si je m'obstine à attendre que la vie me sourie davantage, ça pourrait être long. Alors tant pis si le gel le tue. Au moins, nous aurons essayé.

— Je peux t'aider ?

— Non, j'ai quasiment fini. Tu devras penser à l'arroser régulièrement, mais pas trop. (Elle termina de retourner la terre, en bordure du patio.) La plante te le dira. Regarde simplement ses feuilles, et recouvre-la s'il fait trop froid la nuit.

— Tu es tellement plus douée que moi pour ça...

— Et toi, tu l'es pour raconter des histoires. Le jardinage, ça s'apprend, comme les mathématiques ou l'histoire.

— Tu écris parfaitement bien, répliqua sa sœur.

Elles avaient toujours eu des notes similaires à l'école.

— Oui, je maîtrise la grammaire et les essais. Mais les intrigues ? Tu es beaucoup plus douée que moi. Alors si tu veux vraiment m'aider, tu restes assise ici et tu me racontes l'une de tes histoires pendant que je m'occupe de ce rosier.

Elle forma un tas de terre au fond du trou, puis plaça la couronne de racines dessus, mesurant la distance jusqu'à la surface.

— C'est dans mes cordes, commenta Scarlett en basculant sur les fesses avant de croiser les chevilles. Quelle histoire, et où en étions-nous ?

Constance réfléchit.

— Celle de la fille du diplomate et du prince. Il me semble qu'elle venait de découvrir...

— Le mot, compléta Scarlett. Bien. Celui qui lui fait penser qu'il va congédier son père.

Son esprit se réfugia alors dans ce petit monde, les personnages lui paraissant aussi réels que Constance, à côté d'elle.

Quelques minutes plus tard, les deux sœurs étaient allongées dans l'herbe, à fixer les nuages, Scarlett faisant de son mieux pour tisser une histoire qui puisse distraire Constance, ne serait-ce que pour quelques instants.

— Pourquoi ne lui dit-il pas simplement qu'il est désolé ? demanda-t-elle en roulant sur le flanc pour faire face à sa sœur. Ne serait-ce pas la réponse la plus simple ?

— En effet, mais dans ce cas, notre héroïne ne verrait pas à quel point il a évolué. Elle n'estimerait pas qu'il mérite cette deuxième chance. La clé, pour apporter aux personnages la fin qu'ils méritent, est de jouer avec leurs défauts jusqu'à les faire saigner, puis les faire surmonter ce défaut, cette peur, afin qu'ils prouvent leur valeur à l'être aimé. Sinon, c'est la simple histoire de deux personnes qui tombent amoureuses. (Elle noua les doigts derrière sa tête.) Sans la menace d'un désastre potentiel, prendrions-nous conscience de ce que nous avons ?

— Ça n'a pas été mon cas, murmura sa sœur.

Scarlett plongea les yeux dans les siens.

— Si. Je sais que tu aimais Edward. Et il le savait, lui aussi.

— J'aurais dû l'épouser comme tu l'as fait avec Jameson, soupira Constance. Au moins, nous aurions eu ça avant...

Sa voix s'éteignit, et son regard se perdit dans les arbres qui s'étiraient au-dessus d'elles.

Avant qu'il meure.

— J'aimerais pouvoir t'arracher ta douleur.

C'était injuste que Constance souffre autant, quand Scarlett comptait les heures entre les permissions de Jameson.

Sa sœur déglutit.

— Ce n'est rien.

— Ce n'est pas rien, insista Scarlett en se redressant.

Constance l'imita, sans toutefois croiser son regard.

— Si, je t'assure. Les autres filles qui arrivent à tourner la page, qui considèrent les histoires d'amour comme quelque chose d'éphémère, je les comprends. Vraiment. Rien n'est garanti, ici. Des avions tombent tous les jours. Les bombardements continuent. Il n'y a aucune raison de retenir les élans de son cœur lorsqu'il y a de grandes chances qu'on ne soit pas là demain. Autant vivre tant qu'on le peut. (Elle jeta un regard vers le petit jardin.) Mais je sais que je n'aimerai plus jamais quelqu'un comme j'ai aimé Edward. Comme je l'aime encore. Je ne suis pas sûre d'avoir un jour un cœur à donner. Cela me paraît plus sûr de lire l'amour dans les romans que d'essayer de le revivre.

— Oh, Constance... soupira Scarlett, le cœur pleurant encore ce que sa sœur avait perdu.

— Ça ira, dit-elle en se levant. On ferait mieux de se préparer. Nous sommes de service dans un peu plus d'une heure.

— Je pourrais d'abord nous cuisiner un petit quelque chose ? proposa Scarlett. Je me suis améliorée, tu sais.

Constance gratifia sa sœur d'un regard sceptique largement mérité.

— J'ai une meilleure idée. On s'habille, et on file au mess des officiers.

— Tu n'as pas confiance en moi ! fit mine de s'indigner Scarlett.

— Je te fais totalement confiance. C'est de ta cuisine que je me méfie, répondit-elle, mais son sourire taquin était sincère, ce qui fit enfler le cœur de Scarlett de joie.

Changées et rassasiées, les filles rejoignirent tranquillement leur poste. Elles laissèrent leurs manteaux dans les vestiaires puis prirent la direction de la salle de commandement tactique. Aussi chargés soient leurs tableaux, dans leur petit secteur, il était difficile d'imaginer à quoi ressemblaient ceux du quartier général.

— Ah, Wright et Stanton, les inséparables ! commenta l'officier de section Robbins avec un sourire, à la porte. Vous avez besoin de quelque chose avant de commencer ?

— Non, madame, répondit Scarlett.

De tous leurs officiers de section, Robbins était sa préférée.

— Non, madame, répéta Constance. Vous pouvez me montrer ma section du tableau.

— Excellent. Et lorsque vous aurez un moment, toutes les deux, j'aimerais vous parler de vos responsabilités, déclara la femme en souriant, ses yeux se plissant à chaque coin.

— Y a-t-il un problème ? souffla Scarlett.

— Non, bien au contraire. J'aimerais que vous vous formiez au poste de statisticienne. Il y a certes plus de pression, mais je suis prête à parier que vous serez toutes les deux officiers de section d'ici la fin de l'année.

Elle les observa l'une après l'autre, analysant leurs réactions.

— Ce serait merveilleux ! s'exclama Scarlett. Merci beaucoup pour cette opportunité ; nous serions...

— J'ai besoin d'y réfléchir, intervint Constance, tout bas.

Scarlett la dévisagea d'un air surpris.

— Naturellement, dit Robbins avec un sourire compréhensif. J'espère que vous passerez une nuit calme.

Les sœurs la saluèrent, et avant que Scarlett puisse interroger Constance, celle-ci ouvrit la porte et disparut dans la salle de commandement tactique, plongée dans un profond silence.

Elle la suivit, enfila son casque, libéra l'officier dans son coin du tableau et balaya rapidement sa section du regard afin de prendre connaissance des activités en cours. Un bombardement traversait son quadrant en direction de celui de Constance.

Ces raids se termineraient-ils un jour ? Des dizaines de milliers de gens avaient été tués rien qu'à Londres.

La voix de l'opératrice radio jaillit dans son casque, et elle replongea dans la routine de son travail, remisant ses autres soucis à plus tard.

Elle jetait des coups d'œil réguliers à sa sœur. De l'extérieur, Constance semblait normale – ses mains étaient sûres et ses gestes efficaces. C'était devant ce tableau que Constance s'épanouissait, dernièrement, là où les émotions ne pouvaient pas l'atteindre. Le fait de savoir le vide qui tournoyait en elle emplit Scarlett d'une nouvelle vague de nausée.

C'était injuste qu'elle ait pu garder son amour, quand sa sœur avait été privée du sien.

Les minutes défilaient tandis qu'elle déplaçait les avions sur la carte. Soudain, son ventre se noua pour une raison totalement différente.

La 71 était en route. Les appareils volaient non pas vers les bombardements, mais vers la mer. *Jameson.*

Elle déplaçait l'escadrille sur son quadrant toutes les cinq minutes, notant le nombre d'appareils et la direction générale, mais bientôt, ce ne fut plus à elle de veiller sur eux, et d'autres prirent leur place.

Les heures s'enchaînèrent, mais elle était trop inquiète pour manger durant sa pause, trop pressée de voir la 71 revenir pour faire autre chose qu'errer devant cette carte, parce qu'elle savait qu'il volait, ce soir. Quand ses quinze minutes furent passées, elle retourna à son poste.

Elle nota avec une certaine satisfaction que le nombre de bombardiers qui repartaient était plus réduit qu'à leur arrivée. Ils avaient eu quelques victoires, ce soir.

La prochaine procédure de l'opératrice radio lui parvint dans son casque, et elle attrapa une nouvelle balise avec un léger sourire. La 71 était de retour dans son quadrant.

Elle plaça la balise selon les coordonnées qu'on lui avait données, puis se figea au moment où l'opératrice radio mettait à jour le nombre d'appareils.

Quinze.

Scarlett fixa la balise de précieuses secondes, le cœur dans la gorge. *Elle se trompe. Elle se trompe forcément.* Elle appuya alors sur le bouton du micro, sur son casque.

— Pouvez-vous me redonner le compte de la 71 ?

Tous les regards, dans la pièce, se braquèrent sur elle.

Les traceuses ne parlaient jamais.

— Quinze, répéta l'opératrice. Ils en ont perdu un.

Ils en ont perdu un. Ils en ont perdu un. Ils en ont perdu un.

Les doigts tremblants, Scarlett remplaça le petit drapeau sur la balise par un autre sur lequel figurait le nombre 15. Ce n'était pas Jameson. C'était impossible. Elle le saurait, n'est-ce pas ? Si l'homme qu'elle aimait de tout son cœur était tombé – était *mort* –, elle le sentirait. Forcément. Son cœur ne pouvait continuer de battre sans le sien. C'était une impossibilité anatomique.

Mais Constance ne l'avait pas su, elle…

La procédure suivante lui parvint, et elle déplaça les balises, remplaçant les flèches selon les couleurs appropriées.

Jameson. Jameson. Jameson. Ses bras se mouvaient par simple mémoire musculaire, son esprit tournoyant et son estomac menaçant de se vider tandis que la 71 approchait de Martlesham Heath. Même une fois leurs appareils garés dans les hangars, Scarlett était incapable de défaire ce nœud, dans son ventre.

Jusqu'ici, l'Eagle Squadron avait été miraculeusement chanceux – ils n'avaient pas perdu un seul pilote. Scarlett avait bien failli prendre cette chance pour acquise, mais elle avait pris fin ce soir. Qui était tombé ? Si ce n'était pas Jameson – *faites que ce ne soit pas lui* –, alors c'était forcément quelqu'un qu'il connaissait. Howie ? L'un des nouveaux ?

Elle jeta un coup d'œil à l'horloge. Il lui restait encore quatre heures.

Elle avait envie d'appeler Martlesham Heath et d'exiger de connaître l'indicatif du pilote tombé, mais si c'était Jameson, elle le saurait bien assez tôt. Ils étaient probablement déjà en train de l'attendre chez elle. Howie ne la laisserait jamais apprendre cela par le biais des rumeurs.

Le temps passait en blocs atroces de cinq minutes, et elle continuait à déplacer les balises, à changer les flèches, à répondre aux ordres donnés par le quartier général. Lorsqu'elles eurent terminé leur service, Scarlett n'était plus qu'une boule de nerfs à vif.

— Je te ramène à la maison. Je sais que ton vélo est ici, mais j'ai la voiture de la section, dit Constance quand elles eurent récupéré leurs affaires dans les vestiaires.

— Je vais bien, répondit Scarlett tout en rejoignant son vélo.

La dernière chose dont Constance avait besoin était de la rassurer *elle*.

— Il n'a rien, souffla alors sa sœur en lui saisissant le poignet. J'en suis sûre. Je refuse de croire en un Dieu cruel au point de nous les arracher à toutes les deux. Il va bien.

— Et si tu te trompes ? hoqueta Scarlett d'une voix fragile.

— Je ne me trompe pas. Viens. Monte dans la voiture ; je ne veux pas t'entendre discuter. Je vais dire aux autres filles de rentrer à pied.

Constance la guida vers le véhicule puis échangea quelques mots avec les autres membres de leur service avant de se couler derrière le volant.

Le trajet était court – il ne prenait que quelques minutes –, mais l'espace d'un bref instant Scarlett n'eut pas envie de tourner au coin de sa rue. Elle n'avait pas envie de savoir. Sa sœur tourna quand même.

Une voiture était garée devant chez elle.

— Mon Dieu, murmura Constance.

Scarlett redressa les épaules et inspira un bon coup.

— Pourquoi tu ne veux pas de cette formation ?

Constance se gara derrière la voiture qui portait l'insigne du Groupe 11 avant de se tourner vers elle d'un air effaré.

— Sérieusement ? Tu veux vraiment parler de ça maintenant ?

— Je croyais que tu voulais grimper les échelons.

Son cœur battait si vite qu'elle avait presque l'impression d'entendre une mitraillette.

— Scarlett.

— Certes, la pression est plus élevée, mais le salaire n'est pas le même.

Sa main serrait la poignée de la portière comme un étau.

— Scarlett ! cria Constance.

Elle arracha son regard de l'insigne du Groupe 11 et se tourna vers sa sœur.

— Je promets de passer te voir demain matin pour discuter de cette formation, mais tu ne peux pas rester dans la voiture.

— Est-ce que tu regrettes d'avoir ouvert cette lettre ? murmura Scarlett.

— Cela n'aurait fait que repousser l'inévitable, répondit Constance en s'arrachant un sourire tremblant. Viens, je t'accompagne.

Scarlett hocha la tête, poussa la portière et posa un pied sur le trottoir, se préparant à voir celles de la voiture de devant s'ouvrir à leur tour.

Ce ne fut pas le cas. Au lieu de cela, ce fut la porte de sa maison qui s'ouvrit.

— Salut, toi.

Jameson emplissait le seuil. Scarlett crut que ses jambes allaient l'abandonner.

Elle courut vers lui, et il la rejoignit à mi-chemin, la soulevant de terre et la serrant si fort qu'elle sentit chaque morceau de son être se remettre en place. Il allait bien. Il était à la maison. Il était en vie.

Elle enfouit son visage dans sa nuque, inspira son parfum et s'accrocha à lui de toutes ses forces, parce que c'était exactement ce qu'il était devenu – sa force, sa vie.

— J'étais tellement inquiète... souffla-t-elle contre sa peau, refusant de se détacher même un instant.

— Je m'en doutais. C'est pour ça que j'ai demandé l'autorisation de venir.

Il avait toujours une main plaquée dans son dos, l'autre sur sa nuque. Serrer Scarlett dans ses bras était tout ce qu'il avait eu en tête dès l'instant où ils avaient perdu Kolendorski.

— Je vais bien.

Elle le serra plus fort.

Jameson regarda par-dessus l'épaule de Scarlett et fit un petit signe de tête à Constance, qui les observait avec un sourire triste. Elle lui fit signe à son tour puis tourna les talons, repartant vers la voiture dans laquelle elle avait emmené sa sœur.

— Qui était-ce ? demanda Scarlett.

— Kolendorski. (Il aimait bien ce type.) Il a pivoté pour intercepter un bombardier et s'est fait tirer dessus par deux chasseurs. Nous l'avons tous vu tomber dans la mer.

Il n'avait pas cherché à sauter. N'avait envoyé aucun appel à l'aide. Il était tombé à la verticale, avec une telle force que s'il n'avait pas été tué avant, l'impact s'en était chargé. Personne ne pouvait survivre à ce genre de crash.

— Je suis tellement navrée... souffla-t-elle en desserrant un peu sa prise. Je suis juste...

Ses épaules tremblaient, et Jameson s'écarta légèrement afin de pouvoir regarder sa femme dans les yeux.

— Je vais bien. Tout va bien, lui assura-t-il en balayant ses larmes de la pulpe du pouce.

— Je ne sais pas pourquoi je me comporte comme une nunuche. (Elle s'arracha un sourire bancal à travers ses larmes.) J'ai vu qu'il manquait un appareil, et j'ai su que l'un de vous était tombé. (Elle secoua la tête.) Je t'aime.

— Je t'aime aussi, dit-il en déposant un baiser sur son front.

— Non, ce n'est pas ce que je veux dire. (Elle s'écarta de ses bras.) Je t'aime tellement que mon cœur a l'impression de battre dans ton corps. J'ai vu ce que la mort d'Edward a fait à Constance, et je sais que je ne suis pas assez forte pour te perdre. Je n'y survivrais pas.

— Scarlett... murmura-t-il en l'enveloppant de ses bras avant de l'attirer contre lui, car il n'y avait rien d'autre qu'il puisse faire.

Ils savaient tous les deux que le lendemain, ce pourrait être lui. Avec la fréquence des bombardements, ce pourrait être elle. Chacun de leurs baisers, lorsqu'ils se séparaient, portait le goût doux-amer du désespoir, parce qu'ils avaient conscience que ça pouvait être leur dernier.

Et si c'était elle... Il inspira calmement pour faire taire ces pensées impossibles. Il n'y avait rien pour lui, sans Scarlett. Elle était la raison pour laquelle il courait un peu plus vite lorsqu'ils grimpaient dans leurs appareils pour intercepter un bombardement. La raison pour laquelle il poussait tous ces nouveaux pilotes. La raison pour laquelle il resterait ici, peu importait le nombre de lettres que ses parents envoyaient, lui confiant leur fierté autant qu'ils le suppliaient de rentrer à la maison. Il n'avait pas besoin de jurer allégeance au roi – il l'avait jurée à Scarlett, et c'était son devoir de la protéger.

— Viens.

Il la prit par la main et la guida à l'intérieur, mais au lieu de la porter jusqu'à leur chambre et de lui faire l'amour, comme il avait prévu de le faire à chaque minute du trajet, il la conduisit dans le salon, où il mit un disque de Billie Holiday.

— Danse avec moi, Scarlett.

Il vit ses lèvres s'étirer légèrement, mais son expression était si triste qu'il ne pouvait pas appeler ça un sourire. Elle se laissa tomber dans ses bras et posa sa tête contre son torse, puis ils entamèrent de petits cercles tout autour de la table basse.

C'était ça, sa vie. Tout ce qu'il faisait d'autre était pour pouvoir revenir ici et goûter encore à cette vie, à sa femme. Vivre séparés était une torture tout à fait particulière. Savoir qu'elle n'était qu'à une heure de lui et qu'il ne pouvait pas la voir provoquait beaucoup trop d'insomnies. Le contact de sa peau le matin, le parfum de ses cheveux lorsqu'elle s'endormait sur son torse, leurs discussions quand ils se retrouvaient le soir, planifier son avenir avec elle, l'embrasser avec une telle rage que le dîner cramait sans qu'ils s'en rendent compte... Tout cela lui manquait. Tout chez elle lui manquait.

— J'ai une nouvelle pour toi, murmura-t-il en effleurant sa tempe de ses lèvres.

— Hmmm ?

Elle redressa la tête, de l'appréhension plein les yeux.

— Nous allons être relocalisés.

Il s'efforçait de garder un visage sérieux, mais ses lèvres refusaient de lui obéir.

— Déjà ? soupira-t-elle avec une moue triste. Je ne...

— Demande-moi où.

Il souriait de toutes ses dents, désormais. Tant pis pour l'effet de surprise.

— Où ?

Il remua les sourcils.

— Jameson ! Arrête de jouer avec mes nerfs. (Elle inspira profondément puis plissa les yeux.) Dis-le-moi tout de suite, parce que si tu me donnes de l'espoir pour le piétiner juste après, je te préviens : tu dors tout seul cette nuit !

— Non, je ne dormirai pas seul, répliqua-t-il sans se départir de son sourire. Tu m'aimes beaucoup trop pour ça.

— Pas à cet instant, non.

— Très bien. Alors tu aimes beaucoup trop ce que je fais à ton corps pour ça, dit-il pour la taquiner, le regard brûlant.

Elle haussa un sourcil.

— Ici, finit-il par répondre alors que la chanson prenait fin. Nous sommes réaffectés ici. Dans deux semaines, nous partagerons le même lit toutes les nuits. (Il posa la main sur sa joue.) Nous pourrons recommencer à cramer nos petits déjeuners et à faire la course jusqu'à la douche.

Un sourire illumina son merveilleux visage, et Jameson sentit sa poitrine se comprimer. En un mot, il avait transformé une journée horrible en quelque chose de véritablement exceptionnel.

— On m'a proposé de suivre la formation de statisticienne, lui confia-t-elle tout bas, comme si quelqu'un pouvait les entendre, de la joie plein les yeux. Ça veut dire que je pourrais être officier de section avant la fin de l'année.

— Je suis fier de toi.

Ils souriaient tous les deux béatement.

— Et moi, de toi. On forme une sacrée équipe, pas vrai ? (Elle se redressa et effleura sa bouche de la sienne.) Alors, tu disais que tu pouvais faire quoi à mon corps ?

Il la fit grimper jusqu'à leur chambre avant que la prochaine chanson commence.

Le lendemain matin, Scarlett entra d'un pas hésitant dans la cuisine pour découvrir Jameson derrière les fourneaux, en pleine préparation du petit déjeuner. Son estomac grogna de faim avant de se tordre étrangement.

— Tout va bien ? demanda Constance du coin de la pièce, où elle était en train d'ouvrir un pot de confiture.

C'était vrai, elles étaient censées parler de cette fameuse formation, ce matin. Elle avait oublié, ce qui lui donnait une autre raison de s'en vouloir.

— Oui, oui, tout va bien, mentit-elle en essayant de ravaler une montée de bile. Je ne t'avais pas vue. Je suis tellement désolée de t'avoir abandonnée comme ça, hier soir...

Le regard amusé de Constance passa de Scarlett à Jameson.

— Je n'ai pas besoin d'explications. Je suis juste contente que tout soit rentré dans l'ordre.

La lumière disparut aussitôt de son regard tandis qu'elle posait la confiture sur la table.

— Je peux faire quelque chose ? demanda Scarlett en coulant une main entre les omoplates de son mari.

— Non, ça ira, ma chérie. Tout va bien ? Tu es pâle.

— Ça va, dit-elle lentement, priant pour qu'ils n'insistent pas.

Avait-elle espéré que ses nerfs se calmeraient, maintenant que Jameson s'apprêtait à vivre ici ? Oui. Mais apparemment, son corps n'avait pas reçu le message.

Constance l'étudiait du regard.

— Tu préfères qu'on discute plus tard ?

— Bien sûr que non. Je suis contente que tu sois là.

Sa sœur opina du chef, mais il y avait quelque chose d'étrange dans sa mâchoire crispée. Elle avait l'air... plus vieille, ce matin.

Jameson apporta les saucisses et les pommes de terre pendant que Scarlett coupait du pain. Ils s'installèrent, et elle manqua de soupirer de soulagement en sentant son ventre se détendre.

— Vous voulez peut-être que je vous laisse tranquilles ? proposa Jameson de son côté de la table carrée, son attention passant d'une sœur à l'autre.

— Non, répondit Constance avant de poser sa fourchette sur son assiette à moitié vide.

Cela ne lui ressemblait pas de ne pas terminer son petit déjeuner, mais on ne pouvait pas dire qu'elle était dans son état normal depuis deux mois.

— Je pense qu'il vaut mieux que tu entendes ce que j'ai à dire, toi aussi.

— Qu'y a-t-il ?

Le cœur de Scarlett se contracta aussitôt. Quoi que s'apprête à dire sa sœur, cela n'augurait rien de bon.

— Ce serait du gâchis que je suive cette formation, déclara-t-elle en redressant les épaules.

Je ne sais pas combien de temps je pourrai encore rester dans l'armée.

Scarlett pâlit. Il n'y avait que très peu de raisons pour qu'une femme soit forcée de renoncer à ce choix.

— Quoi ? Pourquoi ?

Constance remua les mains sur ses genoux pendant quelques secondes, puis elle dressa la gauche pour révéler une émeraude étincelante.

— Parce que je serai mariée.

La fourchette de Scarlett tomba dans son assiette avec un bruit sourd.

Jameson, lui, resta parfaitement stoïque.

— Mariée ? répéta-t-elle en ignorant la bague et en plongeant dans les yeux de sa sœur.

— Oui, souffla celle-ci comme si on venait de lui demander si elle voulait reprendre du café. Mariée. Et mon fiancé ne soutient pas vraiment mon rôle ici, alors je doute qu'il m'encourage à continuer une fois que nous serons mariés.

Il n'y avait aucune émotion dans sa voix, aucune excitation. Rien.

Scarlett ouvrit et referma la bouche deux fois d'affilée.

— Je ne comprends pas.

— Je m'en doute.

— Tu as la même expression que le jour où nos parents t'ont dit d'attendre la fin de la guerre pour épouser Edward.

Une expression dévouée. Oui, c'était cela. Elle avait l'air résignée et dévouée. La nausée revint violemment, un terrible pressentiment passant de sa poitrine à son ventre.

— Qui vas-tu épouser ?

— Henry Wadsworth, répondit Constance d'un air de défi.

Non.

Le silence emplit la cuisine, plus puissant que n'importe quel mot aurait pu l'être.

Non. Non. Non. Scarlett attrapa la main de Jameson, sous la table. Elle avait besoin d'ancrage, à cet instant.

— Ce n'est pas à toi de décider, répliqua Constance.

Scarlett cligna des yeux, prenant conscience qu'elle avait exprimé tout haut ses pensées.

— Mais tu ne peux pas... C'est un monstre. Il te détruira !

Sa sœur haussa les épaules.

— Alors tant pis.

S'il meurt, tant pis. Ses paroles, lorsqu'elle avait planté le rosier la veille, résonnaient dans l'esprit de Scarlett.

— Pourquoi est-ce que tu ferais une chose pareille ?

Elle était rentrée à la maison le week-end dernier.

— Ce sont eux qui t'y ont forcée, n'est-ce pas ?

— Non, répondit Constance d'une voix plus douce. Maman m'a dit qu'ils allaient devoir vendre le reste du domaine, autour de la maison d'Ashby.

Pas la maison londonienne... pas leur maison. Scarlett s'empressa de repousser cette vague de regrets.

— C'est leur problème s'ils n'ont pas réussi à gérer leurs finances. Je t'en supplie, ne me dis pas que tu as accepté d'épouser Wadsworth pour leur permettre de garder leurs terres... Ton bonheur vaut bien plus que cette propriété. Laisse-les la vendre.

Plus important encore, Constance ne survivrait jamais à une union avec Wadsworth. Il battrait son esprit à mort et ferait quasiment la même chose à son corps.

— Tu ne comprends donc pas ? répliqua sa sœur, de la douleur plein les traits. Ils vendront l'étang. Le kiosque. Le petit pavillon de chasse. Tout.

— Laisse-les faire ! Cet homme te détruira ! s'exclama Scarlett, qui s'enflammait, en serrant encore plus fort la main de Jameson.

Constance se leva puis repoussa sa chaise sous la table.

— Je savais que tu ne comprendrais pas, et tu n'as pas à le faire. C'est ma décision.

Elle quitta alors la pièce d'une démarche raide. Scarlett courut après elle.

— Je sais que tu les aimes et que tu veux leur faire plaisir, mais tu ne leur dois pas ta vie !

Sa sœur s'arrêta, la main sur la poignée de la porte.

— Je n'ai plus de vie. Tout ce qu'il me reste, ce sont des souvenirs.

Puis elle pivota lentement, abandonnant sa façade imperturbable pour laisser deviner l'angoisse qui la rongeait.

L'étang. Le kiosque. Le pavillon de chasse. Les paupières de Scarlett se fermèrent l'espace d'une profonde inspiration.

— Trésor, posséder tout cela ne te le ramènera pas.

— Si tu perdais Jameson et que tu avais l'occasion de garder la première maison dans laquelle vous avez vécu, à Kirton in Lindsey, même si c'était seulement pour parler à son fantôme, le ferais-tu ?

Scarlett aurait voulu lui dire que ce n'était pas pareil. Mais elle ne le pouvait pas.

Jameson était son mari, son âme sœur, l'amour de sa vie. Mais elle l'aimait depuis moins d'un an. Constance avait aimé Edward depuis qu'ils étaient enfants. Ils avaient nagé dans cet étang, avaient joué dans ce kiosque, avaient échangé des baisers dans ce pavillon de chasse.

— Rien ne dit que cet endroit sera encore là lorsque tu seras mariée.

Elle espérait seulement que ce mariage n'aurait pas lieu cet été – dans quelques semaines à peine.

— Il est actuellement en train d'en faire l'acquisition, en gage de bonne foi... pour nos fiançailles. Tout a été réglé ce week-end. Je sais que je te déçois, mais...

— Non, jamais. Je suis terrorisée pour toi. Je suis terrifiée à l'idée que tu gâches ta vie au lieu de...

— Au lieu de *quoi* ? cria Constance. Je n'aimerai plus jamais. Je ne connaîtrai plus jamais le bonheur. Alors pourquoi cela importe-t-il ?

Elle ouvrit la porte et partit d'un pas rageur, laissant Scarlett courir après elle.

— Mais tu n'en sais rien ! répliqua-t-elle, sur le trottoir, arrêtant sa sœur avant qu'elle puisse atteindre la route. Tu sais ce qu'il te fera. Nous l'avons vu. Peux-tu honnêtement te donner à un homme pareil ? Tu vaux beaucoup mieux que ça !

— Oui, je le sais ! Je le sais aussi bien que toi. J'ai vu ton visage, hier soir. Si ça avait été Howie à ta porte pour t'annoncer que Jameson était tombé au combat, tu aurais été décimée. Peux-tu me regarder droit dans les yeux et me dire que tu seras un jour de nouveau capable d'amour s'il meurt ?

La bile monta dans la gorge de Scarlett.

— Je t'en prie, ne fais pas ça.

— J'ai la possibilité de sauver notre famille, de garder nos terres et peut-être d'apprendre à mes enfants à nager dans ce même étang. Nous ne sommes pas pareilles, toi et moi. Tu avais une raison de t'opposer à cette union. Moi, j'ai une raison de l'accepter.

La bouche de Scarlett s'emplit de salive, et son ventre se crispa douloureusement. Elle tomba à genoux et rendit son petit déjeuner dans l'un des buissons qui encadraient leur porte. Elle sentit aussitôt la main de Jameson dans son cou, rassemblant ses cheveux lâchés tandis qu'elle était secouée par les haut-le-cœur.

— Chérie, murmura-t-il en formant de petits cercles dans son dos.

La nausée disparut aussi vite qu'elle était venue.

Mon Dieu. Son esprit tournoyait, cherchant à tracer un calendrier invisible. Elle n'avait pas eu un moment de paix depuis mars. Ils avaient déménagé en avril... et nous étions en mai.

Elle se releva alors lentement, croisant le regard écarquillé de sa sœur.

— Oh, Scarlett, murmura celle-ci. Nous ne serons ni l'une ni l'autre officier de section à la fin de l'année, n'est-ce pas ?

— Ça veut dire quoi, au juste ? intervint Jameson, la tenant toujours d'une main sûre alors que Scarlett, elle, avait l'impression que la moindre brise la renverrait au sol.

Elle leva alors la tête vers lui, s'imprégnant de ces yeux verts magnifiques, de cette mâchoire carrée, et des rides d'inquiétude qui encadraient sa bouche. Il s'apprêtait à se faire beaucoup plus de tracas.

— Je suis enceinte.

19
Noah

Scarlett,
Nous voici de nouveau séparés par des kilomètres qui me paraissent bien trop longs la nuit, en attendant l'occasion d'être de nouveau à tes côtés. Tu as abandonné tant de choses pour moi, et me voici à t'en demander davantage, à te demander de me suivre une fois de plus. Je te promets que lorsque cette guerre sera terminée, je ne te laisserai jamais regretter de m'avoir choisi. Pas une seule minute. Je remplirai tes journées de joie et tes nuits d'amour. Tellement de choses nous attendent, si nous pouvons tenir encore un peu...

— J'ai apporté le déjeuner ! annonçai-je à Georgia en franchissant la porte de sa maison.

Je devais admettre avoir encore un peu de mal à entrer chez Scarlett Stanton sans frapper, mais Georgia avait insisté, maintenant que nous passions tous nos après-midis ensemble depuis une semaine, dans ce qu'elle appelait la Stanton University.

— Dieu merci, je meurs de faim ! cria-t-elle du bureau.

Je franchis la porte ouverte et me figeai sur place. Georgia était assise par terre, devant le bureau de son arrière-grand-mère, entourée d'albums photos et de boîtes. Elle avait même poussé les gros fauteuils pour faire de la place.

— Ouah.

Elle leva les yeux vers moi et me gratifia d'un sourire enthousiaste. Voilà. En un sourire, elle avait réussi à me faire oublier son arrière-grand-mère et le livre sur lequel je misais toute ma carrière. Mon esprit n'était focalisé que sur Georgia.

Quelque chose avait changé entre nous le jour où nous étions partis faire de l'escalade ensemble. Non seulement j'avais désormais l'impression que nous étions du même côté, mais il y avait en plus comme un sentiment d'attente, comme si quelqu'un avait lancé un compte à rebours. Je n'aurais pas pu mieux décrire la tension sexuelle qui régnait entre nous. Depuis, chaque contact était mesuré, prudent, comme si nous étions deux allumettes en plein milieu d'une réserve de feux d'artifice, conscients que trop de friction ferait tout exploser.

— Vous voulez pique-niquer ? proposa-t-elle en désignant une petite zone plus ou moins libre à côté d'elle.

— Je suis partant si vous l'êtes.

Je traversai l'étalage de souvenirs pour m'installer à ses côtés.

— Désolée, dit-elle avec une grimace, son sweat-shirt à col large tombant de son épaule pour révéler une bretelle de soutien-gorge couleur lilas. Je cherchais cette fameuse photo dont je vous ai parlé, prise à Middle Wallop, et je me suis complètement laissée emporter.

— Ne vous excusez pas.

Non seulement elle était plus agréable à regarder que le repas que j'avais apporté, mais elle avait déterré un véritable trésor familial et m'y avait ouvert l'accès.

Si ce n'était pas une main tendue vers moi, j'ignorais ce que c'était. Nous avions fait un sacré chemin depuis qu'elle m'avait raccroché au nez pour la dernière fois. Tout, chez la femme qui se tenait à côté de moi, était doux, de ce chignon sur le sommet de son crâne à ces jambes interminables dont le short révélait beaucoup trop de peau. Il n'y avait rien de glacial chez elle.

— Dès que j'ai mis la main sur ces photos, je n'ai pas su m'arrêter.

Avec un sourire, elle regarda l'album ouvert sur ses genoux, et j'en profitai pour sortir les boîtes de nourriture du sac.

— Sans tomate, déclarai-je en lui tendant la sienne.

J'étais incapable de me souvenir si ma dernière petite amie aimait son café noir ou non, mais voilà que j'enregistrais le moindre détail sur Georgia Stanton sans même m'en rendre compte. J'étais définitivement accro.

— Merci, dit-elle en souriant, puis elle prit la boîte avant de désigner le bureau, derrière nous. Il y a du thé glacé, sans sucre.

— Merci.

Apparemment, je n'étais pas le seul à noter le moindre détail.

— Je trouve toujours ça très bizarre de le boire sans sucre, mais si c'est comme ça que vous l'aimez...

Elle haussa les épaules et tourna une page de l'album.

— C'est vous ? demandai-je en ignorant son commentaire et en me penchant par-dessus son épaule.

Qu'il s'agisse de son shampoing ou de son parfum, le léger effluve de citron que j'inhalai me monta directement à la tête, ainsi qu'à d'autres zones de mon corps que j'avais besoin de sérieusement contrôler quand je me trouvais aux côtés de Georgia.

— Comment vous avez deviné ? dit-elle avec un regard curieux. On ne voit même pas mon visage.

— Je reconnais Scarlett, et je doute fortement qu'il y ait une autre petite fille au monde qui ait envie de s'habiller en princesse Dark Vador.

Le sourire de Scarlett était fier, exactement comme sur toutes les autres photos que j'avais vues d'elle et de Georgia ensemble.

— C'est juste. Il faut croire que je me sentais un peu du côté obscur de la force, cette année-là.

— Vous aviez quel âge ?

— Sept ans. (Son front se plissa.) Ma mère était venue nous rendre visite avant d'épouser Mari numéro deux, si je me souviens bien.

— Combien y en a-t-il eu ?

Loin de moi l'idée de juger, mais l'expression de Georgia avait titillé ma curiosité.

— Cinq mariages, quatre maris. (Elle tourna la page.) Elle a épousé le numéro trois deux fois, mais ils doivent être en plein divorce, étant donné qu'elle est retournée avec le numéro quatre. En toute honnêteté, je ne tiens plus le compte...

Il me fallut quelques secondes pour bien tout saisir.

— Quoi qu'il en soit, ce qu'il vous faut, ce sont les photos des années quarante. Celles-ci ne sont quasiment que de moi... déclara-t-elle en s'apprêtant à fermer l'album.

— J'adorerais les voir.

J'étais prêt à tout pour mieux la comprendre. Elle me dévisagea comme si j'avais perdu la tête.

— Je veux dire... Scarlett est sur ces photos aussi, n'est-ce pas ?

Espèce de lâche.

— C'est vrai. Très bien, on passera aux plus anciennes après. Il ne faudrait pas que ça refroidisse, ajouta-t-elle en désignant le burger posé devant moi.

Nous mangeâmes tout en feuilletant l'album photos. Chaque page était envahie de clichés de l'enfance de Georgia, et si Hazel ou Scarlett figuraient sur certains, il se passa des années entières – ainsi que tout mon déjeuner – avant qu'Ava n'apparaisse de nouveau. Georgia avait l'air d'une fillette heureuse, sur la plupart des photos : sourires Colgate dans le jardin, au milieu du pré, au bord du ruisseau. Des séances de dédicaces, à Paris et Rome.

— Et Londres ? demandai-je en revenant en arrière afin de m'assurer de n'avoir rien raté, mais non, il n'y avait que Scarlett et Georgia – dépourvue de ses deux dents de devant – au Colisée.

— Elle n'a jamais remis un pied en Angleterre, dit-elle d'une voix douce. Et là, c'était sa dernière tournée de dédicaces. Même si elle a écrit pendant dix ans encore. Elle prétendait que cela l'empêchait de devenir sénile. Et vous ?

— Moi ? Est-ce que je risque de devenir sénile ? demandai-je d'un air indigné. Vous pensez que j'ai quel âge, au juste ?

Elle éclata de rire.

— Je sais que vous avez trente et un ans. Ce que je voulais dire, c'est : est-ce que vous pensez que vous écrirez jusqu'à quatre-vingt-dix ans ? se reprit-elle en me donnant un coup de coude taquin.

— Oh. (Je me frottai la nuque, cherchant à visualiser un moment où je n'écrirais *pas*.) Je ferai ça probablement jusqu'à ma mort. Que je choisisse de publier ou non ce que j'ai écrit est un autre débat.

Écrire un livre et envisager sa publication étaient des épreuves totalement différentes.

— Je comprends.

Comme elle avait été élevée dans ce monde, je ne doutais pas qu'elle comprenait.

Une autre page, une autre photo, une autre année. Georgia arborait un sourire aveuglant, assise devant un gâteau d'anniversaire – ses douze ans, si l'on en croyait les bougies –, Ava à ses côtés.

Sur la photo suivante, qui semblait être prise quelques semaines plus tard seulement, l'étincelle avait disparu de son regard.

— Vous ne comptez pas me demander pourquoi ma mère ne m'a pas élevée ? dit-elle avec un regard en coin.

— Vous ne me devez aucune explication.

— Vous le pensez vraiment, n'est-ce pas ?

— Oui.

Je connaissais assez bien les grandes lignes pour imaginer le tableau. Ava était devenue mère au lycée, mais elle n'était pas taillée pour ça.

— Contrairement à ce que notre projet commun me pousse à faire, je ne suis pas du genre à arracher des informations aux femmes qui ne veulent pas les donner.

J'étudiai les lignes de son visage. Quant à elle, ses yeux se posaient partout sauf sur moi.

— Même si cela vous aiderait à mieux comprendre grand-mère ? m'interrogea-t-elle en tournant les pages d'un air détaché, comme si la réponse n'avait pas d'importance, mais je savais que c'était faux.

— Je vous promets de ne jamais prendre quelque chose que vous ne me donneriez pas de votre plein gré, Georgia.

Elle pivota vers moi, et nos regards se croisèrent, nos visages à quelques centimètres seulement l'un de l'autre. S'il s'était agi d'une autre femme, je l'aurais embrassée. J'aurais cédé à cette attirance évidente qui dépassait toutes les analogies que j'aurais pu trouver. Ce n'était plus un simple courant électrique, et cela allait désormais au-delà d'un puissant désir. Les quelques centimètres qui nous séparaient étaient chargés d'un besoin pur et primaire. Ce n'était plus une question de *si*, mais de *quand*. Je voyais la bataille qui faisait rage dans ses yeux et qui me paraissait bien trop familière, parce que j'avais mené la même guerre contre l'inévitable.

Son regard tomba sur ma bouche.

— Et si j'étais prête à vous le donner de mon plein gré ? murmura-t-elle.

— Est-ce le cas ?

Chaque muscle de mon corps se contracta, verrouillant l'envie presque incontrôlable de découvrir quel goût elle avait.

Ses joues s'empourprèrent et son souffle s'emballa tandis qu'elle reportait les yeux sur l'album photos.

— Je vous dirai tout ce que vous voulez savoir.

Elle passa une liasse entière de pages, tombant sur ses photos de mariage, qui dégageaient beaucoup de candeur et peu de formalité.

— Vous êtes magnifique.

Non, c'était bien plus que ça. La Georgia de ces clichés affichait une expression si profondément amoureuse qu'un élan de jalousie irrationnelle me submergea. Cette enflure n'avait pas mérité son cœur, sa confiance.

— Merci. (Elle passa à ce qui était de toute évidence la réception.) C'est drôle, mais quand je repense à ce jour-là, je me souviens principalement de Damian en train de passer de la pommade à tous ceux qui côtoyaient grand-mère.

Elle avait dit cela avec aisance, comme si c'était la chute d'une blague.

Je me renfrognai. Combien de temps avait-il fallu à Ellsworth pour éteindre le feu qui brûlait en elle ?

— Qu'est-ce qu'il y a ? demanda-t-elle en jetant un regard vers moi.

— Vous n'avez rien d'une reine de glace sur ces photos. Je ne comprends pas comment quelqu'un a pu un jour vous trouver froide.

— Ah, mais à l'époque, j'étais pleine d'espoir et naïve...

Elle inclina la tête et tourna une nouvelle page, révélant cette fois une pluie de bulles tandis que les mariés avançaient vers leur voiture prête à les conduire à leur lune de miel.

— Ce surnom ne m'a été attribué que plus tard, mais la première fois que j'ai découvert qu'il me trompait, quelque chose... (Elle soupira et tourna une nouvelle page.) ... quelque chose a changé.

— Paige Parker ?

— Mon Dieu, non, dit-elle avec un petit rire.

Je braquai les yeux sur elle alors qu'elle tournait un nouveau groupe de pages – des années entières, cette fois.

— Il n'était pas si imprudent, à l'époque. Vous finissez toujours par vous faire surprendre, avec les actrices, mais pas avec les assistantes de dix-huit ans, commenta-t-elle avec un haussement d'épaules.

— Combien...

La question avait quitté mes lèvres avant que je ne puisse la retenir. Cela ne me regardait pas de connaître le degré de cruauté d'Ellsworth. Si j'étais marié à Georgia, je serais bien trop occupé à la rendre heureuse dans mon lit pour ne serait-ce que *songer* à quelqu'un d'autre.

— Beaucoup trop, répondit-elle d'une voix calme. Mais il était hors de question que j'avoue à grand-mère que je n'avais pas eu droit au même amour épique qu'elle – pas quand tout ce qu'elle désirait était de me voir heureuse –, et puis, elle venait de faire sa première attaque. Et… quelque part, je pense qu'admettre que j'avais fait la même erreur que ma mère était… difficile.

— Alors vous êtes restée, dis-je tout bas, une autre pièce du puzzle Georgia se mettant en place – *une volonté indomptable*.

— Je me suis adaptée. Ce n'est pas comme si je n'avais pas l'habitude qu'on me quitte.

Elle fit courir son pouce sur une photo, et je baissai les yeux pour découvrir un arbre aux couleurs d'automne dans un lieu que je connaissais bien : Central Park. Georgia se tenait entre Damian et Ava, les entourant chacun d'un bras, son sourire n'étant que l'ombre de celui qu'elle arborait quelques années plus tôt seulement.

— Il y a comme un avertissement, un son que fait votre cœur la première fois que vous comprenez que vous n'êtes plus en sécurité avec la personne en qui vous aviez confiance.

Je crispai la mâchoire.

Elle tourna une autre page, une autre soirée chic.

— Ce n'est pas aussi net ou aussi impersonnel qu'une simple rupture – ce qui peut être facile à réparer, si on arrive à recoller tous les morceaux. Mais véritablement *broyer* une âme, cela exige un certain niveau de... violence personnelle. Vos oreilles s'emplissent de ce bruit rauque et désespéré, comme si vous luttiez pour respirer, que vous suffoquiez à la vue de tous. Étranglée par la vie ainsi que par les décisions foireuses et égoïstes de quelqu'un d'autre.

— Georgia, murmurai-je, le ventre noué et la poitrine comprimée face à sa douleur et à la colère dans ses mots.

J'observai alors la photo de l'avant-première des *Ailes d'automne*, sur le tapis rouge. Son sourire était radieux, mais son regard, vide, et elle posait aux côtés de Damian comme un trophée, deux générations de femmes Stanton à sa droite. Elle était en train de geler, là, juste sous mes yeux, chaque photo étant un peu plus froide que la précédente.

— Le problème, reprit-elle en secouant légèrement la tête, un sourire moqueur aux lèvres, c'est que vous ne reconnaissez pas forcément ce bruit pour ce qu'il est : celui de l'assassinat. Vous ne vous rendez pas forcément compte de ce qui se passe alors que l'air disparaît. Vous entendez ce gargouillement, et quelque part, il vous convainc que la prochaine respiration va arriver – vous n'êtes pas brisée. C'est réparable, n'est-ce pas ? Alors vous luttez, vous vous cramponnez au peu d'air qu'il vous reste.

Ses yeux s'emplirent de larmes, mais elle releva le menton et les retint, les pages volant à chacune de ses phrases.

— Vous vous battez et vous vous démenez parce que cette satanée chose ancrée en vous que vous appeliez amour refuse de disparaître comme ça. Ce serait bien trop facile. Le véritable amour doit être étouffé, maintenu la tête sous l'eau jusqu'à arrêter de se débattre. C'est la seule manière de le tuer.

Elle continuait à tourner les pages, l'album ne formant plus qu'un kaléidoscope de photos qu'elle avait de toute évidence choisies méticuleusement avant de les envoyer à Scarlett, tissant le mensonge d'un mariage heureux.

— Et une fois que c'est bon, que vous arrêtez de lutter, vous êtes bien trop loin de la surface pour vous sauver. Les spectateurs vous disent de continuer à nager, que ce n'est qu'une peine de cœur, mais le peu qu'il reste de votre âme ne peut même pas flotter, et encore moins faire du sur-place. Alors, le choix est simple. Soit vous vous laissez mourir pendant qu'on vous accuse d'être faible, soit vous apprenez à respirer à travers cette foutue eau et on vous traite de monstre. De Reine de Glace.

Elle s'arrêta à la dernière photo, miroir de la fameuse avant-première, prise seulement deux mois avant la mort de Scarlett. Le reste des pages de l'album était douloureusement vide.

Je serrai les poings de colère. De toute ma vie, je n'avais jamais eu autant envie de tuer quelqu'un que cet enfoiré de Damian Ellsworth.

— Je vous jure que je ne vous ferai jamais le mal qu'il vous a fait, déclarai-je en appuyant sur chaque mot, espérant qu'elle saisirait à quel point j'étais sincère.

— Je n'ai jamais dit qu'il m'avait fait du mal, murmura-t-elle en m'observant d'un air confus, deux rides se formant entre ses sourcils.

On sonna à la porte, ce qui nous fit tous les deux sursauter.

— J'y vais, dis-je en commençant à me lever.

— C'est bon, je m'en occupe.

Puis elle bondit sur ses pieds, l'album glissant de ses genoux, et fonça vers la porte tout en évitant d'un pas agile les piles de photos.

Je la regardai, du seuil du bureau, signer un papier en échange d'un colis. Si je n'avais pas été assis à côté d'elle il y a quelques instants, je n'aurais jamais deviné qu'elle venait de se livrer intimement. Elle discutait gaiement avec le postier, comme si de rien n'était.

Elle prit le colis et referma la porte d'un coup de hanche avant de le poser sur le guéridon du vestibule.

— Ce sont mes avocats, déclara-t-elle avec un grand sourire.

Je me demandai brièvement si elle n'avait pas perdu la tête. Personne n'était heureux *à ce point* de recevoir un colis de la part de ses avocats.

— Mince, j'ai besoin de ciseaux.

— Tenez, dis-je en la rejoignant, puis je sortis mon Gerber de ma poche et ouvris le couteau avant de le lui tendre. Je croyais que vous ne concluiez l'achat du studio que dans deux semaines ?

J'étais impatient de voir ce qu'elle allait créer, d'ailleurs.

— Merci. (Elle s'empara du couteau et l'enfonça dans le colis avec une allégresse enfantine.) Ce n'est pas pour le studio. Elle m'envoie quelque chose tous les mois.

— Votre avocate ?

— Non. Grand-mère.

Avec un sourire plus radieux que tous ceux que je l'avais vue arborer jusqu'ici, elle se mit à fouiller le colis.

— Elle a laissé des instructions et des cadeaux. Pour l'instant, j'en reçois un par mois, mais je ne sais pas pour combien de temps elle a prévu ça.

— C'est sûrement la chose la plus chouette que j'aie jamais entendue.

Je récupérai mon couteau, sécurisai la lame et le glissai dans la poche de mon pantalon cargo.

— C'est certain, confirma-t-elle en ouvrant une carte. « Ma Georgia, maintenant que je suis partie, c'est à toi d'être la sorcière de cette maison, peu importe où tu es. Je t'aime de tout mon cœur. Grand-mère. »

Je haussai les sourcils, dérouté par cette référence, puis Georgia éclata de rire et sortit un chapeau du colis.

— Elle se déguisait toujours en sorcière pour donner des bonbons aux enfants à Halloween.

Elle enfonça le chapeau sur sa tête, par-dessus son chignon, et continua à fouiller.

C'était vrai Halloween était dans deux semaines. Le temps filait, ma deadline approchait, et je n'avais toujours rien. Pire encore, il ne me restait que six semaines auprès de Georgia si je rendais le manuscrit à temps, ce que je comptais bien faire.

— Elle vous a envoyé un chapeau de sorcière *et* une boîte de Snickers *king size* ? demandai-je en me sentant étrangement connecté à Scarlett Stanton à cet instant, le regard plongé dans le colis.

Georgia opina du chef.

— Vous en voulez un ? dit-elle en sortant une barre chocolatée.

— Avec plaisir.

Ce que je voulais vraiment, c'était *Georgia*, mais je me contenterais de cette barre pour le moment.

— C'étaient les préférés de grand-mère, expliqua-t-elle tandis que nous ouvrions nos Snickers. Elle disait qu'on appelait ça des barres énergétiques, en Angleterre. Si vous saviez le nombre de pages, sur ses manuscrits, qui arboraient des petites traces de chocolat dans les coins...

Je croquai dans la barre puis suivis Georgia jusqu'au bureau.

— Tout ça sur cette fameuse machine.

— Eh oui.

Elle m'examina alors, la tête légèrement inclinée sur le côté.

— J'ai du chocolat sur la joue ? demandai-je en prenant une nouvelle bouchée.

— Vous devriez écrire le reste du livre ici.

— C'est ce que j'ai prévu, vous vous souvenez ? Il est hors de question que je retourne à New York sans manuscrit terminé. Je suis convaincu qu'Adam ne me laisserait même pas descendre de l'avion.

En vérité, j'évitais déjà ses appels. Il y avait de grandes chances qu'il finisse par débarquer ici si je m'obstinais à ne pas décrocher.

— Non, je veux dire ici, *ici*, dit-elle en désignant le bureau de Scarlett. Dans le bureau de grand-mère. C'est là qu'elle l'a commencé.

Je la dévisageai d'un air sidéré.

— Vous voulez que je termine le livre ici ? articulai-je lentement, peinant à sortir de ma confusion.

Elle croqua dans sa barre et hocha la tête avant de balayer la pièce des yeux.

— Hmmm.

— Je ne respecte pas toujours un emploi du temps strict lorsque j'écris...

Mais je serais à côté de Georgia quotidiennement.

— Et alors ? Vous avez une clé. Je ne serai pas toujours là, de toute façon, avec la rénovation du studio. Et si vous terminez beaucoup trop tard, vous pouvez même dormir dans une des chambres d'amis. (Avec un haussement d'épaules, elle enjamba deux piles de photos pour gagner le bureau.) Plus j'y réfléchis et plus ça fait sens. (Elle passa derrière le bureau et tira le fauteuil.) Venez l'essayer, pour voir.

J'avalai le reste de mon chocolat et jetai le papier dans la poubelle située à côté de l'imposant bureau en bois de cerisier, hésitant. Le bureau de Scarlett. La machine de Scarlett.

— Vous protégez ce truc comme si c'était le bureau du président des États-Unis, avec vos dessous de verre et tout ça...

— Oh, les dessous de verre restent, je vous le confirme. C'est non négociable, dit-elle dans un rire en tapotant le dossier du fauteuil. Allez, venez, il ne va pas vous mordre.

— Très bien.

Je la rejoignis et m'enfonçai dans le fauteuil, que j'approchai du bureau afin d'être installé au mieux. L'ordinateur portable de Georgia attendait sagement à ma droite, mais à ma gauche... se tenait la fameuse machine à écrire.

— Si vous le sentez... souffla Georgia en faisant courir ses doigts sur les touches.

— Non, merci. D'abord, il y a de grandes chances que je la détraque. Ensuite, je fais beaucoup trop de corrections au fur et à mesure pour ne serait-ce que songer à utiliser une machine à écrire. C'est du haut niveau, même pour moi. (Mon regard tomba sur la chemise posée sur le bord du bureau. Il y était écrit « INACHEVÉ » en grosses lettres noires.) Est-ce que c'est... ?

— Les originaux ? Oui. (Elle fit glisser la chemise vers moi.) Allez-y, mais je ne changerai pas d'avis. Ils ne bougent pas d'ici.

— C'est noté.

J'ouvris la pochette puis posai le tas de feuilles sur la surface polie du bureau. Elle avait tapé ces pages elle-même, et voilà que je m'apprêtais à les terminer. C'était complètement dingue.

Le manuscrit était épais ; ce n'était pas seulement le nombre de mots qui en était la cause, mais les pages elles-mêmes. Je les fis courir entre mes doigts.

— C'est incroyable.

— J'ai soixante-treize autres dossiers comme ça, dit Georgia pour me taquiner en se calant sur le bord du bureau.

— On peut même la *voir* écrire, puis corriger. Ces pages ont toutes des âges différents...

Vous voyez ? (J'en levai deux du chapitre deux, où Jameson venait de rejoindre Scarlett, allongée dans l'herbe avec sa sœur.) Celle-ci doit être l'originale. Elle paraît vieille, et la qualité du papier est inférieure. Quant à celle-ci... (Je la remuai légèrement, et un sourire étira mes lèvres quand je vis la tache de chocolat, dans le coin.) ... elle ne doit pas avoir plus de dix ans.

— Oui, ça paraît sensé. Elle aimait corriger, ajouter des choses... (Elle cala les mains sur le bord du bureau.) Moi, je pense qu'elle aimait vivre là-bas, entre les pages, avec lui. Elle ajoutait toujours des petits bouts de souvenirs, mais elle ne fermait jamais la porte.

C'était quelque chose que je pouvais comprendre. Clore une histoire signifiait dire adieu à ses personnages. Mais pour elle, ce n'étaient pas de simples personnages. Il s'agissait de sa sœur. De l'homme de sa vie. Je lus quelques phrases de la première feuille, puis de la seconde.

— C'est fou... on peut même voir son style évoluer.

— Vraiment ?

Georgia ajusta légèrement sa position pour mieux voir.

— Oui. Chaque écrivain a une manière bien particulière de structurer ses phrases. Vous voyez, ici ? dis-je en plantant le doigt sur la première page. Le style est un peu plus haché. Mais ici... (Je sélectionnai un passage différent sur la deuxième.) ... c'est plus fluide.

J'étais prêt à parier ma vie que les premières pages ressemblaient beaucoup au style de ses plus vieux romans. Je levai la tête pour découvrir les yeux de Georgia braqués sur moi. Elle essayait en vain de réprimer un sourire.

— Quoi ? dis-je tout en glissant les pages à leur place, dans le manuscrit.

— Maintenant, vous avez du chocolat sur la joue.

— Génial, grommelai-je en essuyant ma barbe de trois jours d'un revers de main.

— Attendez.

Elle se coula le long du bureau, la peau nue de ses jambes effleurant la mienne.

Regrettant soudain de ne pas porter de short, je reculai légèrement le fauteuil, espérant qu'elle s'approcherait.

Elle emplit l'espace entre mes genoux, prit mon visage en coupe et caressa de la pulpe du pouce la zone juste sous le coin de ma bouche. Mon pouls s'accéléra et mon corps se crispa.

— Voilà, murmura-t-elle sans toutefois retirer ses doigts.

— Merci.

Elle avait la main chaude, et je dus lutter pour ne pas y nicher mon visage. Bon Dieu que j'avais envie d'elle, et pas seulement de son corps. Je voulais pénétrer son esprit, franchir ces murs dont même le créateur de *Game of Thrones* serait fier. Je voulais sa confiance, simplement pour prouver que je la méritais.

La pointe de sa langue courut sur sa lèvre inférieure.

Mon self-control ne tenait qu'à un fil, et le feu dans ses yeux tirait dangereusement dessus.

Mais elle ne bougeait toujours pas.

— Georgia, grognai-je, et cela résonna à la fois comme une supplication et un avertissement.

Elle s'approcha. Mais pas assez.

Mes mains trouvèrent les courbes de ses hanches, et je l'attirai vers moi autant que le fauteuil me le permettait.

Elle lâcha un petit hoquet qui fit affluer mon sang directement dans mon entrejambe. *On se calme, mec.* Elle fit glisser la main sur ma joue avant de la plonger dans mes cheveux.

Mes doigts se cramponnèrent à sa taille, par-dessus l'épais tissu de son sweat-shirt.

— Noah, murmura-t-elle avant de poser l'autre main sur ma nuque.

— Est-ce que vous voulez que je vous embrasse, Georgia ?

Ma voix était rauque, même à mes propres oreilles. Il ne pouvait pas y avoir d'erreur. Pas de malentendu. Il y avait bien trop de tension, et pour une fois, ce n'était pas à ma carrière que je pensais.

— Est-ce que vous voulez m'embrasser ? demanda-t-elle alors.

— Plus que n'importe quoi.

Mon regard tomba sur cette bouche incroyable, et ses lèvres s'entrouvrirent.

— Tant mieux, alors. Parce que...

Son téléphone se mit à sonner.

Sans déconner. C'est une blague ?

Elle remua, s'approchant encore.

Nouvelle sonnerie.

— Ne... commençai-je.

Avec un grognement, elle arracha son téléphone de sa poche arrière puis hoqueta en fixant l'écran. Elle pressa un doigt rageur dessus pour décrocher.

— ... répondez pas, terminai-je avec un soupir avant de laisser retomber ma tête contre le fauteuil.

— Qu'est-ce que tu veux, Damian ?

20

Juillet 1941

North Weald, Angleterre

— C'est mieux, non ? demanda Scarlett en tirant sur les boutons de son uniforme afin de les enfiler dans les boutonnières.

Elle n'allait pas pouvoir le cacher encore bien longtemps. Elle n'était même pas certaine de le cacher efficacement en ce moment même.

Jameson s'adossa au cadre de la porte de leur chambre, les lèvres plissées.

— J'ai libéré tous les centimètres possibles, murmura Constance en tirant légèrement sur l'ourlet. On pourrait peut-être demander une taille plus grande ?

— Encore ? s'exclama Scarlett en croisant son reflet dans le miroir ovale qui surmontait sa coiffeuse.

Constance grimaça.

— C'est vrai. La première fois, la responsable des fournitures m'a regardée comme si je lui volais ses rations.

L'uniforme était si serré qu'il ne tirait pas seulement sur son ventre, mais aussi au niveau de ses hanches et de sa poitrine.

— J'ai une idée, intervint Jameson en croisant les bras.

— Je t'écoute, dit Scarlett avant de tirer sur les pans de sa veste, vers le bas, là où il n'y avait pas de boutons.

— Tu pourrais leur dire que tu es enceinte de cinq mois.

Elle croisa son regard dans le miroir.

Il ne souriait pas.

Constance les dévisagea l'un après l'autre.

— Bon, si vous me cherchez, je serai… ailleurs !

Jameson s'écarta pour la laisser passer, puis il ferma la porte de la chambre avant de s'y adosser.

— Je suis sérieux.

— Je sais, soupira Scarlett en faisant courir sa main sur son ventre enflé. Mais tu sais ce qu'ils feront.

Il rejeta la tête en arrière, la cognant contre la porte.

— Scarlett, ma chérie… Je sais que ton travail compte beaucoup pour toi, mais ne me dis pas que le fait de rester debout huit heures d'affilée te fait du bien ! Ajoute à cela le stress, le planning…

Il avait raison. Elle était déjà épuisée, le matin, lorsqu'elle ouvrait les yeux. Peu importait la fatigue qui la rongeait, elle n'avait pas le temps de se reposer.

Mais si elle avouait tout et renonçait à son poste, qu'adviendrait-il d'elle ?

— Que ferai-je de mes journées ? souffla-t-elle, ses doigts traçant les lignes en relief de son rang, sur son épaule. Cela fait deux ans que je poursuis un objectif. Que j'ai une raison d'être. J'ai accompli des choses et me suis dévouée à l'effort de guerre. Que suis-je censée faire, aujourd'hui ? Je n'ai jamais été femme au foyer. (Elle déglutit, espérant déloger la boule qui venait d'apparaître dans sa gorge.) Et je n'ai de toute évidence jamais été mère. Je ne sais pas comment être tout cela.

Jameson traversa la pièce, s'assit sur le bord du lit, attrapa sa femme par la taille et l'attira entre ses jambes écartées.

— Nous trouverons une solution ensemble.

— Oui, soupira-t-elle avec une moue. Mais rien ne change, pour toi. Tu dois toujours travailler, toujours voler, toujours combattre dans cette guerre.

— Je sais que ce n'est pas ce que tu voulais...

— Ce n'est pas ça, s'empressa-t-elle de répondre en entrelaçant ses doigts derrière la nuque de son mari. J'espérais juste que je serais prête. J'espérais que la guerre serait terminée, que nous n'aurions pas d'enfant dans un monde où je me demanderai tous les soirs si tu rentreras, ou si une bombe tombera sur notre maison pendant son sommeil. (Elle prit ses mains et les posa sur son ventre.) Je veux ce bébé, Jameson. Je veux notre famille. Je voulais simplement être prête, et je ne le suis pas.

Il caressa son ventre comme il le faisait chaque jour lorsqu'il disait au revoir à leur enfant avant de partir voler.

— Je ne pense pas que qui que ce soit le soit lorsque ça arrive. Et en effet, ce monde n'est pas sûr pour elle. Pas encore. Mais elle a deux parents qui se battent bec et ongles pour changer ça. Pour le rendre plus sûr, pour elle. (Il dévorait sa femme du regard, le coin de ses lèvres s'étirant en un sourire.) Je suis incroyablement fier de toi, Scarlett. Tu as fait tout ce que tu as pu. Tu ne peux pas changer la réglementation. Tout ce que tu peux faire, c'est rapporter ce combat à la maison. Je sais que tu seras une mère merveilleuse. Je sais que mon planning est imprévisible et qu'on ne sait jamais vraiment quand je rentre à la maison. (*S'il rentre à la maison*, songea-t-elle.) Je sais que tu porteras sur tes épaules la plus grande partie de tout cela, mais je sais également que tu es à la hauteur de ce défi.

Elle arqua un sourcil.

— Te voilà encore à t'imaginer que notre bébé est une fille. Je ne suis pas sûre que cela plaise à ton fils, quand il sera né.

Jameson éclata de rire.

— Et toi, te voilà encore à t'imaginer que notre fille est un garçon. (Il se pencha et plaça sa bouche juste au-dessus de son ventre.) Tu entends ça, trésor ? Maman pense que tu es un garçon.

— Maman *sait* que tu es un garçon, répliqua Scarlett.

Jameson déposa un baiser sur son ventre, puis il la tira vers lui afin de pouvoir effleurer ses lèvres des siennes.

— Je t'aime, Scarlett Stanton. J'aime absolument tout chez toi. Je suis impatient de tenir dans mes bras un morceau de nous deux, de voir ces magnifiques yeux bleus chez notre enfant.

Elle fit courir ses mains dans ses cheveux.

— Et s'il avait tes yeux à toi ?

Jameson sourit.

— Vous ayant vues, toi et ta sœur, je pense qu'il y a des gènes assez dominants du côté oculaire, dans la famille. (Il l'embrassa de nouveau tendrement.) Tu as les yeux les plus magnifiques que j'aie jamais vus. Ce serait terriblement dommage de ne pas les transmettre à notre enfant. Nous l'appellerons le bleu Wright.

— Le bleu Stanton, le corrigea-t-elle, sentant quelque chose en elle remuer, se préparant au changement qu'elle ne pouvait plus éviter par le déni. Mais je ne sais toujours pas cuisiner. Même après tous ces mois, tu es toujours plus doué que moi. Tout ce que je suis capable de faire, c'est organiser des fêtes et préparer des plans pour les raids. Je n'ai pas envie d'échouer.

— Tu n'échoueras pas. *Nous* n'échouerons pas. Vu comment nous nous aimons, tous les deux, tu imagines à quel point nous allons aimer cet enfant ?

Son sourire était plus radieux que jamais, et tout aussi contagieux.

— Plus que quelques mois, murmura-t-elle.

— Plus que quelques mois, répéta-t-il, et une nouvelle aventure nous attend.

— Tout va changer.

— Pas mon amour pour toi.

— C'est promis ? souffla-t-elle en faisant courir ses doigts sur l'ourlet de son col. Tu es tombé amoureux d'un officier de la WAAF, ce qui, au vu de l'état de cet uniforme, ne sera plus le cas la semaine prochaine. Tu n'as pas vraiment tiré le bon numéro...

Comment allait-il l'aimer si elle n'était plus elle-même ?

Il l'attira encore plus près afin de pouvoir sentir les courbes de son corps contre lui.

— Je t'aime, quel que soit le rôle que tu joues. Quel que soit l'uniforme que tu veux porter. Qui que soit celle que tu veux être. Je t'aimerai toujours.

C'était une promesse à laquelle elle s'accrocha après son service, ce jour-là, face à l'officier de section Robbins, triturant nerveusement sa casquette.

— Je me demandais quand vous alliez venir me voir, commenta Robbins tout en désignant la chaise devant son bureau.

Scarlett s'assit en ajustant sa jupe.

— En toute honnêteté, je suis surprise que vous ayez tenu aussi longtemps, ajouta-t-elle avec un sourire compatissant. Je pensais que nous aurions cette conversation il y a déjà un mois.

— Vous saviez ? hoqueta Scarlett en posant automatiquement les mains sur son ventre.

Robbins haussa un sourcil.

— Cela fait deux mois que vous n'arrêtez pas de vomir. Oui, je savais. Je pensais simplement qu'il valait mieux que vous parveniez à cette conclusion vous-même, et égoïstement, j'avais aussi envie de vous garder. Vous êtes l'un de mes meilleurs éléments. Cela étant dit, je ne comptais vous donner que deux semaines supplémentaires avant de vous convoquer. (Elle ouvrit un tiroir et sortit des documents.) Vos papiers de démobilisation sont déjà prêts. Il ne vous reste qu'à les déposer au quartier général.

— Je n'ai pas envie d'être démobilisée, admit Scarlett d'une voix peinée. Je veux faire mon travail.

Robbins l'examina et soupira.

— J'aimerais que ce soit le cas, moi aussi.

— Il n'y a rien que je puisse faire ?

Son cœur chuta. Elle avait l'impression d'être coupée en deux.

— Vous pouvez être une merveilleuse mère, Scarlett. La Grande-Bretagne a besoin de bébés. (Elle fit glisser les papiers sur le bureau.) Vous nous manquerez beaucoup.

— Merci, répliqua-t-elle en redressant les épaules, puis elle prit ses papiers de démobilisation.

En quelques phrases, tout était terminé.

Quand elle remit les documents, un bourdonnement tenace lui envahit les oreilles. Il ne disparut que lorsqu'elle se retrouva devant ce même miroir ovale, dans sa chambre, fixant ce reflet qui n'était plus vraiment le sien.

Elle retira d'abord sa casquette et la posa sur la coiffeuse. Vinrent ensuite les chaussures. Puis les bas.

Elle tira sur la ceinture de sa veste deux fois avant de parvenir à la défaire.

Cet uniforme lui avait procuré une liberté qu'elle n'aurait jamais connue sans. Elle n'aurait jamais tenu tête à ses parents sans la confiance qu'elle avait acquise durant ces longues journées et nuits de veille. Elle ne se serait jamais estimée autrement que comme une jolie pièce décorative.

Elle n'aurait jamais rencontré Jameson.

Ses doigts se mirent à trembler au premier bouton. Lorsqu'elle aurait retiré cet uniforme, tout serait terminé. Il n'y aurait plus de veilles. Plus de briefings. Plus de sourires quand elle marchait dans la rue, fière de faire sa part. Ce n'étaient pas juste des vêtements – c'était la manifestation physique de la femme qu'elle était devenue, de la sororité à laquelle elle appartenait.

Elle entendit un bruit derrière elle et braqua les yeux sur le miroir. Jameson se tenait exactement à la même place que ce matin, adossé au cadre de la porte, mais au lieu de son uniforme impeccable, il portait toujours sa tenue de vol.

Ses poings se crispaient du besoin de la tenir, mais il garda les bras croisés, la regardant sans un mot lutter avec les boutons de sa veste. Cela lui brisait le cœur de voir la douleur dans ses yeux quand elle eut défait le dernier. Elle devait avoir parlé à son officier de section. Elle ne faisait pas que se déshabiller ; elle se délestait d'une partie d'elle-même.

Il brûlait de traverser cette pièce et de la consoler, mais il savait que c'était quelque chose qu'elle devait faire toute seule. Il était déjà responsable de lui avoir pris tant de choses... il ne supporterait pas de lui ôter cela également.

Des larmes plein les yeux, Scarlett retira sa veste, la pliant délicatement avant de la poser sur sa coiffeuse. Suivirent la cravate, puis la chemise. Enfin, elle enleva sa jupe, qu'elle ajouta à la pile de linge d'une main sûre, vêtue de ses seuls sous-vêtements civils qu'elle avait toujours tenu à garder.

Elle déglutit puis dressa le menton.

— Voilà... C'est fini.

— Je suis désolé, hoqueta Jameson, dont les mots donnaient l'impression d'avoir roulé sur des bris de verre.

Elle avança vers lui, tout en courbes et en tristesse, mais quand leurs regards se croisèrent, celui de Scarlett était résolu.

— Pas moi.

— C'est vrai ? s'enquit-il en caressant sa joue, impatient de la toucher.

— Je ne regrette rien de tout ce qui m'a menée à toi.

Il la porta alors dans leur lit et lui montra avec son corps à quel point il avait de la chance de l'avoir trouvée.

Un mois plus tard, Scarlett s'émerveillait de la liberté procurée par une simple robe portefeuille tandis que Jameson et elle faisaient leurs emplettes dans une petite boutique londonienne spécialisée dans les vêtements pour enfants.

Il y avait des facettes de la vie civile – comme ne pas transpirer à grosses gouttes dans son uniforme sous le soleil d'août – qui lui allaient parfaitement.

— Nous aurions dû faire ça il y a deux mois, grommela Jameson devant les rayonnages plutôt chiches du magasin.

— Tout ira bien, dit-elle pour le rassurer. Il n'aura pas besoin de grand-chose, au début.

— *Elle*, la corrigea-t-il avec un grand sourire, puis il se pencha pour déposer un baiser sur sa tempe.

Depuis juin dernier, les vêtements étaient également rationnés, ce qui signifiait que Scarlett allait devoir être créative dans les mois à venir – et faire beaucoup plus de lessives. Des couvertures, des pyjamas et des couches – il leur faudrait beaucoup de choses, d'ici novembre.

— *Il*, répliqua-t-elle en secouant la tête. Pour commencer, prends ça.

Elle lui tendit deux pyjamas qui iraient aussi bien à un garçon qu'à une fille.

— D'accord.

L'expression de Scarlett s'assombrit légèrement face à la petite sélection de couches.

— Qu'est-ce qu'il y a ? souffla Jameson.

— Je n'ai jamais mis de couches avant. Je sais que j'ai besoin d'épingles à nourrice, mais je n'ai personne à qui demander des conseils...

Elle n'avait toujours pas parlé à ses parents, et ce n'était pas comme si sa mère s'était occupée elle-même de changer ses enfants, de toute façon.

— Vous pouvez toujours faire appel à un service spécialisé, suggéra une jeune vendeuse avec un bref sourire, de l'autre côté du rayon. C'est très populaire, de nos jours. Ils viennent avec des couches propres et repartent avec les sales.

Jameson hocha lentement la tête.

— Cela nous épargnerait un peu de lessive, et ça t'aidera sûrement aussi à moins stresser à l'idée que nous n'ayons pas assez...

Scarlett leva les yeux au ciel.

— Nous en discuterons après manger. Je meurs de faim.

— À vos ordres, répliqua-t-il avec un sourire, puis il porta leurs achats à la caisse.

De toutes les choses dont elle avait envie de parler avec son mari durant ces précieuses quarante-huit heures de permission, les couches n'en faisaient certainement pas partie.

Quelques instants plus tard, ils étaient de nouveau dans la rue animée, marchant main dans la main. Les bombardements avaient cessé... pour l'instant, mais leurs stigmates étaient partout.

— Tu veux manger quelque part en particulier ? demanda Jameson en ajustant son chapeau d'une main.

Scarlett aurait juré voir au moins trois femmes manquer de défaillir en le voyant, mais comment leur en vouloir ? Son mari était incroyable, du sommet de son crâne au bout de ses orteils.

— Non, pas vraiment, même si je ne verrais pas d'inconvénient à retourner à l'hôtel et t'avoir toi à la place, répliqua-t-elle en s'arrachant un air impassible.

Il s'immobilisa au milieu du trottoir, forçant la foule à les contourner.

— J'appelle un taxi tout de suite ! dit-il, rayonnant, son sourire étant l'incarnation de l'hédonisme.

— Scarlett ?

Elle se figea au son de la voix de sa mère, puis elle pivota lentement, sa main serrant plus fort celle de Jameson.

Elle n'était pas seule. Son père se tenait à ses côtés, l'air aussi choqué qu'elle, mais il se ressaisit dans la seconde pour endosser ce regard de pierre qu'elle ne connaissait que trop bien.

— Jameson, je te présente mes parents, Nigel et Margaret, mais je suis sûre qu'ils préféreraient t'entendre les appeler baron et lady Wright.

Toutes les leçons de savoir-vivre qu'on l'avait forcé à suivre allaient enfin lui servir.

— Monsieur, dit Jameson en avançant avant de tendre la main à Nigel, mais perdant Scarlett au passage.

Voilà donc à quoi ressemblait l'homme à qui sa femme et sa sœur avaient tant de mal à s'attacher. Il portait un costume impeccable, et ses cheveux poivre et sel étaient gominés en arrière.

Il regarda la main de Jameson puis releva la tête.

— C'est donc vous, le Yankee.

— Je suis américain, oui, répondit Jameson en se hérissant, mais il s'arracha un sourire et baissa le bras avant de le repasser autour de la taille de Scarlett.

Il était incapable d'imaginer vivre ce genre de clivage avec ses propres parents, et s'il pouvait faire quelque chose pour soulager la tension, il le ferait. C'était le minimum qu'attendrait sa mère.

— Madame, vos filles m'ont parlé de vous avec grande estime.

Scarlett lui pressa les doigts pour le sermonner d'avoir proféré un tel mensonge.

Margaret avait les mêmes cheveux noirs et yeux bleus perçants que ses filles. À vrai dire, la ressemblance était telle qu'il ne pouvait que se dire qu'il avait un aperçu de ce à quoi aurait l'air Scarlett dans trente ans. Mais elle ne dégagerait pas cette froideur. Sa femme était bien trop bonne pour cela.

— Tu... vas avoir un enfant, hoqueta sa mère, ses yeux ronds vissés sur le ventre de Scarlett.

Il fut instantanément saisi par la pulsion irrationnelle de protéger sa femme en lui faisant office de bouclier.

— En effet, *nous* attendons un enfant, répondit celle-ci, la voix ferme et le menton dressé. (Il avait toujours été épaté par son sang-froid, mais là, elle faisait des prouesses.) J'ai cru comprendre que vous aviez convaincu Constance de gâcher sa vie ?

Elle avait posé cette question exactement comme elle lui avait demandé de lui passer le lait ce matin. Jameson cligna des yeux, découvrant qu'il venait de pénétrer dans une arène totalement inédite – une guerre où l'expert n'était pas lui, mais sa femme.

— Constance a fait ses choix, déclara Margaret tout aussi cordialement.

— Est-ce un garçon ? demanda Nigel avec une lueur de quelque chose, dans ses yeux, qui ressemblait beaucoup trop à du désespoir au goût de Jameson.

— Je ne vois pas comment je pourrais le savoir, étant donné que je suis toujours enceinte, riposta Scarlett en inclinant la tête. Et si c'est le cas, ça ne vous regarde pas.

C'était la famille la plus étrange qu'il ait jamais rencontrée, et d'une certaine manière, il en faisait partie.

Scarlett braqua de nouveau les yeux sur sa mère.

— Constance a peut-être fait ses choix, mais vous avez profité de son malheur. Vous savez aussi bien que moi ce qu'il lui infligera. Vous avez de bon gré envoyé un agneau à son boucher, et je ferai tout ce qui est en mon pouvoir pour la convaincre de ne pas aller jusqu'au bout de cette union, déclara-t-elle en décochant cette flèche d'un geste net et précis.

— Personnellement, je pense que tu as fait le choix pour elle lorsque tu t'es refusée à lui, répliqua sa mère sans aucune trace d'émotion.

Là, on était carrément en plein bombardement.

Le léger hoquet de Scarlett suffit à Jameson pour savoir que ces mots avaient touché leur cible.

— Je suis content de vous avoir rencontrés, mais il va falloir qu'on y aille, intervint-il en inclinant son chapeau.

— Si c'est un garçon, il pourra être mon héritier, lâcha alors Nigel.

Chaque muscle du corps de Jameson se tendit, se préparant au combat.

— Si notre bébé est un garçon, ce sera *notre* fils, déclara-t-il.

— Il ne sera rien pour vous, ajouta Scarlett, fusillant son père du regard, une main protectrice sur son ventre.

— Si Constance n'épouse pas Wadsworth, comme tu sembles si déterminée à l'en empêcher, riposta l'homme avec une lueur mauvaise dans le regard, et que tu as le seul héritier de la famille, les choses sont claires. Si elle l'épouse et qu'ils ont des enfants, ce sera une autre histoire.

— Je n'y crois pas, soupira Scarlett en secouant la tête. Je suis prête à vous céder mon droit là, tout de suite, dans la rue. Je n'en veux pas !

Le regard de Nigel passa de Scarlett à Jameson avant de revenir sur sa fille.

— Que deviendras-tu quand ton Yankee se fera tuer ?

Elle se hérissa.

Jameson ne pouvait pas contredire cette possibilité. L'espérance de vie d'un pilote n'excédait pas quelques mois, voire quelques années. Les statistiques n'étaient pas vraiment en sa faveur, en particulier au rythme des missions de la 71. Depuis qu'on leur avait livré les Spitfire, quelques semaines plus tôt, ils étaient l'une des escadrilles les plus réquisitionnées pour abattre leurs ennemis.

Il était à une bataille de devenir un as... ou de tomber.

— Tu auras un bébé à entretenir avec une solde de veuve – j'imagine que tu ne portes plus l'uniforme et que tu n'as pas de salaire à toi...

— Elle s'en sortira, intervint Jameson.

Il avait modifié son testament pour s'assurer que Scarlett hérite de la terre qui était la sienne s'il ne survivait pas. Mais il était hors de question qu'il en parle à ces individus.

— Quand ce sera le cas, tu rentreras à la maison, insista son père en ignorant totalement Jameson. Réfléchis-y. Tu ne sais rien faire. T'imagines-tu vraiment travailler à l'usine ? Que feras-tu de ton enfant ?

— Nigel, le sermonna Margaret.

— Tu rentreras à la maison. Et pas pour toi – tu préférerais mourir de faim plutôt que de nous faire ce plaisir. Mais pour ton enfant ?

Le visage de Scarlett se draina de toute couleur.

— On s'en va. Maintenant, déclara Jameson en tournant le dos au couple, puis il fit faire demi-tour à Scarlett sans lui lâcher la main.

— Elle n'a même pas de pays ! lança Nigel derrière eux. Elle a perdu sa nationalité en se mariant.

— Elle sera bientôt américaine ! riposta Jameson par-dessus son épaule tout en s'éloignant.

Puis il appela un taxi, que Scarlett attendit la tête haute. Une voiture noire s'arrêta devant eux, et Jameson ouvrit la porte, poussant sa femme à l'intérieur. Une rage bouillante tournoyait dans ses veines.

— Où est-ce qu'on va ? demanda le chauffeur.
— À l'ambassade américaine, répondit Jameson.
— Quoi ?

Scarlett pivota vers lui tandis que le taxi s'insinuait dans le trafic.

— Il te faut un visa. Tu ne peux pas rester ici. Notre bébé ne peut pas rester ici, grommela-t-il en secouant la tête. Tu m'avais dit qu'ils étaient froids et monstrueux, mais ça… (Sa mâchoire se contracta.) Je n'ai même pas les mots pour décrire ce qui vient de se passer.

— Donc tu m'emmènes à l'ambassade, conclut-elle en arquant un sourcil.

— Oui !

— Mon amour, nous n'avons ni notre contrat de mariage ni aucune pièce d'identité pour moi. Ils ne me donneront pas de visa simplement parce que tu l'exiges, souffla-t-elle en lui caressant tendrement la main.

— Merde !

Le chauffeur leur jeta un coup d'œil dans le rétroviseur, mais il poursuivit sa route.

— J'ai conscience qu'ils sont… affligeants. Mais ils n'ont plus aucun pouvoir sur moi, désormais – sur *nous*. Jameson, regarde-moi.

— S'il devait m'arriver quelque chose, j'ai besoin de savoir que tu peux aller dans le Colorado. (L'imaginer retourner dans cette *famille* le submergea d'une nouvelle bouffée de haine.) Nous ne sommes pas pauvres – tout du moins d'un point de vue terrien –, et j'ai déjà modifié mon testament. Si je meurs, tu auras plusieurs options, mais retourner chez eux n'en fait pas partie.

— Je sais, dit-elle en hochant lentement la tête. Je ne le ferai pas. Et rien ne t'arrivera...

— Tu n'en sais rien.

— ... mais si ça devait être le cas, jamais je ne retournerais là-bas. Je te le promets.

Son regard fouilla celui de Scarlett.

— Promets-moi que nous allons lancer cette demande de visa.

— Je refuse de te quitter !

— Promets-le-moi. Au moins, tu l'auras, si je meurs.

Il était hors de question qu'il cède, qu'il joue au mari raisonnable et sensible. Elle devait avoir une place *quelque part* s'il tombait.

— Très bien. Nous allons nous en occuper. Mais nous ne pouvons rien faire aujourd'hui. Il nous faut un rendez-vous.

Il l'embrassa alors avec toute sa fougue, se fichant totalement qu'il soit en public ou qu'il puisse scandaliser leur chauffeur.

— Merci, murmura-t-il en posant le front contre le sien.

— Est-ce qu'on peut rentrer à l'hôtel, maintenant ?

Il donna la nouvelle adresse au chauffeur avec un grand sourire qui ne s'effaça pas de tout le trajet, ni quand ils grimpèrent le large escalier menant à leur chambre, ni quand il déverrouilla leur porte.

Même s'il ne survivait pas à cette guerre, Scarlett y survivrait – et leur enfant aussi.

— Qu'est-ce que c'est ? demanda Scarlett en désignant une grosse boîte posée sur le bureau, quand ils entrèrent dans la chambre.

Elle était épuisée, pas seulement à cause des kilomètres qu'ils avaient parcourus, de boutique en boutique, mais aussi à cause de sa rencontre avec ses parents.

— Je t'ai acheté un petit cadeau pendant que tu dormais, ce matin, et j'ai demandé qu'on le livre ici. Vas-y, ouvre.

— Un cadeau ? (Elle posa le sac de vêtements pour le bébé sur leur lit puis examina Jameson par-dessus son épaule d'un air sceptique.) Qu'est-ce que tu mijotes encore ?

— Ouvre-le donc.

Il referma la porte puis la rejoignit avant de se caler contre le bureau pour mieux la regarder.

— Ce n'est pas mon anniversaire, commenta-t-elle en ouvrant un pan de la boîte.

— Non, mais c'est le début d'une nouvelle ère, pour toi.

Elle ouvrit un autre pan, puis un autre, le regard vissé à l'intérieur.

Un hoquet lui échappa alors, son cœur se serrant face à ce qu'elle y découvrit.

— Jameson…

— Elle te plaît ? l'interrogea-t-il avec un sourire immense.

Elle fit courir ses doigts sur le métal froid.

— C'est…

Incroyable. Merveilleux. Adorable. Beaucoup trop.

— Je me suis dit que tu pourrais coucher sur le papier toutes ces histoires qui prennent naissance sous ce joli petit crâne.

Un rire euphorique surgissant de sa gorge, elle se jeta sur son mari pour l'enlacer de toutes ses forces.

— Merci. Merci. Merci.

Il lui avait acheté une machine à écrire.

21

Georgia

Jameson,
Tu me manques. Depuis combien de temps n'avons-nous pas échangé de lettres ? Des mois ? Même en vivant sous le même toit, ton planning de vol et mes veilles nous éloignent douloureusement l'un de l'autre. Dormir à côté de ton oreiller, la tête envahie de ton odeur, en sachant que tu voles quelque part au-dessus de moi est la forme de torture la plus douce qui soit. Je prie pour que tu aies survécu et que tu sois en train de lire ces mots pendant que je suis déjà au travail, et je t'imagine t'endormir à côté de mon oreiller avec mon odeur, un sourire aux lèvres, rêvant de pouvoir m'enlacer. Dors bien, mon amour, et peut-être parviendrai-je à rentrer, cet après-midi, avant que tu doives repartir voler. Je t'aime.
Scarlett

— Tu es sûre ? demanda Helen, faisant de nouveau preuve de l'efficacité qui la définissait.

L'agente de grand-mère n'avait toujours laissé que peu de place aux inepties, raison pour laquelle celle-ci l'avait choisie quand la première était morte après vingt ans de service.

— Tout à fait, lui assurai-je en changeant le téléphone d'oreille tout en traversant le vestibule. Je le lui ai déjà dit, quand il m'a appelée il y a deux semaines, mais Damian est décidé à obtenir tous les droits possibles des livres de Scarlett Stanton. Et tu sais ce que pensait grand-mère des films. Je me fiche de ce qu'il propose : la réponse est non.

— Oh que oui, je sais, dit-elle en ricanant. OK, donc aucun manuscrit pour Ellsworth Productions.

Mon cœur se serra à la mention de cette entreprise que j'avais aidé à bâtir, ce qui ne poussait qu'un peu plus ma détermination à ne rien donner à mon ex.

— Merci.

Je fonçai vers le saladier de bonbons, posé sur le guéridon, et le remplis d'un nouveau paquet de Snickers.

— Je t'en prie. Entre nous, j'ai hâte de lui dire d'aller se faire voir. Je pense même l'appeler dès que j'aurai raccroché. Et sinon, ce manuscrit, ça avance ?

Je marquai une pause devant le miroir du vestibule, ajustant mon chapeau de sorcière tout en jouissant du bonus non négligeable de voir également Noah dans le reflet, sur son ordinateur, installé au bureau de grand-mère. Bon sang, cet homme était même capable de rendre l'écriture sexy... Les manches de sa chemise étaient relevées sur ses avant-bras, et il avait le front plissé par la concentration, ses doigts volant au-dessus du clavier.

— Georgia ? dit Helen.
— Ça avance.

Ce qui n'était franchement pas mon cas, étant donné que je m'étais sagement privée de reposer les mains sur l'écrivain en résidence chez moi. Pas un jour ne passait sans que je pense à ce baiser manqué, ou que j'envisage de grimper sur ses genoux pour m'octroyer une deuxième chance afin de pouvoir réaliser au moins l'un de mes nombreux fantasmes, où figurait toujours sa bouche sur la mienne. On sonna pour peut-être la millième fois ce soir.

— Je te laisse, Helen ; c'est la folie, ici.
— Joyeux Halloween !

Nous raccrochâmes, puis j'ouvris la porte d'entrée, accueillant les enfants avec un grand sourire. J'adorais Halloween. Le temps d'un soir, vous pouviez être qui vous vouliez – ce que vous vouliez. Une sorcière, un chasseur de fantômes, une princesse, un astronaute, le chevalier noir des Monty Python... tout était permis.

— Un bonbon ou un sort ! s'écrièrent les enfants à l'unisson, leurs parents regroupés derrière eux – à Poplar Grove, il n'était pas rare qu'un Halloween se termine en tempête de neige.

— Alors, qu'est-ce qu'on a ici ? commençai-je en m'agenouillant devant eux. Un pompier et un...

Bon sang, j'étais incapable de mettre un mot sur ce costume. *Au secours !*

— Un corbeau ! répondit le garçon avec tout son enthousiasme, la voix légèrement étouffée par l'écharpe bizarrement fourrée dans son costume.

— Mais oui ! Un corbeau, bien sûr !

Je glissai une barre chocolatée géante dans chacun des sacs.

— Ouah, sympa, le costume de Fortnite ! lança Noah derrière moi, sa voix suffisant à déclencher un frisson le long de ma colonne vertébrale.

Évidemment, lui, il savait.

— Merci ! dit le garçon en agitant la main, imité par sa sœur.

Puis les deux petits coururent vers leurs parents et s'éloignèrent dans l'allée, laissant des traces de pas dans l'épais tapis de neige fraîchement tombée.

— Je n'aurais pas cru qu'autant de gamins passeraient, vu l'isolement de la maison, commenta Noah en s'écartant pour pouvoir me laisser fermer la porte.

— Grand-mère donnait toujours des barres géantes. Elle s'est fait une jolie petite réputation dans le coin. (Je replaçai les friandises sur le guéridon et me tournai vers lui.) Alors, tout se passe bien ?

— J'ai terminé pour aujourd'hui. (Il souleva délicatement mon chapeau, me poussant à plonger dans ses yeux.) Et vous ? Vous êtes fière d'être la toute nouvelle propriétaire d'un studio ? Moi, je suis fier de vous.

— Peut-être un peu, oui, répondis-je, incapable de réprimer un sourire – c'était vraiment en train d'arriver. Et j'ai commandé mes deux fours ainsi que celui de recuisson. Vous travaillez sur quelle fin ? demandai-je alors, intimant à mon corps d'arrêter de brûler, à mes joues de ne pas s'empourprer.

Même si, finalement, cela n'avait pas vraiment d'importance : l'intensité du regard brun de Noah Morelli me disait qu'il avait plus que conscience de l'effet qu'il me faisait. Je percevais le même désir en lui, de ses regards incandescents aux effleurements innocents de nos corps qui duraient juste assez longtemps pour marquer ma peau et attiser ma fièvre.

— La mienne, répondit-il avec un sourire amusé.

— Hmmm.

— Ne vous inquiétez pas. Je m'attaque à votre fin déprimante juste après.

— *Poignante*, le corrigeai-je.

— Peu importe comment vous voulez l'appeler. J'arriverai à vous convaincre.

Oui, c'était bien un sourire suffisant qu'il affichait.

— Nous verrons.

Après toutes ces semaines, c'était toujours la réponse que j'offrais, même si j'étais plus certaine que jamais de la fin que je voulais lui imposer. Quant à la vraie vie, il m'avait déjà convaincue que j'avais besoin de lui.

Il balaya le vestibule du regard puis entra dans le salon.

— Qu'est-ce que vous cherchez ? l'interrogeai-je.

— Je viens de penser que je n'ai jamais vu le phonographe.

— C'est normal, dis-je en haussant les épaules. D'après grand-mère, il aurait arrêté de fonctionner vers la fin des années cinquante.

— Quel dommage... soupira-t-il, la déception imprégnant ses traits.

On sonna de nouveau à la porte, et il s'empara du saladier avec un petit sourire.

— Je m'en occupe.

Regarder Noah distribuer des friandises à cet autre groupe d'enfants acheva de me consumer. Appelez ça la biologie, ou le résultat de centaines de milliers d'années d'évolution, mais être à l'aise avec les enfants, je trouvais ça... ultra-sexy.

— Vous voulez que je débarrasse le plancher ? demanda-t-il après avoir refermé la porte.

Il n'y avait aucune attente dans sa question, ce qui ne la rendait que plus séduisante. Il jouait avec moi sans jamais aller trop loin depuis que j'avais failli l'embrasser, dans le bureau.

Tu aurais dû aller jusqu'au bout, espèce de maso. Regarde donc ce dieu.

— Pas du tout.

C'était bien là le problème. Peu importait le temps que je passais avec Noah, j'avais toujours envie de plus.

— Vous pourriez rester ?

— Avec plaisir, dit-il d'une voix grave.

Je hochai la tête et arrachai mon regard au sien avant qu'il n'en voie trop.

Il était huit heures et demie quand les derniers enfants passèrent.

— C'est fini pour ce soir, déclarai-je tandis que l'horloge sonnait.
— Vous lisez dans l'avenir ? lança Noah avec un sourire amusé.
— Si seulement.

Si j'avais pu voir l'avenir, j'aurais su ce que je fabriquais – ce que j'ignorais totalement à l'heure actuelle.

J'avais envie de lui. C'était assez facile à justifier. Mais ce que je ressentais... Je ne savais pas ce que c'était, mais ça allait largement au-delà d'un simple désir physique. Je l'appréciais, j'aimais sa compagnie, lui parler, chercher ce qui le faisait rire. J'avais conscience que c'était bien plus dangereux qu'une simple alchimie. Je lui avais déjà confié ma vie et l'histoire de grand-mère. Pour ma plus grande terreur, j'étais à deux doigts de me fier à lui en tant qu'ami... peut-être même en tant qu'amant.

— C'est la règle, ici, lui expliquai-je en retirant mon chapeau de sorcière. Les enfants arrêtent de faire le tour des maisons à huit heures et demie.
— La ville a établi une règle à ce sujet ?
— Oui. Elle est au même niveau que la réglementation sur les auvents, mais elle est là. Bienvenue dans la vie provinciale.
— Incroyable, commenta-t-il, puis son téléphone se mit à sonner. (Il le sortit de sa poche et jeta un coup d'œil à l'écran.) Merde. C'est mon agent.
— Vous pouvez prendre l'appel dans le bureau si vous voulez.

— Vous êtes sûre ? Loin de moi l'idée de vous retenir si vous avez prévu de finir Halloween autrement.

— Peut-être que j'aime bien être retenue, répliquai-je d'une voix aussi neutre que possible.

Il haussa un sourcil, et son regard s'assombrit.

— Prenez cet appel, dis-je en réprimant un sourire – il ne s'imaginait tout de même pas être le seul à savoir jouer ?

— Vous savez que vous êtes dangereuse, Georgia Stanton ?

Puis il souffla un bon coup et décrocha tout en marchant vers le bureau de grand-mère – qu'il allait falloir que j'arrête de lui attribuer un jour.

— Salut, Lou. Qu'est-ce qui est si important pour que tu m'appelles d'Hawaii ?

Il ne ferma pas la porte, mais je m'éloignai pour lui laisser un peu d'intimité. Un élan d'angoisse me frappa la poitrine quand je songeai qu'il parlait probablement de son avenir.

— Ne sois pas ridicule, grognai-je tout bas.

Le manuscrit n'était de toute évidence pas le seul projet de Noah. Cela faisait huit années qu'il sortait deux bouquins par an. Il finirait par terminer celui-ci. Il finirait par se lancer dans le prochain. Il finirait par partir.

Chacune de ses journées de travail nous rapprochait de son départ inévitable. Deux mois plus tôt, je me serais réjouie de cette perspective et aurais compté les jours qui me séparaient de celui où Noah disparaîtrait de ma vie. Mais aujourd'hui, cette pensée m'envahissait d'une décharge de panique.

Je ne voulais pas qu'il parte.

Je posai le chapeau et franchis la porte d'entrée, m'enivrant d'une bouffée d'air glacial, puis je soufflai les bougies dans les deux citrouilles que le club de littérature anglaise du lycée m'avait données. Pendant dix ans, ses membres en avaient sculpté pour grand-mère. Un coup d'œil rapide à l'allée recouverte de neige me confirma que plus aucun enfant ne traînait dehors. Alors je retournai à l'intérieur et fermai la porte.

— Ellsworth a proposé *quoi* ? Juste pour le voir ?! entendis-je crier Noah derrière la porte du bureau. Mais le manuscrit n'est même pas encore terminé !

Je me figeai sur place, mon cœur se logeant dans ma gorge. Même si j'avais désespérément envie de bouger, de me boucher les oreilles pour ne pas entendre ce qui allait suivre, j'étais incapable de faire le moindre geste. J'avais déjà dit à Damian qu'il n'avait aucune chance de mettre ses sales pattes sur le manuscrit, et il pouvait toujours courir pour envisager d'obtenir les droits d'exploitation. Helen s'était sans aucun doute assurée de lui faire passer le même message ce soir.

J'aurais dû me douter qu'il chercherait à approcher Noah ensuite.

Non, ne faites pas ça, le suppliai-je tout en me gardant d'exprimer tout haut mes pensées. Si Noah comptait me trahir, mieux valait le savoir maintenant.

— C'est vrai ? (Son ton paraissait presque jovial.) Non, tu as fait ce qu'il fallait. Merci.

Fait ce qu'il fallait ? Qu'est-ce que ça voulait dire ? Certes, Noah m'appréciait, mais si j'avais appris quelque chose, dans cette industrie, c'était que l'argent prenait toujours le dessus sur l'affect. Et il y avait un sacré paquet d'argent à se faire sur ce coup.

Noah éclata d'un rire franc. Mon pouls s'accéléra aussitôt.

— Encore heureux que je n'aie jamais voulu voir son nom associé à l'un de mes livres. Et je suis content qu'on soit sur la même longueur d'onde, Lou. Je me fous de ce qu'il a dit – elle ne veut pas qu'il y touche. Pas même qu'il le lise.

Je retins mon souffle. *Peut-être...*

— Parce que j'étais là quand elle lui a dit d'aller se faire foutre. Bon, ce ne sont pas ses mots exacts, mais l'idée est là, et franchement, je la comprends.

Un petit sourire étira mes lèvres. Il m'avait choisie, *moi*.

Ce concept me paraissait si dingue qu'il me fallut un moment pour l'intégrer. Il. M'avait. Choisie. Comme si cela avait suffi à déverrouiller mes pieds, je parvins soudain à avancer jusqu'au bureau, ouvris grand la porte et allai me planter juste devant Noah.

Il était perché sur le bord du bureau, une main posée dessus, l'autre tenant son téléphone, les yeux braqués sur moi.

— Il a un droit de préemption ?

— Je ne vends pas les droits. Je n'en ai rien à faire, répliquai-je, une décharge électrique vibrant sous ma peau, comme si elle était douée de vie.

Ses paroles avaient provoqué ce que des semaines de flirt et de tension sexuelle n'étaient pas parvenues à faire : briser mes dernières barrières. C'était décidé : je cesserais de lutter.

— Tu l'as entendue, Lou ? (Noah sourit à ce que lui répondit son agent.) Oui, je le lui dirai. Profite bien de la fin de tes vacances. (Il raccrocha et posa le téléphone sur le bureau.) Elle lui a accordé un droit de préemption sur ses prochains livres ? souffla-t-il, incrédule.

— À l'époque, c'est à *moi* qu'elle l'a accordé. Vous vous souvenez ? J'ai lancé cette société de production avec Damian. Qu'a dit votre agent ?

Moins de deux mètres nous séparaient. Encore un pas, et toute discussion serait terminée.

— Que c'est un connard d'arriviste, répondit-il avec un léger sourire.

— C'est vrai. Qu'est-ce qu'il vous a proposé ?

— Un contrat pour deux de mes livres dont les droits d'exploitation n'ont pas été achetés, ce qui est assez drôle, étant donné que je l'ai déjà envoyé balader. (Il haussa les épaules.) Et ça, c'était juste pour pouvoir jeter un coup d'œil au manuscrit.

— Vous ne le lui avez pas donné.

— Ce n'est pas à moi de le faire. (Les muscles de ses avant-bras ondulèrent tandis qu'il agrippait le bord du bureau.) Et il est hors de question que je lui donne quoi que ce soit, en particulier quelque chose qui vous appartient.

Je comblai la distance qui nous séparait, pris son visage entre mes mains et l'embrassai. Les lignes crispées de ses lèvres s'assouplirent aussitôt quand nos bouches entrèrent en collision, s'abandonnant l'une à l'autre.

— Georgia, murmura-t-il, quelque part entre la supplication et la prière, puis il s'écarta légèrement pour fouiller mon regard.

— Tu m'as convaincue, dis-je tout en faisant passer mes mains dans sa nuque.

Un sourire traversa ses traits, puis ses lèvres furent de nouveau sur les miennes, ses mains agrippant ma taille pour me plaquer contre son corps musculeux.

Je lâchai un hoquet et entrouvris les lèvres pour mieux l'accueillir.

Il plongea une main dans mes cheveux, empaumant l'arrière de mon crâne tout en intensifiant son baiser, revendiquant ma bouche à coups de langue sulfureux qui m'embrasèrent sur place. Aux goûts mêlés de chocolat et de Noah, un petit gémissement que je reconnus à peine m'échappa.

Il me fit incliner la tête et m'embrassa plus passionnément encore. Je me cambrai contre lui, me dressant sur la pointe des pieds pour m'approcher un peu plus. Sa main passa dans le creux de mon dos tandis qu'il explorait ma bouche avec détermination, comme si rien d'autre n'existait en dehors de ce baiser.

Un désir brûlant tournoyait en moi, attisé par ce baiser sans fin. Noah me titillait, changeant le tempo – féroce et sauvage, langoureux et joueur, me mordillant la lèvre pour ensuite soulager la douleur d'un coup de langue.

Je n'avais jamais été à ce point enivrée par un baiser.

Plus. J'avais besoin de plus.

Mes mains passèrent de sa nuque à l'ourlet de sa chemise.

— Georgia, souffla-t-il entre deux baisers.

— J'ai envie de toi.

Cette confession n'était sortie qu'en un murmure, mais je l'avais fait. J'avais offert ma vérité sur un plateau d'argent ; c'était à lui de l'accepter ou de la rejeter, désormais.

— Tu es sûre ?

Son regard sombre étudiait le mien avec autant de désir que d'inquiétude. Il semblait sur des charbons ardents, comme si son self-control était aussi fragile que le mien.

— Je suis sûre, confirmai-je avec un hochement de tête, au cas où les mots ne suffiraient pas. (Puis je fis courir ma langue sur ma lèvre enflée, une pensée désagréable s'insinuant dans mon esprit.) Tu veux... ?

Cette situation avait le potentiel pour devenir l'un des moments les plus embarrassants de toute ma vie, si j'avais mal interprété les signes.

— Qu'est-ce que tu en penses ? répliqua-t-il en plaquant mes hanches contre les siennes, me faisant sentir le poids de son érection.

— Je pense que oui.

Dieu merci.

— Juste histoire qu'il n'y ait pas de confusion... (Ses doigts tracèrent la ligne de ma mâchoire.) J'ai eu envie de toi dès la première seconde où je t'ai vue dans cette librairie. Et depuis, il n'y a pas eu un seul instant où je ne t'ai pas désirée.

Si ses paroles ne m'avaient pas déjà fait fondre, l'intensité de son regard s'en serait chargée.

— Parfait, répliquai-je avec un sourire, puis je me remis à tirer sur sa chemise.

Il passa les bras dans son dos et la retira d'un geste fluide, révélant son torse nu.

Ma bouche s'assécha aussitôt. Chaque ligne de son torse était sculptée, et ses muscles magnifiquement dessinés étaient recouverts d'une peau douce et sublimement tatouée. Cet homme était l'incarnation de tous mes fantasmes. Je fis courir mes doigts sur les arêtes de son torse et de son abdomen, mon souffle se faisant de plus en plus rauque. Mon regard se posa sur le V qui disparaissait sous son jean.

Lorsque je relevai les yeux, la voracité que je découvris dans son regard manqua de me faire défaillir.

Il captura ma bouche pour me gratifier d'un nouveau baiser, me volant toute pensée rationnelle à chaque coup de reins et chaque coup de langue.

Nous nous séparâmes juste le temps que mon haut atterrisse à côté de sa chemise, puis nos bouches fusionnèrent de nouveau, comme s'il ne s'agissait pas que d'un baiser, mais d'un échange d'oxygène. Mes mains fondirent sur la braguette de son jean, mais il m'arrêta d'un geste.

— On peut prendre notre temps.

Même sa voix rauque avait le pouvoir de m'exciter.

— Bien sûr. On le prendra. Plus tard. Là, je n'ai pas envie d'attendre.

L'urgence qui me dévorait ne se satisferait de rien d'autre que de purs ébats bestiaux.

Le son qui quitta sa bouche me fit penser à un grognement, puis il la plaqua sur la mienne et m'embrassa à m'en faire perdre la tête. Nous n'étions plus qu'un entrelacs de mains et de lèvres, envoyant voler nos chaussures avant que Noah m'agrippe les fesses et me soulève comme si je ne pesais rien.

J'enroulai les jambes autour de sa taille et verrouillai les chevilles dans le creux de ses reins, puis il me fit quitter le bureau et grimpa les marches sans même s'essouffler. Nous longeâmes le couloir pour gagner ma chambre, la tension irradiant de ses muscles, mais son baiser ne faiblit pas un seul instant.

Je sentis le matelas dans mon dos, et Noah se dressa au-dessus de moi, ses mains passant sous mon corps pour dégrafer mon soutien-gorge. Une seconde plus tard, le bout de tissu était par terre, rapidement suivi de mon jean.

— Dieu que tu es belle, dit-il d'une voix émerveillée.

Il fit courir ses doigts le long de ma gorge, jusqu'à la vallée entre mes seins, puis sur mon ventre, jusqu'au fin tissu de mon sous-vêtement. La peau me chatouillait sur son passage.

Je me félicitai d'avoir opté pour ce string rose en dentelle sur un coup de tête ce matin – string qui disparut très vite pour être remplacé par sa bouche.

— Noah ! gémis-je en enfonçant une main dans ses cheveux, l'autre agrippant les draps d'un geste désespéré.

Bon sang, cet homme avait une langue véritablement magique. Caresses langoureuses, petits coups corrosifs... Je sentis même ses dents me titiller, ses mains plaquées sur mes hanches alors que je commençais à me tordre de plaisir. Un plaisir trop intense, trop consumant, trop sauvage, qui ne fit que s'accroître quand Noah glissa d'abord un, puis deux doigts en moi. Je verrouillai chaque muscle autour de lui puis rejetai la tête en arrière, les paupières fermées, savourant cette invasion. Je n'avais jamais ressenti cela. Jamais. Comment avais-je fait pour vivre sans ce désir désespéré qui me faisait entrer en fusion ? Je n'avais pas simplement envie de lui ; j'avais *besoin* de lui.

Le feu qu'il attisait se rassembla au creux de mon ventre, s'enroulant comme un ressort, se tendant un peu plus à chaque coup de langue, à chaque pression de ses doigts, jusqu'à ce que mes cuisses se mettent à trembler et mes muscles à se crisper. Lorsqu'il commença à suçoter mon clitoris, j'explosai, l'orgasme me ravageant de ses longues et puissantes vagues qui me firent hurler son nom.

Il déposa un baiser à l'intérieur de ma cuisse puis réapparut au-dessus de moi avec un sourire satisfait, comme si c'était lui qui venait d'avoir l'orgasme de sa vie, et non moi.

— Je pourrais passer des journées entières avec toi sous ma langue, et en vouloir toujours plus.

Cette flamme de désir qui m'avait dévorée reprit aussitôt vie, plus incandescente que jamais.

— J'ai besoin de toi, susurrai-je en nichant mes doigts dans ses cheveux avant d'attirer sa bouche vers la mienne pour le gratifier d'un baiser torride.

Nous ne nous écartâmes que pour lui laisser le temps de se déshabiller complètement. J'en profitai pour m'enivrer des lignes de ses fesses pendant qu'il récupérait un préservatif dans son portefeuille, qu'il laissa ensuite tomber sur la pile de vêtements à ses pieds.

Je me redressai et lui pris le petit sachet, avant de l'ouvrir et de le faire rouler sur son membre gonflé, n'ayant besoin de le caresser qu'une seule fois pour le faire grogner et saisir mes mains.

— Dis-moi que tu es sûre, gronda-t-il d'une voix grave et ferme, le regard verrouillé au mien.

— Je suis sûre.

Puis je donnai un léger coup de reins, le pressant de me revenir. Il comprit le message et glissa sur mon corps pour se nicher entre mes cuisses. Il m'embrassa alors langoureusement, explorant mes courbes à coups de longues caresses, s'attardant sur ma poitrine et titillant mes mamelons de la pulpe du pouce avant de passer sur mon ventre et de m'agripper les hanches.

— Sublime. Il n'y a pas d'autre mot pour te décrire.

Il me vola toute réponse avec un baiser, alors je cambrai le bassin pour lui faire comprendre mon sentiment, sentant son sexe dur contre le mien.

— Noah, le suppliai-je en lui agrippant les épaules.

Il leva légèrement la tête, gardant les yeux fixés aux miens tout en m'emplissant centimètre par centimètre, lentement, jusqu'à ce que son membre se soit immiscé tout entier en moi, mon corps s'étirant sous une infime brûlure qui était plus plaisir que douleur.

— Ça va ? souffla-t-il, une légère pellicule de sueur faisant scintiller sa peau sous la douce lumière de la lampe de chevet.

Je devinais aux muscles crispés de ses bras qu'il se retenait, qu'il s'assurait que tout allait bien pour moi.

— C'est parfait, répondis-je en caressant ses épaules avant de me mettre à rouler des hanches, la brûlure se transformant en délice.

— Exactement comme ton corps. (Il se retira légèrement avant de plonger en moi avec un grognement.) Bon sang, Georgia... Je n'aurai jamais assez de toi.

— Encore.

Il s'exécuta. Je sentis mes orteils se recroqueviller tout en lâchant un gémissement, puis levai les genoux pour l'enfoncer plus profondément en moi.

Les mots se firent alors obsolètes, nos corps prenant le relais, parlant pour nous de toutes les manières nécessaires. Il me prit lentement et passionnément, m'emportant dans un rythme incessant et douloureux qui me fit presque convulser. Les ongles plantés dans sa peau, je m'abandonnais aux sensations dévorantes qu'il suscitait.

Quand la lame de plaisir rejaillit, me surprenant par son intensité, il ajusta sa position, plongeant en moi encore plus loin, touchant les parties les plus sensibles de mon corps à chaque coup de reins, me faisant monter de plus en plus haut jusqu'à ce que mon corps se raidisse sous le sien, au bord du précipice.

— Noah, hoquetai-je, prête à chavirer.

— Oui, siffla-t-il en me martelant toujours plus vite.

Je cédai alors à une nouvelle extase, agrippée à lui comme à une bouée de sauvetage, submergée par d'intenses et féroces vagues qui me consumaient, me transformant en quelque chose d'entièrement nouveau, d'entièrement *à lui*.

— Georgia, grogna-t-il dans mon cou.

C'était exactement comme ça que j'avais envie de l'entendre prononcer mon nom, désormais. Enfin... la *vraie* vie. C'était exactement à ça que c'était censé ressembler, lorsqu'on faisait l'amour à quelqu'un, et j'étais restée dans l'ignorance, jusqu'ici. Je m'étais contentée de tellement moins, ne sachant pas que ce genre de désir existait – que Noah existait.

Il nous fit basculer sur le flanc, me tenant tout contre lui tandis que nous reprenions notre souffle, aussi frénétique que nos battements de cœur, mais son regard était toujours rivé au mien, brûlant de la même joie que celle qui courait dans mes veines.

— Ouah, parvins-je à souffler entre deux respirations tout en caressant tendrement sa légère barbe.

Comment cet homme faisait-il pour être plus beau de minute en minute ?

— Ouah, répéta-t-il, un sourire étirant ses lèvres.

Mon cœur battait sauvagement, et pourtant, je ne m'étais jamais sentie aussi bien. *Heureuse.* Oui, j'étais heureuse. Bien sûr, je n'étais pas assez naïve pour m'imaginer que cela durerait toujours. Il ne vivait même pas ici. Cette euphorie ridicule qui me faisait palpiter le cœur était le simple résultat de deux orgasmes incroyables, et non de... *Ne pense même pas à ce mot.* Apprécier Noah était une chose ; tomber amoureuse de lui en était une autre.

Mais alors, mon cerveau rejoua le son de sa voix grognant mon nom au creux de ma nuque. J'étais fichue, fonçant la tête la première vers une émotion que je n'étais pas prête à gérer, et encore moins à nommer.

— Au vu de la situation, deux choix s'offrent à nous, déclara-t-il en repoussant mes cheveux d'un geste si tendre qu'une boule se logea dans ma gorge. Je peux retourner chez moi...

— Ou ? soufflai-je en faisant courir un doigt sur son torse – ça m'allait parfaitement bien qu'il reste là où il était.

— Ou on affronte la tempête de neige ensemble, ici, dans ce lit.

Puis il effleura mes lèvres des siennes.

— Je choisis l'option numéro deux, répondis-je avec un sourire.

Peu importait où cela nous mènerait, pour l'instant, il était à moi, et il était hors de question que je gâche encore une autre seconde.

22

Décembre 1941

North Weald, Angleterre

— Maintenant, ce serait super, dit Jameson à son ventre, agenouillé devant elle, dans son uniforme. Parce que maintenant, je suis là. Et je sais que tu aimerais que je sois là pour ta naissance, pas vrai ?

Scarlett leva les yeux au ciel mais enfonça les doigts dans les cheveux de son mari. Chaque jour, il avait cette même discussion à sens unique avec leur bébé – qui était déjà en retard d'une semaine, selon les estimations de la sage-femme.

— Mais dès que je partirai, ce sera difficile de savoir quand je rentrerai, expliqua-t-il, ses mains douces posées de chaque côté de son ventre. Alors, qu'est-ce que tu en dis ? Tu veux bien découvrir le monde aujourd'hui ?

Scarlett vit l'espoir sur son visage se muer en frustration, et elle retint un sourire.

— C'est officiellement une fille, commenta-t-il en levant les yeux vers elle. Aussi têtue que sa mère.

Puis il déposa un baiser sur son ventre et se releva.

— C'est un garçon qui aime beaucoup trop dormir, comme son père, répliqua-t-elle avant d'enlacer son mari.

— Je n'ai pas envie de partir, admit-il tout bas. Et si elle naissait en mon absence ?

Il entremêla les doigts dans le creux de ses reins, ce qui n'était pas chose facile désormais au vu du périmètre de sa taille.

— Ça fait un mois que tu répètes la même chose. Il n'y a aucune garantie que ça arrive aujourd'hui, et si c'est le cas, lorsque tu rentreras, tu feras la connaissance de ton fils. Ce n'est pas comme si quelqu'un allait nous le voler, si tu n'es pas là à son arrivée.

Jameson était allé jusqu'à demander à être présent dans la pièce avec elle, mais ils ne le laisseraient certainement pas faire. Même si elle devait avouer que l'idée de l'avoir auprès d'elle était plus que rassurante.

— Ça ne me fait même pas rire, commenta-t-il d'un air impassible.

— Va travailler. Nous serons là à ton retour, le pressa-t-elle tout en s'efforçant de cacher sa peur – la peur qu'il ait raison. (Jameson devait avoir la tête claire pour voler. Le moindre tracas pouvait causer sa perte.) Je suis sérieuse. Vas-y.

— Très bien, soupira-t-il. Je t'aime.

— Moi aussi, je t'aime, répondit-elle, laissant son regard boire chaque trait de son visage, comme elle le faisait chaque jour, le mémorisant... au cas où.

Il l'embrassa tendrement, langoureusement, comme s'il n'était pas déjà en retard. Comme s'il n'était pas censé partir pour une bataille encore inconnue, ou peut-être escorter des bombardiers pour un raid. Il l'embrassa comme s'il le ferait mille fois encore, sans laisser de doute quant au fait que ce ne serait pas leur dernière fois.

C'était ainsi qu'il l'embrassait chaque matin – ou chaque soir – avant de partir aux hangars.

Elle s'abandonna à lui, se cramponnant plus fort à sa nuque pour l'attirer tout contre elle, pour l'embrasser encore une petite minute. C'était toujours une minute de plus ensemble. Un dernier baiser. Une dernière caresse. Un dernier regard amoureux.

Cela faisait un an qu'ils étaient mariés, désormais, et elle était toujours aussi folle de lui.

— J'aurais vraiment aimé que tu me laisses faire installer le téléphone, dit-il contre ses lèvres en mettant un terme à leur baiser.

— Tu es censé repartir pour Martlesham Heath dans deux semaines. Tu comptes faire preuve d'autant d'extravagance dans chacune de nos maisons ? souffla-t-elle en caressant sa bouche.

— Peut-être.

Avec un soupir, il se redressa, enfouissant les mains dans les cheveux de sa femme et laissant les mèches filer entre ses doigts jusqu'à tomber juste sous ses omoplates.

— N'oublie pas ce qu'on a dit. Tu vas chez Mrs Tuttle, à côté, et elle...

Scarlett le coupa d'un éclat de rire et le poussa gentiment.

— Laisse-moi me soucier de l'accouchement, et rejoins donc ton avion.

Le regard de Jameson s'étrécit.

— Très bien.

Puis il récupéra sa casquette sur la table de la cuisine, et Scarlett le suivit jusqu'à la porte, où il enfila son manteau.

— Sois prudent...

Il se pencha pour lui voler un dernier baiser, un baiser passionné et rapide qui se termina par un coup de dents sur sa lèvre inférieure.

— Et toi, sois toujours enceinte quand je reviens... si tu peux y faire quelque chose, bien sûr.

— Je ferai de mon mieux. Allez, file, dit-elle d'un ton encourageant avec un geste vers la porte.

— Je t'aime ! lança-t-il en sortant.

— Je t'aime !

Il ne ferma la porte que lorsqu'elle lui eut répondu. Scarlett posa alors une main sur son ventre rond.

— On dirait bien qu'il ne reste plus que nous, mon amour.

Elle cambra le dos, espérant soulager un tant soit peu cette douleur incessante qui lui rongeait le creux des reins. Elle avait tellement grossi que même ses robes de maternité ne lui allaient quasiment plus, et elle ne se souvenait plus de la dernière fois qu'elle avait vu ses pieds.

— On écrit une histoire, aujourd'hui ? demanda-t-elle à son fils en s'installant devant la machine à écrire qui avait une place permanente sur la table de la cuisine, avant de surélever ses pieds sur la chaise la plus proche.

Puis elle observa les papiers qu'elle avait commencé à rassembler dans une vieille boîte à chapeau. Ces trois derniers mois, elle avait entamé des dizaines d'histoires, mais elle ne semblait jamais capable de dépasser les premiers chapitres avant qu'une autre idée ne germe dans son esprit, idée qu'elle s'empressait d'écrire à son tour, de peur de l'oublier.

Le résultat consistait en une boîte à chapeau pleine de possibilités, mais sans aucun produit fini.

Toc, toc, toc.

Scarlett émit un grognement. Elle venait tout juste de se mettre à l'aise...

— Il y a quelqu'un ? lança Constance de la porte d'entrée.

— Je suis dans la cuisine ! répondit-elle, soulagée de ne pas avoir à se lever.

— Bonjour, mon petit ! dit sa sœur avec un sourire en venant l'enlacer.

— « Mon petit »... Tu m'as vue ? grommela Scarlett tandis que Constance s'installait à côté d'elle.

— Qu'est-ce qui te fait croire que c'était à toi que je parlais ? répliqua Constance avant de se pencher vers son ventre rond. Tu n'as toujours pas envie de te joindre à nous, toi ?

— Tu es aussi impatiente que Jameson, grommela Scarlett en se cambrant de nouveau. *(Comment la douleur pouvait-elle empirer ?)* Tu ne travailles pas, aujourd'hui ?

— Coup de chance, non. (Elle se tourna vers la porte, le front plissé.) Je ne me souviens pas de mon dernier dimanche de congé. Si j'ai bien compris, Jameson ne peut pas en dire autant ?

— En effet. Il est parti il y a peu.

— Qu'est-ce que tu veux faire ? demanda Constance en se mettant à pianoter sur la table du bout des doigts.

Scarlett faisait de son mieux pour regarder *tout* sauf le diamant qui brillait à son annulaire. Quelle ironie qu'une chose aussi sublime soit le signe annonciateur de tant de destruction...

— Tant que je n'ai pas à bouger, tout me va.

Constance sourit puis tendit la main vers la boîte à chapeau.

— Raconte-moi une histoire.

— Celles-ci ne sont pas terminées ! s'écria Scarlett en dressant le bras, mais Constance était trop rapide – ou elle beaucoup trop lente.

— Depuis quand me racontes-tu des histoires qui sont terminées ? lança sa sœur, qui ricanait, en plongeant la main dans la boîte. Il doit y en avoir vingt, là-dedans !

— Au moins, oui, admit-elle en remuant de nouveau sur son siège.

— Tout va bien ? demanda Constance, inquiète, en voyant ses traits tirés.

— Oui, oui. Je n'arrive pas à trouver une position, c'est tout.

— Je vais te faire du thé. (Elle quitta la table et prépara la bouilloire.) Tu envisages de terminer l'une de ces histoires ?

— Oui, un jour, répondit Scarlett en se penchant suffisamment pour récupérer la boîte à chapeau pendant que sa sœur était occupée.

— Pourquoi tu n'en écris pas une de A à Z, avant d'en entamer une autre ? l'interrogea Constance en sortant le thé du placard.

Scarlett s'était souvent posé la même question.

— J'ai toujours peur d'oublier une idée, et pourtant, j'ai l'affreuse impression de courir après des papillons, de toujours trouver une nouvelle idée, meilleure que les autres, sans jamais en attraper aucune parce que je suis incapable de me fixer dessus, avoua-t-elle, le regard vissé sur la boîte.

— Rien ne presse, lui dit sa sœur d'une voix douce pour la rassurer. Tu pourrais taper tes idées sous forme de résumés, histoire de ne pas les perdre, puis revenir au papillon que tu as choisi de chasser initialement.

— C'est une excellente idée. Parfois, je me demande si je n'aime pas tout simplement les débuts, et que c'est pour ça que je n'arrive jamais à aller au-delà. Les débuts, c'est ce qui rend tout romantique.

— Et pas la partie où les personnages tombent amoureux ? demanda Constance pour la taquiner en se rasseyant.

— Si, ça aussi, répondit-elle en haussant une épaule. Mais peut-être que ce sont les possibilités, en fait, dont on tombe facilement amoureux. Observer n'importe quelle situation, n'importe quelle relation, n'importe quelle histoire, et avoir la sublime capacité de se demander où cela nous mènera est un peu grisant. Je suis prise d'une bouffée d'adrénaline chaque fois que je glisse une feuille blanche dans la machine. Comme le premier baiser d'un premier amour.

Constance jeta un bref coup d'œil à sa bague de fiançailles avant de la cacher sur ses genoux, sous la table.

— Donc, tu préfères continuer à glisser de nouvelles feuilles blanches plutôt que de les terminer ?

— Peut-être. (Scarlett se frotta juste sous les côtes, où son bébé aimait trop souvent tester les limites de son corps, ces derniers temps.) J'ignore si cet enfant est un garçon ou une fille. Je pense que c'est un garçon, même si je serais incapable d'expliquer pourquoi. Mais à cet instant, j'imagine un garçon avec les yeux de Jameson et son sourire téméraire, ou une fille avec nos yeux bleus à nous. Là, tout de suite, je suis amoureuse des deux et me réjouis de ces possibilités. Dans quelques jours – tout du moins, je l'espère, ou je risque vraiment d'exploser –, je saurai.

— Et tu ne veux pas savoir ? souffla Constance en dressant un sourcil.

— Bien sûr que je veux savoir. J'aimerai mon fils ou ma fille de tout mon cœur. C'est déjà le cas. Mais si j'ai envisagé les deux possibilités, seule l'une d'elles est vraie. Une fois que ce bébé sera né, cette partie de l'histoire sera terminée. L'un des scénarios que j'ai imaginés ces six derniers mois ne se réalisera pas. Cela ne rendra pas le résultat moins beau, mais la vérité, c'est que lorsqu'une histoire est terminée, peu importe son style, les possibilités disparaissent. C'est ainsi.

— Dans ce cas, sois bonne avec tes personnages et donne-leur à tous une jolie fin, suggéra sa sœur. Ce sera toujours mieux que ce qu'ils pourraient avoir dans la vraie vie.

Scarlett fixait toujours la boîte à chapeau.

— Peut-être que la meilleure chose que je puisse faire pour eux est de laisser leurs histoires inachevées. Les laisser avec leurs possibilités, leur potentiel, même s'ils n'existent que dans ma tête.

— Tu laisses la lettre fermée, murmura sa sœur.

— Peut-être, oui.

Un sourire triste étira les lèvres de Constance.

— Et dans ce monde, peut-être qu'Edward est en permission et qu'il est en route pour Kirton in Lindsey afin de me retrouver…

Scarlett hocha la tête, le corps entier tendu d'une émotion presque douloureuse.

La bouilloire se mit à siffler, et Constance se leva.

— Ce serait sûrement compliqué de se faire publier dans ces conditions, dit-elle par-dessus son épaule avec un sourire forcé. J'imagine que la plupart des gens aiment les livres qui ont une fin.

— Je n'ai jamais envisagé de publier quoi que ce soit.

La douleur dans son dos s'enflamma, passant à l'avant pour planter ses serres vicieuses dans son ventre.

— Tu devrais. J'ai toujours adoré t'écouter raconter tes histoires. Tout le monde devrait avoir cette chance.

Scarlett remua de nouveau tout en regardant sa sœur préparer le thé.

— Nous ferions mieux d'aller dans le salon. Cette chaise ne veut clairement pas de moi.

— Pas de problème.

Le bruit de la porcelaine s'entrechoquant envahit la cuisine tandis que Scarlett tentait tant bien que mal de se lever. Peu à peu, la douleur se dissipa, et elle parvint enfin à inspirer à pleins poumons.

— Scarlett ? l'appela doucement Constance, le plateau dans les mains.

— Tout va bien. Je suis juste un peu raide.

Sa sœur posa le plateau sur la table.

— Tu préférerais marcher ? Tu crois que ça te ferait du bien ?

— Non. J'ai juste besoin de me dégourdir les membres un petit instant.

Constance jeta un coup d'œil à l'horloge.

— Et si on appelait la sage-femme ? Histoire d'être sûres ?

Scarlett secoua la tête.

— Le téléphone le plus proche se trouve à trois pâtés de maisons, et je vais bien.

C'était le cas... jusqu'à ce que la douleur revienne et se répande de nouveau dans son ventre pour verrouiller chacun de ses muscles.

— Non, de toute évidence, tu ne vas pas bien.

Scarlett sentit quelque chose tomber, et un liquide chaud se mit à couler sur ses cuisses. Elle venait de perdre les eaux. Une peur comme elle n'en avait jamais connu lui vrilla le ventre, plus forte encore que les contractions.

— J'appelle la sage-femme, dit Constance en la prenant par le coude pour la guider vers la chaise la plus proche. Assieds-toi. N'essaie pas de marcher jusqu'à ce que je puisse te mettre au lit.

— Je veux Jameson.

— Bien sûr, répondit sa sœur de cette voix douce tout en s'assurant qu'elle soit bien assise.

— Constance ! aboya Scarlett, puis elle attendit qu'elle la regarde dans les yeux. Je. Veux. Jameson.

— J'appelle la sage-femme, puis son escadrille, c'est promis. D'abord la sage-femme, à moins que ton mari n'ait développé une certaine expertise en matière d'accouchement ?

Scarlett la fusilla du regard.

— Bien. Reste assise. Ne bouge pas. Pour une fois dans ta vie, laisse-moi gérer, d'accord ?

Puis elle disparut au pas de course avant que sa sœur puisse argumenter.

Cinq minutes. Dix minutes. Scarlett regardait le temps défiler sur l'horloge en attendant Constance.

La porte d'entrée s'ouvrit douze minutes après son départ.

— Je suis là ! lança-t-elle juste avant que Scarlett n'entende la porte claquer. (Sa sœur arborait un grand sourire artificiel en apparaissant dans la cuisine.) Bonne nouvelle : la sage-femme sera là d'un instant à l'autre. Elle m'a dit de t'allonger dans un lit propre.

— Et Jameson ? demanda Scarlett, les dents serrées, tandis qu'une nouvelle contraction la submergeait.

— Tu as eu combien de contractions pendant mon absence ? l'interrogea Constance en récupérant quelques torchons dans un tiroir pour éponger ce qui avait coulé par terre.

— Deux. Là... c'est la... troisième, hoqueta Scarlett tout en inspirant et expirant, sachant que cette douleur n'était que la partie émergée de l'iceberg. Où... est... Jameson ?

Sa sœur jeta les torchons dans la corbeille de linge sale.

— Constance !
— Quelque part au-dessus de la mer du Nord.
— Évidemment...

Elle aurait dû lui dire de rester, mais il n'y avait eu aucune raison – aucune raison acceptable par le chef d'escadre, en tout cas.

— Je serai là, lui promit sa sœur en l'aidant à se lever.

Et elle tint sa promesse.

Neuf heures plus tard, Scarlett était dans des draps propres, épuisée et plus heureuse qu'elle ne l'avait jamais été, face à cette paire d'yeux bleu cristal.

— Je me fiche de ce qu'ont dit ces sages-femmes, déclara Constance en contemplant le bébé par-dessus son épaule. Ses yeux conserveront à tout jamais ce bleu pur et parfait.

— Et même dans le cas contraire, ils seront toujours parfaits, répondit Scarlett en faisant courir son doigt sur le plus petit bout de nez qu'elle ait jamais vu.

— Tout à fait d'accord.
— Tu veux le tenir ?
— Je peux ? demanda Constance, rayonnante.

— C'est la moindre des choses, étant donné que tu as joué autant le rôle de sage-femme que d'aide ménagère, aujourd'hui. Merci. Je n'y serais pas arrivée sans toi, ajouta-t-elle d'une voix plus douce.

Puis elle souleva son fils, emmailloté dans l'une des couvertures que la mère de Jameson avait tricotées et envoyées par la poste, pour le nicher dans les bras de sa sœur.

— Je n'aurais raté ça pour rien au monde, souffla celle-ci en ajustant le nouveau-né contre son cœur. Il est parfait.

— Nous aimerions que tu sois sa marraine.

Constance braqua le regard sur elle.

— Vraiment ?

— Oui. Je n'imagine personne d'autre dans ce rôle. Tu le protégeras, n'est-ce pas ? S'il devait… arriver quelque chose.

Elle risquait autant un bombardement dans son lit que lorsqu'elle travaillait encore pour la WAAF. Rien n'était certain.

— Je donnerais ma vie pour lui, jura sa sœur en posant de nouveau ses yeux embués sur le bébé. Bonjour, mon petit. J'espère que ton père ne tardera pas – j'ai hâte de t'appeler par ton prénom, ajouta-t-elle avec un regard sans équivoque pour sa sœur.

Scarlett sourit. Elle avait refusé de lui choisir un prénom tant que son père ne l'avait pas pris dans les bras.

— Je suis ta tante Constance. Je sais, je sais, je ressemble beaucoup à ta mère, mais elle fait un bon centimètre de plus que moi, et ses pieds sont beaucoup plus grands. Ne t'inquiète pas, tu nous verras beaucoup mieux dans quelques mois. (Elle abaissa le visage.) Tu veux savoir un secret ? Je vais être ta marraine. Ça veut dire que je t'aimerai, que je te gâterai et que je te protégerai à tout jamais. Même de l'horrible cuisine de ta maman.

Scarlett lâcha un renâclement.

— Je te laisse ; je vais te préparer quelque chose à manger. (Elle sourit une nouvelle fois au bébé avant de le rendre à sa sœur.) Tu as besoin de quelque chose, avant que je descende ?

Elle se leva du lit au moment où la porte de la chambre s'ouvrait brusquement.

— Tu vas bien ?

Jameson combla la distance qui le séparait du lit à la vitesse de l'éclair tandis que Constance filait en bas. Son cœur n'avait cessé de cavaler depuis qu'il avait atterri, ou plus précisément depuis qu'un commis avait accouru vers lui pour lui annoncer que Constance l'avait appelé le matin.

Le *matin*. Personne ne l'avait prévenu par radio – même si partir en pleine mission était impossible, il aurait trouvé un moyen de le faire.

— Je vais bien, dit Scarlett pour le rassurer avec un sourire mêlé d'euphorie et de ce qu'il imaginait être la plus grosse fatigue qu'elle ait jamais connue.

Elle avait l'air saine et sauve, mais il y avait beaucoup de parties d'elle qu'il ne voyait pas, sous toutes ces couvertures.

— Je te présente ton fils.

Elle souleva le petit paquet emmailloté, son sourire s'élargissant.

Jameson s'assit sur le bord du lit et prit son minuscule bébé tout fragile dans les bras, faisant attention à bien lui tenir la tête. Sa peau était toute rose, la tignasse qu'il apercevait était noire, et ses yeux étaient bleus. Il était magnifique, et Jameson en fut immédiatement gaga.

— Notre fils. (Il regarda sa femme, qui était en train de l'observer, les yeux envahis de larmes prêtes à tomber.) Il est magnifique.

— Oui, souffla-t-elle avec un sourire, puis deux larmes jumelles se mirent à couler sur ses joues. Je suis si heureuse que tu sois là.

— Moi aussi.

Il se pencha vers elle et essuya ses larmes tout en prenant soin de garder son fils calé dans le creux de son bras.

— Je suis désolé d'avoir raté ça.

— Tu n'as raté que le plus dégoûtant, répondit-elle. Ça doit faire à peine une heure qu'il est né.

— Et tu vas vraiment bien ? Comment tu te sens ?

— Fatiguée. Heureuse. Comme si j'avais été ouverte en deux. Follement amoureuse.

Elle se pencha légèrement pour mieux contempler leur fils.

— Comment ça, ouverte en deux ? siffla-t-il, ce à quoi Scarlett répondit par un petit rire.

— Je vais bien, je t'assure. Rien d'anormal.

— Tu me le dirais si quelque chose s'était mal passé ? Si tu étais blessée ?

Il l'examinait avec sérieux, cherchant à déceler si elle disait la vérité en observant ses yeux, son visage et sa posture.

— Je te le dirais, promit-elle. Même s'il en aurait valu la peine.

Jameson posa de nouveau les yeux sur son fils, qui leva les siens vers lui avec un air patient. *Une vieille âme. Bien...*

— Comment veux-tu l'appeler ?

Cela faisait des mois qu'ils réfléchissaient à un nom.

— J'aime bien William, murmura Scarlett.

Jameson sourit, puis il se tourna vers sa femme et hocha la tête.

— Salut, William. Bienvenue au monde. La première chose que tu dois savoir, c'est que ta mère a toujours raison – ce que tu sais probablement déjà, étant donné que ça fait six mois qu'elle clame haut et fort que tu es un garçon.

Scarlett lâcha un nouveau rire, plus discret, cette fois. Ses paupières commençaient à tomber.

— La deuxième chose, c'est que je suis ton papa, alors c'est plutôt une chance que tu ressembles beaucoup à ta maman. (Il approcha les lèvres du crâne du petit William et déposa un doux baiser à la naissance de ses cheveux.) Je t'aime.

Il se pencha vers sa femme et l'embrassa sur la bouche.

— Et je t'aime. Merci pour lui.

— Je t'aime aussi. Et je pourrais te dire la même chose.

La sentant céder au sommeil, Jameson coucha leur fils dans le petit berceau à côté du lit et borda sa femme.

— Est-ce que je peux faire quoi que ce soit ?
— Reste ici, murmura-t-elle en s'endormant.

Cette première nuit fut pour le moins fatigante. William se réveillait toutes les deux heures, et Jameson faisait de son mieux pour se rendre utile, mais il ne pouvait pas vraiment le nourrir.

Ils étaient déjà réveillés quand on frappa à la porte de leur chambre à sept heures du matin.

— C'est sûrement Constance, dit Scarlett, William lové sur son épaule.

Jameson jeta un coup d'œil vers elle pour s'assurer qu'elle était couverte, puis il ouvrit la porte pour découvrir Constance dans le couloir, bloquant le passage à Howard.

— Tu peux attendre en bas, grondait-elle.
— Ça ne peut pas attendre.
— Qu'est-ce qui se passe ? demanda Jameson, à la porte.

Howard enfouit une main nerveuse dans ses cheveux et le regarda, derrière Constance.

— Je me doutais que tu n'avais pas allumé la radio.
— Non, confirma Jameson en sentant son ventre se nouer.
— Les Japonais ont attaqué Pearl Harbor. Il y a des milliers de morts. La flotte a coulé, dit-il d'une voix légèrement brisée.
— Bon Dieu...

Il y a des milliers de morts. Jameson s'affaissa contre le cadre de la porte. Il avait dédié les deux dernières années de sa vie à empêcher cette guerre d'atteindre le sol américain, et voilà qu'on venait de les prendre en traître.

— Oui... Tu sais ce que ça veut dire ? souffla Howard, la mâchoire crispée.

Jameson hocha la tête et vit par-dessus son épaule l'expression horrifiée de Scarlett avant de faire de nouveau face à son ami.

— Nous sommes du mauvais côté du monde.

23

Noah

Scarlett,
Comment vas-tu, mon amour ? Es-tu aussi malheureuse que je le suis ? Je nous ai trouvé une maison en dehors de la base. Sur ton ordre, nous serons de nouveau ensemble. Je t'attendrai à tout jamais, Scarlett. À tout jamais...

Assis au bureau, je roulai des épaules et m'étirai la nuque, le dos et les bras en feu. La tempête avait fait tomber un mètre de neige, ces deux derniers jours, et il m'avait fallu quasiment deux heures pour pelleter l'allée de Georgia. Aurais-je pu appeler une entreprise ? Tout à fait, mais l'hiver du Colorado rendait impossible mon activité préférée – l'escalade –, alors je m'étais dit que ce serait l'occasion de faire de l'exercice. J'avais juste grandement sous-estimé la longueur de l'allée.

— Je te dérange ? demanda Georgia en passant la tête par la porte ouverte, ce qui me fit aussitôt oublier toute courbature. Loin de moi l'idée de te couper dans le fil de tes pensées, mais je ne t'entendais plus taper, alors je me suis dit que ce serait peut-être le bon moment pour déjeuner.

Son sourire m'aurait fait tomber sur les fesses si je n'étais pas déjà assis.

— Tu peux avoir tous les moments que tu veux.

Et je le pensais. Quoi qu'elle désire, elle pouvait l'avoir – y compris moi.

— Ce n'est pas grand-chose, mais j'ai fait des croque-monsieur.

Elle ouvrit la porte d'un coup de hanche, armée d'une assiette et d'un verre de ce que je savais être du thé glacé sans sucre.

— Ça a l'air top. Merci.

Je sortis le sous-verre du tiroir du haut et le posai sur le bureau avant même qu'elle ne m'ait rejoint. C'était étrange comme nous nous étions si facilement ajustés aux besoins de l'autre, ces dernières semaines.

— Il n'y a pas de quoi. Merci d'avoir déneigé l'allée.

Elle posa l'assiette à côté de mon ordinateur, et le thé sur le sous-verre, pendant que je reculais légèrement mon fauteuil.

— Avec plaisir.

Je la saisis par les hanches et la tirai sur mes genoux. Dieu que c'était bon de pouvoir faire ça – de la toucher dès que l'envie m'en prenait. Ces deux derniers jours nous avaient coupés de la plus grosse partie de la civilisation et nous avaient permis de seulement chercher à nous satisfaire l'un l'autre. C'était l'idée que je me faisais du paradis.

— Ce n'est pas ça qui va t'aider à terminer le livre, dit-elle avec un sourire en enroulant ses bras autour de ma nuque.

— Non, mais ça m'aidera à mettre la main sur toi.

J'en fis glisser une dans ses cheveux puis l'embrassai jusqu'à ce que nous soyons tous les deux à bout de souffle. Mon désir pour elle n'avait pas été rassasié ; au contraire, il avait enflé. Je perdais complètement pied, avec elle, avec tout ce que je voulais qu'il se passe entre nous.

La première fois que je l'avais vue, j'avais su, et chaque fois que je l'embrassais, cela ne faisait que confirmer l'évidence : Georgia était la bonne. La femme de ma vie. Peu importait que nous vivions à des milliers de kilomètres de distance ou qu'elle soit encore en train de guérir de son divorce. J'attendrais. Je prouverais ma valeur. Je ferais exactement ce que j'avais promis, et je la rallierais à ma cause – pas seulement son corps, mais son cœur.

Sa langue dansait avec la mienne, et elle poussa un doux grognement lorsque je me mis à la suçoter. Nous n'étions pas torrides qu'au lit ; nous étions inflammables, nous embrasant constamment l'un pour l'autre. Pour la première fois de ma vie, je savais que je n'en aurais jamais assez. Ce que nous avions était incapable de se consumer.

— Noah, gémit-elle, et mon corps se crispa, prêt à obéir.

J'étais à sa merci ; elle pouvait faire de moi ce qu'elle voulait, sachant qu'il n'y avait aucune chance que cela ne me plaise pas.

— Tu me tues, souffla-t-elle.

— C'est une façon plutôt agréable de partir.

Je fis courir mes lèvres dans son cou, jouant de la pointe de ma langue sur les zones sensibles et inhalant son parfum de bergamote et de citron. Elle sentait toujours divinement bon.

Elle poussa un soupir en rejetant la tête en arrière, et je déposai un baiser dans le creux de sa gorge.

— Qu'est-ce qu'on fait ? m'interrogea-t-elle, ses doigts agrippant ma nuque.

— Ce qu'on veut, répondis-je contre sa peau.

— Je suis sérieuse.

Je relevai la tête et m'écartai légèrement pour mieux étudier son expression. En général, Georgia ne s'exprimait qu'à moitié par la parole. Le reste résidait dans ses yeux, la crispation de ses lèvres, la tension de ses épaules. Il m'avait peut-être fallu quelques mois pour lire en elle, mais je commençais à devenir expert en la matière, et je devinais à son expression qu'elle était soucieuse.

— On fait ce qu'on veut, répétai-je, posant les mains sur sa taille tout en ignorant la pulsation presque douloureuse juste sous ma ceinture.

— Tu vis à New York.

— En effet. (Ce n'était pas quelque chose que je pouvais nier.) Toi aussi, tu vivais là-bas, avant.

Mon ton s'adoucit, l'espoir que je gardais en général pour moi se laissant deviner dans cette dernière phrase.

— Plus jamais, lâcha-t-elle en baissant les yeux. J'y suis allée pour Damian. Je n'ai jamais été heureuse là-bas. Toi, au contraire, tu aimes cette ville.

— Oui. C'est chez moi.

L'était-ce vraiment ? Est-ce que ça pourrait être chez moi si Georgia n'était pas là ? Si je devais l'abandonner dans ces montagnes qu'elle adorait ?

— Ta famille est là-bas, ajouta-t-elle.

Elle caressa ma joue du dos de la main. Cela faisait plus d'une semaine que je ne m'étais pas rasé, et j'étais clairement passé en mode barbe.

— Oui.

Elle déglutit et plissa le front.

— Dis-moi ce que tu penses, Georgia. Ne me fais pas deviner.

Je la serrai un peu plus fort, comme si je pouvais l'empêcher de s'échapper. Mais elle gardait le silence, ses pensées turbulentes se manifestant dans la légère crispation de sa mâchoire.

Peut-être a-t-elle besoin de t'entendre d'abord. Bien. L'heure était donc venue de lui dire que j'étais complètement accro, que j'étais déterminé à ce que ça fonctionne et que je ne voulais pas l'abandonner.

— Écoute, Georgia, je suis fou de...

— Je pense que nous devrions mettre un mot sur ce que c'est vraiment, lâcha-t-elle.

Nous avions parlé en même temps, ses paroles coupant les miennes.

— Et qu'est-ce que c'est... ? articulai-je lentement.

— Une aventure.

Puis elle hocha la tête. Je refermai brusquement la bouche en faisant claquer mes dents.

Une aventure ? C'était une blague ? J'avais eu mon lot d'aventures. Ce que je vivais avec elle n'avait clairement *rien* à voir.

— Nous sommes attirés l'un par l'autre, nous passons beaucoup de temps ensemble... C'était inévitable. Ne te méprends pas, je suis contente que ce soit arrivé. (Elle dressa les sourcils, et ses joues s'empourprèrent.) Vraiment *très* contente.

— Moi aussi...

— Tant mieux. Je détesterais avoir l'impression que ce n'est pas réciproque, dit-elle tout bas.

— Crois-moi, ça l'est.

Et si ça ne l'était pas, j'étais de toute évidence le plus investi des deux, ce qui était une première.

— Très bien. Dans ce cas, faisons en sorte que ça reste simple. Je ne suis pas prête à vivre quoi que ce soit de sérieux. Je ne peux pas passer d'une relation à une autre. Ce n'est pas celle que j'ai envie d'être, dit-elle en plissant le nez. Même si je suis passée du lit de Damian au tien – qui est beaucoup mieux, soit dit en passant. Tout, chez toi, est mieux. (Son regard balaya mon visage.) Tellement mieux que c'en est terrifiant...

— Tu n'as pas à être terrifiée.

Je ne pris pas la peine de remarquer que cela faisait plus d'un an qu'elle n'avait pas partagé le lit d'Ellsworth, parce que ce n'était pas vraiment le sujet. Il s'agissait, au fond, de sa mère. Elle ne voulait pas devenir comme elle.

— Nous pouvons faire en sorte que les choses restent aussi simples que tu le désires.

À cet instant, en plongeant dans ses yeux bleu cristal, je me rendis compte que j'étais fou amoureux de Georgia Stanton. Son esprit, sa compassion, sa force, sa grâce et son courage – j'aimais *tout* chez elle. Mais je savais également qu'elle n'était pas prête à recevoir mon amour.

— Simples, répéta-t-elle en remuant sur mes genoux tout en restant accrochée à mes épaules, un sourire timide étirant les coins de sa bouche. Du simple, ça me va.

— Alors simple ce sera.

Pour l'instant. J'avais juste besoin de temps.

— Parfait. Donc nous sommes d'accord. (Elle déposa un baiser sur mes lèvres puis glissa de mes genoux.) Au fait, tu voulais bien voir le manuscrit original de *La Fille du diplomate* ?

— Oui, confirmai-je, franchement désarçonné.

Venions-nous de nous mettre d'accord pour que les choses restent simples entre nous, ou y avait-il autre chose à en déduire ?

— Je l'ai récupéré là-haut, dit-elle en sortant un dossier des étagères avant de le poser sur un coin libre du bureau. Il y a tous ses originaux à l'étage.

— Merci.

Je savais ce qu'elle me confiait, et n'importe quel autre jour, j'aurais été extatique à l'idée de découvrir davantage de pièces du plus étrange puzzle littéraire sur lequel j'étais jamais tombé. Mais j'avais la tête clairement ailleurs.

— Les avocats doivent m'appeler dans quelques minutes pour finaliser la fondation de grand-mère. Je te laisse.

Elle contourna le bureau et m'embrassa passionnément avant de partir vers la porte.

— Georgia, l'appelai-je juste avant qu'elle n'atteigne le seuil.
— Hmmm ?

Elle pivota avec un air interrogateur. Elle était si sublime que mon cœur me fit mal.

— Tu peux me dire exactement ce sur quoi on vient de se mettre d'accord ? En ce qui nous concerne ?

— Une aventure le temps de l'écriture du livre, répondit-elle avec un sourire, comme si c'était évident. Simple, sans attaches, et terminée le jour où tu mets le point final. (Elle haussa les épaules.) Ça te va ?

Terminée lorsque ce sera le cas du livre.

Je serrai les poings autour des bras du fauteuil.
— Oui, OK.

Son téléphone sonna, et elle le sortit de sa poche arrière.

— On se retrouve quand tu auras fait ton nombre de mots pour la journée ?

Puis elle me sourit, porta son téléphone à l'oreille et ferma la porte en un geste fluide.

Désormais, notre relation avait la même deadline que le livre. Oui, j'avais prévu de partir après l'avoir terminé, mais le fait d'être avec Georgia avait changé la donne... tout du moins pour moi.

Bordel. La seule chose dont j'avais besoin pour la convaincre était du temps, et j'étais beaucoup plus proche de la conclusion du roman qu'elle ne le pensait. Plus proche que je n'étais prêt à l'admettre.

Je terminai le livre – les deux versions – quatre semaines plus tard. Je m'enfonçai dans mon fauteuil et regardai les deux fichiers sur mon ordinateur.

Mon temps était écoulé.

Ma deadline tombait le surlendemain.

Je l'avais fait, réussissant à la fois à satisfaire aux exigences de Georgia et aux miennes, et ce tout en respectant les dates du contrat. Pourtant, je ne ressentais aucune fierté ni aucun sentiment de victoire. Juste une terreur tenace à l'idée que je ne pourrais bientôt plus avoir la femme dont j'étais tombé amoureux.

Je n'avais eu que quatre semaines, et ce n'était pas suffisant. Georgia s'ouvrait jour après jour, mais les parties d'elle qui devaient se fier à moi étaient encore cadenassées. Nous ne vivions toujours qu'une aventure, à ses yeux. Juste quand je pensais qu'elle pourrait changer d'avis, elle déclarait que nous devions profiter du temps qu'il nous restait, et désormais ce temps était écoulé.

Mon téléphone sonna ; je répondis en mettant le haut-parleur.

— Salut, Adrienne.

— Alors, tu ne rentres pas pour Noël ? lança ma sœur d'une voix débordant de jugement.

— C'est une question... compliquée.

Je fermai mon ordinateur et le repoussai au bout du bureau. Je gérerais ma crise existentielle plus tard.

— Je ne trouve pas. Soit tu seras à New York le 25, soit tu n'y seras pas.

— Je ne sais pas encore.

Je me levai et posai quatre des dossiers que j'avais empruntés sur le bureau devant moi, avant de les glisser dans leurs chemises respectives. Il y avait quelque chose que je ne saisissais pas dans cette histoire. Les manuscrits avaient été écrits à diverses périodes de la carrière de Scarlett. Ses travaux publiés étaient plus lissés, bien sûr, mais je ne pouvais m'empêcher d'être fasciné par la différence stylistique entre ses premiers ouvrages et les suivants. De me demander si perdre Jameson, en plus de briser son cœur, n'avait pas fondamentalement changé cette femme.

Et si la même chose m'arrivait, si je devais perdre Georgia ?

— C'est déjà dans trois semaines ! insista Adrienne.

— Trois semaines et… quatre jours, dis-je en faisant le calcul de tête.

— Exactement. Tu ne penses pas que tu auras terminé le livre d'ici là ?

Ma mâchoire se crispa automatiquement à l'idée de mentir à ma sœur. À qui que ce soit, d'ailleurs.

— Ce n'est pas le livre, le problème.

— Ah bon ? Attends, je suis sur haut-parleur ? Où est Georgia ?

Je lâchai un petit rire.

— À quelle question aimerais-tu que je réponde en premier ?

— La dernière.

— Elle est en ville, dans son studio.

Georgia avait été époustouflante ces derniers temps. Elle travaillait d'arrache-pied, supervisant la rénovation de la partie avant de son studio tout en concevant des œuvres qu'elle refusait que je voie – qu'elle refusait que *qui que ce soit* voie. Elle avait fixé la date d'ouverture le jour de son anniversaire, le 20 janvier, et je n'étais même pas sûr d'être là, ce qui me rendait déjà malade.

— Super. J'imagine qu'elle est contente de ne plus faire la une des magazines.

— Je te le confirme.

Ce qui était l'une des raisons pour lesquelles elle ne voulait pas retourner à New York, d'ailleurs.

— Elle ne t'a pas encore gelé ? lança ma sœur d'un air taquin.

Ce n'était pas comme si elle n'était pas au courant des débuts compliqués que nous avions connus, Georgia et moi.

— Tu devrais venir la rencontrer. Elle compte ouvrir son studio le mois prochain, et elle organise une petite fête pour l'occasion. Elle n'a rien à voir avec ce que tu as lu d'elle dans ces torche-culs, Adrienne.

Je soupirai et plongeai les mains dans mes cheveux, puis j'embarquai le téléphone pour marcher de long en large devant les bibliothèques du bureau.

— Elle est gentille, intelligente, hyper drôle, et elle a le cœur sur la main. Elle ne supporte pas de rester passive, elle est géniale avec les enfants de sa meilleure amie, et elle n'a aucune difficulté à me remettre à ma place – qualité que tu apprécies grandement, je n'en doute pas. (Mon regard survola les photos qui ornaient les étagères de Scarlett, avant de s'arrêter sur l'album que Georgia n'avait pas rangé.) Elle est...

Je n'avais même pas les mots pour la décrire.

— Bordel, Noah. Tu es amoureux, pas vrai ?

— Elle n'est pas prête pour ça, soufflai-je tout en feuilletant l'album.

— Tu es amoureux ! répéta-t-elle en couinant presque.

— Arrête.

La dernière chose dont j'avais besoin était qu'elle donne de faux espoirs à notre mère.

— Bien sûr... dit-elle en renâclant. Tu es certain de bien me connaître ?

— Pas faux, soupirai-je en frottant la zone entre mes sourcils. Dès l'instant où je la quitterai, ce sera terminé, et je n'ai pas envie de ça, mais cet enfoiré d'Ellsworth lui a fait perdre toute confiance.

— Alors ne pars pas, déclara-t-elle, comme si c'était la réponse la plus simple au monde.

— Si seulement c'était si facile. Elle l'a dit elle-même : c'est juste une aventure, le temps de l'écriture du bouquin. Une fois qu'il sera terminé, ce sera pareil pour nous.

Et le livre était terminé ; il attendait simplement d'être envoyé par e-mail à Adam.

— Dans ce cas, ne le termine pas, suggéra-t-elle d'une voix qui monta dans les aigus.

— Tu as d'autres idées comme ça ?

Passant aux photos de mariage, je recouvris Ellsworth de ma main afin que seule Georgia me sourie, puis j'examinai plus attentivement le cliché. Elle était heureuse, mais ce sourire n'était pas aussi lumineux que ceux qu'elle m'avait adressés.

— Je suis sérieuse. Reste. Repousse ta deadline pour une fois dans ta vie. Je demanderai à maman de venir chez moi pour Noël ; tu pourras nous appeler. Fais-moi confiance : si de ton absence résulte un mariage...

— Adrienne !

— ... un jour, on a le temps... Maman sera plus que compréhensive, crois-moi. Nous voulons l'une comme l'autre ton bonheur, Noah. Si Georgia Stanton te rend heureux, alors bats-toi pour elle. Bats-toi pour vous. Fais comme si tu étais l'un de tes personnages, et aide-la à réparer ce que cet Ellsworth a brisé.

— Tu as terminé ton petit discours ? la raillai-je, le cœur lourd.

— Tu veux que je te dise à quel point c'est rare de trouver quelqu'un qu'on aime vraiment ?

— Oh que non. (Mon regard se posa de nouveau sur l'ordinateur.) Ne compte pas sur moi pour Noël. Mais je t'aime.

— Moi aussi, je t'aime. Et je suis prête à pardonner ton absence si tu m'offres une belle-sœur !

— Salut, Adrienne.

Je raccrochai en secouant la tête, souriant malgré moi. Si c'était aussi facile de guérir Georgia, je l'aurais déjà fait.

Je posai la main sur sa photo de mariage, ses paroles tournant en boucle dans ma tête. *Il y a comme un avertissement, un son que fait votre cœur la première fois que vous comprenez que vous n'êtes plus en sécurité avec la personne en qui vous aviez confiance.*

Tout était une question de confiance avec Georgia. Ellsworth avait tellement piétiné la sienne qu'elle avait fini par disparaître. Mais elle m'avait donné l'histoire de Scarlett. Elle avait grimpé ce mur. Elle m'avait ouvert sa maison. Elle m'avait offert son corps sans aucune réserve. Elle me confiait tout sauf son cœur, parce qu'elle s'était sentie abandonnée.

La première fois...

— Putain, lâchai-je après avoir eu flash.

Je n'ai jamais dit qu'il m'avait fait du mal.

Je revins en arrière, dans l'album, ses paroles prenant un sens inédit. Je passai la cérémonie de remise des diplômes de fin de lycée, l'anniversaire où Ava était réapparue, et ralentis en arrivant à sa première journée de maternelle.

Ces photos dataient de la période où Georgia vivait avec Ava. Elle affichait un regard pétillant, et son sourire était une version plus jeune de celui auquel j'avais eu droit ces jours-ci. *Le véritable amour doit être étouffé, maintenu la tête sous l'eau jusqu'à arrêter de se débattre.* C'était exactement ce que les photos montraient, année après année. La lente noyade de l'amour.

Ce n'était pas Ellsworth qui avait brisé Georgia – c'était Ava.

Ava, qui avait disparu pour resurgir chaque fois que cela l'arrangeait.

Chaque fois qu'elle avait besoin de quelque chose.

— Si c'était un livre, qu'est-ce que tu ferais ? me demandai-je tout haut en feuilletant les pages pour arriver à la fameuse photo de son douzième anniversaire. Tu te servirais du passé pour réparer le présent.

Le vernissage du studio – je pouvais faire venir Ava. *Si tu es toujours là dans sept semaines.* Georgia lui avait déjà donné tout ce qu'elle désirait, et si elle venait sans arrière-pensée... ça pouvait marcher. Je pourrais lentement réparer les trous béants qu'Ava avait laissés si je commençais par les fissures. Je devais simplement m'assurer qu'elle voudrait être là uniquement pour le bonheur de sa fille.

Je refermai l'album puis retournai m'asseoir au bureau. Je poussai les manuscrits afin de rapprocher mon ordinateur, que j'ouvris. Comment allais-je pouvoir la convaincre de me laisser rester encore sept semaines ?

Je jetai un regard critique au cliché de Jameson et Scarlett, posé sur la partie gauche du bureau.

— Un conseil, peut-être ? lançai-je à Jameson. Ce n'est pas comme si je pouvais lui faire contempler le coucher de soleil dans les airs – et entre nous, tu avais une sacrée alliée, avec Constance.

Cela aidait aussi pas mal qu'ils aient vécu à une époque où agir sans réfléchir était une façon plutôt sage d'user du temps qu'il vous restait.

Je martelai le bureau des doigts, le regard vissé sur les deux dossiers terminés qu'affichait mon écran.

Si Jameson avait gagné le cœur de Scarlett en contournant les règles... peut-être la même chose fonctionnerait-elle avec son arrière-petite-fille.

Je sortis mon téléphone et appelai Adam.

— Je t'en supplie, dis-moi que tu t'apprêtes à m'envoyer le manuscrit terminé.

— Bonjour à toi... Il me reste encore deux jours, pour ton information.

— Tu sais très bien que la deadline d'impression est plus tendue que la gaine de ma belle-mère.

J'entendis sa chaise grincer.

— À ce sujet... fis-je avec une grimace.

— Ne me dis pas que pour la première fois de toute ta carrière, tu ne vas pas tenir une deadline... Pas sur *ce* bouquin. Tu sais à quel point ça va être difficile pour moi de l'éditer ? De me demander constamment si j'ai trahi l'image de la grande Scarlett Stanton ? s'enflamma-t-il, sa voix montant dans les aigus.

— Tu as l'air stressé. Tu es retourné courir depuis mon départ ?

— C'est à cause de toi que ma pression artérielle atteint des sommets, Noah.

Et je m'apprêtais à la faire grimper encore plus haut, tout ça pour avoir une chance de gagner le cœur de Georgia. Quel genre de sale égoïste était capable d'infliger ça à son meilleur ami ? *Toi, apparemment.*

— Noah, qu'est-ce qui se passe ? reprit-il d'un ton plus doux.

— Sur une échelle de un à dix, tu nous mettrais où, en termes d'amitié ? Moi, je dirais...

— Tu as été mon témoin de mariage. Tu es mon meilleur ami. Tu veux me parler comme mon auteur ? Ou comme le parrain de mon fils ?

— Les deux.

— Merde. (Je le visualisais parfaitement en train de se masser les tempes.) Tu as besoin de quoi ?

— De temps.

— Tu n'en as pas.

— Pas le mien. Le tien. Qu'est-ce que tu dirais de faire deux fois le travail sans être plus payé ?

Je retins mon souffle, attendant sa réponse.

— Explique-toi.

Ce que je fis. Je déballai tout au seul être qui avait servi de pilier aussi bien dans ma vie personnelle que professionnelle. J'eus à peine le temps de finir que j'entendis la porte du garage s'ouvrir. Georgia était rentrée.

— Georgia est là. Alors, tu es d'accord ?

— Putain, Noah... Évidemment, tu le sais très bien.

— Merci.

Chaque muscle de mon corps s'affaissa sous une vague de soulagement.

— Ne me remercie pas, aboya-t-il dans le haut-parleur. Je vais m'atteler à ce que j'ai déjà, mais tu me dois une fin, mec.

La porte du bureau s'ouvrit, et le visage de Georgia apparut.

— Je dérange ? murmura-t-elle.

Je secouai la tête tout en lui faisant signe d'entrer.

— Je sais que c'est pénible, mais j'ai promis.

— Très bien, mais ça va être serré avec les imprimeurs. Tu disposes du temps dont tu as besoin, mais prépare-toi à te grouiller, pour les corrections.

Georgia plissa le front tout en déboutonnant son manteau.

— Je gère.

Tant que ça me laissait le temps nécessaire avec Georgia, je gérerais.

— Tu as intérêt. Au fait, Carmen m'a demandé de te dire qu'on venait de recevoir les cadeaux du petit pour Hanoukka. Tu n'étais pas obligé, mais merci. Tu vas nous manquer pendant les fêtes, Noah.

— Continue de courir, Adam. Je m'en voudrais de te mettre la pâtée quand je rentrerai.

Si je rentre un jour. Après avoir raccroché, j'attirai Georgia sur mes genoux, passant les mains sous son manteau et son pull pour me repaître de la chaleur de sa peau.

— De quoi vous parliez ? demanda-t-elle en dégageant une mèche de cheveux de devant mes yeux.

Dieu que j'aimais cette femme...

— De temps, répondis-je avant de l'embrasser tendrement.

Ne me restait plus qu'à espérer qu'hypothéquer ma carrière paierait.

Elle ouvrit de grands yeux.

— Oh, ta deadline ! C'est cette semaine, n'est-ce pas ? Le livre est terminé ?

Était-ce une pointe de panique dans sa voix ? Ou n'entendais-je que ce que j'avais envie d'entendre ?

— Pas encore.

C'était en tout cas ce que je me disais afin d'avoir un peu plus de temps avec elle. Oui, il était écrit, mais il ne serait pas *terminé* avant de partir en correction.

— Mais ne t'inquiète pas. Adam doit juste un peu jongler avec le calendrier et commencer avec ce qu'on a, histoire de respecter la date d'impression le temps que je peaufine mes deux fins. Tu penses pouvoir me supporter un peu plus longtemps ?

Je jouais sur les mots, mais j'avais tout de même l'impression de mentir.

Parce que c'était le cas.

Mais le sourire dont elle me gratifia ? Entre nous, il valait franchement la peine.

24

Janvier 1942

North Weald, Angleterre

Le regard de Scarlett passa de la jolie petite boîte sur la table à sa machine à écrire, puis à la pile de vaisselle sale dans l'évier. Elle n'avait pas eu un moment à elle depuis le petit déjeuner. William avait pleuré toute la matinée et s'était enfin endormi pour sa sieste de l'après-midi, ce qui lui laisserait, avec un peu de chance, au moins quarante-cinq minutes pour faire quelque chose... quand tout ce qu'elle désirait, c'était dormir avec lui.

Les journées se confondaient avec les nuits, ce qui était normal lorsqu'on s'occupait d'un nouveau-né, d'après ce que lui avait dit l'une des autres femmes de la base. Elle était tellement fatiguée qu'elle s'était endormie en dînant, la veille au soir.

En parlant de dîner...

Elle poussa un soupir, s'excusant mentalement auprès de sa boîte à chapeau remplie d'histoires pour gagner l'évier, ignorant superbement le colis sur lequel son adresse avait été notée de la main de sa mère. C'était sa troisième cuisine en un an, et même si elle appréciait le grand jardin – quoique gelé – sur lequel donnait la fenêtre, Scarlett aurait préféré y voir sa sœur.

Cela faisait plus d'un mois qu'ils étaient à Martlesham Heath, et elle n'avait vu Constance qu'à deux reprises. C'était la première fois de leur vie qu'elles étaient séparées aussi longtemps. Sa sœur lui manquait incommensurablement, et même si elles n'habitaient qu'à une heure de route l'une de l'autre, Scarlett avait l'impression qu'elle ne l'avait pas vue depuis des années, au vu de sa nouvelle vie.

Constance vivait toujours sur une base, avec d'autres femmes, elle enchaînait les services, continuait à manger au mess des officiers – et à préparer son mariage. Le plus proche confident de Scarlett était désormais un bébé de six semaines, qui n'était pas très bavard. Il allait vraiment falloir qu'elle sorte et se fasse des amies.

Lorsqu'elle eut terminé la vaisselle, elle eut l'agréable surprise de trouver la maison toujours plongée dans le silence.

Elle tendit l'oreille et eut la confirmation que William ne s'était pas réveillé – elle avait peut-être encore quelques minutes rien que pour elle.

Avec un sourire, elle se glissa devant sa machine à écrire. Il ne lui fallut que quelques secondes pour charger la première feuille blanche, qu'elle fixa un moment, réfléchissant à ce que celle-ci allait devenir, à quelle histoire elle allait raconter.

Peut-être devrait-elle écouter sa sœur et terminer quelque chose. Peut-être même le publier.

Cette boîte à chapeau était déjà à moitié pleine d'intrigues plus ou moins formées, de bouts de dialogues et d'idées qui avaient besoin d'être développées. Elle contenait des histoires que Scarlett devrait écrire pour d'autres gens, des fins qu'elle pourrait remanier et adoucir pour rendre les autres heureux. Des fins comme celle à laquelle Constance aurait dû avoir droit.

Comme celle qu'elle voulait pour Jameson, William et elle, mais qu'elle ne pouvait pas garantir. Elle ne pouvait même pas affirmer qu'il n'y aurait pas de bombardement ce soir – qu'elle ne ferait pas partie des victimes.

Mais elle pouvait coucher leur histoire sur le papier, pour William... au cas où.

Elle commença alors par cette chaude journée d'été, à Middle Wallop, quand Mary avait oublié d'aller les récupérer à la gare. Elle exhumait tous les souvenirs possibles, écrivant les plus petits détails de ce moment où elle avait rencontré Jameson. Un sourire se dessina sur son visage. Si seulement elle avait pu revenir en arrière et confier à cette Scarlett-là ce qu'ils deviendraient... elle ne l'aurait jamais cru. Elle n'était même pas certaine d'y croire aujourd'hui. Ils avaient vécu une romance folle, qui s'était muée en un mariage passionné et parfois compliqué.

Jameson n'avait pas beaucoup changé, ces dix-huit derniers mois, mais elle, si. La femme qui savait prendre des décisions rapides devant sa carte, l'officier de la WAAF solide et fiable n'était aujourd'hui plus rien de tout cela. Elle n'était plus responsable de la vie de centaines de pilotes ; uniquement de celle de William. Et elle n'était pas seule à bord.

Quand il était à la maison, Jameson était un vrai papa poule. Il s'occupait de William, le berçait, changeait ses couches... Il n'y avait rien qu'il refuse de faire pour son fils, ce qui ne faisait qu'intensifier l'amour que Scarlett portait à son mari. Devenir parents ne les avait pas dépossédés de leur personnalité ; de nouvelles facettes de celle-ci, plus profondes, étaient apparues.

Scarlett eut le temps de raconter la manière dont Jameson l'avait invitée à leur premier rendez-vous avant que William se réveille en poussant des cris stridents. Dès les premiers pleurs, elle retira la feuille de la machine et la mit dans la boîte à chapeau, l'ajoutant à la pile qu'elle avait pris soin de laisser sur le dessus afin qu'elle ne se mélange pas au reste. Puis elle rangea la boîte et alla chercher son petit amour.

Plusieurs heures plus tard, William avait été nourri, changé, lavé et changé de nouveau, nourri une nouvelle fois, nettoyé après une énième régurgitation, puis nourri une dernière fois et avait fait son rot avant de retourner dormir.

Scarlett gagna la cuisine pour réfléchir à ce qu'elle allait faire à dîner. Elle venait tout juste de sortir le poisson quand Jameson entra.

— Scarlett ?
— Dans la cuisine !

Le soulagement lui envoya une décharge d'énergie dans tout le corps, comme chaque fois qu'il lui revenait.

— Salut...

Il marchait d'un pas léger, mais son humeur envahit la pièce tel un nuage d'orage, sombre et menaçant.

— Qu'est-ce qui se passe ? s'enquit Scarlett en abandonnant le poisson qu'elle avait prévu de cuire.

Jameson traversa la cuisine à grands pas, prit son visage entre ses mains et l'embrassa. C'était un baiser doux, ce qui au vu de son humeur ne le rendait que plus délicieux. Il faisait toujours attention à elle. Leurs lèvres effectuaient une danse langoureuse qui s'intensifia rapidement. Cela faisait six semaines que William était né. Six semaines que son mari avait fait plus que simplement partager son lit. Selon la sage-femme, c'était un laps de temps suffisant, et Scarlett était on ne peut plus d'accord.

Jameson releva lentement la tête, refrénant d'une main de maître ses pulsions. Elle était si belle qu'il était presque impossible de ne pas la toucher. Ses courbes étaient sensuelles à souhait, et ses seins, pleins et lourds. Elle incarnait tous les fantasmes, toutes les pin-up peintes sur les avions, et elle était *à lui*.

Il savait qu'elle avait besoin de temps pour se remettre de l'accouchement, et il ne la pousserait jamais à récupérer plus vite. Il n'était pas ce genre d'égoïste. Mais son corps lui manquait, tout comme cette délicieuse sensation lorsqu'il se glissait en elle, la manière dont le reste du monde s'effaçait jusqu'à ce qu'il ne reste plus que leurs deux corps mêlés. Il brûlait de savourer son goût sur sa langue, de sentir ses hanches se cambrer contre sa bouche, ses cheveux soyeux caresser son visage lorsqu'elle le chevauchait. Il avait envie d'entendre de nouveau ce petit hoquet dans sa gorge juste avant qu'elle jouisse, de revoir ses yeux s'embuer, d'écouter son souffle s'arrêter, de sentir ses muscles se raidir... Il voulait entendre son nom sur les lèvres de sa femme lorsqu'elle s'abandonnait enfin. Le doux oubli qu'il trouvait dans son corps lui manquait, mais ce dont il avait *le plus* besoin, c'était de quelques instants de son attention pleine et entière.

Il n'était pas jaloux de son fils, mais il devait admettre que la transition n'était pas si aisée.

— Tu m'as manqué, aujourd'hui, dit-il en posant les mains sur ses joues pour faire courir ses pouces sur sa peau douce.

— Tu me manques tous les jours, répondit-elle avec un sourire. Mais j'ai vu ton expression lorsque tu es entré. Dis-moi ce qui s'est passé.

La mâchoire de Jameson se crispa.

— Où est William ? dit-il pour changer de sujet, notant que son petit bonhomme n'était pas dans le couffin.

— Il dort là-haut, répondit-elle en inclinant la tête. Dis-moi, Jameson.

— Nous n'avons pas reçu l'autorisation de partir pour le front Pacifique, admit-il tout bas.

Scarlett se raidit contre le plan de travail, et il regretta aussitôt ses mots.

— Tu as demandé la permission d'aller sur le front Pacifique ? murmura-t-elle, surprise, en s'écartant.

— L'escadrille l'a fait. Mais j'étais d'accord. (Ses bras se sentirent aussitôt vides.) Notre pays a été attaqué, et nous sommes tous ici. Il est normal que nous ayons demandé ça. Il est normal que nous y allions, si besoin.

Cela avait été un débat plutôt houleux au sein de l'escadrille, mais la grande majorité avait voté pour une demande de transfert.

Scarlett releva le menton. Il savait qu'il n'était pas *du tout* tiré d'affaire.

— Et à quel moment comptais-tu en discuter avec moi ? dit-elle en croisant les bras sous sa poitrine.

— Quand cela deviendrait une possibilité. Ou maintenant que ce n'en est plus une...

— Mauvaise réponse.

Le feu brûlait dans les yeux de sa femme.

— Je ne peux pas rester là à ne rien faire pendant que mon pays est en guerre.

Il s'écarta à son tour, les mains agrippées au bord de la table de la cuisine.

— Tu ne restes pas là à ne *rien faire*, enfin ! Combien de missions as-tu effectuées ? Combien de patrouilles ? Combien d'interceptions de bombardiers ? Tu es déjà un as. Ce n'est pas *rien*, à mes yeux. Et aux dernières nouvelles, ton pays était aussi en guerre contre l'Allemagne. Tu es déjà là où tu dois être.

Il secoua la tête.

— Qui sait combien de temps il faudra aux soldats américains pour arriver ? Pour que mon pays décide d'agir contre la menace allemande ? J'ai rejoint la RAF pour empêcher que la guerre gagne le pas de ma porte, pour protéger ma famille, pour l'arrêter ici avant que ce ne soit mon pays qui se fasse bombarder, ou ma mère qui devienne une autre victime. Je suis venu ici pour protéger ma maison des loups, et pendant que j'étais occupé à surveiller la porte, ils sont passés par-derrière.

— Et ce n'est pas ta faute !

— Je le sais. Personne n'aurait pu voir venir Pearl Harbor, mais ça s'est passé, et ça ne change rien au fait qu'on pourrait avoir besoin de moi là-bas. Si des plans sont mis en place, je veux en faire partie. Je ne peux pas risquer ma vie en défendant ton pays et ne pas faire la même chose pour le mien. Ne me demande pas ça.

Chaque muscle de son corps se raidit, attendant, espérant qu'elle comprendrait.

— Apparemment, je n'ai le droit de rien demander, étant donné que tu savais que la 71 avait envoyé cette requête et que tu n'as pas pris la peine de me prévenir, répliqua-t-elle, sa voix montant dans les aigus avant de se briser. Je croyais que nous étions partenaires.

— William venait juste de naître, et tu avais tellement de poids sur les épaules...

— Que tu ne voulais pas me déranger ? siffla-t-elle en plissant les yeux. Parce que j'ai beaucoup trop de mal à gérer le stress, c'est ça ?

Il passa les mains sur son visage, regrettant de ne pas pouvoir retirer chaque mot qu'il avait prononcé depuis qu'il était entré dans cette maison – ou de ne pas pouvoir revenir plusieurs semaines en arrière, afin de discuter de tout cela avec elle.

— J'aurais dû t'en parler.

— Oui, tu aurais dû. Tu as pensé à ce que nous ferions, ici, si tu étais envoyé dans le Pacifique ? dit-elle en désignant la pièce du dessus, où dormait William.

— Ils ont bombardé des Américains !

— Et tu penses que je ne sais pas ce que ça fait de voir son propre pays détruit par les bombes ? gronda-t-elle en se tapant la poitrine. De voir ses amis d'enfance mourir ?

— C'est pour ça que je pensais que tu comprendrais. Lorsque l'Angleterre est entrée en guerre, tu as choisi l'uniforme et tu t'es battue parce que tu aimes *ton* pays autant que j'aime le mien.

— Je n'ai plus de pays ! cria-t-elle avant de virevolter vers la fenêtre.

Il vit son visage s'affaisser dans le reflet de la vitre, et son ventre se noua.

— Scarlett...

— Je n'ai plus de pays, répéta-t-elle d'une voix plus douce en revenant vers lui, parce que je l'ai abandonné pour toi. Je t'aimais plus encore. Je ne suis pas britannique. Je ne suis pas américaine. Je ne suis qu'une citoyenne de ce mariage, que je prenais pour une démocratie. Alors excuse ma surprise en découvrant que c'était en fait une dictature. Bienveillante, certes, mais une dictature. Je ne me suis pas libérée du joug de mon père pour te voir enfiler ses chaussures, lâcha-t-elle avec un sourire sarcastique et amer.

— Chérie...

Il secoua la tête, cherchant ce qu'il pourrait dire pour se rattraper.

— Ce n'est plus seulement toi, Jameson. Ce n'est même plus seulement *nous*. Tu peux être aussi téméraire que tu le veux lorsque tu es dans ton cockpit – je sais qui j'ai épousé. Mais il y a un petit garçon, là-haut, qui ne sait pas qu'une guerre est en cours, et encore moins qu'elle s'est répandue à travers le globe. Nous sommes responsables de *lui*. Et je comprends que tu veuilles te battre pour ton pays – j'ai abandonné cela pour nous également. Je t'en supplie, ne me traite pas comme si je n'étais plus ton égale parce que j'ai choisi cette famille *deux fois*. Si tu voulais une épouse qui ne fasse rien de plus que préparer tes repas, réchauffer ton lit et porter tes enfants, alors tu as choisi la mauvaise femme. Ne prends pas mes sacrifices pour de la docilité. Par ailleurs, étant donné que *moi*, je ne fais pas dans la dissimulation : William a reçu un cadeau, aujourd'hui.

Elle désigna une petite boîte, sur la table, puis quitta la cuisine en passant devant lui sans un regard. Quelques secondes plus tard, il l'entendait grimper l'escalier.

Jameson se frotta l'arête du nez et ramassa son ego par terre, là où Scarlett l'avait piétiné. Il n'avait cherché qu'à la protéger, à l'apaiser, à lui épargner des soucis supplémentaires, et en agissant ainsi, il ne l'avait pas prise en compte. Dès l'instant où il l'avait rencontrée, il l'avait démantelée, petit à petit. Peu importait que ça n'ait jamais été son intention, le résultat était le même.

Elle avait demandé un transfert pour lui, avait quitté sa première base, où elle s'était fait des amies. Elle avait embarqué sa sœur afin de pouvoir tenir la promesse qu'elle lui avait faite, également. Elle l'avait épousé, avait perdu sa citoyenneté britannique, puis avait dû tirer une nouvelle fois les ficelles familiales afin d'être envoyée ailleurs pour pouvoir le suivre. Lorsqu'elle était tombée enceinte, elle avait abandonné un travail qu'elle adorait – travail sur lequel elle avait basé sa valeur. Et après qu'elle avait accouché, ils avaient de nouveau déménagé, et elle avait perdu son contact quotidien avec Constance... Avec tous ceux qui vivaient en dehors de cette maison, à vrai dire.

Elle avait tout donné, et il n'avait pas protesté parce qu'il l'aimait beaucoup trop pour la perdre.

Il jeta un coup d'œil à la petite boîte posée juste à côté de sa main droite, puis il la prit et lut le mot qui l'accompagnait.

Ma chère Scarlett,
Toutes mes félicitations pour la naissance de ton fils. Nous avons été ravis d'apprendre la nouvelle.
Merci de lui donner cette marque de notre affection et sache que nous brûlons d'impatience à l'idée de rencontrer ce nouveau Wright.
Tendrement,
Mère

Jameson secoua la tête de dégoût et regarda dans la boîte. Un hochet en argent était posé sur un coussin de velours. Il souleva ce jouet ridicule pour examiner la gravure qui marquait le manche. Un grand *W* flanqué d'un *V* et d'un autre *W*.

Il laissa retomber le hochet dans sa boîte avant qu'il ne cède à sa *témérité* et brûle ce satané cadeau.

Son fils s'appelait William Vernon *Stanton*. Ce n'était pas un Wright. Ils n'avaient pas le droit de revendiquer le moindre de ses cheveux.

Il s'écarta de la table et drapa l'une des chaises de sa veste, puis il défit sa cravate tout en grimpant l'escalier. De la lumière brillait sous la porte de leur chambre, mais pas sous celle de William. Jameson colla son oreille au bois, et lorsqu'il entendit le petit s'agiter et se mettre à grogner, il entra et se pencha par-dessus le berceau.

William leva les yeux vers lui, emmailloté dans la couverture que sa grand-mère avait envoyée du Colorado, et émit un énorme bâillement avant de plisser le front.

— Oui, j'ai compris ce que ça voulait dire, souffla Jameson avant de prendre son fils et de le bercer contre son torse.

Quelle ironie qu'un être si petit ait altéré la gravité de son univers... Il déposa un baiser sur le sommet de son crâne, inhalant son odeur.

— Tu as passé une bonne journée ?

William poussa un grognement, puis il ouvrit la bouche contre la chemise de Jameson.

— Je prends ça pour un oui. (Il se mit à dessiner des cercles dans son dos, sachant qu'il n'avait pas ce que son fils désirait.) On va lui laisser une petite minute, d'accord ? Je n'ai pas été très malin avec maman, ce soir...

Il dansait d'une jambe sur l'autre, cherchant à accorder quelques minutes à Scarlett, mais aussi à s'octroyer un temps précieux pour réfléchir à ce qu'il pourrait dire ou faire. Voulait-il les laisser là, dans un pays où ils n'avaient aucun droit, sachant qu'ils ne pourraient pas rejoindre celui où ils en avaient si lui traversait la moitié du globe pour affronter un nouvel ennemi ?

Non.

L'idée de les abandonner lui tordait atrocement le ventre. William n'avait que six semaines, et il avait déjà tellement changé... Il ne s'imaginait pas ne pas le voir grandir, partir un an – ou plus – et ne pas reconnaître son propre fils lorsqu'il reviendrait. Et l'idée de ne plus voir Scarlett lui était insupportable.

— Je vais m'en occuper, dit-elle du pas de la porte.

Jameson pivota pour voir sa silhouette dessinée par la lumière du couloir, ses bras déjà tendus.

— J'aime le tenir contre moi, dit-il tout bas.

La glace commençait tout doucement à fondre dans les yeux de sa femme.

— J'espère bien, mais à moins que tu ne sois capable de lui donner le sein, tu ne vas pas pouvoir le tenir encore longtemps.

Elle traversa la pièce, et Jameson lui abandonna leur fils à contrecœur.

Scarlett s'installa sur la chaise à bascule, dans un coin tamisé de la chambre, puis elle leva les yeux vers lui.

— Tu n'es pas obligé de rester.

Il s'adossa au mur et croisa les pieds.

— Je ne suis pas non plus obligé de partir. J'ai déjà vu tes seins. Je ne sais plus si je te l'ai dit dernièrement, mais ils sont magnifiques, d'ailleurs.

Elle leva les yeux au ciel, mais il aurait pu jurer qu'il avait vu ses joues rosir. Elle mit son fils à la tétée d'un geste expert et caressa ses doux cheveux noirs.

— Je suis désolé, murmura Jameson.

Les doigts de Scarlett se figèrent.

— J'aurais dû t'en parler au moment où ça s'est fait. Je peux trouver toutes les excuses du monde pour justifier de ne pas avoir voulu t'inquiéter, mais j'ai conscience que c'est inutile. J'ai eu tort de ne rien te dire.

Elle leva lentement les yeux vers lui.

— Si nous étions partis dans le Pacifique, j'aurais remué ciel et terre pour vous envoyer dans le Colorado en attendant que je puisse rentrer à la maison. Je ne vous aurais jamais laissés sans m'assurer que vous étiez en sécurité, et pas seulement physiquement. Je ne referai pas l'erreur de ne pas te prendre en compte.

— Merci.

— Je... (Il déglutit, tentant de repousser la boule de colère qui s'était logée dans sa gorge.) J'aimerais beaucoup jeter ce hochet à la poubelle.

— Je t'en prie.

— Tu t'en fiches ? dit-il, l'air surpris.

— Totalement. J'ai failli le faire moi-même, sauf que je voulais que tu saches ce qui se passait, déclara-t-elle sans aucune trace de provocation dans la voix.

— Merci. (Il l'observa un moment en silence, choisissant méticuleusement ses prochains mots.) Le rendez-vous pour ton visa est dans quelques mois, n'est-ce pas ?

— Oui. En mai.

Presque un an après avoir entamé les démarches.

— Je veux que tu me promettes quelque chose, dit-il alors.

— Quoi ?

— Promets-moi que s'il devait m'arriver quelque chose, tu l'emmèneras aux États-Unis.

Elle cligna des yeux.

— Ne dis pas ce genre de choses.

Il traversa la pièce puis s'abaissa à son niveau, les mains sur le bras de la chaise à bascule.

— Rien ne compte plus à mes yeux que vos vies – la tienne et celle de William. *Rien*. Tu as raison, ce n'est plus seulement nous. Vous serez en sécurité dans le Colorado. À l'abri de la guerre, de la pauvreté, de tes satanés parents. Alors promets-moi, s'il te plaît, que tu l'emmèneras là-bas.

Elle plissa le front, plongée dans ses réflexions.

— Seulement si quelque chose devait t'arriver, précisa-t-elle.

Il confirma d'un hochement de tête.

— Très bien. Je te promets que s'il t'arrivait quelque chose, j'emmènerais William dans le Colorado.

Il se pencha lentement et déposa un baiser chaste sur ses lèvres.

— Merci.

— Ça ne veut pas dire que tu as la permission de mourir, reprit-elle avec un regard de nouveau grave.

— Bien noté, chef. (Il embrassa William sur le crâne puis se leva.) Vu que tu le nourris, je vais m'occuper de te nourrir toi. Je t'aime, Scarlett.

— Moi aussi, je t'aime.

Il laissa sa femme et son fils dans la chambre et descendit directement à la cuisine pour mettre le hochet à la poubelle, là où était sa place.

Scarlett et William étaient des Stanton.

Ils étaient à lui.

25

Georgia

Mon tendre Jameson,
Cela ne fait que quelques jours que tu es parti, et pourtant tu me manques comme si des années entières s'étaient écoulées. C'est tellement plus difficile que lorsque nous étions à Middle Wallop... Aujourd'hui, je sais ce que c'est que d'être ta femme. De dormir à côté de toi la nuit et de me réveiller face à ton sourire. Je me suis de nouveau renseignée ce matin, au sujet du transfert, mais pour l'instant, il n'y a aucune nouvelle. J'espère que nous en aurons demain. Je ne supporte pas d'être si loin de toi, sachant que tu voles tout droit vers le danger et que je ne peux rien faire d'autre qu'attendre. Je ne peux même pas t'accueillir comme il se doit, chez nous, lorsque tu rentres. Je t'aime, Jameson. Sois prudent. Nos destins sont entremêlés, car je ne peux exister dans un monde où tu n'existes pas.
Je t'aime,
Scarlett

— Tu es prête ? lança Noah avec un sourire excité en ajustant sa cravate.

Nous étions garés devant le studio, la neige de janvier tournoyant autour de nous.

— Et si je ne l'étais pas ? répliquai-je.

— Ce sera plutôt gênant, dans une heure, quand tout le monde débarquera, mais on peut verrouiller la porte, éteindre les lumières et faire comme s'il n'y avait personne.

Il saisit ma main et la porta à ses lèvres pour déposer un baiser au creux de mon poignet, envoyant une décharge à travers tout mon corps. Cela faisait deux mois et demi que je l'avais dans mon lit quasiment toutes les nuits, et mon désir n'avait pas décliné. Il lui suffisait de me regarder, et j'étais en feu.

— Mais je suis prêt à user de toutes sortes de pots-de-vin pour voir ce que tu as créé.

— J'avoue être assez fière de ma petite collection.

Je m'étais démenée pour cette soirée de vernissage. Il y avait une dizaine de petites pièces prêtes à être mises en vente, et quelques-unes plus imposantes que j'avais composées principalement pour la décoration des lieux. Les invitations avaient été envoyées, les réponses reçues. Ne me restait plus qu'à ouvrir les portes et prier pour que je n'aie pas gâché mes dernières économies.

— Et moi, je suis fier de toi.

Cette fois, il m'embrassa sur la bouche, suçotant ma lèvre inférieure avant de la libérer. J'étais complètement accro à cet homme. Ce n'était censé être qu'une aventure – c'était ce dont nous étions convenus. Il partirait dès que le livre serait terminé, et voir les journées défiler ne faisait que me rappeler que nous n'avions pas beaucoup de temps. Chaque jour, je m'attendais à ce qu'il déclare que c'était fini, mais non. Très bientôt, il flirterait dangereusement avec la deadline d'impression s'il ne faisait pas attention.

— Je suis convaincu que cette soirée sera tout aussi incroyable que toi, ajouta-t-il.

— Contente que l'un de nous en soit sûr.

J'inspirai un bon coup et dus me rappeler que nous étions à Poplar Grove, et non à New York. Il n'y avait pas de paparazzis, ici, pas de stars du grand écran ou de producteurs, pas de journalistes à deux sous, et personne qui feigne un quelconque intérêt pour moi simplement pour avoir droit à cinq minutes avec Damian. Ce moment était le mien – seulement le mien –, et Noah serait le premier avec qui je le partagerais.

Il me tint la main jusqu'au studio puis fit rempart au vent pendant que je manipulais la clé pour ouvrir la lourde porte en verre. Je le fis alors entrer dans l'obscurité.

— Attends ici. Ferme les yeux.

Je voulais voir son visage lorsque j'allumerais.

— On dirait que c'est mon anniversaire, et non le tien, dit-il pour me taquiner.

Avec un ricanement, je gagnai l'interrupteur une fois que je fus assurée que ses yeux étaient bien fermés. Je connaissais cet endroit aussi bien que ma chambre, désormais. J'étais capable d'avancer les yeux bandés, s'il le fallait. J'allumai, et la galerie s'illumina à une dizaine d'endroits différents. Des vases et de petites sculptures ornaient les étagères de verre, le long des murs, des pièces plus imposantes étaient disposées dans chaque fenêtre en saillie, et au centre, sur un piédestal doté de son propre éclairage, se dressait ma pièce préférée.

— Tu peux ouvrir les yeux, dis-je tout bas, puis je retins mon souffle tandis que le regard sombre de Noah balayait la galerie d'un air approbateur, un sourire étirant peu à peu ses lèvres, avant de s'arrêter sur le piédestal.

— Georgia… murmura-t-il en secouant la tête. Mon Dieu…

— Ça te plaît ?

Je me coulai à ses côtés, et il me prit par la taille pour me serrer contre lui.

— C'est magnifique.

Ma pièce préférée de la collection était une couronne composée de stalagmites en verre qui faisaient de quinze à vingt-cinq centimètres de haut.

— Tu saisis l'allusion ? lançai-je avec un petit sourire.

— C'est la couronne idéale pour la Reine de Glace, commenta-t-il en ricanant. Même si tu es tout sauf glaciale. C'est incroyable.

— Merci. Je n'ai jamais réagi à ces attaques, car je considère que le silence est roi et qu'il n'y a rien de plus gracieux que de garder la tête haute. Alors, je me suis dit : pourquoi ne pas en jouer ? Je suis la seule personne qui puisse me définir, aujourd'hui. Et puis, qui sait ? Peut-être ferai-je une couronne de flammes, la prochaine fois ?

Je la voyais déjà prendre forme dans mon esprit.

— Tu es incroyable, Georgia Stanton. (Il pivota vers moi et prit mon visage entre ses mains avant de m'embrasser intensément.) Merci de partager ça avec moi. Et au cas où je ne pourrais pas te le redire avant que nous rentrions à la maison, joyeux anniversaire.

— Merci, murmurai-je contre sa bouche, savourant nos dernières minutes d'intimité avant que le traiteur arrive.

Dans l'heure, les portes furent ouvertes, et la galerie se remplit peu à peu d'invités, tous venant de ma petite ville. J'accueillis la première dizaine, leur faisant visiter les lieux, Noah à mes côtés. Lydia – notre femme de ménage – et sa fille arrivèrent, puis ce fut au tour d'Hazel et Owen, Cecilia Cochran de la bibliothèque, ma mère... Je lâchai un hoquet de surprise et plaquai ma main libre sur ma bouche. Le bras de Noah s'enroula autour de ma taille, m'empêchant de tomber, tandis que ma mère traversait la petite foule avec une robe fourreau rose pâle et un sourire tremblant.

— Joyeux anniversaire, Georgia, me glissa-t-elle avant de me serrer délicatement dans ses bras et de me libérer avec ses deux petites tapes habituelles.

— Maman ?

Dire que j'étais en état de choc n'aurait pas été assez fort. Elle déglutit nerveusement, son regard passant de Noah à moi.

— C'est Noah qui m'a invitée. J'espère que ça ne te dérange pas. Je voulais juste être présente pour te souhaiter un bon anniversaire et te féliciter. C'est une sacrée prouesse que tu as faite.

Était-ce vraiment la seule raison de sa présence ?

— Ian et toi... ? demandai-je d'une voix hésitante.

S'étaient-ils séparés ? N'était-elle ici que pour panser ses plaies tout en faisant mine de panser les miennes ?

— Oh, il va bien. Nous allons bien, m'assura-t-elle. Il t'embrasse. Tu imagines pourquoi il n'est pas avec moi...

Parce que je ne le supportais pas, et qu'il le savait parfaitement – ce qui était plutôt délicat de sa part, en y réfléchissant bien.

— Votre vol s'est bien passé ? demanda Noah en rompant la tension ambiante avec cette aisance qui le caractérisait.

— Très bien, oui. Merci beaucoup. (Elle inspira un grand coup.) Quitte à être honnête à cent pour cent, il faut que tu saches que c'est Noah qui a acheté mon billet.

— Ah oui ? (*Honnête à cent pour cent ?* Ian et elle allaient donc vraiment bien ?) C'est très gentil de ta part, dis-je à Noah en m'appuyant délicatement sur lui.

— Ça m'a fait plaisir, murmura-t-il, sa main pressant ma taille. Mais ce n'est pas mon cadeau. Il t'attend à la maison.

— Je t'ai dit de ne pas dépenser d'argent ! le sermonnai-je, mais un minuscule frisson de curiosité me parcourut la poitrine.

— Je ne l'ai pas fait, c'est promis, répliqua-t-il avec ce sourire irrésistible – de toute évidence, il manigançait quelque chose.

— Je ne peux pas retenir la reine de la fête toute la soirée. Va voir tes invités, dit ma mère avec un sourire larmoyant. Merci d'accepter ma présence. Tes anniversaires ont toujours été... (Son sourire s'estompa.) Je suis contente, c'est tout. (Elle balaya la galerie des yeux.) C'est splendide. Je suis vraiment fière de toi, Georgia.

— Merci d'être ici, soufflai-je, le pensant de tout mon cœur. Ça compte énormément pour moi.

L'avance avait été payée, et le reste des droits d'auteur tirés du livre iraient directement sur son compte en banque. Elle était heureuse avec Ian. Visiblement, tout allait bien dans sa vie, ce qui signifiait qu'elle n'était pas ici parce qu'elle avait besoin que je lui donne quelque chose – elle était ici parce qu'elle voulait l'être. Certes, ce n'était qu'une soirée parmi des milliers d'autres, mais ça me suffisait.

Incapable de me départir de mon sourire, je m'éloignai pour faire le tour de la galerie, voyant les pièces les plus accessibles se vendre comme des petits pains.

— C'est incroyable ! s'écria Hazel en me serrant dans ses bras. Dis-moi, c'est la fille de Lydia, derrière la caisse ?

— Oui, confirmai-je d'un hochement de tête. J'ai l'impression que ça se passe plutôt bien.

— Oh que oui, crois-moi. (Son regard s'étrécit en passant par-dessus mon épaule.) Ouah. C'est qui, cette fille que Noah...

Elle laissa sa phrase en suspens, ses sourcils formant deux pointes. Je pivotai et vis, perplexe, Noah en train d'enlacer une femme magnifique, à la porte. Il fouilla ensuite la pièce des yeux puis afficha un immense sourire en me découvrant. Il dit quelque chose à la femme et la guida derrière la couronne de glace jusqu'à nous.

Ses cheveux et ses yeux étaient aussi sombres que ceux de Noah, et sa peau de la même teinte olive. Un homme aux cheveux blonds et aux yeux verts vêtu d'un élégant costume apparut à ses côtés.

— J'espère que tu ne m'en voudras pas d'avoir également invité l'une de mes plus proches amies, déclara Noah avec un sourire. Georgia, je te présente ma petite sœur, Adrienne, et son otage, Mason.

Sa sœur ? Un homme n'invitait pas sa sœur à faire la connaissance d'une femme avec qui il ne vivait qu'une simple aventure, si ? Ma poitrine s'embrasa, mon cœur brûlant de la possibilité que cela soit *plus*, à ses yeux, que nous soyons vraiment *plus*, même lorsqu'il aurait terminé le livre. Peut-être n'avions-nous pas besoin de cette date limite ?

Adrienne dressa un sourcil parfaitement épilé à l'intention de son frère, mais le sourire qu'elle m'adressa fut instantané et lumineux. Une seconde plus tard, elle me serrait dans ses bras.

— Je suis ravie de faire ta connaissance, Georgia. Il n'arrête pas de parler de toi, même s'il voulait dire mon *mari* Mason, corrigea-t-elle en me libérant.

— Ce n'est pas ce que j'ai dit ? gazouilla-t-il avec un air innocent. Content de te voir, mec. (Il étreignit son beau-frère, puis serra sa sœur si fort qu'il la souleva de terre.) Toi aussi, minus. Votre vol s'est bien passé ?

— À ton avis ? Arrête de nous prendre des billets en première classe. Tu gaspilles ton argent.

— Je le dépense comme je l'entends, répliqua Noah avec un haussement d'épaules.

— J'espère que tu aimes les chicaneries, parce que ces deux-là n'arrêtent pas, commenta Mason en me tendant la main avec un sourire.

— Pour être honnête, je suis un peu submergée, là, répondis-je en lui serrant la main.

Son sourire s'élargit, révélant une fossette.

— C'est normal ! Et ta galerie est incroyable, intervint Adrienne. Oh, et joyeux anniversaire ! Je sais que tu es occupée, mais il faudra absolument trouver un moment pour que tu me racontes comment tu as réussi à clouer le bec à mon frère, dans cette fameuse librairie.

J'éclatai de rire et lui promis de lui livrer tous les détails, avant qu'elle et Mason partent faire le tour de la galerie, embarquant Hazel et Owen.

— Est-ce que je t'ai dit que tu étais magnifique, ce soir ? susurra Noah, ses lèvres effleurant le lobe de mon oreille, ce qui envoya un frisson le long de ma colonne vertébrale.

— Il y a vingt minutes, à peu près. Et moi, est-ce que je t'ai dit que je comptais te faire toutes sortes de choses coquines avec cette cravate ? déclarai-je en battant des cils.

— Ah oui ? (Son regard s'assombrit.) Moi qui avais tout un programme en tête...

Il me vola un baiser avant que je ne sois de nouveau accaparée par quelqu'un d'autre.

La soirée fila à toute allure, et sans même m'en rendre compte, j'avais écoulé tout ce que j'avais mis en vente. Le reste, la couronne et les plus grosses pièces, demeurerait là où je le désirais : avec moi. La galerie se vida lentement, jusqu'à ce qu'il ne reste plus que mes amis proches et l'équipe de nettoyage.

— Entre nous, il a obtenu un sacré paquet de points, ce soir, commenta Hazel, qui se préparait à partir.

— Hé ! fis-je mine de m'offusquer tout en l'enlaçant. Tu es dans mon équipe, tu te souviens ?

— Évidemment. Mais cet homme a payé des billets d'avion à sa famille pour qu'elle vienne te rencontrer, ainsi qu'à ta mère, termina-t-elle tout bas tandis que Noah disait au revoir à sa sœur.

Adrienne avait déjà promis de venir déjeuner à la maison le lendemain. Elle avait refusé ma chambre d'amis, mais ma mère avait accepté de rester avec nous ce soir. Elle était déjà partie, avec sa voiture de location, récupérer ses affaires dans le *bed and breakfast* où elle avait réservé une chambre.

— Je sais. Il est... soupirai-je en regardant Noah.

— Il est aussi fou de toi que tu l'es de lui, murmura Hazel.

— Arrête.

Je secouai la tête, refusant de m'imposer un nouveau chagrin d'amour.

— Je ne t'ai jamais vue aussi heureuse que ce soir... Que ces derniers mois, même ! (Elle me prit la main.) Tu as assez souffert, Georgia. Il faut que tu ouvres la porte au positif, aussi.

Elle m'enlaça de nouveau avant que je ne puisse formuler une réponse, puis Owen l'attira vers la sortie, marmonnant qu'il leur restait encore une heure avant de devoir libérer la baby-sitter.

La maison était plongée dans le noir et le silence lorsque Noah et moi rentrâmes, mais ma mère arriva juste après que nous eûmes retiré nos manteaux. Le regard de Noah passa sur mes jambes nues, sous la petite robe noire que j'avais tirée de mes cartons fraîchement ouverts.

— Je vais appeler Ian avant de me coucher, déclara ma mère avec un sourire espiègle, armée de sa valise en dépit de la proposition de Noah de la lui porter. Soyez sages, les jeunes. Joyeux anniversaire, Gigi.

— Bonne nuit, maman.

Je ne réagis même pas au surnom, jetant un coup d'œil aux vingt-neuf roses que grand-mère avait envoyées, accompagnées d'une première édition dédicacée du roman *Le soleil se lève aussi*.

— C'est l'heure du cadeau ! déclara Noah en m'enlaçant. Ce n'est peut-être pas du Hemingway, mais tu m'as imposé un budget limité...

— Tu m'as assez donné de choses comme ça.

— Crois-moi, tu en as envie.

Je pivotai dans ses bras.

— C'est de toi que j'ai envie.

S'il avait su à quel point, il se serait probablement enfui en courant. Il déposa un baiser sur mon front et me prit la main pour me guider dans l'élégant salon où il avait vanté ses talents d'écrivain à peine quelques mois plus tôt. Les meubles avaient été poussés pour libérer de l'espace, et il avait transféré le guéridon du vestibule, où trônait une boîte enrubannée, sur le côté de la cheminée, qu'il alluma en appuyant sur un interrupteur.

— C'est grand-mère qui a ajouté ça dans la rénovation de la maison, commentai-je en désignant la cheminée au gaz. Elle avait conscience que c'était extravagant, mais elle a voulu se faire plaisir.

— Eh bien, merci beaucoup, grand-mère. (Noah retira sa veste de costume et la posa sur le dos du fauteuil qui se tenait devant la boîte.) Allez, ouvre ton cadeau, Georgia, dit-il en calant une épaule contre le manteau de la cheminée avant de croiser les chevilles.

— Le cadeau qui ne t'a rien coûté ? insistai-je en dressant un sourcil.

— Pas un sou. (Son regard s'étrécit légèrement.) Enfin, j'ai acheté la boîte. Et le ruban. Pour tout te dire, c'est une chose sur laquelle je suis tombé en cherchant mes chaussures.

Je levai les yeux au ciel mais avançai toutefois vers la boîte, cherchant l'ouverture.

— Tu as mis du scotch invisible ? demandai-je en ricanant.

— Non. Soulève-la.

Son regard débordait tellement d'excitation que celle-ci ne pouvait que déteindre sur moi. J'agrippai les côtés de la boîte et la soulevai. Mon cœur manqua un battement, et les larmes me brûlèrent aussitôt les yeux.

— Oh, Noah.

Il vint vers moi et retira la boîte de mes mains tremblantes, mais j'étais trop occupée à contempler mon cadeau pour voir où il la posa. Un instant plus tard, il était de nouveau à mes côtés.

— Est-ce que c'est…

J'avais presque peur de dire les mots tout haut, voulant que cela reste réel, ne serait-ce que dans ma tête.

— Oui, répondit-il avec un doux sourire.
— Mais comment… ?

Je levai une main toujours tremblante vers le tourne-disque vintage, faisant courir mes doigts sur ses arêtes usées.

— Il y a deux semaines, j'ai découvert un panneau descellé au fond de mon placard, à Grantham Cottage, expliqua-t-il en prenant le bras du phonographe pour le laisser en suspens au-dessus d'un disque immaculé. Ce même placard dont les montants n'ont pas été repeints, contrairement au reste de la maison, afin de conserver les marques représentant différentes tailles.

Je braquai le regard sur lui, sachant instinctivement ce qu'il allait dire ensuite.

— C'était à grand-père William, n'est-ce pas ?
— Oui. J'imagine que c'est pour ça qu'elle n'a jamais pu se résoudre à vendre le cottage. Je suis allé jeter un coup d'œil aux différents actes de propriété. Cette maison appartenait à la base à Grantham Stanton – le père de Jameson. Ton arrière-arrière-grand-père.

— C'est là qu'ils ont vécu les premières années, murmurai-je en rassemblant les pièces du puzzle. Mais grand-mère a dit que le tourne-disque avait été détruit…

Un coin de la bouche de Noah s'étira.

— J'ignore ce qui a été détruit, mais pas lui, de toute évidence. Scarlett avait dû le cacher dans le mur.

— Mais elle ne serait jamais allée le récupérer ? Quand j'y repense... je ne crois pas l'avoir un jour entendue dire qu'elle était retournée là-bas. Elle avait engagé quelqu'un pour entretenir la maison.

— Le chagrin est une émotion puissante et illogique, et certains souvenirs sont plus à l'abri cachés derrière des planches.

Il appuya sur le bouton ; à ma plus grande surprise, l'appareil s'éveilla.

— Tu as trouvé le phonographe de Jameson, murmurai-je.

— J'ai trouvé le phonographe de Jameson.

Il abaissa le bras de la platine, et l'aiguille toucha le disque, emplissant la pièce de la voix de Billie Holiday.

Je fermai aussitôt les yeux, les imaginant, dans ce fameux champ, commencer cette histoire d'amour qui avait mené à mon existence, cet amour qui avait hanté grand-mère le reste de sa vie, même si elle avait fini par se remarier.

— Hé... souffla Noah en reculant vers le centre de la pièce, la main tendue vers moi. Danse avec moi, Georgia.

J'avançai droit dans ses bras, sentant mes dernières barrières céder.

— Merci, dis-je en posant la joue sur son torse tandis que nous nous balancions doucement au rythme de la musique. Je n'arrive pas à croire que tu aies fait tout ça pour moi.

Le dîner, ta sœur, ma mère, le phonographe...
C'est beaucoup trop.

— C'est loin d'être assez, répondit-il d'une voix grave, saisissant mon menton pour plonger dans mes yeux. Je suis complètement et follement amoureux de toi, Georgia Constance Stanton.

L'intensité de ses paroles se reflétait dans son regard.

— Noah.

Mon cœur se serra, et cette douce douleur que j'avais tant bien que mal tenté d'étouffer se libéra pour envahir toutes les cellules desséchées et en manque d'amour de mon corps, m'autorisant à y croire, m'autorisant à l'aimer en retour.

— Ce n'est pas une aventure, pour moi, déclara-t-il. Ça ne l'a jamais été. J'ai eu envie de toi dès la première seconde où je t'ai vue dans cette librairie, et j'ai su que tu étais la femme de ma vie dès que tu as ouvert la bouche pour me dire que tu détestais mes livres. (Il hocha lentement la tête, un petit sourire jouant sur ses lèvres.) C'est la vérité. Et je n'ai pas besoin de t'entendre me dire la même chose. Pas tout de suite. Ne le fais pas, s'il te plaît. Je veux que tu le dises lorsque tu seras prête. Et si tu ne m'aimes pas encore, ne t'inquiète pas : je t'aurai à l'usure.

Il posa son front contre le mien tandis que nous continuions à danser. Dieu que je l'aimais... Bien sûr. Peut-être était-ce imprudent, irréfléchi et beaucoup trop tôt, mais je n'y pouvais rien. Mon cœur lui appartenait. Il m'avait tellement convaincue que je me sentais incapable de passer un seul jour sans lui.

— Noah, je t'...

Il me fit taire d'un baiser, coupant net ma déclaration, puis il me porta jusqu'à la chambre et me fit l'amour avec une telle passion que pas une seule zone de ma peau ne fut ignorée par ses mains, sa bouche ou sa langue.

Lorsque le soleil se leva, nous étions repus, ivres d'un cocktail d'orgasmes, et manquions cruellement de sommeil. Nous descendîmes en nous embrassant comme deux adolescents, faisant le moins de bruit possible pour ne pas réveiller ma mère.

Nous formions un vrai cliché ambulant : Noah portait le pantalon de la veille, et moi, j'avais enfilé à la va-vite sa chemise par-dessus un legging. Mais ça m'était égal. J'étais amoureuse de Noah Morelli, et j'avais l'intention de lui faire des pancakes ou des œufs. Le plus rapide des deux, histoire que nous puissions retourner à nos ébats au plus vite.

Il m'embrassa fougueusement dans le vestibule avant de m'attirer vers la cuisine.

— Qu'est-ce que c'est ? dis-je en m'écartant au son d'un papier froissé, dans le bureau.

Noah leva la tête et plissa les yeux en découvrant les portes entrouvertes.

— J'avais fermé, hier soir, avant la fête. Attends ici.

Il passa derrière moi pour avancer en silence vers les portes, puis il en poussa une délicatement afin de regarder à l'intérieur.

— Je peux savoir ce que vous foutez là ? grogna-t-il en disparaissant dans la pièce.

Je le suivis au pas de course.

Il me fallut une seconde pour comprendre. Ma mère était assise dans le fauteuil de grand-mère, son téléphone dressé au-dessus du bureau, une chemise ouverte à sa gauche et une petite pile de papiers devant elle.

Elle était en train de scanner le manuscrit.

26

Mai 1942

Ipswich, Angleterre

William pleurait, Scarlett le berçant doucement tandis que les sirènes antiaériennes hurlaient au-dessus de leurs têtes. L'abri était bondé et faiblement éclairé, mais elle imaginait que tous ceux qui l'entouraient arboraient la même expression qu'elle. Regroupés dans un coin, quelques enfants jouaient. Pour les plus jeunes, c'était devenu un acte routinier, quelque chose qui faisait partie de leur vie.

Les adultes échangeaient des sourires rassurants qui ne trompaient toutefois pas. Les attaques aériennes avaient redoublé, la semaine passée, les Allemands visant ville après ville en représailles des bombardements de Cologne. Même si les raids n'avaient jamais complètement cessé, Scarlett avait regagné un peu d'espoir, ces derniers mois, et si ce n'était pas la première fois qu'elle se trouvait dans un abri, attendant de savoir si elle allait survivre ou non, ça l'était pour William.

Elle avait déjà connu la peur. Elle l'avait subie de plein fouet quand le hangar avait explosé, à Middle Wallop, ou encore toutes les fois où Jameson était rentré tardivement à la maison – ou qu'il n'était pas rentré pendant plusieurs jours, comme lorsqu'ils escortaient les bombardiers britanniques. Mais cette peur, cette terreur qui lui tenaillait la gorge de son poing glacé était inédite, une nouvelle forme de torture dans cette guerre. Il n'y avait plus seulement sa vie à elle qui pesait dans la balance, ou celle de Jameson, mais celle de son fils.

William aurait six mois dans deux jours. Six mois, et il n'avait connu rien d'autre que la guerre.

— Je suis sûre que la fin d'alerte ne va pas tarder, lui dit une femme plus âgée avec un sourire affectueux.

— Certainement, répondit Scarlett, calant William sur son autre hanche avant de déposer un baiser sur son crâne, par-dessus son bonnet.

Ipswich était une cible évidente, elle en avait conscience. Mais ils avaient eu de la chance jusqu'ici.

Les sirènes se turent, et un brouhaha de soulagement collectif traversa le long tube qui servait d'abri antiaérien.

La terre n'avait pas tremblé, même si cela ne voulait pas dire qu'ils n'avaient pas été touchés – seulement qu'aucune bombe n'était tombée à proximité.

— Il y a moins d'enfants que ce que j'aurais imaginé, confia Scarlett à sa voisine, principalement pour se distraire.

— Ils ont construit des abris à l'école, expliqua-t-elle avec un hochement de tête fier. Ils ne peuvent pas y faire entrer tous les enfants, bien sûr, mais ils vont à l'école tour à tour, désormais – juste le nombre qui peut rentrer dans les abris. Ça a bouleversé beaucoup d'emplois du temps, mais...

— Mais les enfants sont à l'abri.

La femme opina du chef, son regard passant sur William.

— C'est une bonne chose, souffla Scarlett en serrant un peu plus fort son fils.

Six mois plus tôt, évacuer les enfants de Londres et des autres cibles principales lui avait paru tout à fait logique. S'ils étaient en danger, ils devaient partir dans des lieux plus sûrs. Mais tenant son petit dans ses bras, elle était incapable d'imaginer la force de ces autres mères qui avaient dû mettre leurs enfants dans un train sans savoir exactement où ils iraient. Elle ne pouvait s'empêcher de penser que William était plus en sécurité avec elle, mais en cédant à son propre besoin de rester auprès de Jameson, mettait-elle son enfant en danger ?

La réponse était de toute évidence oui. Et elle ne pouvait le nier, cachée avec lui dans cet abri, ne pouvant rien faire d'autre que prier et espérer.

La fin d'alerte résonna, et la foule sortit en file indienne. Le soleil brillait encore quand elle quitta la base antiaérienne. Ce qui lui avait paru durer des jours n'avait été que quelques heures, en vérité.

— Ils sont passés juste à côté, entendit-elle un vieillard dire.

— Nos hommes ont dû leur faire peur, ajouta un autre avec fierté.

Scarlett savait que ça ne se passait pas ainsi, mais elle se garda de tout commentaire. Ces années passées à tracer la route des bombardements lui avaient appris que les bombardiers n'étaient que rarement dissuasifs. Non, ils n'avaient pas été la cible des Allemands. C'était aussi simple que cela.

Elle parcourut à pied le petit kilomètre qui la séparait de chez elle, babillant avec William tout en gardant les yeux rivés sur le ciel. Ce n'était pas parce qu'ils étaient partis qu'ils ne reviendraient pas.

— Je crains que l'on ne soit que tous les deux, ce soir, mon petit, dit-elle à son fils en ouvrant la porte d'entrée.

Avec la recrudescence des raids, Jameson n'avait pas eu l'autorisation de dormir en dehors de la base depuis plus d'une semaine. Leur maison n'était qu'à quinze minutes de Martlesham Heath, mais quinze minutes étaient une vie entière lorsqu'il y avait des bombardiers en approche.

Scarlett nourrit William, le baigna, le nourrit de nouveau, et elle l'avait couché lorsqu'elle songea enfin à se nourrir elle-même.

Elle n'avait pas beaucoup d'appétit, en particulier quand elle ne savait pas où était Jameson. Cela avait été terrifiant de le voir se déplacer sur son tableau, de savoir quand il avait engagé le combat, quand des membres de son escadrille tombaient, mais être dans l'ignorance était encore pire.

Elle s'assit devant sa machine à écrire, ouvrit la boîte plus petite qu'elle avait ajoutée à sa collection, ces derniers mois, puis sortit sa dernière page et se mit à taper. Cette boîte était dédiée à leur histoire – elle ne pouvait pas la mélanger avec ses bribes d'intrigues, ses bouts de chapitres et ses pensées inachevées. S'il y avait une histoire à tenir à jour, c'était celle-ci, au cas où ce serait tout ce qu'elle pourrait avoir à donner à William...

Peut-être avait-elle idéalisé un détail ou deux, mais n'était-ce pas ce que faisait l'amour ? Adoucir les moments les plus pénibles de la vie ? Elle en était déjà au chapitre dix, ce qui les rapprochait de la naissance de William.

Lorsqu'elle eut terminé ce chapitre, elle posa consciencieusement sa dernière feuille dans la boîte, puis en prit une vierge. Elle en était enfin à la moitié – ou tout du moins ce qu'elle pensait être la moitié d'un vrai manuscrit. Elle se perdait dans cet univers, le cliquetis de la machine à écrire emplissant la maison. Elle sursauta lorsqu'on frappa à la porte, ses doigts se figeant au-dessus des touches et sa tête pivotant vers ce son indésirable.

Il n'est pas mort. Il n'est pas mort. Il n'est pas mort, se répéta-t-elle en boucle tout en se levant, puis elle traversa douloureusement la salle à manger pour gagner la porte d'entrée.

— Il n'est pas mort, murmura-t-elle une dernière fois tandis que sa main saisissait la poignée.

Il y avait tout un tas de raisons pour que l'on vienne frapper à cette heure ; elle était seulement incapable de les lister, à cet instant.

Elle s'arma de courage et ouvrit grand la porte, prête à affronter le destin qui l'attendait de l'autre côté.

— Constance ! s'exclama-t-elle en plaquant une main sur sa poitrine, dans l'espoir de refréner son cœur galopant.

— Désolée de débarquer si tard ! s'écria sa sœur en la prenant dans ses bras. Je venais de rentrer à la hutte, et l'une des filles m'a dit qu'Ipswich avait essuyé un raid. Il fallait absolument que je vienne m'assurer que vous alliez bien.

— Nous allons bien, répondit Scarlett en l'enlaçant. Malheureusement, je ne peux pas en dire autant de Jameson ; ça fait plusieurs jours que je ne l'ai pas vu.

Constance s'écarta.

— Ils ne l'autorisent plus à dormir en dehors de la base ?

— Non. Il est venu deux fois depuis que les raids ont repris, mais seulement pour récupérer un uniforme propre et nous embrasser avant de repartir.

— Je suis désolée, dit sa sœur d'un air compatissant en secouant la tête avant de baisser les yeux, son chapeau obscurcissant son expression. J'aurais dû passer ma permission ici, avec vous, au lieu de partir à Londres pour une nouvelle session de préparatifs de mariage...

Scarlett prit sa main.

— Arrête. Tu as ta vie. Entre, je t'en prie. Nous pourrions...

— Non, je dois rentrer, la coupa Constance avec un bref mouvement de tête.

— Ne dis pas n'importe quoi, répliqua Scarlett en jetant un coup d'œil par-dessus son épaule pour voir la nouvelle voiture garée au bord du trottoir. Il est déjà tard, et si tu ne peux pas passer la nuit ici, laisse-moi au moins te faire un thé avant de repartir. (Son regard s'étrécit en découvrant l'absence d'insigne au niveau du pare-chocs.) C'est une jolie voiture.

— Merci, dit Constance sans aucune trace de joie dans la voix. Henry a exigé que je la prenne. Il a dit qu'il refusait que sa fiancée dépende des transports publics.

Elle haussa légèrement les épaules tout en se tournant vers l'élégante automobile. Le ventre de Scarlett se noua quand elle se rendit compte que sa sœur évitait son regard.

— Allez, trésor... Juste une tasse.

Elle franchit le seuil et prit le menton de Constance entre ses doigts. La rage lui envahit alors le cœur. Elle allait tuer cet homme. La lumière du salon éclairant enfin le visage de sa petite sœur, Scarlett voyait l'hématome qui lui marquait l'œil. La peau était enflée, rouge à certains endroits et bleu pâle à d'autres, ce qui se transformerait sans aucun doute en oeil au beurre noir d'ici quelques heures.

— Ce n'est rien, dit Constance en écartant la tête.

— Entre tout de suite.

Scarlett la tira à l'intérieur et ferma la porte, puis elle guida sa sœur dans la cuisine, où elle mit la bouilloire sur le feu.

— Ce n'est...

— Si tu répètes que ce n'est rien, je hurle, dit-elle d'un ton menaçant en s'adossant au plan de travail.

Constance soupira et retira son chapeau, le posant sur la table, à côté de la machine à écrire.

— Qu'est-ce que tu veux que je te dise ?

— La vérité.

— Il y a plusieurs degrés de vérité, répondit Constance, posant les mains sur ses genoux.

— Non. Pas entre nous, rétorqua-t-elle en croisant les bras.

— Je l'ai contrarié, expliqua sa sœur en baissant les yeux. J'ai découvert qu'il n'aimait pas qu'on le fasse attendre. Ni qu'on lui dise non.

Le cœur de Scarlett se tordit douloureusement.

— Tu ne peux pas l'épouser. S'il fait ça avant votre mariage, imagine ce qu'il fera ensuite.

— Tu penses que je ne le sais pas ?

— Si tu le sais, alors pourquoi t'entêter ? Je sais que tu aimes cette terre, et je sais que tu penses que c'est tout ce qu'il te reste d'Edward, mais il n'aurait pas voulu te voir te faire battre pour cela.

Elle combla la distance qui les séparait et tomba à genoux devant sa sœur, prenant ses mains dans les siennes.

— Je t'en supplie, Constance. Ne fais pas ça.

— Ce n'est plus de mon ressort, murmura-t-elle, sa lèvre inférieure tremblant sous le coup de l'émotion. Le mariage a été annoncé, les invitations, envoyées. À cette heure, le mois prochain, nous serons mariés.

Scarlett sentit les larmes lui brûler les yeux, mais elle refusait de les laisser couler. Ce n'était pas sa faute si Henry était un sale type, mais elle ne pouvait s'empêcher de penser que sa sœur avait pris sa place à la guillotine.

— Tu as encore un peu de temps pour changer d'avis, insista-t-elle.

Le regard de Constance se durcit.

— Je t'aime, mais cette discussion est terminée. J'accepte de rester encore une heure ou deux seulement si tu me promets de ne plus en parler.

Chaque muscle du corps de Scarlett se crispa, mais elle hocha la tête.

— Je t'aurais bien demandé si tu as besoin de prévenir ta section, mais je vois que tu as un nouveau rang, dit-elle avec un sourire forcé et un signe de tête vers l'insigne qui ornait l'épaule de Constance.

— Oh. (Le coin des lèvres de sa sœur s'étira.) Ça s'est passé la semaine dernière ; je ne t'ai pas vue depuis.

Scarlett se releva pour s'asseoir à côté d'elle.

— Cela faisait bien plus d'une semaine que tu le méritais.

— C'est assez étrange, commenta Constance en plissant légèrement le front. Robbins est venue me voir après une veille, m'a tendu l'insigne et m'a simplement dit que mes nouvelles responsabilités prendraient effet le lendemain. Plutôt décevant, comme promotion...

Scarlett esquissa un sourire – sincère, cette fois.

— Il te laissera continuer ? l'interrogea-t-elle, incapable d'éviter cette question, et le sourire de sa sœur disparut.

— Je crois, oui. Il s'avère qu'il n'a pas vraiment son mot à dire, en tant que civil, vu qu'il n'est pas physiquement apte à servir. Mais tu sais aussi bien que moi que si je tombais enceinte...

— Oui, je sais. (Elle pressa doucement sa main.) Bien, étant donné que l'on ne peut pas parler de ton futur immédiat, qu'est-ce que tu aimerais faire ?

Le regard de Constance tomba sur la machine à écrire.

— Je t'ai interrompue ?

Scarlett sentit ses joues s'empourprer.

— Ce n'est rien.

Leurs regards se croisèrent, toutes deux sachant pertinemment que ce qu'elles qualifiaient de rien était en vérité tout.

— Je m'en voudrais de t'interrompre en plein milieu de ton grand chef-d'œuvre, commenta Constance en haussant les sourcils.

— Tu parles d'un chef-d'œuvre...

La bouilloire se mit à siffler.

— Si tu veux, tu termines le thé, et moi, je fais office de secrétaire et je tape à ta place ?

L'air espiègle de sa sœur fit sourire Scarlett.

— Tu veux juste faire ta curieuse, oui ! répliqua-t-elle en se levant toutefois.

— Je plaide coupable, admit Constance, puis elle retira sa veste, la posa sur le dossier de la chaise et s'installa devant la machine. Bien, déclara-t-elle en adressant un regard intense à sa sœur. Je t'écoute.

Scarlett l'observa un instant avant de reporter son attention sur le thé. Elle ne pouvait pas empêcher ce mariage. Elle ne pouvait pas retirer les hématomes du visage de Constance, et ne le pourrait jamais. Mais elle pouvait l'aider à fuir cette vie, ne serait-ce que pour un moment.

— Très bien. Lis-moi la dernière ligne.

Jameson fit atterrir le Spitfire d'une manœuvre experte, même si l'adrénaline dont il était chargé lui donnait envie de redécoller aussitôt. Les Allemands avaient été prompts à répondre, et les bombardements s'étaient multipliés par dix, sinon plus. Il y avait désormais trois Eagle Squadrons pleins d'Américains prêts à risquer leur vie. D'après la rumeur, à l'automne, ils auraient tous repris l'uniforme américain, mais Jameson avait arrêté d'écouter les rumeurs depuis longtemps.

Il roula sur quelques mètres puis laissa son avion aux mécaniciens. Il aurait pu jurer entendre ses articulations craquer de protestation en quittant l'appareil. Dernièrement, il avait l'impression de passer beaucoup plus d'heures dans les airs que sur terre, et son corps commençait à le lui faire sentir. Cela faisait des semaines qu'il n'avait pas pu dormir aux côtés de Scarlett.

Les quelques heures qu'il avait réussi à passer avec elle ne lui avaient pas suffi. Sa famille lui manquait tellement que la douleur menaçait de le fendre en deux, mais chaque jour qui passait ne faisait que souligner l'évidence : le manque risquait de se faire plus fort encore, car ils devraient partir aussi loin que possible d'ici.

— C'est fini pour ce soir ! commenta Howard en levant les bras dans un geste de victoire. Qu'est-ce que tu en dis, Stanton ?

— De quoi ? dit-il en retirant son casque.

— On va se détendre un peu ? proposa son ami alors qu'ils se dirigeaient vers le hangar.

— Si c'est vraiment fini pour ce soir, il y a un seul endroit où je compte aller, et c'est chez moi.

Cette simple idée lui arracha un sourire.

— Allez ! intervint Boston, qui marchait à côté d'Howard, une cigarette à la bouche. Tu vas bien avoir l'autorisation de sortir *un* soir !

Howard s'esclaffa en voyant Jameson remuer la tête.

— Ce que tu ne captes pas, Boston, dit-il avec un grand sourire, c'est que notre cher Stanton préfère aller retrouver sa magnifique femme plutôt que de passer la soirée avec ses copains.

— J'ai passé les soirées de ces deux dernières semaines avec vous, répliqua Jameson. Et si vous aviez une femme à moitié aussi bien que Scarlett, vous n'envisageriez même pas d'aller boire un coup avec les copains, vous non plus.

Et puis, ce n'était pas juste Scarlett qu'il rejoignait. William commençait à marcher à quatre pattes ; les changements dans son petit corps arrivaient si vite qu'il avait lui-même du mal à suivre.

— J'ai entendu dire qu'elle avait une sœur ? lança Boston pour plaisanter.

— Une sœur tout à fait fiancée, commenta Howard.

Jameson contracta la mâchoire. Non seulement c'était ignoble que Constance épouse un ogre, mais il savait que la culpabilité rongeait Scarlett quotidiennement.

— Officier de vol Stanton ! appela un pilote en agitant les mains, au cas où Jameson ne l'aurait pas entendu.

— S'il ne me laisse pas rentrer chez moi ce soir, il y a des chances que je plante un avion, je vous préviens.

— Ça, j'y croirai quand je le verrai, répliqua Howard en lui assenant une tape dans le dos.

Il n'allait pas planter un avion volontairement, bien sûr, mais cette idée avait un certain attrait, si cela pouvait lui permettre d'obtenir quelques jours avec sa famille. Il fit signe au pilote de le rejoindre. Il ne devait pas avoir plus de dix-neuf ans, ou peut-être était-ce Jameson qui avait l'impression d'avoir beaucoup plus que vingt-quatre ans...

— Officier de vol Stanton, répéta le jeune, à bout de souffle.

— Qu'est-ce que je peux faire pour toi ? lui demanda Jameson, se préparant déjà à la possibilité d'une autre nuit sans Scarlett.

— Il y a quelqu'un pour vous.

— Et ce quelqu'un a un nom ?

— Je ne l'ai pas retenu, admit le gamin, mais il vous attend dans la salle de repos des pilotes. Il a insisté : il veut *vraiment* vous voir.

Jameson soupira et glissa une main dans ses cheveux humides de sueur. Il n'avait pas fait que passer quelques heures dans un avion ; l'odeur lui collait à la peau.

— Très bien. Je prends juste une douche et…
— Non. Il a demandé à vous voir dès votre atterrissage.
— Super… marmonna Jameson en disant adieu à sa douche. J'y vais tout de suite.

Dire qu'il était d'humeur massacrante quand il entra dans la salle de repos aurait été un euphémisme. Il voulait se laver, il voulait Scarlett, et William, et un repas chaud. Certainement pas un rendez-vous secret dans la…

— Bon Dieu ! Oncle Vernon ? lâcha-t-il, bouche bée, en découvrant la silhouette calée dans l'un des fauteuils en cuir disposés le long du mur.
— Enfin ! (Son oncle se leva avec un grand sourire, puis il le serra dans ses bras.) J'étais à deux doigts de faire un trait sur toi, mon petit. Je dois partir dans trente minutes.
— Qu'est-ce que tu fais ici ? l'interrogea Jameson en s'écartant, notant son uniforme américain.
— Ta mère ne t'a pas dit ? répondit son oncle avec un sourire espiègle.

Jameson écarquilla les yeux en reconnaissant l'insigne.

— Tu as rejoint le Transport Command ?
— Tu ne croyais tout de même pas que j'allais rester à la maison pendant que tu risquais ta vie

ici ? (Son oncle le toisa de ce regard évaluateur qu'il avait toujours eu.) Assieds-toi, mon petit. Tu fais peur à voir.

— Ça fait deux ans que je fais peur à voir, répliqua Jameson, mais il se laissa toutefois tomber dans le cuir usé d'un fauteuil. Depuis quand tu voles pour l'ATC ?

— Presque un an. J'ai commencé comme simple civil, mais finalement, je suis passé militaire, expliqua-t-il en désignant le rang sur le col de sa tenue de vol.

— Au moins, ils t'ont nommé lieutenant-colonel, remarqua Jameson, ce qui arracha une grimace à Vernon.

— Cela a quelques avantages, comme le fait de pouvoir retarder un vol de trois heures lorsque votre neveu est en plein combat aérien. Un neveu qui, à ce qu'on m'a dit, est devenu un as !

— À se demander de qui je tiens ces aptitudes dans les airs...

— Tu as surpassé tout ce que j'ai pu t'apprendre. Ça fait tellement de bien de te voir, mon petit. Même si je dois admettre que tu es devenu un homme, maintenant.

Jameson se frotta la nuque, gêné.

— Je t'aurais bien dit que je serais venu plus tôt si j'avais su, mais tu sais que je ne l'aurais pas fait.

Il ne laisserait jamais son escadrille seule dans les airs.

— Je suis content d'avoir eu le temps de te voir. J'aurais adoré pouvoir rencontrer ta femme et mon petit-neveu, mais peut-être parviendrons-nous à demander aux Allemands de ne *pas* nous attaquer lorsque je repasserai, le mois prochain ?

Vernon esquissa un sourire qui ressemblait énormément au sien.

— Je leur passe un coup de fil tout à l'heure, répliqua Jameson d'un ton pince-sans-rire avant de sourire à son tour. Alors, tu vas où, ensuite ?

Son oncle arqua un sourcil, taquin.

— Tu n'es pas au courant ? C'est top secret.

— Tu n'es pas au courant ? J'ai appelé mon fils William Vernon, riposta Jameson en l'imitant.

Il aimait la facilité avec laquelle se passaient leurs retrouvailles, comme si ces deux années et demie n'avaient jamais eu lieu. Comme s'ils étaient à la maison, sous le porche, à regarder les étoiles illuminer le ciel du Colorado.

— J'ai cru entendre ça, oui, répondit son oncle avec un immense sourire. Je vais retrouver le reste des pilotes dans le nord du pays, et on rentre dans la foulée. J'ai du mal à croire que dans seize heures, je ne serai plus en Angleterre, mais sur la côte Est.

Seize heures, songea Jameson. *Le monde entier pourrait changer en simplement seize heures.*

— Vous nous êtes d'une grande aide, dit-il en regardant son oncle droit dans les yeux. Chaque bombardier que vous nous faites parvenir des États-Unis est utile.

— Je sais, souffla Vernon d'un air grave. Je suis fier de toi, Jameson, mais je préférerais que tu n'aies pas à être ici. Et que tu n'aies pas à élever mon petit-neveu là où des bombes tombent sur des enfants qui dorment.

Jameson plaqua son crâne contre le cuir du fauteuil et pressa les paupières.

— Je fais tout mon possible pour les sortir de là. Elle a passé les examens médicaux, tous les papiers sont en ordre, et ils ont droit à la citoyenneté américaine... tant que mon gouvernement n'a pas révoqué la mienne.

Le rendez-vous de Scarlett pour son visa aurait lieu la semaine suivante. Le mois de mai était déjà là, et il savait qu'il y avait de grandes chances que les quotas soient déjà atteints, mais ils ne pouvaient pas se permettre de perdre espoir.

— Ils n'ont pas révoqué ta citoyenneté, lui assura son oncle. L'Amérique est dans cette guerre, désormais, pour le meilleur et pour le pire. Ils ne puniront pas ceux qui ont eu le courage de se battre avant que l'on nous provoque.

— Nous lui avons réservé une place sur un bateau. Elle doit préparer son départ avant qu'on lui donne un visa, mais ça ne veut pas dire qu'elle montera à bord...

Scarlett lui avait clairement fait comprendre ce qu'elle pensait de cette idée, mais cette conversation avait eu lieu avant la dernière pluie de bombardements.

— Je connais des gens au département d'État, expliqua tout bas Vernon. Je vais voir ce que je peux faire pour que les choses avancent dans ce sens, mais mettre ta famille sur un bateau, avec tous ces U-Boote qui écument l'Atlantique, pourrait être plus risqué encore que de la laisser dormir dans son propre lit.

— Je sais, soupira Jameson en se frottant le visage. J'aime cette femme plus que je ne m'aime moi-même. Elle représente tout pour moi, et William est la somme du meilleur de nous deux. Si je ne peux même pas sauver mon propre fils, alors pourquoi suis-je venu ici ? À quoi tout cela sert-il ?

Les deux hommes restèrent assis en silence pendant plusieurs minutes, chacun sachant qu'aucune option n'était sûre. Jameson songea alors qu'il y en avait une autre.

— Tu pourrais me rendre un service ? dit-il en pivotant dans son fauteuil pour faire face à son oncle.

— Tout ce que tu veux. Tu sais que je t'aime comme mon fils.

— J'espère bien.

Les yeux de Vernon, qui arboraient la même teinte vert de mousse que les siens, s'étrécirent légèrement.

— À quoi tu penses, Jameson ?

— Je veux que tu m'aides à sortir ma famille de là.

— Dieu merci ! s'exclama Scarlett en s'élançant dans les bras de Jameson.

Il l'embrassa avant de dire quoi que ce soit, la soulevant dans les airs au milieu de leur salon. Il l'embrassa encore et encore, déversant dans ce baiser son soulagement, son amour et son espoir jusqu'à ce qu'elle s'abandonne tout contre lui.

— J'ai fait la lessive, et tu as un uniforme propre dans notre chambre, dit-elle en prenant son visage entre ses mains.

— Je l'enfilerai demain matin, déclara-t-il avec un sourire, et le regard de Scarlett s'illumina.

— Tu peux passer la nuit avec nous ?

— Je peux passer la nuit avec vous.

Il resterait toutes les nuits qu'il lui serait humainement possible de passer ici entre aujourd'hui et la date qu'il avait fixée avec son oncle.

Le sourire de Scarlett était plus radieux que tous ceux qu'il avait jamais vus, et elle l'embrassa passionnément en guise de réponse.

— Tu m'as tellement manqué.

— Toi aussi, tu m'as manqué. Je ne veux rien de plus que t'emmener là-haut et te faire l'amour jusqu'à ce que nous soyons épuisés, murmura-t-il contre ses lèvres.

— Ce plan me va parfaitement, répondit-elle avec un sourire. À une exception près.

Cette exception était justement en train d'approcher à quatre pattes, de la bave pendant au coin de ses lèvres.

— Il est en train de faire ses dents, expliqua Scarlett avec une légère grimace.

Jameson lâcha sa femme pour la remplacer par son fils, qu'il serra fort contre lui.

— Alors comme ça, on a de nouvelles dents ? gazouilla-t-il avant de couvrir son petit de baisers.

— Bien sûr, tu n'as droit qu'aux sourires, toi, commenta Scarlett en levant les yeux au ciel.

La manière dont Jameson regardait leur fils emplissait son cœur à la fois d'amour et d'émerveillement, et cela ne rendait son mari que plus séduisant à ses yeux.

L'expression de Jameson s'assombrit alors, et elle sentit aussitôt son ventre se nouer.

— Ce ne sera pas le cas dans une minute, dit-il tout bas.

— Comment ça ?

— Il faut qu'on parle de quelque chose, souffla-t-il avant de la regarder péniblement dans les yeux.

— Dis-moi, lâcha-t-elle en croisant les bras.

— Ton rendez-vous est la semaine prochaine, n'est-ce pas ?

Elle sentit sa poitrine se comprimer, mais elle hocha la tête.

— Je sais que tu as accepté de partir aux États-Unis si quelque chose devait m'arriver... mais que dirais-tu d'y aller plus tôt ?

Il changea le petit de position, contre lui, comme pour se protéger, ne sachant comment formuler la suite.

— Plus tôt ? Pourquoi ? murmura-t-elle, sentant son cœur se briser.

C'était une chose de savoir que William n'était pas en sécurité ici, mais c'en était une autre d'entendre Jameson lui demander de partir.

— C'est trop dangereux. Les raids, les bombardements, les morts. Je serais moi-même incapable de survivre si je devais enterrer l'un de vous, dit-il d'une voix qui semblait avoir roulé sur des débris de shrapnels.

— Il n'y a aucune garantie que j'aie un visa, répliqua Scarlett, son cœur luttant contre l'évidence que son esprit lui avait imposée un peu plus tôt. Nous avons déjà parlé de ce voyage.

Quasiment tous les bateaux commerciaux avaient été réquisitionnés par l'armée, et même s'ils avaient réussi, à grand-peine, à réserver un billet pour traverser l'Atlantique, ça n'en était pas moins dangereux. Elle avait perdu le compte du nombre de civils qui étaient morts quand les U-Boote avaient coulé leurs bateaux par-dessous.

— Je t'aime, Scarlett. Je ferai tout ce qui est en mon pouvoir pour te garder en sécurité. (Il posa un regard attendri sur leur fils.) Vous garder *tous les deux* en sécurité. Alors oui, je vous demande de partir aux États-Unis. Je crois avoir trouvé le moyen le plus sûr.

— Tu veux que je parte ?

Des milliers d'émotions la frappèrent en une vague intense – la colère, la frustration, le chagrin, toutes tournoyant pour former une grosse boule qui se logea dans sa gorge.

— Non, mais peux-tu honnêtement me dire que c'est sûr, ici, pour William ?

Sa voix s'éteignit au nom de leur fils.

— Je n'ai pas envie de te quitter, murmura-t-elle.

Elle serra plus fort ses bras autour d'elle, craignant de se briser en mille morceaux aux pieds de Jameson si elle se lâchait ne serait-ce qu'un tout petit peu. Il avait raison, ce n'était plus sûr, ici. Elle était parvenue à la même conclusion, la veille, dans cet abri antiaérien, mais l'idée de quitter Jameson lui faisait l'effet d'un coup de couteau dans son âme.

Il l'attira contre lui, la calant contre sa hanche tout en tenant leur fils de l'autre bras.

— Je n'ai pas envie que vous partiez, admit-il dans un souffle rauque. Mais si je peux vous sauver, je n'hésiterai pas. Exeter, Bath, Norwich, York, et la liste continue... Plus d'un millier de civils sont morts rien que cette semaine.

— Je sais.

Elle serra les poings sous le tissu de son uniforme, comme si elle pouvait rester en s'y cramponnant un peu plus fort, mais il ne s'agissait plus que d'eux deux, désormais. Il s'agissait de leur fils, de la vie qu'ils avaient créée ensemble. Des milliers de mères britanniques avaient confié leurs enfants à des étrangers pour les mettre à l'abri du danger ; elle avait la chance de pouvoir le faire elle-même.

— Tu veux qu'on prenne le bateau pour l'Amérique ? demanda-t-elle lentement, ces mots lui laissant un goût doux-amer sur la langue.

— Pas exactement...

Elle l'interrogea du regard.

— J'ai vu mon oncle, aujourd'hui.

Elle écarquilla les yeux.

— Quoi ?

— Oncle Vernon. Il est en mission pour l'ATC. Il reviendra dans un petit peu moins d'un mois.

Scarlett déglutit.

— Et il en profitera pour venir dîner, afin que je puisse le rencontrer ? demanda-t-elle, pleine d'espoir, tout en sachant que ce n'était pas ce qu'il voulait dire.

Jameson secoua la tête.

— Il en profitera pour vous sortir de là.

Comment ? Comment pouvait-il être sûr qu'elle obtiendrait un visa, en dépit des quotas ?

Comment pouvait-il être sûr que son oncle les ferait sortir du pays ? Comment ? Les questions la frappaient à une telle vitesse qu'elles ne faisaient que l'effleurer, parce que tout, dans son âme, au centre de son être, s'était focalisé sur l'autre pièce de ce puzzle.

— Dans moins d'un mois ? dit-elle dans un murmure à peine audible.

— Dans moins d'un mois, confirma-t-il. (La douleur dans son regard était quelque chose qu'elle n'oublierait jamais, mais il hocha la tête.) Si tu es d'accord.

Le choix lui revenait, mais elle savait qu'il n'y avait, en vérité, pas de choix à faire.

— Très bien, dit-elle, les larmes lui brûlant les yeux. Mais c'est seulement pour William.

Elle était prête à risquer sa vie pour rester avec Jameson, mais elle ne pouvait risquer celle de son fils s'il existait une alternative.

Jameson s'arracha un sourire puis pressa un baiser sur son front.

— Pour William.

27

Georgia

Mon tendre Jameson,
Tu me manques. Je t'aime. Je ne supporte plus d'être loin de toi. Je sais que je serai là avant cette lettre, mais j'arrive, mon amour. Je brûle de sentir de nouveau tes bras autour de moi...

Sidérée, je vis ma mère rempocher lentement son téléphone, les joues de plus en plus rouges.

— Je vais vous reposer la question : qu'est-ce que vous foutez là ? répéta Noah en avançant à grands pas vers le bureau.

— Elle est en train de scanner le manuscrit, murmurai-je, agrippant le dossier d'un fauteuil pour ne pas m'écrouler.

— Bordel.

Noah fondit sur le bureau, arracha la pile de feuilles d'une main et prit la chemise de l'autre. Puis il survola son travail, sans jeter un seul regard à ma mère.

— Elle a scanné le premier tiers, me dit-il en remettant le manuscrit dans la chemise.

— Pourquoi est-ce que tu as fait ça ? demandai-je, ma voix se brisant comme celle d'une enfant.

— Je voulais juste le lire. Grand-mère ne m'y a jamais autorisée, et on ne peut pas dire que nous étions en bons termes, toi et moi, la dernière fois que je suis venue, répondit ma mère en déglutissant.

J'inclinai la tête sur le côté, cherchant à comprendre.

— Nous étions en très bons termes jusqu'à ce que tu décides de disparaître après avoir obtenu ce que tu voulais. Je t'aurais laissée le lire si tu me l'avais demandé. Tu n'avais pas à faire les choses en douce. Tu n'avais pas à...

Tout fit soudain *tilt*, alors, et mon visage se draina de son sang.

— Tu ne le scannais pas pour toi.

— Il a tous les droits de le lire, Georgia, déclara-t-elle en dressant le menton. Tu sais très bien que ce fameux contrat stipule qu'il a un droit de préemption, et tu le lui as retiré. Tu aurais dû l'entendre, au téléphone... Il est affligé de te voir te servir de ça pour te venger.

Damian. Ma mère était en train de scanner le manuscrit pour Damian. Mon estomac se retourna.

— Elle ne vend pas les droits ! gronda Noah, la tension exsudant de chaque ligne de son torse. C'est plutôt difficile d'avoir un droit de préemption sur un contrat qui n'existe *pas*.

— Tu ne vends pas les droits d'exploitation ? répéta ma mère en me dévisageant d'un air incrédule.

— Non. Il s'est foutu de toi.

Damian avait toujours excellé dans ce rôle, mais je n'avais jamais vu quelqu'un entuber ma mère.

— Et je peux savoir pourquoi ? répliqua-t-elle, ce qui me plongea dans un nouveau silence sidéré.

— Pardon ? aboya Noah avant de reculer vers moi, la chemise calée sous son bras.

— Pourquoi tu ne vends pas ces droits ?! Tu sais combien ils valent ? Je vais te le dire, moi : des millions, Georgia ! Ils valent des millions, et lui... continua-t-elle en désignant Noah, il n'en possède *aucun*. Ça ne concerne que nous, Gigi. Toi et moi.

— C'est encore une histoire d'argent, murmurai-je.

Elle se mit à cligner des yeux puis s'adapta à la tournure que venait de prendre la conversation, son expression s'adoucissant.

— Ma présence à ta petite fête ne l'était pas, bébé. Mais j'étais là, alors... Je pense vraiment que ça pourrait être la clé pour le faire revenir, et il a promis de respecter le texte mot pour mot. Tu ne le crois pas ?

— Je n'ai pas envie qu'il revienne, et je ne crois pas un seul mot qui sort de sa bouche ! crachai-je, le feu courant dans mes veines, la colère brisant l'armure de mon incrédulité. Tu pensais vraiment pouvoir me forcer la main ? Me convaincre de lui vendre les droits ? À *lui* ?

Le regard de ma mère passait de Noah à moi.

— Je ne peux rien faire, de toute façon, vu que ce n'est pas le manuscrit terminé. (Ses yeux s'étrécirent alors en se concentrant sur Noah.) Où est la fin ?

La mâchoire de Noah se contracta.

— Il n'est pas fini, déclarai-je, et même s'il l'était, tu ne peux pas me forcer à faire quoi que ce soit.

— Des millions, chérie. Réfléchis deux minutes à ce que ça changerait pour nous, me supplia-t-elle en contournant le bureau.

— À ce que ça changerait pour *toi*, tu veux dire, répliquai-je en m'interposant entre elle et Noah. Tout tourne toujours autour de toi.

— Et en quoi ça te pose problème, au juste ?!

— Grand-mère *détestait* les films, et tu penses que, de tous ses livres, je vais vendre les droits de *celui-ci* à un producteur, d'autant plus l'homme qui a couché avec tout ce qui portait une jupe ?!

— Je me contrefous de ce qu'elle voulait, siffla-t-elle. Tout comme elle se foutait de moi.

— Ce n'est pas vrai. Elle t'aimait plus que tout. Elle t'a déshéritée seulement parce que tu avais décidé d'épouser un parieur endetté jusqu'au cou, pour que tu arrêtes de passer pour une vache à lait aux yeux de tous les types qui croisaient ta route. Elle t'a déshéritée pour te donner une chance de trouver quelqu'un qui t'aimait vraiment !

— Non, elle a fait ça pour me punir de l'avoir obligée à t'élever ! hurla-t-elle en pointant un doigt sur moi. Parce que c'est à cause de moi que mes parents étaient sur la route, ce soir-là. Ils venaient voir mon récital !

— Elle ne t'en a jamais voulu, maman.

Mon cœur se mit à cavaler d'impuissance face à tant d'égarement.

— La femme qui t'adorait si aveuglément n'existe pas pour moi, Georgia. (Elle pivota alors vers Noah.) Donnez-moi les fins. Les deux.

— Je t'ai dit qu'elles n'étaient pas écrites ! répétai-je.

Comment savait-elle même qu'il y en avait deux ? Elle tourna lentement le regard vers moi, ses traits se muant en une expression de telle pitié que je reculai malgré moi, percutant Noah.

— Oh, pauvre petite naïve... Tu n'as donc rien appris du dernier homme qui t'a menti ?

— Ça suffit. Tu t'en vas, maintenant, déclarai-je en me redressant.

Je n'étais plus la petite fille qu'elle avait abandonnée en pleine sieste, un après-midi, ni la pré-adolescente en peine qui regardait par la fenêtre pendant des heures après qu'elle avait une fois de plus disparu.

— Tu ne sais vraiment pas, hein ? lâcha-t-elle d'une voix débordant de compassion.

— Georgia vous a demandé de partir, gronda Noah derrière moi.

— Évidemment que vous voulez que je parte, vous. Pourquoi ne lui avez-vous pas dit que c'était terminé ? Qu'est-ce que vous pourriez obtenir d'autre en le lui cachant ?

Ma mère inclina la tête, exactement comme je l'avais fait quelques instants plus tôt avec elle, et je détestais cela. Je détestais le fait de lui ressembler autant. Je ne supportais pas d'avoir quoi que ce soit de commun avec elle.

Je voulais qu'elle parte. Tout de suite. Une bonne fois pour toutes.

— Noah n'a pas terminé, je te dis ! Il travaille dessus tous les jours, ici ! Je ne vendrai jamais les droits d'exploitation, et tu peux dire à Damian d'aller se faire foutre, parce qu'il ne touchera jamais à cette histoire. Jamais, tu entends ? Maintenant, tu peux partir de toi-même, ou je te mets à la porte. En tout cas, tu t'en vas.

— Tu auras besoin de moi quand tu te rendras compte de ta naïveté. Pourquoi lui mentir comme ça ? ajouta-t-elle en étudiant Noah du regard, comme si elle avait trouvé un rival à sa hauteur.

Sa remarque fut le coup de grâce.

— Ça fait bien longtemps que j'ai appris à ne plus avoir besoin de toi – plus ou moins au moment où j'ai compris que les autres mères ne partaient pas. Qu'elles venaient aux matchs de foot et aidaient leurs filles à se préparer pour les bals. Qu'elles choisissaient des costumes pour Halloween et achetaient de la glace pour panser les peines de cœur de leurs adolescentes. J'ai peut-être eu besoin de toi à un moment donné, mais c'est terminé.

Elle tressaillit, comme si j'avais levé la main sur elle.

— Que sais-tu de la maternité ? D'après ce que j'ai lu, c'est ce qui t'a fait perdre ton mari.

— Là, vous allez beaucoup trop loin, grogna Noah en s'apprêtant à lui sauter dessus, mais je m'appuyai contre lui pour l'en empêcher et secouai la tête en lâchant un petit rire : elle ne savait rien du tout.

— Tout ce que je connais de la maternité, je l'ai appris de ma mère. Je n'avais pas compris jusqu'à tout récemment, mais c'est le cas, maintenant. Ce n'est pas grave que tu n'aies pas su m'élever. Vraiment. Je ne t'en veux pas d'avoir été une gamine quand tu m'as eue. Tu m'as donné une maman géniale. Une maman qui venait aux matchs, qui m'aidait à choisir mes robes pour les soirées, qui m'écoutait parler pendant des heures sans ciller et qui ne m'a pas une seule fois donné l'impression d'être un fardeau, qui n'a jamais rien attendu de moi. Tu m'as appris que toutes les mamans ne se faisaient pas appeler comme ça. La mienne se faisait appeler grand-mère, déclarai-je en inspirant d'une voix tremblante. Et j'ai fait la paix avec ça.

Elle me dévisagea comme si c'était la première fois qu'elle me voyait, puis elle croisa les bras sous sa poitrine.

— Très bien. Si tu ne veux pas vendre les droits... si tu n'as pas assez de jugeote pour prendre cet argent, ou assez de compassion pour *me* laisser le prendre, rien de ce que je pourrais dire ne changera quoi que ce soit.

— Pour une fois, nous sommes d'accord.

Mon corps se contracta, sachant qu'il s'agissait là du préambule de son attaque finale.

— Mais je me dois de te dire qu'il a terminé le livre. Les deux fins. Si tu ne me crois pas, appelle Helen, comme je l'ai fait. Appelle son éditeur. Le préposé au courrier, même ! Tout le monde est au courant que c'est terminé, que tu n'as plus qu'à choisir une fin. (Elle se tourna vers Noah.)

Vous êtes un sacré numéro, Noah Harrison. Au moins, moi, je n'ai jamais voulu que de l'argent. Damian, lui, voulait avoir accès aux droits de Scarlett. Et vous, que vouliez-vous ? (Elle passa devant nous, s'arrêtant à côté de sa valise qui attendait devant les portes du bureau et que je n'avais pas vue.) Oh, et vous devriez envoyer une bonne bouteille de scotch à votre éditeur, parce que cet homme est un vrai chien de garde. Personne n'a vu le manuscrit à part lui.

Elle récupéra sa valise et quitta la pièce. La porte d'entrée claqua quelques secondes plus tard.

— Georgia.

Il y avait dans la voix de Noah une pointe de quelque chose que je n'avais jamais perçu jusqu'ici – du désespoir.

Ma mère avait appelé Helen. Helen ne mentirait pas. Elle n'avait aucune raison de le faire, n'avait rien à y gagner. Le sol tanguait sous mes pieds, mais je parvins à marcher jusqu'à la fenêtre avant de me tourner vers Noah, mettant toute la distance possible entre nous, dans l'éventualité où ma mère aurait dit la vérité.

— Est-ce que c'est vrai ?

J'enroulai mes bras autour de mon corps et fixai l'homme dont je m'étais bêtement autorisée à tomber amoureuse.

— Je vais t'expliquer.

Il posa le manuscrit sur le bureau et avança d'un pas vers moi, mais quelque chose dans mon regard dut le dissuader, car il se figea.

— Tu as terminé d'écrire le livre ? demandai-je d'une voix faible.

Un muscle de sa mâchoire tressauta une fois. Deux fois.

— Oui.

Au fond de mon esprit, je l'entendis : dans un hoquet, un gargouillis, l'amour qui m'avait consumée moins d'une heure plus tôt, venait de se muer en quelque chose d'ignoble et de toxique.

— Georgia, ce n'est pas ce que tu penses.

Son regard me suppliait de l'écouter, mais je n'avais pas fini de l'interroger.

— Quand ?

Il marmonna un juron et noua les doigts sur le sommet de son crâne.

— Quand as-tu terminé le livre, Noah ? crachai-je, m'agrippant à la rage pour éviter de me noyer dans la marée de désespoir qui s'élevait de mon âme.

— Début décembre.

Mon regard s'enflamma. *Six semaines.* Cela faisait six semaines entières qu'il me mentait. Que m'avait-il caché d'autre ? Avait-il une petite amie à New York ? M'aimait-il vraiment ? Ou n'était-ce qu'un gros mensonge ?

— J'ai conscience que ce n'est pas bien...

— Sors d'ici.

Il n'y avait aucune émotion dans ma voix, plus aucun sentiment dans mon corps.

— Tu venais de me dire que tu ne voulais rien d'autre qu'une aventure, et j'étais déjà amoureux de toi. Je ne pouvais pas partir. Ce que j'ai fait est mal, et j'en suis navré. J'avais simplement besoin de temps...

— Pour quoi faire ? Jouer avec mes émotions ? C'est ça qui t'excite ?

— Non ! Je suis amoureux de toi ! Je savais que si nous avions assez de temps, toi aussi, tu finirais par m'aimer, avoua-t-il en laissant tomber ses bras.

— Tu m'aimes.

— Tu le sais très bien.

— On ne force pas quelqu'un à vous aimer en lui mentant et en le manipulant, Noah. Ce n'est pas comme ça que ça fonctionne, l'amour !

— Je n'ai fait que nous donner le temps dont nous avions besoin.

— Et qu'est-il arrivé à « Je ne romps jamais une promesse », hein ?

— Ce n'est pas ce que j'ai fait ! Le premier jet est-il écrit ? Oui. Mais le livre n'est pas terminé. Je suis venu ici tous les jours pour rectifier les deux versions, pour nous donner autant de temps que possible avant que tu aies à choisir l'une des deux. Avant que tu mettes un terme à notre histoire parce que tu as peur.

— Tu as menti. Apparemment, ma prudence était légitime. Prends ton ordinateur et tes mensonges, et pars d'ici. Je te ferai parvenir le reste de tes affaires. Va-t'en.

J'avais fait l'erreur de m'accrocher à Damian après son premier mensonge, et il m'avait fait perdre huit années de ma vie ensuite. Plus jamais.

— Georgia… dit-il en venant vers moi, le bras tendu.

— Va-t'en ! hurlai-je en un cri guttural qui me brûla la gorge.

Il laissa retomber sa main et ferma les yeux.

Une seconde passa. Puis deux. Lorsque ses paupières se rouvrirent, une bonne dizaine de secondes s'étaient écoulées, juste de quoi me faire savoir que ce moment ne me tuerait pas. Que je continuerais à respirer malgré la douleur. Noah le vit aussi, et il hocha lentement la tête, nos regards verrouillés l'un à l'autre.

— Très bien. Je m'en vais. Mais tu ne peux pas m'empêcher de t'aimer. Oui, j'ai foiré, mais tout ce que je t'ai dit est la vérité.

— Tu joues une fois de plus avec les mots, murmurai-je, cherchant à invoquer la glace que j'avais fait naître dans mes veines durant mon mariage, mais Noah avait tout pris – il en avait fait fondre jusqu'au dernier éclat et m'avait laissée sans défense.

Il grimaça. Un instant plus tard, il recula lentement, contournant le bureau et ouvrant l'un des tiroirs. D'un geste nerveux, il posa un ensemble de feuilles reliées à la gauche du manuscrit, un autre à sa droite.

Les deux fins étaient là depuis tout ce temps. Je n'avais même pas pensé à regarder ou à douter de lui.

Il récupéra son ordinateur et fit le tour du bureau, s'arrêtant au fauteuil pour pivoter vers moi. Il n'avait pas le droit d'afficher cet air de martyre, pas quand il m'avait menti pour atteindre mon cœur.

— Les deux fins sont là. Fais-moi savoir laquelle tu choisis. J'honorerai ton choix.

Je serrai les bras un peu plus fort, suppliant mon âme fissurée de tenir le coup encore un petit instant. Je pourrais craquer lorsqu'il serait parti, mais je ne lui donnerais pas la satisfaction de me voir m'effondrer devant lui.

— Il y a certaines choses pour lesquelles on doit se battre, Georgia. On ne peut pas s'en aller et les laisser inachevées lorsque ça devient trop compliqué. Si je pouvais grimper dans un avion et combattre les nazis pour gagner ton amour, je le ferais. Mais tout ce contre quoi je dois me battre, ce sont tes démons, et ils ne me font pas de cadeaux. Garde ça en tête, en lisant ces deux fins – l'heureuse et... la poignante. L'histoire d'amour épique et rare, dans cette pièce, n'est pas celle de Scarlett et Jameson. C'est la nôtre.

Un long regard chargé de désir plus tard, il était parti.

Je m'effondrai.

28

Mai 1942

Ipswich, Angleterre

Scarlett se cramponnait à Jameson, les ongles plantés dans la chair de son dos tandis qu'il allait et venait en elle à coups de reins puissants. Rien au monde n'était comparable au poids de son corps au-dessus d'elle, dans ces moments où il n'y avait ni guerre, ni danger, ni séparation imminente. Dans ce lit, il n'y avait plus qu'eux deux, communiquant avec leurs corps quand les mots manquaient.

Elle poussa un gémissement quand un plaisir indescriptible s'embrasa au creux de ses reins, et il l'embrassa avidement pour avaler le son. Ils maîtrisaient quasiment à la perfection l'amour sans bruit, depuis quelques mois.

— Je n'en aurai jamais assez de toi, murmura-t-il contre ses lèvres.

Elle gémit en guise de réponse et cambra les hanches avant d'enrouler une jambe autour de sa taille pour qu'il plonge plus loin en elle. Elle était si proche...

Il lui agrippa la cuisse et poussa son genou vers sa poitrine, la prenant plus profondément, puis il se mit à rouler des hanches, formant des cercles entêtants, la maintenant au bord de l'extase sans toutefois lui donner ce qu'elle désirait.

— Jameson, le supplia-t-elle en plongeant ses mains dans ses cheveux.

— Dis-le, souffla-t-il avec un sourire et un autre coup de reins.

— Je t'aime. (Elle dressa la tête et l'embrassa.) Mon cœur, mon âme, mon corps... tout t'appartient.

C'était toujours le « je t'aime » qui avait raison de lui, et cette fois ne fit pas exception.

— Je t'aime, murmura-t-il en passant sa main entre leurs deux corps, jouant avec ses doigts pour la faire décoller.

Les cuisses de Scarlett se tendirent, ses muscles pris de tremblements, et elle l'entendit susurrer « Scarlett, ma Scarlett... » tandis que l'orgasme la submergeait.

Lorsqu'elle hurla, il plaqua sa main sur sa bouche, et quelques coups de reins plus tard, il se joignit à elle, se crispant au-dessus de son corps en trouvant sa libération.

Ils ne formaient plus qu'un amas de membres luisants et de sourires quand il les fit rouler sur le flanc.

— Je ne veux plus jamais quitter ce lit, déclara-t-il en repoussant une mèche de cheveux de la joue de sa femme pour la caler derrière son oreille.

— J'adore ce plan, dit-elle avant de faire courir ses doigts sur son torse musculeux. Tu penses que ce sera toujours comme ça ?

Il posa la paume dans son dos.

— Quoi ? Ce besoin insatiable de déshabiller l'autre ?

— Quelque chose comme ça, oui, répondit-elle avec un sourire.

— J'espère bien. Je n'imagine rien de mieux que d'avoir l'honneur de te retirer tes vêtements pour le reste de ma vie, commenta-t-il en remuant les sourcils, ce qui la fit s'esclaffer.

— Même quand nous serons vieux ?

Elle caressa sa mâchoire du dos de la main, sa barbe naissante lui grattant la peau.

— Surtout quand nous serons vieux. Nous n'aurons plus à rester discrets pour notre fils.

Ils se turent alors, guettant l'appel imminent du petit déjeuner, mais William dormait toujours – il était calme, en tout cas.

Scarlett sentit son cœur se serrer. Trois jours. C'était tout ce qu'il leur restait avant qu'elle doive partir. Jameson avait reçu la confirmation de son oncle la veille. Combien de temps devraient-ils vivre loin l'un de l'autre ? Combien de temps encore durerait cette guerre ? Et si c'étaient les trois derniers jours qu'elle passait avec lui ? Chaque question lui comprimait un peu plus la poitrine, au point que même respirer lui était pénible.

— N'y pense pas, murmura-t-il, son regard scrutant son visage, comme s'il avait besoin d'en mémoriser chaque détail.

— Comment sais-tu à quoi je pense ?

Elle tenta de s'arracher un sourire, en vain.

— Moi-même, je suis incapable de penser à autre chose, admit-il. J'aurais tellement aimé qu'il y ait une autre solution pour vous garder avec moi, pour le protéger.

Elle hocha la tête, se mordant la lèvre pour cacher ses tremblements.

— Je sais.

— Tu vas adorer le Colorado, lui assura-t-il, une lueur de joie éclairant son regard. L'air est raréfié, ce qui va te demander un petit temps d'adaptation, mais les montagnes sont si hautes qu'on a l'impression qu'elles touchent le ciel. C'est magnifique, et en toute honnêteté la seule chose que j'ai vue, dans ma vie, qui soit plus bleue que le ciel du Colorado, ce sont tes yeux. Ma mère vous attend ; elle a préparé la maison pour William et toi. Oncle Vernon t'aidera à gérer les démarches d'immigration et, qui sait, peut-être auras-tu terminé ton livre lorsque je serai de retour ?

Peu importait la beauté du tableau qu'il dépeignait, il n'était pas dedans, en tout cas pas dans un futur immédiat. Mais elle ne le lui dirait pas. Leurs adieux auraient lieu dans quelques jours seulement, et elle savait qu'il lui fallait rester forte, non seulement pour Jameson, mais aussi pour William. Il était inutile de se lamenter. Son visa avait été approuvé deux semaines plus tôt, leur voyage planifié, et il leur restait beaucoup de choses à faire – deux vies à mettre dans des valises.

— Je ne prends pas le phonographe.

C'était le seul sujet de discorde entre eux.

— On dit un tourne-disque, et ma mère m'a demandé de le rapporter.

Scarlett haussa un sourcil.

— Je croyais qu'elle t'avait demandé de le rapporter *toi*, en vie.

Elle fit courir ses doigts dans ses cheveux, gravant dans sa mémoire la sensation de ses mèches contre sa peau.

— Tu lui diras que je l'ai rapporter *avec* ma vie, parce que c'est ce que vous êtes, William et toi. Ma vie. (Il prit sa joue dans sa paume et la regarda avec une telle intensité qu'elle avait l'impression qu'il la touchait avec ses yeux.) Plus tard, quand tout ça sera terminé, nous verrons cette séparation comme une simple parenthèse dans notre histoire.

Le ventre de Scarlett se noua. Les seules parenthèses dans son quotidien, aujourd'hui, étaient les moments où ils n'avaient pas à s'abriter d'un raid imminent.

— Je t'aime, Jameson, souffla-t-elle avec toute sa rage. Si je pars, ce n'est que pour William.

— Je t'aime aussi. Et le fait que tu acceptes de partir pour protéger notre fils ne me fait que t'aimer davantage.

— Trois jours, murmura-t-elle, brisant déjà sa détermination à rester forte.

— Trois jours, répéta-t-il en s'arrachant un sourire. La cavalerie arrive, mon amour. Les forces américaines sont en route, et qui sait, au même moment l'année prochaine, tout sera peut-être terminé.

— Et si ce n'était pas le cas ?

— Dites-moi, Scarlett Stanton, chercheriez-vous à me faire comprendre que vous ne m'attendrez pas ?

Le coin de sa bouche s'étira en un sourire qu'elle aurait presque qualifié de suffisant.

— Je t'attendrai toute la vie, promit-elle. Tu t'en sortiras, ici, sans moi ?

— Non, avoua-t-il tout bas. Ça n'ira mieux que lorsque je vous aurai retrouvés. Tu pars avec mon cœur, Scarlett. Mais je survivrai, jura-t-il en posant son front contre le sien. Je volerai. Je me battrai. Je t'écrirai tous les jours et je rêverai de toi toutes les nuits.

Elle luttait pour ne pas se laisser submerger par le chagrin, le repoussant en se rappelant qu'il leur restait trois jours.

— Ça ne te laissera pas beaucoup de temps pour fréquenter une autre fille, dit-elle pour le taquiner.

— Il n'y aura jamais d'autre fille. Il n'y a que toi, Scarlett. Il n'y a que ça. (Il l'attira plus près de lui.) Je regrette simplement de ne pas avoir de permission, aujourd'hui.

Elle renâcla.

— Ils t'ont donné le week-end dernier pour le mariage de Constance, et tu pourras également nous accompagner jusqu'à l'avion. Je ne peux pas me plaindre.

— Tu appelles ça un mariage, toi ? J'ai plus eu l'impression d'être à un enterrement, dit-il avec une grimace.

— C'était les deux.

Constance était allée jusqu'au bout et avait épousé Henry Wadsworth le week-end précédent, monsieur l'Opportuniste avait officiellement un pied dans la haute société britannique, Constance avait protégé la terre qu'elle aimait tant, et l'avenir financier de leurs parents était sécurisé.

— C'était la célébration hors de prix d'un simple marché, maugréa Scarlett.

Ils restèrent allongés encore un instant, le soleil se hissant dans le ciel, la lumière dans leur chambre passant d'un rose poudré à une nuance plus éclatante. Ils ne pouvaient pas repousser plus longtemps le début de la journée, même si Jameson la convainquit de prendre une douche avec lui.

Vingt minutes et un autre orgasme plus tard, il l'enveloppa dans une serviette puis en enroula une autre autour de sa taille avant de se raser. Scarlett s'adossa au cadre de la porte pour mieux le regarder. C'était une routine dont elle n'arrivait pas à se lasser, principalement parce qu'il faisait en général cela torse nu. Une fois que ce fut terminé, elle regagna la chambre pour s'habiller alors que William poussait ses premiers cris de la journée.

— Je m'en occupe, dit Jameson, qui marchait déjà vers la chambre du petit.

Scarlett s'habilla, écoutant la douce voix de son mari lever leur fils en chantant.

Entre le mariage de Constance, le week-end passé, et leur voyage imminent, elle avait décidé d'habituer William au biberon, ce qui lui donnait en plus l'avantage de pouvoir regarder Jameson nourrir leur enfant, ce qu'elle fit une dizaine de minutes plus tard. Le lien entre eux deux était indéniable. Jameson avait droit aux plus grands sourires de leur fils, quand il rentrait, et c'était avec lui que William se calmait le plus facilement, quand il était grincheux. À cet instant, il tenait son biberon d'une main tout en jouant de l'autre avec les boutons de l'uniforme de son père. Scarlett se fichait de cette préférence évidente, surtout quand elle savait qu'ils ne se verraient peut-être pas pendant un an, voire plus...

William aurait-il le moindre souvenir de Jameson ? Devraient-ils tout recommencer ? Il était difficile de croire qu'un lien si fort puisse être affaibli par quelque chose d'aussi indéfini que le temps.

— Tu veux que je te prépare un café ? proposa Scarlett tandis que Jameson berçait leur petit, installé dans la cuisine.

— J'en prendrai un à la base, ne t'inquiète pas, répondit-il avec un sourire avant de poser un regard admirateur sur William. Il a vraiment pris le meilleur de nous deux, tu ne trouves pas ?

Scarlett fit passer ses cheveux par-dessus son épaule et se pencha vers leur fils.

— Je pense sincèrement que tes yeux sont beaucoup plus beaux que les miens, mais oui, je suis d'accord.

William avait ses cheveux noirs, mais la peau dorée de Jameson. Il avait les pommettes hautes de sa mère, mais le menton et le nez de son père.

— Le bleu Stanton, commenta Jameson avec un nouveau sourire. J'espère que tous nos enfants l'auront.

— Oh, tu envisageais d'en avoir d'autres ? dit-elle pour le taquiner alors qu'il l'attirait sur son genou libre.

— Nous faisons des enfants si beaux que ce serait dommage de s'arrêter là, commenta-t-il en la gratifiant d'un doux baiser.

— Nous nous occuperons de ça quand nous serons tous dans le Colorado.

Elle voulait une petite fille avec les yeux et la témérité de Jameson. Elle voulait également que William connaisse la joie d'être grand frère.

— Je t'emmènerai pêcher, promit Jameson à leur fils. Et je t'apprendrai à camper sous des étoiles si brillantes qu'elles illuminent le ciel de minuit. Je te montrerai les coins les plus sûrs où traverser le ruisseau, et quand tu auras l'âge, je t'apprendrai aussi à voler. En m'attendant, tu devras juste faire attention aux ours.

— Aux ours ? répéta Scarlett d'un ton crispé.

— Pas d'inquiétude, dit-il en s'esclaffant, puis il la prit par la taille. La plupart ont peur de ta grand-mère... Les cougars également. Mais elle va t'adorer. (Il se tourna vers Scarlett.) Elle va vous adorer tous les deux, autant que je vous aime moi.

Il fit alors passer à contrecœur William dans les bras de sa femme, et ils se levèrent.

— Je rentre au plus vite, dit-il en les enlaçant.

— Bien. (Elle se dressa sur la pointe des pieds pour l'embrasser.) Et ne parlons plus du phonographe.

Jameson lui rendit son baiser avant d'éclater de rire.

— Le tourne-disque part avec vous.

— Comme je viens de le dire, répliqua-t-elle avec un air sévère, n'en parlons plus.

Scarlett n'était pas superstitieuse, mais la plupart des pilotes l'étaient, et rapporter cet objet à la mère de Jameson lui donnait l'impression de provoquer la malchance.

— On verra quand je rentrerai, promit-il.

Puis il l'embrassa de nouveau, passionnément, avant de déposer un baiser sur le front de William et de sortir.

— « On verra », ça veut dire que maman va gagner, souffla-t-elle à son fils en le chatouillant.

Il éclata d'un rire cristallin qui ne pouvait être que contagieux.

Jameson roula des épaules, cherchant à soulager la douleur désormais permanente dans ses muscles. Leur objectif, une cible à la frontière allemande, avait été atteint, et même si les trois bombardiers qu'ils escortaient avaient essuyé des tirs, ils survolaient les Pays-Bas en un seul morceau. C'était ce qu'il appelait une bonne journée.

Il jeta un coup d'œil à la photo calée sous la jauge et sourit. C'était toujours celle de Scarlett que Constance lui avait donnée presque deux ans plus tôt. Il savait qu'elle avait peur d'attirer le mauvais œil en rapportant le tourne-disque, mais cette photo lui apportait toute la chance dont il avait besoin. Et puis, il n'avait envie de danser avec personne d'autre que sa Scarlett, et ils auraient tout le temps de le faire une fois que cette guerre serait terminée.

— Nous sommes dans les temps, commenta Howard dans la radio, par le biais du canal réservé à leur escadrille.

— Ne vends pas la peau de l'ours avant de l'avoir tué, répondit Jameson en regardant à droite, où Howard volait en tant que *blue lead*, à environ deux cents mètres de là.

La seule chose qu'il aimait dans la formation en colonne, c'était d'être leader avec Howard. Aujourd'hui, il était *red lead*.

Mais son ami avait raison : ils étaient dans les temps. À cette allure, il ne serait pas rentré pour le dîner, mais il aurait peut-être le temps de coucher William.

Puis ce serait sa femme qu'il mettrait au lit. Il comptait bien profiter de chaque seconde qu'il leur restait ensemble.

— *Blue lead*, ici *blue four*, terminé, lança une voix dans la radio.

— Ici *blue lead*, j'écoute, répondit Howard.

Ce que Jameson détestait dans la formation en colonne, c'était qu'elle obligeait leurs jeunes recrues, les pilotes qui avaient le moins d'expérience au combat, à rester en arrière.

— Je crois avoir vu quelque chose au-dessus de nous.

Sa voix tremblante se brisa à la fin de sa phrase. C'était certainement le nouveau, celui qui était arrivé la semaine précédente – un gamin.

— Tu crois ? Ou tu es sûr ? demanda Howard.

Jameson leva la tête pour regarder à travers le verre de son cockpit, mais les seules choses qu'il distinguait sur la masse nuageuse étaient leurs propres ombres dessinées par le soleil couchant.

— Je crois...

— *Red lead*, ici *red three*, terminé, intervint alors Boston.

— Ici *red lead*, j'écoute, répondit Jameson, qui balayait toujours le ciel du regard.

— J'ai vu quelque chose aussi.

Jameson sentit les poils se dresser dans sa nuque.

— Au-dessus, à deux heures ! cria Boston.

Il avait à peine terminé qu'une formation de chasseurs allemands perçait les nuages en ouvrant le feu.

— Séparez-vous ! aboya Jameson.

Dans sa vision périphérique, il vit Howard virer brusquement à droite et Cooper, qui volait en *white lead* à gauche, faire la même chose.

Jameson tira sur le manche, braquant vers le ciel pour guider ses hommes. Dans un combat tournoyant, celui qui était le plus haut avait l'avantage. Une fois qu'il se fut éloigné du groupe *blue*, Jameson fit pivoter son appareil pour faire face à l'ennemi. Il verrouilla le premier chasseur dans son viseur et laissa le monde s'évaporer.

Il tira en même temps que l'Allemand, et le verre derrière lui se brisa alors qu'ils manquèrent de se percuter, fonçant l'un vers l'autre.

— Je suis touché ! lança Jameson en vérifiant son tableau de bord.

Le vent soufflait à travers le verre brisé du cockpit, mais le reste tenait bon. La pression d'huile était bonne. L'altitude, stable. Le niveau de carburant, stable aussi.

— Stanton ! cria Howard.

— Je crois que ça va, répondit-il.

La bataille se jouait en dessous d'eux, désormais, et il vira à gauche pour se jeter dans la mêlée.

Le cockpit fut traversé d'une nouvelle vague d'air quand il plongea, arrachant la photo de Scarlett de sous la jauge. Elle disparut avant qu'il puisse la rattraper.

La radio était une véritable cacophonie d'appels, les chasseurs allemands étant décidés à faire tomber les bombardiers. Ses lunettes protégeaient ses yeux, mais il sentit un filet chaud sur sa joue gauche et y passa son gant avant d'y poser le regard.

Il était rouge.

— Ce n'est rien, dit-il à haute voix pour se rassurer.

Il devait s'agir du verre. Il serait déjà mort s'il avait été touché directement.

Perçant la masse nuageuse, il garda le doigt sur la détente et fonça vers le chasseur le plus proche, qui avait un Spitfire dans le viseur.

Pris d'une décharge d'adrénaline, chacun de ses sens affûté, il accéléra encore.

L'Allemand rata son premier tir.

Pas Jameson.

Le chasseur ennemi chuta dans un panache de fumée noire, disparaissant dans l'épaisse brume des nuages, en dessous.

— J'en ai eu un ! cria Jameson, mais sa victoire fut de courte durée, un autre chasseur – non, deux autres – arrivant derrière lui.

Il tira violemment sur le manche, montant en altitude tout en virant à droite, manquant de peu un rendez-vous avec la mort, les coups effleurant son appareil en sifflant.

— C'était moins une, bébé, souffla-t-il, comme si Scarlett pouvait l'entendre de l'autre côté de la mer du Nord.

Mourir n'était pas une option ; il n'avait aucune intention que ça lui arrive aujourd'hui.

— J'en ai un derrière moi ! cria le nouveau en passant directement sous Jameson, le chasseur allemand sur ses talons.

— J'arrive, répondit-il.

Il sentit le coup, comme si quelqu'un avait frappé le bas de son siège avec une masse, avant même de voir l'autre chasseur.

L'appareil répondait toujours, mais la jauge de carburant se mit à baisser dramatiquement – ce qui ne signifiait qu'une seule chose.

— Ici *red lead*, annonça-t-il aussi calmement que possible. J'ai été touché, et je perds du carburant.

Il avait déjà atterri sans moteur. Ce n'était pas évident, mais il pouvait le refaire. La seule question était de savoir s'ils étaient au-dessus de la terre ou de la mer. La terre serait préférable. La terre, il pouvait gérer.

Certes, il y avait des risques qu'il soit capturé et fait prisonnier de guerre, mais il avait grandi dans les montagnes, et il se savait doué pour l'évasion.

— *Red lead*, où es-tu ? lança Howard.

La jauge de carburant tomba à zéro, et le moteur se mit à crachoter.

Le monde se fit horriblement silencieux tandis que Jameson tombait dans les nuages, le bruit des bourrasques remplaçant le grondement de son moteur.

Reste calme, se disait-il alors que son magnifique Spitfire se transformait en planeur. Plus bas, toujours plus bas. Désormais, il ne pouvait que piloter, suivre le mouvement.

— *Blue lead*, je suis dans les nuages. (Son ventre se noua face à ce manque soudain et total de visibilité.) Je plonge.

— Jameson ! cria Howard.

Il posa les yeux sur l'espace vide où s'était trouvée la photo. *Scarlett*. L'amour de sa vie. La raison de son existence. Pour elle, il survivrait, peu importait ce qu'il y avait sous ces nuages. Il s'en sortirait, pour eux. Pour Scarlett et William.

Il était prêt.

— Howard, dis à Scarlett que je l'aime.

29

Noah

Scarlett, ma Scarlett,
Épouse-moi. Je t'en supplie, aie pitié de moi et accepte d'être ma femme. Les journées sont longues, ici, mais les nuits le sont encore plus. Je suis incapable de penser à autre chose qu'à toi. Comme c'est étrange d'être entouré d'Américains, d'entendre des expressions et des accents familiers, quand je ne désire qu'une chose : le son de ta voix. Dis-moi que tu pourras bientôt avoir une permission. Il faut que je te voie. S'il te plaît, retrouve-moi à Londres le mois prochain. Nous prendrons des chambres séparées. Je me fiche de savoir où je dors, tant que je peux te voir. Je meurs à petit feu, ici, Scarlett. J'ai besoin de toi.

Était-ce une coïncidence ? Une preuve ? Est-ce que ça avait même de l'importance ? Je parcourus les quatre documents que mes avocats m'avaient envoyés par e-mail une heure plus tôt. Trois certificats de décès. Un de mariage.

Mon téléphone vibra sur le bureau, et mon regard se braqua aussitôt sur l'écran. *Adrienne.*

Je refusai l'appel et me reprochai tout bas d'espérer chaque fois qu'on cherchait à me joindre. Évidemment que ce n'était pas Georgia, mais cela ne m'empêchait pas de continuer à espérer.

Je sentis ma poitrine se serrer en pensant à elle, et je frottai la zone au niveau de mon cœur, comme si cela pouvait aider à soulager la douleur. Ce n'était pas le cas. Tout me manquait chez elle. Pas seulement les choses purement physiques, comme le fait de la tenir dans mes bras ou de la voir sourire. J'avais envie de lui parler, d'entendre son point de vue – qui différait toujours du mien. Il y avait aussi sa voix chargée d'excitation quand elle parlait du travail avec la fondation, la lumière qui faisait de nouveau briller ses yeux depuis qu'elle avait décidé de reprendre sa vie en main...

Je voulais faire partie de cette vie, plus encore que je ne voulais mes deux prochains contrats.

Adrienne rappela.

Je refusai une fois de plus l'appel.

Ma petite sœur était restée à mes côtés pendant que j'avais fait mes valises, dans la chambrette de Grantham Cottage. Nous étions retournés à New York dans le même avion, bien que je ne me souvienne pas de grand-chose, entre le brouillard dans mon cœur détruit et les hurlements haineux assenés par mon cerveau. Elle avait eu beau insister pour me raccompagner chez moi, nous nous étions séparés à l'aéroport, et depuis, j'avais fait en sorte d'ignorer le reste du monde.

Malheureusement, le monde ne m'ignorait pas en retour.

Le nom d'Adrienne apparut de nouveau sur l'écran, et un élan de panique me traversa. *Et si elle avait un problème ?* Je pris aussitôt l'appel, qui passa automatiquement dans mes oreillettes Bluetooth.

— Il se passe quelque chose avec maman ? dis-je d'une voix rauque faute d'avoir servi ces derniers temps.

— Non.

— Les enfants ?

— Non. Écoute, si tu...

— Mason ?

— Tout le monde va bien sauf toi, Noah, soupira-t-elle.

Je raccrochai et reportai le regard sur mon ordinateur. Les images jointes à l'e-mail étaient granuleuses – de toute évidence, des scans des originaux –, et il avait fallu six jours et un coup de fil à mes avocats pour les recevoir.

Adrienne appela de nouveau.

Pourquoi les gens refusaient-ils de me laisser tranquille ? Je voulais panser mes blessures tout seul ; était-ce si difficile à comprendre ?

— Quoi ? grognai-je en décrochant, quand ce que j'avais vraiment envie de faire était d'envoyer voler l'appareil à travers la fenêtre.

— Ouvre ta porte, crétin, aboya-t-elle avant de raccrocher.

Je pianotai des doigts sur le bureau, regrettant que ce ne soit pas du bois de cerisier verni, plutôt que ce verre contemporain, et qu'il ne se trouve pas à trois mille mètres d'altitude et quasiment trois mille kilomètres de là. J'inspirai alors un bon coup, reculai mon fauteuil et gagnai la porte d'entrée de mon appartement, que j'ouvris d'un geste agacé.

Adrienne se tenait sur le seuil, son manteau boutonné jusqu'au col, un porte-gobelet dans une main et son téléphone dans l'autre, ses lèvres remuant à toute vitesse tandis qu'elle me poussait pour passer.

Je retirai mes écouteurs, les laissant pendre autour de mon cou tout en refermant la porte.

— ... tu pourrais au moins m'assurer que tu es en vie ! l'entendis-je conclure.

— Je suis en vie.

— C'est ce que je vois. Ça fait dix bonnes minutes que je frappe, Noah.

— Désolé. Ce sont des oreillettes antibruit, dis-je en désignant les Bose autour de mon cou, puis je retournai dans mon bureau. Je suis en plein dans des recherches, là.

— Non, tu es en plein auto-apitoiement, rétorqua-t-elle en me suivant. Ouah, lâcha-t-elle alors que je me laissais retomber dans mon fauteuil. Je croyais que le bouquin de Stanton était terminé ?

Elle avait le doigt pointé vers la pile des romans de Scarlett qui jonchaient la table basse, devant le canapé.

— C'est le cas. Tu le sais très bien.

C'était pour cela que j'étais à Manhattan, et non à Poplar Grove.

— Tu es dans un état lamentable. (Elle poussa deux chemises kraft et posa le porte-gobelet à la place.) Tiens, prends un peu de caféine.

— Le café ne résoudra rien, commentai-je en abandonnant mes oreillettes sur une pile de feuilles, puis je me renfonçai dans mon siège. Mais merci.

— Ça fait huit jours, Noah.

Elle déboutonna son manteau et le posa sur le fauteuil qu'elle avait réquisitionné, face à mon bureau.

— Et ?

Huit jours et huit nuits *insoutenables* et sans sommeil. J'étais incapable d'aligner deux pensées et d'avaler quoi que ce soit, ne cessant de me demander ce qui se passait dans la tête de Georgia.

— Et tu arrêtes de t'apitoyer, maintenant !

Elle prit l'un des deux gobelets et s'enfonça dans le fauteuil. Elle me ressemblait tellement, à cet instant, que c'en était presque risible.

— Ce n'est pas toi, ça.

— Je ne suis pas au meilleur de ma forme, répliquai-je en la fusillant du regard. Tu n'es pas censée être la plus compatissante de la famille ?

— Seulement parce que le rôle de la tête de lard était déjà pris, dit-elle en sirotant son café.

Les coins de mes lèvres s'étirèrent malgré moi.

— Ouah ! Il vit, mesdames et messieurs ! s'exclama-t-elle en levant son gobelet.

— Pas sans elle, dis-je tout bas en jetant un coup d'œil aux gratte-ciel de Manhattan. (J'ignorais ce que c'était, mais ce n'était pas vivre, en tout cas. Exister, peut-être, mais pas vivre.) Tu sais, j'ai toujours pensé que l'expression « *tomber* amoureux » était un oxymore. On devrait s'élever, plutôt, non ? L'amour est censé vous faire croire que vous êtes au sommet. Mais peut-être que cette expression est si populaire parce que le fait d'y arriver est quelque chose de rare... Tout le monde se plante, à la fin.

— Ce n'est pas terminé, Noah, lui rétorqua Adrienne en s'adoucissant. Je vous ai vus, tous les deux. La façon dont elle te regardait... C'est impossible que ça se termine comme ça.

— Si tu l'avais vue me regarder dans ce bureau, tu ne dirais pas la même chose. Je l'ai vraiment blessée, répliquai-je d'une voix chagrinée. Et je lui avais promis tout le contraire.

— Tout le monde fait des erreurs. Même toi. Mais t'enterrer dans ton appart et dans ce... je ne sais quoi, dit-elle en désignant le capharnaüm sur mon bureau, ne va pas t'aider à la récupérer.

— Je t'en prie, grommelai-je en croisant les bras, donne-moi la formule magique pour récupérer la femme à qui j'ai délibérément menti pendant des semaines !

— C'est sûr que dit comme ça... Au moins, tu ne l'as pas trompée, comme son ex.

— Je doute que relativiser mon mensonge en me comparant à son ex-mari volage soit une bonne idée, soupirai-je en me frottant l'arête du nez. J'ai sorti ma meilleure arme, les mots, avec lesquels j'ai joué pour obtenir ce que je voulais, et ça s'est retourné contre moi, point. Elle ne me le pardonnera jamais.

— Donc d'après toi, c'est une Darcy ? murmura-t-elle en inclinant la tête.

— Hein ?

— Une fois qu'elle a été déçue, son estime est à jamais perdue ? *Orgueil et préjugés* ? Jane Austen ?

— Je sais qui a écrit *Orgueil et préjugés*, et j'aurais tendance à dire, au contraire, que Georgia est l'une des personnes les plus clémentes que je connaisse.

Elle avait donné chance après chance à sa mère.

— Parfait, alors rattrape-toi. Tu as raison. L'amour – le bon, le vrai, celui qui bouleverse notre vie – est rare. Tu dois te battre pour lui, Noah. Je sais que tu n'as jamais eu à le faire, que tu n'as jamais eu de difficultés avec les femmes, mais c'est parce que tu n'as jamais été assez attaché pour essayer d'en garder une.

— C'est juste.

C'était un territoire entièrement inconnu pour moi.

— Tu vis dans un monde où tu peux écrire les dialogues de chaque personnage et où un beau geste peut tout arranger, comme ça, du jour au lendemain. Mais la vérité, c'est qu'une relation, dans la vraie vie, ça se travaille. On se plante tous, à un moment donné. On dit tous des choses que nous regrettons, et on prend tous parfois la mauvaise décision pour les bonnes raisons. Tu n'es pas le premier type à devoir ramper pour se faire pardonner.

— Entre nous, tu l'as préparé, ce discours ? demandai-je en me penchant pour récupérer mon gobelet.

— Ça fait des *années* qu'il est prêt, admit-elle avec un grand sourire. J'ai bien géré ?

— Cinq étoiles, répondis-je en dressant un pouce, puis j'avalai mon café.

— Super. Il est temps de rejoindre l'humanité, Noah. Va te faire couper les cheveux, rase-toi et, je t'en supplie, pour l'amour de *Dieu*, prends une douche, parce que ça sent le rat crevé ici.

Je reniflai discrètement mon aisselle. Elle avait raison. Je jetai un coup d'œil à l'invitation qu'Adam m'avait fait suivre deux jours plus tôt. Même si cette idée m'était insupportable, il y avait une autre personne qui pourrait répondre à la question qui me rongeait depuis deux mois. La question que Georgia n'avait jamais posée à Scarlett.

— Bon, mon travail est terminé, déclara ma sœur en se levant.

— Me faire rejoindre l'humanité, hein ?

— Oui, confirma-t-elle tout en boutonnant son manteau.

— Ça te dit de m'accompagner ? proposai-je en lui tendant l'invitation.

— Bof. C'est chiant, ces trucs, grommela-t-elle.

— Ce ne sera pas le cas, promis. Paige Parker est la donatrice d'honneur, dis-je en haussant les sourcils. Ma main à couper que Damian Ellsworth sera de la partie.

Son regard brilla de surprise puis croisa le mien avant de s'étrécir.

— Il faut bien que quelqu'un veille à ce que tu ne te crées pas de problèmes. Je suis libre ce soir-là. Viens me chercher à dix-huit heures.

— Tu as toujours aimé les spectacles, dis-je en riant.

Elle émit un petit renâclement et disparut de mon bureau.

J'entendis la porte d'entrée claquer au moment où mon téléphone m'annonçait la réception d'un nouveau message.

GEORGIA : J'ai lu les deux fins.

Mon cœur s'arrêta face aux trois petits points qui se déroulaient en bas du message, indiquant qu'elle était toujours en train d'écrire.

GEORGIA : Je veux la vraie.
Tu as parfaitement décrit son chagrin, la lutte pour venir jusqu'ici, et son bonheur ultime lorsqu'elle a épousé Brian.

Je fermai les paupières pour mieux affronter le tsunami de douleur qui me balaya. *Non*. Ce n'était pas seulement le deuil de ma fin préférée, celle que méritaient Scarlett et Jameson, mais aussi le fait de savoir que je n'avais pas réussi à convaincre Georgia qu'elle pouvait avoir droit au même bonheur. J'inspirai péniblement et parvins à taper un message sans me confondre en excuses et la supplier de me reprendre.

NOAH : Tu es sûre ? La fin heureuse est mieux écrite.

Parce que j'y avais mis mon cœur et mon âme. C'était la bonne.

GEORGIA : Je suis sûre. Celle-ci, c'est ta signature. Ne doute pas de tes capacités à mettre en pièces le cœur de quelqu'un.

Aïe. Elle redevenait glaciale, et je ne pouvais pas lui en vouloir. C'était entièrement ma faute.

NOAH : Je t'aime, Georgia.

Elle ne répondit pas. Je ne m'y étais pas attendu.
— Je le prouverai, déclarai-je alors à moi-même, à elle, au monde.

30

Mai 1942

Ipswich, Angleterre

Clac. Clac. Clac. Le bruit de la machine à écrire emplissait la cuisine tandis que Scarlett brisait le cœur de la fille du diplomate.

Le sien se serra, comme si elle ressentait elle-même cette douleur qu'elle imposait à son personnage. Elle dut se rappeler qu'elle les ferait se retrouver lorsqu'ils auraient assez grandi pour se mériter l'un l'autre. Ce n'était pas une rupture définitive. C'était une leçon.

Les coups à la porte se fondirent presque au cliquetis monotone des touches. Presque. Elle jeta un coup d'œil à l'horloge. Il était onze heures passées, mais c'était également le soir où Constance était censée rentrer de lune de miel.

Scarlett s'écarta de la table et marcha pieds nus jusqu'à la porte, armant son cœur pour ce qui l'attendait de l'autre côté. Qui savait ce que ce monstre avait pu infliger à sa petite sœur, la semaine passée ?

Elle s'arracha un sourire puis ouvrit.

Elle cligna alors des yeux, perplexe.

Howard se tenait devant elle, en uniforme, livide.

Il n'était pas seul. Derrière lui, il y avait d'autres hommes qu'elle connaissait, tous en uniforme, avec des ailes au-dessus de la poitrine. Son cœur s'arrêta de battre, et elle agrippa le cadre de la porte à s'en faire blanchir les doigts. *Combien ?* Combien étaient-ils ?

— Scarlett, dit Howie d'une voix brisée, puis il se gratta la gorge.

Combien ?

Elle se mit alors à les compter, son regard passant d'une casquette à l'autre. Onze. Il y avait onze pilotes devant sa porte.

— Scarlett, répéta Howie, mais elle l'entendit à peine.

Jameson volait dans une formation de douze pilotes. Trois groupes de quatre.

Et ils étaient onze.

Non. Non. Non. Ce n'était pas en train d'arriver. Ce n'était pas possible.

— Ne le dis pas, murmura-t-elle, le sol semblant bouger sous ses pieds.

Une seule raison pouvait expliquer leur présence.

Howie retira sa casquette, et les autres l'imitèrent.

Mon Dieu. C'était vraiment en train d'arriver.

Elle fut prise du besoin urgent et écrasant de leur claquer la porte au nez, de resceller la lettre, mais les mots étaient déjà écrits, n'est-ce pas ? Elle ne pouvait rien faire pour empêcher la situation d'être ce qu'elle était.

Elle pressa les paupières et s'appuya contre le bois épais de la porte, son cœur saisissant ce que son cerveau savait déjà. Jameson n'était pas rentré.

— Scarlett, je suis tellement navré... déclara Howie.

Elle inspira longuement puis se redressa, leva le menton et rouvrit les yeux.

— Est-ce qu'il est mort ?

C'était une question qu'elle s'était posée des centaines de fois, ces deux dernières années. Une question qui hantait son esprit, amplifiant sa pire peur à chacun de ses retards. Une question qui menaçait de la rendre folle quand elle traçait la route de leurs appareils, tous ces mois plus tôt. Une question qu'elle n'avait jamais exprimée à voix haute.

— Nous ne le savons pas, répondit Howard en secouant la tête.

— Vous ne le savez pas ?

Ses genoux tremblaient, mais elle resta debout. Peut-être n'était-il pas mort. Peut-être restait-il de l'espoir.

— Il est tombé quelque part vers la côte des Pays-Bas. D'après ce qu'il a dit à la radio, et ce que certains d'entre nous ont vu, il a été touché au niveau du réservoir.

Les têtes confirmèrent autour de lui, mais très peu de regards étaient prêts à croiser celui de Scarlett.

— Il y a donc une chance qu'il soit en vie.

Elle dit cela comme un constat, et son sang-froid qui menaçait de lâcher prise se retenait à cette éventualité avec une férocité dont elle s'ignorait capable.

— La couverture nuageuse était épaisse, expliqua Howard.

Il y eut un grommellement d'approbation parmi les pilotes.

— Aucun d'entre vous ne l'a vu s'écraser ? demanda-t-elle, un grondement sourd emplissant soudain ses oreilles.

Ils firent tous non de la tête.

— Il a dit qu'il tombait. (L'expression d'Howie s'assombrit l'espace d'une demi-seconde, mais il inspira longuement et se ressaisit.) Il m'a demandé de te dire qu'il t'aimait. C'est la dernière chose qu'il ait dite avant de disparaître, termina-t-il en un murmure.

Le souffle de Scarlett se faisait de plus en plus saccadé, et elle se sentait de moins en moins la force de contenir sa panique. Il n'était pas mort. Non.

C'était tout bonnement impossible de vivre dans un monde où il n'existait pas ; il ne pouvait *pas* être mort.

— Tu es donc en train de me dire que mon mari a disparu.

Sa voix semblait parvenir de l'extérieur de son corps, comme si ce n'était pas vraiment elle qui s'exprimait. À cet instant, elle se sentait coupée en deux. Il y avait une Scarlett qui parlait, debout devant sa porte, cherchant la moindre raison logique pour croire que Jameson était encore en vie. L'autre, celle qui gagnait du terrain, hurlait en silence des tréfonds de son âme.

— Scarlett ? lança une voix familière et plus aiguë, et les pilotes s'écartèrent pour laisser passer Constance. Qu'est-ce qu'il y a ?

Elle s'était adressée à sa sœur, mais sans réponse de sa part, Constance s'arrêta à côté d'elle, sur le seuil, et se tourna vers Howie.

— Qu'est-ce qu'il y a ? répéta-t-elle d'une voix plus dure.

— Jameson a disparu.

La voix d'Howard ne se brisa pas, cette fois, comme si c'était devenu plus simple à exprimer.

Comme s'il l'acceptait déjà.

— Où ça ? demanda Constance, le bras s'enroulant autour de la taille de sa sœur pour l'aider à tenir debout.

Ce n'était pas normal. C'était à Scarlett de consoler Constance, pas l'inverse.

— Nous n'en sommes pas sûrs à cent pour cent, admit Howie. C'était le long de la côte des Pays-Bas. Nous ne savons pas s'il a réussi à atterrir, ou...

Ou s'il a sombré en mer, compléta Scarlett dans sa tête.

Les chances qu'il ait survécu à un crash, et même qu'il ait été fait prisonnier, étaient plus grandes que celle qu'il ait pu résister à la mer glaciale.

— Vous allez le chercher, n'est-ce pas ? souffla-t-elle d'une voix haletante. Dis-moi que vous allez le chercher.

Ce n'était pas une demande, mais un ordre. Howard hocha une fois la tête, mais il n'y avait aucun espoir dans ses yeux.

— Dès l'aurore, confirma-t-il. Nous avons les coordonnées générales de l'endroit où nous avons été attaqués.

Un autre fragment auquel se retenir. Une autre lueur d'espoir. Il n'était pas mort. Non.

— Et vous me direz ce que vous aurez trouvé, ordonna-t-elle encore. Peu importe de quoi il s'agit, Howie. Une épave... Ou rien du tout. Vous me direz.

— Tu as ma parole, assura-t-il en faisant tourner sa casquette entre ses mains. Scarlett, je suis vraiment désolé. Je n'aurais jamais souhaité...

— Il n'est pas encore mort, lâcha-t-elle. Il a disparu. Trouvez-le.

Les pilotes opinèrent du chef et la saluèrent, puis ils s'éloignèrent en file indienne vers la petite rangée de voitures avec lesquelles ils avaient quitté la base. Howie fut le dernier à partir, et il semblait lutter avec lui-même, chercher les mots adéquats, mais puisqu'ils ne venaient pas, il s'en alla lui aussi. Scarlett resta sur le seuil, le bras de Constance autour de la taille, et les véhicules disparurent. Il fallait qu'elle rentre. Il fallait qu'elle ferme cette porte. Ils étaient toujours sous couvre-feu. Mais elle était incapable de bouger ses pieds. Elle était une statue, figée sur place, maintenue seulement par le déni et une façade craquelée de volonté.

— Viens, ma chérie, souffla Constance en la tirant à l'intérieur.

— Il n'est pas mort. Il n'est pas mort. Il n'est pas mort.

Scarlett répétait en boucle ce mantra, son cœur faisant tout son possible pour convaincre son esprit de ne pas s'effondrer.

Elle le saurait, n'est-ce pas ? Si son cœur battait toujours, c'était que celui de Jameson battait aussi. Et William... *Non. N'ouvre pas cette porte.*

Constance la guida vers le canapé, portant quasiment tout son poids.

— Ça va aller, promit-elle, tout comme sa sœur le lui avait promis, sur le sol de la réserve, ce terrible jour.

Engourdie, Scarlett leva alors la tête pour plonger dans ses yeux.

— J'aurais préféré ne pas lire la lettre.

Constance s'effondra dans le canapé à côté d'elle, puis elle agrippa sa main.

Elles ne pouvaient rien faire d'autre qu'attendre, désormais.

31

Noah

Jameson,
Je te jure que j'ai senti mon cœur se briser en un million de morceaux dès l'instant où je t'ai regardé partir, et pourtant, chaque plus petit éclat de ce cœur brisé t'aime. Je n'accepte pas que tu sois si loin, pas quand tu es partout où se porte mon regard, ici. Tu es debout sous l'arbre, me proposant d'aller voler. Tu es calé sur la banquette du fond, au pub, me tenant la main sous la table. Tu es sur le trottoir, attendant que je rentre de ma veille. Je te sens partout. Je sais que tu formes les nouveaux pilotes de l'Eagle Squadron et que tu ne fais aucune mission de combat, mais je t'en supplie, sois prudent. Reste en vie pour moi, mon amour. Nous trouverons une solution. Il n'y a pas d'autre choix.
Je t'aime,
Scarlett

— Je ne pensais pas que tu viendrais, commenta Adam tandis que nous traînions en périphérie du gala de charité, à distance de la cohue.

— J'ai failli ne pas venir, admis-je en saluant d'un signe de tête une connaissance.

Je plissai alors légèrement le front, songeant au vernissage discret et intime de Georgia – l'opposé de ce concentré de jet-set.

— Tu n'as pas répondu à mon e-mail, ajoutai-je.

Adam soupira.

— Tu as passé tout un mois à éviter les miens. Nous sommes quittes.

Il se massa la nuque et tira sur son nœud papillon.

— Elle ne changera pas d'avis, dis-je tout en continuant à scanner la foule, cherchant la seule personne que j'étais venu voir.

— Convaincs-la.

— Non. (Mon regard s'étrécit quand je repérai le petit groupe de cinéastes indépendants, sur la gauche.) Et puis, elle ignore mes appels. Ça fait deux semaines – il y a de grandes chances que ce soit intentionnel, à ce stade, ajoutai-je avec un sourire faussement amusé.

— Tu veux vraiment passer pour le type qui a laissé son ego se mettre en travers du chemin du *happy end* de Scarlett Stanton ?

— Ce n'est pas ce qui s'est passé.

Non, il n'était pas là non plus. Je pivotai vers Adam mais regardai par-dessus son épaule, poursuivant mes recherches.

— En tout cas, c'est à ça que ça ressemble, et c'est ce que diront toutes les critiques, soupira-t-il.

— Il est mal écrit ? lui demandai-je d'un air de défi.

— Bien sûr que non, c'est toi, dit-il en secouant la tête de frustration.

— Alors il tient la route. Les corrections sont censées revenir dans quelques jours, pas vrai ? répliquai-je avant de croiser les bras.

— Oui. Et permets-moi de te dire que la correctrice a été ravie d'apprendre qu'elle devait se taper les *deux* versions, vu que tu n'en avais choisi aucune. *Spoiler alert* : ça l'a franchement gonflée.

— Merci encore d'avoir accepté, soufflai-je, pensant chaque mot.

— Elle a également dit qu'elle préférait la fin heureuse.

— Je suis d'accord.

Un éclair rouge attira mon attention, et je souris. Paige Parker. Damian était donc quelque part dans le coin.

— Alors pourquoi est-ce que tu...

— Noah Harrison ! lança quelqu'un derrière moi.

Je jetai un coup d'œil par-dessus mon épaule. *Bingo.*

— Damian Ellsworth, le saluai-je.

Reste cordial. Tu as besoin de lui soutirer des infos. Ce n'était pas vraiment quelque chose que je pouvais demander à Georgia – plus maintenant, en tout cas.

— Je ne m'attendais pas à vous voir ici, déclara-t-il en me tapant l'épaule.

L'ex de Georgia frôlait le mètre quatre-vingts, ce qui me laissait dix bons centimètres de plus que lui, et il leva la tête vers moi pour me gratifier d'un sourire aux dents si blanches qu'elles en étaient presque bleues.

— Je pourrais dire la même chose de vous, étant donné que vous avez un nourrisson à la maison.

Je m'arrachai un sourire tandis que la bile montait dans ma gorge. J'avais face à moi l'homme qui avait détruit la femme que j'aimais, qui lui avait maintes fois répété qu'elle ne suffisait pas à le satisfaire. Un connard fini.

— C'est à ça que servent les nourrices, répondit-il avec un haussement d'épaules. Alors, comment va ma femme ?

Puis il leva son verre et but une longue gorgée. Je dus prendre sur moi pour ne pas le lui faire avaler de force.

— J'ignorais que vous aviez une femme, répliquai-je en feignant la confusion.

Adam recracha dans son verre, à côté de moi.

— Ah. Touché. (Il m'évalua du regard.) Dites-moi, cette vieille horloge comtoise est toujours à l'heure ? Celle du salon ?

— Tout à fait. (Je dressai le sourcil face à ce rappel transparent de son rôle passé dans la vie de Georgia.) À ce propos... Vous connaissiez bien Scarlett, n'est-ce pas ?

Les yeux d'Adam passaient de Damian à moi comme dans un match de ping-pong, mais il gardait le silence.

— Exact. C'est pour ça que je détiens les droits de dix de ses romans, commenta-t-il avec un sourire suffisant.

— Oui, c'est vrai ! dis-je, comme si j'avais oublié – qu'est-ce que Georgia avait bien pu voir chez ce Nick Nolte de pacotille ? Alors vous êtes arrivé juste à temps, parce que mon éditeur et moi discutons de la fin du nouveau livre.

— Celui au sujet duquel personne n'est censé être au courant ? lança-t-il avec un semblant de clin d'œil, ce que je trouvai franchement bizarre.

— Celui-là même.

— Un peu de discrétion, messieurs, intervint Adam. N'oubliez pas qu'on prévoit une annonce surprise.

— Oui, bien sûr, me repris-je en me retenant d'embrasser mon meilleur ami pour ses talents d'acteur. Quoi qu'il en soit, Adam et moi discutions de la fin de... l'histoire de Scarlett, et il y a une pièce du puzzle que je n'ai pas réussi à soutirer à Georgia, quand j'étais dans le Colorado. (Je fis une grimace légèrement exagérée.) Enfin, ce n'est pas moi qui vais vous apprendre qu'elle a du mal à s'ouvrir...

Damian s'esclaffa. Je serrai les poings mais fis en sorte de garder les bras croisés.

— Oh oui, ma Georgia est compliquée, fit-il avec un sourire mélancolique.

Ma *Georgia, trou du cul.*

Adam haussa les sourcils et but une longue gorgée.

— Bref, je me demandais – pour le bien de l'histoire – si Scarlett vous a un jour dit pourquoi elle avait attendu si longtemps que Jameson soit déclaré...

Le mot mourut sur ma langue. Dans ma tête, ils avaient tous les deux survécu et avaient eu droit au bonheur ultime.

— Mort ? suggéra-t-il en prenant une nouvelle gorgée.

— Oui.

— Ça ne vous paraît pas évident ? s'exclama-t-il, comme si j'étais le dernier des idiots. Elle n'a jamais perdu espoir. Jamais. Cette femme était coriace, mais c'était aussi une indécrottable romantique. Elle allait chercher le courrier tous les jours à la même heure, espérant qu'il y aurait eu une nouvelle, une découverte, et cela même bien après la mort de Brian.

— Brian. Oui. J'imagine que leur rencontre a permis à Scarlett d'aller enfin de l'avant et de vivre pour elle. C'est logique. J'aurais dû y penser.

Puis j'esquissai ce que j'espérais être un sourire reconnaissant.

Adam s'étouffa dans son verre, puis se gratta la gorge pour couvrir le bruit. C'était exactement ainsi que j'avais écrit la fin, rassemblant les pièces avec le peu que savait Georgia sur cette partie de la vie de son arrière-grand-mère.

— Je ne parlerais pas vraiment de *rencontre*. Scarlett connaissait Brian depuis des années, en fait. (Les petits yeux perçants de Damian s'étrécirent de concentration.) Elles n'en parlaient jamais, mais il avait emménagé dans ce minuscule cottage au milieu des années cinquante. En y repensant, je me souviens de l'avoir un jour entendue me dire qu'elle n'avait pas pu épouser Brian à ce moment-là parce qu'elle avait l'impression que son premier mariage n'était pas terminé. (Il haussa les épaules.) J'imagine qu'elle a fini par comprendre que c'était le cas. Attendre quarante ans, c'est assez long, non ?

Mon ventre se noua.

— Hé, bébé, intervint Paige Parker en passant son bras sous celui de Damian. Tu es prêt ? On va s'installer ?

— Je parle affaires, répondit-il, puis il lui murmura quelque chose à l'oreille en la voyant faire la moue.

Cette petite blonde était jolie, mais ce n'était pas Georgia. Elle n'avait pas ses yeux, ni son esprit, ni sa force. À vrai dire, Paige n'arrivait même pas à sa cheville.

— Tu penses à la même chose que moi ? me souffla Adam.

— Tout dépend de ce à quoi tu penses, répondis-je en repérant ma sœur et Carmen, qui revenaient des toilettes.

Le timing était parfait. J'avais obtenu ce que j'étais venu chercher.

— D'une manière ou d'une autre, en 1973, Scarlett a su que Jameson ne rentrerait jamais, murmura-t-il. Elle le savait, et elle ne l'a dit à personne.

— Gardons cette idée pour nous.

Ce que cela impliquait pourrait anéantir Georgia.

Adam hocha la tête tandis que Paige s'éloignait sans que son homme ait pris la peine de nous la présenter. *La classe ultime, Ellsworth.*

— En parlant de la... vie de Scarlett, poursuivit-il, quand pourrai-je lire le manuscrit ?

Puis il se remit à siroter son verre, l'air de rien.

— Le livre sort en mars.

C'en était fini de jouer les faux culs.

— Vous allez vraiment me faire attendre jusqu'à la parution ? demanda-t-il en s'esclaffant. Imaginez, si nous annoncions la sortie du film en même temps que celle du livre. Les ventes seraient astronomiques...

— Georgia ne vous laissera jamais faire ce film, dis-je avec un grand sourire.

— Bien sûr que si. Elle est juste vexée au sujet de Paige. Elle se calmera, faites-moi confiance.

— Vous faire *confiance* ? Voilà qui est amusant. (Je fis un signe de tête à Adrienne, qui accéléra le pas en voyant à côté de qui je me tenais.) C'est vous qui pouvez me faire confiance, Ellsworth. Ça n'arrivera pas.

Son expression s'altéra, abandonnant tout semblant de cordialité.

— Qu'est-ce que ça vous coûterait de me passer ce manuscrit, hein ? Vous pourriez faire un pas vers moi, histoire que Georgia fasse la même chose... D'après ce que m'a dit Ava, vous êtes... proches, tous les deux.

— Je suis amoureux d'elle, le corrigeai-je.

— Et ? (Il inclina la tête, sans aucune trace d'émotion dans les yeux.) Mon offre tient toujours. Je vous rendrais la pareille avec plaisir.

— Plutôt mourir, dis-je avant de tendre la main à Adrienne. Tu es prête ?

— Oui. Toi aussi ?

— Oui. Damian Ellsworth, je vous présente ma sœur, Adrienne. Adrienne, je te présente la raclure d'ex de Georgia. (Je tournai sur mes talons, détachant le regard de sa tronche cramoisie.) Adam. Carmen. J'ai été content de vous voir.

Puis, avec un sourire, je m'éloignai au bras de ma sœur.

— Les émotions n'ont pas leur place dans les affaires, Harrison, siffla Damian. Ava l'aura à l'usure. Elle y arrive toujours. Comment pensez-vous que j'aie obtenu les droits pour les dix autres ?

Je me figeai. Il avait fait cinq films et il lui en restait cinq. J'avais vu la manière dont Georgia avait campé sur ses positions pour faire respecter les souhaits de Scarlett, alors pourquoi avait-elle cédé… *Parfois, mieux vaut renoncer à ce que l'on veut pour ne garder que ce dont on a besoin.* Ses paroles me revinrent en tête.

— Vous êtes sûr que vous les détenez toujours ?

Mon sourire s'élargit. Et si elle avait fait référence à tout autre chose ? Cette femme était décidément maligne.

— Qu'est-ce que ça veut dire, au juste ? aboya Ellsworth.

— Ça veut dire que je connais mieux Georgia que vous. (Je ne pris pas la peine d'attendre sa réponse.) Désolé de ne pas rester pour le dîner, soufflai-je à Adrienne en avançant vers la sortie.

— Je ne suis venue que pour le spectacle, dit-elle avec un haussement d'épaules. Tu as obtenu ce que tu voulais ?

J'opinai du chef tout en nous faisant fendre la foule.

— Tu n'as pas l'air content.
— Georgia a des soucis de confiance.

Je fis signe à une autre connaissance tandis que nous approchions des vestiaires.

— C'est évident, commenta Adrienne, confuse.

— Que ferais-tu si tu apprenais que la seule personne au monde en qui Georgia avait entièrement confiance lui avait menti toute sa vie ?

— Tu es sûr ? dit-elle en pâlissant, les yeux écarquillés.

— À quatre-vingt-dix pour cent.

— Il faut d'abord l'être à cent pour cent, et ensuite, tu pourras le lui dire.

Je marmonnai un juron.

— C'est bien ce que je pensais.

Convaincre Georgia de me revenir devenait de plus en plus compliqué.

32

Juin 1942

Ipswich, Angleterre

— Qu'est-ce que tu fais ? demanda Scarlett en entrant dans le salon.

— Je prépare tes valises, répondit Constance sans lever les yeux. Qu'est-ce que je pourrais faire d'autre ?

Chaque muscle du corps de Scarlett se verrouilla face à ce spectacle. Il y avait une malle et deux valises ouvertes entre le canapé et la fenêtre.

— Arrête, lui ordonna-t-elle d'une voix suffisamment glaciale pour que William, assis par terre, sursaute.

Constance marqua une pause puis termina de plier l'un des vêtements du petit, qu'elle posa sur une valise.

— Il faut que tu y ailles, affirma-t-elle en se tournant vers sa sœur.

Les yeux de Scarlett la brûlaient, mais elle retint ses larmes, comme elle l'avait fait ces deux derniers jours.

— Je ne le quitterai pas.

— Bien sûr que non. Il part avec toi, répondit sa sœur en regardant William.

— Tu as très bien compris. Je parle de Jameson.

Constance dressa le menton, et à cet instant, elle ressemblait beaucoup plus à Scarlett qu'elle-même se ressemblait.

— Ils ont cherché deux fois...

— Deux fois, ce n'est rien ! (Elle croisa les bras sur sa poitrine, luttant pour ne pas craquer.) Ce n'est pas parce qu'ils ont fouillé ce bout de littoral qu'il n'a pas pu atterrir ailleurs. Il va falloir des semaines pour que les premières confirmations nous parviennent, s'il a été fait prisonnier. Peut-être même plus, s'il se cache.

Demain. Encore une battue. Deux semaines de plus. Son cœur repoussait la date butoir chaque jour qui passait, attisant les braises d'espoir que la logique démentait.

Constance se massa les tempes, son alliance scintillant sous le soleil qui inondait le salon.

— Tu n'es pas obligée de rester, lui rappela Scarlett. Tu as une vie.

— Comme si j'allais partir.

— Tu as un nouveau mari. Un mari qui, j'en suis sûre, ne supporte pas que tu gâches toute ta permission ici.

— C'est un congé pour raisons familiales. Ça ne compte pas. Il survivra. Et puis, ce n'est que mon mari. Toi, tu es ma sœur. (Constance soutint son regard afin de s'assurer que Scarlett voie sa détermination.) Je reste. Je prépare tes valises. Et demain, je vous emmène à la base pour rejoindre l'oncle de Jameson.

— Je ne pars pas.

Comment pourrait-elle abandonner son mari au moment où il aurait le plus besoin d'elle ?

Sa sœur lui prit alors les mains.

— Tu le dois.

— Non, répliqua-t-elle s'écartant d'un geste nerveux.

— J'ai vu ton visa. Je sais que le quota d'Américains est presque atteint, et j'ai vu la date d'expiration. Si tu ne saisis pas cette chance, elle pourrait ne jamais revenir.

Scarlett secoua la tête.

— Il aura besoin de moi.

L'expression de Constance s'adoucit, pleine de compassion.

— Ne me regarde pas comme ça, murmura Scarlett en reculant d'un pas. Il pourrait être quelque part là-bas. Il y est, j'en suis sûre.

Le regard de sa sœur vacilla vers William, qui mâchouillait le coin de la couverture qu'avait tricotée la mère de Jameson.

— Il voulait que tu partes. Il a tout planifié pour que William et toi soyez à l'abri.

La poitrine de Scarlett se comprima.

— C'était avant.

— Tu peux honnêtement affirmer qu'il refuserait que vous partiez ?

Scarlett regardait partout sauf vers sa sœur, cherchant en vain à s'arrêter sur une émotion, une certitude. Bien sûr que Jameson voudrait qu'ils partent, mais ça ne signifiait pas que c'était ce qu'il fallait faire.

— Ne me l'enlève pas, murmura-t-elle, sa gorge brûlant de tous les mots qu'elle ne s'autoriserait pas à dire.
— Quoi ?
— Mon espoir. (Sa voix se brisa, et sa vision se brouilla.) C'est tout ce qu'il me reste. Si je ferme ces valises, si je monte dans cet avion, je l'abandonne. Tu ne peux pas me demander de faire ça. Je ne le ferai pas.

C'était une chose d'emmener William aux États-Unis, sachant que Jameson les rejoindrait une fois que la guerre serait terminée. Mais l'idée de ne pas être sur place lorsqu'ils le retrouveraient, de le laisser se rétablir seul, quel que soit l'état dans lequel il serait, lui était intolérable. Et si elle acceptait ne serait-ce qu'un dixième de seconde le fait qu'il ne rentre pas, elle s'effondrerait.

— Tu peux aussi bien l'attendre là-bas. L'endroit où tu seras ne changera rien, argumenta Constance.
— S'il y avait une chance qu'Edward ait survécu, serais-tu partie ? lui demanda-t-elle d'un air de défi.
— Ce n'est pas juste, répliqua sa sœur en tressaillant, et la première larme tomba pour couler sur la joue de Scarlett.
— Alors ?
— Si je devais veiller sur William, oui, je serais partie. (Constance détourna les yeux en déglutissant.) Jameson sait que tu l'aimes. Que souhaiterait-il que tu fasses ?

Une autre larme tomba, puis une autre, comme si le barrage avait cédé, son cœur hurlant une douleur silencieuse face à la vérité qu'il était forcé d'accepter.

Scarlett prit son fils dans ses bras et déposa un baiser sur la peau douce de sa joue. *Pour William.*

— Il m'a fait promettre que s'il devait lui arriver quelque chose, j'emmènerais notre fils dans le Colorado.

Les larmes tombaient abondamment, désormais, et William nicha son visage dans la nuque de sa mère, comme s'il comprenait ce qui se passait. Mon Dieu... se souviendrait-il même de Jameson ?

— Alors emmène-le. (Constance avança et fit courir le dos de sa main sur la joue de son neveu.) Je ne sais pas ce que devient ton visa, si Jameson est mort.

Les épaules de Scarlett s'affaissèrent vers l'avant alors qu'elle luttait contre le sanglot qui menaçait d'éclater.

— Moi non plus.

Il suffirait d'un passage au consulat pour obtenir la réponse, mais... s'ils annulaient son visa ? Si William pouvait partir, et pas elle ?

— Si tu restes... commença Constance d'un air hésitant avant de s'éclaircir la voix. Si tu restes, notre père peut te déclarer hystérique. Tu sais qu'il en est capable, si cela lui permet de mettre la main sur William.

Les larmes de Scarlett cessèrent.

— Il ne ferait pas ça...

Les sœurs échangèrent un regard, sachant toutes les deux que si. Scarlett serra un peu plus fort son fils, qui commençait à s'agiter, et le berça tendrement.

— Jameson voudrait vous voir partir, répéta Constance. Où qu'il soit à cette heure, c'est ce qu'il veut. Rester ici ne le maintiendra pas en vie.

Ses mots se muèrent en murmure.

S'il était en vie...

— Tu ne peux pas l'aider. Mais tu peux sauver ton fils – son fils. (Constance pressa doucement l'avant-bras de sa sœur.) Ça ne veut pas dire que tu abandonnes tout espoir.

Scarlett ferma les yeux. En se concentrant, elle arrivait presque à sentir les bras de Jameson autour d'elle. Elle devait croire qu'elle les sentirait de nouveau. C'était la seule manière pour elle de continuer à respirer, de continuer à avancer.

— S'il... commença-t-elle, incapable d'exprimer cette pensée tout haut. Tout ce qu'il me resterait, dans ce monde, ce serait William et toi. Comment pourrais-je te quitter ?

— C'est facile, déclara Constance en pressant de nouveau son bras. Laisse-moi t'aider à te préparer. Laisse-moi m'occuper de toi, pour une fois. Et demain, si nous n'avons toujours pas de nouvelles, laisse-moi t'aider à partir. Tu vas emmener mon filleul quelque part où il pourra dormir sans craindre que le monde s'effondre autour de lui. Tu ne peux pas le sauver de ce qui l'attend – de ce qui vous attend – concernant Jameson. Mais tu peux le sauver de cette guerre.

Le cœur de Scarlett se serra face à la supplication qui brûlait dans les yeux de sa sœur. Le visage de Constance était pâle, et la fatigue avait assombri la peau sous ses yeux. Elle ne dégageait pas une once du bonheur qu'on aurait dû voir chez une jeune mariée, et même si aucun hématome n'était visible, Scarlett avait noté les nombreuses fois où sa sœur avait grimacé ou fait basculer son poids d'une jambe sur l'autre.

— Viens avec moi, murmura-t-elle.

— Même si je le pouvais... Je ne peux pas, déclara Constance. Je suis mariée, désormais, pour le meilleur (Elle baissa les yeux.) comme pour le pire. (Elle s'arracha alors un sourire affreusement faux.) Et puis, quoi ? Tu me ferais monter à bord illégalement ?

— Tu entrerais dans la malle, répliqua Scarlett dans une piètre tentative de plaisanterie.

Il n'y avait plus rien en elle qui lui donne envie de rire. Elle était vide, mais c'était toujours mieux que de ressentir. Elle savait que dès l'instant où elle ouvrirait la porte aux émotions, il n'y aurait pas de retour en arrière possible.

— Hmmm, fit Constance en dressant un sourcil. Une fois que j'aurai tout mis dedans, je doute qu'il reste beaucoup de place. Tu es sûre que c'est tout ce que tu peux prendre ?

Scarlett confirma d'un hochement de tête.

— L'oncle de Jameson a dit une malle et deux valises.

Elle avait confié son plan à sa sœur la veille de son mariage.

— Très bien, acquiesça celle-ci en esquissant un sourire rassurant. On ferait mieux de s'y mettre, alors.

William tira sur une mèche de ses cheveux, et Scarlett lui donna un jouet à la place. Ce petit était pire que Jameson quand il s'agissait d'abandonner quelque chose qu'il voulait. Ils étaient aussi têtus l'un que l'autre.

— Ils pourraient le retrouver aujourd'hui, murmura-t-elle en jetant un regard à l'horloge.

Si elle se référait à ce qui s'était passé ces deux derniers jours, il restait encore quelques heures avant qu'elle ait droit à un compte rendu.

— Ils pourraient le retrouver demain matin, ajouta-t-elle dans un murmure.

Je t'en supplie, Dieu, fais en sorte qu'ils le retrouvent.

Peut-être était-ce encore plus dur de rester dans l'ignorance que de savoir que Jameson était officiellement mort. L'espoir était une épée à double tranchant ; il lui permettait de respirer, mais peut-être ne lui faisait-il aussi que repousser l'inévitable.

— Dans ce cas, Jameson pourra vous accompagner lui-même.

Constance pivota vers la pile des vêtements de William qu'elle était en train de ranger et prit le suivant.

— Y a-t-il quelque chose de spécifique que tu aimerais emmener et que j'ignorerais ?

Scarlett inspira profondément, inhalant la douce odeur de son fils. *William et toi êtes ma vie, désormais.* Elle entendait ces mots, dans sa tête, aussi distinctement que si Jameson était en train de les lui souffler.

— Le tourne-disque.

Scarlett fixait sa coiffure à l'aide d'épingles, les yeux gonflés et brûlants. Elle avait fait tout son possible pour repousser les larmes, mais elles étaient tout de même venues.

Elle fit courir ses doigts sur le manche du rasoir de Jameson. Elle n'avait pas envie de le laisser ici, mais il en aurait besoin, à son retour. Elle longea le couloir et regarda une dernière fois la chambre de William, son cœur saignant tandis qu'elle visualisait Jameson dans le fauteuil à bascule, avec son fils. Elle ferma délicatement la porte et partit dans leur chambre.

Son sac à main était sur le lit, contenant tous les papiers dont elle aurait besoin le lendemain. Cela lui paraissait irréel de penser que, dans moins de vingt-quatre heures, elle serait aux États-Unis, si tout se déroulait comme prévu. Ils seraient à un monde d'ici, abandonnant Jameson et Constance au passage. Le vide lui était presque insupportable, mais elle tiendrait sa promesse. Pour William.

Elle s'assit au bord du lit, attrapa l'oreiller de Jameson et le serra contre sa poitrine. Il portait encore son odeur. Elle inspira profondément, terrassée par d'innombrables souvenirs qui la submergeaient par leur intensité.

Son rire. Son regard quand il lui disait qu'il l'aimait. Ses bras qui l'enveloppaient quand ils dormaient. Ses mains sur son corps quand il lui faisait l'amour. Son sourire. Le son de son nom sur ses lèvres quand il lui demandait de danser avec lui.

Il l'avait éveillée de toutes les manières possibles et lui avait donné la vie qui comptait le plus : William.

C'était idiot et tout sauf raisonnable, mais elle prit sa taie d'oreiller, qu'elle retira du coussin avant de la plier en un carré parfait. Elle avait déjà pris deux de ses chemises, et elle savait que cela ne le dérangerait pas.

— Il aura le mien, murmura-t-elle pour elle-même.

Il n'y avait pas de mots pour décrire la douleur qui tenait son cœur entre ses serres cruelles. Ce n'était pas censé se passer ainsi.

— Ah, tu es là, dit Constance de la porte, William calé sur sa hanche. Il est l'heure d'y aller.

— On ne peut pas leur donner quelques minutes supplémentaires ?

« On ne peut pas me donner quelques minutes supplémentaires ? » Voilà ce qu'elle voulait vraiment dire.

Ce jour serait le dernier où la 71 chercherait activement Jameson. Dès le lendemain, les missions se poursuivraient, et les pilotes garderaient toujours un œil sur la terre ferme lorsqu'ils survoleraient cette zone, mais l'unité reprendrait sa routine.

Dès le lendemain, Jameson ferait partie des hommes portés disparus.

— Pas si l'on veut arriver à la base à temps, répondit Constance d'une voix douce.

Scarlett se tourna vers la commode et la penderie qui contenaient toujours les uniformes de son mari.

— Un jour, tu m'as demandé ce que je donnerais pour retourner dans notre toute première maison, à Kirton in Lindsey…

— Je ne savais pas... Je ne t'aurais jamais posé la question si j'avais su qu'une chose pareille arriverait, murmura Constance avec un air désolé. Je n'ai jamais voulu que tu ressentes ça.

— Je sais. (Scarlett fit courir ses doigts sur la taie d'oreiller pliée.) C'est notre troisième maison, depuis notre mariage, dit-elle, un sourire étirant ses lèvres à cette pensée. Jameson est censé la libérer la semaine prochaine, maintenant que son escadrille est officiellement basée à Debden. Peut-être que le timing est bon, dans un sens. La prochaine maison où nous sommes censés vivre ensemble est dans le Colorado.

William babilla ; Constance le déplaça sur son autre hanche.

— Et tu seras là-bas pour l'attendre. Ne te soucie de rien ici. Je demanderai à Howie et aux garçons de ranger le reste des affaires pour quand Jameson reviendra.

Une brûlure familière picota le nez de Scarlett, mais elle repoussa une nouvelle montée de larmes inutiles.

— Merci.

— Ce n'est rien du tout, répondit sa sœur.

— Non, insista Scarlett en trouvant la force de se lever, puis elle glissa la taie d'oreiller dans son sac. Merci d'avoir dit « quand », et non « si ».

— Un amour comme celui que vous partagez ne meurt pas si facilement, murmura Constance en tendant William à sa mère. Je refuse de croire que ça se termine ainsi.

Scarlett contempla le doux visage de son fils.

— Tu as raison, dit-elle, puis elle reporta le regard sur sa sœur. Tu es une indécrottable romantique, hein ?

— En parlant de romance, j'ai mis les deux boîtes à chapeau avec ta machine à écrire. Cette malle pèse une tonne, mais elle est dans la voiture.

Howie était venu un peu plus tôt pour aider à transférer tous les bagages, avant de partir à la base.

— Merci.

Elle avait passé la soirée de la veille devant sa machine à écrire, avant que Constance n'insiste pour la ranger, mais elle n'avait pas mis leur histoire à jour. Elle avait écrit leur dernière journée passée ensemble mais avait été incapable de parler de ce qui avait suivi, en partie parce qu'elle n'avait toujours pas accepté les événements de ces trois derniers jours, et aussi parce qu'elle ignorait comment ça se terminerait. Mais pendant quelques heures, elle avait laissé la douleur s'échapper et avait sombré dans un monde où Jameson était toujours dans ses bras.

C'était là qu'elle voulait vivre, sur la page de ce jour aux allures d'éternité.

William calé au creux de son bras, elle parvint à ouvrir son sac à main et sortit la lettre qu'elle avait écrite en se réveillant, le matin même.

— Je ne sais pas où laisser ça, admit-elle tout bas en montrant à sa sœur l'enveloppe sur laquelle figurait le nom de Jameson, écrit à l'encre.

Constance la prit délicatement.

— Je la lui donnerai quand il rentrera, promit-elle, puis elle la glissa dans la poche de sa robe.

Sans leur uniforme, Scarlett par obligation et Constance par choix, étant donné qu'elle était en permission, il était facile de croire qu'elles n'avaient jamais eu à en mettre. Que la guerre n'avait pas encore eu lieu. Mais ce n'était pas le cas, et si le tissu des robes était plus doux que celui des uniformes de la WAAF, elles avaient passé tellement de temps avec que les deux femmes s'étaient endurcies.

Scarlett ajusta le bonnet sur la tête de William et tira sur les manches de son pull. Nous étions en juin, mais il faisait encore frais, pour le petit, et les températures seraient plus fraîches encore là où ils allaient. Avec un dernier regard empli de mélancolie, elle quitta leur chambre et pria une nouvelle fois Dieu de lui ramener Jameson.

Elle rejoignit la voiture d'un air impassible, gardant la tête haute, comme l'aurait voulu Jameson.

Elle se glissa sur le siège passager, William serré contre elle, pendant que Constance s'installait derrière le volant. Le moteur rugit, et avant que le cœur de Scarlett puisse l'emporter sur son esprit, elles s'éloignèrent de la maison, en direction de Martlesham Heath.

Cela ne faisait que quelques minutes qu'elles roulaient quand les sirènes antiaériennes se mirent à hurler.

Scarlett braqua aussitôt les yeux vers le ciel, où elle devinait déjà les silhouettes des bombardiers.

Son ventre se noua.

— Où est l'abri le plus proche ? demanda Constance d'une voix calme.

Scarlett observa les alentours.

— Tourne à droite.

William se mit à pleurer de terreur, ses petites joues soudain toutes rouges.

La chaussée se remplit de civils, tous accourant vers l'abri.

— Arrête-toi là, ordonna Scarlett. Nous n'y arriverons jamais, avec toute cette foule. Il va falloir y aller à pied.

Constance opina du chef et se gara immédiatement sur la gauche. Elles sortirent du véhicule, mais alors qu'elles se mettaient à courir en direction de l'abri, les premières explosions retentirent.

Elles manquaient de temps.

Le cœur battant la chamade, elle serrait William contre elle, sans cesser de courir auprès de sa sœur.

Elles étaient à un pâté de maisons.

— Plus vite ! cria Scarlett tandis qu'une autre explosion résonnait atrocement derrière elles.

Ces mots avaient à peine quitté sa bouche qu'un sifflement suraigu envahit ses oreilles, et leur monde s'effondra.

Le bourdonnement dans ses oreilles n'était interrompu que par les pleurs de William.

Scarlett ouvrit péniblement les yeux, surmontant la douleur qui lui vrillait les côtes.

Quelques secondes de confusion plus tard, elle reconnut où elle se trouvait et se rappela ce qui s'était passé.

Ils avaient été bombardés.

Des minutes. Des heures ? Combien de temps s'était-il écoulé ? *William !*

Il se remit à pleurer, et Scarlett roula sur le côté, sanglotant presque de soulagement à la vue du visage baigné de larmes de son petit, à côté d'elle.

Elle essuya la terre qui lui maculait les joues, mais ses larmes ne faisaient que l'étaler.

— Tout va bien, mon amour. Maman est là, dit-elle en le prenant dans ses bras, puis elle balaya du regard les décombres qui les cernaient.

L'impact les avait projetés dans un massif de fleurs qui avait par miracle protégé son enfant. Elle avait mal aux côtes et à la cheville, mais en dehors de ces petits désagréments, elle allait bien. Elle lutta pour se redresser, William toujours plaqué contre sa poitrine, et sursauta en découvrant un filet de sang qui s'écoulait de son mollet, mais sa douleur fut de courte durée, très vite remplacée par une crainte sourde.

Où était Constance ?

L'immeuble qu'elles avaient longé n'était plus qu'un tas de ruines, et elle se mit à tousser, ses poumons avalant plus de poussière que d'air.

— Constance ! hurla-t-elle, en proie à une soudaine panique.

La clôture en fer forgé du jardin dans lequel ils avaient atterri était brisée, et à travers les barreaux, Scarlett aperçut un éclat rouge.

Constance.

Elle se leva péniblement, ses poumons et ses côtes protestant avec véhémence tandis qu'elle boitillait vers le bout de tissu qu'elle reconnaissait comme étant la robe de sa sœur. Son bras toucha quelque chose, et elle baissa les yeux, confuse. Son sac à main était toujours glissé sur son épaule, et il s'était coincé dans un barreau. Elle tira dessus et tituba encore sur quelques mètres avant de tomber à genoux devant Constance, prenant soin de protéger William des blocs de pierre qui entouraient sa tante... et qui lui étaient tombés dessus.

Non. Non. Non.

Dieu ne pouvait tout de même pas être aussi cruel ? Un hurlement se forma dans sa gorge, puis elle le laissa jaillir, se servant de son bras libre et de toute sa force pour dégager ces affreuses briques de la poitrine de sa sœur.

La chaleur quitta son corps et son âme quand elle posa les yeux sur le visage recouvert de terre et de sang de Constance.

— Non ! hurla-t-elle.

Ça ne pouvait pas se terminer comme ça. Ça ne pouvait pas être le destin de sa sœur.

William se mit à pleurer plus fort, comme si lui aussi sentait que la lumière diminuait peu à peu, dans le monde.

Scarlett attrapa la main de sa sœur, mais il n'y eut aucune réaction.

Constance était morte.

33

Georgia

Ma tendre Scarlett,
Épouse-moi. Oui, je suis sérieux. Oui, je compte te le demander, encore et encore, jusqu'à ce que tu deviennes ma femme. Cela ne fait que deux jours que j'ai quitté Middle Wallop, et je peux à peine respirer. Voilà à quel point tu me manques déjà. Je t'aime, Scarlett, et il ne s'agit pas du genre d'amour qui s'efface avec la distance ou le temps. Je t'appartiens depuis le jour où j'ai plongé dans tes yeux. Je t'appartiendrai toujours, peu importe combien de temps s'écoulera avant que je puisse les revoir.
Jameson

— Cinquante mille, ça suffirait, pour le quartier, d'après vous ? demandai-je en calant le téléphone entre mon oreille et mon épaule endolorie pour prendre des notes.

J'y étais allée un peu fort, ce matin, à la salle, mais au moins n'étais-je pas tombée.

— C'est plus qu'assez ! Merci ! s'exclama Mr Bell, le bibliothécaire.

— Je vous en prie, répondis-je avec un sourire – c'était ce que je préférais dans mon boulot. Je vous envoie le chèque aujourd'hui.

— Merci ! répéta-t-il.

Nous raccrochâmes, et j'ouvris le carnet de chèques au nom de la Fondation Scarlett Stanton pour l'alphabétisation. Je caressai les caractères du bout des doigts puis rédigeai le chèque, cette fois à destination d'un groupe scolaire de l'Idaho.

Les directives étaient simples : donner de l'argent aux écoles qui avaient besoin d'acheter des livres.

Grand-mère aurait adoré.

Je le datai au 1er mars, puis le glissai dans l'enveloppe et réservai un coursier. *Une bonne chose de faite.* Maintenant, je pouvais retourner au studio.

Un stylo au logo des Mets de New York roula quand j'ouvris le tiroir du haut, et mon cœur se noua douloureusement, comme il le faisait chaque jour. C'était le stylo de Noah.

Parce que pendant quasiment trois mois, ça n'avait pas été seulement le bureau de grand-mère – mon bureau –, mais celui de Noah également. Et parce que me débarrasser de ce stylo ne changerait rien, je rangeai le carnet de chèques à côté et refermai le tiroir.

Ce stylo était mon plus petit souvenir, quelque part.

Noah était partout où mon regard se portait. Je nous voyais danser dans le salon chaque fois que j'apercevais le phonographe, entendais le timbre grave de sa voix quand je m'aventurais dans la serre. Il était dans ma cuisine, à me préparer du thé. Dans mon vestibule, à m'embrasser passionnément. Dans ma chambre, à me faire l'amour. Il était dans ce bureau, avouant qu'il m'avait menti.

J'inspirai profondément, sans toutefois repousser la douleur. La ressentir était la seule manière d'avancer. Sinon, je serais de nouveau la même coquille vide que celle que j'avais été après Damian.

On sonna à la porte, et je pris l'enveloppe avec moi, mais ce n'était pas le coursier qui m'attendait de l'autre côté.

Je clignai des yeux, sidérée, ma mâchoire tombant malgré moi avant que je la referme si brusquement qu'un *clac* résonna sous mon crâne.

— Tu ne me proposes pas d'entrer ? demanda Damian en plantant un bouquet de fleurs sous mon nez. Joyeux sept ans, chérie.

Je soupesai l'idée plutôt agréable de lui claquer la porte au nez, sachant *pertinemment* ce qu'il faisait là, mais décidai finalement de suivre sa proposition. Je reculai pour le laisser passer puis refermai la porte, une brise glaciale me balayant la peau.

— Merci. J'avais oublié à quel point il faisait froid, ici, commenta-t-il en brandissant toujours ses fleurs – des roses rose pâle – avec un air plein d'attente.

— Qu'est-ce que tu veux, Damian ?

Je posai l'enveloppe sur le guéridon du vestibule. Quel stratagème avait-il imaginé pour essayer d'obtenir ce qu'il voulait ? La culpabilité ? La corruption ? Le chantage affectif ?

— Je voulais parler affaires.

Puis il plissa le front en se rendant compte que je ne prendrais pas ses fleurs, qu'il finit par poser à côté de l'enveloppe.

— Et en toute logique, tu as pris un avion jusqu'ici plutôt que de m'appeler ? répliquai-je en croisant les bras.

— J'étais d'humeur sentimentale... dit-il de cette voix mielleuse qu'il réservait aux excuses, tout en m'évaluant du regard. Tu es superbe, Georgia. Tu as l'air... plus douce, dans un certain sens.

L'horloge comtoise se mit à sonner.

— Ne t'embête pas à retirer ton manteau. Tu seras parti avant qu'elle sonne de nouveau.

— Quinze minutes ? C'est vraiment tout ce que je vaux, à tes yeux, après tout ce que nous avons traversé ?

Il inclina la tête et révéla une petite fossette. *Donc on part sur du chantage affectif.*

— Si l'on prend en compte le temps qu'on a passé ensemble, je t'ai déjà donné huit années de ma vie. Crois-moi, quinze minutes, c'est plutôt généreux.

J'avais fait en sorte d'éviter la comparaison lorsque j'avais été avec Noah, mais avec Damian en face de moi, il m'était impossible de ne pas noter les différences. Noah était plus grand, avait des muscles fins et se tenait avec la conscience constante de son corps qui s'était développé avec toutes ces années d'escalade. Damian n'était rien de tout cela.

Il avait l'air pâlot, et ce que j'avais un jour considéré comme plutôt angélique me paraissait soudain... insipide. Le bleu de ses yeux n'arrivait pas à la cheville du brun ténébreux de Noah. M'avait-il même un jour attirée ? Ou était-ce son intérêt pour moi qui m'avait envoûtée ?

— J'aime beaucoup ce que tu as fait, commenta-t-il en balayant le vestibule des yeux.

— Merci.

J'avais tout repeint et opté pour un thème gris et blanc, transformant lentement la maison de grand-mère en la mienne. La chambre principale était la prochaine chose – et la dernière – sur la liste.

— Mais tu perds du temps.

Il me jeta un regard glacial. *Ah, te voilà enfin.*

— J'espérais pouvoir te parler de *Toutes nos histoires infinies*.

— Et ?

— J'aimerais te faire une proposition, et avant que tu me dises non, écoute-moi. (Il leva les mains puis sortit une enveloppe de l'intérieur de son manteau.) En souvenir du bon vieux temps.

— Du bon vieux temps... Tu veux dire, quand tu couchais avec ton assistante ? Ou cette maquilleuse ? Ou peut-être quand tu as mis Paige enceinte et que tu n'as pas eu le cran de me le dire, ce qui m'a obligée à le découvrir par le biais d'un millième message, en pleine veillée pour grand-mère ? (J'inclinai la tête.) Auquel de ces bons moments fais-tu référence ?

Je vis les veines de son cou enfler, au-dessus du col de son manteau, et il eut la grâce de rougir.

— Ce sont de regrettables souvenirs, en effet. Mais nous en avons également de bons. Je suis ici pour t'aider, pas pour te faire du mal, et j'ai déjà un contrat tout prêt. Il ne te reste plus qu'à signer. Je sais que l'argent de Scarlett est réservé à tous ces trucs caritatifs, alors si tu as besoin d'un petit coup de pouce, je suis prêt à jeter un coup d'œil à ses autres travaux pour envisager une adaptation. Je n'ai pas envie de te voir souffrir.

— Que c'est magnanime de ta part... Mais tu n'as plus à te soucier de moi. Ma galerie marche très bien, vu que je peux enfin créer l'art que j'aime – quand je ne suis pas plongée dans ces *trucs* caritatifs, bien sûr.

Il renâcla.

— Tu n'es pas sérieuse...

— Oh que si. Je n'ai jamais voulu de cet argent. C'est toi qui le voulais. Et je suis sûre que ce petit contrat que tu me proposes si généreusement t'accorde non seulement les droits sur *Toutes nos histoires infinies*, mais qu'il confirme également ceux que tu as sur les cinq autres livres que tu n'as pas encore adaptés, étant donné que je ne suis plus copropriétaire d'Ellsworth Productions. Je me trompe ? demandai-je d'une voix mielleuse.

— Tu sais, souffla-t-il, son visage s'affaissant.

— J'ai toujours su. Pourquoi crois-tu que je sois partie sans me battre ? Il n'y avait rien, chez toi, qui méritait d'être gardé.

— Ça ne tiendra pas, face à un juge.

— Bien sûr que si. Mes avocats ont toujours été meilleurs que les tiens. Grand-mère s'en est assurée, en demandant à ces mêmes avocats d'inclure dans le contrat : « dans la mesure où Georgia Constance Stanton reste copropriétaire d'Ellsworth Productions ». Elle n'avait pas envie de te confier ses histoires, Damian. C'était à *moi* qu'elle les confiait. Tu étais juste trop occupé à compter les zéros pour faire attention à cette condition.

J'entendis le grondement d'un moteur remonter l'allée.

— Gigi, discutons-en, au moins, dit-il en se mettant à paniquer. Tu sais à quel point je tenais à Scarlett. Tu penses sincèrement que c'est ce qu'elle aurait voulu ? Ça l'aurait tuée de te voir demander le divorce. De te voir m'abandonner.

Son expression changea de nouveau. *Au tour de la culpabilité, maintenant.*

— T'abandonner ? Pour commencer, elle ne t'a jamais apprécié, et cette conversation était terminée dès l'instant où les papiers du divorce ont été finalisés. J'ai toutefois une question pour toi.

Je passai sur l'autre jambe, ne supportant pas l'idée de devoir lui réclamer quoi que ce soit.

— Je t'écoute, dit-il en déglutissant. Tu sais que je ne suis pas encore marié, n'est-ce pas ? (Il avança d'un pas, et l'odeur familière de son parfum écœurant me frappa comme du lait resté trop longtemps dans le réfrigérateur – tout ce qui était bon avait tourné.) Nous pouvons arranger ça. Vas-y, demande-moi ce que tu veux.

Non merci.

— Est-ce que tu savais qui j'étais, ce fameux jour où on s'est rencontrés, sur le campus ?

Il se figea.

— Alors ?

À cet instant, je me vis à travers ses yeux. Une étudiante de dix-neuf ans, n'attendant que d'être aimée et validée. Une cible facile.

— Oui, admit-il en passant une main dans ses cheveux. Et je sais qui tu es aujourd'hui, Gigi. Oui, j'ai fait des choix qui n'étaient pas les bons, mais je t'ai toujours aimée.

— Bien sûr. Et c'est en couchant avec d'autres femmes – *un tas* d'autres femmes – qu'on montre son amour à son épouse. (Je marquai une pause, m'accordant du temps pour que la douleur me frappe, mais elle ne vint pas.) Pourtant, aussi étrange cela soit-il, ma mère m'avait mise en garde.

La porte d'entrée s'ouvrit brusquement, et Hazel surgit à l'intérieur, les cheveux en pétard et les yeux exorbités.

— Hé, il faut que tu voies ça ! (Elle se figea soudain, ses sourcils se dressant jusqu'au plafond à la vue de Damian.) Qu'est-ce qu'il fout là, lui ?

— Hazel, dit-il avec un sourire en coin et un petit signe de tête.

— Ta gueule, connard, lâcha-t-elle tout en venant à côté de moi.

— Damian s'apprêtait à partir, intervins-je avec un bref sourire tandis que l'horloge sonnait de nouveau. Son temps est écoulé.

— Gigi, dit-il d'un ton suppliant.

— Au revoir. (Je marchai jusqu'à la porte et la lui gardai ouverte.) Tu diras bonjour à Paige et à... Comment tu as appelé ton fils ?

— Damian Junior.

— Évidemment. Sois prudent sur la route, dis-je en désignant l'extérieur. La chaussée est glissante à cette période de l'année.

Le claquement de la porte me parut beaucoup plus satisfaisant qu'il l'avait été le jour où j'avais quitté notre appartement de New York.

— Tu lui as dit ? demanda Hazel en ôtant son manteau avant de le pendre dans le placard de l'entrée.

— Pour les droits ? Oui. C'était drôle. (Un énorme sourire me barrant le visage, je coinçai une mèche de cheveux derrière mon oreille.) Bon, tu veux bien me dire ce qui t'a fait débarquer comme ça ?

— Oh ! s'exclama-t-elle en rouvrant grand les yeux. Il faut que tu te connectes. Tout de suite !

Elle prit ma main et me tira de force dans le bureau, manquant presque de me jeter dans le fauteuil tout en mettant YouTube en plein écran, puis elle tapa le nom de Noah.

— Hazel... soufflai-je.

La dernière chose dont j'avais besoin était de voir Noah en vidéo, se baladant dans New York comme s'il n'avait pas brisé mon cœur en un million de morceaux.

— Ce n'est pas ce que tu penses.

Elle cliqua sur la vidéo d'une émission matinale populaire, et je tapai impatiemment des pieds durant les cinq secondes de pub qui précédèrent le lancement.

— Attends, ça ne commence qu'à la moitié. Je te jure que j'ai failli recracher mon café.

Elle cliqua vers le milieu de la vidéo, passant les dix premières minutes.

— ... se prend pour qui ? demandait la journaliste à son collègue, qui secoua la tête. On ne fait pas ça à Scarlett Stanton. Impossible.

— D'un autre côté, l'éditeur devait savoir dans quoi il se lançait en engageant Noah Harrison pour terminer ce livre, argumenta l'homme.

— Mon Dieu, murmurai-je, mon estomac sombrant hors de mon corps pour foncer tout droit sous la surface terrestre.

Savoir que Noah pouvait essuyer de mauvaises critiques à cause de mon choix et le voir de mes propres yeux étaient deux choses bien différentes.

— Ça empire, marmonna Hazel.
— Beaucoup ?

Je n'étais pas certaine de pouvoir en supporter davantage.

— Regarde.
— Je ne suis pas la seule à crier au scandale, reprit la journaliste en levant les deux mains. Les premiers avis sont tombés, et autant vous prévenir : ce n'est pas joli joli. D'après *Publication Quarterly*, il s'agit, je cite, « d'une tentative égotique d'éclipser la plus grande autrice de romans d'amour de son temps ».

Le public se mit à huer ; je plaquai les deux mains sur ma bouche.

— Ce n'est pas juste ! dis-je entre mes doigts.
— Ça empire encore, ajouta Hazel.

— Comment ça ? Ils vont brûler une de ses silhouettes en carton qu'on trouve dans les librairies ?

— Ça t'embêterait s'ils le faisaient ? lança-t-elle d'un air faussement innocent, ce qui lui valut un regard assassin.

— Le *New York Daily* est allé encore plus loin : « Scarlett Stanton doit se retourner dans sa tombe. Bien que ce livre soit sublimement écrit et profondément touchant, le mépris d'Harrison pour ce qui caractérisait cette écrivaine, à savoir les fins heureuses, est une véritable gifle pour tous les fans de romance du monde. » Et je dois dire que je suis d'accord.

— Arrête ça, je t'en supplie.

Mes mains quittèrent ma bouche pour couvrir mes yeux au moment où ils affichaient une photo de Noah.

— Encore une petite minute, dit Hazel en récupérant la souris avant que je ne l'attrape.

— Le *Chicago Tribune*, enfin, déclare : « Depuis Jane Austen, jamais aucune autrice de romance n'a été aussi internationalement adulée et pourtant aussi méprisée par les hommes. La fin douloureuse et émotionnellement sadique de Noah Harrison à la propre histoire d'amour de Scarlett Stanton est impardonnable. »

— Oh, Noah... grognai-je en plantant ma tête entre mes mains.

— Mais peut-être la meilleure critique, comme toujours, nous vient-elle de Scarlett Stanton elle-même, qui a un jour dit : « Personne n'écrit de fictions pénibles et déprimantes travesties en histoires d'amour comme Noah Harrison. » (La journaliste poussa un profond soupir.) À quoi pensait l'éditeur, franchement ? On n'impose pas un homme dans un univers où les femmes ont dû se battre afin de se faire une place au milieu des blagues salaces pour le laisser piétiner l'essence même de ce genre ! C'est inadmissible. Honte sur vous, Noah Harrison. Honte sur vous, termina-t-elle en pointant du doigt la caméra, et la vidéo prit fin.

— Au moins, ils ne l'ont pas mis au bûcher, marmonnai-je en fixant l'écran d'un air horrifié.

— Ils ont laissé ton arrière-grand-mère le faire, commenta Hazel.

— Ils sont injustes. C'est une fin magnifique et très émouvante, dis-je en m'enfonçant dans le fauteuil, les bras croisés. C'est l'hommage parfait à ce qu'elle a traversé dans la vraie vie. Et ce n'est pas *lui* qui a décidé d'ignorer son style. C'est moi !

— Flash spécial, Gi : personne ne lit de romances pour avoir un reflet de la vraie vie, soupira-t-elle. Et cet homme est tellement amoureux de toi que je ne peux même pas... Rien. Je ne peux pas.

Elle se percha au bord du bureau, face à moi.

— Tais-toi, murmurai-je tout en sentant mon cœur se fêler, rouvrant les cicatrices refermées à la va-vite.

— Oh que non. (Elle s'approcha pour que je n'aie d'autre choix que de la regarder.) Cet homme vient de ruiner sa carrière à l'échelle internationale... pour toi.

— Il a ruiné sa carrière par obligation contractuelle, répliquai-je.

607

Mais le mal était fait. Tout mon corps éprouvait le manque de Noah, comme chaque jour depuis notre rupture. Si on ajoutait à cela la haine qui pleuvait sur lui à cause du choix que j'avais fait, j'étais prête à m'enterrer sous une tonne de Ben & Jerry's.

— Continue de t'en convaincre, dit Hazel en secouant la tête. C'est Noah Harrison. S'il ne voulait pas de ce contrat, il se serait arrangé, crois-moi. Il a fait ça pour toi. Pour te prouver qu'il était capable de tenir sa parole.

— Il a menti, et ce pour aucune bonne raison. (La frustration enflait en moi, faisant son maximum pour surpasser la douleur.) Je ne l'aurais pas mis à la porte, en décembre, si j'avais appris qu'il avait terminé le livre. J'étais déjà amoureuse de lui !

Mes mains vinrent de leur propre chef se plaquer sur ma bouche.

— Ah ! s'écria Hazel en pointant le doigt sur moi. Je te l'avais dit !

— Mais ça n'a aucune importance ! soupirai-je en laissant retomber mes bras. L'encre de mes papiers de divorce est à peine sèche. Ça ne fait même pas un an ! (Je me raidis.) Il n'y a pas une règle, quelque part, qui dit de prendre du temps pour soi avant de fourrer tout son bagage émotionnel dans les bras d'un autre homme ?

— Déjà, non, il n'y a pas de règle. Ensuite, j'ai vu les bras de Noah. Il peut largement porter tout ton bagage, déclara-t-elle en faisant la moue.

— Tais-toi.

Elle n'avait pas tort.

— Enfin, tu n'es pas ta mère, Gi. Tu ne seras *jamais* ta mère. Et entre nous, tu étais franchement seule, durant les six années de ce foutu mariage. Tu as eu *beaucoup* de temps pour toi, mais si tu penses avoir besoin de plus, alors prends-le. Rends juste service à l'univers et dis-le à Noah.

Je me laissai retomber dans le fauteuil.

— C'est irréaliste. Il vit à l'autre bout du pays. Et puis, ça fait trois semaines qu'il n'a pas tenté d'appeler. Il a probablement tourné la page. Sa capacité à rebondir est connue de tous.

— Si par là tu veux dire qu'on ne l'a vu en public qu'avec sa sœur, alors je suis d'accord, dit-elle en haussant un sourcil sévère. Je t'aime, mais il va falloir que tu changes, ma belle. Il est amoureux de toi. Il a foiré. Ce sont des choses qui arrivent. Owen foire tous les trois jours, il s'excuse, se rattrape, puis il foire autre chose trois jours plus tard. On avance comme ça.

Elle jeta un bref coup d'œil à son alliance et sourit.

— Et toi, tu foires quand ? lançai-je.

— Je suis parfaite. Et puis, on ne parle pas de moi, là. (Son téléphone se mit à sonner ; elle se leva pour le sortir de sa poche.) Salut, bébé. Attends... répète ?! Colin a fait *quoi* avec les ciseaux pendant que tu étais aux toilettes ? Courts comment, tu veux dire ?! termina-t-elle sur une note suraiguë.

Aïe. Je bondis du fauteuil et courus vers le placard du vestibule, où j'arrachai son manteau pour le lui lancer, Hazel fonçant déjà vers sa voiture.

— Non, n'essaie pas d'arranger quoi que ce soit ! (Elle me fit de grands signes en guise d'au revoir puis ouvrit la portière.) Non, je ne suis pas fâchée. Ça aurait pu m'arriver, à moi aussi. Ça repoussera...

Sa voix fut coupée par la portière qui claquait.

— Bonne chance ! criai-je tout en la regardant quitter l'allée en demi-cercle pour rejoindre la route principale.

Un instant plus tard, le coursier prenait sa place.

— Une seconde ! dis-je en allant récupérer l'enveloppe à l'intérieur, que j'accompagnai des roses de Damian. Tenez, Tom. Vous pouvez les offrir à votre femme.

— Vous êtes sûre ?

— Absolument.

— Attendez, j'ai une livraison pour vous, dit-il en troquant l'enveloppe et les roses contre un colis de taille moyenne.

En signant, je notai que l'adresse de l'expéditeur était celle des avocats de grand-mère.

Eh oui. Logiquement, c'était le jour de mon septième anniversaire de mariage. Au moins n'avait-elle pas eu à assister au chaos dans lequel tout cela s'était terminé. Je retournai à l'intérieur, fermai derrière moi puis me laissai tomber sur la première marche de l'escalier, posant le colis à côté de moi.

La fin douloureuse et émotionnellement sadique de Noah Harrison à la propre histoire d'amour de Scarlett Stanton est impardonnable. Je fixai le colis en soupirant, regrettant qu'il n'y ait pas de réponse simple à tout cela. Ou peut-être y en avait-il une et Hazel avait-elle raison : je me faisais barrage toute seule.

Je me penchai en avant, sortis mon téléphone de la poche de ma veste, puis j'ouvris ma messagerie et commençai à écrire.

GEORGIA : Je suis vraiment désolée pour les critiques.

Je l'étais sincèrement, mais mon cœur ne pouvait s'empêcher de hurler de joie à l'idée que Noah ait tenu sa promesse.

Il avait reçu le message, mais ne l'avait pas encore lu. Qui savait quand il le verrait ? Peut-être même ne l'ouvrirait-il jamais ?

— De la Reine de Glace à la Briseuse de Carrière... Je ne suis pas sûre d'être montée en grade, marmonnai-je avant de récupérer le colis de grand-mère.

Le scotch partit facilement, ce qui s'avéra pratique, étant donné que je n'avais ni Noah ni son couteau.

À l'intérieur m'attendaient trois enveloppes kraft. Celle sur laquelle était écrit « Lis-moi en deuxième » était la plus épaisse. Je la mis de côté, avec la troisième, puis ouvris celle désignée comme la première et en sortis une lettre. Mon cœur palpita plus fort à la vue de son écriture.

Ma douce Georgia,
Aujourd'hui, c'est ton anniversaire de mariage. Si je ne me trompe pas, avec ma santé déclinante, il s'agit de ton septième. Celui-ci a été sacrément important, pour ton grand-père

Brian et moi. La sentence venait de tomber, tout s'effondrait autour de nous, et nous n'avions pas d'autre solution que de nous accrocher l'un à l'autre.
J'espère que le tien se passe mieux.
Mais au cas où ce ne serait pas le cas, je me suis dit qu'il était temps que tu comprennes vraiment la profondeur de l'amour qui t'a créée. Ma chérie, tu es le produit de générations d'amour, pas seulement des élans du cœur que certains connaissent, mais d'amours véritables, profondes et réparatrices que même le temps ne peut arrêter.
J'espère que tu t'es résolue à vider mon placard – non, pas celui-là. L'autre. Oui, celui-ci, où tous les vêtements ont été remplacés par des pages sorties de cette petite machine à écrire qui a été ma compagne sans faille aussi bien dans les joies que dans les peines. J'espère que tu as trouvé la petite alcôve, au fond de la deuxième étagère. Sinon, va voir – je t'attends.
Tu as trouvé ? Bien. Il s'agit du travail que je ne me suis jamais résolue à terminer. Celui que j'avais entamé pour mon cher William. Je suis désolée de ne t'avoir jamais laissée le lire quand j'étais avec toi. Je regorge d'excuses, mais la vérité, c'est que j'avais peur que tu lises en moi.
Tu découvriras qu'il se termine sur ce que tu connais : le jour le plus difficile de ma vie. Celui où j'ai perdu ma sœur, ma meilleure amie, tout en étant encore sous le choc de la disparition de l'amour de ma vie. Cette

journée n'a depuis été éclipsée que par cette soirée neigeuse qui nous a enlevé William et Hannah. Notre famille a toujours connu son lot de tragédies, n'est-ce pas ?
Tu peux lire cette histoire, désormais, Georgia. Prends ton temps. J'y suis revenue à tâtons au fil des années, ajoutant des bribes ici et là, de mémoire, puis la remettant de côté. Quand tu atteindras la fin, quand tu seras là-bas avec moi, dans cette rue ravagée par la guerre au cœur d'Ipswich, recouverte de terre, je veux que tu lises les lettres rassemblées au-dessus du manuscrit.
Elles sont la véritable preuve de l'amour qui t'a créée, le fait derrière les moments de fiction embellie. Quand tu ressentiras cet amour, quand tu auras eu le goût âcre de ce dernier raid aérien sur la langue, et que tu seras prête à découvrir ce qui s'est passé ensuite, ouvre la prochaine enveloppe, dans ce colis. Tu te rendras compte que tu as toujours connu la fin... C'était le milieu qui n'était pas clair.
Quand tu auras terminé, j'espère que tu liras la troisième – et dernière – enveloppe de ce colis.
Je t'en supplie, pardonne-moi de t'avoir menti.
Ta grand-mère qui t'aime

Grand-mère ne mentait jamais. De quoi parlait-elle ? J'ouvris l'enveloppe la plus épaisse, les doigts tremblants. J'avais déjà lu le manuscrit et les lettres, avais été secouée de sanglots déchirants quand on était venu annoncer à

Scarlett que Jameson avait disparu, et avais pleuré de nouveau quand elle avait compris que Constance avait été tuée.

Je sortis le gros paquet de feuilles et caressai du bout des doigts les lettres familières de la machine à écrire de grand-mère.

Puis je lus.

34

Juin 1942

Ipswich, Angleterre

Scarlett n'avait plus froid. Alors qu'elle gardait le regard rivé sur le corps sans vie de sa sœur, cette sensation s'était peu à peu muée en engourdissement.

Était-ce le prix à payer pour la vie de William ? Pour la sienne ? Dieu avait-il pris Jameson et Constance en guise de paiement divin ?

— Chhh, murmura-t-elle à l'oreille de son fils, par-dessus le sifflement qui vrillait toujours les siennes, cherchant à le consoler.

Il n'y avait plus personne dans ce monde pour la consoler. Tous ceux qu'elle aimait en dehors de William étaient partis.

Le petit leva une main poisseuse vers le visage de sa mère, qui se mit à cligner des yeux en découvrant le sang sur sa paume. Son cœur se figea dans sa poitrine. Avec l'ourlet de sa robe, elle essuya sa peau, puis sanglota de soulagement. Le sang n'était pas le sien.

Tout cela n'était pas en train d'arriver. Non, c'était impossible. Elle refusait de l'accepter.

Elle agrippa l'épaule de Constance et se mit à la secouer férocement, priant pour qu'elle revienne à la vie.

— Réveille-toi ! ordonna-t-elle dans un cri d'hystérie. Constance ! Tu ne peux pas être morte ! Je le refuse !

Alors, sous son regard choqué, sa sœur se réveilla en toussant violemment, luttant pour respirer. Elle n'était pas morte ; elle avait juste perdu connaissance.

— Constance ! cria-t-elle avant de sangloter de soulagement, penchée sur sa sœur sans cesser de bercer William. Tu peux bouger ?

Constance leva vers elle un regard vitreux et perdu.

— Je crois, répondit-elle d'une voix rocailleuse.

— Doucement, lui ordonna Scarlett en l'aidant à se redresser.

Le visage de sa sœur était recouvert d'hématomes, du sang suintait d'une plaie béante, au-dessus de son œil gauche, et son nez était de toute évidence cassé.

— Je t'ai crue morte, pleura-t-elle en l'enlaçant comme jamais elle ne l'avait fait.

Constance posa la main dans le dos de Scarlett puis étira le bras pour les étreindre tous les deux.

— Je vais bien. Est-ce que William...

— Il semble indemne, répondit Scarlett en examinant du regard à la fois William et Constance.

Le froid était revenu, et sa tête bourdonnait, lui donnant l'impression d'être sous l'eau.

— C'est terminé ? souffla Constance tout en découvrant les décombres tout autour d'eux.

— Je crois, répondit Scarlett, qui n'entendait plus les sirènes.

— Dieu merci.

Constance enlaça sa sœur une fois encore avant de s'écarter avec un air dévasté. Son expression donna la chair de poule à Scarlett.

— Qu'est-ce qui se passe ? demanda-t-elle alors que Constance fixait sa main imbibée de sang.

Scarlett cala William sur sa hanche et essuya le sang avec un bout plus ou moins propre de sa robe. Ses poumons expulsèrent un souffle de soulagement. Elles avaient eu tellement de chance, aujourd'hui.

— Tout va bien, dit-elle avec un sourire tremblant. Ce n'est pas le tien.

Les yeux de Constance se posèrent alors, fiévreux, sur la poitrine de sa sœur.

— Non. C'est le tien, murmura-t-elle.

Comme si prononcer ces mots avait provoqué le corps de Scarlett, faisant tomber les barrières défensives qu'elle avait érigées pour faire face au choc, une douleur insoutenable se mit à lui vriller le dos et à exploser au niveau de ses côtes. Elle lâcha un hoquet désemparé, submergée par cette vague déchirante, son regard se posant enfin sur la tache de sang de plus en plus grande qui maculait sa robe à carreaux bleue – celle qu'elle avait portée pour son premier rendez-vous avec Jameson.

Tout faisait sens, désormais : le froid, la douleur, cette sensation d'étourdissement. Elle se vidait de son sang. Elle perdit l'équilibre et s'effondra sur le flanc, parvenant tout juste à protéger la tête de William avant que celle-ci ne touche le sol.

— Scarlett ! hurla Constance, mais le son luttait pour percer le brouillard sous son crâne.

Alors, elle se concentra sur son fils.

— Je t'aime plus que toutes les étoiles dans le ciel, murmura-t-elle à William, qui avait arrêté de pleurer et la fixait, dans ses bras, de ces yeux qui avaient la même couleur que les siens. Mon William.

Dans ce moment de chaos et de sirènes hurlantes, tout lui parut très clair, comme si elle distinguait soudain les fils du destin qui composaient cette tapisserie. Quitter son foyer. Servir aux côtés de sa sœur. Rencontrer Jameson sur cette route poussiéreuse. Tomber folle amoureuse de lui. Leur chemin n'était pas en péril – il était déjà tracé. Seul celui de William ne l'était pas.

— Tout ça, c'était pour toi, William, murmura-t-elle, sa gorge émettant un gargouillement. Tu es profondément aimé. N'en doute jamais.

Constance se tenait au-dessus d'eux, la bouche grande ouverte, examinant le dos de Scarlett. La lèvre tremblante, elle se rapprocha.

— Il faut que tu te lèves. Il faut qu'on t'emmène à l'hôpital !

— Je vais bien. (Scarlett sourit, la douleur s'estompant une fois de plus.) Tu dois partir, parvint-elle à dire entre deux inspirations chevrotantes.

— Je ne vais nulle part !

La panique sur le visage de sa sœur lui tordit le cœur comme rien d'autre n'aurait pu le faire. C'était quelque chose dont elle ne pouvait sauver Constance. Elle ne pouvait même pas se sauver elle.

— Si. (Elle posa de nouveau les yeux sur William.) Il doit apprendre à camper, dit-elle sans détourner le regard de son visage – le visage de Jameson. Et à pêcher, et à voler.

C'était ce que Jameson avait désiré. Que leur fils grandisse en sécurité, à l'abri des bombes qui avaient mené à cet instant précis.

— Et tu pourras lui apprendre tout cela, dit Constance en pleurant. Mais il faut d'abord t'emmener à l'hôpital. Tu entends les sirènes ? Elles sont presque là.

— J'aurais voulu avoir plus de temps avec toi, dit-elle à William, chaque mot devenant plus difficile à prononcer que le précédent. Nous l'aurions voulu tous les deux.

— Scarlett, écoute-moi ! hurla Constance.

— Non. Toi, écoute-moi, répondit-elle avant qu'une quinte de toux ne l'assaille, maculant ses lèvres de sang. (Elle s'arracha une inspiration et posa le regard sur sa sœur.) Tu as juré de le protéger.

— Sur ma vie, déclara Constance.

— Sors-le de là, lui ordonna Scarlett en rassemblant toute sa force. Emmène-le auprès de Vernon.

Le regard soudain chargé de compréhension, Constance fixait sa sœur, les larmes traçant des sillons sur ses joues maculées de terre.

— Pas sans toi.

— Promets-moi que tu prendras soin de lui.

Scarlett usa de ce qu'il lui restait d'énergie pour tourner la tête vers son fils si magnifique et si parfait.

— Je te le promets, dit Constance, en larmes, d'une voix brisée par le chagrin.

— Merci, souffla-t-elle sans quitter William des yeux. Nous t'aimons.

— Scarlett, fit Constance en sanglotant, prenant sa sœur par la nuque tandis que son regard se faisait vide.

— Jameson, murmura-t-elle, un sourire se devinant sur ses lèvres.

Un instant plus tard, elle n'était plus là.

— Non ! s'époumona Constance, sa voix couvrant les hurlements des sirènes.

Le visage de William se froissa, et il libéra un cri qui fit écho à celui de sa tante.

Où était l'ambulance ? Ils pouvaient sans doute faire quelque chose ?! Ce n'était pas ainsi que ça se terminerait ; c'était impossible.

Des bouts de débris se plantant dans ses genoux, elle se pencha par-dessus Scarlett et prit William dans ses bras, calant sa tête contre sa poitrine machinalement, soudain insensible à tout, le monde tanguant autour d'eux.

— Madame ? demanda quelqu'un en s'accroupissant à côté d'elle. Vous et votre bébé allez bien ?

Constance se renfrogna, cherchant à comprendre ce que l'homme voulait dire.

— Ma sœur, répondit-elle comme pour lui expliquer.

L'homme la regarda avec un air de pitié, passant du corps inanimé de Scarlett à ses yeux.

— Elle nous a quittés, souffla-t-il de la voix la plus douce possible.

— Je sais, murmura-t-elle, les lèvres tremblantes.

— Je peux avoir de l'aide ? lança l'homme par-dessus son épaule.

Deux autres apparurent, s'accroupissant à son niveau.

— On va s'occuper d'elle. Vous devez aller à l'hôpital. Vous saignez.

— J'ai une voiture, dit Constance en hochant la tête, le regard totalement hagard.

Lorsque les hommes lui demandèrent un moyen d'identification, elle leur tendit son sac à main. Son esprit s'était fermé, comme s'il avait atteint sa limite de traumatisme et de chagrin.

Edward.

Jameson.

Scarlett.

C'était trop. Comment une seule personne pouvait-elle subir autant de deuils et ne pas en mourir ? Que faisait-elle, agenouillée ici, quasiment indemne au milieu de ces décombres qui avaient emporté sa sœur ?

Constance se leva péniblement, tenant William contre elle tandis que les hommes évacuaient Scarlett dans une ambulance.

Promets-moi que tu prendras soin de lui. Les mots de sa sœur lui parvenaient en un murmure, à travers la cacophonie de la rue, consumant tout son être. Elle serra William plus fort, calant sa tête sous son menton.

C'était ici que ça se terminait.

Plus de chagrin, plus de bombes, plus de morts. William vivrait.

Ignorant les cris des hommes autour d'elle, Constance attrapa le sac à ses pieds et traversa la rue, glissant deux fois sur des débris alors que les gens sortaient les uns après les autres de leurs abris.

Elle devait emmener William auprès de Vernon. Elle devait le faire monter dans cet avion.

Engourdie mais déterminée, elle regagna sa voiture, les pleurs de William se mêlant aux sifflements dans ses oreilles et aux hurlements de son propre cœur.

Elle se coula derrière le volant et vit qu'elle avait laissé les clés sur le contact. Elle cala William sur le siège à côté d'elle et prit la direction du terrain d'aviation, battant frénétiquement des paupières pour lutter contre la brume qui lui imbibait le regard.

Elle ne se rappelait pas grand-chose du trajet, mais elle arriva à la base et montra le pass qu'elle avait gardé sur son tableau de bord. Le garde la laissa entrer, et elle continua vers le hangar, comme groggy, sous le coup du choc et du chagrin. Elle gara la voiture n'importe comment puis enroula William dans sa couverture et sortit. Le pied du petit s'accrocha dans l'anse de son sac à main – non, c'était celui de Scarlett.

Ce qui voulait dire qu'elle avait les papiers de William. Mais où étaient les siens ?

Avec Scarlett. Elle s'en occuperait plus tard. Elle serra son neveu et tituba vers l'avant de la voiture, où un homme assez grand en uniforme courait vers elle. Il ressemblait beaucoup trop à Jameson pour ne pas être son oncle.

— Vernon ? souffla-t-elle en serrant William plus fort, par pur réflexe.

— Mon Dieu... Vous allez bien ?

Les yeux de l'homme étaient aussi verts que ceux de Jameson, et ils s'embrasèrent de choc et de surprise à la vue de son état.

— Vous êtes Vernon, n'est-ce pas ? (Rien d'autre n'avait d'importance.) L'oncle de Jameson ?

L'homme opina du chef tout en examinant son visage.

— Scarlett ?

Elle sentit son cœur se fissurer, une douleur atroce fendant la brume.

— Ma sœur est morte, murmura-t-elle. Elle était là, dans mes bras, et elle est morte.

— Vous vous êtes fait surprendre par les bombes ?

Elle confirma d'un hochement de tête.

— Ma sœur est morte, répéta-t-elle. J'ai amené William.

— Je suis navré... Vous avez une bien vilaine plaie au front.

Il posa une main ferme sur son épaule et pressa un mouchoir sur sa blessure.

— Monsieur, nous n'avons pas beaucoup de temps. Nous ne pouvons pas encore repousser le décollage, lança quelqu'un.

Vernon marmonna un juron.

— Est-ce que vous avez tout ce qu'il vous faut ? l'interrogea-t-il.

— Les affaires sont dans le coffre. Une malle et deux valises, comme Jameson l'a demandé...

dit-elle, sa voix mourant dans sa gorge. C'est moi qui m'en suis occupée.

L'expression de Vernon s'assombrit.

— Ils le retrouveront, promit-il. C'est certain. En attendant, faisons ce qu'il voulait.

La tristesse dans ses yeux reflétait la sienne. Constance hocha la tête. *Ils ne le retrouveront pas. Pas vivant, en tout cas.* Elle en avait l'affreuse conviction. Son cœur lui disait que Jameson était avec Scarlett. William était seul. Que lui arriverait-il ?

— Allez chercher les valises, ordonna Vernon aux hommes qui se tenaient derrière lui, avant de caresser de la pulpe du pouce la joue du petit, puis la couverture dans laquelle il était emmailloté. Je reconnaîtrais le talent de ma sœur entre tous, murmura-t-il avec un sourire tandis que ses hommes déchargeaient les valises, qu'ils emmenèrent vers la piste.

Il étudia de nouveau Constance du regard, et ses traits s'adoucirent.

— Vos yeux sont aussi bleus que ce que m'a décrit Jameson, souffla-t-il en se tournant vers William. Je vois que vous avez les mêmes, tous les deux.

— C'est un trait de famille, marmonna-t-elle.

La famille. S'apprêtait-elle vraiment à confier son neveu, le fils de Scarlett, à un parfait inconnu, tout cela parce qu'il avait le même sang que lui ?

Protège-le. La voix de sa sœur résonnait dans ses oreilles. Elle pouvait faire cela – pour elle.

— Cette plaie n'est finalement pas si profonde, commenta Vernon tout en retirant le mouchoir. Mais je suis convaincu que votre nez est cassé.

— Ce n'est pas grave, répondit-elle tout simplement.

Plus rien ne l'était.

— Rejoignons l'appareil, souffla Vernon en plissant le front. Les médecins pourront vous examiner avant que nous ne partions pour les États-Unis. Je suis vraiment navré pour votre sœur, ajouta-t-il d'une voix douce tout en posant la main au creux de son dos pour la guider vers la piste. Jameson m'a dit que vous étiez très proches.

Tout en elle se crispa à l'utilisation du temps passé, mais elle continua à avancer, à marcher, et bientôt, ils gagnèrent la piste où tournaient les hélices d'un bombardier reconverti dont, elle le savait, l'ATC se servait pour rapatrier les pilotes en Amérique.

Quelques officiers en uniforme attendaient devant la porte de l'avion, complétant sans aucun doute l'équipage.

— Bordel de merde, lâcha l'un d'eux en voyant le visage de Constance.

— Qu'est-ce qui se passe, O'Connor ? aboya Vernon. Vous n'avez jamais vu de femme ayant essuyé un raid aérien ?

— Désolé, balbutia l'officier en détournant le regard.

— Ne me dites pas que ce bébé va pleurer jusqu'au Maine, dit un autre pour plaisanter, tentant de toute évidence de détendre l'atmosphère.

— *Ce* bébé, gronda Vernon en le désignant, s'appelle William Vernon Stanton. Il s'agit de mon petit-neveu, et il peut pleurer aussi longtemps qu'il le désire.

— Oui, monsieur.

L'homme salua Constance de sa casquette et grimpa à bord.

— Vous avez tous vos papiers ? demanda alors Vernon en jetant un coup d'œil à son sac – non, celui de *Scarlett*.

— Oui, murmura-t-elle, le ventre noué, le sol se dérobant peu à peu sous ses pieds.

Vos yeux sont aussi bleus que ce que m'a décrit Jameson. Vernon la prenait pour Scarlett. C'était leur cas à tous. Elle ouvrit la bouche pour le corriger, mais rien ne sortit.

— Excellent.

Le dernier officier restant dressa son écritoire et passa de Vernon à Constance.

— Lieutenant colonel Stanton, dit-il en barrant le nom sur sa liste. Je ne m'attendais pas à ce que William Stanton soit si jeune, mais je l'ai bien ici. (Il barra un nouveau nom.) Ce qui nous laisse...

Protège-le.

Sur ma vie. Elle l'avait promis à Scarlett, et c'était exactement ce qu'elle donnerait : sa vie, pour celle de William. Seule Scarlett pouvait l'accompagner, le protéger.

Elle releva le menton, ajustant William sur sa hanche, et ouvrit le sac de ses doigts tremblants afin d'en sortir le visa qu'elle y avait glissé le matin même. L'état de son visage était finalement une bénédiction. Elle tendit les papiers à l'officier, lui montrant la cicatrice, sur sa paume, qui correspondait à la description. Puis elle pressa un baiser sur le front de William et le supplia en silence de lui pardonner.

— Je suis Scarlett Stanton.

35

Georgia

— Mon Dieu, murmurai-je, la dernière page tombant entre mes pieds.

Un souffle rauque quitta ma gorge, et deux larmes vinrent brouiller les mots, sur la feuille.

Grand-mère n'était pas Scarlett… mais Constance.

Un bourdonnement se mit à rugir dans mes oreilles, comme si les rouages dans mon cerveau avaient quadruplé de vitesse, cherchant à tout intégrer, à comprendre ce qu'elle avait écrit. Toutes ces années, et elle n'avait pas dit un mot. Pas un seul. Elle avait emporté son secret dans la tombe, l'avait portée toute seule. Ou grand-père Brian avait-il su ?

Je ramassai la feuille tombée, la rangeai à la fin du chapitre, puis remis le tout dans l'enveloppe. Pourquoi ne m'avait-elle rien dit ? Pourquoi maintenant, quand je ne pouvais plus lui poser de questions ?

Le sceau se rompit facilement, sur la troisième enveloppe, et je manquai de déchirer les feuilles qui s'y trouvaient dans ma hâte de les lire.

Ma douce Georgia,
Me détestes-tu ? Comment pourrais-je t'en vouloir ? Il y a sans aucun doute eu des jours où je me suis moi-même détestée, quand je signais de son nom et ressentais le poids de mon imposture. Mais cette lettre n'est pas pour moi ; elle est pour toi. Alors permets-moi de répondre à certaines questions évidentes.
Tandis que nous traversions l'océan Atlantique, William s'est endormi, attaché au chaud contre Vernon. C'est là que la réalité de ce que j'avais fait m'a frappée. Les choses pouvaient tourner mal de tellement de manières, et pourtant, je ne pouvais rien dire, pas avec William dans la balance. Ce ne serait qu'une question de temps avant que la vérité soit révélée et que je sois forcée de rentrer en Angleterre. J'avais simplement besoin d'assez de temps pour rencontrer la famille de Jameson, pour m'assurer que William serait entre de bonnes mains. Je devais jouer le jeu.
J'ai sorti une feuille et un stylo du sac à main, puis j'ai dit adieu à Constance, sachant que poster cette lettre ne servirait qu'à convaincre ma famille que William était hors de leur portée.
Deux jours après notre arrivée aux États-Unis, j'ai posté cette fameuse lettre et suis tombée sur un journal britannique, à l'accueil de notre hôtel. Il listait les dernières victimes des bombardements aériens de juin. Mon cœur s'arrêta de battre à l'instant où j'ai lu « CONSTANCE WADSWORTH » parmi les morts. C'est alors que je me suis rappelé que

c'était mon sac à main que les ambulanciers avaient embarqué avec ma sœur.
Que Dieu me garde, c'est là que j'ai compris que je pourrais rester avec William, non pas jusqu'à ce qu'il soit installé, mais pour toujours. Pour ma mère, mon père et Henry, Constance était morte. Personne n'avait remis ce fait en question. J'étais libre, mais seulement en tant que Scarlett. Mon mensonge temporaire est alors devenu ma vie.
Vernon m'a emmenée à l'Immigration, où on m'a donné une nouvelle carte d'identité – cette fois avec ma photo. Mon visage était encore enflé, et mon nez bandé jusqu'au moment où le photographe a sorti son appareil. Les autres marques d'identification – la cicatrice et nos grains de beauté – correspondaient parfaitement, comme ça avait toujours été le cas.
La famille de Jameson s'est montrée si chaleureuse, si accueillante, en dépit du chagrin insurmontable que tous subissaient. J'ai regardé la lumière quitter lentement les yeux de sa mère au fil des mois, puis des années, sans qu'aucune nouvelle du front nous vienne au sujet de la disparition de Jameson. Je n'ai pas eu à feindre ma peine – mon chagrin était bien trop véritable après la mort de Jameson et d'Edward, mais surtout de ma sœur.
Dès le jour de ma naissance, elle avait été à mes côtés. Nous avions été élevées ensemble, nous étions juré d'aller jusqu'au bout de cette guerre ensemble, et voilà que je me retrouvais

seule, à élever son fils dans un pays étranger qui était désormais le mien, à travailler sa signature quotidiennement, avant de brûler les pages pour que personne ne soupçonne quoi que ce soit.
Le premier véritable défi est tombé le jour où Beatrice m'a demandé quand je prévoyais de me remettre à l'écriture. Oh, je ressemblais à ma sœur, et j'avais la même voix qu'elle, oui... Je connaissais les détails les plus intimes de sa vie, mais écrire... ça n'avait jamais été pour moi. Peut-être aurais-je dû le leur dire, à ce moment-là, mais la peur d'être séparée de William était tout bonnement insupportable. Alors, je faisais mine d'écrire quand personne ne regardait. J'ai retapé La Fille du diplomate *page par page, corrigeant certaines coquilles et modifiant un passage ici et là, histoire de pouvoir dire honnêtement que j'avais écrit quelque chose. J'ai compris que les mensonges étaient plus simples à manier quand ils étaient basés sur la vérité, alors j'injectais un peu de cette vérité dès que j'en avais l'occasion.*
Je n'ai pas soumis La Fille du diplomate *à un éditeur. C'est Beatrice qui l'a fait, l'année où la guerre a pris fin. L'année où nous avons terminé le kiosque, au coude du fameux ruisseau où Jameson avait demandé à Scarlett de l'attendre. C'est cette année-là que Beatrice a accepté ce que je savais déjà. Jameson ne rentrerait pas. J'ai aidé à bâtir ce kiosque pour un avenir qui n'existait que dans mon*

imagination, un avenir où l'amour et la tragédie ne marchaient pas main dans la main. Le souci, quand j'ai signé ce premier contrat, c'est qu'on m'a demandé un deuxième livre, puis un troisième, puis un quatrième. Je fouillais dans sa boîte à chapeau, me servais de ses chapitres tronqués, de ses bouts d'intrigues, et quand mon propre cœur échouait à la tâche, j'imaginais simplement qu'elle était là, à côté de moi, cachée dans la maison de nos parents, flânant le long des routes, assise à cette table de cuisine, à me raconter ce qui se passait ensuite. De cette manière, elle a vécu dans chaque livre que j'ai tapé, puis dans ceux que j'ai écrits une fois la boîte à chapeau vide.
J'ai fait agrandir la maison pour y accueillir la famille de Jameson, et nous y avons tous emménagé.
Puis Brian est apparu. Oh, Georgia, je suis tombée amoureuse de son regard chaleureux et de son tendre sourire dès la première année où il a loué le cottage. Ce n'était pas exactement pareil que ce que j'avais ressenti pour Edward – un amour unique –, mais c'était quelque chose de fiable, de bon, et d'aussi doux que le dégel du printemps. Après Henry... disons que j'avais besoin de douceur.
Beatrice l'a vu. Elle savait.
William l'a vu aussi. Il n'a jamais exprimé son mécontentement. Il ne m'a jamais fait me sentir coupable. Mais l'année de ses seize ans, il nous a surpris, Brian et moi, en train

de danser dans le kiosque. Le lendemain, le phonographe avait disparu. Il avait le sourire de son père et sa passion pour la vie, et les yeux de sa mère et sa volonté de fer. Ce garçon était la meilleure chose que j'aie eue de mon existence, et le jour où il a épousé Hannah – l'amour de sa vie –, il m'a dit qu'il était temps que j'épouse le mien.
Je lui ai répondu que l'amour de ma vie m'avait été arraché par la guerre, ce qui était la vérité.
Il m'a dit que Jameson voudrait me voir heureuse, et c'était tout aussi vrai.
Tous les ans, Brian demandait ma main. Tous les ans, je refusais.
Georgia, sache qu'il existe en moi une zone sombre où je suis à la fois la fille que j'étais... et la femme que je suis devenue ce fameux jour, à la fois Constance et Scarlett. Et dans cette zone sombre, j'étais toujours mariée à Henry Wadsworth – même si lui s'était remarié et avait installé sa nouvelle famille sur la terre pour laquelle je m'étais ruinée afin de la protéger. La terre où il avait enterré ma sœur, en un unique geste romantique. Peut-être la fille qui avait été si scandaleusement maltraitée ressentait-elle un plaisir pervers à l'idée qu'elle pouvait anéantir la vie de cet homme en admettant simplement qu'elle n'était pas morte...
La femme que j'étais refusait de laisser l'ombre atténuer la lumière de Brian, refusait de lui imposer un mariage qui serait finalement aussi frauduleux que moi. Mais je ne

pouvais pas lui confier la vérité ; cela aurait fait de lui le complice de mes crimes. Il a arrêté de demander ma main en 1968.
Le jour où j'ai lu dans le journal qu'Henry Wadsworth avait succombé à une crise cardiaque, j'ai accouru à la clinique vétérinaire dans laquelle Brian travaillait et l'ai supplié de me poser de nouveau la question. Seulement après avoir obtenu la bénédiction de William, j'ai demandé à mes avocats d'entamer la procédure pour Jameson.
J'ai épousé Brian dix-sept ans après notre première rencontre, et ces dix années de vie maritale ont été les plus heureuses de mon existence. J'ai trouvé mon bonheur. N'en doute jamais. William et Hannah avaient essayé pendant si longtemps de faire un enfant qu'Ava était la prunelle de leurs yeux – et des miens aussi. J'aurais tellement aimé que tu la connaisses avant l'accident, Georgia. La tragédie a une fâcheuse tendance à briser les choses délicates et à ressouder les morceaux cassés de manière incontrôlable. Parfois, il en ressort des êtres plus forts et plus résilients. D'autres fois, les pièces se ressoudent avant d'être pleinement réparées et conservent des arêtes tranchantes comme des lames de rasoir. Je n'ai aucune autre explication ni aucune autre excuse pour la façon dont elle t'a rejetée toutes ces années. Quant à toi, ma douce, tu as été la lumière de ma très longue vie.
Tu as été la raison pour laquelle j'ai levé le pied, pour laquelle j'ai vécu avec plus d'intention, moins de peur.

Georgia, tu me rappelles tellement ma sœur... Tu as sa volonté indomptable, son grand cœur, son esprit combatif et ses yeux – mes yeux.
Je prie pour que ce petit colis te trouve heureuse et folle amoureuse de l'homme que tu as estimé à la hauteur de ton cœur. J'espère également que tu t'es rendu compte que cet homme n'était pas Damian – à moins qu'il n'ait eu une épiphanie entre ce qui est aujourd'hui votre sixième anniversaire de mariage et, quand tu ouvriras ceci, votre septième. Eh oui, j'ai le droit de le dire parce que je suis morte. Quand j'étais en vie, tu étais déterminée, et que Dieu vienne en aide à la pauvre âme qui cherche à persuader cet esprit entêté qui est le tien... Il y a tout simplement certaines leçons que nous devons apprendre par nous-mêmes.
Alors pourquoi te dire tout cela maintenant que je suis partie ? Pourquoi t'imposer cette vérité alors que je ne l'ai confiée à personne d'autre ? Parce que tu as besoin, plus que n'importe quelle autre Stanton, ma Georgia, de savoir que c'est l'amour qui t'a menée ici. Je n'ai jamais vu pareil amour que celui de Scarlett et Jameson. C'était un véritable coup de foudre, et voir cela de près, ressentir l'énergie qui vibrait entre eux quand ils étaient dans la même pièce relevait du miracle. C'est cet amour qui vit dans tes veines.
Je n'ai jamais vu pareil amour que celui que j'ai éprouvé pour Edward ; nous étions des flammes jumelles.

Mais je n'ai également jamais vu pareil amour que celui que j'ai éprouvé pour Brian ; quelque chose de profond, de calme et de sincère.
Ou encore que celui de William pour Hannah ; douloureusement tendre.
Mais j'ai vu le même amour que celui que j'ai ressenti pour William le jour où j'ai grimpé dans cet avion. Il vit en toi. Tu es l'aboutissement de tous les coups de foudre et de tous les coups du sort.
Ne te contente pas de l'amour qui aiguise tes arêtes et te rend fragile et froide, Georgia. Pas quand tant d'autres sortes d'amour t'attendent ailleurs. Et ne fais pas la même erreur que moi : j'ai gâché dix-sept ans parce que j'avais gardé un pied amer dans mon passé. Nous avons tous le droit de commettre des erreurs. Quand tu les reconnais pour ce qu'elles sont, ne t'y attarde pas. La vie est trop courte pour rater la foudre, et trop longue pour la mener toute seule. C'est ici que se termine mon histoire. Je veillerai sur toi, de là-haut, pour voir où te mènera la tienne.
Ta grand-mère qui t'aime

Quand j'eus terminé la dernière page, j'avais les joues maculées de larmes – pas des larmes silencieuses et délicates, non ; j'étais dans un état lamentable.

Elle avait vécu soixante-dix-huit ans de son existence en tant que Scarlett, ne s'était pas une seule fois fait appeler par son véritable prénom. Elle n'avait jamais laissé quelqu'un d'autre l'aider à porter ce fardeau. Elle avait surmonté le deuil d'Edward, de Jameson, de Scarlett, de Brian... puis de William et Hannah, et pourtant, rien de tout cela ne l'avait rendue aigrie.

Je laissai les lettres sur les marches, puis saisis mon téléphone et titubai jusqu'au bureau. Arrachant la photo encadrée de Scarlett et Jameson, je me cognai les genoux sur les étagères et partis à la recherche des fameux albums photos que j'avais montrés à Noah des mois plus tôt.

William. William. William. La première photo de grand-mère avait été prise en 1950, suffisamment longtemps après le bombardement d'Ipswich pour que personne ne remette en question une éventuelle différence physique. Elle ne s'était pas contentée de garder ses distances avec l'objectif ; elle l'avait volontairement évité.

J'étudiai les deux clichés, brûlant du besoin de le voir de mes propres yeux.

Le menton de Scarlett était légèrement plus fin, la lèvre inférieure de Constance, plus pleine. Le même nez. Les mêmes yeux. Les mêmes grains de beauté. Mais elles n'étaient pas la même femme.

Les gens voient ce qu'ils veulent voir. Combien de fois m'avait-elle répété cela, durant toutes ces années ? Ils avaient tous simplement accepté que Constance était Scarlett, parce qu'ils n'avaient jamais eu de raisons de remettre cela en doute. Pourquoi l'auraient-ils fait, quand elle avait William avec elle ?

Le jardinage. Les minuscules différences de style que Noah avait repérées. La pâtisserie... Tout prenait sens, soudain.

J'avançai dans l'album jusqu'à tomber sur sa photo de mariage avec grand-père Brian. Ses yeux brillaient d'un véritable amour. La fin de Noah avait été plus fidèle à la vérité que ce qu'il aurait pu s'imaginer... mais ce n'était pas la fin de Scarlett ; c'était celle de Constance.

Scarlett était morte dans une rue détruite par les bombes, presque quatre-vingts ans plus tôt. Jameson ne devait pas être loin. Ils n'avaient pas été séparés longtemps. Ils étaient ensemble depuis tout ce temps.

Je pris une inspiration tremblante et essuyai mes larmes avec ma manche tout en pianotant sur mon téléphone.

Si grand-mère avait vécu un mensonge pour me donner cette vie, alors je lui devais de la vivre.

Le message que j'avais envoyé à Noah n'avait toujours pas été lu, mais je décidai de l'appeler malgré tout. Quatre sonneries, puis messagerie. Il n'avait même pas d'annonce personnalisée – de toute façon, il était hors de question que je m'épanche sur un répondeur. Et puis, au vu des critiques, il n'y avait rien de surprenant à ce qu'il ne réponde pas.

Je lâchai un hoquet. Les critiques étaient sorties. Je me relevai en titubant, me laissai tomber dans le fauteuil puis parcourus mes e-mails jusqu'à trouver le numéro d'Adam.

— Adam Feinhold à l'appareil.
— Adam, c'est Georgia, lâchai-je. Stanton.

— Oui, je n'en vois pas d'autre, répliqua-t-il sèchement. Que puis-je faire pour vous, Miss Stanton ? L'atmosphère est un peu... lourde, ici, aujourd'hui.

— Oui, je mérite bien ça, admis-je en grimaçant, comme s'il pouvait me voir. Écoutez, j'ai essayé de joindre Noah, mais...

— J'ignore où il se trouve. Il m'a laissé un message pour m'annoncer qu'il partait en voyage de recherche et qu'il serait rentré à temps pour faire la promotion du livre.

Je clignai des yeux, stupéfaite.

— Noah est... parti ?

— Pas parti. Il fait des recherches. Ne stressez pas, il fait ça pour tous ses livres – à l'exception du vôtre, étant donné qu'elles avaient déjà été faites.

— Oh.

Mon cœur se serra. Il était trop tard pour saisir la foudre.

— Vous avez conscience que Noah est complètement dingue de vous, n'est-ce pas ? reprit Adam d'une voix plus douce. Et je parle en tant que meilleur ami, pas en tant qu'éditeur. Il est malheureux. Tout du moins l'était-il... Ce matin, il avait l'air simplement furieux, mais les critiques venaient de sortir... Christopher l'est encore plus, en sa qualité de directeur éditorial, croyez-moi.

J'étais en retard de vingt-quatre heures pour lui dire que je m'étais trompée. Du tout au tout. Mais peut-être pouvais-je le lui montrer ? Au moins devais-je essayer.

— Noah a vraiment fait corriger les deux versions ?

— Oui, elles y sont passées toutes les deux. Je vous l'ai dit : il est dingue de vous.

— Bien, dis-je en souriant, trop heureuse pour m'expliquer.

— Bien ?

— Oui, c'est parfait. Allez chercher Christopher.

36
Noah

La seule institution plus lente que l'édition était le gouvernement américain. En particulier quand il devait travailler conjointement avec un autre pays et qu'aucun des deux n'était capable de décider qui était responsable de quoi. Mais six semaines et quelques centaines de milliers de dollars plus tard, j'avais la réponse à l'une de mes questions.

Et je commençais à croire qu'il valait peut-être mieux ne pas connaître la réponse à celle qu'il restait.

Je lâchai un juron en me brûlant la langue avec mon café et plissai les yeux face au soleil qui inondait mon appartement. Je payais cher le décalage horaire, et je n'avais pas particulièrement été raisonnable en matière d'heures de sommeil, là-bas.

J'embarquai ma tasse de café sur le canapé puis allumai mon ordinateur portable avant de balayer du regard le bon milliard d'e-mails que j'avais reçus durant mon absence. Ignorer le monde réel pendant six semaines n'allait pas sans de sérieuses complications de messagerie, mais je ne me sentais franchement pas de gérer ça maintenant.

Je passai donc à mon téléphone. Comme d'habitude, je parcourus mes messages pour trouver le dernier de Georgia.

GEORGIA : Je suis vraiment désolée pour les critiques.

Je l'avais reçu à mon atterrissage, le jour qui avait suivi celui où le monde de l'édition tout entier s'était accordé pour dire que j'étais un connard fini, ce qui, pour sa défense, était vrai. Pas seulement pour les raisons que tous clamaient dans chaque tribune. Je lus le reste de la conversation, ce qui était devenu aussi routinier que mon café du matin.

NOAH : J'ai tenu ma parole.

GEORGIA : Je sais. Je prends un peu de temps pour moi, mais appelle-moi quand tu rentres.

NOAH : Ça marche.

Voilà où nous nous étions arrêtés. Elle prenait *un peu de temps* pour elle, ce que l'on pouvait traduire, en gros, par « Fous-moi la paix », ce que j'avais donc fait. Pendant six longues semaines.

De combien de temps encore avait-elle besoin ?

Et ce temps incluait-il aujourd'hui ? Étais-je censé l'appeler, maintenant que j'étais rentré ? Ou lui en donner encore un peu ?

Cela faisait trois mois qu'elle avait dressé ce menton fier et m'avait mis à la porte à cause de ce mensonge que j'avais été assez con pour commettre. Trois mois que ses yeux s'étaient emplis de larmes que j'avais provoquées. Trois mois, et je l'aimais toujours tellement que c'en était douloureux. Je n'aurais pas pu écrire de personnage plus en mal d'amour, et les cernes sous mes yeux le prouvaient largement.

Ma mère appela ; je décrochai.

— Salut, maman. Je suis rentré hier soir. Tu as reçu ton exemplaire ?

En général, je le lui apportais moi-même, mais je n'étais pas certain de supporter son regard lorsqu'elle comprendrait ce que j'avais fait à l'ultime œuvre de Scarlett Stanton.

— Un coursier me l'a déposé hier soir ! Je suis tellement fière de toi !

Bordel, elle avait l'air si heureuse... Elle n'avait pas encore lu la fin.

— Merci, maman.

Mon ordinateur se mit à tinter, à côté de moi, les alertes Google annonçant de nouvelles critiques. Il allait vraiment falloir que je désactive ce truc.

— Je l'adore, Noah. Tu t'es vraiment surpassé. Je suis incapable de dire où la plume de Scarlett se termine et où la tienne commence !

— Oh, tu devrais t'en rendre compte quand tu arriveras à la fin. Ça saute assez aux yeux, grognai-je en m'enfonçant dans le canapé. (J'étais certain qu'il existait un enfer particulier pour les gens qui décevaient leur maman.) Et je veux que tu saches que je suis désolé, ajoutai-je.

— Désolé ? Pour quoi ?
— Tu comprendras.

J'aurais dû rester là-bas, de l'autre côté de l'Atlantique, mais même cette distance n'aurait pas suffi à me protéger de la furie de ma mère.

— Noah Antonio Morelli, tu veux bien arrêter tes mystères ? aboya-t-elle. Je suis restée debout toute la nuit pour le terminer.

Je crus que mon estomac allait se décrocher.

— Je suis toujours invité pour le Memorial Day ?

— Pourquoi tu ne le serais pas ? répliqua-t-elle d'un air soudain méfiant.

— Parce que j'ai massacré la fin ?

Je me frottai les tempes, attendant que la sentence tombe.

— Oh, arrête un peu la modestie. Noah, c'était magnifique ! Ce moment, dans le bosquet de trembles, où Jameson voit...

— Quoi ? (Je me redressai si brusquement que mon ordinateur tomba à mes pieds.) Jameson...

Non, ce n'était pas ce qui était arrivé. Tout du moins dans la version qu'ils avaient publiée. *Adam.*

— Maman, tu as le livre avec toi ?
— Oui. Qu'est-ce qui se passe, Noah ?
— Je ne sais pas vraiment, pour tout te dire. Tu veux bien me rendre un service et ouvrir à la page du copyright ?

Adam avait dû imprimer une édition spéciale rien que pour elle. Purée, je lui devais une sacrée faveur...

— J'y suis.
— Est-ce qu'il s'agit d'une édition spéciale ?

— Non, sauf si la première édition l'est.

Qu'est-ce que c'était que cette histoire ? Je récupérai mon ordinateur et ouvris la première alerte Google. C'était le *Times*, et la première ligne me coupa le sifflet.

« **HARRISON SE FOND À LA PERFECTION À LA VISION DE STANTON...** »

— Maman, je t'aime, mais je dois y aller.

J'ouvris la série d'alertes. Elles variaient toutes autour de la même idée.

— Très bien. Je t'aime, Noah. Tu devrais dormir davantage, dit-elle avec cette autorité dont elle avait toujours débordé.

— C'est promis. Je t'aime aussi.

Je raccrochai avant de composer le numéro d'Adam. Il répondit à la première sonnerie.

— Ah, enfin de retour ! Alors, comment ça s'est passé ? Gonflé à bloc pour ton prochain bouquin ?

Pourquoi tout le monde était joyeux, ce matin ?

— « Harrison se fond à la perfection à la vision de Stanton avec sa propre image de la romance classique. Ne passez pas à côté. » Le *Times*, lus-je tout haut.

— Super !

— Tu es sérieux ? Et celle-ci, alors ? grondai-je. « On s'est fait avoir. Comment la publicité mensongère de la décennie a mené à la frénésie – et au soulagement – surprise. » Le *Tribune*.

Mes poings se crispèrent automatiquement.

— Pas mal. On dirait presque qu'on l'a fait exprès, hein ?

— Adam, grognai-je.

— Noah.

— Je peux savoir ce que tu as fait à mon livre ? dis-je dans un rugissement.

Tout était gâché. Tout ce que j'avais mis en péril pour elle avait été balayé. Elle ne me le pardonnerait jamais. Elle ne me referait jamais confiance, peu importait combien de temps je lui accorderais.

— Précisément ce que la seule personne à avoir le *droit contractuel* de me dire quoi faire m'a dit de faire, répondit-il lentement.

Il n'y avait qu'une seule personne qui pouvait approuver le moindre changement sans moi, et son temps était officiellement écoulé.

37

Georgia

— Oh là là, quand elle tombe dans les pommes... soupira Hazel.
— Oui, cette partie est chouette.
Je passai le téléphone à mon autre oreille et terminai de retirer la terre de mes mains. Les semis poussaient tranquillement ; dans quelques semaines, ils seraient assez forts pour être replantés dans le jardin. Juste quand le temps serait suffisamment doux pour les accueillir.
— Et la scène de la nuit de noces ! Là, il faut que je sache : ça s'est vraiment passé, ou il y a un peu de Noah là-dedans ? Parce que ça m'a tellement émoustillée que je suis descendue dans le bureau d'Owen et...
— Arrête là, tu veux ? Je n'ai aucune envie d'avoir cette image en tête la prochaine fois que j'irai chez le dentiste.
Je me séchai les mains et tentai de ne *pas* réfléchir à ce qu'avait mis Noah dans cette scène. De toute évidence, il avait décidé de me donner tort vis-à-vis de ce fameux sexe *insatisfaisant* que je lui avais jeté au visage à la librairie.

— Bon, d'accord, mais sérieusement... C'est chaud !

— Oui, oui, marmonnai-je alors qu'on sonnait à la porte.

— Tu es sûre de ne pas vouloir venir dîner à la maison ? demanda-t-elle tandis que je rejoignais le vestibule. Je n'aime pas t'imaginer manger de la pizza toute seule lors d'une soirée pareille. Tu devrais faire la fête. Grand-mère aurait adoré ce livre.

— Ne t'inquiète pas pour moi. Et oui, elle l'aurait adoré. Ne quitte pas, ma pizza est là.

J'ouvris la porte en grand. Mon cœur se figea, avant de repartir au galop.

— Georgia.

Noah se tenait sur le seuil, son regard tellement embrasé que ma bouche se transforma instantanément en cendres.

— Hazel, je dois y aller.

— Vraiment ? Tu ne changeras pas d'avis ? Parce que ça nous ferait super plaisir que tu viennes.

— Oui, je suis sûre. Noah est là, dis-je d'un ton aussi détaché que possible, même si j'arrivais à peine à respirer.

Ces trois mois de désir frustré m'avaient percutée avec la force d'un boulet de canon.

— Oh, parfait. Tu peux lui demander, pour la scène érotique ? dit-elle pour me taquiner.

Noah dressa un sourcil, l'ayant de toute évidence entendue.

— Euh, je pense que cette conversation va devoir attendre. Il a l'air légèrement perturbé.

Je resserrai ma prise sur la poignée, simplement pour m'empêcher de tomber. Dans un souci d'autopréservation, il aurait fallu que je détache le regard de ces yeux bruns, mais les lois du magnétisme ne voulaient rien savoir.

— Attends, tu ne plaisantais pas ?

Sa voix avait soudain perdu tout son humour.

— Non.
— Salut !

Puis elle raccrocha, me laissant toute seule, fixant un Noah incroyablement agacé.

— Tu comptes me faire entrer ? lança-t-il en calant les deux pouces dans ses poches.

Cela aurait dû relever du crime, d'être aussi beau.

— Tu comptes me crier dessus ? répondis-je.
— Oui.
— Bon, d'accord.

Je reculai pour le laisser passer. Puis je fermai la porte et m'y adossai. Il pivota dans l'entrée, ne laissant que quelques centimètres entre nous. Cette distance était à la fois beaucoup trop et pas assez.

— Je pensais que tu m'appellerais une fois que tu serais rentré, commençai-je d'une voix faible.

Je m'étais préparée à beaucoup de choses, aujourd'hui, mais me retrouver nez à nez avec lui n'en faisait pas partie, même si je ne m'en plaignais pas. Il plissa les yeux, puis plongea la main dans sa poche arrière pour sortir son téléphone avant d'appuyer sur deux touches.

Mon téléphone sonna.

— Tu te fiches de moi ? dis-je en voyant son nom sur l'écran.

Il porta son téléphone à son oreille en me défiant du regard.

Je levai les yeux au ciel mais répondis.

— Salut, Georgia, dit-il d'une voix grave qui fit aussitôt vriller mon ventre. Je suis rentré.

— Depuis quand ? l'interrogeai-je.

Mes joues s'embrasèrent ; j'étais vraiment en train de lui parler au téléphone, en plein dans mon vestibule. Un sourire suffisant se dessina sur ses lèvres.

— Bon, grognai-je tandis que nous rangions tous les deux nos téléphones dans nos poches. Réponds à ma question.

— Dix-huit heures, déclara-t-il en relevant les manches de son pull jusqu'aux coudes. Dont six où j'ai dormi. J'en ai passé une à comprendre ce que tu avais fait, puis onze autres à réserver un vol, à aller à l'aéroport, à voyager, à louer une voiture, et à rouler jusqu'ici, de Denver.

— OK.

— Tu as eu assez de temps pour toi ? (Il recala ses pouces dans ses poches.) Ou tu veux toujours que je te laisse tranquille ?

— Moi ? couinai-je. C'est *toi* qui as disparu. Je me suis dit que tu serais de retour dans une semaine, peut-être deux – mais pas six. Tu aurais pu m'appeler pour me prévenir. M'envoyer une info, ou un pigeon voyageur, même. *Quelque chose.*

— Tu m'as dit que tu prenais du temps pour toi et que je pouvais te rappeler à mon retour. C'était plutôt clair, comme instruction, tu ne trouves pas ? Et je peux t'assurer que ça m'a *tué* de m'y conformer.

— Oh.
— Pourquoi tu as changé la fin du livre ? demanda-t-il alors brusquement.

Voilà, nous y sommes.

— Oh, ça...

Je croisai les bras sous ma poitrine, regrettant de ne pas avoir opté pour autre chose que ce jean et ce tee-shirt à manches longues. Cette conversation exigeait une armure... ou de la lingerie.

— Oui. Ça, répéta-t-il en haussant les sourcils. Pourquoi est-ce que tu l'as changée ?

— Parce que je t'aime !

Son regard s'embrasa de plus belle.

— Parce que je t'aime, répétai-je, parvenant cette fois à ne pas hurler. Et tu avais raison, pour la fin. J'avais tort. Et je n'avais pas envie de ruiner ta carrière parce que j'étais amère, froide et...

Il fondit sur moi avant que j'aie le temps de finir ma phrase, plaquant mon corps contre la porte en le recouvrant du sien, ses mains dans mes cheveux, sa bouche m'embrassant avec une folle passion. Dieu que ça m'avait manqué – qu'il m'avait manqué. Je l'embrassai avec tout ce que j'avais, nouant les bras autour de sa nuque tandis qu'il me soulevait du sol, une main sous chaque cuisse. Je croisai les chevilles dans le creux de ses reins. Plus proche. J'avais besoin d'être plus proche encore.

Il faisait langoureusement tourner sa langue dans ma bouche, m'embrassant comme une allumette jetée dans une flaque d'essence – comme la foudre qui tombe sur du petit bois.

— Attends, souffla-t-il contre mes lèvres, puis il s'écarta brusquement, comme si je l'avais mordu. Il faut qu'on parle, ajouta-t-il en haletant.

— Quoi ?

Mes pieds retrouvèrent la terre ferme, et une seconde plus tard, il était au centre du vestibule, les mains nouées sur le sommet de son crâne.

— Qu'est-ce que tu fais ?

— La dernière fois, ça s'est mal terminé parce que je t'ai caché quelque chose.

— Le moment est étrangement choisi, mais d'accord. (Je me radossai à la porte, cherchant désespérément à retrouver mon souffle. Il n'était pas le seul à avoir des secrets.) Quitte à être honnête, il faut que tu saches que je peux avoir des enfants.

— Je pensais… (Il plissa le front, ce qui y fit naître deux petites rides.) Même si ça n'a pas vraiment d'importance, je n'ai jamais vu ça comme un problème. Il n'y a pas qu'une seule manière de devenir parent.

— Merci. Mais sache que je peux. Je… je ne voulais simplement pas en avoir avec Damian, alors j'ai continué la pilule. Je ne préférais ne pas savoir quel genre de mère je serais dans cette situation. Je ne voulais également pas le lui dire.

— Oh, d'accord. Eh bien, pour ma part, j'ai passé ces six dernières semaines entre l'Angleterre et les Pays-Bas.

Il sortit une petite enveloppe blanche de la poche avant de sa veste.

— À faire des recherches pour un livre. Oui, Adam me l'a dit.

C'était pour ça qu'il nous avait interrompus ? Nous pourrions être nus, à cet instant, et il préférait parler *recherches* ?!

— Pas exactement. J'ai engagé une entreprise d'exploration des fonds marins pour essayer de localiser l'avion de Jameson, en reprenant les dernières coordonnées de ses appels radio.

— Tu as fait *quoi* ?

— Je crois qu'on l'a trouvé la semaine dernière, et par « je crois », je veux dire que j'en suis convaincu, mais il y a un tas d'obstacles administratifs sur le chemin. Les Eagles n'ont été transférés dans l'armée américaine qu'en septembre, et Jameson est tombé en juin, ce qui signifie qu'il faisait partie de la RAF tout en étant citoyen américain. Personne n'arrive à se mettre d'accord sur celui qui a juridiction.

Il fit tourner l'enveloppe entre ses doigts.

— Mais tu penses l'avoir trouvé ? dis-je tout bas.

— Oui… et non, dit-il en grimaçant. C'est un Spitfire, mais les marques d'identification sur le stabilisateur ont été effacées par les années, et la carcasse était éparpillée un peu partout.

— Où ça ?

— Vers la côte des Pays-Bas. C'est… dit-il en soupirant, c'est trop profond pour récupérer toute l'épave, mais on a envoyé un drone sous-marin. (Il avança lentement vers moi.) On a trouvé un panneau d'aluminium du fuselage, et ce que nous pensons être le cockpit, mais aucun… corps.

— Oh.

J'ignorais si je devais être soulagée ou dévastée. Être si proche... et ne toujours pas savoir.

— Alors pourquoi tu penses que...

Noah prit ma main, la paume tournée vers le ciel, et inclina l'enveloppe au-dessus. Un anneau d'or glissa du papier pour tomber dans ma main. La poche de Noah l'avait réchauffé.

— Lis l'inscription.

— « Pour J que j'aime, S ». (Ma gorge se serra.) C'est lui, murmurai-je.

— Oui, c'est ce que je pense aussi, dit-il d'une voix soudain rauque. Et je remettrai cet anneau là-bas si c'est ce que tu souhaites. Nous cherchions quoi que ce soit qui puisse l'identifier, et il était là... comme s'il attendait d'être trouvé, avec sa gravure. L'équipe que j'ai engagée m'a dit qu'elle n'avait jamais vu une chose pareille.

Mes doigts se refermèrent sur l'alliance.

— Merci.

— Je t'en prie. Tu devrais sans doute recevoir un coup de fil cette semaine. Américain. Britannique. Je t'avoue ne pas vraiment savoir... dit-il avant de déglutir. Ce n'est pas que pour ça que je suis allé en Angleterre. Ça risque de t'agacer, et je n'ai aucune preuve, mais je ne pense pas... (Il secoua la tête, puis inspira un bon coup et reprit.) Je pense que le livre – notre livre – a été écrit par deux personnes différentes.

— Oui, c'est en effet le cas.

Je souris lentement, sentant le poids chaud de l'alliance, dans ma main. Noah écarquilla les yeux, et ses lèvres s'entrouvrirent.

— Les pages les plus anciennes – celles qui n'avaient pas été corrigées – ont été écrites par Scarlett durant la guerre, dis-je péniblement. Quant aux plus récentes, aux corrections et aux ajouts... Tout cela a été fait par...

— Constance.

Je confirmai d'un hochement de tête.

— Comment peux-tu le savoir ? Je l'ignorais moi-même jusqu'à il y a environ six semaines.

Qu'avait-il vu que je n'avais pas su repérer ?

— C'est le manuscrit qui m'a mis un doute. Je n'aurais rien remarqué si ça avait été le dernier qu'elle avait écrit... et non le premier. Puis il y a eu le certificat de mariage. Elle a dit à Damian qu'il lui avait fallu des années pour se remarier parce qu'elle avait l'impression que son premier mariage n'était pas terminé, ce dont on pouvait logiquement déduire qu'elle était encore amoureuse de Jameson... jusqu'à ce que je découvre le certificat de décès d'Henry Wadsworth. Les années correspondaient. Mais ça ne suffisait pas – ce n'était qu'une intuition, et je ne voulais pas détruire la confiance que tu avais en elle sans avoir une véritable bonne raison, mais j'ai décidé d'arrêter de creuser avant que qui que ce soit ne me surprenne.

— Grand-mère... Constance m'a tout dit. Elle a écrit cette lettre l'année qui a précédé sa mort et me l'a fait envoyer. Dès que je l'ai lue, je t'ai appelé, mais tu étais déjà parti, alors j'ai contacté Adam.

— Et changé la fin du livre.

J'opinai du chef.

— Parce que tu m'aimes, dit-il en fouillant mon regard.

— Parce que je t'aime, Noah. Et parce que grand-mère a eu droit à son *happy end*, dans la vraie vie. Elle s'est battue pour ça. Elle n'a pas eu besoin que tu l'imagines pour elle – elle l'avait déjà mérité, déjà vécu. Tu as offert à Scarlett et Jameson l'histoire qu'ils méritaient. Le crash, l'évasion, la Résistance néerlandaise – tout. Tu as terminé une histoire que le destin a eu la mauvaise idée de tronquer. Grand-mère, elle, n'a pas pu faire ça. Elle n'a jamais écrit cette fin car elle était incapable de les laisser partir – de laisser Scarlett partir. Tu les as libérés.

Il prit mon visage entre ses mains.

— Je l'aurais fait, pour toi. Je t'aurais donné tout ce que tu voulais, peu importe ce que les autres pensaient.

— Je sais, murmurai-je. Parce que tu m'aimes.

— Parce que je t'aime, Georgia, et que je ne veux plus vivre sans toi. Je t'en supplie, ne m'impose pas ça de nouveau.

J'enroulai les bras autour de son cou et me cambrai pour caresser ses lèvres des miennes.

— Le Colorado ou New York ?

— L'automne à New York. Août et septembre, au moins, dit-il en souriant contre ma bouche. L'hiver, le printemps et l'été dans le Colorado.

— Pour les feuilles ? demandai-je avant de mordiller sa lèvre inférieure.

— Pour la saison de baseball.

— Marché conclu.

38

Août 1944

Poplar Grove, Colorado

— Ne t'approche pas des marches, mon amour, dit Scarlett à William, qui trottinait dans le kiosque fraîchement terminé, s'agrippant aux barreaux du garde-corps.

Il lui sourit par-dessus son épaule puis reprit son avancée.

Elle abandonna le disque qu'elle venait de sélectionner et s'élança, le rattrapant juste avant qu'il ne gagne les marches.

— Tu vas finir par me tuer, William Stanton.

Le petit gloussa ; elle déposa un baiser dans son cou puis le cala sur sa hanche tout en rejoignant le phonographe. La brise faisait voleter sa robe, et elle poussa ses cheveux de l'autre côté de son visage pour empêcher William de les tirer. Ils lui tombaient dans le dos, désormais – c'était sa façon à elle de tenir le compte des jours depuis qu'elle avait embrassé Jameson pour la dernière fois, à Ipswich.

Deux ans, et toujours aucune nouvelle... mais pas de corps non plus, si bien qu'elle se cramponnait à l'espoir et à cette étincelle de certitude qui s'éveillait dans sa poitrine chaque fois qu'elle pensait à lui. Il était vivant. Elle le savait. Elle ignorait où et comment, mais il l'était. Il n'y avait pas d'autre possibilité.

— Lequel veux-tu écouter, trésor ? demanda-t-elle à leur fils en le posant devant la petite collection de disques, sur la table.

Il en choisit un au hasard, et elle le mit.

— Glenn Miller. Excellent choix.

— Pommes !

— D'accord.

Le son du Glenn Miller Orchestra emplit l'espace tandis qu'elle guidait William vers la couverture qu'elle avait étalée un peu plus loin. Ils grignotèrent des bouts de pomme et de fromage – elle n'était pas certaine de se faire un jour à la profusion de nourriture disponible aux États-Unis, mais elle ne s'en plaignait pas. Ils étaient chanceux.

Il n'y avait pas de sirènes antiaériennes, ici. Pas de bombes. Pas de cartes où suivre les avions. Pas de couvre-feux. Ils étaient à l'abri. William était à l'abri.

Elle priait chaque soir pour que Jameson et Constance le soient aussi. Ses doigts caressèrent la petite cicatrice qui lui marquait la paume, et elle repensa à celle de sa sœur, en Angleterre. La plaie au-dessus de l'œil de Constance s'était-elle aussi transformée en cicatrice ? Elle était en sang quand elle les avait poussés dans cet avion, le jour où les bombes leur étaient tombées dessus en pleine rue, à Ipswich, les épargnant par miracle.

Scarlett avait emballé deux nouvelles robes pour elle, la veille, et les avait envoyées. Cela faisait presque un an que cet idiot d'Henry avait glissé dans l'escalier et s'était brisé la nuque, et selon la dernière lettre de Constance, elle avait rencontré un charmant GI américain qui servait dans la Royal Army Veterinary Corps.

William s'allongea sur la couverture, et Scarlett passa les mains dans sa tignasse noire, le regardant céder doucement au sommeil, ses lèvres s'entrouvrant légèrement, comme celles de Jameson. Quand elle fut certaine qu'il dormait, elle se détacha délicatement de son petit corps et retourna au tourne-disque.

Elle savait qu'elle paierait plus tard ce petit plaisir, qu'il lui manquerait encore plus, mais elle mit tout de même le disque d'Ella Fitzgerald. Son cœur s'emballa quand le morceau si familier commença, et soudain, elle n'était plus au cœur des Rocheuses du Colorado, et ce n'étaient pas des feuilles de tremble dorées qui oscillaient sous la brise, autour d'eux – non, c'étaient les hauts brins d'herbe d'été, dans un champ tout près de Middle Wallop.

Elle ferma les yeux et se mit à tanguer, s'autorisant un court instant à imaginer qu'il était là, lui tendant la main pour danser avec elle.

— Tu as besoin d'un partenaire ?

Elle hoqueta, et ses yeux s'ouvrirent brusquement au son de cette voix qu'elle aurait reconnue n'importe où. La voix qu'elle n'avait entendue que dans ses rêves, ces deux dernières années. Mais il n'y avait que le phonographe devant elle,

William qui dormait à côté, et les bruissements du ruisseau qui les contournait.

— Scarlett, dit-il de nouveau.

Derrière elle.

Elle fit volte-face, sa robe lui fouettant les jambes sous la brise, et elle s'empressa de pousser les cheveux de ses yeux pour dégager sa vue.

Jameson emplissait l'entrée du kiosque, appuyé sur la poutre de support, sa casquette calée sous son bras, son uniforme neuf mais défraîchi par le voyage. Ce n'était plus celui de la RAF, mais des United States Army Air Forces. Son sourire s'agrandit quand leurs regards se croisèrent.

— Jameson, murmura-t-elle en plaquant les mains sur sa bouche.

Était-elle en train de rêver ? Se réveillerait-elle avant de pouvoir le toucher ? Les larmes se mirent à lui brûler les yeux, son cœur bataillant avec la logique.

— Non, bébé, non. (Jameson combla l'espace qui les séparait, sa casquette tombant sur les lattes de bois.) Mon Dieu, ne pleure pas.

Il prit son visage entre ses mains et essuya ses larmes de la pulpe du pouce.

Ses mains étaient chaudes. Puissantes. Réelles.

— Tu es vraiment là, dit-elle en pleurant, effleurant de ses doigts tremblants son torse, sa nuque, la ligne de sa mâchoire. Je t'aime. Je croyais ne plus jamais pouvoir te le redire.

— Moi aussi, je t'aime, Scarlett. Je t'aime tellement. Je suis là, ajouta-t-il, la balayant d'un regard langoureux.

Il avait tant attendu de la revoir, de la toucher de nouveau. Les années et les kilomètres, les batailles et les crashs n'avaient rien changé, n'avaient pas diminué son amour pour elle.

— Je suis là, répéta-t-il, parce que lui aussi avait besoin de l'entendre.

Il avait besoin de savoir qu'ils avaient réussi, en dépit de tous les obstacles qui s'étaient mis sur leur chemin.

Il la fit doucement incliner la tête et l'embrassa langoureusement, inhalant tout son être. Elle avait le goût des pommes, de son foyer, de Scarlett. Sa Scarlett.

— Comment… ? demanda-t-elle en nouant les doigts derrière sa nuque.

— Avec beaucoup de chance. (Il posa son front contre le sien et enroula un bras autour de sa taille pour l'attirer plus près.) C'est une très longue histoire qui implique une jambe cassée, un membre de la Résistance qui a eu pitié de moi, et des vaches pour le moins accommodantes qui ont accepté de me garder caché parmi elles le temps que je guérisse.

Elle réprima un gloussement en secouant la tête.

— Mais tu vas bien ?

— Maintenant, oui. (Il déposa un baiser sur son front et étira les doigts dans le bas de son dos.) Il n'y a pas un jour où vous ne m'avez pas manqué. Tout ce que j'ai fait, c'était dans une seule idée : revenir auprès de vous.

Les épaules de Scarlett tressautèrent quand un sanglot quitta sa bouche, et la gorge de Jameson se serra autour de la boule qui s'y était formée dès l'instant où il l'avait vue osciller sous la brise, l'attendant là où le ruisseau contournait le bosquet de trembles.

— Tout va bien. Nous avons réussi.

— Tu dois repartir ? demanda-t-elle, sa voix se brisant.

— Non.

Il lui fit incliner le menton et plongea dans ses yeux bleus. Ses souvenirs avaient beau être détaillés, ses rêves, parfaits, aucun ne se rapprochait de la véritable beauté de sa femme.

— Je n'ai pu m'en aller qu'à la libération de Maastricht. J'ai passé une année à me battre en secret avec la Résistance néerlandaise, et je sais beaucoup trop de choses pour qu'ils me fassent courir le risque d'être capturé, ce qui signifie que les seuls avions que je piloterai désormais seront ceux de mon oncle, ici.

— Alors, c'est terminé ? dit-elle, la voix imbibée de la même désolation que celle qu'il éprouvait.

— C'est terminé. Je suis rentré.

Il l'embrassa de nouveau, s'abandonnant à elle tandis qu'elle agrippait le revers de son uniforme pour l'attirer plus près d'elle.

— Tu es rentré, répéta-t-elle avec un sourire qui illumina son visage.

Il s'abaissa pour passer les bras sous ses cuisses, puis il la souleva afin qu'ils soient au même niveau. Alors, il l'embrassa jusqu'à ce qu'il se soit refamiliarisé avec chaque courbe et chaque creux de sa bouche.

Un bruissement attira leur attention, et Jameson lâcha un hoquet de surprise en découvrant William endormi sur la couverture, la main calée sous sa petite tête. Lentement, il reposa Scarlett.

— Il a tellement grandi...
— Oui. Il est parfait. Tu veux le réveiller ? lui demanda-t-elle d'un ton taquin.

Jameson déglutit, la gorge et la poitrine serrées tandis que son regard passait de son fils endormi à l'amour de sa vie. Parfait. C'était parfait, et encore mieux que tout ce qu'il avait pu imaginer durant ces longues nuits vides et ces interminables journées de batailles. Il plongea les mains dans la chevelure soyeuse de Scarlett et lui sourit.

— Dans quelques minutes.

Un sourire étira lentement ses lèvres tandis qu'elle se dressait sur la pointe des pieds pour réclamer un nouveau baiser.

— Dans quelques minutes, confirma-t-elle.

Il était rentré.

39

Georgia

Trois ans plus tard

Avec un sourire, je relus la dernière page avant de murmurer un adieu à Jameson et Scarlett. Puis je refermai le livre et retournai dans le monde réel, où mon véritable mari s'apprêtait à lancer son nouveau roman, à quatre rayons de là.

Je fis courir mon pouce sur les noms apparaissant sur la couverture. L'un que je connaissais depuis ma naissance mais que je n'avais jamais rencontré, et l'autre que j'avais rencontré exactement à cet endroit et que je connaîtrais pour le reste de ma vie.

— Je peux vous dire comment ça se termine, me souffla Noah à l'oreille en se coulant derrière moi, avec sa voix grave et ses bras chauds.

— Ah oui ? (Je me lovai contre lui et déposai un baiser sur sa joue.) J'ai entendu dire que la fin avait même été une surprise pour l'auteur, le jour de la sortie, lançai-je avec un grand sourire.

— Je vous laisse imaginer...

— En tout cas, le sexe y est beaucoup plus *satisfaisant* que dans ses autres romans, commentai-je avec un haussement d'épaules, ce qui le fit renâcler.

— Vous avez lu son dernier ? Il doit avoir eu une excellente inspiration.

— Hmmm. Il va falloir que je vérifie ça.

— Je serais ravi de vous faire une lecture privée.

J'éclatai d'un rire qui frôla le grognement.

— C'est d'un nul...

— En effet, admit-il. J'ai sorti beaucoup mieux. Qu'est-ce que tu dirais de : « Embrasse-moi, Georgia ; j'ai des livres à aller signer. »

— Là, je préfère.

J'inclinai la tête et l'embrassai sagement – nous étions dans un lieu public, tout de même. Cet homme était trop addictif.

Il me serra plus fort et me mordilla la lèvre.

— Je t'aime.

— Moi aussi, je t'aime. Allez, au boulot. Moi, je file à côté faire le mien.

Je le gratifiai d'un sourire, et il me vola un nouveau baiser avant de disparaître dans l'allée d'à côté, me laissant hébétée l'espace d'un instant, le regard vissé sur lui. Une femme arriva dans la section « Romance », à côté de moi.

— Ce livre est génial, dit-elle en désignant avec enthousiasme celui que je tenais toujours. (Elle avait quant à elle le dernier roman de Noah.) Si vous ne l'avez pas lu, foncez. Croyez-moi, vous ne le regretterez pas. C'est magnifique.

— Merci. J'apprécie toujours une bonne recommandation. Vous êtes là pour la dédicace ? demandai-je en passant sur l'autre jambe.

La grossesse faisait d'étranges choses à mon équilibre, et je ne m'étais toujours pas remise du décalage horaire.

— Oui. J'ai fait toute la route depuis Cheyenne, dans le Wyoming, répondit-elle avec un immense sourire. Ma sœur garde ma place dans la queue. Vous l'avez vu ? Il est d'un charme absolu, ajouta-t-elle en remuant les sourcils.

— Je ne le chasserais clairement pas de mon lit, confirmai-je.

Ce qui était la vérité. Pour tout dire, je passais autant de temps que possible à le garder *dans* notre lit. Le fait que Noah soit de plus en plus beau ne m'avait pas échappé – loin de là.

— Oh, moi non plus ! Ah, ça commence !

Après un signe de la main, elle disparut dans le rayon suivant. Je souris malgré moi et rangeai le livre sur son étagère, à sa place, à côté des romans de Scarlett Stanton. C'était toujours mon préféré – celui de Noah, aussi. Dans ces pages, Scarlett et Jameson s'aimaient, se battaient et, plus important encore, vivaient.

Ici, dans le vrai monde, nous avions enterré l'alliance de Jameson la semaine précédente, sous un arbre immense qui veillait sur une mare paisible, au cœur de l'Angleterre, tout près d'une tombe en marbre sur laquelle était écrit « Constance Wadsworth ». Je ne pouvais m'empêcher de penser qu'ils étaient tous enfin en paix.

Je pris la direction de la sortie, mon regard croisant celui de Noah au moment de longer sa table. L'amour brillait dans ses yeux, et nous nous sourîmes comme les adolescents amoureux que nous avions l'impression d'être. C'était notre tour de vivre notre propre histoire d'amour épique, et j'en chérissais chaque petite minute.

Nous les chérissions tous les deux.

Remerciements

Tout d'abord, merci à Notre Père qui m'a bénie au-delà de mes rêves les plus fous.

Merci à mon mari, Jason, de m'avoir aidée à survivre à cette année laborieuse. De m'avoir tenu la main dans les moments les plus sombres et d'avoir su me faire rire quand je doutais de pouvoir y arriver de nouveau. Merci à mes enfants, qui ont toléré les quarantaines et la distanciation sociale pour leur frère à haut risque avec grâce et amour. N'en doutez jamais : vous êtes essentiels à mon existence. À ma sœur, Kate, de toujours décrocher son téléphone. À mes parents, qui sont capables de parcourir des milliers de kilomètres pour m'apporter de la crème pour le café. À ma meilleure amie, Emily Byer, pour ne jamais ciller quand je m'enterre pendant des mois pour travailler.

Merci à mon équipe de chez Entangled. Merci à mon éditrice, Stacy Abrams, pour avoir pris ce livre sous son aile. Tu es tout bonnement incroyable. Merci à Liz Pelletier, Heather et Jessica pour avoir répondu à des flots constants d'e-mails. Merci à mon agente phénoménale, Louise Fury, qui me rend la vie plus simple en se tenant simplement à mes côtés.

Merci à mes copines de trinité tout sauf sainte, Gina Maxwell et Cindi Madsen – je serais perdue sans vous. Merci à Jay Crownover d'être le meilleur voisin qui soit. Merci à Shelby et Mel de m'aider à rester organisée. Merci à Linda Russell de toujours apporter des épingles à cheveux. À Cassie Schlenk d'être toujours numéro un en matière de réseaux sociaux. Merci à tous les blogueurs et les lecteurs qui ont cru en moi toutes ces années. Et à mon groupe de lecture, les Flygirls, de m'apporter de la joie quotidiennement.

Enfin, parce que tu es mon début et ma fin, merci encore à toi, mon Jason.

14405

Composition
NORD COMPO

Achevé d'imprimer en Slovaquie
par NOVOPRINT SLK
le 7 avril 2025

Dépôt légal : avril 2025
EAN 9782290411438
OTP L21EPLN003794-640264

ÉDITIONS J'AI LU
82, rue Saint-Lazare, 75009 Paris

Diffusion France et étranger : Flammarion